宋代酬唱诗歌论稿

四川大学古典文学研究丛书

祝尚书／主编

吕肖奂

复旦大学出版社

国家社会科学基金项目"宋代唱和诗歌文化研究"
(11BZW048)成果

四川大学古典文学研究丛书序

早年读《庄子·天道篇》，颇对轮扁故事感兴趣：作为一个车轮工人，他居然敢点评齐桓公读书，痛贬所读书中的圣人之言是"糟粕"。这自然触怒了桓公，还算客气，只是要他说出个道理，"有说则已，无说则死"。轮扁可是犯了既侮辱圣人、又藐视君王的重罪，看来死定了，他能说出什么让桓公免罪的道理？不过且慢，这位七十岁的工匠可也是个狠角色，他并不胆怯，也不与桓公辩是非，而是不慌不忙地讲起自己制作车轮的体会："斫轮徐则甘而不固，疾则苦而不入；不徐不疾，得之于手而应于心，口不能言，有数存焉于其间，臣不能以喻臣之子，臣之子亦不能受之于臣，是以行年七十而老斫轮。古之人与其不可传也死矣，然则君之所读者，古人之糟粕已夫！"读到这里，我们不能不莞尔一笑，为轮扁的智慧拍案叫绝。这当然只是个寓言，庄子是要借轮扁之口讲出一条既朴素、又深刻的道理：精微的东西（即轮扁所谓的"数"），是从实践中积累、总结、提炼出来的，不能言传，只能意会。

无独有偶，与庄子时代接近的古印度哲人释迦牟尼创立了佛教，而佛教文化中的禅宗，据说也是他开启的，其精髓在"以心印心"，不立文字。庄夫子说"得手应心"，其实就是"以心印心"，二人可谓如出一辙，都认为语言文字是"粗"，"心"之觉悟才是"精"，所以在《庄子·秋水篇》中，老夫子又说："可以言论者，物之粗也；可以意致者，物之精也。""意"也就是"数"，这才是蕴涵在语言文字中的精华。

不幸的是，笔者没有古先哲人的智慧，却如齐桓公似的读古人书。在今天看来，读书便是研究的开始，而从中获得"数"或"意致"，便是研究成果。以此，所谓"研究"，简单地说就是去其"糟粕"（语言文字),发掘其精华(数、意致)的过程。由是而论,齐桓公可谓是我国历史上最早的"古代文学"(广义)研究者之一。不过很遗憾,无论是庄子还是释迦牟尼,他们影响巨大而深远的思想,仍然只能靠留传下来的语言文字去认识和接受,否则所谓"数"或"心"就没有安泊处。换言之,没有"言论"之粗,也就没有"意致"之精,轮扁的"糟粕"说,可能太绝对了。禅宗说不立文字,最终"文字禅"遍丛林,成了"不离文字";而中国古圣人的思想,由早先的"五经"增益到"十三经",又在四部书中设"经部",就是文字极其繁夥的明证。看来,如齐桓公所读书中的"圣人"之言,仍然是我们了解古人思想及活动的主要途径。这并非是为齐桓公或如笔者之流的古代文学研究者辩解,而是客观存在的事实。笔者大半辈子在古人的"糟粕"(语言文字)中讨生活,虽如陆机《文赋》中所自嘲的"华说"(即论著)似乎不少,但得手应心的收获却不多,而除繁去滥,袭故弥新,将感性认识提升为理性认识,则是古代文学研究者的应有追求和共同使命。

这套"四川大学古典文学研究丛书"凡六种,为川大中文系部分古代文学教师多年研究成果的结集。可喜的是,除笔者之外的几位老师都是本系的教学和学术中坚,他们的论著有不少精粹奉献给读者。吕肖奂教授、丁淑梅教授、何剑平教授是三位中年专家。吕老师长期从事宋代文学研究,著有《宋诗体派论》《宋代诗歌论集》《宋代家族与文学研究》等,而收入本系列的《宋代酬唱诗歌论稿》,是她的新成果,主要探讨宋代士人圈层唱和中的身份认同及共性等。丁老师也是位著述甚丰的女学者,出版过《中国古代禁毁戏剧史论》《中国散曲文学的精神意脉》《中国古代禁戏论集》等专著,此部《礼俗融变中的戏禁与民间戏曲印记》,更是精彩纷呈,它从曲史开进与权力分层、戏曲展演与传播禁止、唱本与地方社会景观、才女文化与自我书写等层面,试图从戏曲学出发,结合社会学与传播学的理论与实践,探讨明清以来戏曲与权力介入、戏曲与社会阶层互动、戏曲与地方文化地带迁移等戏曲撰演活动空间的建构与被建构的问题,等等。何剑平教授长期致力于敦煌文献与古代文学研究相结合,对敦煌文献中音乐史料的整理研究成绩卓著,出版有《敦煌维摩诘文学研究》《中国中古维摩诘信仰研究》《唐代白话诗派研究》(合作)等专著,而《佛教经典的生存与传播——从知识精英到普通民众》一书,以汉译佛典在中土的传播为主线,通过分析其在两个文化世界(士大夫文化、庶民文化)中不同的文学表现,揭示中古佛教同其他文化事项的关联,阐明作家文学与民间俗文学之间双向交流的主要途径。罗鹭副教授是位青年学者,目前主要研究宋元之际的文学文献,已出版《虞集年谱》《元诗选与元诗文献研究》等专著,颇见功力。而新著《宋元文学与文献论考》,则对南宋书棚本、江湖诗派及元刻元人文集等问题作了深入考察。张淘副教授,与罗鹭一样同为"八〇后",而更年轻。她在日本早稻田大学获得文学博士学位,其博士论文《江戶後期の職業詩人研究》获早稻田大学出版部资助出版。目前主要研究宋代文学和日本汉文学,《近世中国与日本汉文学》是她的最新成果。书中对宋代文学的一些基本问题作了梳理和深化,又对日本五山时代禅僧的抄物价值以及禅僧们对宋人典故的捕风捉影产生误用等问题进行介绍和研究。最后,是笔者的《宋代文学探讨集续编》,选录了2008年至2016年间发表过的主要论文20篇,如前所说,其中"得手应心"的东西不多。陆机《文赋》曰:"患挈瓶之屡空,病昌言之难属。……惧蒙尘于叩缶,顾取笑乎鸣玉。"陆机当出于谦虚,而笔者既有如上所述新老同事们的"鸣玉"在耳,"叩缶"则心甘矣。

本系列选题视野开阔,各自发挥所长,共同致力于古代文学研究的学科建设。丛书论证,发端于2018年秋,纂辑过程中得到四川大学文学与新闻学院李怡院长、周裕锴教授,以及古代文学教研室张朝富主任和相关老师的大力支持,复旦大学出版社责编王汝娟博士热心推动并精心编校,在此一并表示感谢。

祝尚书
2019年10月7日于成都

酬唱诗学的三重维度建构(代序)

吕肖奂　张　剑

酬唱(唱和)诗歌是诗人之间各种关系的艺术书写。对酬唱诗歌的多维度研究构成了酬唱诗学。我们选择从文学维度、社会学维度与文化学维度构建酬唱诗学。文学维度力图突显的是酬唱诗歌的本质、功能与意义、审美取向与标准、文学性,建立其不同于独吟诗歌的酬唱诗歌理论;社会学维度考察的是酬唱主体之社会身份、关系、目的与社交场合等社会学元素,并论及这些元素对评判和阐释酬唱诗歌的作用和价值;文化学维度探讨的是在诗歌酬唱中形成的酬唱文化以及酬唱诗歌所负载的文化质感与厚度等文化学问题。三重维度的相对独立及互补构建,将对主要建立在独吟诗歌基础上的传统诗学进行全面的补充、修正,甚至颠覆其中一部分诗学观念。

中国社会既不是个人本位,也不是社会本位,而是关系本位。这种说法已经得到社会学界很大程度上的承认①。酬唱诗歌正是中国这一几千年以来形成且沿袭不断的"关系本位"社会状态的艺术反映。中国传统诗歌之所以长盛不衰、生生不息,主要取决于"关系本位"社会的基本需要,尤其是中古以后(自汉魏始)的诗歌——多数并非出于诗人感情抒写的需要,而往往是出于人际关系交往的必要。

从"关系本位"视阈审视,酬唱诗歌涵盖面远比研究界已有的界

---

① 梁漱溟《中国文化要义》第五章"中国是伦理本位的社会"云"此种种关系,即是种种伦理",后来社会学家多认为梁漱溟所说的伦理本位即关系本位。参见梁漱溟《中国文化要义》第五章第一节"何谓伦理本位",上海人民出版社,2011年,第78页。

定宽泛得多①：除了独抒情志的孤吟或独吟诗歌，一切与人际关系相关的诗歌都是酬唱诗歌。换种说法，酬唱诗歌就是诗人之间各种关系的艺术或诗意书写，也就是既具有交流性而更具有交际性的诗歌。②

对酬唱诗歌的多维度研究构成了酬唱诗学，而该项目选择从文学、社会学与文化学三重维度进行建构。酬唱诗学的文学维度，力图扭转传统诗学对独吟诗歌的偏重与关注，以突显酬唱诗歌与独吟诗歌不尽相同的审美取向及其产生的不同文学性或文学审美意义，论证建立酬唱诗歌理论体系的必要性；酬唱诗学的社会学维度，考察的是社会身份、社会关系、社会目的、社交场合等社会学元素对评判和阐释酬唱诗歌的作用和价值，拓展酬唱诗学的视野与思维；酬唱诗学的文化学维度，探讨的是千百年来诗歌酬唱历史过程中形成的酬唱文化，另一方面，酬唱诗歌以其多面又多重的互文性书写负载了更为厚重的文化内涵，其文化质感与深广度均非独吟诗歌所能及，值得从文化学维度去开发。三重维度的相对独立及互补互证，将构建出自成体系的酬唱诗学：这一诗学有着不同于独吟诗学的研究对象、本质、意义、功能以及审美标准，将对主要建立在独吟诗歌基础上的传统抒情诗学进行大幅度的补充、修正，甚至颠覆其中一部分观念。

一、酬唱诗学的文学维度建构

酬唱诗歌作为中国诗歌中最为庞大的组成部分，首先以一种"现

---

① "酬唱"与"唱和"、"唱酬"、"酬和"、"酬赠"等概念本无区别，常常混用，在本文中"酬唱"即是广义的"唱和"，比狭义的"唱和"概念要宽泛一点。狭义的"唱和"是指有唱必有和的唱和，广义的唱和则包括群唱、竞唱而无和。该书稿中既用广义也用狭义唱和概念，与酬唱通用。根据诗人之间的酬唱关系，本论稿将酬唱方式分为四类：赠答式酬唱，主要体现的是酬唱者的对话或寻求对话的关系；狭义唱和式酬唱，主要体现的是酬唱者的呼应对答关系；群唱竞唱式酬唱，主要体现的是酬唱者的平等平行或竞技关系；联句式酬唱，体现的是酬唱声气承接与直面切磋关系。酬唱诗歌是人际关系诗歌。

② "交际性"出自周裕锴《诗可以群：略谈元祐体诗歌的交际性》，《社会科学研究》2001年第5期。本书的交际性不仅限于元祐体，而指向所有酬唱诗。所有的诗歌都有交流性，但只有酬唱诗才具有目的性明确、对象明确的交际性。"交际性"涉及酬唱者之间最为直接的关系。

象级"的文学现象进入文学研究的领域。目前的酬唱诗歌研究,基本囿于传统抒情诗学或独吟诗学领域中的文学研究。二十世纪八十年代以前,学界对酬唱诗歌是否具有"文学性"或"文学意义",普遍持否定态度,因而当八九十年代以来学者们重新审视酬唱诗歌时,大都致力于拨乱反正,力图证明酬唱诗歌具有"文学性"与"文学意义",证明其对整个诗歌发展有一定促进作用。[①] 目前分时段、分群体或以个人交游为中心的酬唱诗歌研究,很少超越一般的文学研究模式:主要关注的是酬唱者及其交游关系,酬唱诗歌的内容、形式、技巧、风格、成就、意义等问题,目的也是要证明酬唱诗歌除了"应酬性"等非文学性之外,也具有文学性或文学审美意义。

而实际上,占现存绝大多数诗歌比例的酬唱诗歌,其文学性与审美意义,其实就是或者说至少代表着现存诗歌特别是宋元明清诗歌的文学性与审美意义,因此根本不需要刻意论证。关键问题是,从传统独吟诗学的视阈来考察酬唱文学,能否准确把握酬唱的文学性与审美意义?

如果一直囿于传统独吟诗学的视野,酬唱诗歌的研究势必陷入进退维谷的僵局。我们有必要根据酬唱诗歌自身的特点,拓展其社会学和文化学视野;即便从文学维度,也应借鉴诗歌发生学等学科成果,突破传统独吟诗学的拘囿,逐步建立酬唱诗歌自身独具的诗学体系。

酬唱诗歌与独吟诗歌,最根本的区别点,就是二者的生产状态亦即创作形态差别。"生产状态"这个属于诗歌发生学的问题,正是我们所说的"酬唱诗学"的起点。

诗歌"生产"大体上有两种状态,一是单独性、个人化的文学创作状态,创作者独自一人、独处一室或一地,独自吟咏,抒写个人情志或生活状况,心中没有特定的或具体的倾诉交流对象,这种诗歌生产或创作状态可以称之为孤吟或独吟;一是互动性、交际性或群体性文学创作状态,创作者一般处于交往、交游、交流、交际场合,在这些场合中

[①] 如巩本栋《关于唱和诗词研究的几个问题》,《江海学刊》2006年第3期;马东瑶《苏门酬唱与宋调的发展》,《文学遗产》2005年第1期;等等,就是这方面的力作。

创作,其创作素材、思路、语言等各方面都要受制于创作场合以及交际对象,即便酬唱者是独自创作,其心中却已有既定的具体寄赠或受读对象,那种虚拟对象在场的状态也可以称之为酬唱。

酬唱与独吟,是两种目的与方式都不同的创作形态。独吟的目的是抒发情志,方式是自我书写;而酬唱的目的是交往交际,方式是指向性书写或互动性、群动性书写。酬唱诗歌,就是指具有交际指向或意向以及所有具有交际性的诗歌。有交际的意向或交际的形态,是酬唱诗必备的条件。独吟类似于声乐艺术中的独唱、器乐艺术中的独奏,而酬唱创作类似于声乐艺术中的对唱、联唱、二重唱、三重唱或多声部合唱,类似于器乐艺术中的两种或三种乃至多种器乐协奏或合奏。

从诗歌发生学角度考察,酬唱只不过是一种与独吟不同的"生产状态"。而正是这种"生产状态"的不同,造成了酬唱诗歌与独吟诗歌在诗学意义上的一系列似微而著的差别。这一系列的差别,正是"酬唱诗学"之所以能自成体系的最基本的理由,"酬唱诗学"就是要在与独吟诗歌的平行比较中建立其诗学体系。

譬如酬唱与独吟产生的时间先后差别,甚至涉及诗歌的起源问题,有些人认为酬唱的产生甚至早于独吟①,那么酬唱比独吟还要源远流长。又譬如酬唱与独吟的创作素质问题:一般认为独吟需要认真严谨的创作态度,酬唱尤其是群唱、联唱更需要训练有素的敏捷身手;独吟考验的是诗人常态中的独创能力,酬唱考验的是诗人应对、应酬以及应急、应变创作能力;独吟属于自我创造、自娱自乐,固然要求全身心投入,而"群唱"属于共娱众乐,是公众场合的个人形象与能力展示,一样需要全神贯注。再如酬唱与独吟的读者差异:酬唱一般面向群体、面向社会生活,孤吟一般面向个人、面向个体生命体验。又如酬唱与孤吟之频率与重要程度差异:各个时代不同,至少在唐宋及其以后,酬唱比孤吟频繁且重要。

酬唱与独吟的异同还有许多方面值得探讨,而这里强调的一个

---

① 巩本栋《关于唱和诗词研究的几个问题》,《江海学刊》2006年第3期。

区别是：与孤吟式创作相比较，酬唱式创作可能会因为需要适应"合唱合奏"式的"和谐"标准，而会牺牲一点过于突出的个性，因为酬唱往往得兼顾对象，体现互动和交际性。但从另一方面看，酬唱具有其自身不可忽视的诸多特点或优势：合唱合奏的声音显然比独唱独奏音量宏大，尤其对于本身声音细微的人与器乐而言，加入合唱合奏更易引起人们的关注。从本质上讲，诗歌酬唱往往是同一"话题"的双重或多重视角的诗意性书写，而双重或多重书写不仅强化了书写对象，更重要的是，因为书写者（酬唱者）往往是二人或多人，他们对同一事件或事物有不同态度、感情、认识、观念和审美趣味，所以书写出的是他们不同的境遇、性情、学养、个性，这显然比孤吟式的一人书写的视角更为多层次、多面或全面；而酬唱的主题就在多重书写中深化，酬唱的表达艺术（如相关的典故、语言、技巧）就在多重书写中被拓展挖掘而变得更丰富。无论是赠答、唱和式酬唱，还是群唱竞唱、联句式酬唱，都有其比孤吟更多层次更多元的文学研究价值。酬唱诗歌具有的是不同于传统独吟诗学所"规定"的常见的文学性与审美意义。

然而在提倡独抒情志的传统独吟诗学观念指导下，人们不假思索或者习惯性地认为独吟式创作一定高于或重要于酬唱式创作，导致酬唱诗歌一直没有受到足够的重视。事实上，传统的诗歌评论标准、诗歌理论，基本是以独吟诗歌为标杆而建立的，因此当人们以这个标准和理论评价或审视酬唱诗歌时，总有些不自觉地不自信，譬如"就唱和诗本身的特点而言，它使诗人改变了'自说自话'的传统方式而有了具体的交流对象，使诗歌成为一种互动的表现形式。而这并不妨碍诗歌艺术特点与审美精神的发展"①。实际上，酬唱诗歌不仅"不妨碍诗歌艺术特点与审美精神的发展"，而且因其"互动"与群动的特征而"生发"了许多新的"艺术特点与审美精神"，只是因为人们没有将其从一般诗歌中分离出来、没有将其作为独吟的不同甚至有些对

---

① 马东瑶《苏门酬唱与宋调的发展》，《文学遗产》2005年第1期。另外，周裕锴《诗可以群：略谈元祐体诗歌的交际性》认为："（唱和诗）其在文学史上的最大价值，就在于将日常生活诗意化。"《社会科学研究》2001年第5期。

立的形态而对待,所以才没能"发现"其"独特"的价值与美感。

作为不同乃至有些对立的创作形态,且数量超过独吟的酬唱诗歌,的确需要建立一种新的标准和理论,亦即一套专门为具有明确交际性、群体性诗歌而设立的评价体系和审美标准以及诗学理论——"酬唱诗学",它将使人们换一种视阈与标准去理解、评判酬唱诗歌,因而丰富整个诗歌美学。

二、酬唱诗学的社会学维度建构

文人集会、结社与酬唱之关系研究,已经成为酬唱诗学研究的一个热点①,这是学者们为酬唱文学研究从社会学引进的一个十分有效的着眼点,也是酬唱诗学的一个重要基点。

"诗歌是文学艺术作品,同时也是连接人与人、人与世界的信息传播媒体。"②与独吟创作相比较,酬唱创作更是构建士人信息网络的重要媒体。作为一种社会交往的文学形式,酬唱不仅属于文学范畴,更属于社会学研究的范畴,这使其成为文学与社会学的交叉研究的聚焦点。而社会学研究范围,远比我们目前所汲取的范畴广泛且深远,因此,我们有必要从中"拿来"更多的"范畴"以扩大我们考察或透视酬唱诗歌的视野。社会学中的社会结构、社会关系、社会政治、社会心理、社会行为、社会生活、社会历史、社会交往等,有的是社会学关注的对象,有的已经形成了次生学科,都有着十分丰富的研究路径与成果,而这些专题与学科的任何一种引进,都会使我们对酬唱诗歌的研

---

① 如王兆鹏《宋南渡词人的诗社唱和》,《湖北大学学报(哲学社会科学版)》1992 年第 2 期;王德明《论宋代的诗社》,《文学遗产》1992 年第 6 期;彭玉平《宋元诗社与宋元文化》,《文学遗产》1997 年第 6 期;钱建状《宋室南渡与词坛唱和之风的兴盛》,《厦门教育学院学报》2005 年第 1 期;梁建国《朝堂之外:北宋东京士人走访与雅集——以苏轼为中心》,《历史研究》2009 年第 2 期。欧阳光《宋元诗社研究丛稿》,广东高等教育出版社,1996 年;马东瑶《苏门六君子研究》,北京大学出版社,2005 年;周扬波《宋代士绅结社研究》,中华书局,2008 年;熊海英《北宋文人集会与诗歌》,中华书局,2008 年。

② [日]浅见洋二著,金程宇、冈田千穗译《距离与想象》,上海古籍出版社,2005 年,第 198 页。

究更加向横广与纵深处拓展。

譬如,我们需要通过历史社会学了解宋代的社会结构,进而考察诗歌酬唱者的社会身份与关系。我们发现参与酬唱的诗人,多为京师与地方各级的官僚士大夫,此外还有皇帝、宗室、隐士、游士、僧人、道士等具有较高文化知识文化修养的人士,还有较少量的妇女及农工商人,这些不同社会身份之间关系极其复杂,共同构筑了一个以诗歌与文化为纽带的"酬唱社会层"。这个社会层中不同身份的人,在酬唱中呈现出君臣、上下级、同僚、师生、同乡、同年、朋友等社会关系,再加上父子、兄弟、叔侄、夫妻等家庭关系,组成一个错综复杂的"酬唱网络"。酬唱诗歌反映出"酬唱社会层"的各种人际关系。这个酬唱网络涉及宋代不同文化层次的"社会人",而这些"社会人"的交往习惯、生活环境、习俗风尚,决定了酬唱诗歌的风貌。要了解酬唱网络中"社会人"的这一切,就必须借助与之相关的专题与学科,如宫廷研究、翰苑馆阁研究、社会结构与阶层研究、科举学、官制学等历史社会学系统,这无疑会使狭隘的、过于简单化模式化的纯文学研究视野大开。

另外,各级官僚身份中蕴含着天然的"政治性"因素,"政治性"虽只是社会性的一部分,却在社会性中占有相当重大的分量。文官政治使不少诗人跻身于政治、社会、文化中心,同时成为政治精英、社会精英、文化精英,多重身份使得他们的社会关系复杂化,也使得原本单纯的诗歌之间的人际网络,因为有政治、社会人际关系的掺入而变得复杂,尤其当酬唱成为君臣或者同僚等"政治性"人物的交际方式时,酬唱者的关系就异常复杂。宋代的党争以及多次"诗案"都与酬唱有关,而实际上,尽管在党争时期酬唱者会尽量避免"政治性"而突出其"社会性",但这几乎无法做到,因为合于一身的多重身份无法完全拆开。"政治性"身份为酬唱网络与酬唱诗歌的"社会性",抹上了一层挥之不去的色彩。

之所以必须考察这些历史社会学因素,是因为诗歌酬唱作为一种社交活动,诗人的社会身份与社会关系,其实比"诗人"这个超然于社会之外的"文学名号"显得更加重要:社会身份与关系不仅决定他参与哪种性质与层面的交往、聚会,决定他的交游圈、交际圈,而且决定着酬唱诗的书写与表达,即所谓"唱和因人而成,也因人而异,唱和的对象不同,唱和便有区别"①。社会学认为,情感上的"亲疏"与地位上的"尊卑"是人际关系中两个最基本的维度。这两个最基本维度决定了酬唱诗歌的写作方向,决定了酬唱诗歌的内容、语气、语调、语言、风格等各个方面的书写。

我们还需要关注社交社会学中的社交场合。独吟诗发生于独处场合所谓私人空间,酬唱诗一般发生于社交场合所谓公共空间,譬如"唱酬诗主要产生于以下几种社交场合:外交献酬、宴会制作、友朋赠答、诗社唱和、馆阁唱和"②,此外还产生于一些有明确交流指向性场合等私交、社交场合。而在不同的社交场合,酬唱者自然会有不同的酬唱态度与表达,因为诗歌发生的"场合"就是诗人创作时的氛围或气场,制约诗人在此氛围中的精神状态以及表达意向或取向,有时这些社交场合还能激发诗人潜在创造力。

社会身份、社会关系、社交场合等社会学元素,可说是对酬唱诗歌进行解读、阐释、评判必须关注的三个要素。在独吟诗歌研究中,这三个要素所起的作用并不明显,但在酬唱诗歌研究中,则起很大乃至决定性作用。因为按照社会学的观点,人存在于社会之中,其行为甚至思想绝非完全自由,而是要受到社会的塑造、限制乃至决定。因此,是否符合身份、关系、场合,亦即是否"得体",成为衡量酬唱诗歌的重要标准。事实上,历代诗话就常常用此标准来评判酬唱诗歌的优劣。而这一点正是从社会学角度观照酬唱诗歌的贡献:让社会学元素在文学阐释、评论中发挥作用,补充传统诗学中"性格决定风格"的风格单一决定论。

除此之外,社交方式、社交礼仪、社交活动、社交行为、社交心理等社交社会学研究的内容,在酬唱诗歌中都起到了相当重要的作用。酬

---

① 巩本栋《关于唱和诗词研究的几个问题》,《江海学刊》2006 年第 3 期。
② 周裕锴《诗可以群:略谈元祐体诗歌的交际性》,《社会科学研究》2001 年第 5 期。

唱诗歌展示了文人在社交生活中的行为、心态、性情与精神气质,我们因此可以从社会(社交)行为学、社会(社交)心理学角度,更深入地理解与研究酬唱诗人①,活化诗人生活环境与生存状态。每个诗人都有他自己的酬唱对象,勾勒出其对象及其酬唱方式,也就能了解他的人际关系与社交场所、生活天地。诗人的交游与社交活动,虽非诗歌体派形成的决定因素,却是重要的因素之一,尤其是长期性或经常性、固定化的交游酬唱,是体派形成的要素与表征。

酬唱产生于士人的社会交往需要以及社会交往活动,是当时社会的多种社交方式之一,因此,我们可以借助社会学而穿越时空、置身于宋代社会生活与社交生活的大环境中,以体验酬唱诗歌发生的氛围与方式及功能。

酬唱到宋代,已经成为士人社会交往与交际活动的必不可少的组成部分,成为士人社交的一种标志性活动。士人与普通百姓在社会交往的目的与形式上,一般没有太大的区别,唯一区别就是其交往活动有无酬唱一类的雅事。六朝士人社交以"清谈妙理"为最高境界,而唐宋尤其是宋代及其以后,酬唱则成为衡量社交水平的标准,成为"群聚"是否能变"雅集"的衡量标尺。梅尧臣《新秋普明院竹林小饮诗序》云:"酒既酣,永叔曰:'今日之乐,无愧于古昔。乘美景,远尘俗,开口道心胸间,达则达矣,于文,则未也。'命取纸写普贤佳句,置坐上,各探一句,字字为韵,以志兹会之美。咸曰:'永叔言是。不尔,后人将以吾辈为酒肉狂人乎!'顷刻,众诗皆就。"②至少在仁宗初年,欧梅等宋代诗人就非常自觉地选择诗歌酬唱这种方式,以区别于寻常百姓的宴饮集会。《文心雕龙》卷九《时序》中所云"傲雅觞豆之前,雍容衽席之上;洒笔以成欢歌,和墨以藉谈笑",正是文人超越流俗群聚而引以为傲的雅集境界。

---

① 例如王水照《苏轼研究》思想篇之三《"苏门"诸公贬谪心态的缩影——论秦观〈千秋岁〉及苏轼等和韵词》,河北教育出版社,1999年,第112—129页。
② 梅尧臣著、朱东润编校《梅尧臣集编年校注》卷二,上海古籍出版社,1980年,第32—33页。

在士人人际关系中,书信是文字交往的最常用形式,但从唐代起,一些士人就认为诗歌酬答之效果超过一般书信,到了宋代更是如此,如苏轼《次韵答王定国》云"每得君诗如得书,宣心写妙书不如"。当时文人普遍喜好以诗歌酬唱代替书信交流,而且相信酬唱在"宣心写妙"方面比书信的艺术性更高、效果更好。从这些例证可以看出,酬唱实际体现的是士人的社会精英意识以及文化优越感。

从酬唱诗歌最为人诟病的"应酬性"中,可以解读诗人作为"社会的人"或"社交的人"在社交网络中最为世故真实及其试图超越世俗的一面。数量巨大的酬唱诗歌足以说明,大量诗人的多数时间消耗在人际关系网礼仪化的来来往往中。诗人酬唱,除了感情与信息交流的需要、寻觅知音或文学文化认同感之外,不少都是出于功利性的需要,而功利性是"社会性"的重要成分,体现的是世俗社会价值观。在多数社交应酬中,酬唱者常常无法脱离世俗而显示个人的清高或孤高,处于尘世中的诗人,必须人情练达,至少需要饱谙世故,而人情世故,就是"社会性"。"社会性"往往显得卑俗,譬如在许多干谒求助的投赠诗中,表现的就是诗人作为"社会人"时面对权力时的卑微屈就心理。从社会学角度解读酬唱诗歌"应酬性",会挖掘出酬唱诗歌承载的社会行为及心理价值。

然而正如唐宋诗人所言,与书信以及其他交往方式相比较,诗歌酬唱具有更高的文学性,是所有社会交往方式中最有诗意、最有文学意味的方式。酬唱诗歌是文人的社会人际关系诗意化呈现,它美化或理想化了世俗的人际关系,让人们从中感受到高于世俗关系的和谐与美好。社会性与文学性融合在酬唱诗歌里,展现出酬唱诗学的一体两面,这正是酬唱诗歌异于独吟诗歌之处。宋诗关于"俗与不俗"的讨论,其实就是社会人与诗人、社会性与文学性、社会与诗歌的讨论,而从社会学结合文学维度考察酬唱诗歌应该是最直截了当的面向。

日本学者山崎正和《社交的人》中提到:"《万叶集》中的许多诗歌,人们推断那些是在宴会上创作的;日本平安时期的短歌、室町时期的连歌以及江户时代的俳谐,也大都是在文人相聚的集会上歌咏,让人评论的。"①法国学者布吕纳介《法国文学史批评研究》指出,十七到十九世纪的"法国文学简直可以说是随着沙龙史一起发展起来的"②。可知文学在各种社会交往中发展,是世界不少国家的普遍现象。而酬唱诗歌,更是伴随着中国"关系本位"的社会交往历史,经久不衰。社会交往以及社会学为酬唱诗学提供更深广的研究空间。

三、酬唱诗学的文化维度建构

交往是社会赖以产生的过程,交往有政治交往、经济交往、军事交往、日常生活交往、文化交往等多种形式,酬唱无疑属于文化交往。从《诗经》萌芽、汉魏六朝兴起的诗歌酬唱,历经千百年发展,形成了深远丰厚的酬唱文化。酬唱文化本身应该是文化学研究的一个分支或重要对象,但目前尚未受到文化学足够重视,研究尚未充分展开。该文除了关注酬唱文化的本质与核心外,主要从文化学维度关注酬唱诗歌:酬唱者需要具备怎样的"文化资本"才可以酬唱;酬唱诗歌负载的文化力度与厚度是否超过独吟诗歌?酬唱负载了哪些文化?文化积淀的强度减弱还是增强文学的美感或质感?

酬唱常被视为文学自身发展的一个产物,而实际上,酬唱还应该说是礼仪文化的一个产物,或者说礼仪文化是酬唱文化的核心要素,它促进了酬唱的产生与发展。《礼记·曲礼上》云:"太上贵德,其次务施报。礼尚往来,往而不来,非礼也;来而不往,亦非礼也。"礼仪是人类交往活动文明化的体现,而诗歌酬唱恰恰是礼仪文化中最具智慧和诗意的表现方式之一。正是人类尤其是中华民族对"礼尚往来"的重视和追求,催生并不断丰富着酬唱文化。

《论语·阳货》云:"诗可以兴,可以观,可以群,可以怨。"其中的"群"就是强调诗歌的交流与交际功能。这种功能不仅仅停留在认知

---

① [日]山崎正和著、周保雄译《社交的人》,上海译文出版社,2008年,第105页。
② 转引自[日]山崎正和著、周保雄译《社交的人》,上海译文出版社,2008年,第123页。

阶段,而且早就被实践。赋诗酬酢是先秦社交以及外交礼仪的常见方式①,只是当时所赋之诗,基本是引用《诗经》或其他文献中的现成诗句。而这种做法已经彰显了诗歌酬酢在礼仪文化中的高超交际意义。随着诗歌创作的发展与繁荣,诗人的主体意识与创新意识高涨;同时礼仪文化也在不断发展变化,对参与社交、外交的诗人提出更高的要求,因此随机应变的临场"作诗",以更能凸显个人才华的方式,经过汉魏六朝漫长的酝酿尝试,逐步地、大规模地取代了"引诗"酬酢②。"诗书礼仪"的传统文化没有变化,只是其中"诗"的涵义发生了一点变化,这点变化,正好符合了礼仪文化的需求,对诗歌自主创作以及酬唱的发展起到了促进作用。

  酬唱最初只是礼仪文化的一个组成部分,而当这一部分在吸收礼仪文化的精髓后逐渐发展壮大起来,就独树一帜,形成了能够标示礼仪文化高度的酬唱文化。可以说,礼仪文化先是吸纳了诗歌作为一种凸显文化修养的交际手段,而诗歌在被吸纳的过程中,又为礼仪文化注入了新的更优裕的文学元素。酬唱文化是文学与礼仪文化水乳交融、共同发展的结果。由三代礼乐制度以及儒家经典"三礼"不断守成创新而形成的礼仪文化,到宋代随着社会变化以及经学与理学的发展而更加繁荣③;而同时,酬唱也经过漫长的发展而成熟完备,二者的互融互摄,使酬唱文化达到了前所未有的繁荣昌盛。从酬唱诗歌及其诗题、诗序、相关文献中,可以感受到人际关系的温暖和谐,感受到诗人在应答酬对中的雍容优雅,感受到诗人们在诗艺竞技中的谦和礼让。因此,我们不妨认为,酬唱文化,是诗化、美化了的礼仪文化,是社交礼仪的典范或者示范,代表着礼仪文化的最高境界。

  酬唱诗歌的文化学维度建构除了考察酬唱文化外,更要关注酬

---

① 这一点记载颇多,如《论语》云:"诵诗三百,授之以政,不达;使于四方,不能专对,虽多,亦奚以为。""不学诗,无以言。……不学礼,无以立。"
② 又如赠答式酬唱,其实由礼仪文化中的馈赠物品发展而来。
③ 宋代的礼仪文化是在儒家礼仪传统基础上形成的,所以周裕锴《诗可以群:略谈元祐体诗歌的交际性》云:"唱酬诗是儒家的礼仪文化和人伦精神在诗歌领域的特殊表现形式。"《社会科学研究》2001年第5期。

唱者的文化素养以及酬唱与礼仪文化之外的其他文化之间的关系。

诗歌酬唱可以说是士人社会内的一种文化交流、交际游戏。参与酬唱的诗人,并不一定都具有鲜明的政治主张、非凡的学术成就或者高深的思想水平,但他必定具有基本的"文化资本"①。因为基本的"文化资本"是诗歌酬唱的必要条件。酬唱的交际性与竞技性,促使酬唱者在具有一般文学资本的同时,更要积累相当的"文化资本",因为"文化资本"是否积累到一种随时可以自由表现的程度、能否在诗歌中表现得高超或略胜一筹,关系到对酬唱者的综合实力考评。因此,宋代大多数诗人都强调学问比技术更重要,实质上就是强调"文化资本"比文学资本更重要。陆游云:"诗岂易言哉!一书之不见,一物之不识,一理之不穷,皆有憾焉。"②"书"、"物"、"理"就是诗人的"文化资本"。有了雄厚的"文化资本",酬唱者才会在酬唱中立于不败之地。诗人的文化资本有多厚重,其创作的诗歌负载的文化就会有多深广。王安石、苏轼、黄庭坚等人都是在酬唱中显示出文学尤其是文化等综合实力的。宋诗有明显炫耀学识等"文化资本"的学问主义或文化主义倾向,应该说是由频繁而持久的酬唱竞技促成的。

人们通常认为诗歌是语言的艺术,但从文化学角度看,诗歌更是文化的艺术,是负载或凝聚着文化的艺术。文化孕育文学,而文学凝聚着文化。宋代诗歌因为凝聚着"造极于赵宋"的"华夏文化",显得尤其深广厚重。从传播学角度讲,"通过诗歌这种媒体进行传播、交换的信息是多种多样的"③。除了情感、志向之类个人精神信息交流

---

① 法国著名社会学家布迪厄认为文化资本包括身体化资本、客体化的文化资本、制度化的文化资本。本书借用的"文化资本"一词,倾向于一个人所具备的所有学问与文化修养。详见其1979年所著 *La Distinction. Critique Sociaie Du jugement*,大陆一般译作《区隔·品味判断的社会批判》(一作《区隔:品味判断的社会批判》,一作《区分:鉴赏判断的社会批判》,刘晖译作《区分:判断力的社会批判》),巴黎Minuit出版社1979年(法文),哈佛大学出版社1984年(英文),商务印书馆2015年(中文)。
② 《何君墓表》,曾枣庄、刘琳主编《全宋文》第223册,上海辞书出版社、安徽教育出版社,2006年,第264页。
③ [日]浅见洋二著,金程宇、冈田千穗译《距离与想象》,上海古籍出版社,2005年,第198页。

外,诗歌传播交换的还有广阔无垠的文化信息:从天文地理、典章制度到琴棋书画、花草虫鱼的各种知识以及典故等一切前文本信息。

作为诗歌中颇为特殊的"媒体",酬唱以其"传播交换"信息时的直接性、快捷性、多重性、互文性及竞技性(不仅是诗歌技巧的竞技,更是文化知识竞技),在文化的传播速度和力度以及深广度上都超过独吟诗歌,强化了诗歌的文化负载程度,总体上讲比独吟诗歌更具有文化性、文化价值。

小至两三首、大至同一题材的所有酬唱诗歌,集中呈现了酬唱者们关注的话题,负载并传播着相关的文化信息。譬如,送人赴官类酬唱,是最为常见的酬唱话题,动辄一组二三十首,有时多达百首,如《续会稽掇英集》①收录的送程师孟知越州,先后参与酬唱者达百余人,诗百余首,这类诗歌被后人普遍认为除了虚与委蛇的应酬性之外,既无文学价值也无文学意义,但实际上这类诗歌却负载着饯别礼仪文化、官僚文化以及地方风土文化等多层次多方面文化信息。

曾巩《馆阁送钱纯老知婺州诗序》谈到三馆秘阁送人外任时云:"盖朝廷常引天下文学之士,聚之馆阁,所以长养其材而待上之用。有出使于外者,则其僚必相告语,择都城之中广宇丰堂、游观之胜,约日皆会,饮酒赋诗,以叙去处之情,而致绸缪之意。历世浸久,以为故常。其从容道义之乐,盖他司所无。"②馆阁的这种惯例性的送别,长期因袭发展,形成了一套具有示范意义的习俗与礼仪文化,为后代士人所效仿。看似例行公事式的酬唱,体现的却是饯别礼仪文化。送官员外任,当然会涉及被送者的升降与职责,涉及送行者与被送者之间的上下亲疏关系,涉及职官制度的许多问题,大量此类酬唱诗,在应酬与祝愿中构筑出丰富又含蓄美化的官僚文化。一般人认为送行诗一定要有依依不舍之类的情感,才可以称得上好诗,但方回认为:"送行之诗,有不必皆悲者;别则其情必悲。此类中有送诗、有别诗,当观轻重。又送人之官,言及风土者,已于'风土类'中收之,间亦见此,不

---

① 黄康弼辑《续会稽掇英集》,《续修四库全书》集部第1682册。
② 《全宋文》第58册,第12页。

可以一律拘也。"①他十分细致地将"送诗"与"别诗"区分开来,以说明送行诗并不全以"悲"等情感取胜的特点。至于其所言"送人之官"的酬唱已收于"风土类"之语,应指《瀛奎律髓》卷四"风土类",方回谈到送别诗歌归入"风土类"的意义云:"广谷大川异制,民生其间异俗。读《禹贡》《周官》《史记》所纪,不如读此所选诗,亦不出户而知天下之意也。"②送行酬唱,常常考核着送行者关于"天下"地理文化的知识与想象,承载着被送者外任各地的风土文化,其诗性表达比史书地理书所记录的更有人文价值、文化价值。

其他题材类型的酬唱诗歌,同样负载着各种具体相关文化,如宴饮酬唱与集会文化、饮食文化,赠答式酬唱与馈赠文化、物品与器物文化;又如官僚与隐士处士、僧人道人的酬唱,呈现出官僚文化与隐逸文化、宗教文化的对接。可以说,酬唱促进了各种具体文化的兴盛与相互交流。

文化负载厚度过重是否会影响文学美感,这其实涉及"文学的本质是什么"这个大命题。文学的本质是什么?中华人民共和国成立后直至二十世纪八十年代,我们相信反映论,即"文学是用语言形象反映生活的一种社会意识";八十年代,在新批评和俄国形式主义的影响下,我们崇拜审美论,即"文学是一种审美意识形态";九十年代以后,文学研究重新关注政治、社会和文化,但这并非是对"反映论"的简单的回归,而是深刻洞察自己历史后的再次前行,它包容"审美论"和"反映论"的合理因素,并始终处于动态的历史建构之中,至少,学者们在"文学不应该是一具审美的空壳"这点上逐渐达成了共识。具体到酬唱诗歌而言,传统诗学的诗歌语言艺术说以及缘情言志说,使人们过于重视语言与情志,而使文学研究陷入轻清乃至轻薄的境地,也使"文艺腔"成为人们诟病文学的话柄。文学是文化的艺术这个新理念,则会使人们关注文学所负载的文化分量、文化价值与意义,

---

① 方回著、李庆甲集评校点《瀛奎律髓汇评》卷二四,上海古籍出版社,1986年,第1018页。
② 同上书,第150页。

更会使文学研究因文化的介入而显得厚重。酬唱诗歌因多重书写所负载的丰厚文化而具有了明显的厚度与质感。从文化学维度观照酬唱诗歌,除了要发现文学的文化意义之外,就是要挖掘出文学的厚度与质感,感受到文化负载中的审美意义。酬唱诗的题材一般都琐碎而平常,酬唱者有了雄厚的"文化资本",才可能将庸常的生活艺术化、将琐细的物质精神化,雄厚的"文化资本"是提升文学美感、加重文学质感的精神基础。

应该说,源远流长的、普遍的、大量的酬唱行为与成果,酬唱历史中逐渐产生的约定俗成的通识、规矩乃至礼仪习俗,以及参与者的文化资本等,构建了内涵丰富的酬唱文化。考察与酬唱相关的大量文献,可以将酬唱文化的核心和外围形态,酬唱文化在时间、空间上的不同层面动态描绘出来,这将极大丰富我们对酬唱诗歌的理解和认知。

必须强调的是,酬唱诗学并不是社会学或文化学研究的文学注脚,而是借鉴诗歌发生学、社会学、文化学等相关成果,站在文学本位的立场,以传统独吟诗学为参照,将酬唱诗歌作为其理论研究的主要对象,参考古人对待酬唱诗歌的态度与观点,探讨酬唱诗歌不同于独吟诗歌的本质、目的与功能、内容与形式、审美价值与意义等。这将是一个丰厚的诗学体系。这里只是简单地提出"酬唱诗学"这个体系的相关问题,而更多的建构,则将通过对宋代酬唱诗歌的具体研究抽绎和归纳出来。

目 录

四川大学古典文学研究丛书序 …………………… 祝尚书 1
酬唱诗学的三重维度建构(代序) …………… 吕肖奂 张 剑 1

上编 士人社会分圈层酬唱

第一章 引领风尚:士大夫诗人之间酬唱 …………… 4
　第一节 官员诗人的本职工作与社交生活 / 4
　第二节 士大夫之间酬唱的基本风貌与主要形态 / 11
　第三节 士大夫酬唱网络的建立与导向 / 21
第二章 民间实力:布衣诗人酬唱网的存在与消失 ………… 26
　第一节 隐逸外衣下的乡土市井:宋代处士酬唱 / 26
　　一、社会身份被美化或被遮蔽的处士 / 27
　　二、处士风尚三变及其不断增长的创作力量 / 37
　　三、渐非"士大夫专场"的北宋后期诗坛 / 49
　　四、南宋前期吉州唱和圈中的处士诗人及其身份创作 / 63
　第二节 另类民间声音:游士之间酬唱 / 80
　　一、南宋中后期异军突起的游士阶层 / 80
　　二、介乎士大夫与庶民之间的江湖审美形态 / 95
　　三、游士群体唱和的非虚拟空间 / 105
　　四、游士之间唱和的阶层定位与身份认同 / 119
　　五、从"江湖吟社"看南宋后期江西诗坛 / 131
第三章 宗教话语:方外之士酬唱 …………………… 147
　第一节 足以抗衡的教禅力量:僧众之间唱和 / 147

　　　　一、僧众内部唱和的话语系统及方式规模　/ 148
　　　　二、宋日禅文化圈内的论辩式诗偈酬唱　/ 161
　　第二节　相对微弱的声音：道流内部诗歌酬唱　/ 179

下编　酬唱诗歌的三重维度审视

第一章　酬唱者的聚焦点及差异性书写下的文化累积 …………197
　　第一节　诗歌唱和与祥瑞文化及海外文化　/ 198
　　　　一、两次白兔唱和的创变诗思与祥瑞文化　/ 198
　　　　二、注辇国白鹦鹉唱和与海外文化　/ 213
　　第二节　砚屏唱和对器物文化的贡献　/ 225
　　　　一、砚屏的产生及其制作材料、过程　/ 226
　　　　二、砚屏之名与铭　/ 231
　　　　三、欧阳修月石砚屏的流传　/ 232
　　　　四、欧阳修等人唱和诗引发月石(虢石)和砚屏盛行　/ 233
　　　　五、想象力的竞技　/ 236
　　第三节　琵琶唱和与音乐文化　/ 240
　　　　一、杨褒以及宋代文人的生活情状与雅趣　/ 240
　　　　二、杨褒家的琵琶妓与宋代文人家的乐妓　/ 243
　　　　三、宋代流行的一支琵琶独奏曲——啄木曲　/ 245

第二章　日益精致的诗人社交生活与酬唱方式 ……………250
　　第一节　更有意味和意义的唱和活动形式　/ 250
　　　　一、分题之"题"：不同时代文人酬唱活动集体情趣的传承
　　　　　　与变化　/ 252
　　　　二、分韵之"韵"：游戏规则的从随意无序到刻意有序　/ 255
　　　　三、以题为韵：从有序到有意味　/ 257
　　　　四、以韵点题：从有意味到有意义　/ 259
　　第二节　分题分韵唱和活动形态与审美标准　/ 264
　　　　一、酒席上的分题分韵：作为游戏组成部分的诗歌创

作 / 264
　　二、诗会性质的分题分韵：唱和游戏的严肃化 / 267
　　三、速吟而精准：分题分韵诗歌的集体评价标准 / 270
　　四、知识层的集体风雅：分题分韵的普及程度与规模 / 275

第三章　酬唱集的互文性书写与往日重现 …………………… 278
　第一节　元祐更化初《同文馆唱和诗》考论 / 278
　　一、《同文馆唱和诗》的编集 / 279
　　二、同文馆锁院的起止时间 / 281
　　三、同文馆承载的对外政策"更化"消息 / 284
　　四、参与与未参与锁院唱和的试官 / 286
　　五、此次锁院性质：吏部选人还是发解试？ / 287
　　六、此次发解试之更化意义及试官们的态度 / 289
　第二节　《同文馆唱和诗》诗人事迹考补 / 291
　第三节　同文馆中的品鉴联谊式唱和 / 301
　　一、互相品鉴式唱和与试官们形象 / 302
　　二、试官们的唱和联谊与关系网络 / 307
　　三、锁院生活促使诸种关系密切化 / 311
　第四节　试官们的生活与视界 / 313
　　一、府试试官们的本职工作 / 314
　　二、试官们的消遣与态度 / 317
　　三、锁不断的时空 / 320

第四章　个体酬唱及人际关系诗歌中的个性显现 …………… 327
　第一节　欧阳修社交型性格在唱和诗歌中的凸显 / 327
　　一、欧阳修作为州府一级最高长官的唱和历程 / 328
　　二、多重身份下各种情感凝聚而成的唱和诗 / 334
　　三、南都文学崛起的标志性事件之一 / 337
　第二节　交往困难症患者陆游的人际关系诗歌 / 342
　　一、蔑视礼法的官场社交唱和 / 342
　　二、与"奇士才杰"过度亢奋的江湖义气式交游 / 348

三、"村翁"式乡邻交往的失落孤独 ／352

附录一　宋代诗人酬唱圈研究 ················· 360
附录二　各章节分别对应的发表文章 ············· 374
主要参考文献 ···························· 377
后记 ································· 389

上编　士人社会分圈层酬唱

◎ 第一章　引领风尚：士大夫诗人之间酬唱
◎ 第二章　民间实力：布衣诗人酬唱网的存在与消失
◎ 第三章　宗教话语：方外之士酬唱

每个诗人首先是社会人,有各自的社会身份、阶层(与圈层大体相同)等社会属性。当诗人们唱和时,他们的社会属性往往比其文学属性更为突出和重要。在等级相对森严的宋代社会里,诗人的社会身份及圈层规定或制约着他唱和时的表达。

士人社会包括所有有知识、有文化的人,根据他们的社会身份,大体可以分成士大夫或官员阶层、非官员或者布衣阶层、宗教或方外阶层。每个阶层内部唱和时,诗人会因为社会身份近似而产生近似的价值规范与话语系统;而当诗人跨阶层唱和时,这些相对独立的规范系统就会因为每个诗人自身社会身份的带入而发生直接交流或交融。

各级官员即士大夫阶层,无疑是宋代唱和的主力军。作为拥有政治权利的社会精英,官员总体数量在整个社会中人数比例虽不巨大,却因其掌握着整个社会政治各个方面的话语权,而基本掌控文化包括文学领域。其内部唱和展现出的士大夫的交往礼仪、观念意识以及话语系统,引领着整个文坛唱和的风气与方向。

非官员诗人即布衣诗人,包括处士和游士。处士是居处一地或有稳定职业的城乡布衣诗人,常常被美称为隐逸诗人。他们在两宋三百余年间普遍存在,数量远超官员诗人,却因没有政治地位,加上居处比较分散,其诗集、诗歌又散遗严重,而被后世有意无意无视或忽略。事实上,北宋处士风尚多次变化,处士有自己的联络方式与唱和网络,其内部唱和虽然并未形成一套独立于士大夫体系之外的话语系统,却因其身份差异而建构出以隐逸脱俗为高标、为士大夫赏识的处士文化。游士是指长期游移不定或没有稳定职业的士人,他们在北宋还不足以形成阶层,但到了南宋光宗、宁宗朝却忽然崛起,在南宋中后期一度成为几乎可以与士大夫诗歌创作相抗衡的民间力量,提升了布衣士人阶层的诗歌创作声名。游士诗人在游走中唱和,共同创立的江湖文化不像处士文化那样深受欢迎,却能凸显另类布衣诗人的生活理念与精神追求。布衣诗人内部酬唱很少有人关注,因此本编对此用力较多,试图通过描述论证,重现布衣诗人的生存与交际创作情状。

僧人、道士等宗教界诗人,特别是僧人,继承唐代方外之士的创作传统,日益发展为一股强劲的诗歌创作势力,到了南宋中后期,形成五山十刹文化,影响更加深广。僧人、道士的宗教思想与话语本就自成系统,他们为了与士人对话而努力学习士人诗歌话语,但当其内部酬唱时,话语则自成一体,与他们在跨层级唱和所使用的俗众话语颇不相同,反过来对官员、布衣阶层都有相当大的影响。

布衣诗人与方外之士的酬唱诗歌,呈现出士大夫文学以外的"周边文学"①风貌,这些"周边文学"因为常常被分别论述,在文学史中几乎被淹没。而实际上,"周边文学"到了南宋中后期,其综合实力几乎可以与士大夫文学抗衡,甚至可以改写文学史以士大夫文学为主流文学的单线脉络。士人社会分阶层内部唱和诗歌研究,让我们重新认知主流文学与周边文学创作力量的消长变化,重返宋代文学原生态。

---

① 参见朱刚《唐宋"古文运动"与士大夫文学》第三章第七节《士大夫及其周边文人——走向南宋》中提出和阐释的"士大夫文学"及其周边文学,复旦大学出版社,2013年,第230—249页。

第一章

引领风尚：士大夫诗人之间酬唱

从现存的唱和诗歌数量及其质量、影响深广度等各方面衡量，士大夫亦即官员诗人可以称作宋代诗歌唱和主力军。士大夫因为掌握管理权力、具有优越的政治地位而占据了士人社会的上层，他们的言行举止引领着士人社会的风气。宋代官员继承先唐传统，将诗歌唱和发展成为士大夫社交生活的常态，其唱和的题材、规则、方式、风格等，无不成为士人社会唱和的风向标。士大夫唱和奠定了宋代诗歌唱和的基石，构成了宋代唱和诗歌最基本形态。布衣诗人、释道诗人的唱和，基本是在仿效官员诗人唱和时，结合各自的社交生活特点而发展出各自的风貌。尽管北宋后期处士、南宋中后期游士崛起，尽管僧人内部唱和逐渐自成体系，但也还不足以动摇士大夫在诗歌唱和上的主流地位。

第一节 官员诗人的本职工作与社交生活

诗歌创作并非官员的职业生涯所必须，却是官员社交生活所必须。诗歌酬唱到宋代，已经发展成为官员建立社会关系必要且最佳的手段，也成为官员社交生活不可或缺的技能。官员的社交生活促进了诗歌创作以及酬唱的繁荣。

考察现存酬唱诗歌的创作主体所属的社会阶层,可以肯定,两宋尤其是北宋诗歌酬唱的主力军就是通过科举、门荫及其他渠道走向仕途的各级官员。① 这与东亚汉文化圈中的日本颇不相同,日本五山时期汉诗创作与唱和的主力军很长一段时间是僧人。

　　实际上,宋代的官员阶层不仅仅是诗歌酬唱的主力军,而且是宋代文学乃至宋代文化的主力军。因为宋代官员不仅掌握着当时帝国的各级管理权力,而且也掌控着帝国绝大部分的文化资源,在社会政治经济军事文化文学各个方面都享有相当优先的话语权。这种社会结构与语境决定官员成为很多领域的领导阶层以及主要力量。这的确是官本位或者关系本位社会的一大特色。

　　宋代官员在诗歌酬唱的频繁程度以及规模方式上都超过前代,一方面是因为宋代官员有汉魏六朝隋唐五代以来日渐发展的酬唱传统可以继承并将其发扬光大,另一方面也因为宋代官员队伍十分庞大,其中通过科举而进入仕途的士人占有相当大的比重,官员阶层的平均文化素质与文学素质较高,为诗歌酬唱提供了数量乃至质量上的保证。

　　当然,这些还只是官员唱和繁荣的充分条件而非必要条件。我们需要了解官员为什么会那么热衷于唱和,为什么会长时期活跃于诗坛而成为领军人物,官职与官制到底在哪些方面促成了官员诗歌唱和的盛行。

(一) 官职并非官员创作及酬唱的平台

　　今天的人们很难将官员和诗人两种身份联系到一起,因为作为

---

① 宋代官员的选拔途径有五种:科举取士、门荫补官、从军补授、吏人出职、纳粟摄官,其中门荫补官与科举取士数量最多。通过门荫补官的人,比科举入仕的数量还多,科举及第每年平均不过361人,而以门荫进入仕途的人每年平均要500人。门荫补官的人文化与文学水平参差不齐,整体上看虽不如科举入仕者,却比其他三种渠道入选的人文化水平要高得多。两宋科举所取之士有十一万五千多人,质量也最高。详参龚延明《宋代官制辞典》,中华书局,1997年。本书关于宋代官制的信息多出于此书。另:本书官员主要指已入仕、列入班簿之文武官,还包括曾任而又离任以及致仕的官员。官员诗人可以称作士大夫诗人,但因为士大夫的含义更为广泛,而官员更能突显诗人的社会身份,所以此处称作官员诗人。

国家机器的官员需要循规蹈矩、严肃而理性的管理能力,而作为精神领域创造者的诗人需要的是超凡脱俗的激情才华,二者所从事的工作、需要的才能几乎具有对立或相反的性质,甚至没有可以相容的空间。但在中国古代,这二者却毫无困难地融为一体,成为一个普遍且普通的现象,并因此而构筑出三千年的诗歌帝国。

诗歌创作并非任何一种官职所必需,即便是在宋代最需要创作才华的两制与馆阁。① 虽然在宋代的中央行政机构中,两制与馆阁对任职官员的文化素养以及文学创作才能要求最高,但是仔细考察其执掌的具体事务,则学士院中的翰林学士掌"内制",元丰五年官制改革前隶属于中书门下的舍人院(知制诰、直舍人院)、改制后隶属于中书省的中书后省(中书舍人)掌"外制",所掌的两制都是朝廷公文,尤其是内制要"代王言",对骈文也即四六创作水平要求很高,但这类朝廷公文与诗歌创作并无交涉。除了偶然撰写时令帖子以及青词一类仪式化习俗诗歌外,几乎没有其他职责需要两制官员更多的诗歌创作才能。

馆阁即改制前的崇文院之三馆秘阁和改制后的秘书省。馆阁官员的本职是掌管国家图书秘籍及缮写校勘其所藏,后来有了充当皇帝顾问的义务以及令其他官员艳羡的晋升捷径。究其职责,馆阁需要的主要是具有文化素养兼政治素养的饱学之士,也并非具有创作才华的诗人。

就连人们认为最需要文学才华的两制与馆阁,都没有直接要求诗歌创作,何况其他的行政与军事机构? 况且两制馆阁只是两宋极其庞大的官僚机构中极小的一个组成部分,所需官员数量十分有限,与其他机构的官员数量相比,几乎不成比例。

两宋大多数中央及地方行政与军事机构,执掌的都是十分具体的专业事务,所需的是各种专业素质与技能,并不需要太多的文学修养尤其是诗歌才华,如元丰改制前中书门下省下设的附属机构中,铨

---

① 详参陈元锋《北宋翰苑馆阁与诗坛研究》,中华书局,2005年。

选官员的铨曹四选、记载皇帝言行的起居院、掌管朝廷礼仪的礼仪院与太常礼院,此外,处理军务的军事统帅机构枢密院,由御史台和谏院组成的中央监察机构、处理财政事务的三司、总领供奉官的宣徽院、掌内外厩牧之政的群牧司,还有元丰改制后的三省六部九寺五监大部分中央行政机构,加上地方监察机构即"外台",总称"路监司",包括转运司、提刑司、提举常平司等,以及地方其他行政管理机构和地方治安机构等①,均处理的是十分具体而专业的事务,需要官员施展其处理各种政务、军务的才能,而这些事务常被不少游心物外的官员诗人们称之为"杂务"或"俗务",绝非文臣们乐于展示创作才华的"雅务"。

宋代所有官职与诗歌创作及酬唱均无任何直接关系,也就是说官职本身并非官员创作唱和的平台,那么官员为什么会成为诗歌酬唱的主力军?既然所有官职对官员的诗歌创作酬唱都并没有什么强制性要求,那么两宋官员为什么还要不断创作酬唱呢?

这一方面是因为官员从小受到科举制度中诗赋策论这些考试科目基础性的文学撰写训练,长大后习惯性将文学创作作为表达自身生活的爱好与兴趣;另一方面,也是因为到了宋代,诗歌创作才能已经成为衡量官员个人素质的一个非常重要的参考指数:在唐代的"诗国高潮"之后,宋代官员认知评价系统已经将诗歌创作视为每个官员必须具备的才能与修养,诚如杨亿所云:"善歌者必能继其声,不学者何以言其志?"②一个官员如果连诗歌创作才能都不具备,会被视为缺少修养而不被士人社会认可。

更重要的是,到了宋代,诗歌酬唱已经成为士大夫交往时不可或缺的创作活动,没有诗歌应酬能力,就不可能进入士大夫交往圈并进入士人社会。因此,官职虽非酬唱的平台,但官职之外的社会生活与交往需求却是诗歌酬唱的催生剂。

---

① 详参龚延明《宋代官制辞典》,中华书局,1997年。
② 杨亿《广平公唱和集序》,《武夷新集》卷七,《文渊阁四库全书》本。

(二) 选官制度以及官宦性质促使官员建立阶层内部关系网络

宋代官员的选拔、任命、升迁,虽说主要根据科举成绩、治理政绩等官员自身的才华与能力,但很大程度还要依赖更高一级官员的识拔举荐。许多官品官阶官职都有明文规定的举荐人数和资质,特别是当选人升为京官时。宋代元丰以前将文官分成九品三十七寄禄官阶,并将从一品第一阶到正八品第二十五阶之间称之为朝官,从八品第二十六阶到从九品第三十阶称之为京官,从八品第三十一阶到从九品第三十七阶称之为选人①。若按元丰后寄禄官阶,则通直郎以上为"朝官",承务郎以上为"京官",迪功郎以上为"选人"。从品阶上看,选人与京官区别不大,都是从八品、正九品,只是官阶稍有不同而已,但实际上二者却有天渊之别:选人必须经过磨勘,再找到五个具有高级资质的举主举荐其改官,才能跳出选调,升入京官序列,方可仕途通达②,否则一生都没有继续晋升的可能。因为举主对举荐的选人之品行以及在新职位上的表现要负很大责任,所以举主在举荐之前十分谨慎。如果没有相当给力的人际关系,一般选人很难找齐五个高级官员为其写举荐信。一旦有举主愿意举荐选人,选人自然会对举主毕生感恩戴德。这种举荐制度使得选人在进入仕途的那一刻起就必须重视与上级或上层官员的关系,而官员内部的关系网络早已被制度化地预设完备,等待每个官员进入并靠个人情商与能力摸索前行。

京官虽比选人"正式",但离朝官还有相当的距离,由京官升到朝官也十分艰辛,即便是科考状元也未必能升到"朝官"。沈括《梦溪笔谈》卷二三云:"张唐卿,进士第一人及第,期集于兴国寺,题壁云:'一举首登龙虎榜,十年身到凤凰池。'有人续其下云:'君看姚晔并梁固,不得朝官未可知。'后果终于京官。"张唐卿显然太过幼稚乐观,以为十年时间就可以跻身到中枢机构做高级朝官,而事实上他穷其一生连最低一级的朝官都没有做到。可知京、朝官之间有怎样难以逾越的

---

① 元丰后称通直郎以上为朝官,承务郎以上为京官,迪功郎以上为选人。
② 参见龚延明《宋代官制辞典》,中华书局,1997年,第666页。

鸿沟。而朝官内部的差异就有八品三十阶之多,每一品阶的升迁都需要相当艰辛的努力和相当厚实的人脉。

由此可见,官制中的任免升黜的选官举荐制度,是促使官员建立阶层内部关系的制度性或强制性因素。

不仅如此,官员从事的各种工作都需要协调与协作,是关系密集型工作,需要处理好同僚、上下级等内部关系,还要处理外部的各种人脉,才能有利于个人在仕途上的发展。善于处理各级关系的官员在官场游刃有余,而不善于处理关系的官员则往往沉吟下僚或仕途曲折。本来在关系本位社会中,每个个体的生存都需要注重人伦及其延伸的人际关系,而关系密集型工作更加强化人与人之间交往与交际。

在官场生存、在仕途上进身的官员们,其关系意识往往超过布衣,他们一般会积极主动进行社会交往交际,比较自觉地建立并维持人际关系网络。

从这个角度上讲,官员的人际交往与诗歌酬唱,往往比普通民众的交往酬唱更为现实而且更为功利。当然,并非所有官员的社交都属于功利性交往,但其功利性确实比较显而易见。

怎样才能在功利性交往中建立起功利性稍微隐蔽一点的人际关系?物质馈赠的交往方式,不免有贿赂的嫌疑,而且显得尘俗。在科举士大夫的阶层意识逐渐自觉的语境中,作为文化人兼诗人的官员,他们有意识用文化和文学将他们自己与普通百姓的交往方式区别开来。他们需要更脱俗更高雅的交往方式,而文字交流无疑成为脱俗交往的有效手段。

在传统文体中,骈文过于严肃,散文过于直白,而小词品级不高,诗歌便成为交往酬唱的首选。诗歌酬唱无疑是官员处理人际关系的淡化功利性、最诗意化的方式,因此成为官员之间联络感情的必需品,成为官员间交往的必要且最佳手段。

尤其是经过多年发展的诗歌酬唱,到了宋代已经积淀成型,有不少形式技法故事经验可资借鉴。官员们在交往中使用这一方式得心应手,并且在频繁地使用中促进其日以规模化与精致化。

(三) 科举士大夫理性处理俗务与雅务关系

与汉魏六朝贵族士大夫①追求"居官无官官之事"的潇洒出尘不同,宋代科举士大夫多数认为官员的本职事务最为重要,即便是繁难缠人的"俗务",也当用心处理,而诗酒唱和之类的文采风流只能是业余行为。作为宋代士风的倡导者、建设者之一,欧阳修对官员职责与创作之间关系的态度,成为不少官员诗人的普遍共识。《宋史·欧阳修传》云:"学者求见(欧阳修),所与言,未尝及文章,惟谈吏事。谓文章止于润身,政事可以及物。"在"政事"与"文章"之间,欧阳修有科举士大夫才有的清醒认识,"政事"是兼济天下的大事,而"文章"只是独善其身的小事,自然"政事"重于"文章"。直到南宋后期,官员诗人仍认为"政事"或"吏事"当先于"文章",如刘克庄《陈敬叟集序》云:"宝庆初元,余有民社之寄,平生嗜好一切禁止,专习为吏。勤苦三年,邑无阙事,而吾成俗人矣。"即便是县令一级的低级官员,也需要尽职尽责做好,而创作酬唱一类的个人"嗜好"只能禁止或退居其次。

因此,尽管宋代官员诗歌也常常有厌恶官场向往山林、摆脱俗务而从事雅务的表达,但是他们并不欣赏"江左风流人,醉中亦求名"(苏轼《和陶饮酒二十首》其一),也不效仿六朝贵族士大夫以佯狂通倪而逃避俗务的那种名士风流。没有贵族士大夫那样的世袭地位与经济实力,科举士大夫们因而更为清醒而理性,在权衡进退利弊、考量得失轻重之后,他们一般都选择居官上进,或用中隐、大隐或吏隐的方式解决官员本职工作与个人理想生活之间的矛盾。这种处理俗务和雅趣关系的态度,让他们的创作以及酬唱呈现出理性平和的色彩。

当官员身处清简官职,闲暇日多,诗歌酬唱就会成为其生活之重心,如李昉《二李唱和集序》中所言"南宫师长之任(李昉任尚书右仆射),官重而身闲;内府图书之司(李至任吏部侍郎兼秘书监),地清而

---

① 参见朱刚《唐宋"古文运动"与士大夫文学》,其中论及科举士大夫与封建士大夫、帝国士大夫、门阀士大夫的不同。复旦大学出版社,2013 年。

务简。朝谒之暇,颇得自适,而篇章和答,仅无虚日"。而当其官职变化,职事繁忙时,则如李昉此篇之下文所云:"余再承纶綍之命,复登廊庙之位,自兹厥后,无暇唱酬。"酬唱就会被搁置一边。诗歌酬唱不过是政务工作之余的消遣娱乐,不能妨碍政务。这是典型的宋代科举士大夫处理政务与酬唱的方式。

宋代官员诗人的酬唱,较少涉及其本职工作,也较少谈及朝廷大事,以至于后世阅读他们的诗歌时,往往会忽略他们的官员身份。这一方面是因为他们更倾向于用骈文以及古文处理本职工作的那些"俗务",而习惯用诗歌处理他们的业余雅趣,这种文体策略造成完全不同的效果:文章几乎全部是其官员身份表达,而诗歌则是对官员身份的相对剥离;另一方面也是因为官员在诗歌酬唱时有意追求超越"俗务"的"雅趣",以彰显向往身份以外那种山林与江湖般的精神世界。

然而事实上,用于社交生活的诗歌酬唱因其辅助社会关系的作用,已然成为官员本职"俗务"的必要延伸。尤其是在功利性交际场合,诗歌酬唱之"雅趣"会转化为助推"俗务"的一部分,为人诟病的"应酬性"唱和就是在这种情况下兴盛,而诗歌审美中的雅俗也就在官员生活难以区分的雅务俗务中而相辅相成融为一体。官员的社交活动促进诗歌唱和兴盛。

第二节 士大夫之间酬唱的基本风貌与主要形态

官员阶层特有的品阶、官职及政见,是影响官员诗人酬唱对象与圈层的三大社会身份要素,也令其诗歌酬唱无法远离层级性、功利性与政治性,更令其酬唱圈层的风貌及审美形态因而也不尽相同。其中高层与低层差异最为明显。能超越世俗观念圈层制约的官员诗人,很可能成为诗坛的精神领袖。官员们的酬唱因为占有主导地位而且引领时代风尚,构建出宋代诗歌酬唱的主要形态与基本风貌。

与布衣之间相对平等的酬唱大不相同的是,官员酬唱有着社会身份人为性制度性的不平等,品阶的规定让不平等合法化。制度性的不平等早已在儒家强化尊卑有序的礼仪中因循千年成为社会习俗,官员社会交往及其诗歌酬唱都在这种习俗中生成,很自然地承载了习俗赋予的一切。因此官员之间的酬唱明显带有尊卑维度。官方与礼仪、应酬与客套、颂赞与追捧、排场与等级、功利与风雅风貌,这一切形成了官员酬唱的特点。官职在一定程度上会限定官员的酬唱对象,影响酬唱的话题。政见不一定在诗歌中表达,但人以群分的惯性会影响官员选择酬唱对象,尤其在政治敏感时期,酬唱对象的选择会被视作政治立场的选择。新旧党以及其他党争中影响到官员的朋党立场。官员酬唱圈多少都会带有政治因素。

三大社会身份要素带来了一系列官员酬唱特色,官员也因此建立了具有示范意义的话语系统与审美形态。

(一) 品阶、官职及政见:影响官员诗人酬唱之三大身份要素

宋代官员队伍十分庞大,其俸禄待遇也相对优厚,这成为官员诗歌酬唱繁荣的人员保障与经济基础。庞大的官员队伍有严格的等级管理制度以保障国家机器正常运转,而品阶等级正是促生官员诗歌酬唱不同圈层出现以及其他各种特点的重要因素。

宋代官制复杂,又有元丰改制前后不同,这里姑且根据宋代官制之品阶而将官员大体区分为高、中、低三级。北宋前期官员品阶分为九品正从上下三十七阶,元丰改制后为九品正从十八阶。若仅以官品(每品所分之阶随其后)而平均分配,则一二三品为高层官员,四五六品为中层官员、七八九品为低层官员。高中低三层官员在编制上人数大体稳定,基本是由少到多的金字塔结构,低层官员人数最多。

这种以品阶而划分的层级虽然看起来整齐划一,但无疑过于简单化,因为品阶之中还有官职的清要烦俗之别,官职也会影响层级划

分;另外,如前所云,选人、京官、朝官品阶差别不大,但性质却不同;还有,职权部门之职权地位也都会影响层级划分,因而以品阶划分三个层级只是大而化之的区划。而且就制度而言,品阶无疑是固定的;但就个体而言,官员一生的品阶都在变化之中,很难将一个个体固定于某个层级。简单化的三层划分只是为了方便理论论述,酬唱诗歌研究中将以实际情况为据。

之所以如此强调官员的层级,是因为在宋代的社会结构中,官员的等级制度由朝廷明文严格规定,期间的各种差异决不允许随便逾越。官品决定官员的服色,规定官员的俸禄等物质层面的待遇。① 当官员穿着朝廷规定的官服出现在公私场合,其服色时刻提醒着官员的身份与地位,这无疑会直接影响到官员的心理与精神,影响其创作表达,几乎没有哪个官员会超脱到不受此影响。

身处其中的官员诗人们熟知这些等级规定差别,在诗歌创作特别是酬唱时,不仅会因表达出自身官位升降带来的情绪变化,而且还会自觉不自觉流露出等级尊卑及其相伴而生的礼仪文化心理。由官员层级性导致的社会文化心理,可谓诗歌酬唱的最大特点,值得深入探讨。

官员的层级,虽然并不决定其诗歌创作及酬唱的水平,但却制约或影响其工作及社交、酬唱对象与审美理念。不同层级的官员有不同人际关系,也就有不同的酬唱圈。譬如一个高层官员诗人,其酬唱圈中的酬唱对象一般是同僚以及品级不相上下的其他相关官员,北宋王珪的酬唱圈就是一个典型的事例:"盖禹玉仕早达,所与唱和,无四品以下官。"②这可能是个高层官员酬唱圈比较极端的特例,但也能代表一批早入仕途且一生顺达的官员交往酬唱的共同特点,譬如杨亿、钱惟演、晏殊、宋庠、宋祁等不少西昆体诗人就是如此,他们形成自己的审美情趣。其他时期也都有这样的高层官员。在等级森严的官场,官员的酬唱对象颇受其品阶等级的制约,其交游酬唱圈的个人选择

---

① 参见龚延明《宋代官制辞典》,中华书局,1997年,第7页。
② 陈鹄《耆旧续闻》卷三,《丛书集成初编》本。

度相对较小,特别是高层官员。但从低层逐渐提升而进入高层的官员,其酬唱圈与长期在高层的官员有所不同,其酬唱对象的层级相对复杂,宋代这类逐级晋升的高官数量更多,如欧阳修、苏轼、王安石等人,其酬唱对象层级不像王珪等人那样限定狭窄。

中层官员人数远远超过高层官员,且其活动范围不限于朝廷与京师,交往相对自由,个人选择度较高,酬唱对象面向最广,是联络高、低两层的纽带。中层官员的酬唱圈会根据个人社交趣向而扩大或减少,其交往的对象层级也会因人而异。只有小部分中层官员可以上升到高层,而大多数官员会停留在中层。升黜中荣辱得失是每个官员都会在诗歌酬唱中一再思考和表达的思绪。

低层官员大致可分为两类,一类是释褐不久的低层官员,他们初入仕途,满怀希望,一面适应官场生活,一面交往官场中人,开始形成个人的交游酬唱圈,如欧阳修在洛阳时期与梅尧臣等"八老"交往酬唱就是典型的例证;另一类是已入仕途多年,但久为选人或地方官,沉吟下僚,不免叹老嗟卑,常常自视为江湖中人,不少人更愿意与江湖(非官员)中人往来,从中找到共同的话题与情趣、慰藉,如永嘉四灵中的赵师秀等人。

参与诗歌酬唱的主要是文职官员。事实上,宋人更注重从实际职务上区分官员的高、低层级,他们将四品以上清要官如台谏官、馆职、监司、郡守等称作"侍从官",其地位在宰执官下、庶官之上;将中书舍人、起居郎、起居舍人称之为"小侍从";而将此外的文官统称为"庶官"①。"侍从官"与"小侍从官"的品阶不一定特高,权力也不一定更大,但比"庶官"更显要清美,所以成为大多数文官梦寐以求的官职。而"侍从官"与"小侍从官"的确是官员诗歌创作酬唱的主要力量,他们引领士人社会酬唱风尚。

王禹偁《送牛冕序》云:"今天下之士,由科试入仕者以第进士为美名,隶京官者以游三馆、两制为近职,厘外务者以任刺史二千石为亲

---

① 龚延明《宋代官制辞典》,中华书局,1997年,第664—665页。

民,语名郡者以丹阳为重地。"(《小畜集》卷一九)其中的认知可以说是当时官员们的仕途共识,表达的是科举士大夫的现世理想追求。

吴处厚《青箱杂记》卷一记载,李昉之子李宗谔,"太宗朝,尝以京官带馆职,赴内宴,阁门拒之。献诗曰:'戴了宫花赋了诗,不容重睹赭黄衣。无聊独出金门去,恰似当年下第归。'盖宗谔尝举进士,御试下第,故诗因及之。太宗实时宣召赴坐。后遂为例。虽选人带职,亦预内宴,自宗谔始也"。选人与京官虽非朝官,但带了馆职就可以出席御宴。由此可知,官职比品阶更受朝廷以及士大夫重视。

具体的官职(职事官)之所以比品阶(寄禄官)更能规约酬唱圈的形成,是因为实际的工作环境更能限定人的交往对象。譬如三馆秘阁的官员,自上而下之品阶颇有差别,但从事的共同工作让他们有机会形成同僚酬唱圈。当然,无论是中央还是地方行政机构中的官员,其职务范围内的同僚与上下级以及相关部门的官员,因为日常工作关系而密切接触,由工作关系延伸到社交或私交,常常会形成一个官职性质明显的酬唱圈,比如《西昆酬唱集》,还有因临时工作聚合而产生的《礼部唱和诗》《同文馆唱和诗》,都是在官职工作强制性要求下产生的酬唱圈和酬唱集。

官员的另一大特点是其无法剥离的政治性。每个官员都会不可避免的有个人的政治观点或倾向,在宋代政争、党争不断的语境中,诗歌虽然不像文章那样是党争、政争最直接有力的武器,但官员诗人的酬唱圈却往往成为判断一个"朋党"的重要证据,乌台诗案是最明显的案例。

官员诗人的政治圈与酬唱圈,往往具有很大程度上的重叠性。尽管政治"朋党"一直是朝廷限制的非明显存在,但当时以及后世的人们,可以根据每个官员诗人的酬唱圈中由远及近的几个圈层酬唱对象以及酬唱疏密度,基本能够判断出其"朋党"范围,如庆历政争、熙宁元丰党争等。两宋诗坛上的确出现过以各自政见形成的相对稳定的酬唱圈。

郑刚中《北山集》卷四《谢宇文郎中书先夫人埋铭书》云:"每欲挟

此术以观当世贵人,则廊庙馆阁之间端人正士,既非穷贱寒生所及识,而又翰墨尊贵秘藏难得,脱或挥洒到人间,则又非穷贱寒生之所可见,故孤怀常抱慕望不足之叹。"说明官员各个层级之间特别是高层与低层之间交往十分困难。

当然,各层级之间的交往酬唱,并非绝对不可能。低品朝官、京官及选人,乃至非官员诗人都可以投赠拜谒高官,高官也会有酬和以表示礼贤下士,因而会产生超越身份等级的纯粹文字交、唱和友,像王安石与王令、蔡肇、郭祥正等;又如南宋时一些高官与权贵(包括宗亲、外戚、武将)渐兴养客之风,主客之间会有些酬唱像范成大与姜夔、张镃与姜特立。而大多情况是高官作为主持人提供机会让客人创作酬唱,将高低级关系变成主客依附关系,其身份性质颇有变异,因而有所不同。

关键问题是,官员的仕途按正常顺序是由低到高的按序升迁,而具体到每个官员,其宦途则不尽相同,有顺逆之别,或一帆风顺、飞黄腾达,或大起大落、层级并非一成不变,其酬唱对象与圈层也会随之变动,不会完全固定。只是比较而言,品阶、官职与政见,是影响官员诗人酬唱圈形成的重要因素,也是其与非官员诗人酬唱圈不同的标志。

主力军的这种官员身份特质,很大程度决定或塑造了宋代诗歌酬唱的主流形态与基本风貌。在关系本位伴随着官本位的两宋社会中,官员们特别是文官们的交游酬唱、风气习俗、审美情趣等群体取向,引领着整个时代包括文学在内的文化潮流。

(二)富贵、寒瘦与超迈:官员酬唱之层级审美及其超越

《四库全书总目》卷一五九在为下层官员陈棣《蒙隐集》所作提要云:

> 宋季江湖之派,盖其足迹游历,不过数郡,无名山大川以豁荡心胸;所与唱和者,不过同官丞簿数人,相与怨老嗟卑,又鲜耆宿硕儒以开拓学识。其诗边幅稍狭,比兴稍浅,固势使之然。

该段话特别强调诗人因其自身身份而限制了其游历范围与唱和对象,从而影响其诗歌的"边幅"与"比兴"等质量要素。

这段话显然是苏辙《上枢密韩太尉书》观点的引申表达。苏辙书中云:"辙生十有九年矣,其居家所与游者不过其邻里乡党之人,所见不过数百里之间。……至京师,仰观天子宫阙之壮,与仓廪府库城池苑囿之富且大也,而后知天下之巨丽;见翰林欧阳公,听其议论之宏辩,观其容貌之秀伟,与其门人贤士大夫游,而后知天下之文章聚乎此也。"初入仕途的少年苏辙就已经意识到了自然以及人文环境对个人成长具有巨大的塑形作用。

后世人们对苏辙以及四库馆臣所说的"名山大川"之作用颇为重视,称之为文学的"江山之助",但对其中所说京师宫殿以及交游唱和之类的"人文之助"却鲜有提及或关注。实际上,相对于人与自然的单相交流而言,人与"人文"之间的交流属于双向互动,其助力更为显而易见。交游酬唱可以说是"人文之助"最直接的互动方式。交游酬唱双方的地位眼界、见识诗艺,能在多次的直接对话交流中,切磋共进,互补共赢。这意味着交游酬唱圈的建立对每个个体而言都不可或缺。

官员的身份层级不同,"所与唱和者"即交游酬唱对象的身份层级自然会有差异,其酬唱所呈现出来的风貌以及审美情态因而也不尽相同。其中高层与低层官员的区别尤为明显,"早达"的王珪与长期沉吟下僚的陈棣,就是两极的典型代表:与王珪酬唱的都是"四品以上"的达官贵人,自然一派雍容华贵;而与陈棣酬唱的都是"同官丞簿",自然一色的纤琐寒俭。

陈鹄《耆旧续闻》卷九云:"祖宗朝,一时翰苑诸公唱和,有《上李舍人诗》:'西掖深沉大帝居,紫微西省掌泥书。天关启钥趋朝后,侍史焚香起草初。'又:'黄扉陪汉相,彩笔代尧言。'又《和人见贺》:'分班晓入翔鸾阁,直殿旁联浴凤池。彩笔闲批五色诏,好风时动万年枝。'……皆粲然有贵气。"宋初翰苑馆阁酬唱的贵气粲然,与宋末低层官员陈棣所交游酬唱的江湖诗人之寒俭贫薄,之所以形成鲜明对比,其酬唱主体与对象双方的身份差异无疑是最重要因素。

葛立方《韵语阳秋》卷一云:"人言居富贵之中者,则能道富贵语,亦犹居贫贱者,工于说饥寒也。王岐公被遇四朝,目濡耳染,莫非富贵,则其诗章,虽欲不富贵,得乎?故岐公之诗当时有至宝丹之喻。"这虽然有过于夸大社会地位以及物质生活对创作主体诗歌创作的决定性作用之嫌,但的确有一定的道理:因为创作主体精神无法完全抽离于社会环境与物质生活。

秦观《淮海集》卷三九《会稽唱和诗序》是为两位中高层官员短期唱和集而作:

> 给事中、集贤殿修撰、广平程公守越之二年,南阳赵公自杭以太子少保致仕,道越以归。……而道于越也,复得二十有二篇,东南衣冠争诵传之,号为盛事,以后见为耻。或曰:"昔之业诗者必奇探远取,然后得名于时。今二公之诗,平夷浑厚,不事才巧,而为世贵重如此。何邪?"窃尝以为激者辞溢,夸者辞淫,事谬则语难,理诬则气索,人之情也。二公内无所激,外无所夸,其事核,其理当,故语与气俱足,不待繁于刻划之功,而固已过人远矣。

秦观认为程师孟、赵抃二人的酬唱诗歌"平夷浑厚,不事才巧",超过普通"业诗者",是因为二人内心平和、明白事理,达到了普通"业诗者"难以达到的理性圆融境界。而这种精神境界,显然是由他们长期身官居中高层的各方面心理历练而养成。

宋人在诗话笔记中津津乐道的"富贵气象"、"富贵气"或"贵气",其实表达的是对高层官员之审美趣味的普遍认同。宋代高层官员诗人比唐代多[1],且逐渐形成了"科举士大夫"进入高层之后所追求的属于自身阶层的趣味,即"尚富诗学"[2]。白体、西昆体以及后西昆体等体派的酬唱诗歌,正是早期"尚富诗学"的代表。晏殊之所以成

---

[1] 参见胡应麟《诗薮》杂编卷五:"古今诗人,穷者莫过于唐,而达者亡甚于宋。"上海古籍出版社,1979年,第309页。

[2] 参见伍晓蔓《从居富到处穷:北宋尚富诗学浅论》,周裕锴编《第六届宋代文学国际研讨会论文集》,巴蜀书社,2011年,第449—465页。

为"富贵气象"的代表,主要是他能把自身的"富贵"生活用诗歌十分优雅地表现,能够把儒释道至少口头上常"鄙视"或讳言的"富贵"去表面化、去外在化,而让"富贵"更有文化内涵,隐去炫富炫贵般的庸俗。宋代高层官员意识到功名利禄、富贵荣华并非士大夫应该炫耀的终极理想,所以用诗歌去化解实际生活中这些过于世俗化的观念,自觉追求一种符合"王公大人"身份的审美理想:这就是超越华贵语言表层的"富贵气象",也表现为"平夷浑厚"的风格。这种"富贵气象"体开后代台阁体先河。

低层官员的生活境遇受人同情,其创作的"穷而后工"也比高层的华丽富贵更易于被中低层人认同。"诗人薄命"以及诗歌最适宜"薄命"寒士创作的观念,至少从唐代开始就被日益增多的人们广泛认同。① 京师与地方之路州的不少机构都会有高中低层官员,而最基层的县级令丞簿尉则基本属于最低层级,是最接近市井草野的官员,他们的诗歌一般接近远离庙堂的"寒士体"。县丞、簿、尉属于基层中的基层,待遇颇低,南宋时一度连官俸都无法从政府领取,以至于需要取食盘剥不入流品的乡司、弓手:"又闻县丞、簿、尉等官,亦有不支俸给去处。里巷谚语至有'丞簿食乡司,县尉食弓手'之诮。丧失廉耻,职此之由。"②而县尉品位待遇之低更甚于县丞与主簿,吴儆《休宁县尉厅壁记》云:"尉之为职甚卑,而其责甚重。然常以文臣初入仕者为之。凡文臣初入仕,非进士擢第,则士大夫之子弟,以文臣治武事,居甚卑之位,任甚重之责,而属之不习吏事之书生与不知稼穑艰难之任子,故今之为尉,而以能称者常少。"③这些"不习吏事之书生与不知稼穑艰难之任子",自然无法称职,所学与所用在专业上的不对口,让他

---

① 参见吴承学《中国古代文体学研究》第五章之三《"诗人薄命":一种集体认同》,人民出版社,2011年,第99页。
② 真德秀《申尚书省乞将本司措置俸给颁行诸路》,《西山文集》卷六,《文渊阁四库全书》本。其下文云:"某昨因巡历,屡见右选小官诣某自陈,以州县拖欠俸给,饥寒穷迫,或任满积年,无资可归,或身没官所,不能归葬。虽与严判行下,多是不即遵从,或止支给些小以塞责。"
③ 吴儆《竹洲集》卷一一,《文渊阁四库全书》本。

们更乐于用其所长而掩其所短，与当地文人一起在县衙周遭吟咏酬唱，抒发怀才不遇的幽怨，"相与怨老嗟卑"，表现出与"富贵气象"完全相反的"寒酸气"、"寒俭态"①。

刚走上仕途的诗人一般都只能做丞、簿、尉，因此大多数写这样"寒酸气"的诗歌，如张咏《乖崖集》卷三《县斋秋夕》云："才薄难胜任，空销懒惰情。公堂群吏散，苔地乱蛩声。隔岁乡书绝，新寒酒病生。方今圣明代，不敢话辞荣。"寇准知巴东县所写的《县斋春书十二韵》："望断天涯外，离魂欲不禁。"就很像唐代姚合、贾岛做派，充满牢骚与哀怨。他们在县衙县斋的唱和诗也多是如此。当他们官位提升之后，才有可能改变这种"寒士体"。而许多久居低层的官员或无望京朝官的选人，一生都可能保持这种风格。这是"寒士体"从未断绝的原因。

介乎高、低层之间的中层官员，其酬唱风貌与审美趣味似乎没有高、低层那样特色鲜明，让人一目了然。这可能是因为中层官员本身可塑性较强，其交往酬唱的对象变化性比较大，可广交上下层官员，其酬唱风格或被归于上层或归于下层，以至于好像没有形成什么层级特色。但实际上，中层官员是连接朝廷与地方、高层与低层的纽带，涉及的机构多、地域广，其数量远比高层人数多，其酬唱圈弹性较大，而且当多数官员升级到中层时，往往正处于个人较为理性的年龄，其共同体形成的层级审美自然也进入成熟稳定期。

站在中层官员的立场上看，高层之华丽富贵与低层的寒酸愁苦，各有其长短优劣，若能兼取二者长处优点，摒弃其短处劣势，达到平淡中和的效果，才更符合审美理念。这种中间层级的中庸或中和审美，应该是官员诗歌的审美主流。当然，这是一种高远的精神境界与审美

---

① 《御选历代诗余》卷一一七引《中兴词话》云："高宗称赏良久，宣问何人所作，乃太学生俞国宝也。'重扶残醉'，原词作'重携残酒'，高宗笑曰：'此句不免寒酸气。'因改为'扶残醉'。即日予释褐。"《文渊阁四库全书》本。又牟巘《陵阳集》卷一三《挂蓑集序》："无一艰涩寒俭态。"《文渊阁四库全书》本。又刘过《龙洲道人集》云："陶陶万事不复理，冻口且吐寒酸诗。"曹庭栋编《宋百家诗存》卷二二，《文渊阁四库全书》本。

理想,并非所有的中层官员诗人都能如此自觉地拥有。毕竟多数官员受制于官制以及官场现实,其审美情趣与标准参差不齐。但作为有前途也有焦虑的中层官员,一般由下层晋升而来,对下层官况有切身的体验,又与朝堂上层保持相对距离,有相对独立思考交游的空间,他们会比较理性冷静思考这些问题。

官员的仕宦经历的确是酿造其诗风的发酵剂,譬如"王岐公早中甲科,以文章事业被遇四朝,自嘉祐初与欧阳永叔、蔡君谟更直北门,熙宁九年拜相,务为安靖之政,遂膺顾托,有定策之言。平生未尝迁谪,多代言应制之词,无放逐感愤之作,故其诗多富贵气"(《华阳集》附录卷九引《诗词杂俎》),就指出通达仕途是王珪诗歌"富贵气"的催化剂。

个人经历的确规约个人心路历程、诗歌风格。但如果宋代官员诗人个个都人为物役,也即其诗歌完全受其仕途境遇等外在制约,而不能超然物外,那么整个宋代诗歌在精神或思想上就无法达到更高远的境界。不少卓越的官员诗人如苏轼、黄庭坚等人都在跌宕起伏的仕宦生涯中修炼自身,试图超越自身境遇,达到更高的精神审美境界。

久居富贵或一生平稳的官员,数量相对较少,多数官员都在宦海中起起伏伏,既有立朝、外任经历,又有贬谪的历练,体验了官场的所有况味,在宦海的变幻无常中体悟生存之"道",从精神上超越了穷达、贫富、尊卑,因而在诗歌创作酬唱上逾越各种层级审美,成为宋诗的审美典范。苏辙云"唐人工于为诗而陋于闻道"[①],而最优秀的宋人则是"闻道"之后能够超越世俗层级的官员诗人。

第三节　士大夫酬唱网络的建立与导向

官员通过立朝与外任、升迁与贬谪等方式,驻足或行走于两宋的

[①] 魏庆之《诗人玉屑》卷一五,上海古籍出版社,1978年,第331页。

各个地域,并通过诗歌酬唱勾连起全国性的诗歌网络,使每个地域的文化活动都尽可能进入公共领域或公众视野。覆盖京师以及各个路州县的官员及其酬唱网络,对布衣阶层、僧道圈层都产生了巨大的影响力。

作为帝国的各级管理者,官员遍布普天之下。官员的流动与走向是几乎完全是强制性的,朝廷的任命不会因为个人意愿而轻易改变。官员所到之处除了执行朝廷的政令外,另一主要的任务是传播文化,在交通不发达文化发展不均衡的时代,官员的职务型移动是一种十分有效的文化交流传播。官员的酬唱也随其行迹而延伸到王土的每个角落,无远弗届,即便是偏僻荒凉的地方,也会因官员的外任或贬谪而以酬唱的方式将其纳入全国性诗坛网络。

京师是中央行政机构所在地,是官员最为集中的区域,自然也是官员酬唱最为兴盛的区域。无论是汴京还是临安,官员的酬唱都引领时代风气。在诗人集中的政府机构中,官员酬唱的诗歌会被结集流行并形成传统,如学士院酬唱有《翰林酬唱集》《禁林宴会集》,三馆秘阁酬唱有《西昆酬唱集》等。当然这些酬唱集中的诗人并非只限于某一个机构中的官员,但此机构中的官员确实是酬唱的中坚力量。馆阁官员酬唱形成了例行的"故事",如"曾巩通判越州,临行,馆阁同舍旧例饯送",以至于当熙宁、元丰中馆阁酬唱之风一度消失时,许多官员都认为这是士大夫风雅精神的消歇,十分痛心。苏轼《见子由与孔常父唱和诗,辄次其韵。余昔在馆中,同舍出入,辄相聚饮酒赋诗。近岁不复讲,故终篇及之,庶几诸公稍复其旧,亦太平盛事也》云:"吾犹及前辈,诗酒盛册府。愿君唱此风,扬觯斯壮举。"①翰苑馆阁酬唱作为"太平盛事"象征,带动中央行政机构的各个部门酬唱,带动了京师酬唱。

皇帝亲自主持的宴集酬唱,往往汇集了各个部门的高层官员,成为最高级别的官员酬唱形态,指引着官员酬唱的方向。"君臣唱和,

---

① 苏轼撰、王文浩辑注、孔凡礼点校《苏轼诗集》卷二八,中华书局,1982 年,第 1481—1482 页。

赓载而成文;公卿宴集,答赋而为礼"①,早在宋太宗、真宗时,"君臣""公卿"的酬唱就已经蔚为大观,直到南宋,这种风气也久盛不衰。

京师还有一些特殊情况下的唱和,如锁院唱和,是一群官员因为科举或其他机密工作原因被较长时间与外界隔离,在密闭的空间里以诗歌唱和消解工作生活的单调乏味,锁院唱和形成了一些大型唱和集像《礼部唱和诗》《同文馆唱和诗》,影响到一些地方的锁院唱和。

京师官员之间经常有各种理由的大型集会酬唱,其中以送往迎来的酬唱为最多。譬如杨亿至道四年(改元咸平)由馆阁而外任处州,"公卿巨儒,台阁髦士,寮寀之际,朋从之间,相率赠言以宠行迈者,凡三十八人"②。这种因个人事件而形成的高官酬唱盛举屡见不鲜,足以看出官员酬唱的规模以及兴盛之程度。

集会式酬唱是京师官员酬唱的常见形式。大型集会酬唱之外,京师官员小范围、小规模的私交性的集会酬唱更加频繁。相对而言,小型酬唱的官场应酬性成分降低而情感交流成分提高,如陈傅良《止斋集》卷四十《张园送客分韵诗序》云:"而叔访得信州,商伯得常州。然合朝方怏然不满,饮饯弥日,相与咨嗟叹息也。最后,同院若同僚若同年家又十人,饯之张园。"这次小型唱酬显然是同情者发泄共同情绪而声援二位外任者的行为。

紧邻京师的京畿之地,如北宋的西京洛阳、南京应天府、北京大名府以及四京周边地区,南宋临安附近的江浙地区,其政治文化地位仅次于京师,除了任职官员酬唱外,致仕或退居、闲居官员的酬唱自成风气。

外任官员将酬唱带到边郡如延安、定州,也普及到徽湖湘粤等文化欠发达地域,如《宋史·艺文志》记载有倪恕《安陆酬唱集》六卷;贬谪官员更将唱酬风气延伸到偏僻落后地域如商州、黄州、儋州等。官员通过诗歌酬唱,提升了任职地的知名度以及文化品位。

---

① 杨亿《广平公唱和集序》,《武夷新集》卷七,《文渊阁四库全书》本。
② 杨亿《群公赠行集序》,《武夷新集》卷七,《文渊阁四库全书》本。

由于地方政府机构较少且相对分散,官员也不像京师那样大量和集中,所以地方官员之间的酬唱规模不会超过京师。地方官员一般进行小规模的酬唱,监司、郡守、知县如果本身擅长诗歌或是喜好风雅,经常会参与、组织或主持其下属集会酬唱,下属之间也会因兴趣相投而唱和。《文渊阁书目》卷二记载当时有《郡斋酬唱》一部三册,因遗失而无法探知其酬唱人员的身份和酬唱方式,但从由此记载可以得知,郡斋酬唱也像京师的馆阁酬唱一样,形成地方酬唱的传统与风气。

邻郡、邻县以及更远距离的酬唱,也是地方官员酬唱的主要方式。如知吴县罗处约与知长洲王禹偁唱酬,就是两位低层官员因同年关系而通过邮传的邻县唱和。又如赵抃与程师孟为邻郡郡守时唱和:"(南阳赵)公与广平公,其登进士第也为同年,其守浙东、西也为邻国;又皆喜登临、乐吟赋,故其雅好,视游从中为厚,而山川览瞩之美,酬献之娱,一皆寓之于诗。旧所唱和多矣,集贤林公既为之序。"①这种跨越时空的官员唱和,是中唐元白以来风雅传统在宋代的发扬光大。

多数官员到地方工作时,都愿意礼贤下士,与当地诗人文人交往,如秦观《与参寥大师简》云:"扬州太守鲜于大夫,蜀人,甚贤有文,仆颇为其延礼。有唱和诗数篇,今录一通去,当一笑也。"这在当时路、州、县官员中是较为常见现象。地方官员与地方诗人唱和,直接影响当地的文学发展与文化建设。刘克庄《陈敬叟集序》云其为县令时忙于本职工作,无暇唱酬,"然少走四方,狂名已出,邑中骚人墨客如陈敬叟、刘圻父、游季仙辈,往往辱与之游。主人久废诗律,不复有一字,常命小吏设笔砚,观众宾赋咏,以为乐"。虽然未能参与唱和,但作为地方最高长官,其诗名本身以及支持地方诗人的具体行为,也促进着地方诗歌发展。

官员们会因为同年、同僚、同乡等各种人际关系,而建立并保持唱

---

① 秦观《会稽唱和诗序》,徐培均笺注《淮海集笺注》,上海古籍出版社,1994年,第1265页。

酬网络正常运转。京师的大小型公私集会酬唱,将官员诗人构成酬唱网络。京师酬唱结集或抄录后,经常由好事者寄给京师以外的官员朋友,使得外任官员能时刻保持与京师诗坛的联系。京朝官外任或贬谪,也会把京师的酬唱风气带到路以及州府军监乃至县乡镇。通过京师与地方多渠道、多向度而进行的诗歌酬唱,构筑出全国性诗歌网络。两宋诗坛就这样由官员酬唱为主要方式,而呈现出基本形态。没有官员,诗歌创作就不会遍布王土;而没有酬唱,就无法将全国的诗人连接到一起建立诗坛。

官员们的在职、升迁贬谪、辞官归隐、祠禄致仕,每个行为阶段的变动,不只是会影响自身生活心态精神变化,而且也会影响周边关系、社交活动变动,他们的诗歌酬唱也会随之变化。

官员诗人的创作酬唱,本身就极具示范性,再与其政治地位、权力相结合,直接影响到整个社会的文学与文化普及以及社会风尚的风雅化。

第二章

民间实力：布衣诗人酬唱网的存在与消失

　　人们很少关注官员以外诗人之间的酬唱，自然也就忽略了酬唱的民间力量。布衣诗人即非官员非宗教人士的诗人，主要指处士和游士。处士与游士在生活方式行为上，分别以居处与游谒为基本特征，二者在人生理念追求上也有很大区别。作为政治权利体系中的弱势群体，布衣诗人并没有特别有意识或自觉地构建自己阶层的价值规范和话语系统，而他们似乎无意中形成或"被构建"出的隐士文化与江湖文化，构成官员、僧道体系之外的第三体系，反过来影响了官员的价值规范和话语系统。处士游士在唱和中都会有意无意强调布衣相对自由独立洒脱的生活优势，其相对自由与散漫的生活给官员提供了向往的空间，其平视或傲视王侯的语调在表示布衣节操同时也造成等级社会中官民精神平等的错觉。处士与游士共同建立了下层士人唱和形态观念与话语系统。

第一节　隐逸外衣下的乡土市井：
　　　　　宋代处士酬唱

　　处士常常被美化为隐士，处士文化也常被美化为隐逸文化。大量诗文中塑造出的隐士高人形象,诱导人们关注隐逸文化,却遮蔽了处士的世俗身份和生活,遮蔽了处士文化的乡土市井底色。而处士的真正社会身份其实是山林乡野中有文化的富民、城镇市井中的医卜及手工类文化技艺人。这些有着明确职业社会身份的人创造出的处士文化,涵盖了隐逸文化,而更具世俗性、更具农工商等民间性质。根据管理与被管理层分布的比例,处士以及处士诗人在数量上一定会超过官员诗人,但处士留存的诗集却少到无法与官员诗集相提并论。而处士们是否有一些集聚地,现在很难全面考察,他们之间的酬唱如何进行也鲜有探讨。仅从留存的处士诗人诗集中,看到不少处士之间的酬唱之作,由此想见处士之间的唱和曾经的繁荣。虽然现存的处士之间唱和数量、规模上都不足以与官员诗人酬唱抗衡,但不代表当时民间就不存在这样的一股力量。

一、社会身份被美化或被遮蔽的处士

几乎所有不仕的各阶层、各行业文化人或士人,在宋代都可以广义地称作处士①。处士因而成为非官方文化人的代称,处士文化也就成为民间文化的代称,成为与官方文化不同的文化形态。处士文化虽然有些分散和隐蔽,但从理论上讲,其规模与态势应该超过官方文化,或至少与之抗衡。宋人经常将处士与士大夫相提并论②,以二者代替在朝在野的所有士人,由此可以得知,当时人就把处士看作是能与士大夫势均力敌的在野力量。

(一)过于超凡脱俗的处士形象

从宋人对处士的称赏中,很难看出处士们从事的哪类具体工作,

---

① 从现存的许多处士墓志铭、墓表等文献中可以得知。
② 如陈襄《古灵集》卷二五附录叶祖洽的《先生行状》:"公之亡,士大夫相吊于朝,处士相吊于家,皆曰德人往矣。"以士大夫与处士代表整个士人阶层。陈襄《古灵集》,《文渊阁四库全书》本。

如王禹偁《批答处士陈抟乞还旧山表》云:"卿不事王公,多历年岁,雅有神仙之态,蔚为高尚之人。"这位陈抟高卧华山,远离红尘,似乎吸风饮露,完全是个神仙般的处士。徐铉《答左偃处士书》:"足下负磊落之气,畜清丽之才,褐衣韦带,赋诗自释,介然之操,其殆庶乎?"这位左偃处士似乎以赋诗为职业,是个诗人型处士。

诗歌更是将处士描写得不食人间烟火,完全是超然世外的高人神仙:

  潘阆《赠林处士》:云剪乌纱雾剪衣,存神养气语还稀。人人尽唤孙思邈,只恐身轻白日飞。(《逍遥集》)

  寇准《赠魏野处士》:人间名利走尘埃,惟子高闲晦盛才。欹枕夜风喧薜荔,闭门春雨长莓苔。诗题远岫经年得,僧恋幽轩继日来。却恐明君征隐逸,溪云谁得共徘徊。(《忠愍集》卷中)

  谢逸《寄隐居士》:处士骨相不封侯,卜居但得林塘幽。(胡仔《苕溪渔隐丛话》前集卷五二)

  章宪《题处士顾禧漫庄》:何许明人眼,松间见古堂。泉声到棐几,山影覆绳床。爱酒陶元亮,听蛙孔德璋。纷纷战蛮触,丘壑信难忘。(郑虎臣《吴都文粹》卷三)

  吕本中《抚州俞隐居挽诗》:临川俞处士,独擅隐居名。懒倦不复出,风流闻后生。(《东莱诗集》卷二〇)

这些处士不论居处何地,都深幽清静,远离世俗;不知生活资本来源,整日优雅风流若神仙,根本不用从事任何劳动,而且无任何繁杂尘务。

处士因此有很多别称,如隐士、隐者、山人、居士①、高人、高士、散人、野人、樵子、渔夫等,还有逃名客、沧洲逸之类的美称。这些称呼也都表明,处士一般都生活在世外桃源或是远离人境的乐土净土,他们属于哪个阶层、从事什么职业、以何为生,都不能够也不需要说明。

事实上,当人们透过文学表述而探究处士的实际生活,就会发现

---

① 郑氏注,陆德明音义,孔颖达疏《礼记注疏》卷三〇:"居士,道艺处士也。"《文渊阁四库全书》本。魏野是处士,自号"草堂居士"。

处士并不那么超凡脱俗,就会发现飘逸出尘只不过是人们构建的处士幻象。

(二) 并不清寒贫苦的山林村野处士

孙觌《宋故府君陈公景东墓志》云:"余闻古之处士,或隐于山,或隐于市。隐于山者寓耕钓,而隐于市者寓医卜。"①将处士按照隐居空间以及生存方式分为两种。前一种可以称作山林村野中农夫、渔夫式处士,后一种可以称作城镇市井中医生、术士等技能类处士。

农夫、渔夫遍布山林村野,但并非人人都可以成为处士。那么处士与普通农夫渔夫的区别在哪里?"耕钓"是农夫渔夫的赖以生存的职业,但对于处士而言,"耕钓"却只是他们寄"寓"世间、偶或为之的隐逸方式而已,他们有不同于普通农夫渔夫的、超然世外的精神追求,关键是有实现这个精神理想的经济基础。

以隐士、高人等名号称呼处士,总给人特别高洁清寒的印象,使得人们很难将其与"富人家"、"富民"、"豪富士族"联系起来,而实际上,没有丰厚家产的农夫渔夫,根本没有成为隐士高人的基本生活条件,因为为生存为生计而必要的繁重劳动,会使他们丧失读书学习以及追求精神生活的时间和精力。而处士之所以能够不求仕进、不慕荣利,还能够进行慈善活动、文化活动,大多数是因为其承袭了祖辈留下来的丰厚家产,不必为生计而劳累奔波。如范镇《龙图阁直学士知成都府李公墓志铭》云"藉父产栖遁,不求仕进,乡里号处士";欧阳修《连处士墓表》云"处士少举毛诗,一不中,而其父正以疾废于家,处士供养左右十余年,因不复仕进。父卒,家故多赀,悉散以赒乡里"。两个处士都有丰厚的父产作为隐居后盾,不入仕途不辛苦劳动也有生活来源。

有些处士则是因为其兄弟入仕,家庭富足,不需要解决生计问题,所以隐居逍遥。如杨亿《史馆阮比部知衢州因归建阳别墅二首》自注

---

① 孙觌《鸿庆居士集》卷三九,《文渊阁四库全书》本。

云:"比部兄昭济,隐居不仕。"其兄不仕,自然是因为其弟做官,家里有经济来源。王禹偁《送宋灛处士之长安(内翰舍人弟)》云:"簪笏盈门独纫兰,卧龙潜在八龙闲。鸰原任说朝贤贵,鹤运惟称处士闲。静按仙经烧大药,狂挨僧壁画遥山。老郎见作归休计,分取圭峰并掩关。"宋灛处士之所以能过着烧炼丹药、作画寺壁的逍遥生活,正得力于"簪笏盈门"的经济后盾。

有些处士的富裕的财产来源不明,如苏舜钦《处士崔君墓志》所云之崔遵用,两次殿试落第后,"遂行买田筑室于箕、颍间",过起隐士般生活。能够在近于京畿之地"买田筑室",绝非贫寒之辈可为。

这些经济条件优越的人,不必为生存而打拼奋斗,才可以将"耕钓"之艰辛艰苦变作休闲享受,才可以成为脱离凡尘的理想型处士。当然,贫富是相对而言的,而且贫富也并非考察一个人是否处士的必要条件,但人们心目中理想型的处士形象确实要建立在富有的经济基础之上。多数处士并非一无所有,一味清贫寒苦,而是极像后世人所说的"乡绅"或地方精英①。

富足而有文化的山林村野处士,并不满足于"耕钓",他们还通过"聚学"等方式以区别于普通农夫渔夫。王禹偁《乞赐终南山人种放孝赠表》云:"伏见终南山处士种放,山林养素,孝友修身,既聚学以诲人,亦躬耕而事母。""躬耕"之外还能"聚学",才是不同于农夫渔夫的处士行为。有些处士不仅仅只是小规模"聚学",他们还要开书院或学馆,如杨亿《南康军建昌县义居洪氏雷塘书院记》就谈到当时不少处士开书院的情况:"学馆之南有雷塘焉,因以为名,且志其地。先是,寻阳陈氏有东佳学堂,豫章胡氏有华林书院,皆聚坟索以延俊髦,咸有名流为之纪述。讲道论义,况力敌以势均,好事乐贤,复争驰而并骛,宜乎与二家者鼎峙于江东矣。"仅江东就有三家处士开办的书院。

---

① 明清时常用的"乡绅"一词主要指地方上有权势或财富且有些文化的人,但宋元以前很少用这个词语。当时的乡绅或地方精英常被称为地方"名胜",如《诗人玉屑》卷一九云"陈觉民宰建阳,尝喜靖安山水,暇日与名胜登览赋诗"。他们与各地的山川古迹"名胜"一样,被视作地域历史文化的代表。参见魏庆之《诗人玉屑》,上海古籍出版社,1978年,第439页。

可知当时一些处士的经济实力以及办学能力,他们还能找到当时的文坛盟主为其书院做广告,其商业意识十分超前。这些民办教育家型处士,完全是务实能干的实业家形象,颠覆了飘逸出尘的隐士形象。

(三)城镇市井中文化技艺型处士

孙觌所说的后一种处士即"隐于市者寓医卜"。古代"医卜"地位低贱,而处士却是令人尊敬的名号,普通的"医卜"怎样才能成为真正的处士呢?

宋人对四民中的工商有着理解之同情。如郑刚中《北山集》卷五《相说》云:"今之所谓四民者,士则有学,农则有畎亩,皆不游散四方。其游散者,惟工、商二流。所以为工、商者,必有所挟,工挟艺,商挟货,犹舟之维楫、鸟之羽翼,无须臾可舍,故有所挟则得,无所挟则困矣。"就指出工人、商人因为没有田地产业,所以他们必须依靠技艺、货物生存。

"医卜"之类应该属于"挟艺"之"工",其地位虽低于士农,但以医术卜术作为职业也是其谋生的必要手段,因此无可厚非,宋人并不特别鄙视这类工商。士大夫还经常称赏这类人物,如曾巩《徐复传》云:"博学,于书无所不读,尤通星历、五行、术数之说,世罕有能及者。"周紫芝《太仓稊米集》卷六六《书枯冷道人李处士序后》云:"今龙溪李君,独能略去近时诸家地理书,时时自出新意,颇有奇中,可谓不传之妙已也。"又《赠欧阳可夫序》云:"欧阳处士可夫以'听声法'观人,百不失一二。"《赠罗一新序》云:"丹丘罗君一新,以星度之学推人寿夭亨穷,若指诸掌。"①这些擅长星相、术数、堪舆等文化性技艺的人,极受当时各个阶层人的欢迎,其中技艺超群者被士大夫们称作处士。

王安石《处士征君墓表》谈到三位处士,其中"杜君讳婴字大和,徐君讳仲坚字某"二人,"以医筮,故多为贤士大夫所知",而另一位征

---

① 《赠欧阳可夫序》《赠罗一新序》二文在刘爚《云庄集》卷五以及真德秀《西山文集》卷二八均出现,未能断定其归属。《文渊阁四库全书》本。

君"能为诗",却"独不闻于世"。显然,"医筮"对士大夫而言,更加实用,而处士诗歌对于士大夫而言不过是小巫见大巫,不值得一读。因此医卜类处士在实际生活中比诗人型处士,其实更能为人服务、更能满足社会生活需求。

然而许多医卜星相类处士,总是认为诗歌的价值地位高于医卜技艺。郑刚中《北山集》卷五《相说》中谈到一位相士毛处士:"相士毛生之来,未露见所挟,而先出其集诗,又要余同赋,语意勤切三四至。余怜而问之曰:'处士之艺何如耶?'对曰:'吾之艺,视人贵贱寿夭,如开眼见黑白,探隐匿而中其微。'余曰:'得所挟矣,何患无知者?携一败篚,自可弛担得名声,不但苏妻子也。诗何所裨耶?诗文亦不当相付,无乃使人疑子之术,谓其挟彼不挟此耶?'毛曰:'不然,吾家三衢,以儒为业,箕裘隳败至此,故所在非特喜为士大夫谈说,而士大夫亦喜为吾赋诗,此篚中之所为富也。'余曰:'若谓种习自笔砚中来,则请子收拾诗编,谨藏之第,余终不敢以诗所挟。'"作为儒者的后代,毛氏认为他自己相术虽然精湛,但不登大雅之堂,而诗歌才是高雅的艺术,因此他更愿意与士大夫谈谈艺术,会到处请士大夫为之写诗而增强其自信与声名,且常在展示其相术之前先以士大夫的诗歌为之取信增价,然而郑刚中则认为他这样是买椟还珠式的分不清轻重缓急。很多处士都像毛氏一样急于向士大夫主流文化致敬,而忘却了本身本业之所长。

医卜之外,擅长写真一类的艺术类人才也被称作处士,如杨万里《赠写真水鉴处士王温叔》以及楼钥《叶处士写照》《叶处士画貂蝉喜神见惠》所说的专为他人画像的处士,这类写真写照处士在南宋尤多。画花鸟的处士如陈造《题胡处士猿麕图》所说的胡处士,如赵蕃《从徐处士乞梅二首》:"江南处士杨无咎,畴昔最工梅写真。闻道徐郎得其妙,何妨乞我一枝春。"这类擅长绘画的处士也颇受喜爱花鸟的士大夫欢迎。

此外还有制作文房物事的技术工人,也被称作处士,晁说之《赠笔处士屠希》云:"屠希祖是屠牛坦,今日却屠秋兔毫。"屠希应是位手工艺人兼文化用品商人。又如陈造《题笔工俞生所藏书法》云:"俞处士造笔精致甲吴中。俞颇能书,理则然。然糊口之余,见古碑、法书,捐衣食求之不论价,此亦奇嗜癖好,未可以常情计。所蓄多善本,此轴真迹可宝。士大夫愿得之者,俞能有之,予敢以市工例视之耶?"这位"市工",在本职工作之余,不仅擅长书法还收藏古碑法帖,实在是士大夫不敢小觑的处士。这些文化类处士,让人们了解到工商阶层生存技艺之外的文化水准。不同才能技艺的人都可以称作处士,处士在宋代特别是南宋,几乎成为画工、技工、相士的别称。

实际上,不只是"隐于市者寓医卜",许多"隐于山"的处士,其实也常靠医卜类技艺而获取更大声名。宋初陈抟即是如此,而种放也并非如王禹偁所说的仅仅是耕读养亲,他还有很多才艺,孙仅《赠种征君放》即云其"诗篇落处风雷动,笔力停时造化闲。仙术每将丹诀解,史才曾把逸书删"①。有能解丹诀的仙术,才是朝廷一再征召种放的原因之一。在普遍相信天命的时代,从朝廷、士大夫到农工商市井小民都需要这样的才能以指点迷津。欧阳修曾上书"论妖人、方术士不宜出入禁中,请追所赐'先生'、'处士'号",可知当时朝廷为许多术士颁布过处士的名号。

而不少处士其实对医卜星相一类的知识有着天然的兴趣,十分热衷钻研这类知识技艺文化。苏舜钦《处士崔君墓志》所云之崔遵用,在"买田筑室于箕、颍间"之后,就过着"穷堪舆图纬、风角推步、佛氏道家书,以至笔墨图画、方药种艺之事,毕精焉。间引农樵共饮,醉辄酣歌起舞以自快,绝不迹城市,亦不道平昔所为。乡人以处士名之"这样的生活。民间文化人在抛开科考规定、官方要求后,大都会在星相医卜中找到安身立命之处,找到谋生的技能乃至人生的乐趣。因此,医卜星相就成为处士文化的基本底色,成为与士大夫文化的区分点。

工商类处士对生活在城镇的士大夫而言更有实际用处,他们经

---

① 厉鹗《宋诗纪事》卷七引《合璧事类后集》,《文渊阁四库全书》本。

常以技艺服务于士大夫,士大夫对他们也常有诗文褒扬,但从士大夫内心上讲,却不如对乡野处士那么尊重,主要是因为乡野处士经济富足独立,并不靠医卜类技艺谋生,而城镇处士却以各种技艺为谋生手段,从士大夫以及其他阶层处获得生活资本。

医卜手工等文化类技艺,其实是处士文化最有特色之处,是处士文化的底色,却因为虽被士大夫使用又被其鄙视,而未能得到更大的张扬发展。

从处士的生活空间与谋生方式看,处士实际上是一个包含城乡农工商文化技艺人的特殊阶层。这个阶层从数量规模上讲壮大无比,他们创造的文化也具有农工商文化的底蕴。

(四)处士与游士之异同

处士与游士,从游处二字本义上看,原本只是居处、游走两种生活形态的差别,没有尊卑之别,但在古人根深蒂固的安土重迁观念中,居处比游走更安静稳定,所以居士、处士要比游士更稳重高洁;山林乡村比城镇生活简单纯朴,因而居处山野的人比游走于城镇的人更远离红尘,更受到士大夫尊重。这是理想中的处士要生活在山林乡野的原因之一。

而同样是游走生活于城镇的人,为何又有处士与游士之分呢?正如孙觌《宋故府君陈公景东墓志》云:"由汉以来,逸民隐士,怀奇抱宝,高蹈一世,深藏于市,泛然与渔商农圃杂此土以处,而莫辨也。"

游士分两种,一种是求学的游士,一种是谋生的游士。求学的游士靠诗文,其目的是为了科考中进士入仕,与城镇处士不同。谋生的游士大都靠的是星相医卜、书画技艺在城镇中生存,所以从谋生手段或职业看,城镇的处士与游士没有什么区别,而游士却常常被视为游谈无根的江湖骗子,受到士大夫们鄙视。

孙觌《宋故府君陈公景东墓志》云:"均之卜也,日阅数十人、得百钱足以自给,则闭肆下帘,不更筮也;均之医也,闻人疾痛、欲去之如在己,而不志于利。"也就是说,同样为"医卜",超越名利、慈善为怀、德行更高一筹的"医卜",才可以称得上是处士;那么与之相反,那些汲汲于名利的"医卜",无论技艺多高,却只能被称作是游士。狭义的处士是指有德行的民间文化人。

宋人对处士、游士的区分大体都遵循这个道德原则。如苏轼《种德亭并叙》云:"处士王复,家于钱塘,为人多技能,而医尤精,期于活人而已,不志于利。筑室候潮门外,治园圃,作亭榭,以与贤士大夫游,惟恐不及,然终无所求人,徒知其接花艺果之勤,而不知其所种者,德也。乃以名其亭,而作诗以遗之。"①王复就是符合士大夫所规定之道德规则的典型的城镇医生类处士。

黄庭坚、陈师道等人曾为一位陈留市内的刀镊工写诗唱和,称其为市隐②,认为这位手艺人是位悟道的高人处士。

王安石《处士征君墓表》:"淮之南,有善士三人,皆居于真州之扬子。杜君者寓于医,无贫富贵贱,请之辄往。与之财,非义辄谢而不受。时时穷空,几不能以自存,而未尝有不足之色。盖善言性命之理,而其心旷然无累于物,而予尝与之语,久之而不厌也。徐君忠信笃实,遇人至谨,虽疾病召筮,不正衣巾不见,寓于筮,日得百数十钱则止,不更筮也。"杜君、徐君这两位擅长医卜的人,正是高于一般市井小民以及游士的处士。

在这里,区分城镇处士和游士的标准,不是游处、不是职业、不是技艺高低,而是德行。然而德行作为道德层面的标准颇为抽象,在具体判断某个人时,常常会出现混淆的现象。

另外,有不少处士与进士都曾有过或长或短时间到处游走求学或干谒的经历,这种经历常使得其前后阶段身份界限模糊,如彭汝砺

---

① 又,苏辙《赠王复处士》:"候潮门外王居士,平昔交游遍海涯。本种杉松为老计,晚将亭榭付邻家。为生有道终安隐,好事来游空叹嗟。犹有东坡旧诗卷,忻然对客展龙蛇。"自注云:"王君旧有园亭,子瞻兄名之曰种德,其亭顷以贫故,鬻之矣。"
② 黄庭坚《山谷集》卷九《陈留市隐并序》:"陈留市中有刀镊工,与小女居,得钱,父子饮于市,醉则负其子行歌,不通名姓。江端礼传其事,以为隐者。吾友陈无已为赋诗,庭坚亦拟作。"黄庭坚《山谷集》,《文渊阁四库全书》本。任渊《后山诗注》卷七亦有,《四部丛刊初编》本。

《鄱阳集》卷六《题程则之瑞墨阁》序云:"三灵山人则之,少游王公大贵人之门,得仁宗皇帝御书数轴,构阁而藏之,名以瑞墨,而乞诗于予。"这位程则之年轻时的行为完全属于游士,而彭汝砺所赠诗句中却云"凤鸾影落新安水,奎璧光临处士庐",将其称作处士。这是因为程后来选择了居处,还是因为处士是比游士从名号上看更适宜礼貌称颂?

由此看出,游士和处士理论上很好区分,但实际上却难以截然分开。特别是不少人基于礼仪文明,总是在诗文中客气地将游士称作处士时,处士就成了虚美谬赞的名号,成了包涵许多游士在内的庞杂名称。因此,如果不细化的话,处士就是包括了游士在内的民间文化人的代称,是基层、低层甚至底层的士人,是农工商中所有有文化技艺的人,创造出了民间文化、在野文化。

(五) 被掩饰的处士文化之乡土市井底色

仅从处士们的真实身份看,他们比士大夫更贴近乡野市民,他们的文化比士大夫士文化应该更具有乡土市井底色。处士既然是农工商中的文化技艺人,就应该具有有别于士大夫的身份特点。但是从处士们现存的诗歌以及其他文学创作中,却较少突显这种身份感。

不少处士都似乎在努力消除自身的乡土市井气息,以便向士大夫所期待的风雅靠近。大多数处士的文学作品都没有粗野、粗糙、粗俗、拙劣、油腔滑调、违背儒释道思想的情境,即便是"医卜",也都与士大夫的审美情趣相差无几。因此现存大多数诗文词作品中,如果没有特别的身份提示,几乎看不出作者的身份差异。这说明处士文学(文化)没有形成特别鲜明的、足以冲击士大夫文学的审美形态。

释文莹《湘山野录》卷中云:"冲晦处士李退夫者,事矫怪。携一子游京师,居北郊别墅,带经灌园,持古风外饰。一日老圃请撒园荽,即《博物志》张骞西域所得胡荽是也。俗传撒此物,须主人口诵猥语,播之则茂。退夫者,固矜纯节,执菜子于手,撒之,但低声密诵曰'夫妇之道、人伦之性'云云,不绝于口。夫何客至,不能讫事,戒其子,使毕之。其子尤矫于父执,余子咒之曰:'大人已曾上闻。'皇祐中,馆阁以为雅戏,凡或淡话清谈,则曰'宜撒园荽一巡'。"处士身为低层文化人,却试图保持儒生非礼勿言的准则以显得文雅,以至于举止言行显得不合时宜而矫情迂腐,受到馆阁士人们的雅谑,连僧人都觉得其"事矫怪"。从这个事例中,可以看出一些处士在言语行为上的矫饰程度。

处士的文学创作,本应传达出处士的生活真实状态以及自身的审美情趣,却因为其自身身份意识的不够坚强独立,常常自我掩饰其不能被士大夫阶层接受的一面,导致其文学附庸风雅性强而自立性弱。这一切,显示出处士文化对士大夫文化的依附性或趋附性。

当时人们似乎有意无意地回避或遮蔽处士的世俗生活情状,而将其美化、诗化或抽象化为一种纯粹精神性符号。这个符号,不仅掩饰了山林乡村处士的乡土富豪气息,也掩盖了医卜类处士游走干谒的市井气息。这一切,可以说既是处士们刻意表现的结果,更是士大夫官僚心目中的理想与向往。士大夫在与处士交流时,也常以士大夫阶层自身审美标准,有意无意省略或忽略处士们的乡土市井底色,专门取其符合士大夫审美理想之言行修为描述褒扬,二者共同努力,使高雅脱俗成为处士最具有号召力的标志,成为公认的常识化的处士文化基本特色,隐逸文化因此取代了处士文化,遮蔽了处士文化中应有的底色。而对处士文化的探索,就是要透过隐逸文化而还原其本色。

二、处士风尚三变及其不断增长的创作力量

北宋处士风尚有三次较大的变化:以魏野、林逋为代表的前期处士诗人,其立身行事有着传统处士的风范,其诗歌也大体符合士大夫对处士诗风以野逸清淡为特征的基本想象;以李觏、王令、邵雍、徐积为代表的中期处士诗人,他们张扬个性、标新立异,引起士俗广泛关注,他们的诗风突破常规,以最为"创辟"的姿态冲击着士大夫主流诗坛审美趣味;哲宗绍述及徽宗时期,在党祸党禁高压下,江西宗派处士

群及其外围的处士们以道德人格自律自励,以道学禅学精神重建处士节操风姿,发展黄陈饱含士人阶层人格力量的刚健奇硬诗风,在士大夫噤若寒蝉的岁月,他们以蛰伏隐忍的姿态,将当时位于边缘民间的诗坛转化为后人心目中这一时代的主流中心诗坛,使得北宋后期三十余年间士大夫主持诗坛的局面得以改变。

远离世俗、隐逸恬淡作为处士的标准形象风范,已经深入人心,乃至成为人们对处士的固定刻板印象。从理论上讲,处士因为远离朝廷政治、官事尘务的束缚,可以做思想乃至行为上的相对自由人,可以逍遥自在、脱俗出世,但在集权专制时代,这种自由只能是梦想。事实上,处士的生存发展一直受到朝廷政治、官方观念以及社会思潮等方面强力制约,其形象风尚也随政治社会的发展而不断发生变化。仅就北宋而言,随着政局、观念等各方面变化,处士的整体风尚至少产生过三次大幅度变化,三次变化中的处士形象及诗风几乎有天壤之别。

(一) 北宋初期传统处士风范的承继与发扬

尽管宋初三朝特别是真宗朝,朝廷对处士政策颇为优渥,大臣举荐、朝廷征召已经成为官方网罗天下遗逸士人、善待布衣的一大举措,一些士大夫也乐于接交处士,但在朝代更替不久那种动荡敏感的政治环境下,处士还只能被需求作为不汲汲于名利的高士逸人,而成为新朝廷以及新统一局面的一些点缀。

宋初的官方及不少士大夫对处士的德行有极为苛刻的要求,如果有人不遵循或冒犯其显性及隐性标准,不仅会降低他们对处士的观感,甚至会让他们采取一些措施对其进行惩罚或制裁。例如林逋,可以说是极具传统风范的处士,但在当时却因为一篇时文投贽之作而引起士大夫乃至皇帝与朝廷的反感:"林逋处士隐居西湖,朝廷命守臣王济体访。逋闻之,投贽一启,其文皆俪偶声律之流,乃以文学保荐。诏下,赐帛而已。济曰:'草泽之士,文须稽古,不友王侯;文学之士,则修词立诚,俟时致用。今逋两失之。'"①一篇不符合士大夫心目中理想处士形象的文章,引起如此严重的后果,肯定是林逋意想不到的。

守臣王济所云的"草泽之士"及"文学之士"标准,代表了宋初官方士大夫对处士文人的基本要求,只有严格达到这两方面标准的,才可能成为士大夫心目中传统意义上的真正的处士。据此标准,处士的言行受到十分严肃的监督评判。要想成为合格的处士,宋初的布衣文人一定要谨言慎行,在社交礼仪与文学创作上都必须注意到自身的社会身份。

司马光《涑水纪闻》卷六记载:"种放以处士召见,拜官,真宗待以殊礼,名动海内。后请归终南山,恃恩骄倨甚。王嗣宗时知长安,见通判以下群拜谒,放小俯垂手接之而已。嗣宗内不平。放召其诸侄至,出拜嗣宗,嗣宗坐受之。放怒,嗣宗曰:'向者通判以下拜君,君扶之而已。此白丁耳,嗣宗状元及第,名位不轻,胡为不得坐受其拜?'放曰:'君以手搏状元耳,何足道也?'嗣宗怒,遂上疏言:'放实空疏,才识无以逾人,专饰诈巧盗虚名,陛下尊礼放,擢为显官,臣恐天下窃盗,益长浇伪之风。且陛下召魏野,野闭门避匿,而放阴结权贵,以自荐达。'因抉摘言放阴事数条。上虽不之问,而待放之意寖衰。齐州进士李冠尝献嗣宗诗曰:'终南处士声名减,邻土妖狐窟穴空。'"②种放就是忘记了自身的身份而招致了士大夫的羞辱与朝廷的冷遇。

文中所云王嗣宗与种放之冲突,表面看只是两个个性鲜明的士人冲突,实际上却具有官员与处士冲突的普遍性特点。尽管种放见王嗣宗时已经是御赐官员,而非白衣处士,但王嗣宗认为种放接见州府通判等官员的礼节过于轻慢,不符合其身份应遵循的礼仪标准,所以

---

① 祝穆《古今事文类聚》前集卷三三《退隐部》引《该闻录》,《文渊阁四库全书》本。
② 司马光《涑水纪闻》卷三:"王嗣宗,汾州人。太祖时举进士,与赵昌言争状元于殿前,太祖乃命二人手搏,约胜者与之。昌言发秃,嗣宗殴其幞头坠地,趣前谢曰'臣胜之',上大笑,即以嗣宗为状元,昌言次之。"《丛书集成新编》本。另:《宋史》卷二八七《王嗣宗传》:"嗣宗少力学自奋,游京师,以文谒王祐,颇见优待。开宝八年登进士甲科。"可以补充种放所云"君以手搏状元耳"。中华书局,1977年,第9647页。

以更为傲慢的礼节对待种放的晚辈以示报复。官员之间、官民之间见面的礼节都有严格的等级规定,种放虽被授官,但其等级并没有高过通判多少,因而应该有更尊重通判的礼节才算是合乎要求。另外,同是官员,入仕途径不同,其地位待遇也大不同。宋代通过科举入仕是最正式、最受人尊敬的入仕途径,而其他途径总是多少受到正途入仕人以及整个社会的质疑甚至轻视。王嗣宗是通过科考入仕的,自然理直气壮,而种放则是通过举荐征辟入仕,其非常态超擢的入仕方式,自然受到进士出身官员的诟病。不少进士官员都像王嗣宗一样,很反感征辟入仕的官员,这主要因为朝廷征辟的依据是处士的"德行才识",但这个依据往往空洞夸饰而落不到实处。从进士李冠的献诗以及司马光本人对此事的态度上看,他们显然支持王嗣宗,作为同样由进士而入仕官员,他们更能站在同一立场。

　　进士官员更尊重官员累举、朝廷累召而始终不入仕的处士,尤其是在宋初,不仕被看作是处士最高的德行。王嗣宗以魏野与种放作比较,认为魏野的言行更符合处士标准。尽管魏野与当时的权贵官员们唱和往来频繁,但他始终没有出仕,权贵官员们多数都是主动拜访他且主动与他交往,而他连皇帝召见也敢回避,被视作具有最为高洁的节操,因而真宗时期,魏野被认作是最合乎士大夫标准的具有传统风范的处士。

　　即便是朝廷表彰、声名卓著的处士,也需要低调做人,尤其是对待进士官员时一定态度谦恭,以免被他们嘲讽。进士许洞因为受到林逋傲视①,写诗云"寺里掇斋饥老鼠,林间咳嗽病狝猴。豪民送物鹅伸颈,好客临门鳖缩头",讥嘲林逋穷酸丑病、伪风雅与假清高。在官本位的时代,进士出身官员被赋予了最高社会阶层所能拥有的权力,掌握着皇权之下最高的社会话语权,而处士只是他们治理之下的四民之一,他们对待处士并非如一般唱和诗歌中那样一味欣赏称扬,而是非常苛刻严厉。

---

① 参见阮阅《诗话总龟》卷三六讥诮门(中)"林和靖傲许洞",《四部丛刊初编》本。

因为宋初朝廷士大夫对处士有十分严苛的要求,处士的德行文学都受到极为严格的考验,所以魏野、林逋等人的诗歌都尽力表现出处士应有的超凡脱俗。处士不能主动投赠诗歌给官员,否则会被认为是干谒;他们与官员唱和的诗歌一定要不卑不亢,尽量显示出平交王侯的气质。诗歌要尽量书写隐居不仕、远离红尘、不食人间烟火式的悠然自得,表现出闲云野鹤般的潇洒风雅,风格野逸闲淡,才能符合传统处士风范,符合官方士大夫心目中的理想处士形象。

(二) 北宋中期处士诗人的个性张扬与诗风的标新立异

真宗以后,荐举遗逸几乎成为布衣入仕的一个较为常见的门径,六科、十科荐士法以及不断征召"遗贤"的政令,无疑让科举不第而又无门荫恩及的处士看到了更多希望。这种超拔方式所取名额极少,因而处士必须有异于普通布衣之处,才会被官方发现。加上仁宗到哲宗时期,官方不仅要考量处士德行,而且越来越注重其学识才能,官方希望处士能为朝廷为社会做出更多的"实质性"贡献,不仅仅只是道德表率而净化民间社会风气,所以,当朝廷遇到一些军政礼乐问题时而需要民间力量参与时,常常会下令官员举荐或处士自荐。

此一时期的处士如果如同宋初那样静寂孤处,不主动接交官员名流,就很难被官方发现从而举荐;处士如果没有迥出于同侪的学识才能,就没有被举荐的资本或资格。因而张扬个性、表现自我、标新立异,成为此一时期处士的整体特色。

苏轼谈到蜀地处士张俞(995—1059)云:"本有经世志,特以自重难合,故老死草野,非槁项黄馘盗名者也。"①北宋中期的处士大都如张俞一样有着"经世志",希望为国效力,"槁项黄馘"而"老死草野"不再是处士的唯一终极选择,遗世独立、隐逸山林而甘于边缘化的处士风范被重新审视,新的处士形象一时涌现。

北宋中期有些处士因为种种原因而终生未仕,如张俞、邵雍

---

① 苏轼《东坡志林》卷九,《文渊阁四库全书》本。

（1011—1077）、王令（1032—1059）、吕南公（生卒不详）、俞紫芝（？—1086）、李廌（1059—1109）等，可以称之为终身处士；有些处士则通过大臣举荐、朝廷征辟而入仕，多数被授予学官，官位不高且升迁较慢、为官时间也不长，可以称之为阶段性处士，如苏洵（1009—1066）、李觏（1009—1059）；还有几位十分特别的处士，他们都进士及第却选择了长期退隐，如冯山（1031—1094）、徐积（1028—1103）、朱长文（？—1098）①等。这些行迹不尽相同而声名远播的处士，只是当时众多处士中的代表。而后人很少将这一批人视为处士，因为他们的言行以及诗歌风格，都与宋初魏野、林逋所代表的处士形象大异其趣。

李觏是一位既有抱负而一再自荐于朝的处士："旴江李泰伯，其有孟轲氏六君子之深心焉，年少志大，常愤疾斯文衰敝，曰：'坠地已甚，谁其拯之？'于是夙夜讨论文武周公孔子之遗文旧制，兼明乎当世之务，悉著于篇。且又叹曰：'生处僻遐，不自进，孰进哉？'因徒步二千里，入京师，以文求通于天子。乃举茂材异等，得召第一。既而试于有司，有司黜之。"②李觏有如此愤世嫉俗的态度、积极淑世的情怀，其世界观、价值观等思想观念已经完全不同于宋初处士。李觏《感怀寄择之》云："众人皆锐进，唯我复幽居。虑远梦多乱，身闲气不舒。干求非禄位，好尚岂诗书。日夜又日夜，霜寒鬓发疏。"在人人都"锐进"的时代，李觏对"幽居"而不能实现个人抱负感到不满。这种处士观可谓惊世骇俗。其言行称得上是这一时期处士的代表。

王令寄给当时另外一位著名处士黄晞的三首诗歌，表达了当时处士之间的共识。其《寄声隅先生黄晞》云："王朝簪笏拥天扉，肯以经纶假布衣。老信苍生终有命，穷忧当世益思归。一身谁作千年望，两眼空看万事非。闻说韦编日开阅，可应三复叹知几。"簪笏满朝，人才济济，朝廷不需要"遗贤"，处士自然无用武之地。然而虽说穷通有

---

① 冯山是嘉祐二年进士，却退居故乡二十年。参见祝尚书《宋代巴蜀文学通论》第四章之三《诗人冯山》，巴蜀书社，2005年，第205页。徐积、朱长文也都曾进士及第，徐积是治平四年进士，朱长文是嘉祐二年进士，但徐积选择隐退而被赐"节孝处士"，朱长文因足疾隐居苏州而过着处士生活。

② 李觏《旴江集》卷首祖无择序，《文渊阁四库全书》本。

命,但隐居终老却令处士无法甘心。其《送声隅黄先生》所云"虽有英雄无用处,却令老去买牛耕",也对朝廷不能重用处士而十分失望。

中期多数处士都像李觏、王令一样,不愿意隐逸恬淡、做道德标兵,而愿意有用于当世。蜀地处士张俞与苏洵,都"尝举进士不中,又举茂才异等不中"①,之所以一举再举,是因为他们都有经世之志,都积极进取。二人最后又都通过上书、表达自我政治军事主张而受到朝廷关注,特别是苏洵的著作,受到韩琦、欧阳修等名臣的赏识。

杨时曾经批评苏洵:"因论苏明允《权书》《衡论》,曰'观其著书之名,已非。岂有山林逸民立言垂世,乃汲汲于用兵? 如此所见,安得不为荆公所薄。'"②但当时"山林逸民"言兵者,绝不止苏洵一人。张俞献书早于苏洵,"属西戎犯边,乃上书陈《攻取十策》。……宰相吕夷简曰:'魏元忠所上书不及也。'诏以为校书郎,而请授其父。仍召俞赴阙,俞不起"。可知处士言兵在当时深受朝廷重臣、士大夫重视。这种重视自然鼓励了更多处士言兵乃至从军,如曹辅就通过言兵从军而入仕。李觏《送路拯北游》"六月地欲赤,驱车河朔行。王师备戎狄,游子念功名。尽识山川险,深穷彼我情。归来具封奏,直上请长缨"所云的路拯,也是一位北上从军的处士。

当时言兵从军的处士数量相当可观,可知北宋中期在朝廷政策以及士大夫崇尚鼓励下,表现军事谋略军事才能,成为处士参与国事、表现个性、谋取功名的重要方式。

邢恕谈到邵雍时云:"盖自本朝有天下百四十年间,隐逸处士名行始卒完具无玷缺、而朝廷旌命及存殁赙恤赠谥无一或阙、愈久而愈光者,先生一人而已。"③邵雍的行为似乎很像宋初处士,但实际上却

---

① 参见王称《东都事略》卷一一八,《文渊阁四库全书》本;《宋史》卷四四三,中华书局,1977年,第13093页。关于张俞,详见祝尚书《宋代巴蜀文学通论》第二章之一《隐士张俞与侍僧重显》,巴蜀书社,2005年,第48—54页;傅璇琮主编、祝尚书本卷主编《宋才子传笺证·北宋前期卷》之《张俞传》,辽海出版社,2011年,第369—375页。
② 杨时《龟山集》卷一二,《文渊阁四库全书》本。
③ 邢恕《康节先生〈伊川击壤集〉后序》,邵雍《伊川击壤集》卷二〇,《四部丛刊初编》本。

与魏野、林逋不同。他居住在洛阳闹市,常常开口论时事,甚至预言天下大事;他为司马光、富弼等人赏识乃至举荐,却乐于在"安乐窝"里保持个性独立;他是表面和易却极具个性的学者型处士,他的《伊川击壤集》开创了十分独特的"击壤体"。击壤体不只是语言直白通俗不同于一般士大夫诗歌、不同于传统处士诗歌,其所凸显的处处不苟同的见解和自信,也标示着处士与官方意识形态保持一定距离的那种相对独立性。

更多的处士以诗歌直截了当地宣泄着因为不能仕进而实现愿望的不满情绪,用奔放乃至有些怪异的诗风,颠覆传统处士固有的理想形象,冲击着士大夫的耳目,给主流诗坛带来生气。

例如徐积,"积少力学,受业于胡瑗之门,渊源笃实。其事母以纯孝。积立身亦坚苦卓绝,盖古所谓独行之士。然其文乃奇谲恣肆,不主故常,故陈振孙《书录解题》引苏轼之言,称其诗文怪而放如玉川子。今观其集,往往纵逸自如,不可绳以格律,轼所论者诚然。然其文虽雅俗兼陈,利钝互见,颇有似于卢仝,而大致醇正依经立训不失为儒者之言,则非仝之所及也"。与徐积年龄相仿的王令,诗风与徐积颇有相同之处,"令才思奇轶,所为诗磅礴奥衍,大率以韩愈为宗,而出入于卢仝、李贺、孟郊之间,虽得年不永,未能锻炼以老,其材或不免纵横太过,而视局促剽窃者流,则固偲偲乎远矣"[①]。徐积与王令的诗风,虽说可能是庆历时期石延年、苏舜钦等人豪放横迈诗风的继续发扬光大,但更是中期处士摆脱传统风范拘禁后的个性自我张扬,他们的"纵逸自如"、"纵横太过"都已经超出传统处士的风格范畴,也超过了当时士大夫所能达到的豪放极限,表现出中期处士的风采。

李觏和王令被钱钟书称作"最创辟"的诗人[②],仅从身份上考察,他们的"创辟"更有意义:因为只有解放了身心的处士布衣,才敢如此毫无顾忌地"创辟"。传统处士风范就这样被新一代处士解构、颠覆。

---

① 参见《节孝集》提要、《广陵集》提要,《四库全书总目》卷一五三,中华书局,1965年,第1323、1325页。

② 钱钟书《宋诗选注》,生活·读书·新知三联书店,2001年,第56页。

中期处士的个性张扬以及热衷入仕,引起不少士大夫的忧虑恐慌。刘敞《杂说九首》其七云:"今进士猥多,自十年以来岁岁增益。州郡所举、会于尚书者,常三千以上。若尽以为贤,是何贤之多也?虽兔罝之世,不能及此。必若不能尽贤,但启贪竞之心,开奔走之路,非朝廷之美也。又怀利干进,互相窥诋,发扬其短长,或携手扬袂,佻达傲荡,无复处士之态。习俗为长,不觉不禁,必复有西晋旷放狂谲之败。"①可见当时处士自荐或被举荐入仕之盛况,也可见处士不再顾及德行修养而奔走干谒行为。

司马光嘉祐八年所作《清逸处士魏君墓志铭》云:"呜呼,今之名处士者多矣!或力为奇谲以盗声名,万一辈幸,欲欺愚俗、取美官;或交游有位,依其名势,干没射利,以侵渔细民。若是者,虽不仕,又足贤乎?然则能保其福乐而免于过咎、有如君者,凡几人耶?"②可以作为刘敞所云现象的佐证和补充。

刘敞、司马光所云的不少处士,已经与南宋中后期崛起的游士阶层的游士相差无几,但仍旧被视作处士,是因为他们还没有从处士中独立出来,形成与处士乃至士大夫抗衡的实力圈层。

朝廷对处士的政策、士大夫对处士的态度和要求,影响乃至决定着处士的追求发展风尚。而无法掌握个人命运的"处士",其形象一直处于被时势塑造的状态。

(三) 北宋后期政治高压下新型处士诗人的登场

哲宗后期以及徽宗时期的党禁、党祸,使得不少元祐子弟或同情支持元祐学术者主动选择或被迫居处乡野市井。政局最大化地影响到所有人的生存发展,不仕或蛰伏成为士人疏离政坛的一种姿态,处士的数量与实力在这种形势下大大增强。

政局不够稳定时,处士可以以隐逸保持观望态度,但也不能过于

---

① 刘敞《公是集》卷四二,《文渊阁四库全书》本。该文所论包括进士科与贤良方正科:"今不惟进士自举而已,至于贤良方正,亦自举也,岂不过乎?"
② 司马光《传家集》卷七八,《文渊阁四库全书》本。

清高而流露出不合作的意愿,所以有必要与朝廷官员唱和以维持必要生活空间;当新旧党争还在以政争为主的相对民主时期,新旧双方彼此还能宽容对待无位无权的处士,甚至为了争取其支持而有意"养士",养有才能的士以为己用;但当党争已经演变为党祸党禁,士人的进退就变得尴尬,仕与不仕已经不是单纯的个人才能及价值是否能实现的问题,而是既牵涉到处士的政治立场,更牵涉到士人的气节德操、个人修养等多方面政治道德问题。中期处士在时代感召下积极进取的那些言行,被新形势下的处士重新审视,那种理直气壮地自我张扬已经不合时宜,处士开始向传统风范回归。

经过元祐学术文化的洗礼,又被迫在时局变化中反思,处士风范的回归并非简单地恢复到原来的状态。元祐旧党内部的分歧从根本上讲,是道学、文学的分歧,这种类似学术与创作、学者与作家的分歧,到徽宗时期,因政治高压而消除分歧,被打压的士大夫、处士都试图将道学、文学合流。本来以张扬个性为主要表现的诗人特别是中期处士诗人,在主动接受道学熏染后变得理性而规范,为传统处士的野逸恬淡增加了更多道德精神、人格力量。这一时期的处士更自觉地坚持德行操守、努力完善道德人格,一方面因为政治高压,另一方面更是出于道德自律,而不仅仅像宋初那样源于士大夫官方对处士的德行要求。

后期处士最大特点是集体成群出现,而且互相之间唱和联络密切,不少人如李彭、吕本中等人都有强烈群体意识,这促成他们凝聚成一股力量,显示出处士的总体实力。特别是江西诗派诗人及其周边的处士,可以称作这一时期民间诗人的领军人物。

江西宗派图中的二十五人,在徽宗时期比较热衷仕进或在仕途上颇有所获的如三洪中的洪刍、洪炎都进士及第而出仕;韩驹政和元年被赐进士出身,虽多次因元祐学术而被黜但一生以仕进为主;江端本元符年间受到党祸影响不应举,后以门荫出仕而颇得徽宗重用,这三四人可算是江西诗派中的官员诗人。其余二十一人中有几位如高荷、杨符因生平事迹不可详考,不能详知其出处情况;又有祖可、善权为僧人,此外十多人大体可以称之为处士或类处士。

最早学习黄庭坚的陈师道(1052—1101),就是以处士身份被举荐入仕的。陈师道安贫乐道、砥砺人格,对苏黄执着地崇敬,始终坚持个人操守,坚持他自选的政治立场与文学道路,其立身行事对江西宗派其他处士起到了示范作用。江西诗人选择黄陈,不仅仅是因为对其诗法诗风的热爱,还因为对其为人处世态度的尊崇。

十多人中可以考知的终身处士如潘大临(1060—1107)、潘大观(生卒不详)、何颉(生卒不详)、何觊(生卒不详)、谢逸(1068—1112)、谢薖(1074—1116)、林敏功(生卒不详)、林敏修(生卒不详)等人。二潘亲受苏黄指点,生活窘迫但坚守苏黄教诲与遗训;二何与二潘一样居住黄冈,又是姻亲,为乡里处士诗友,他们不仅受苏黄张耒影响,还请教过陈师道;二谢隐居临川,蔡京设"八行"科取士,有意笼络处士,谢逸虽受到举荐但终不肯接受,谢薖屡举不第,在谢逸去世后主持临川诗坛;二林隐居蕲州蕲春,林敏功政和间征召不赴,受到朝廷赐号"高隐处士",所谓"守节令终,圭璧无玷"。

饶节(1065—1129)颇为特别,他曾为曾布门客,后来不仅不入仕,还祝发出家,隐于佛禅,类似于终身处士。江西诗派"周边"诗人如祖可之兄苏庠(1065—1147)亦是终身处士,江端本之兄江端友隐居于封丘门外,将门荫让给其弟江端本,一生未仕。

有些可以成为阶段性处士,他们短时间为微官而长时间闲居,如晁冲之绍圣年间隐居具茨山,后来虽曾出仕,但大多数时间闲居在汴京昭德坊家宅;洪朋(1062—1106)屡举不第,晚年可能担任洪州学官,黄庭坚云其"作人亦自清苦";李彭(?—1129后)早年游历四方,归乡后灌园著述,一度曾任临川或洪州学官,讲求气格修行;徐俯(1075—1141)以其父徐禧死国而八岁即被授官,但除了宣和年间(1121)曾任吉州通判又弃官外,他在靖康前官职一直不显,"一向以诗酒自娱,放浪江南山川间,食祠禄者四十年"①,一生闲居时间多于做官;吕本中(1085—1145)在徽宗前期受到党禁党祸牵连,随侍父兄

---

① 王明清《挥麈录》后集卷八,《四部丛刊续编》本。

游历各地,交接江西诸人,政和五年出仕济阴主簿,但在南渡前闲居时间较多;李錞(生卒不详)一度弃官家居,谈论名理。王直方(1069—1109)虽为新党子弟却同情旧党,以宗女夫入官,但居官时间极短,久处京师而读书著述,将城南别墅变成旧党成员以及江西诸人的文艺沙龙。谢逸《介庵记》云:"吾友王立之居京城之南,跬步天子之庭,而闭关却扫不调者十年,编茅以除风雨,大署其窦曰介庵。""君乃贵公子,趣向亦如许,读书如鸡鸣,勤不乱风雨。"(谢逸《王立之园亭七咏》之载酒堂)还有一些成员虽为官员,但行迹接近处士,如夏倪(生卒不详)也以宗女夫入官,仕于州县,无求进之举,而与江西诸人交往密切;又如汪革(1071—1110)绍圣四年进士及第,一生为学官,沉吟下僚,其言行类似处士。

无论是处士还是类处士,他们以群体的形式出现,显示了后期处士的力量。这些人蛰居民间,在政治高压下隐忍坚持,以道德人格自励,以佛禅思想涵养[1],儒隐而加上禅隐、道隐,不张扬个性才能而张扬道德人格,建立新的处士风范,重塑处士形象,成为具有宋代士人特色的新型处士。

这些后期新型处士"以'立德'作为人生根基,非仅仅寄意于文词。故其诗文刚健挺立,无寒涩贫窘之态"[2]。江西诗风虽非处士独创,却由处士们坚守不弃,而成为与传统处士不同也与张扬个性处士不同的、充满道义感和力量感的另类风格。

士大夫的黯然退场使得处士成为这一时期诗歌创作的主力军。处士"身份"在此一时期才彰显出其存在的意义。他们将当时位于边缘民间的诗坛转化为后人心目中这一时代的主流中心诗坛,改变了北宋后期三十余年间士大夫主持诗坛的局面。

随着时代不断变化发展的处士,让人们看到了处士的多种形象与存在方式。处士不仅为诗坛增添了新的审美趣味,也为官方文学文

---

[1] 伍晓蔓《江西宗派研究》第三章第一节《蛰伏:出处的选择》,巴蜀书社,2005年,第113—121页。
[2] 同上书,第121页。

化持续注入新鲜而异样的元素,使得北宋诗歌文化因创作队伍结构的多层次而显得更加立体多元。

三、渐非"士大夫专场"的北宋后期诗坛

曾经存在过的处士诗人,数量之大超乎今人所知及想象。众多的处士诗人们通过各种联络方式,曾经建立过一个被官员诗人遮蔽而不为古今人熟知的唱和网络。处士创作总体实力在北宋各个时段呈现出不断增长的趋势。随着处士诗人数量增加与创作实力增长,到徽宗党禁党祸时期,蛰伏民间的江西"派家"与"乡里诸君子"唱和往来,俨然形成了超过当时官员唱和网络的态势,诗坛至此渐非"士大夫的专场",甚至可以称得上是处士及其他非士大夫诗人的天下。北宋诗人队伍中官员与非官员结构比例,实际上一直在发生着变化。

北宋诗人队伍的社会身份构成,确实很难综合考量。特别是因为非官员诗人文献遗失尤为严重等诸多因素,目前已经很难确切统计当时不同身份诗人的数量及比例。学界一般根据现存文学文献及以往研究成果,概括而言北宋文学是由士大夫创作为主流的"士大夫文学",北宋文学可谓之"士大夫的专场",而非士大夫如僧人道士等宗教界人士、如处士游士等民间士人的文学创作,只是士大夫主流以外的"周边文学"①。

"周边文学"的总体力量乃至文学质量,自然无法与主流文学相提并论,因而也没有必要特别关注其与主流文学是否曾有此消彼长或其他状况。但实际情况似乎并没有这么简单。北宋诗人队伍中官

---

① 参见朱刚《唐宋"古文运动"与士大夫文学》第三章第七节《士大夫及其周边文人——走向南宋》,复旦大学出版社,2013年,第230—249页。该书指出唐宋文学可以称作士大夫文学。又,内山精也著、朱刚译《宋诗能否表现近世?》:"北宋诗坛几乎可以说是士大夫的专场,仅有的例外是九僧等诗僧、魏野、林逋等隐士,但他们的活动方式与晚唐五代或者更早时代的诗僧隐士无大差别,故不能将他们视为宋代新出现的新型诗人。"周裕锴编《第六届宋代文学国际研讨会论文集》,巴蜀社,2011年,第247页。

员与非官员结构比例,实际上一直在发生着变化,这意味着"士大夫文学"与"周边文学"的关系也在发生变化。但这变化到底有多大?这里试图勾勒一下当时非官员非僧侣的布衣诗人创作实况,以呈现"周边文学"中处士诗人的实力及其增长过程。

民间诗人即本文所说的处士诗人①,是否构成了一个阶层、是否形成了一股强有力的创作力量,需要全方位多角度地考察。本文试图从处士之间诗歌唱和对象入手,大体勾勒出北宋各个时期的唱和网络,实证性地说明处士阶层的创作状况。诗歌唱和作为最具互文见义性的文学现象,可以成为还原当时创作原生态的一种重要的考古资料。特别是对于文献散佚极为严重的非士大夫诗人而言,钩稽他们的唱和对象,能够还原当时实际存在过的创作交流部分原貌,重建堙没已久的唱和网络,进而再现非士大夫诗人创作实况与实力。

作为北宋最为重要的民间文化人之一,处士诗人的数量曾经相当可观。王称《东都事略》卷一一八《隐逸传》中所记录的处士多数能诗,《宋史·隐逸传》分上中下三卷记载了四十三位隐逸之士,近半数能诗②。而这远非处士诗人的全部,未能名列史传而见于宋人墓志铭及其他文献中的处士诗人比比皆是,这说明曾经的处士诗人,远远超过今人所知的数量。这个数目有待于更全面地钩稽。

不少处士曾有诗集或别集,例如戚同文"好为诗,有《孟诸集》二十卷"③;章詧"处士尝为歌诗、杂文二十卷,行于世"④;张俞有《白云

---

① 作为非官员诗人的处士与游士,二者其实很难区分开来,特别是北宋。一般而言,北宋处士诗人多于游士诗人,所以处士唱和以北宋及南渡前后为主。
② 参见《宋史》卷四五七—四五九,中华书局,1977年,第13417—13477页。其中有些隐逸之士是道士或僧人。
③ 《宋史》卷四五七,中华书局,1977年,第13418页。
④ 吕陶《净德集》卷二八《冲退处士章詧行状》,《全宋文》第74册,第62页。《宋史》卷四五八有《章詧传》,第13446—13447页。李焘《续资治通鉴长编》卷一九〇仁宗嘉祐四年(十一月):"是月,赐果州草泽何群安逸处士,益州草泽章詧冲退处士,转运使言其有行义也。"中华书局,2004年,第4599页。

集》二十卷①等,惜其多已遗失,这说明处士诗集、别集遗失相当严重。至今有别集留存者,据《四库全书》收录的计算,大约有二十余家②。这些留存的别集,不仅为处士诗歌研究提供了样本,而且其中因为有不少唱和诗歌提供了处士内部酬唱的信息,能帮助今人重建处士唱和的部分网络,比墓志铭墓表等文献更切实反映当时处士诗人交游创作唱和状况,所以成为本文关注的焦点。

(一) 由魏野、林逋建立的北宋前期北方及南方处士内部唱和网

处士诗人给后人的大体印象是,其居处一般比较隐蔽偏远且孤立分散,他们之间很少互相联系唱和。但实际上却并如此。大多数处士诗人都不是独处孤吟型诗人,他们不仅与官员、僧道唱和,也与其他处士往来唱和。

魏野和林逋都是宋初极其活跃的唱和型处士诗人,他们因与寇准、范仲淹等名臣唱和而闻名遐迩,而他们与当时其他处士交游唱和的状况,人们却知之甚少。仔细考察魏野、林逋现存的唱和诗,可以发现当时的北方和南方均有参与人数不少且互相连接的处士网。

魏野首先有一个处士亲友师徒唱和网。其表兄李渎是极受朝廷关注的处士,魏野有《寄赠河中表兄李渎》《寄河中田沃兼呈李渎征君》《寄赠河中孙大谏兼简刘大著李渎处士》等诗,其《怀寄河中表兄李征君》云:"蒲津棠树两闲人,我愧虚名帝亦闻。三世往还为近戚,一时递互唤征君。虽同闭户辞丹诏,尚阻连床卧白云。苦恨中条镇相隔,老来离思转纷纷。"可知二位表兄弟所居虽有中条山阻隔,却也能

---

① 晁公武《郡斋读书志》卷四下:"张少愚《白云集》二十卷。右皇朝张俞字少愚,幼通悟,于书无不该贯,朝廷尝以校书郎征召,表乞授其父。隐于岷山之白云溪,凡六被召,皆不起,为文有西汉风,尝赋洛阳怀古,苏子美见而叹曰:'优游感讽,意不可尽,吾不能也。'"《文渊阁四库全书》本。一说有三十卷。
② 如林逋《林和靖集》、魏野《东观集》、邵雍《伊川击壤集》、徐积《节孝集》、李觏《盱江集》、苏洵《嘉祐集》、冯山《安岳集》、朱长文《乐圃集》、王令《广陵集》、陈师道《后山集》、谢逸《溪堂集》、谢薖《竹友集》、李彭《日涉园集》、吕南公《灌园集》、尹焞《和靖集》等,本书所引诗歌较多,大多出自这些诗集,不一一标明。

够寄赠唱和,表达同隐同道之意。魏野的儿子魏闲、弟子冯亚,均为处士诗人。父子唱和外,师徒唱和尤多,魏野有《谢冯亚惠鹤》《和冯亚寄进士孙磻》,其《依韵和冯亚见赠》云:"君向城中住,淳风想独还。相逢多解梦,不见少开颜。期约同寻药,商量共买山。羡余庭际石,重迭藓痕斑。"《和冯亚见赠》云:"一生无一事,兀兀复腾腾。信脚虽过寺,斋心不请僧。松篁为活计,琴酒是良朋。除却君酬唱,他人亦懒能。"从题目上看,均是冯亚主动赠物赠诗,魏野答之和之,师徒虽一居城郊,一居城中,但唱和频繁,且都十分享受超然世外的陕州州城内外隐逸生活。

魏野与居处较近的处士有往来,如《寄题阌乡李氏茅亭》是与距离陕郊不远的同乡处士有文字交流;《寄逸人陈孟》所云虽不知是何方道士型隐士,但可"杖藜"过访,想必也相距不远。

魏野与较远距离的处士诗人唱和更多,如终南山处士俞太中(字贯之)经常与魏野互相拜访,《书逸人俞太中屋壁》是魏野拜访俞太中时书其屋壁之作,《送俞太中山人归终南》则是俞太中回访陕郊后魏野送别之作。他们的拜访竟可以长达三年,魏野《寄太中山人》云:"相访住三年,初终道一般。知心于我异,屈指似君难。有物皆同咏,无书不共看。草堂今独处,宁免动长叹。"只有无公事在身的处士才可以如此逍遥、如此休闲潇洒地交往。从该诗的"有物皆同咏"以及《书逸人俞太中屋壁》所云"每到论诗外"看,"同咏"竞唱、一起"论诗"是他们会面同住的重要生活内容。

魏野还有《送俞极山人归太华》《寄赠长安宋澥逸人十韵》《留题敷水李先生隐居》,寄赠的是华山、长安、敷水的几位西部处士;《次韵和酬洛下宋京见寄》则唱酬的是东部隐士:"声名独步向西都,主将风骚敌亚夫。龟洛泛应随钓叟,龙门游想领生徒。公车未召身犹散,相府深知道岂孤。可惜春时还不见,眼前花卉漫芳敷。"此外《送贾注归蜀》是对干谒未成而归隐蜀地的处士安慰。由此可见魏野交游唱和的处士所居地域范围之广。

处士之间即便无法直接交往,也可以通过友人转达消息。魏野居于陕郊,也能通过友人得知其他地区处士的信息:"吾友山阳骞子韫,常游颍上,言:'彼之居人有许氏者,富不因贫,学非求进,于郡之西手植众木,郁然成林,林下构亭,壮而不丽。郡倅黄公宗旦,皇宋有名之士也,尝造焉。尚阙歌诗,以旌其美,故俾余请诗于公。'吾于子韫之请,于是作八十言以寄题……"通过中介而寄题的方式,将相距甚远的两个处士连接起来。

处士一般长期居处故乡或某地,但也并非固守乡土从不外游,魏野《同晦上人游溪陂》《登原州城呈张贲从事》等诗,谈到他在西北各地游览,《和酬李殿院以野将游吴蜀二首》云"将从西蜀下三湘,清世那忧道路长",则将行迹延伸到长江流域。漫游给处士的交游唱和提供了更多便利。

从魏野与其他处士的唱和中可知,处士诗人虽然分散各地,但他们之间通过互访、寄赠等各种方式了解沟通,不局限于个人生活的狭小地域,虽然不像官员的足迹因公务而无远弗届,但也在个人能力所及的范围里远游交游。魏野通过直接晤面与间接邮递而建立了一个以北方乃至西南处士诗人为主的唱和网。

魏野和林逋虽未存唱和诗,但二人都与当时另一处士诗人唐异有唱和①。魏野《寄唐异山人》云:"不见琴诗友,相思二十秋。能消几度别,便是一生休。未得云迎步,还应雪满头。何时各携杖,竟去会嵩丘。"可知魏唐二人曾经会面。林逋《和唐异见寄》云:"骚人新遗畔牢词,隐几微吟愧所知。几欲尊前论款客,可能林下访栖迟。"则知唐异曾有拜访林逋之意。唐异诗集不存,但通过魏林的诗歌,可以说明他是连接魏野林逋所建北方及南方处士网的一个结点。

林逋早年曾至曹州,所谓"十年曹社醉春风"②,诗集中有多首寄

---

① 范仲淹《范文正集》卷六《唐异诗序》称其书法绘画弹琴均有极高造诣,其诗歌尤其能够自持自适,堪称处士诗歌典范。但唐异诗集不存。范仲淹《范文正集》,《文渊阁四库全书》本。
② 林逋《暮春寄怀曹南通守任寺丞(中行)》,《林和靖诗集》卷三,《全宋诗》第2册,北京大学出版社,1998年,第1227页。

赠曹州处士任君的诗歌,如《寄曹南任懒夫》云:"关门却坐忘,一烬隐居香。午濑怀泉瀑,秋耕负晓冈。道深玄草在,贫久褐衣荒。料得心交者,微吟为楚狂。"《赠任懒夫》云:"未肯求科第,深坊且隐居。胜游携野客,高卧看兵书。点药医闲马,分泉灌晚蔬。汉廷无得意,谁拟荐相如。"①林逋在历阳期间曾参与当地诗社,其社友马仲文可能也是位处士,《寄题历阳马仲文水轩》:"构得幽居近郭西,水轩风景独难齐。烟含晚树人家远,雨湿春蒲燕子低。红烛酒醒多聚会,粉笺诗敌几招携。旅游今日堪搔首,摇落山城困马蹄。"任、马都是林逋早年就相识的同道处士。

此外,林逋《冬日卫枢至》"冷话复长吟,俱非俗者心。空斋留并宿,几夜梦相寻"所云的卫枢,《赠崔少微》"贤才负圣朝,终日掩衡茅,尚静师高道,甘贫绝俗交"所云的崔少微,《赠蒋公明》"居深避俗客,睡起听邻钟",《赠胡介》《留题李休幽居》《寄太白李山人》所寄赠留题的对象从诗题及诗歌内容看,都是处士诗人。

林逋与同列《宋史·隐逸传》的处州处士周启明唱和,有《和酬周启明贤良见寄》;他还有《寄傅霖》,而傅霖是张咏颇为欣赏的京东处士②。林逋《和酬泉南陈贤良高见赠》,则是与泉南处士的唱和。林逋的唱和空间延伸到东北、东南,十分开阔。

从魏野、林逋的内部唱和网看,处士诗人的唱和往来,虽不像同时代士大夫馆阁唱和那么集中,也缺少大规模的聚会宴饮唱和,其方式不过是寄赠留题和酬,但是可以看出当时处士诗人并非是孤立个别的存在,而是有着一个地域分布比较广泛且相互之间不乏联系的处士诗人阶层,只是这个阶层力量还不够强大到引人注目。

---

① 任懒夫可能就是《曹州寄任独复》中的任独复,"交结文章尽世惊,城中幽隐更无营。敢将古道为吾事,耻对常流写子名。秋思病弹筲独听,太玄闲写欠谁评。清朝故实蒲轮在,合为高贤下帝京",也可能是《将归四明夜坐话别任君》中的任君。
② 参见韩琦《安阳集》卷五〇《故枢密直学士礼部尚书赠左仆射张公神道碑铭》,《全宋文》第 40 册,第 125 页;《宋史》卷二九三《张咏传》,中华书局,1977 年,第 9803 页。

（二）个性张扬的各地处士及北宋中期处士唱和网的扩张与承续

仁宗亲政到哲宗元祐更化时期反传统的处士一时涌现。终生处士如张俞、邵雍、王令、吕南公、俞紫芝、李廌，阶段性处士如苏洵、李觏，还有曾进士及第却长期退隐的如冯山、徐积、朱长文①等人，其行迹不尽相同却声名远播，是当时众多处士中的代表。他们的言行以及诗歌风格，都与宋初魏野、林逋所代表的处士形象大异其趣，后人很少将他们视作处士，但考其出处，他们的确是处士。

中期极具个性的处士们，多数有诗集留存。尽管其中有些处士诗人是偏于独吟型的诗人如邵雍，其《伊川击壤集》多数诗歌是自得其乐的独吟，集中不多的唱和诗的唱和对象主要是富弼、司马光等退居洛阳的官员，邵雍与非官员诗人唱和时则很少提及其姓名身份，所以很难看出他周边处士的情况②。但多数处士却是既与士大夫唱和，也与处士唱和，甚至有些处士如吕南公，与处士唱和多于与士大夫的唱和。

有短期或间歇性漫游、但较长时间居处于故乡的处士，他们常与当地以及周边官员和处士唱和，形成相对独立的地方性唱和圈，这里略举数例，以展示中期处士唱和圈情况。

江西建昌军南城李觏、吕南公建立的唱和圈，前后相继，其唱和圈有明显的承继性，很能说明中期地方处士唱和发展情况。李觏很欣赏唐末隐居唱和的皮日休陆龟蒙，其《书松陵唱和》云："天命相逢陆与皮，当年才调两权奇。朝端未有输忠处，诗外应无用力时。意古直摩轩昊顶，言微都泄鬼神私。近来此道中兴也，泉下英魂知不知。"敏锐指出北宋中期正处于皮陆唱和之后、处士唱和之道"中

---

① 此段详参本书第41—42页。
② 徐积与邵雍相似，他与苏门君子以及当时名流唱和外，也与当时处士有些唱和，但很少提及处士名字。如《赠陈留逸人二首》赠的是陈留市隐，《送云鹤山人》（有二首但不在一卷）赠的是山隐处士，不提及姓名。

兴"之际。

李觏居处南城,却与闽地名列《宋史》的处士黄晞、陈烈都有交往唱和,《寄黄晞》云:"长忆黄夫子,才高行亦淳。世情轻近事,见惯即常人。何力康时务,将身役路尘。七闽山水国,是处好安贫。"而黄晞《寄李先生》云:"久不见泰伯,中心频损和。近闻束书卷,更卜好山阿。学古成儒癖,敦风荡俗讹。周公法已矣,原宪事如何。母老禄未及,身闲鬓不皤。新文海裔播,旧业钓竿拖。宁戚歌宁发,麻姑使屡过。时人一握小,吾道片云多。友弟俱游宦,池樊自擷莎。闻猿诗兴逸,敲户酒徒罗。乡里名光也,朝廷礼后么。年来鱼信至,怪我客蹉跎。"①两人往来颇密切。蔡襄曾邀李觏与陈烈宴饮,陈烈闻伎乐而逃,李觏作诗嘲之,有云"山鸟不知红粉乐,一声檀板便惊飞"②,可知陈烈拘谨而李觏通达,完全是个性不同的处士。唱和中展现出的中期处士的生活比初期更丰富多彩了。

李觏寄赠当时处士山人诗歌还有《寄题廖说蒙亭》《寄题邹氏延寿亭》《送周山人》《送古山人》《赠日者邹生》《送路拯北游》《送张㲄瑕》《答张㲄瑕》等,从诗歌所描述的形象看,这些人多是当地处士(布衣),其中路拯、张㲄瑕颇有些游士气息。

据吕南公《甘圃诗序》,李觏曾为《傅翼甘圃》首唱:"老圃君何学,中心切养亲。从来啜菽处,便作采兰人。百行当无愧,三牲未足珍。孝廉方察举,勉勉讵长贫。"而当时"继其声者凡若干人"。傅翼也是南城处士,后来的吕南公与之颇有唱和。

李觏在南城创办旴江书院,除了传道授业外,他还与弟子如陈次公仲父、傅野亨父唱和,黄通《麻姑山一首赠陈仲父贤良兼泰伯先生》有云:"归来筑室郡北郭,反关唯作文字娱。先生之门足高弟,中间仲父有辈无。曾继先生列科举,简编满载三十车。先生不遇子亦退,高文懿行夸江湖。……争如仲父与泰伯,相乐以道情愉愉。文酒逢迎二十载,一日不见已为疏。"可见李觏等人唱和情况。李觏《送陈次公茂

---

① 分别见李觏《旴江集》卷三六、《旴江外集》卷三,《文渊阁四库全书》本。
② 文莹撰,郑世刚、杨立扬点校《湘山野录》卷下,中华书局,1984年,第48页。

材》《代书答陈次公》都是为这一高足而作。

傅野颇有李觏风范,吕南公《傅野墓志铭》云:"君傅氏讳野,字亨甫,幼有节操,屹然慕古豪杰风。逮以进士试数不中,而人推其才学。李觏初有乡曲名声,君抵以书曰:'名不可妄得也,当共赋短长耳。'觏异而交焉。其后觏黜于秘阁归,君与陈次公以师长事之,盱人由此知有先生弟子。君辞高古,于诗最奇崛,常执韩柳李杜编语人曰'必知此乃当下笔'。"吕南公最了解欣赏他,有《赠亨父次温伯韵》《亨父录示山斋即事五篇索和遂次其韵》《金陵递中示到亨父老丈去年秋初见寄诗书捧咏无穷之意不胜私感因成四韵奉呈》《次韵酬亨父见寄时亨父在厚平山中》等多首赠答次韵酬和,这些次韵唱和诗歌,比起宋初处士间单向赠答而言,关系要深入密切得多。

吕南公还与陈道先唱和极多,《答道先难交困新知二首》《道先贤良以南公出山愆期,示诗见促,谨依来韵奉答》《以双井茶寄道先从以长句》等二三十首长诗短诗,从诗中看,陈道先也是当地处士。李觏、吕南公与其他处士唱和诗,能够建立起一个长时段前后相继的闽赣处士诗人唱和网。

闽地处士黄晞诗集虽不存,但从一些唱和诗中可以发现,他是联系建昌李觏与扬州王令的"纽带"。

王令有《寄聱隅先生黄晞》《上聱隅先生》《送聱隅黄先生》,三诗不仅描写了黄晞以及他自己的经历与形象,而且对处士的处境遭遇颇为不满。王令久居扬州及江淮地区,他在天长、高邮、润州、江阴暨阳等地聚徒讲学期间,接交唱和的多是当地处士名流诗人,如扬州满氏诸子、天长束氏父子,王令《别张粤南夫、温子坚元白、满执中子权、黄翼端微》云:"始吾得三满,自谓得过人。一日不见之,已恐愚贱滨。忧思从中来,腹肠生毛鳞。轻舟刺而南,久结愿解绅。入门顾我笑,喜气沃以新。徐徐相抽寻,轧轧听引陈。先生固天贤,拟议何可邻。诸君人相得,热炙杳相熏。而我拱其间,贪喜乃失神。凤凰朝百鸟,鸱鸦亦来群。然其气类同,终独凤鹤亲。发为鸣声和,上下相铿纯。苟非治平世,不得此类驯。故其闻之者,舞蹈相摇振。"诸人相聚之乐中,身份不能一一辨明,但可知其间有处士。可以明确为处士诗人的如萧幾道,《还萧幾道诗卷》:"武夷山骨插青冥,秀气中蟠产俊英。高似君平于市隐,穷如东野以诗鸣。骅骝老骋青云足,绿绮纯含太古声。顾我自忧衰病久,为君双眼暂时明。"可知萧是武夷山中的处士,且有诗卷。王令与之唱和的诗歌还有《闲居奉寄幾道》《再次元韵答幾道》《谢幾道见示佳什因次元韵》,他们之间如同士大夫一样次韵唱和。王令唱和对象极多,不少是处士。

此外,朱长文在苏州乐圃坊与方惟深、杨懿儒等城里处士唱和①,荣天和等人在金陵成立诗社与城中市民唱和②,冯山在故乡普州安岳与蜀地处士唱和,将这些地域性处士唱和圈联系起来,就能够建立起中期全国性处士唱和网。而这个唱和网比初期所涉地域更加广阔也更加密集。从处士之间除了赠答之外,和韵次韵的酬唱数量增加,也说明处士间交往的程度加深。这一时期处士张扬个性,不仅形成了明显的个人特色,还产生了不拘囿于士大夫以及传统处士的总体特色,显示出处士阶层文学创作力量增长的趋势。

(三) 江西宗派处士及"乡里诸君子"唱和网络的力量与意义

哲宗亲政到徽宗时期三十余年,诗歌创作被视作元祐学术一部分而受到禁锢打压,旧党官员被贬谪岭南等远恶军州,异己官员被排斥,其创作力量下降,或与民间力量合流;新党官员如把持朝政的蔡京、蔡卞、章惇、曾布、张商英等人,尽管都能诗,却因主张或遵循禁锢

---

① 参见马东瑶《文化视域中的北宋熙丰诗坛》,陕西人民教育出版社,2006年,第198—210页。
② 吴可《藏海诗话》云:"幼年闻北方有诗社,一切人皆预焉。屠儿为蜘蛛诗,流传海内。""元祐间,荣天和先生客金陵,僦居清化市,为学馆,质库王四十郎、酒肆王念四郎、货角梳陈二叔皆在席下,余人不复能记。诸公多为平仄之学,似乎北方诗社。……诸公篇章富有,皆曾编集。"参见丁福保辑《历代诗话续编》,中华书局,1983年,第341页。所云的市民(手工业者与商人)也可以称作城市处士(布衣),他们的诗社与创作也可算作处士创作一部分,显现中期处士创作普及兴盛程度。

作诗的国策等主客观原因而不以诗名。酷烈党祸使所有官员都心存畏惧忧患①,官员诗歌创作力量大大衰减。

官员诗人的黯然退场,使得处士成为这一时期诗歌创作的主力军,诗坛的中心悄然转移到民间。处士的"身份"在此一时期才彰显出其存在的意义。各地均出现了不少处士诗人,但江西诗派的处士在这一时期贡献尤为突出,他们以群体的力量出现,虽无主宰诗坛的名号,却有占领诗坛的实绩。

徽宗时期的江西诗派诗人,除了韩驹、江端本、洪刍、洪炎等个别诗人在仕途上有所发展外,大多数被迫或选择隐忍蛰伏。有些人短时间为微官或冷官而长时间闲居,陈师道外,如晁冲之绍圣年间隐居具茨山,后来虽曾出仕,但大多数时间闲居在汴京昭德坊家宅;洪朋屡举不第,晚年可能担任洪州学官,黄庭坚云其"作人亦自清苦";李彭早年游历四方,归乡后灌园著述,一度曾任临川或洪州学官,讲求气格修行;徐俯以其父徐禧死国而八岁即被授官,但除了宣和年间曾任吉州通判又弃官外,他在靖康前官职一直不显,"一向以诗酒自娱,放浪江南山川间,食祠禄者四十年"②,一生闲居时间多于做官;吕本中在徽宗前期受到党禁党祸牵连,随侍父兄游历各地,交接江西诸人,政和五年出仕济阴主簿,但在南渡前闲居时间较多;李錞一度弃官家居,谈论名理。王直方虽为新党子弟却同情旧党,以宗女夫入官,但居官时间极短,久处京师而读书著述,将城南别墅变成旧党成员以及江西诸人的文艺沙龙。还有一些成员虽为官员,但行迹接近处士,如夏倪也以宗女夫入官,仕于州县,无求进之举,而与江西诸人交往密切;又如汪革绍圣四年进士及第,一生为学官,沉吟下僚,其言行类似处士。饶节曾为曾布门客,后来不仅不入仕,还祝发出家,隐于佛禅,类似于终身处士。江西诗派"周边"诗人如祖可之兄苏庠(1065—1147)亦是终身处士,江端本之兄江端友隐居于封丘门外,将门荫让于其弟江端本,一

---

① 参见沈松勤《北宋文人与党争——中国士大夫群体研究之一》,人民出版社,1998年,第39页。
② 王明清《挥麈录》后集卷八,《四部丛刊续编》本。

生未仕。

与初、中期处士大多数个体分散出现不同,江西诗派中的处士成对乃至成群出现,特别是二潘(潘大临、潘大观)、二何(何颉、何顗)、二谢(谢逸、谢薖)、二林(林敏功、林敏修),这四对兄弟处士诗人同时出现,展示出处士家族具有与科举家族一样的创作实力。虽然二潘、二何居住黄冈,二谢居住临川,二林居住蕲州蕲春,兄弟内部唱和外,他们之间也有唱和,如谢逸《舟中不寐奉怀齐安潘大临、蕲春林敏功》云"江西米贵斗三百,好去淮南访友生"就将三地处士连接在一起,表现出江西诗派处士之间的亲密联络关系。

八人中,二谢留有诗集且先后主持临川诗坛,通过他们的唱和,可以得知江西诗派派内与派外处士之间唱和情况。

谢逸《上南城饶深道书》云"某临川人也,祖庐在哄市之冲"。这位居住在"哄市之冲"的处士,联络了临川的许多诗人,他们常常聚会赋诗,文采风流。谢逸《溪堂集》中颇多分韵题诗,如《吴迪吉载酒永安寺,会者十一,分韵赋诗,以字为韵,予用逸字》,对与会十一人都有简洁描述:"子珍乐易人,开谈见胸臆。宗鲁与人交,坦然无畛域。君泽学古谈,论议简而质。伯更廊庙具,绿发居师席。泽民泮水英,每试辄中的。叔野饱书史,胸中万卷积。文美秉天机,温如苍玉璧。文康气雄豪,目睨天宇窄。中邦最清修,操履有绳尺。乐之似长康,痴绝故无匹。坐客皆奇才,椎钝莫如逸。诸人或见赏,颇爱性真率。不求身后名,但喜杯中物。世故了不知,一醉吾事毕。"这十一人虽不可一一详考,但其中多是当地处士诗人①。谢逸《宽厚录序》云:"谢子与乡里诸君子每月一集,各举古人宽厚一事,退而录于简册,号曰《宽厚录》。庶几人人勉励,相师成风。"可知每月雅集的一个活动内容就是游赏讲典故。而分韵赋诗更是"乡里诸君子"月集的又一雅事,据谢逸《游

---

① 谢逸《祭汪伯更教授文》:"维政和元年,岁次辛卯,二月甲午朔十八日辛亥,友人濮阳吴琛、弟贺、侄舆,阳夏谢逸、谢薖,颍川陈之奇、弟彦国,江夏黄洙,渤海季端卿,济阳江野,谨以清酌之奠,昭告于亡友伯更教授之灵。"参见谢逸《溪堂集》卷一〇,《全宋文》第133册,第279—280页。所云人物多是"乡里诸君子"。谢逸、谢薖均有多篇为乡里处士所作的墓志铭,可以考知当地非官员诗人及其活动情况。

逍遥寺,以"野寺江天豁,山扉花木幽"为韵,探得山字》云,他们虽然"十客九不闲",但仍然"每月一会面",上述十一人当是月集的主要成员。

谢逸诗集中有不少分题分韵赋诗,可能就是文人月集活动时所作,如《游文美清旷亭,各以字为韵》就是这种月集作品:"人生一月间,开口笑几日。况复岁云暮,在堂悲蟋蟀。胡不为强欢,唧唧复唧唧。吾徒尘外姿,开怀见真率。达如商山皓,清若竹林逸。相逢各抍掌,一笑万事失。主人清旷士,作堂记其实。愿无负此堂,不为势利怵。时时叙离阔,中散志意毕。"是地方处士雅集纪实。还有《同吴迪吉、汪信民游西塔寺,分韵赋诗,以"荷花日落酣"为韵,探得荷花字》《与诸友游南湖,分韵得红字》《汪文彬载酒率诸人过予溪堂观芝草,以"煌煌灵芝、一年三秀"为韵,探得煌字》《游西塔寺分韵赋诗,怀汪信民,以渊明停云诗"岂无他人,念子实多"为韵,探得念字》……这里所列举,只是其中一小部分,可知每月雅集,分韵题诗已经成为常规活动。临川诗坛,很有地方文人风范。

谢薖《祭无逸兄文》谈到谢逸云"群从兄弟,孰如兄贤;岂特群从,此邦则然",两个堂兄弟也有"向来鸿雁影,旷若参辰隔"(《分韵招无逸兄得益字》)时候,但多数时间往来唱和频繁,谢逸有《寄幼槃弟》《闻幼槃弟归喜而有作》等诗,谢薖更多,如《无逸病目以诗戏问》《闻无逸兄下第归》《次韵无逸兄见示》《次汪信民寄无逸韵》《呈无逸兄》《寄无逸四首》。谢逸去世时,谢薖才回故乡不久。① 谢薖还有《潘邠老尝作诗云"满城风雨近重阳",邠老亡后,无逸兄用此句足成四篇,今兹重阳只数日,风雨不止,凄然有怀,作二绝句,念泉下二人不再作,不觉流涕覆面也》表示对潘大临、谢逸的怀念。

谢逸去世后,谢薖主持临川诗坛,鼓励诗友继续唱和,其《集庵摩勒园,会者十人,以"它年五君咏、山王一时数"为韵,得"时"字》云:"生涯水中萍,漂荡信所之。十年糊其口,不食故园葵。思归同越鸟,

---

① 谢薖《哭无逸兄》其一云:"久客思乡社,长歌去国门。还家未假息,树旐忽飞翻。"参见《谢幼槃文集》卷五,《全宋诗》第24册,第15794页。

长是巢南枝。祭灶郭北隅,小屋如鸡栖,园开十肘地,草木方华滋。红榴媚夕阳,初篁摇轻飔。招我赏心旧,于焉持酒卮。合离如日月,果有弦望时。诗坛失老将,一鼓气已衰。赖我如虎贲,典刑犹在兹。相欢且尽醉,莫咏骊驹诗。"(《竹友集》卷二)谢薖《余赋野香亭前木犀花二小诗,盛称此花之妙,而江迪彝赋梅花诗以反之,往返唱和十数篇,二花优劣未决,故复长韵示之》,其中有些是谢逸和他都熟悉的朋友,有些则是他的新朋友。

谢薖与李彭兄弟唱和密切,谢薖有《示李商老兄弟》《次李商老端字韵》《招李商老兄弟,时闻权守陈公留之未听其来》。而李彭诗集中也记载了他与谢薖以及其他一些处士的诗歌唱和情况,如《予与谢幼槃、董瞿老诸人,往在临川甚昵。幼槃已在鬼录,后五年,复与瞿老会宿于星渚,是夕大风雨,因诵苏州"谁知风雨夜,复此对床眠"之句,归赋十章以寄》,可知在谢薖去世后,李彭仍保持了与其他派外处士的唱和。

谢逸、谢薖、李彭等江西派家最喜欢用分题分韵这种唱和方式,如李彭《奉同伯固、驹甫、师川、圣功、养直及阿虎寻春,因赋"问柳寻花到野亭"分得"野"字》,这种竞唱活动多数在晤面聚会状态下举行,虽然每次集会活动不一定都全部是处士,但江西诗派的处士常常是活动的主角,如南昌、临川、黄冈、蕲春、淮南、汴京等地的小群体活动①,就是如此。聚会式的唱和在初中期处士之间唱和中比较少见,而到了这个时期则十分盛行,可以说明处士势力的增长。

通过江西诗派处士们的唱和活动,可以了解到布衣或民间诗人在北宋后期相聚唱和活动频繁,群体力量大规模增长。初、中期的处士诗人虽然有赠答唱和,但其力量相对分散,江西宗派可谓处士力量的第一次凝聚,这意味着处士文学势力达到了最大规模。江西宗派诸人正是因为蛰伏民间,才能远离官场与政治高压,将宋调发

---

① 详参伍晓蔓《江西宗派研究》,巴蜀书社,2005年。

扬光大。

江西诗派是徽宗时期最大的流派,而处士又是其主力,可知处士在后期诗坛的作用力量已经超过官员诗人。诗坛中心转向地方、转向民间,而处士自身的在民间的努力,将其从政治边缘变成了诗坛中心。加上方外之士僧侣、道流的创作也日渐壮大,北宋后期诗坛已经渐非"士大夫的专场"。

四、南宋前期吉州唱和圈中的处士诗人及其身份创作

南宋前期江西吉州及其周边形成了一个地域性官民唱和圈,其中既有王庭珪、胡铨、周必大、杨万里、赵蕃等仕宦时间长短不一官位高低不尽相同的士大夫诗人,也有欧阳铁、葛潨、刘承弼、刘伯山、杨愿等长期登门或开门教授的民间教师。这些士大夫诗人的别集著述基本保存,而民间教师诗人除欧阳铁尚有几首诗歌以及一些诗句留存外,其他人的别集著述全部遗失。因此欧阳铁的残存诗歌就有了作为民间教师这个阶层性存在的典型化乃至标本性意义。仔细考察这点"标本",再对比士大夫对欧阳铁的书写,我们会在二者的异同中更了解民间教师们被有意或无意遮蔽的现实生活与精神世界。民间教师等不同职业身份的布衣诗人曾经是一个庞大的存在,如果他们的诗歌都能够保存,我们看到的宋代诗坛就不会是以士大夫诗歌为主体的一元化格局。

两宋时期的民间教师是个散落各地的极其庞大的群体存在[①],他

[①] 民间教师属于布衣诗人。民间教师常被称作隐士、处士、乡先生。乡先生内涵丰富,宋代主要指未入仕的民间士人,包括私塾书院等各种民间教师。近年来学界对乡先生现象颇为关注,如易卫华《"乡先生"与宋代〈诗经〉学》,《河北师范大学学报》2010年第6期;张建东《一个被忽略的教育群体——宋代民间士人的教育活动》,华中师范大学2013年博士学位论文;许怀林《试析南宋民办书院与乡先生》,《国际社会科学杂志(中文版)》2011年第4期;杨万里《林石与温州"太学九先生"之显》,《清华大学学报》2010年第2期;杨万里《温州"太学九先生"的学术及其文学创作》,《文学遗产》2010年第6期。布衣诗人(包括处士游士)在北宋后期已经十分可观,到了南宋就更加发达,其数量应该超过官员诗人数量,但其诗歌留存却远不及官员诗人。

们不仅对基层教育文化事业做出了很大贡献①,而且也曾经是文学创作的强大力量,甚至曾是足以与士大夫创作力量相抗衡的诗歌创作主力军。他们的存在不仅具有历史社会学研究价值,而且也具有文学与文化研究价值。但这样一个社会群体乃至阶层,却因为他们自己的创作现存极少,其生存状况与总体形象、创作风貌与精神世界令后世难以捕捉与把握。

南宋前期江南西路吉州②及其周边曾形成了一个地域性的官民唱和圈,其中有王庭珪(1080—1172,吉州安福人,隐居泸溪50年)、胡铨(1102—1180,吉州庐陵人)、周必大(1126—1203,吉州庐陵人)、杨万里(1127—1206,吉州吉水人)、赵蕃(1143—1229,寓居信州玉山,淳熙六到八年为吉州太和簿)③等仕宦时间长短不一、官位高低不同的士大夫诗人,也有欧阳铁(1126—1202,吉州庐陵人)、葛溁(1126—1201,吉州庐陵人)、刘承弼(?—?,吉州安福人)、刘伯山(?—?吉州庐陵人)、杨愿(?—?,临江军清江人)等长期登门或开门教授后辈的民间教师。而后者的"群体"出现,在这个唱和圈中尤其引人注目。作为社会弱势群体,民间教师诗人诗作几乎被淹没在历史长河之中,无人问津。考察这个官民唱和圈中的官民交往唱和文献以及布衣诗人留存的点滴作品,可以对民间教师这些底层士子群体乃至阶层有较多的认识和了解。

(一) 吉州唱和圈中的民间教师诗人的群体存在与基本形象

吉州唱和圈主要由出生于吉州的官员与布衣组成,与一般地方

---

① 杨万里《林石与温州"太学九先生"之显》:"两宋之交永嘉地域文化之兴起,端赖塘奥先生、儒志先生、经行先生这类乡先生的言传身教和辛勤培养。考当时,此类乡先生、乡贤颇多。"《清华大学学报》2010年第2期。
② 郡名庐陵,下设庐陵、吉水、安福、太和、龙泉、永新、永丰、万安等八县。详参王存《元丰九域志》,祝穆《方舆胜览》。
③ 五人生平参见傅璇琮主编《宋才子传笺证》之张剑本卷主编《北宋后期卷·王庭珪传》第660—674页;王兆鹏本卷主编《词人卷·胡铨传》第497—510页;以及辛更儒本卷主编《南宋前期卷·周必大传》第385—396页,《南宋前期卷·杨万里传》第411—425页,《南宋前期卷·赵蕃传》第673—685页,辽海出版社,2011年。

唱和圈由出任某地方的外籍官员与当地士子组成不同,乡谊、学缘成为这一唱和圈形成的纽带。民间教师欧阳铁曾是这个唱和圈中的一员,虽然不像周必大、杨万里等士大夫那样声名显赫,但其特殊的身份却使得这个唱和圈有了特别的意义。

欧阳铁与周必大同乡、同学且同龄,但周必大于绍兴二十一年(1151)及第,此后仕宦通达至于位极人臣;而欧阳铁则屡试不第,以登门教授终其一生①,两人成年后拥有完全不同的人生。周必大仕宦期间,两人之间身份悬殊,生存空间鲜有交集,所以鲜有唱和,加上欧阳铁《胜辞集》久已遗失,周必大《文忠集》中虽然存在却也找不到在此期间与欧阳铁唱和的痕迹。两人再次往来唱和,是在周必大致仕(庆元元年,1195)返回家乡时,主动与欧阳铁、葛澡组成齐年会唱和,此时三人都已经七十岁了。

葛澡是与欧阳铁一样的民间教师,他曾做过胡铨、周必大的西宾。周必大《葛先生墓志铭》云"(葛澡)贯通经子历代史书,端醇详雅,士大夫子弟争愿从。胡忠简公及其群从号儒先甲族,竞以书币延致。亦尝不鄙,过予家塾。晚即所居讲授,八邑暨傍郡秀民著录盈门。先生迪以行谊,非但章通句解而已,后多登第游宦荐春官不论也"。葛澡晚年由登门教授的家庭教师变成开门教授的私塾教师,声名远播,教学成果显著,是一位成功的民间教师。

周必大《葛先生墓志铭》云:"予自上印绶,与先生及欧阳伯威,岁讲同甲之会,月为贞率之集。"在论及年岁之时,周与葛、欧之间官与民的身份悬殊似乎完全不存在,周必大不断重申三人同乡同学同寿之谊以及晚年唱和之乐:"诗场曾作推敲手,文会今随出入肩","艾者天俾如三寿,谈辨人惊似八仙","情均雁序兼鸾友,寿贯犀颅映鹤肩"②;但对于葛澡和欧阳铁而言,其感受无疑不同。经历了中年天壤

---

① 详见第二小节。
② 三诗分别见周必大《文忠集》卷四一《庆元乙卯(阙)与欧阳伯威(铁)、葛德源(澡)俱年七十,适敞居落成,乃往时同试之地。小集围中,再用潞公韵成鄙句,并录旧诗奉呈》,卷四一《三月二十八日春华楼前芍药盛开,招欧葛二兄,再为齐年之集,次旧韵》,卷四二《己未二月十七日会同甲,次旧韵》,《文渊阁四库全书》本。

之别的生活之后,晚年三人似乎回归当初,而周必大的纡尊降贵带给两位家庭教师的应当不只是荣耀。就在当年三人参加解试之地,周必大建成了他的养老华居①,由此地而发迹的周必大自然充满自豪,而对于同试而落第的葛潨、欧阳铁而言,此处无疑是个失意心酸之地,二人的和诗虽已经不存,但可以推想到其中可能会包含着一些悲凉的身世之感。

周必大称赞葛潨云:"先生文华有余,凡予小圃草木猿鹤,悉为赋诗,语新而事的,卷轴盈篋。"②可知葛潨是位工于摹写外物的勤勉诗人。葛潨还曾为三人齐寿唱和绘图以示纪念③,此外,这位民间教师"所著有《草茅卑论》三卷,《祭斋笔语》四十卷。先生存心恕而勇于义,尝集本朝死王事者,著《旌忠录》三卷"④,这些著作也都和他的诗歌一起荡然无存,但我们由此可以得知这位民间教师在教书之余不仅兼善诗画而且还勤勉撰述。

欧阳铁与周必大的唱和诗也不存,从他的临终诗句"故人应好在,谁念此生浮"⑤可以感受到他终生抱憾:"故人"虽是贵人且并未将他遗忘,但他自己的一生却没有因此而有所改变,而是无奈潦倒地虚度了。

杨万里与欧阳铁是同乡,年龄相仿,虽不像周必大欧阳铁关系那样多重,但他对欧阳铁的赏识与褒扬时间更久且更不遗余力。他为其《胜辞》写序,还摘其诗句以大力褒扬,欧阳铁因此而享有盛誉。

欧阳铁去世后,杨万里《欧阳伯威挽词》云:"泸水奇唐律,香城赏

---

① 参见周必大《文忠集》卷四一《庆元乙卯(阙)与欧阳伯威(铁)、葛德源(潨)俱年七十,适敝居落成,乃往时同试之地。小集圃中,再用潨公韵成鄙句,并录旧诗奉呈》:"诗场曾作推毂手。"其自注云:"吾三人皆以诗赋试于此。"《文渊阁四库全书》本。
② 周必大《文忠集》卷七二《葛先生墓志铭》,《文渊阁四库全书》本。
③ 周必大《文忠集》卷四二《戊午仲春同甲小集次旧韵》:"香山已写丹青像。"自注:"阙。德源近绘写三寿图。"《文渊阁四库全书》本。
④ 周必大《文忠集》卷七二《葛先生墓志铭》,《文渊阁四库全书》本。
⑤ 周必大《文忠集》卷七四《欧阳伯威墓志铭(嘉泰二年)》,《文渊阁四库全书》本。

楚辞。前身定东野,又得退之碑(自注:益公作志铭)。"①诗中所说的"泸水"与"香城"就是王庭珪、胡铨。②这两位前辈乡贤很早就褒赞过欧阳铁,王庭珪欣赏欧阳铁接近唐律的诗风。胡铨欣赏欧阳铁的辞赋:"(欧阳铁)尝著《遇谏词》《蜂螫蜘蛛赋》,胡忠简公极口称奖。一时名公推重如此。"③作为一介布衣的欧阳铁,其诗赋能得到这么多著名士大夫的称许,对他的创作无疑是极大的鼓励。

除了王庭珪、胡铨等前辈,周必大、杨万里等同辈乡贤外,与欧阳铁唱和的士大夫还有赵蕃。赵蕃虽非吉州人,但曾为吉州太和县簿,与欧阳铁往来唱和频繁。赵蕃以恩荫入官,仕途坎坷且短暂,作为后辈,他在《次韵欧阳伯威因书见寄》中云"病过一春事,不惟嗟索居。酒杯疏到手,药裹每关予。曹务宁知马,悲歌岂为鱼。故人能枉问,安否报何如",向欧阳铁倾诉既病且不开心的"马曹"生活;《呈欧阳伯威》云"传得新诗字字惊,佛廊骤识病身轻。李邕昔已求工部,文举今宜荐祢衡。只道迷邦尚蓝缕,试令吐气即峥嵘。一官不作来南限,取友得交齐鲁生"④,则为无人举荐欧阳铁入官而抱屈;赵蕃对欧阳铁诗歌推崇备至,《次韵欧阳伯威见和》云"宗派滔滔是,于今得障流。无悲和者寡,故愈暗中投。我愿下取履,君其高卧楼。穹冈⑤如诗割,肯爱一官休",敬佩到愿意和欧阳铁一起隐居穹冈。

赵蕃在谈到欧阳铁时,经常提及另一位诗人刘伯山⑥,《淳熙稿》卷二〇《寄简欧阳伯威刘伯山》:"问讯穹冈病主人,若为买得竹溪邻。

---

① 杨万里《诚斋集》卷四一《欧阳伯威挽词》,《四部丛刊初编》本。
② 泸水,即泸溪,亦作卢水、卢溪,杨万里《卢溪文集序》:"先生王氏讳庭珪,字民瞻,登政和八年第,调茶陵丞,与上官不合,弃官去,隐居卢溪者五十年,自号卢溪真逸。"王庭珪《卢溪文集》,《文渊阁四库全书》本。香城,周必大《文忠集》卷四四《香山楼铭(嘉泰辛酉二月)》:"庐陵南四十里有香城山,其名见唐皇甫持正所作寺碣。峻拔广袤,中一峰尤奇秀,谚所谓文笔者。胡氏世居其下,至忠简公(胡铨),遂以直节修能名震当世,归,即旧地筑冠霞楼,坐致爽气。"
③ 周必大《文忠集》卷七四《欧阳伯威墓志铭(嘉泰二年)》,《文渊阁四库全书》本。
④ 以上分别参见赵蕃《淳熙稿》卷一〇、卷九、卷一三,《丛书集成初编》本。
⑤ 穹冈,其他相关诗歌皆作"穹冈"。
⑥ 伯山,未考证出其名。洪迈《夷坚志》乙卷四云:"吉州士人刘伯山之女弟将嫁。"《文渊阁四库全书》本。

是中剩有堪诗处,恨不与之相主宾。"《淳熙稿》卷一三《刘伯山书来云有施主为造一亭,刘子澄①名曰竹溪,索诗,为赋二首》中有"杜老不应栖锦里,谪仙终合见金銮。兹亭便与图经载,何况制名龂孟韩","旧诗颇愿穷冈割,后约要容王翰邻。更唤能诗子欧子,不因对月自三人"。赵蕃还多次拜访刘伯山,如《晚过刘伯山》云"晚向穷冈访竹亭,竹间忽有打禾声。凶年独使诗人饱,可见天公非世情"②。刘伯山去世后,赵蕃《简赠欧阳伯威二绝句》还提及:

> 江西人物况欧阳,少有诗名老更昌。左辖虽能诵佳句,子虚胡不荐君王。
>
> 三年身不到穷冈,诗友飘零半在亡。杯里纵能谈矻矻,镜中无复鬓苍苍。(自注:亡友谓刘伯山)③

从这些诗句中可知,刘伯山与欧阳铁都住在穷冈,相距不远,是赵蕃一直都想与之为邻的"诗友"。欧阳铁肯定曾与刘伯山有不少唱酬。王庭珪《卢溪文集》卷四八《跋刘伯山诗》道:"刘伯山诗调清美,不减其父升卿④,其源流皆出于江西。……伯山方少年,如骏马驹,日欲度骅骝前,异时于江西社中横出一枝,为鲁直拈一瓣香可乎。"可知刘伯山之父也是诗人,与王庭珪同辈,刘伯山则应与欧阳铁年岁相近。杨万里有《题刘伯山蕃殖图二首(画禾黍稷菽麦)》,则可知刘伯山与葛澡一样诗画兼善。王庭珪、杨万里与赵蕃、欧阳铁刘伯山等人都有交往唱和。众人笔下的刘伯山亦耕亦读,被视作隐士,虽不能确定其是否做过民间教师,但可以肯定他也是个布衣诗人。

周必大《欧阳伯威墓志铭》所云"泸溪王敷文庭珪、西溪刘孝廉

---

① 杨万里《卢溪文集序》:"清江刘清之子澄评先生之文,谓庐陵自六一之后,惟先生可继。"王庭珪《卢溪文集》,《文渊阁四库全书》本。《宋史》卷四三七《儒林传》中有刘清之传。
② 赵蕃《章泉稿》卷四,《丛书集成初编》本。
③ 赵蕃《淳熙稿》卷一七,《丛书集成初编》本。
④ 刘升卿在当时当地颇有诗名,除与王庭珪交往唱和外,还与刘才邵唱和。刘才邵《檆溪居士集》卷一《赠刘升卿》:"吾宗富清制,金璞饱镕炼。高轩肯见临,大轴获初见。"刘伯山子承父业。《文渊阁四库全书》本。

承弼、杨愿,皆教官诗豪,或以孟襄阳、贾长江比君。他文率过人"①,三位将欧阳铁比作孟浩然、贾岛的"教官诗豪",一个是王庭珪,早年中进士而隐居泸溪五十年,曾以教学为生,为官时间短而隐居时间长②。

二是刘承弼,终生为家庭教师。刘承弼在科举道路上比欧阳铁稍好一点:"安福县刘君彦纯讳承弼,绍兴丙子(1156)、乾道戊子(1168)两荐于乡。既下第,即隐西溪。淳熙三年(1176),邑人举其节行,旌表闾间。"③两次解试成功,但礼部试失败,刘承弼仍然无法进入仕途。周必大、杨万里称刘承弼"隐西溪",而实际上这位隐士与很多被称作隐士的士子一样,主要是以教授更多士子为生,杨万里《诚斋集》卷七四《刘氏旌表门闾记》云:"承弼所学殚洽,江之西、湖之南士子辏集,执经问学,户外履满,瓌才隽士,小大有就。"刘承弼与欧阳铁一样都是民间教师,但他主要是开门授徒,不像欧阳铁那样需要登门为家庭教师。

杨万里、周必大都十分欣赏刘承弼的和陶诗,周必大云:"(刘)常慕五柳先生为人,尽和其诗百篇,焕章阁待制杨公廷秀为之序④,盛行于江西。而其弟之壻赵伯琢复求予题其后。予告之曰:'彦纯此诗,殆得于唐人,非得之五柳也。'伯琢骇而请其说,予曰:'平澹简易,忘怀仕进,彦纯之性也;不揠不画,尽吾之才,彦纯之习也。'昔鲁男子夜闭户拒邻妇,妇曰:'子何不若柳下惠。'男子曰:'子与吾皆幼,柳下惠固可,吾固不可,吾将以吾不可学柳下惠之可。'孔子称其善。今吾彦纯盖有得于此,信予斯言,然后知渊明春兰秋菊松风涧水,果

---

① 周必大《文忠集》卷七四《欧阳伯威墓志铭(嘉泰二年)》,《文渊阁四库全书》本。
② 参见傅璇琮主编、张剑本卷主编《宋才子传笺证·北宋后期卷》之《王庭珪传》,第660—674页。
③ 周必大《文忠集》卷五二《刘彦纯和陶诗后序(庆元二年四月日)》,《文渊阁四库全书》本。另外杨万里《诚斋集》卷七四《刘氏旌表门闾记》:"西溪刘氏讳承弼字彦纯,尝再与计偕,报闻,则归隐于安福之西溪。今谏大夫谢公谔,尝倡郡士百十人列其孝行节义于朝,有诏旌表其门闾。"《四部丛刊初编》本。
④ 即杨万里《西溪先生和陶诗序》。序云"淳熙戊申(1188)九月晦日,友人朝奉大夫新知筠州军州事杨万里序"。参见杨万里《诚斋集》卷八一,《四部丛刊初编》本。

在彦纯破琴断弦中。廷秀真知音哉。"①王庭珪有《故左奉议郎刘君墓志铭》提到乡贡进士刘承弼,还有《答刘彦纯》;杨万里二十一岁与刘承弼交往②,关系最为密切,有《约刘彦纯会建安寺》《跋刘彦纯送曾克俊作室序》等诗。刘承弼在周、杨等人的褒扬举荐下,在当时其声名超过欧阳铁,他将欧阳铁比作孟浩然、贾岛,自然有更多身份上的因素。

三是杨愿,周必大《文忠集》卷五二《杨谨仲诗集序》云:"谨仲讳愿,五十余方入官。"杨愿与周必大同年(1151)中进士③,而他五十多岁及第仕宦之前,也做了多年的基层教师:"谨仲自少为先进所推,未第时,乡之英俊争受业于门,名闻四方,愿交者众,二千石以下皆尊礼之。盖其行艺俱优,而尤喜为诗。"④当时的确有不少官员像杨愿一样,在中进士或入仕前曾做过短期长期的家庭或私塾教师。杨愿是与吉州相邻的临江军人⑤,杨万里与他也有唱和如《乙未(1175)和杨谨中教授》,周必大称赞他的诗歌:"本原乎六义,沉酣乎风骚,自魏晋隋唐及乎本朝,凡以是名家者往往窥其藩篱、溯其源流,大要则学杜少陵、苏文忠公。故其下笔初而丽,中而雅,晚而闳肆,长篇如江河之澎湃浩不可当,短章如溪涧之涟漪清而可爱,间与宾客酬唱,愈多愈奇,非所谓天分人力全而不偏者耶。"

这只是一个以家庭教师欧阳铁为交往唱和视角的吉州唱和圈,

---

① 周必大《文忠集》卷五二《刘彦纯和陶诗后序》,《文渊阁四库全书》本。
② 杨万里《诚斋集》卷七二《水月亭记》:"年二十有一,乃始得友吾彦纯。彦纯之为人,非今之所谓为人者也,其为文,非今之所谓为文者也。"《四部丛刊初编》本。
③ 参见周必大《文忠集》卷五《同年杨谨仲教授以诗庆予得郡次韵二首(癸巳二月)》《同年杨谨仲教授生日(癸巳六月二十八日)》。另:周必大《文忠集》卷五二《杨谨仲诗集序》:"一为县主簿,两为郡博士,朝廷尝以车辂院起之,即上书请老,转通直郎,家居累年,赐服绯鱼,寿七十有九,亦不可谓诗能穷人也。"《文渊阁四库全书》本。
④ 周必大《文忠集》卷五二《杨谨仲诗集序》,《文渊阁四库全书》本。
⑤ 祝穆《方舆胜览》卷二一:"国朝以清江县置临江军,隶江南西路,仍以新淦、新喻属焉。今领县三,治清江。"周必大《文忠集》卷五二《杨谨仲诗集序》:"同年杨谨仲,家世宗儒,才高而气和,于书无不读,于名胜无不师慕之,嗜古如嗜色,为文昼夜不休。清江置郡今二百年,二刘三孔以来文风日盛……"可知杨愿为清江人。《文渊阁四库全书》本。

当然并不全面,但我们从中不仅可以看出布衣诗人欧阳铁交往唱和的广泛程度,也可以看到其中民间教师诗人之群像:他们是极其优秀的民间教师,在城乡基层教育中拥有相当高的声望;他们还是十分优秀的诗人,在教学之余创作大量值得称道的诗歌,他们多才多艺,甚至著书立说;民间教师之间不仅有着交往唱和(尽管唱和诗歌基本散遗),而且与当地士大夫也有紧密联系,他们的交往创作并不局限于自身阶层之中。

(二) 社会阶层流动中民间教师的典型人生轨迹

袁采《袁氏世范》卷中云:"士大夫之子弟,苟无世禄可守,无常产可依,而欲为仰事俯育之资,莫如为儒。其才质之美、能习进士业者,上可以取科第致富贵,次可以开门教授以受束修之奉。"在阶层流动性明显加剧的宋代社会,只有一小部分士大夫子弟能够"取科第致富贵",而大部分的士大夫子弟则只能"开门教授"或登门教授,成为民间教育工作者。吉州唱和圈中的民间教师都属于后者。在士大夫的序跋题记以及墓志铭等现存文献中,民间教师曾经是一个为数不少的存在,他们有唱和圈、有别集,有个体心声和群体风貌。欧阳铁是其中一个具有典型意义的代表。

"伯威名铁,吾州永和人也,其族与文忠公同系。其先策第者凡七人,有曰中五者,附入元佑党籍。"[1]与欧阳修同一族系的欧阳铁出身于"官族"[2],在当时户籍上属于官户或形势户,与民户或平户在很多方面享受不同的待遇。但是官户或形势户中也有高中低层之分。欧阳铁祖上的官位并不显赫:"世为郡人,高祖登,以其子澶州通判檠遇恩赠奉议郎;曾祖来用,举守本州助教;祖元发,虽不仕,而弟将作监承珣,靖康间以忠义著。"[3]其祖辈中并无飞黄腾达的官员。到了欧阳

---

[1] 杨万里《诚斋集》卷七八《欧阳伯威胜辞集序》,《四部丛刊初编》本。
[2] 周必大《文忠集》卷七四《欧阳伯威墓志铭(嘉泰二年)》:"家故官族。"《文渊阁四库全书》本。
[3] 周必大《文忠集》卷七四《欧阳伯威墓志铭(嘉泰二年)》,《文渊阁四库全书》本。

铁的父辈:"父宣教郎充字彦美,擢绍兴壬戌(十二年,1142)进士第,戊辰岁(十八年,1148)卒官广西。"①才及第的欧阳充却在释褐不久就病逝,终任于"广州经干"②,并没有给欧阳铁留下更多的资产和资源。

低级官员的子弟比中高级官员子弟更容易沦为平民百姓。杨万里《夫人左氏墓志铭》云:"乾道戊子(1168),亡友刘彦纯尝与予语:'州里儒家者流,其子孙能世其业者鲜焉。'""儒家者流"在这里主要指参加科举的人,因为无论及第还是不及第,参加科举就需要学习儒家经典。及第者"世其业"较容易,而落第还能继续研习儒学则很难,因为维持家业的资本有限。

"伯威侍母何氏,携诸幼,护柩千里,返葬永和镇",二十二岁的长子欧阳铁由粤护父柩返乡的过程十分艰辛,资金的缺乏甚至让他无以为葬。他可能求助于乡贤王庭珪,王庭珪为之动容乃至为其募捐:"欧子扶亲丧,崎岖度湘巅。岂无当涂人,孰肯为封传。跣足行万里,仅能及乡县。埋玉谋荒山,此计堕弥漫。世无郭元振,一举四十万。积微会众力,庶可咄嗟办。"③

欧阳铁回到故乡永和镇,集资安葬父亲后,从此挑起家庭重担。对于士大夫子弟而言,失去做官的父亲就意味着失去经济支柱,而作为长子,在父亲过世之后必须变成这个家庭新的经济乃至精神支柱。年轻的欧阳铁显然缺少管理家庭经济的才能:"爱母弟铎,恣其费,弗问,遂窘伏腊。"④对弟弟的溺爱,直接导致家庭破产。欧阳铁虽然"学广才赡",有中举的基本功,而且他心存高远,"锐欲拔螯弧而先登",然而却"已乃连战不利",进身之路从而断绝。尽管"士悼其屈"⑤,但欧阳铁无力改变自己命运。

有养家责任和义务的欧阳铁,无法成为高蹈出世的逸人山人,他

---

① 周必大《文忠集》卷七四《欧阳伯威墓志铭(嘉泰二年)》,《文渊阁四库全书》本。
② 杨万里《诚斋集》卷七八《欧阳伯威胜辞集序》:"其尊公彦美终于广州经干。"《四部丛刊初编》本。
③ 王庭珪《卢溪文集》卷七《赠欧阳伯威》,《文渊阁四库全书》本。
④ 周必大《文忠集》卷七四《欧阳伯威墓志铭(嘉泰二年)》,《文渊阁四库全书》本。
⑤ 同上。

也没像同时的庐陵二刘(刘过、刘仙伦)那样游走干谒。为了养家糊口,别无其他谋生技能的他,被迫选择做一个基层教师,所谓"聚为仰事俯育计"①。杨万里再见欧阳铁就是在其被聘为西宾之时:"始予识欧阳伯威于傅彦博之座中,见其扬眉吐气,抵掌论文,落笔成诗,屈其座人,予敬之慕之,私窃自愧其不如也。后二十年,闻吾里萧岳英②为子弟择师,得异人焉,急往谒之,则吾故人伯威也。"③就在杨万里两见欧阳铁的二十年间,欧阳铁由意气风发的士子变成了当地著名的家庭教师,众人口碑中的"异人"。周必大谈到欧阳铁的家教生涯时亦云:"名卿大家争延训子弟,时官闻名,皆来礼请。"引起"名卿大家"和"时官"关注和延聘的欧阳铁,与葛溁、刘承弼、杨愿等人一样,其职业生涯十分出色或非常精彩,都是当时在士大夫看来十分杰出的民间教师。

周必大认为欧阳铁能够成为知名的家庭教师,除了"学广才赡"外,还因为欧阳铁有他自己的待人接物原则:"其间贤否不同,徇物必招谤,绝物或贾怨,君皎皎其躬,温温其容,束修外毫发无预,物莫能浼,人自亲爱。"欧阳铁不随便接受"束修"之外的任何收入,很好地处理了教师与学生家长尤其是那些"名卿大家""时官"的关系,这一点足以证明欧阳铁有良好处理人际关系的能力。

才学兼备加上人际关系良好,欧阳铁的家庭教师职业发展顺利,收入也至少足以维持大家庭基本生活:"伯威事母至孝","毕二弟三妹嫁娶,人以为难"。④ 一个基层或底层的士子,尽到长子、长兄的生活责任。这应该是南宋城镇中一个优秀家庭教师的普通生活。

周必大致仕后回到故乡,见证了晚年欧阳铁的生活:"逮予来归,而君视瞻茫洋,不复教学,箪瓢怡然。时时相过道旧。以目告疏麹生亲玉友,步趋亦蹒跚,独豪气如初。予每怜之。"因为年老体衰,晚年

---

① 周必大《文忠集》卷七四《欧阳伯威墓志铭(嘉泰二年)》,《文渊阁四库全书》本。
② 杨万里《诚斋集》卷七四《萧岳英墓志铭》:"公讳许,字岳英。"《四部丛刊初编》本。
③ 杨万里《诚斋集》卷七八《欧阳伯威胜辞集序》,《四部丛刊初编》本。
④ 同上。周必大《文忠集》卷七四《欧阳伯威墓志铭(嘉泰二年)》,《文渊阁四库全书》本。

的欧阳铁已经结束了家庭教师生涯。家庭教师的一生看起来就是如此平凡简单。

杨万里欣赏欧阳铁的"豪气不衰":"予既涉患难,鬓发之白者十二,而风霜凋剥之余,落然无复故吾矣。伯威之气凛凛焉不减于昔,独其贫增焉耳。不以增于贫而减于气如伯威者,鲜乎哉。"①周必大印象最深的是欧阳铁的一生"豪气如初":"嗟乎伯威,少慕太白,才不羁而行不亏;中游饭颗,午不炊而乐不饥;晚邻文昌,医不治而笔不衰。"欧阳铁早年的"豪气"是士大夫子弟的狂放自傲,中年的"豪气"是生存困境中的清贫自强或清高坚忍,晚年的"豪气"则是贫病之中的精神屹立不倒。

事实上,民间教师的收入不高,即便是声名远播的"异人"欧阳铁,其生活也不会像官员那样富足有余,因此周必大在显达之后也曾试图振拔欧阳铁:"予在政府,数欲官之,谢曰:'欲吾数口无饥足矣,焉事虚名。'"但"豪气"长存的欧阳铁以知足常乐为由而婉拒为官,坚守一个自尊有操守的底层士子的尊严。这使欧阳铁一生享有清名,欧阳守道云:"寓庵逸才清名,盖东坡于子野所谓'遍交公卿,靡所求希者',身没而无遗其子,固其理也。"②

欧阳铁的清贫程度,在其去世之后不久就显现出来:"既而见其子行甫,贫甚不自拔。前广文赵先生知其名,招致学馆,今广文陈先生又免其月书,俾常在讲下,皆盛德事。然学故例,春秋丁祭食鼓不鸣者旬月,或值假休,又无所以廪。嘻,其可悲也已。"③欧阳行甫虽然"贫而能守,老而苦学,以无忝于前人"④,却至于在学馆丁祭与假休期间衣食无着,需要拜谒欧阳守道以帮其谋求活路,欧阳守道希望行甫能在"今郡县学与二书院养士不一所"中得到一个足以生存读书的位置。基层士子的贫困程度由此可见一斑。

吉州唱和圈中周必大、杨万里等人对欧阳铁的书写,让人们看到

---

① 杨万里《诚斋集》卷七八《欧阳伯威脞辞集序》,《四部丛刊初编》本。
② 欧阳守道《巽斋文集》卷一二《送欧阳行甫序》,《文渊阁四库全书》本。
③ 同上,《文渊阁四库全书》本。
④ 同上。

士大夫眼中欧阳铁具体而细节化的生活,领略到一个民间教师的真实存在及其典型意义。

(三) 民间教师的身份创作及其表达意向

吉州唱和圈中几位士大夫诗人的别集及著述基本保存,而民间教师诗人除欧阳铁尚有几首诗歌以及一些诗句留存外①,其他人的别集著述基本遗失。多数作品遗失,使得民间教师的职业特性、群体属性乃至社会阶层尤其是其精神世界都变成无法确知的缺憾,从这个意义上讲,欧阳铁遗留的诗句以及他的交游唱和都如鲁殿灵光一般有着超越自身存在的探索价值。

民间教师在当时的社会地位处于官民之间,十分尴尬,官员以及世俗社会对家庭教师有或多或少的职业歧视,士大夫在与民间教师的交往唱和中,多数为了礼仪或消融歧视,有意无意地美化民间教师形象。譬如在杨万里、周必大的诗文中,欧阳铁是一个不汲汲于名利、不叹穷嗟贫的处士,尤其突出其尽管生活贫困,但其干云豪气却并没有因此而减弱。杨万里眼中的欧阳铁是"酒魄飞穿月,诗星流入脾。豪来无一世,贫不上双眉"②,一生诗酒豪纵似乎从没意识过或考虑过自己的生存困境。周必大也说欧阳铁是个贫贱不能屈、疾病不能移的世外高人。

周必大、杨万里都从士大夫的角度"书写"欧阳铁:处于贫穷之地而不以贫穷为意,能够像隐士高人一样乐观积极,像道学家一样识得孔颜乐处,是个超然物外的高人。而这些,显然是士大夫诗人对非官员诗人的劝慰、鼓励或褒赞之词。士大夫笔下的布衣诗人基本都是这样超越世俗、超然世外的隐士与高人,这无疑在掩饰布衣诗人物质生活上的困窘乃至精神生活上的困顿。

---

① 周必大《文忠集》卷七三《欧阳伯威墓志铭》云:"(欧阳铁)平生篇什《脺词》外分五编,号漫成、遣兴、暮景、自娱、松筠,别有杂著五卷,见闻录之。"《文渊阁四库全书》本。杨万里曾为其《脺词》写序,但《脺词》与大多数民间教师别集一样已经遗失。
② 杨万里《诚斋集》卷四一《欧阳伯威挽词》,《四部丛刊初编》本。

实际上，杨万里、周必大都聘用过家庭教师，都了解民间教师的真实处境与清贫生活。杨万里甚至曾与欧阳铁探讨过如何才能解决民间教师的穷困问题：

> 予因索其诗文，伯威颦且太息曰："子犹问此耶？是物也，发人以穷，而吾不信，吾既信而穷已不去矣。子犹问此耶？"已而出《脞辞》一编，曰："子不怜其穷而索其诗，子盍观其诗而疗其穷乎？"予退而观之，其得句往往出象外，而其力不遗余者也，高者清厉秀窈，其下者犹足以供耳目之笙磬卉木也。盖自杜少陵至江西诸老之门户，窥闯殆遍矣。他日伯威过我，曰："子真不有以疗我之穷耶？"吾笑语之曰："穷之疗与否？可疗与否？吾且不吾及，吾庸子及哉？吾有一说焉，杜子美、李林甫、谢无逸、蔡太师四人者，子以为孰贤？"伯威怒曰："子则戏论也，然人物当如是论之也哉？"予曰："人物何不当如是论也？当李与蔡之盛时，天下肯以易杜与谢哉？今乃不然耳。然则子之穷姑勿疗焉可也。虽然，穷之瘳，如李焉如蔡焉，不既震曜矣哉，杜与谢之穷至今未瘳也，子之穷疗焉亦可也，杜与谢之穷则至今未瘳矣，使二子而存，肯以此而易彼乎？子之穷勿疗焉亦可也。"伯威曰："吾当思之。"

欧阳铁像多数布衣诗人一样，秉承"诗能穷人"的惯性思维，将自己的贫穷处境归咎于诗歌创作，他希望士大夫杨万里为他"疗穷"，可能是希望杨从物质上或仕途上救其脱离贫穷之境，而杨万里则机智地回答说他连自己的贫穷状态都无力改变，更不可能改变欧阳铁的穷者命运，因此杨万里只能用历史人物的生前身后名声变化来劝慰欧阳铁，以期改变欧阳铁的处穷心态。

欧阳铁偶然也有安贫乐道的诗句，如《示二子》云："先君以官贫，我仍遗以安。但愿两儿健，扶持一翁孱。何须待门生，悠然柴桑间。"①但他这类享受贫穷生活的诗句现存并不多。他的处穷心态也

---

① 此为魏庆之《诗人玉屑》卷一九《欧阳伯威（铁）》一节从《余话》《玉林》中转录杨万里的摘句。上海古籍出版社，1978年，第424页。

没有杨万里等士大夫期待的那么超然或者克制。诗人欧阳钛显然不想有意成为士大夫眼里的隐士高人,他不仅向杨万里等人诉说贫穷、祈求疗救,还经常用诗歌抒写他作为底层文人的悲哀。

从"千里归来人事改,十年犹幸此身存"看,欧阳钛曾经有过将近十年的远游,他可能像当时的游士一样游学或者游谒以谋求更好的生存发展的空间。在异乡生计无着时,他写诗自伤:"生计嗟乌有,谁人问子虚。西风五更雨,南雁数行书。衰朽儿童笑,飘流岁月余。秋深新病起,吾志在吾庐。"他曾远赴夔州,像王粲一样思念故国亲人:"夜起集万感,胡为淹此留。诗成夔子国,人在仲宣楼。络纬声中泪,芭蕉雨里愁。遥知屡门倚,应念有方游。"①还有"梦回千里外,灯转一窗深"被人称诵的残句,也是远游他乡漂泊无依时所作,带着浓厚悲凉的乡愁。

显然,十年游历并没有改变欧阳钛的生存困境,他最终选择以家庭教师为生。而家庭教师的聘用、聘期、聘资都取决于聘主,居住与收入都不稳定,所以欧阳钛一生都觉得流离失所,无法安定,其《卜居》云:"此生老矣益飘零,汤饼来年又何所。是身如寓敢求安,更著小轩名以寓。凭谁叫阍与帝语,有客多艰乃如许。""汤饼"可以说是"腐儒"这一贫寒穷酸身份的特定食物,黄庭坚《谢送碾赐壑源拣芽》曾云"春风饱识大官羊,不惯腐儒汤饼肠"②,而对于未能入仕的"腐儒"欧阳钛来说,每年都要为"来年"充饥的"汤饼"而一筹莫展。一生安居对他来说是一种奢望,因而他只求有屋寄居,所以自号寓庵③;深感人生多艰的欧阳钛在诗末至于呼天喊地。他并没有试图掩饰他的穷困

---

① 厉鹗辑撰《宋诗纪事》卷四八引自《诗林万选》,称之为《禾山秋兴二首》,但禾山在吉州永新县附近,离欧阳钛家乡不远。而第二首诗中的"夔子国"是指夔州,乐史《太平寰宇记》卷一四八山南东道七夔州云:"夔州云安郡,今理奉节县,春秋时为夔子国,其后为楚灭,故其地归楚。"所以《禾山秋兴二首》题目不妥,至少后一首不是禾山作。参见《宋诗纪事》卷四八,《文渊阁四库全书》本。
② 梅应发、刘锡同《四明续志》卷一〇《谢惠计院分饷新茶》云:"平生腐儒汤饼肠,不堪八饼分头纲。"《文渊阁四库全书》本。
③ 杨万里应欧阳钛之请为其作《寓庵铭》。参见杨万里《诚斋集》卷九八,《四部丛刊初编》本。

艰辛。

　　欧阳铁现存的多数诗句都在倾诉他的艰难不幸的人生。如《绝句四首》其一云："恋树残红湿不飞,杨花雪落水生衣。年来百念成灰冷,无语送春春自归。"随着春去的"百念成灰冷",有着一种对生命对生活的绝望。其三云"为怜红杏卧枝斜,看到斜阳送乱鸦。又是一春穷不死,天教留眼看莺花",如此极端怨恨"穷",真正表达出处"穷"者的心声。再如"谁知花过半,才与酒相寻。故人惊会面,新恨说从头"、"月白玄猿哭,更残络纬悲"、"青山如故情非故,芳草唤愁诗遣愁"、"扰扰征人相顾语,萧萧落木不胜秋"等诗句,都表达着欧阳铁的悲凉苍凉心绪。

　　特别是欧阳铁《和伍武仲》所云："未知一岁于此水,几回照影惭栖栖。失身竟堕管城计,错路不为田舍儿。"可谓最痛彻心扉的道白。如果是"田舍儿"的话,欧阳铁至少有一些田产维持生计,但作为士大夫子弟,他只能拿着毫"无食肉相"的"管城子"而谋生,一生栖栖惶惶如丧家之犬。

　　如果从欧阳铁的身份角度去体验这些诗句,会有异乎寻常的感受,这些诗句既无士大夫理性沉淀后的"自持与自适",也没有一般隐士高人刻意避世的那种平淡安闲,而是民间教师阶层的心情写真与心理写实。

　　杨万里《跋欧阳伯威诗句选》云："予既序其《脞辞》,复手抄此数纸,自有用处。每鸟啼花落,欣然有会于心,遣小奴挈瘦樽酤白酒,醋一梨花瓷盏,急取此轴,快读一过以咽之,萧然不知此在尘埃间也。"①而上述的欧阳铁诗句,多数都是杨万里抄写来用以快读下酒的,所谓"诚斋尝摘其警句抄之"②。如此悲凉的诗句,杨万里居然用以下酒,读起来好像十分惬意舒心。由此看来,杨万里可能是忽略了欧阳铁的身份与真情,而将这些诗句当作"措词之精绝"的美言以消遣了。

　　作为士大夫的杨万里,是无法体会底层士子的痛心与酸楚,还是

---

① 杨万里《诚斋集》卷九九,《四部丛刊初编》本。
② 魏庆之《诗人玉屑》卷一九《欧阳伯威(铁)》,上海古籍出版社,1978年,第423页。

真正地做到了超然红尘之外？杨万里欣赏另一位民间教师刘承弼的和陶诗时，态度也接近他读欧阳铁之时，《西溪先生和陶诗序》云：

> 余山墅远城邑，复不近墟市，兼旬不识肉味，日汲山泉煮汤饼，俟以寒齑，主以脱粟，纷不及目，嚣不及耳，余心裕如也。偶九日至，呼儿问有酒乎，曰"秋不登，无所于酿"，余仰屋喟曰："安得白衣人乎？"已而所亲送至新醅，余欣然又问："有菊乎？"曰："秋未凉，菊亦未花"，余又喟曰："既得陇复望蜀可乎？"因悠然独酌，取几上文书一编观之，乃予亡友西溪先生和陶诗也。

当重阳节良辰美景赏心乐事四者难并之时，杨万里将刘承弼的和陶诗当作九日的菊花替代品来弥补遗憾：

> 读至《九日闲居》，渊明云"尘爵耻虚罍，寒花徒自荣"，东坡和云"鲜鲜霜菊艳，溜溜糟床声"，西溪和云"境静人亦寂，觞至壶自倾"。则又喟然曰："四者难并之叹，今古如一丘之貉也。"儿踧而请曰："东坡西溪之和陶孰似？"余曰："小儿何用强知许事？渊明之诗，春之兰、秋之菊、松上之风、涧下之水也；东坡以烹龙庖凤之手而饮木兰之坠露、餐秋菊之落英者也；西溪操破琴、鼓断弦以泻松风涧水者也。似与不似，余不得而知也。汝盍于渊乎问焉。"

杨万里以诗人兼诗评家的敏锐，从三首同题异代追和诗中，体会到陶渊明、苏轼、刘承弼的诗歌语调、情景、意境区别，而这些区别无关乎诗歌的内容与艺术，只关乎诗人的社会身份，社会身份无意识地左右了诗歌的基调与风貌。

　　由此可见，杨万里其实十分了解社会身份对诗歌风貌的塑形作用，只是他兼容并蓄，将每个阶层的诗歌都能从纯粹审美的角度来欣赏。对他而言，不同身份自觉不自觉地流露出的身份语言，都是值得欣赏的。美的诗歌像菊花像美食美景一样令人赏心悦目，即便是悲苦凄凉之语也不会影响杨万里的审美心境，苦情的极致表达反而能增强他的美感体验。因此，欧阳铁充满世俗生活苦痛的悲情苦语在杨万里的审美世界里竟然也能远离"尘埃间"。欧阳铁没有刻意掩盖他的社会身份,故作高士,他自然流露的身份语,可能正是杨万里感到痛快处。

民间教师的日常生活及其交往唱和圈不同于士大夫,他们的诗歌创作自然既不同于士大夫创作,也不同于契合士大夫审美标准的隐士高士创作。一个社会阶层的集体身份写作,即便会受到另外一个社会阶层的审美趣味或思想影响,也不会完全受到那个阶层的同化,因为不同社会阶层的写作其实是一种社会身份无意识或潜意识的自然流露。作为民间教师的欧阳铁及其同行,其创作的诗歌如果大多数存在,一定会让宋诗呈现出更加多元的景象,改变其以士大夫诗歌为主导的诗坛一元化格局。

第二节　另类民间声音:游士之间酬唱

本来处士就可以代表所有城乡的民间文化人,游士只是其中的一部分,但是当游士在南宋中后期突然形成了一种特别的势力,就从处士阶层中分离了出来,成为民间文化人的另一股酬唱力量。北宋游士虽数量不小且引起了官方关注,但尚未形成一个足以影响其他社会阶层生活的新阶层。南宋孝宗以后,"什佰为群"的游士,已然成为士大夫乃至朝廷官方的对立面,成为政治、军事、经济、法律、科举等社会问题的参与者与评议者。当时游士们通过各种方式特别是利用舆论手段到达威慑朝廷、官员的目的,甚至能够动摇官方立场、影响官方决策,产生了其他非官员阶层从未发挥出的社会能量,在当时可谓一股新兴的政治力量与社会力量,这无疑意味着游士阶层在南宋中后期的崛起。

一、南宋中后期异军突起的游士阶层

游士是长期存在于各个朝代的社会现象,但在不同朝代的存在

或隐蔽或显豁。春秋战国时期,游士大量出现并在当时政治军事经济各个方面发挥了巨大效用,因而声名远振,当时可谓游士的黄金时期。秦汉以后,游士常常被视作游侠或无业游民而受到官方的各种限制,数量时多时少,却并未销声匿迹。到了宋代,游士不但游走于京师以及州府军监之治所乃至县镇,而且在南宋中后期还形成了一个具有强大社会舆论功能的阶层,甚至产生了一群诗人作为其阶层的文化代言人,并因而构成江湖诗派主干力量①,改变了当时的文学乃至社会文化面貌。但人们对游士在两宋的存在及发展变化崛起过程,却无太多关注。

(一) 数量不少但力量尚未凝聚的北宋游士

北宋时期已经有大量游士存在,特别是京师汴京,来自四方求学、参加科考的游士数量日益扩大,到仁宗时已经成为引人注目的社会问题,需要朝臣商议解决这一问题的对策。不少官员上疏讨论处理这些游士的方法,有的建议京师办学收留这些游士,有的建议将其遣返原籍,如刘敞《上仁宗请诸州各辟教官》云:"臣伏见近敕,更张贡举条约,欲令四方游士各归其乡里,而有司得以观行听言、绝滥进之敝。"②即可知仁宗时京师游士之多,已迫使朝廷不得不曾采取令其归乡的措施,但是刘敞等官员并不认为遣返是有效举措。因此,北宋朝廷还采取扩大官学招生名额的办法安置或容纳收留这些游士,如"元丰作新太学,四方游士岁常数千百人","元祐间,置广文馆生二千四百人,

---

① 江湖是与庙堂相对的概念,远离庙堂的人都可以称之为江湖中人。除游士外,长时期身处下僚或远离中央政权重要官位的官员、祠禄官、处士,都可以称作江湖中人。尽管张宏生《江湖诗派研究》考证出的138位诗人中仅有15位身份可以确定为游士,但其中的商人以及不少身份无法确定者,多数也可能是游士。详参张宏生《江湖诗派研究》,中华书局,1995年。此外,还有不少游士的作品因未被收入江湖集或续集,而被遗漏在江湖诗派之外。另有不少游士的作品已经散佚。考量其总数,当超过其他身份的江湖人。
② 刘敞《公是集》卷三二,《文渊阁四库全书》本。

以待四方游士试京师者"。① 从这些安置数字中,可知神宗、哲宗时期京师游士总数当达到数千人至万人,已然成为不可忽视的社会现象。

京师以外,经济文化繁荣之地以及不少路、府州军监、县之治所,也有不少游士在游走,如欧阳修《有美堂记》云:"而临是邦者,必皆朝廷公卿大臣若天子之侍从,又有四方游士为之宾客,故喜占形胜,治亭榭,相与极游览之娱。"②则可知仁宗时杭州一类州治富庶之地,常有不少"四方游士"在活动,而其郡守的职责之一就是将这些游士视作"宾客"而与之"游览",善待这些游士。苏辙《送张安道南都留台》云:"少年喜文字,东行始观国。成都多游士,投谒密如枅。纷然众人中,顾我好颜色。"③则描绘出成都作为当时西南地区的文化中心,游士在其间密集并频繁"投谒"士大夫的盛况。

北宋京师内外的各级官员皆以善待游士为荣,范仲淹可谓开此风气之先,"仲淹泛通六经,……尝推其俸以食四方游士,诸子至易衣而出,仲淹晏如也"④。此后不少官员无论在任职期间还是致仕之后,都尽力养士:

> 黄庭坚《朝奉郎致仕王君墓志铭》:君讳默,棘道人,字复之。……于四方游士,为之依归,生馆之,死葬之。于其党之孤茕,衣食之,教养之,使男有室,女有家。⑤

> 李昭玘《傅主簿墓志铭》:君讳思齐,字至之。……四方游士闻义而至者,授馆饩如在公府;举匕箸堂上,如集凫雁;有所假求,不以厚薄无倦。

---

① 分别见周行己《赵彦昭墓志铭》,《全宋文》第137册,第157页;《宋史》卷一五七,中华书局,1977年,第3657页。又苏轼《议学校贡举状》云:"今陛下必欲求德行道艺之士,责九年大成之业,则将变今之礼,易今之俗,又当发民力以治宫室,敛民财以食(郎本作养)游士。"可知解决游士问题成为当时要务。参见王文诰辑注、孔凡礼点校《苏轼文集》卷二五,中华书局,1986年,第723页。
② 《欧阳修全集》居士集卷四〇,中国书店,1986年,第280页。
③ 陈宏天、高秀芳点校《苏辙集》卷三,中华书局,1990年,第55页。
④ 《宋史》卷三一四,中华书局,1977年,第10267页。
⑤ 刘琳、李勇先、王蓉贵点校《黄庭坚全集》正集卷第三〇,四川大学出版社,2001年,第809页,下引版本同。

> 李流谦《朝奉大夫知嘉州孙公墓志铭》：公讳观国，……葺贡闱，新城谯，皆举其未举者，待游士最有恩意。
>
> 孙觌《宋故左朝议大夫直显谟阁致仕汪公墓志铭》：四明士俗喜事而乐施，一时寓公寄客困乏不能自存、死而无所敛葬者，公为首倡，士大夫应之翕然，故四方游士皆以公为归。
>
> 汪藻《朝散大夫直龙图阁张公行状》：公讳根，字知常，姓张氏。……所至坐客常满，亲友游士馆于公家者，常数十人。葬死字孤，皆得其所求而去。①

各地大小官员都有养士的意识与行为，说明北宋以及南渡前后游士遍布各处，而官员养士已经形成一种社会风气。

不仅如此，许多有权势有经济能力且兼有慈善之心的处士富民，也常有养游士之举。为这些处士富民撰写墓志铭的士大夫，常常将其视作墓主之乐善好施的美德而予以褒奖。如：

> 王安石《郑公夫人李氏墓志铭》：郑公大姓，尝以其富主四方之游士。②
>
> 黄庭坚《叔父和叔墓碣》：光禄始筑书馆于樱桃洞、芝台，两馆游士来学者常数十百人。……光禄生茂宗，字昌裔。昌裔高材笃行，为书馆游士之师。
>
> 黄庭坚《王长者墓志铭》：长者海昏王氏，讳㴋，字永裕。……长者天资善治生，操奇赢，长雄其乡，遂以富饶。筑馆聚书，居游士，化子弟，皆为儒生。则以其业分任诸子，独徜徉于方外。③
>
> 李石《陈次云墓志铭》：次云陈氏生资中下邑，少为学不若章句儒，独好《春秋》，喜说王霸纵横大略。家业雄于财，次云因累

---

① 李昭玘等四篇分别见《全宋文》第121册，第250页；第221册，第279页；第161册，第75页；第157册，第277页。下引版本同。
② 王安石《临川先生文集》，中华书局，1959年，第1036页。
③ 黄庭坚两篇分别见《黄庭坚全集》正集卷三二，第861页；外集卷二二，第1385页。

世之资施与四方游士,颇袭关中大侠名迹。①

如此多的官员与非官员都积极养士,则游士的数量应该相当可观。②只是这些被养的游士,无论个体还是群体形象,在当时多数文献中都比较模糊,这一方面可能因为游士并非撰写者十分关注的对象,另一方面也说明当时游士可能尚未形成值得社会关注的特出行为。

从记载看,当时官员与非官员几乎都是自愿养士,这种行为基本上出于养士者自身的慷慨大方、好善乐施,但也应该与游士的品行有些关系。黄庭坚《故㮚道廖君画像赞并序》云,邛州富人廖翰"延儒学以为子师,礼游士以为子友"③。将游士与"儒学"并称,且一起延请为子弟之师友,礼敬有加,可知游士在当时的品行声名并不坏,甚至能与"儒学"相提并论。

北宋游士的品行以及活动状况,从欧阳修嘉祐元年《议学状》④所谈的汴京游士可见一斑:"且今入学之人,皆四方之游士。赍其一身而来,乌合群处,非如古人在家在学,自少至长,亲戚朋友、邻里乡党众察徐考其行实也;不过取于同舍一时之毁誉,而决于学官数人之品藻尔。然则同学之人,蹈利争进,爱憎之论,必分朋党。昔东汉之俗尚名节,而党人之祸及天下,其始起于处士之横议而相訾也。"欧阳修担心数量日增的游士在他乡时间短而难以久察其品行,担心游士会有结党横议之倾向。但这一切,还只是担心而已,并没有实际形成,特别是其结党行为,直到南宋初年也没有多少事实记载。由此可知,游士在北宋虽然数量不少,但尚未形成足以影响当时政治经济生活的强劲力量。

---

① 《全宋文》第 206 册,第 95 页。
② 从以上资料所云之"生馆之"以及"授馆饩如在公府"、"游士馆于公家者"、"为书馆游士之师"、"筑馆聚书居游士"看,设馆以待游士是北宋养士的常见方式。养士之人与游士的关系,可以称之为馆主(或主馆)与馆客的关系。馆主设馆以待游士,游士可以以教书、代撰文书、出谋划策的方式栖身于私馆中,一时或长期不再游走,就成为馆客。馆客或称门客故吏也是游士的一种暂时生活形态。此外,非朝廷任命之幕僚或幕宾与之相似,也是游士的一时生活形态。
③ 《黄庭坚全集》正集卷二二,第 562 页。
④ 《欧阳修全集》奏议集卷一六,中国书店,1986 年,第 887 页。

（二）南宋中后期游士的谋生技能及手段突变

到了南宋孝宗（1163—1189）后期，游士不仅数量大大增加，而且行事作风也似乎突然间发生了"质"的变化，刘过、姜夔都是孝宗淳熙后期登上诗坛的游士诗人代表。这种变化在光宗、宁宗时期愈演愈烈，理宗、度宗时期鼎盛，直到宋末都没有消减。①

现存南宋士大夫文人对游士的整体评价记录，几乎完全不同于北宋时期。北宋游士常被称作"四方游士"，主要强调其来自四方各地；而到南宋，游士则被称作"江湖游士"②，强调其游手好闲、漂泊于江湖的生活状态，颇有贬低的意味。

方回给江湖游士的定义是："盖'江湖'游士，多以星命相卜，挟中朝尺书，奔走阃台郡县糊口耳。"③南宋中后期的"江湖游士"，不全像北宋的"四方游士"那样主要以求学、参加科考为目的，而是"相率成风，至不务举子业"④。尽管部分游士也以游学为游谒生活的一种形态⑤，但对南宋中后期大多数游士们而言，进士及第后走向仕途已经不是他们唯一的希望和追求。游士们游走于京师以及"阃台郡县"，

---

① 游士数量增加有多种原因，进士多而官阙少导致不少进士、失路官员也变成游士。多数人认为士阶层分化从宁宗开禧年间（1205—1207）开始，如沈松勤《宋元之际士阶层分化与文学转型》认为"在宋开禧以后、元延祐以前的一个世纪里，士阶层分化与文学转型是互为因果、相辅相成一种社会文化现象"。但实际上孝宗后期就已经有不少知名游士，由此推断，士阶层分化在南渡后不久就已经开始。《文学评论》2014年第4期。
② 如宋末元初方回，参见方回著、李庆甲集评校点《瀛奎律髓汇评》，上海古籍出版社，1986年，第840页；蒋正子《山房随笔》，《丛书集成初编》本。
③ 方回著、李庆甲集评校点《瀛奎律髓汇评》，上海古籍出版社，1986年，第840页。
④ 同上。
⑤ "游学之士"在南宋中后期是否可以全部算作游士，值得讨论。笔者根据孙应时《烛湖集》卷一一《编修石公行状》云"临安学故敝陋，游士以请托冗食其中，士之自好者耻而不入"，《文渊阁四库全书》本，认为应该将"请托冗食"于太学、府学州学乃至书院的游士与专一于读书求科第的游学之士区别开来。刘宰所言的"游士"是指参与"漕试、太学补试"的"游学之士"，并非太学学生，且其行为更像"一般的江湖游谒之士"，而与"各级各类学校"中专一向学的"游学之士"不同。南宋中后期"各级各类学校的游学之士"，的确是很重要的一股舆论力量，其行为表现与游士有异有同，笔者希望另撰一文论述。

除了游学谋取功名外,大多是为了"糊口",即谋生存甚至求发展,其目的已经不像北宋游士那样唯一单纯。北宋游士求学、参与科考大多是短期行为,考中则进入仕途,落败则归故乡;而南宋游士的"糊口"则需要长久乃至一生的奋斗与漂泊。因此这些长期在城市谋生的游士,才算得上是真正意义的游士。正是有了这些以谋生为目的,长时期集中在大中小城市生活的游士,才奠定了游士阶层形成的基础。

目的的变化导致行为的变化。南宋大多数游士来自乡间或小市镇,最初也像北宋游士那样是为了求学、科考①,但是当游学不成或进士及第后得不到官职时,不少士子不愿回故乡定居,而选择在人口集中、生活便利、繁华而竞争激烈的城市中生存发展。为了生存发展,他们必须具备足够的谋生技能与手段②。对于不少游士而言,文学创作无疑是他们为科考应试而训练已久的才能,于是他们希望卖文为生或卖诗为生,将作品变为商品,的确,有些游士因此获得成功,如姜夔,就因为特出的文学创作才能而受到文化官员及热爱文化的权贵们赏识,被收留且资助后成为有较稳定生活来源的职业作家。但像姜夔这样有幸以创作为职业的游士并不多。在当时文化尚未形成产业的社会状况下,虽然也有陈起一样的书商愿意出版游士们的作品,但这些创作"商品"似乎并不畅销,许多游士还是难以以此维持生计。一些游士将作品作为"干谒之具""出售"给官员或权贵后,偶然会换得一些不稳定的收入,不足以维持长期稳定的生活。因此文学创作尽管是不少游士的特长,却无法成为他们最佳的谋生手段。

游士们还需要更多的实用技能。"星命相卜"等道教文化技艺对于游士而言,是不需要太高经济成本、也不需要花费太长时间学习的

---

① 刘宰《漫塘集》卷一三《上钱丞相论罢漕试、太学补试札子》:"温、福二州向来解额太窄,出游者众,非他郡比。"参见《全宋文》第 299 册,第 173 页。可知当时游士最初多因解试名额限制而积聚京师以谋取科第。
② 关于游士的谋生技能,张宏生《江湖诗派研究》第二章《文化传统的倾斜——江湖谒客的生活形态及其他》及其附录二《南宋江湖谒客考论》,中华书局,1995 年,第 33—39、323—350 页;费君清《南宋江湖诗人的谋生方式》,《文学遗产》2005 年第 6 期,都有论列。这里的论证只是作了一点说明和补充。

谋生技能,因为多数人在受教育过程中多少都会接触到天文历法、道家道教方面的基本知识,因为这些知识也是传统文化的重要组成部分。"星命相卜"至迟从宋初就是一些非官员的民间文化人专长,如陈抟、种放等即以此技能受到朝廷及士大夫尊崇。尤其是京城市镇的非官员文化人①,因为没有土地可依赖,又没有其他才能可施展,或者想要接近上层士大夫权贵,多数会选择这种文化性技艺作为基本谋生本领。当时无论朝廷官员,还是普通民众,都普遍信奉道教、迷信天命,所以掌握这些技艺的游士,颇有市场,比创作诗文更容易维持生计。只是这种技能以预测未来为务,本身具有不确定性质,加上游士们为了谋生而游谈无根、夸大其词,增加了其招摇撞骗的性质,颇为人诟病,且使此种职业成为"江湖习气"的重要标志。

除此之外,据孙应时《与汪岠秀才书》云:"世之游士,或依倚官府以说书酿金,仆常痛之,以为辱吾圣人之书,故不欲足下类此。"②则可知还有一些游士以"说书"为挣钱糊口手段,所说之书也是"圣人之书",却可能因为不符合士大夫的阐释标准而颇令士大夫不齿乃至痛恨。

游士们要在城市生存,自然还会有其他谋生技能,如作为生产文化用品的手工业者、经营文化产品的商人,或是生产经营其他生产生活用品的工商业者。但在南宋商业文化初步发展的城市中(尽管不少人认为是极大繁荣),固定职业或稳定体面工作极少,而游士们数量却在急剧增加,如何才能更好生存发展?

游士与普通市民不同之处,就在于他们有知识有文化,属于士人这一大的阶级范畴,因而游士与士大夫的阶层距离相对较近。而士大

---

① 学界一般认为处士是"本指有才德而隐居不仕的人,后亦泛指未做过官的人"。参见《汉语大词典》,上海辞书出版社,2007年,第5079页。而这里试图重新定义"处士",并将其与"游士"分开论述。处士和游士既是相互涵盖的又是相对的、变化的概念,需要细致辨析。人们常以"才德"区分二者,但此标准极富弹性,所以很难将二者区分开来。笔者试图以居处乡村与游走城市的不同生活形态为标准重新界定处士与游士,将处士大体定位为居处于乡村山林的文化人,游士定位为生存在京城市镇的文化人,进而说明游士与处士分别代表城、乡民间文化人,创造了城、乡民间文化。
② 《全宋文》第290册,第11页。

夫掌握着当时政治社会生活各个领域的话语权,游士可以通过进一步接近士大夫并求得其认同的方式以达到谋生目的。

游士拜谒士大夫权贵,一般是为了得到生存资本即"买山钱",如果得不到,则希望得到其称扬褒奖,然后将其作为专家鉴定标准而为自己打广告,也就是"携中朝尺书"、"阔匾"①。当时不少士大夫或名人要人都给以游士们写过诗文,例如:

> 徐鹿卿《赠相者王仲父序》:永嘉王仲父以风鉴游士夫间,携版曹曾君书来谒,余亟见之,其容泊如,其论锵如,诚有如曾君所云者。余方欲观贤者于世,烦仲父助余访之。

> 家铉翁《澄鉴说》:真定史国卿以风鉴之术游士大夫间,而于绘事亦能造写生之妙,求余为下一转语,持以谒当路者。余语之曰……②

这些权威性鉴定话语为游士"糊口"提供了便利,也是士大夫对游士阶层的赞助与扶持。

士大夫是"星命相卜"之士的服务对象之一,他们的"阔匾"基本都是在受到服务之后应其服务者之请求而写,多数是先批评当时游士总体坏风气,而后称扬赠主的技艺人品超凡脱俗。其赞语未必全部"由衷",其批评则显示出士大夫对游士的真实态度。

一些游士并不像"阔匾"中所云的那么德艺双馨,而是坑蒙拐骗无所不有。有的游士敢私自造假,打着某一士大夫的旗号,去另一士大夫处骗取钱财,如方逢辰《回吴退庵书》云:"乃知江湖不肖子以赝书干渎,且辱台馈而遣之,是使某重速谴也。"③就是典型的一例。这种做法自然引起士大夫的反感。

自律稍严的士大夫于是不肯接受请谒,如方逢臣信中还云:"某自束发受趋庭教,干请之戒甚严,而况代他人干请乎? 某自去载之夏

---

① 方回:"干求一二要路之书为介,谓之'阔匾'。"方回著、李庆甲集评校点《瀛奎律髓汇评》,上海古籍出版社,1986年,第840页。
② 分别见《全宋文》第333册,第245页;第349册,第114页。
③ 《全宋文》,第353册,第182页。

入馆,未尝为人作一字乞丐于监司州郡。每见一等无赖子自为札目,列注宅衔,沿门作谒,以乞书名者,某甚嫉之,惟只坚拒而排去已。尝榜于门曰:'例不书列札,不作监司州郡书。'凡游士过访者必先扣其无索书之谕,然后见之。某非固矫枉过正,亦自揆百僚最底,不敢妄发达官书耳。"这样的官员,对游士来说可谓请谒之大敌。

实际上,游士想接近士大夫或求得士大夫的"阔扁",并非轻而易举,即便是自律不严的士大夫,也会因为游士与之地位悬殊而难以拜见。那么如何才能接近士大夫以达到个人目的呢?正面且传统的摇尾乞怜、卑躬屈膝的汲汲求谒,往往会被轻视、蔑视乃至拒绝,南宋中后期的游士们便开创了反面制造舆论、逼其就范的方法:"往往雌黄士大夫,口吻可畏,至于望门倒屣。"①这一招可谓抓住了士大夫顾惜声名、害怕社会舆论的弱点,而收到了动摇其官位及其宦途的效果。这种方法令士大夫深恶痛绝无可奈何,却让游士们找到了更有效的谋生手段,他们因此将这种舆论的功用还运用推广到更多方面(详见第三节)。

有了这个克敌制胜的法宝,游士们很容易达到自己的目的。蒋正子《山房随笔》云:"未几,除承节郎刘宗申知循州。刘,江湖游士,专以口舌吓逼当路要人,货贿官爵。士大夫畏其口,姑厚馈弥缝之,其得官亦由此。"②刘竟用他自己的"口舌"走上了仕途。更多的游士通过这种新手段不仅能够"糊口",而且还得到"买山钱"甚至可以"造华居",过上稳定优裕的生活。

南宋士大夫权贵也像北宋那样养士,或向游士提供丰厚的经济资助,但不再常常是出于乐善好施的道德追求,而成为受游士舆论宣传威力之威胁的被迫无奈之举。

当身处江湖的游士们开始以评判官僚权贵为谋生手段时,他们自觉不自觉、有意无意地将自己放到了士大夫的对立面,成为社会舆论、民间立场的代表,成为可以牵制士大夫官方的一种民间民主力量。

---

① 《瀛奎律髓汇评》,上海古籍出版社,1986年,第840页。
② 蒋正子《山房随笔》,《丛书集成初编》本。

而在此之前,民间从未出现过这种可以制约官员或官方的势力。①

(三) 南宋中后期游士的社会能量与游士阶层的崛起

游士在南宋中后期的社会作用,还不仅仅是监督、评议士大夫。在刘宰(1166—1239)《漫塘集》卷一三《上钱丞相论罢漕试、太学补试札子》②中,我们可以看到游士更多更大的威力:

> 游士之聚于都城,散于四方,其初惟以乡举员窄,经营漕牒,夤缘京庠补试太学为名。积而久之,来者日众,其徒实繁,而又迫于饥寒,诱于声色,始有并缘亲故,以求狱讼之关节者,而狱讼始不得其平;有事缙绅之唇吻者,而毁誉始不得其真;有为场屋之道地者,而去取始不得其实。其甚也,挟众负气,以取必于朝廷,而朝廷之势日轻。③

可见游士们不仅在法律、吏治、科举三方面都发挥了举足轻重的作用,而且甚至对最高统治者——朝廷的权威独断都造成了威胁。刘宰在札子的下文对这四方面进行了详细论证,其中谈到游士在诉讼等法律问题上的参与、干扰行为:

> 大率富人之丽于狱,负者求胜,刑者求贷,死者求生,无辜者则欲其陷于罪。而理不可行也,游士则为之文致,为之游谈,为之请托,为之行赂。或藉权势以劫攘,或与胥吏相表里,不直于宪则转而漕,不理于部则伸于台。以省寺为常行,以伏阙为常事。千变万化,必欲获所求而后已。所谓狱讼不得其平者,此也。

---

① 游士的出身背景并非其本人身份,而本人的非官员身份导致其站在非官方立场,亦即民间立场上。
② 从文中"方秦氏当国,私其亲党,场屋盖尝弊矣。至更化而尽革。今则更化之后,万事维新,惟场屋不与焉"看,刘宰此文写于"更化"之后不久。又参傅璇琮主编、程章灿本卷主编《宋才子传笺证·南宋后期卷》之《刘宰传》,第142—143页,则此文写于宁宗嘉定(1028—1224)更化初期。可知嘉定时期游士在临安的数量及活动。傅璇琮主编、程章灿本卷主编《宋才子传笺证·南宋后期卷》,辽海出版社,2011年。
③ 《全宋文》第299册,第171页。下引该文在第171—173页之间,不另注。

这些游士们熟悉法律条文,擅写讼状,能言善辩,又有打通各个关节的社会活动能力,像老到的律师一样操纵各种诉讼事务,通过各种正当不正当的手段,为"富人"奔走,改变诉讼的结果,真是一股不容小觑的力量。这绝不是刘宰的危言耸听,其他文献也有类似记载:

> 周南《代人上殿论州郡事札子》:今朝廷责成郡县之意固重,然恩威无素,风采消铄,过客游士得以短长钳制嚚讼,奸豪得以越诉动摇,小吏不敢廉按,惰兵不敢教阅。①

则可知不仅京城,连不少"郡县"的诉讼也被过客游士"钳制",可见游士们的能量已经延伸到普遍的程度。

刘宰还详细描述了游士如何站在民间立场上,以舆论的方式使得中央以及地方官员在利用他们的同时又对他们心存畏惧忌惮:

> 朝廷耳目之寄,外则付之监司郡守,内则付之给舍台谏。而监司郡守不能尽知一路一州之事,给舍台谏不能知天下之事也,则有采访焉,有风闻焉。游士知其然也,于是择其厚己者则多方延誉,违己者则公肆诋訾。或形之书疏,或形之歌咏,或述之短卷。为耳目之官者幸其然也,招徕之,诱进之,采用之,或又畏惮而弥缝之。递递相承,贤否易位,所谓毁誉不得其真者,此也。

针对朝廷对官员政绩声誉的磨勘考核政策,游士们根据官员对待他们的态度,采取正反并存、毁誉兼施的舆论策略,其中"诋訾"尤其令人闻风丧胆,震慑作用前所未有。游士不仅使用方回等人所说的"口舌"、"口吻"等口头评议,而且还采用"书疏"、"歌咏"、"短卷"这样公开发表的书面文学表达,迫使当时从各级官员们都无法忽略其舆论力量。游士们留下了不少作品可以证实刘宰的观点。通过舆论影响到官本位时代的官制系统,这种方法与作用都是此前的阶层极少能

---

① 《全宋文》第294册,第43页。原断句为:"过客游士得以短长钳制,嚚讼奸豪得以越诉动摇。"

够做到的。

游士影响甚至操纵科场,是刘宰该文论述的重心,刘宰用大量篇幅证实游士参与了各种科场舞弊,这里节选其概括的部分:

> 往者场屋之弊惟铨试,其后也补试亦弊,今则省试、御试无一不弊矣。弊者一曰冒名入试,二曰同场传义,三曰换易卷头,四曰计属暗号,五曰计会分房。五者之中,如换易卷头,计会分房,若非游士所得为,而非游士与吏辈平时往来心腹相孚,亦未有能相通者。

刘宰指出当时的科场五弊均与游士相关,即便是三、五两项,看似与游士无关,但实际上也是游士与吏员互相勾结造成的。游士并非科场中的获胜者,却能够参与科场考试操作,影响到人才选拔制度,这也是其他阶层难以与之分庭抗礼的。

游士竟能危及朝廷政令决策,似乎有点过于夸张,但从刘宰的论述中,会感受到其真实性:

> 朝廷政令所出,处置一定,公议无愧,人言何恤?而年来事无巨细,求者从,欲者得。有如嘉兴免解之事,上庠混补之事,朝廷深知其不可行而不敢固拒。盖游士率敛钱物入己,志在必行,百十为群,遍走朝路。或谤詈以胁制,或佞媚以乞怜,或俯仰拜跪以祈哀。朝廷顾惜大体,重失众心,俛而从之,以幸无事,而朝廷之势轻矣。夫朝廷之势轻,则缓急之际必有令之不行、作之不应者,甚可惧也。

游士采取了士大夫们既鄙夷又恐惧的非暴力方式,达到了改变官方决策的目的。这些方式与效果真是匪夷所思。

其实游士参与并发生影响的领域还不止刘宰所云的几个,他们甚至还在边境战争问题上提出建议,在谋得军功同时也试图动摇朝廷军事方面的行为:

> 叶适《代人上书》云:游士大夫,争为恢复之说久矣。言东事

者则曰取鲁取齐,言西事者则曰取秦取陇;又自淮直北以至京师,自襄阳指武关,捣河中以抵函谷。①

李曾伯《除淮阃内引奏札》第二札云:自频年用兵以来,功状之上于有司者,动以万计,少亦什百。遂至四方游士挟策兵间,补授书填,比比皆是。②

由此可见,游士的参议力量已经无处不在。

如果站在客观立场上看,游士的这种参政议政干政手段,很像是春秋战国游士的纵横游说,也非常接近欧阳修《议学状》所担心的汉末处士横议,更类似今天的民间监督、民主议政,他们以民间的立场对官方问题提出建议,对官员乃至官方的行为起到一定的监察、修正作用。但在当时士大夫们看来,游士的这类行为无法接受。士大夫对游士诸种冒犯或侵犯其阶层利益的行为痛恨厌恶,乃至势不两立,如孙应时《烛湖集》卷一一《编修石公行状》:

(石斗文)改授临安府学教授。临安学故敝陋,游士以请托冗食其中,士之自好者耻而不入。③

洁身自好的士人甚至不愿意与游士在临安府学里同学,可知二者的对立程度。

游士至此已经努力挣脱了原来依附于士大夫的从属地位,而隐然发展成为一个颇具独立性的民间士人阶层。他们不像北宋游士只是通过谦卑地拜谒干求士大夫以达到求学目的,而是一群拥有强大社会舆论以及制约作用的、在野的相对自由的低层士人阶层,引起了全社会尤其是朝廷、士大夫阶层的剧烈震动。

刘宰在历数游士之罪状后指出:

故尝为今之计,莫若散游士,而散之之道有二,一曰罢漕司之

---

① 刘公纯等点校《叶适集》,中华书局,1961年,第551页。叶适此处将游士与士大夫相提并论,而此前,只有处士才能和士大夫同日而语。
② 李曾伯《可斋杂稿》卷一七,《文渊阁四库全书》本。
③ 《全宋文》第290册,第112页。

牒而增解额,二日罢太学之补试而用乡贡。……愚知自今以往,乡里之士皆自爱而重犯法,郡之教授有所畏慕,亦皆以职业自厉,不过三二年间,游士各反其乡,场屋可清,朝廷可重,争讼可省,风俗可厚矣。

从中可以看出,游士已经成为一个不容忽视的阶层,以至于士大夫们对这股异己力量产生出畏惧无奈乃至遣散消除的决心。

北宋游士数量不小且引起了官方以及一些社会关注,但当时游士尚未形成一个足以影响其他社会阶层生活的新阶层。南宋中后期游士因为种种原因,不仅数量大大增加,而且什佰成群,生活活动区域集中,而朝廷又未能像北宋那样采取强有力的措施或遣返或集中收纳,所以,此时游士流动性、集聚性及其阶层势力发展也就更甚于北宋。南宋士大夫反复所说的"百十为群"、"什佰为群"的游士,已然成为士大夫朝廷乃至官方对立面,成为政治军事经济法律社会问题的参与者,他们通过各种舆论手段到达威慑官方的目的,甚至动摇官方立场、影响官方决策,发挥了许多处士①、庶人不能发挥的社会能量。这在当时可谓一股新兴的政治力量与社会力量。

当然,因为游士并非一个有着自觉改变政治社会目的意识的阶层,他们只是一些通过各种手段或权宜之计达到个人生存、发展目的的下层士人,所以他们与士大夫、官方的对立矛盾只是暂时的相对的,只要士大夫官方愿意满足他们的个人愿望,他们就会与之相互依赖、相互利用,如吴泳《与马光祖互奏状》云:"(光祖)方遭白简,旋得处州,不过丰饰厨传,优待过客,买嘱游士,使之扬誉于中都。"②就是官员利用游士以提高个人声名的范例。游士与士大夫这种暂时对立而长期依存的关系,导致其许多方面都无法完全独立。然而,其相对的

---

① 游士本来是处士的一部分,但随着游士势力骤增,南宋中后期的游士已经脱离处士而成为一个新的阶层,起到了当时处士不能担负起的社会舆论作用。处士在此处主要指当时居处乡野的文化人,与东汉处士横议的处士概念有别。

② 《全宋文》第316册,第134页。

独立性已经使得南宋社会风貌大为改观。

因为游士阶层的崛起,士人社会与庶民阶层更为接近,南宋的政治变得多元化、民主化,社会变得平民化、人性化,社会风气与精神也与北宋有了根本性的区别。游士阶层的崛起及其力量成为社会转型、文化转型一个重要转折标志。

二、介乎士大夫与庶民之间的江湖审美形态

游士自视为士人阶级并努力向士大夫靠近,但其社会身份却更接近庶民。游士议政诗歌具有士大夫般的忧时忧国情怀,却因为过于激烈直白而被质疑为卖直钓名、粗豪亢厉之作;游士诗歌力求风雅,却被视作矫语高蹈的伪风雅;游士诗歌情调语调浅俗通俗接近庶民,却与庶民赏爱的话本杂剧南戏尚有一点距离,无法被庶民百姓广泛接受。游士阶层介乎士大夫与庶民之间的中间游移性质,使其诗歌成为传统文体大幅度变革的载体,成为南宋文化转型以及文学转型时期一个士庶交接、雅俗杂糅的文学形态,成为俗文学冲击下雅文体之俗化达到了临界点的标本。

南宋中后期的游士,不仅仅只是一些懂得"星命相卜"等文化技艺的下层士人,而且是掌握了更多知识与技能,并以多种方式参与且深入到当时政治、经济、法律、科举、军事、社会生活各个层面的民间文化阶层。不仅如此,游士们还用诗文创作介入政治社会各个方面,且表达出其阶层特有的生活状态与精神世界,在有意无意之间建设出属于他们阶层的文学形态。

游士阶层本是士人社会的一部分,游士所受的科举教育与士大夫并无差异,但是因为他们后来的职业、身份、生活方式等方面都与官员特别是上中层官员完全不同,所以即便是他们的诗词文都沿用士大夫文学的传统样式,他们也并不一定有自觉的文学创新意识,其创作却也以似乎无意求异的表达方式呈现出颇为有别于士大夫的审美形态。加上南宋中后期游士阶层曾以民间舆论力量代表身份而站在

士大夫的对立面,也使得他们的文学一度有突破士大夫文学的新气象,只是这突破还不够彻底。

游士接近于庶民阶层的职业与身份,使他们无法摆脱市井百姓的习俗风气。他们的诗歌语言情调接近市井小民,不自觉地沾染着市井世俗气息,但是因为游士在主观意识上试图靠近士大夫而保持与普通市井百姓的距离,有意识追求脱俗清雅,所以其诗歌还是临近却有别于市井文学。

(一) 不被完全认同的游士横议朝政

当游士在南宋中后期为形势所迫、不自觉形成一个社会阶层时,游士们并没有十分明确的阶层意识,他们无法为自身所属的新阶层定位,只是按照传统士阶层定位而积极向高一层的士大夫靠拢。由于忧时议政是士阶层区别于一般庶民百姓的最大特征,因此被游士视作理所当然、且最能接近士大夫的一种最直截了当的做法。林尚仁《送杨巨川游边》云"天下岂无山可买,男儿当与国分忧。……莫道读书无用处,读书方有用兵谋",就是游士自以为"士"而理直气壮议政从军的基本出发点。

在对待朝廷大事上,游士多数能够与普通士大夫保持近似一致的观点。特别是从光宗绍熙内禅到宁宗时期的庆元党禁、开禧北伐,再到理宗宝庆废立之际,朝廷军国大事引起了朝野上下的轰动,游士积极参与了士大夫们掀起的一波又一波参政议政热潮,游士的声名在此起彼伏的浪潮中高涨,阶层势力也因而凸显和崛起。

相对于士大夫而言,游士以其较为自由的社会身份,敢于对朝廷大事发表更加激烈的具有冲击性言论。如刘过(1154—1206)在光宗绍熙年间过宫风波中所写的诗文,就以其大声疾呼而不同凡响。周密《齐东野语》卷三云:

> 当是时,诸公引裾恸哭,朝士日相聚于道宫佛寺集议,百司皂隶造谤讹传,学舍草茅争相伏阙。刘过改之一书,至有"生灵涂

炭、社稷丘墟"之语,且有诗云"从教血染长安市,一枕清风卧钓矶"。扰扰纷纷,无所不至。①

在这场朝野群体议论皇帝孝行的高潮中,刘过诗文因能代表众议且显得危言耸听,而收到了振聋发聩之效。这可能是游士阶层最早引起全社会关注的议政诗文。

庆元党禁时,有人题诗于临安三元楼:"左手旋乾右转坤,诸公相顾尚流言。狼胡跋疐伤姬旦,渔父沉沦吊屈原。一死固知公所欠,孤忠赖有史长存。九原若遇韩忠献,休说如今几世孙。"此诗明显讽刺挖苦韩侂胄专权跋扈,尤其结语刺及韩之先祖,其语调颇似刘过、刘仙伦一类横议时事的游士。② 庆元党禁引起士阶层的普遍反感,士大夫对权臣韩侂胄行为颇为痛恨,但因为职位身份限制,其诗文不敢如此直截了当、直白痛快,这种诗风当是游士所为,至少是有人模仿游士而作,当时却被嫁祸于尚在太学游学的敖陶孙(1154—1227)。实际上,敖陶孙虽然此前公开写诗同情赵汝愚和朱熹,但是从刘克庄《臞庵敖先生墓志铭》所云"朱文公在经筵,以耆艾难立讲除外祠,先生送篇有曰'当年灵寿杖,止合扶孔光';赵丞相谪死,先生为《甲寅行》以哀之,语不涉及权臣也"看,敖陶孙的诗风接近收敛隐忍的士大夫,而与这种张扬直露的游士诗风差异很大。

宝庆三年(1227)的江湖诗祸之所以发生,正是因为游士以诗歌创作讥讽时事人物的风气,在宁宗末理宗初已经达到了极盛状态。在此之前,诗祸多数由士大夫引起,如乌台诗案、车盖亭诗案等。而这次

---

① 《齐东野语》所引诗句参见刘过《龙洲集》卷五《送刘允叔还浙东》:"树倒群公尚不飞,先生于此独知机。杀身无益事成败,闭口不言心是非。吴渚莼鲈张翰去,鉴湖风月贺章归。从教血染长安市,一舸清风眠钓矶。"《文渊阁四库全书》本。而所引"生灵涂炭,社稷丘墟"二语,《龙洲集》中未见,或已遗。
② 但刘过支持韩侂胄北伐,所以当非刘写。宁宗庆元党禁(1195—1201)时期,朱熹、赵汝愚等五十九人被列入伪学逆党籍,敖陶孙庆元元年写诗为朱熹送行,庆元二年又为《甲寅行》哀悼谪而死的赵汝愚。敖陶孙四十五岁方中进士,及第前为游学生、太学生,及第后官职不高,一生颇类游士。刘克庄《臞庵敖先生墓志铭》云:"或为律诗,托先生以行,京尹承望风旨,急逮捕,先生微服变姓名去。当是时也,先生少壮,忠愤号鸣于都邑众大之区,几不免矣,卒幸免。"

的江湖诗祸,反映出游士诗歌及其舆论力量所达到的程度——连朝廷都引起震惊惧怕。据各种文献记载,被牵连进江湖诗祸诗人①当时基本属于游士阶层。其中曾极(1167—?)比其他人的议政态度更为激烈,其《金陵百咏》虽是地域性咏史怀古组诗,但借古讽今的意味十分明显。"今观其诗,如《天门山》云:'高屋建瓴无计取,二梁刚把当殽函。'《新亭》云:'江右于今成乐土,新亭垂泪亦无人。'大抵皆以南渡君臣画江自守,无志中原而作,其寓意颇为深远。"而曾极还有针对性更为明确的咏史诗,"《豫章人物志》载,极游金陵,题行宫龙屏,忤时相史弥远,以是获谴。是编有《古龙屏风》一首云:'乘云游雾过江东,绘事当年笑叶公。可恨横空千丈势,剪裁今人小屏风。'与《人物志》所纪相合。盖其愤激之词,虽不无过于径直,而淋漓感慨,与刘过《龙洲集》中诗句气格往往相同,固不徒以模山范水为工者也"。② 曾极与刘过、无名氏一样对朝廷人事激愤慷慨,是愤世嫉俗型游士的代表人物。

在面对权贵权臣时,士大夫常常会和游士站在较为一致的立场上,尤其是在某些具体问题上,士大夫会出于士人社会道德共享标准而同情处于弱势地位的游士,如:

> 陈邦光以金陵降敌,游士或题其先垄云:"牙郎一去杳无踪,惟有青青夹径松。若使人能全此操,松应合受大夫封。"其家执而讼于郡,某守饷士人酒,遣去。"牙郎",用唐人卖国语。③
>
> 雪中有游士,春时误入赵孟(蟻)之园者,为其家干仆所辱,讼之于官。郡守赵必槐德符治之。士子以启为谢云:"杜陵之厦千万间,意谓大庇寒于天下;齐王之囿四十里,不知乃为穽于国中。"④

在对待武将卖国、宗室霸道问题上,"郡守"级士大夫就能站在士人道

---

① 江湖诗祸研究论文颇多,此处不一一引述。
② 《四库全书总目》,中华书局,1965年,第1381页。
③ 刘克庄撰、王秀梅点校《后村诗话》,中华书局,1983年,第33页。
④ 周密撰、孔凡礼点校《浩然斋雅谈》,中华书局,2010年,第11页。

义立场上支持游士的行为。

同样,游士在对待朝廷人事上,看法多数与士大夫主流观点一致,因此会得到一些主流社会认同,甚至可以作为主流社会舆论的前锋。但是,因为游士在诗歌表达上却往往比士大夫激烈质直,超出怨而不怒的诗教标准,又会引起主流社会的反感。朱熹《答曾景建》云:"所示佳篇,句法高简,亦非世俗所及,然愤世太过,恐非逊言之道,千万谨之,尤所愿望。""愤世太过",是士大夫阶层特别是理学家们难以认同的游士习气。后来士大夫对游士此类议政诗歌批判更加升级。

刘过张扬的个性在当时受到一些士大夫如辛弃疾、陆游的赏识,而另一些士大夫则不太能接受刘过的过激言行如杨万里、范成大,他们对刘过的干谒诗歌不予理睬,后世人更认为刘过言行是卖直钓名、过于豪纵,如《四库全书总目》卷一六二《龙洲集》提要云:"谏光宗过宫,颇得抗直声,然其时在廷诸臣已交章论奏,非廊庙不言待于草野言之者,何必屋上架屋,为此哓哓,特巧于博名耳。又屡陈恢复大计,谓中原可不战而取,更不过附合时局,大言以幸功名。北伐之役,后竟何如耶?……其诗文亦多粗豪亢厉,不甚协于雅音。特以跌宕纵横,才气坌溢,要非龌龊者所及,故今犹传焉。"

值得注意的是,四库馆臣认为刘过作为"草野"之士,没有必要在"廊庙"之士已经"交章论奏"之后还要议论朝政,这无疑代表了许多士大夫的观点,因为统治者并不需要统治管理阶层以外的议政声音,游士作为"草野"之士没有议政的职责与义务,他们的议政属于越俎代庖,而这也恰好说明南宋政治的相对开放性,游士作为民间舆论力量具有特别的时代特征。此外,游士议政的"粗豪亢厉",无疑是有别于士大夫"雅音"的一个特点,也是士大夫难以完全接受的一种俗音。士大夫观念中的"俗音",其实是将游士诗歌向俗文学推进了一步。

(二) 遮蔽自身世情俗态的"伪"风雅

姜夔是早期游士中最为风雅脱俗的典型,他的大多数诗歌都清空淡雅,类似其词,特别是其《除夜自石湖归苕溪》十首,杨万里称"所寄十诗,有裁云缝雾之妙思,敲金戛玉之奇声'",可以视作游士风雅的最高标准。的确,这类诗歌无论是描摹对象还是情调风韵上看,都超凡脱俗,清新雅致,十分符合士大夫的审美理想,所以深受当时士大夫的赏爱。

后来的许多游士效仿姜夔以及大多数士大夫、处士创作,专门写远离俗世生活的山川风月、草木花鸟,而较少描述自身在现实生活中的世情俗态,因而其诗歌塑造出的游士几乎完全是高蹈出世、远离世俗的形象,与当时士大夫如刘宰、孙应时、方回等人的文献记载大相径庭。在许多奏疏章表与笔记诗话中,游士的生活不但不风雅,而且庸俗不堪,他们干谒权贵、汲汲于名利、以一己之私臧否人物,诋訾世事,但在游士的诗歌里,却是:

高翥《晚春即事》:轻烟终日锁楼台,细雨丝丝半湿苔。杜宇一声青嶂外,溪流时送落花来。

高翥《冬日即事》:江上凝冰敛水痕,门前残雪缀溪云。杖藜独立梅梢月,成就清寒到十分。

林尚仁《闲里》:闲里身心得自如,春风茅屋燕同居。松花满地溪云滑,一榻晴窗卧看书。

林尚仁《雪中呈社友》:风雨潇潇搅雪飞,一寒如此只贪诗。酒瓢倾尽囊金少,恐被梅花笑不知。①

这类优游岁月的诗歌在游士们的诗集里随处可见。在这类诗歌里,游士们无论春夏秋冬、无论贫富闲忙,都超然于红尘之外,过着清雅无比的生活,丝毫没有尘世生活的情态。

从游士这类诗歌所描述的情境看,似乎他们一直诗意地栖居于乡野山水间,足迹远离闹市红尘。但实际上,他们常常游走于城乡之间,不少游士的多数时间是在都城临安以及路州县治所所在城镇度过。无论游走、暂住还是常住城市,游士的生活并不一定全都稳定富裕,但他们的诗歌所写出的城市生活却一派安闲、充满诗意。

---

① 四诗分别见《全宋诗》第34127、34128、38987、38988页。

临安西湖是游士的聚集地,高翥《忆西湖》云:"西湖春二月,结客少年游。骏马黄金勒,长身紫绮裘。爱花论担买,嗜酒满船浮。"年少的裘马轻狂外,是一如士大夫般的花酒风流。当然,西湖是游览之地,士庶都可以在此狂放潇洒,游士的这种生活也不算是例外,姑且不论。而游士们即便客居于临安其他地方,其诗歌所表达的也常常与乡间闲居无异,如:

> 高翥《小楼雨中》:长安市上僦楼居,闲里身心尽自如。十日雨声春对酒,一窗灯影夜观书。茶经未展愁先醒,药录才看病已除。所欠短檐晴影好,折桐花月共扶疏。
>
> 高翥《春霁》:积雨才收云尽归,长安一色碧琉璃。日移帘影临书案,风飐瓶花落砚池。
>
> 巢燕学飞犹恋母,笼鸡得食旋呼儿。眼看景物关情甚,喜为新晴赋此诗。①

对酒读书,阅读的是脱俗的茶经药录,观看的书斋内外淡雅的景致,细致品味闲散安逸的生活,真是风雅之至。从中几乎看不出游士们的城市生活与其乡村生活有什么不同,也很难辨别游士与士大夫的兴趣行为有什么差异。

陈起(?—1255)是难得在文学史上留名的临安书商,但他居住临安闹市而诗歌毫无闹市情境,身为书商诗歌却无丝毫商人气息,其《泛湖纪所遇》四绝云:

> 六桥莺花春色浓,十年情绪药裹中。笔床茶灶尘土积,为君拂拭临东风。
>
> 可笑衰翁不自忖,少年场中分险韵。画舸轻移柳线迎,侈此清游逢道韫。
>
> 铁衣飘飘凌绿波,翡翠压领描新荷。雍容肯就文字饮,乌丝细染还轻哦。

---

① 分别见《全宋诗》第34126、34125页。

一杯绝类阳关酒,流水高山意何厚。曲未终兮袂已扬,一目归鸦噪栖柳。①

他在临安过的是士大夫文人般以药茶诗酒为主的生活,偶遇艺妓,也是哦诗弹琴,清雅脱俗,不涉一点红尘。

闹市人境的喧嚣也会引起诗人的一点兴趣,陈起《买花》云:"今早神清觉步轻,杖藜聊复到前庭。市声亦有关情处,买得秋花插小瓶。"而这点买花、插花兴趣也是士大夫文人才有的高雅。这位书商已经完全士大夫文人化了,根本没有商人特征,更没有游士习气。陈起的文学审美趣味,自然影响到他的编辑出版标准,因而江湖诗集中收录的多是游士们颇为风雅的闲吟。

而游士们过多且过度的风雅却遭到人们的质疑,《四库全书总目》卷一六五在谈及胡仲弓《苇航漫游稿》时云:"南宋末年,诗格日下,四灵一派摭晚唐清巧之思,江湖一派多五季衰飒之气。故仲弓是编及其兄仲参所著《竹庄小集》,均不出山林枯槁之调。如七言律中《旱湖》一首,当凶浸流离之时,绝无恻隐,乃云'但使孤山梅不死,其余风物弗关情',尤宋季游士矫语高蹈之陋习。"让四库馆臣斥之为"绝无恻隐"之心的《旱湖》,写的正是大旱之年的西湖:"老天动是晴一年,怪底游人不出城。湖上几时无好况,堤边近日少吟声。草深盍放牛羊牧,水涸难寻鸥鹭盟。但得孤山梅不死,其他风物弗关情。"的确是不知人间苦难的冷血伪风雅。游士们的风雅虽不全如胡仲弓这样极致,但也常常千篇一律地风雅到令人产生审美疲劳,至于饱胀厌恶。

胡仲弓能写出如此的诗句,应该是他一直抱有"诗人无俗事"②的观念造成的。其实,不少游士都秉持诗歌风雅的传统,有着近似于胡仲弓的创作观念,认为诗人只能关心雅事,而世间俗事不能入笔底一毫,这种观念无疑是导致游士诗歌风雅至上的原因。而当诗歌只在选

---

① 《全宋诗》,第 36757 页。
② 同上书,第 39757 页。

材内容上一味风雅,不食人间烟火,不沾世俗之气,甚至到了仁慈都被抹杀人性被异化的程度,就成为伪风雅,不仅是士大夫都没法接受,连一般民众都难以忍受了。

游士诗歌的伪风雅,是游士刻意遵循士大夫审美传统而又矫枉过正的结果。诗歌一直有求雅的传统,苏轼、江西诗派曾为遏制俗化而刻意求雅,但他们强调的是以精神不俗来化俗为雅,而游士却只是在题材内容上求不俗,刻意剔除世情俗态,却有过之而无不及,结果造成伪风雅,其实质就是大俗。求雅得俗也是游士诗歌走向俗文学的不可药救的一步。

(三)近而不似俗文学的游士诗歌

游士诗歌本来努力向士大夫文学靠近,刻意风雅,却被当时及后世士大夫诟病,统称之为俗,譬如方回即云"然其(戴复古)诗苦于轻俗,高处颇亦清健,不至如高九万之纯乎俗"。戴复古与高翥之"俗"的程度有轻重深浅,但均属于"俗"的范畴。在南宋中后期的诗歌俗化大潮中,游士诗歌无疑代表了俗化的最深程度。

自视为士阶层的游士,不愿将自身等同于一般市民,他们常自觉站在士人角度,瞧不起市井百姓的一些行为,如高翥《辇下酒市多祭二郎祠山神》云:"箫鼓喧天闹酒行,二郎赛罢赛张王。愚民可煞多忘本,香火何曾到杜康。"临安酒市不祭祀杜康却祭祀二郎神与山神,这在高翥看来简直缺少基本常识,根本不懂得酒文化传统,只配称为"愚民"。游士是不屑于与这些愚民为伍的。

然而游士无疑是士人社会中最接近庶民百姓的阶层。实际上,他们本身就是庶民中有知识有文化的一个群体,与庶民属于身份相同的社会层面,其精神气质、思想观念自然与庶民有天然相通之处,因此,尽管他们极力向士大夫靠近,但是他们的诗歌无论是从情调情境上还是意境语调上,却总是更接近庶民百姓。这正是他们的诗歌总被士大夫阶层以及诗评界视作"俗"的根本原因。

黄庭坚、陈师道都曾写过一个陈留市的"刀镊工",他们将其称之为"陈留市隐",从这个市井小民身上发现了其超凡脱俗、接近士大夫文人的清高品质。能将市井小民士大夫文人化,是因为这些士大夫文人拥有自身的阶层精神素质标准,并以此来衡量市井小民,当市井小民能做到"市井怀珠玉,……养性霜刀在,阅人清镜空。时时能举酒,弹铗送飞鸿"①时,才算达到了士大夫文人的脱俗标准。这个标准,不说普通市井小民很难达到,就连游士也不可企及。

　　游士写到市井小民或农夫村妇,往往是对其生活进行比较客观具体的描述,不会像士大夫那样将其文人化。如高翥《船户》云:"尽将家具载轻舟,来往长江春复秋。三世儿孙居舵尾,四方知识会沙头。老翁晓起占风信,少妇浓妆照水流。自笑此生飘泊甚,爱渠生理付浮悠。"除了谈到船户生活比自己的漂泊还要安稳外,全诗所描述的都是一个普通船户如何浮家泛宅的生活。高翥其他诗歌如《行淮》云"老翁八十鬓如丝,手缚黄芦作短篱。劝客莫嗔无凳坐,去年今日是流移",描写的是生活在宋金边境上的农民,后二句更是以老翁的口吻道出边境百姓漂泊不定的穷苦辛酸,动作语言的场面感很强。高翥《李将》云:"自小在行伍,得官因用兵。筹边头发竖,入阵骨毛轻。战马惜如命,宝刀都有名。酒酣常骂坐,嫌客话升平。"能够将武将的经历与个性几乎不带主观色彩地客观呈现,包括其不满和议而使酒骂座的粗豪也不避讳。

　　其他游士如宋伯仁《村学究》云:"八九顽童一草庐,土朱勤点七言书。晚听学长吹樵笛,国子先生殆不如。"描画私塾先生寒酸却潇洒的生活。万俟绍之《婢态》云:"才入园中便折花,厨头坐话是生涯。不时掐数周年限,每事夸称旧主家。迁怒故将瓯碗掷,效颦刚借粉脂搽。隔屏窃听宾朋语,汲汲讹传又妄加。"每句话都记录一个婢女的动作,将其情态活现。

　　游士们用诗歌客观记录普通百姓的言语行为,真实再现了庶民百姓平凡世俗的形象。将这些栩栩如生的形象集中在一起,无疑具有

---

① 《黄庭坚全集》正集卷六,四川大学出版社,2001年,第130页。

强烈的画面感和戏剧意味,这似乎是受到话本杂剧南戏描绘人物的方式影响,至少方式比较接近。

姜夔是游士中最为风雅的典型,但是其诗歌却有十分通俗之处,如《送李万顷》有"猛相思里得君来,正喜欢时却便回",完全是俗文学中的语言;姜夔《和陆放翁》有"老子坐闲寻好句,故人门外寄诗来",差不多与高翥《归寓舍》"娇儿对面两痴绝,老子关情一欠伸"一样"纯乎俗"。其他如刘过《赠术士》:"一性圆明俱是佛,四方落魄总成仙。逢人只可少说话,卖术不须多觅钱。退一步行安乐法,道三个好喜欢缘。老夫亦欲挑包去,若要相寻在酒边。"宋伯仁《学馆闲题》:"据见定时俱是足,苦思量处便成痴。请君打退闲烦恼,啜粥烹茶细和诗。"其用词以及语气情调,与话本杂剧南戏等俗文学已经没有差异,可以说这些诗歌已经完全俗文学化了。尽管这只是游士诗歌中的一小部分,但是足以看出其俗化的深度。

即便已经俗化到这种程度,游士的诗歌在当时会有多少人愿意接受和欣赏?不少游士依靠卖诗为生,但买诗的读者会是哪些人呢?有多少人愿意欣赏和消费游士的诗歌呢?士大夫嫌其俗,市民嫌其雅,游士诗歌处于一个不雅不俗非常尴尬的地位。话本杂剧南戏等俗文学在南宋中后期日益兴盛,吸引了更多庶民百姓的注意力,而作为传统文体的诗歌,面临着前所未有的冲击,士大夫已经无法维持其高雅地位,游士就更难维护其风雅传统。俗文学冲击着诗歌,一些游士已经变为书会才人,去创作更受市民欢迎俗文学了。游士诗人遭遇了那个时代的风云际会,创作出南宋文化转型与文学转型时期的一个士庶交接、雅俗杂糅的文学形态,一个俗文学冲击下雅文体之俗化已经达到临界点的标本。

三、游士群体唱和的非虚拟空间

尽管没有游士群体唱和的诗歌保存,但这并不能说明游士之间从未发生过群体唱和。故乡与他乡的里中诗社,以及各地的养士纳士之所,都是游士的聚集地及交往唱和平台。这些非虚拟空间的存在,曾为游士群体唱和提供了充足的可能。

从现存的资料看,游士之间的诗歌唱和多数在二人之间进行,最多有三四人唱和的诗题,而几乎没有五人以上较大规模的群体唱和。因此,不少人认为游士之间可能根本就没有举行过较大型群体诗歌交流活动。

这可能因为游士基本依附于权贵士大夫而存在,没有独立的经济基础,因而可能没有群体唱和的条件与平台,所以让人感觉到他们无法进行群体唱和。

但实际上,游士们在江浙闽赣各地到处游走,经常"什百成群"①,有不少群聚的机会,因而也有群体交往以及交流唱和的可能。

至少有一些平台给游士群体唱和提供了条件,譬如故乡和他乡的里中诗社,还有各地朝野好贤之士的养士或纳士"第宅园囿"。尽管目前尚未发现太多游士群体唱和的"实绩",但我们有理由相信这些交游空间具备了游士群体唱和的充足可能性。

(一)"江湖社友":故乡与他乡的里中诗社

从徐集孙《竹所吟稿·寄怀里中诸社友》所云的"自笑初无作吏能,却因作吏远诗朋"②看,他的"里中诸社友",就是他因作吏而相别不久的故乡建安诗社中的"诗朋"。徐集孙诗歌尾句所云"何时岁老梅花下,石鼎分茶共煮冰",在对未来退居乡里的向往中,描绘出里中诗社一般活动常态:一群故乡诗人在安闲优雅的环境中煮冰分茶,自然不免联句与唱和。

徐集孙所云的里中诗社,在南宋中后期已经不是鲜见的孤例。从不少文献记载中可以得知,南宋中后期布衣诗歌创作十分繁荣,城镇市民乃至村野乡民中的诗人组成的"里中诗社",在当时已经是较为

---

① 方回著、李庆甲集评校点《瀛奎律髓汇评》,上海古籍出版社,1986年,第840页。
② 陈起编《江湖小集》卷一六,《文渊阁四库全书》本。

普遍的现象。①

里中诗社一般由某一地域即将参加科考的士子以及落第士子组成。未第士人或处或游,其中久居不出的处士应该是诗社的常驻人员,而因不满里中生活现状而离开故乡的游士是出入自由的社员。本土生长的官员以及任职此地的官员可能也会参与其中,但偶或为之,不是主力。

（1）故乡的里中诗社

游士因游处不定,可以随时辞别、随时回归里中诗社,如福建泉州清源人胡仲参,其《留别社友》云"漫浪归来六换秋,又携书剑入皇州",就是他漫游归乡、居处六年之后即将再次离闽游临安时,辞别里中诗社社友所作。

六年间里中社友活动应该比较频繁。胡仲参之兄胡仲弓曾及第为官,但为官时间很短,而浪迹江湖时间较长,也算是游士,其《散策郊行有怀社友》《与社友定花朝之约》都提及"社友"。而胡氏兄弟俩在故乡的"社友",应该差不多相同。

二胡的里中社友都有哪些人、如何唱和都不得而知,仅据二胡诗集稍加考证,以便了解一点"里中诗社"的状况。胡仲参《题雪舟、云心二友吟卷》②云"百篇多态度,二妙一襟期。与我为三友,他年题吕谁",在提及"三友"时题下注曰"时二公约刊《三友集》"③,可知三人关系密切到相约合刊诗集地步。据胡仲参《寄黄云心》云:"竹屋少行迹,闭门春昼长。天时半晴湿,人意共炎凉。苔藓侵阶绿,荼蘼压架香。冥搜寻杖屦,不为看花忙。"则云心姓黄,是位爱诗的处士。另据

---

① 北宋哲宗元祐年间汴京就出现了大型的市民诗社,徽宗时期也有与江西诗派相关的布衣诗社,到了南宋,各种布衣诗社或江湖诗社更是蓬勃发展。
② 《题雪舟、云心二友吟卷》《寄黄云心》等诗,《江湖小集》卷一四、《两宋名贤小集》卷二九八均收录在胡仲参《竹庄小稿》,唯四库全书录入胡仲弓《苇航漫游稿》卷三。胡仲弓《苇航漫游稿》卷二有《和云心除夕韵》"岁除明日是,心事落梅边。节物催双鬓,情怀欠少年。桃符依帖写,竹爆应声圆。椒颂无人献,酴酥亦自煎",可知胡仲弓与云心亦有唱和。另,陆文圭《墙东类稿》卷一五《送黄云心游松江》"客行因吊古,寒日下荒坂",不知是否同一黄云心,若是,则黄也曾漫游吴地。
③ 陈起编《江湖小集》卷一四有此注,《文渊阁四库全书》本。他本无。

胡仲弓《苇航漫游稿》卷二《和云心除夕韵》所云除夕家居习俗,可知云心是二胡的故乡人。

胡仲弓《苇航漫游稿》卷二《还翁雪舟吟卷》云:"世间迂阔者,端的是诗人。独坐无生计,相逢尽说贫。如君追古作,与我最情亲。切莫轻辜负,元龙湖海身。"以及卷三《次雪舟进退韵》:"谁肯因贫卖宝刀,半生湖海分蹉跎。春回池草吟魂觉,月在梅花瘦影高。旅况又随年事长,交情偏耐岁寒多。项斯标格逢人说,读到新诗语更骚。"可知雪舟是或处或游的湖海之士翁某的号。①

胡仲参《夜来闻曾性之、丘君就二友隔楼吟声不绝,以诗柬之》云:"月下归来深闭门,衾寒时倩博山温。隔楼忽听吟声苦,引得清愁入梦魂。"则曾性之、丘君就是与二胡居处地相距不远的布衣诗人,却还要用诗歌"柬之",可见诗人的癖好与俗人不同。胡仲参《问性之病》云"莫向推敲苦用心,闻君病里亦沉吟",《和性之见寄韵》云"世情云雨多翻覆,谁是江湖耐久交",《书怀呈曾性之》云"世途难著脚,况复是江湖"等,与耽于吟诗而交情不浅的曾性之赠答唱和不少。胡仲弓《苇航漫游稿》卷二《和丘君就见寄》:"曾坐当年阮籍途,功成何敢叹桑榆。嚼来世味十分淡,吟得诗肠一半枯。向日有书干北阙,只今无梦到西湖。访君欲话前头事,怕被秋风吹病躯。"

二胡兄弟、黄云心、翁雪舟、曾性之、丘君就六人,可能就是里中诗社成员。尽管现存这些诗歌都是一对一式的寄赠唱答,而非群体集会交流。但作为诗社,集会唱和应该是不可或缺的活动,只是六人现存诗歌太少,无法考证。

里中诗社所处的地点在家乡,是相对稳定的布衣群体唱和空间。胡仲参《留别社友》云"得些湖海元龙气,做个山川司马游",说明游士们常常在故乡的里中诗社养就"湖海"之气,然后再次出游。里中诗社是游士身心放松、培养湖海精神的场所。二胡所在的清源里中诗

---

① 另,蒲寿宬《心泉学诗稿》卷五《用翁雪舟送春韵三首》所云翁雪舟也是此雪舟。蒲寿宬与胡仲弓有唱和,其《心泉学诗稿》卷四有《寄胡苇航料院》。《文渊阁四库全书》本。

社,应该是各地里中诗社的缩影。

(2) 京城临安的桐阴诗社

陈起、许棐等人的桐阴诗社,是京师临安的里中诗社。陈起《挽梅屋》"桐阴吟社忆当年,别后攀梅结数椽"所云的"桐阴吟社",应该就是海盐人许棐漫游临安时,参与书商陈起等人结成的诗社。

据郑斯立《赠陈宗之》"桐阴覆月色,静夜独往还"、杜耒《赠陈宗之》"对河却见桐阴合"所云的"桐阴",黄顺之《赠陈宗之》"昨日相思处,桐花烂漫春"提及的"桐花"①,吴文英《丹凤吟·赋陈宗之芸居楼》"旧雨江湖远,问桐阴门巷,燕曾相识"②所云的"桐阴",可知"桐阴"是陈起所居睦亲坊芸居楼所在门巷的标志性景观,因此"桐阴吟社"当即以陈起芸居楼为中心的诗社。

理宗宝庆(1225—1227)前后,许棐开始隐居海盐秦溪③,此前也即宁宗嘉定时期(1208—1224)他可能曾在临安游学或漫游,陈起因江湖诗祸而在宝庆三年被流配,可知陈起与许棐等人结社当在嘉定年间④。陈起被流配之后,桐阴诗社当因此中断。但在绍定六年(1233)陈起被放还后重操旧业,桐阴诗社或因陈起返回芸居楼、恢复此前的交游酬唱生活而继续存在。虽然目前没有更多材料考证,但陈起在端平(1234—1236)更化之后的嘉熙、淳祐间(1237—1252)刊刻多家诗集,出版生意比以前更加兴隆,陈起与士大夫特别是布衣诗人的往来显然更加密集,桐阴吟社也可能更加兴盛。

京城临安人口流动频繁,游士出入自由,诗社人员不像其他地区

---

① 郑、杜、黄三诗,均见陈起《前贤小集拾遗》卷二。《前贤小集拾遗》,见《南宋群贤小集》,《文渊阁四库全书》本。
② 唐圭璋编《全宋词》,中华书局,1965年,第2885页。
③ 《宋才子传笺证·许棐传》:"宝庆前后,许棐隐居海盐秦溪。"此处议论详参内山精也《南宋后期的诗人编者及书肆》,《新宋学》第五辑,复旦大学出版社,2016年。参见《宋才子传笺证·词人卷》,辽海出版社,2011年,第701—712页。
④ 《宋才子传笺证·陈起传》将许棐与陈起唱和附录在淳祐四年(1244)左右,似不太妥当,当时许棐《陈宗之叠寄书籍小诗为谢》云"江海归来二十春",适可以证实其与陈起结社在嘉定年间。参见《宋才子传笺证·南宋后期卷》,辽海出版社,2011年,第472—484页。

里中诗社相对固定。桐阴诗社应该是南宋里中诗社的一种最为自由形态,社员当由久居京师的布衣如陈起与短期或长期寓居京师的游士如许棐与武衍等人组成。社员来去以及聚散十分自由,没有太多明确规定或限定,其交游唱和的方式也应该多种多样,不会只有单向度交流,而会有一些群体聚会唱和活动。

陈起与不少游士及其他布衣诗人保持良好交游唱和关系,他组织聚会唱和应该没有太大困难,但目前仍然找不到太多实例。

陈起《芸居乙稿》的一首五律后面附录了两首次韵和诗,是目前留存的极为少见的三位布衣诗人唱和样态:

> 《适安有湖山之招病不果赴》:兰契简以诗,金铿而玉戛。招邀访逋仙,剧饮拟投辖。事有违人意,十常居七八。文园病政浓,况复泥泞滑。老怀欲舒散,天心若是恝。(陈起)
>
> 《适安和》:人生欲四并,其难乎戛戛。春工闹花柳,春露陁车辖。何当载酒歌,对舞花十八。树色尤绿秀,莺声尚圆滑。作诗调维摩,病安情已恝。(武衍)
>
> 《槐隐和》:新篁褪锦衣,风玉渐相戛。香红吹成尘,春去谁管辖。歌酒相留连,一笑携二八。败意林间禽,饶舌泥滑滑。可人非不来,正坐天意恝。①(姓名不详)

这是一次三位布衣相约暮春聚饮而未果的次险韵唱和。寓居临安的武衍,是以诗招邀陈起相聚的首唱者,陈起诗中所云的"兰契简以诗",其诗已不存;陈起因病无法应邀所以以诗和答婉拒,和诗不知是否步武衍首唱之韵;槐隐是武衍约陈起要造访的"逋仙",一个林逋般隐居的处士。城市中布衣如此闲散地相邀唱和,将一次未遂的投辖畅饮营造得如此优雅。比士大夫的唱和还要闲暇雅致。典雅优美的语言与意境,让人忽略诗歌背后的诗人的社会身份。由此

---

① 《江湖小集》卷二八,《两宋名贤小集》卷三四八《芸居乙稿》收录。《两宋名贤小集》卷三三二武衍《适安藏拙余稿》无此首和诗。陈起《江湖小集》、陈思《两宋名贤小集》,《文渊阁四库全书》本。

可见,布衣诗人对士大夫诗人从生活理想到诗语风格的模仿与发扬。

槐隐姓名不可考。而武衍《寄社友》"秉烛西园事已非,更堪中酒落花时。隔帘燕子偏饶舌,不管春愁倦作诗"所云"社友",不知是否桐阴吟社社友。武衍是吴门人①但久居临安,与陈起及胡仲弓、朱继芳等人唱和颇多②,淳祐元年(1241),武衍自序其《适安藏拙余稿》《适安藏拙乙稿》,并交由陈起出版。陈起淳祐四年到宝祐三年去世前(1244—1255)一直抱病,据诗中所云"文园病正浓"以及因病拒游春看,三人唱和当在此十年间。

三位居住临安的布衣唱和,应该算作里中诗社唱和的一种形式。其形式虽非群聚而唱和,但布衣诗人之间连这种三人隔空唱和的诗歌目前都极少见,所以作为实例以供了解布衣诗人唱和的一点状况。

桐阴诗社是最为开放自由的京城里中诗社,为不少漫游或客居临安的游士、处士诗人提供了群体唱和交流的机会与场所。

(3)"携刺投诗社":他乡的里中诗社

戴复古《访严坦叔》云:"麻姑山下泊,城郭带烟霞。携刺投诗社,移船傍酒家。"(《石屏诗集》卷二)描述的是他漫游到建昌军南城时的生活,其中"携刺投诗社",实际上已经成为戴复古以及其他游士游走到他乡、融入他乡士人生活的最常见行为与最好的方式。

"里中诗社"经常接纳他乡的游士诗人,是以诗游江湖的游士们到他乡时的落脚点。如戴复古绍定年间漫游到闽北,不仅参与知州王埜的郡斋读书论诗,还拜访过当地的布衣诗社。其《过昭武访李友山

---

① 据武衍《伯氏自吴门来辇下再宿即别》"把酒论新事,移床问故山。桑麻云已长,亲戚喜相安。断雁江湖外,驰心梦寐间。两年三度别,此别觉尤难",可知武衍为吴门(今苏州吴中吴江)人。赵希意《跋适安藏拙余稿》等史籍所云之开封,当是其祖籍。《跋适安藏拙余稿》见陈思《两宋名贤小集》,《文渊阁四库全书》本。
② 详参傅璇琮主编、程章灿本卷主编《宋才子传笺证·南宋后期卷》之《武衍传》,辽海出版社,2011年,第439—444页。诸多文献均云武衍宝庆年间(1225—1227)有名于世,而其诗歌结集出版在淳祐年间。陈起去世后,武衍没有悼诗,他可能在陈起去世前就已经去世。

诗社诸人》(石屏诗集卷五)云"吟过长亭复短亭,喜于溪上访诗朋",写他一路独自吟咏而行,到昭武遇到诗朋们的招待,喜不自胜。戴复古《李友山诸丈甚喜得朋,留连日久,月洲乃友山道号》(石屏诗集卷五)的尾句"一作'酒徒日日通来往,诗社时时肯唱酬'",可见当时酒友诗朋们往来唱和的热情。与远道而来的游士诗人诗酒唱和是他乡诗社活动的常态。在频繁的来往唱酬中,戴复古与诸位闽北诗人建立深厚情谊,江湖社友的热情让他甚至想久住昭武:"颇欲相从溪上住,诸君许我卜邻否。"昭武三严(严羽、严仁、严参)可能也是李贾诗社中人,经常与戴复古有诗歌切磋唱和。戴复古《别邵武诸故人》《江上夜坐怀严仪卿李友山》写得情真意切,可知里中诗社的热情接待给了他乡诗人多少的精神温暖。但这个诗社也没有群体乃至个体唱酬的诗歌留存。

高翥《清明日招社友》:"面皮如铁鬓如丝,依旧粗豪似向时。嗜酒更取三日醉,看花因费一春诗。生前富贵谁能必,身后声名我不知。且趁酴醾对醍醐,共来相与一伸眉。"很难确定在故乡还是在他乡。但这个因节气、节日(非固定时间)或其他原因临时招邀(非事先预定)社友们饮酒作诗,是布衣诗人常见行为。而且高翥以这样的口气招邀诗友,则诗友定是身份相近、关系密切的布衣诗人。

周扬波《宋代士绅结社研究》第六章《文艺会社》列表中,南宋中后期的吟社、诗社明显增多,但因为诗社具体材料有限,很难一一辨别吟社诗社成员的社会身份,所以没法区分哪些是士大夫诗社、哪些是官民均参与的诗社、哪些是布衣诗社,加上吟社、诗社都没有留下章程规则以及活动样本,所以无法深入了解。因而这里列举考察了几个明显的里中诗社,以说明故乡与他乡的里中诗社,是布衣之间个体或群体唱和的主要场所。里中诗社是不具有严格规定性、封闭性的组织,其人数不固定,聚会时间、次数、方式也无严格限定,临时招邀性的聚会较多,活动规模可能不大。

处士一般固定在某一个区域的里中诗社,视野相对狭小,而游士通过自由游走,跟其他地域的诗人交游唱和,不仅将里中诗社变得开放而且将布衣诗坛连接成一个公共领域。布衣诗人也有了属于个人阶层的诗歌空间。这是游士不同于处士之处。

(二)各地养士纳士之所:游士的聚集地及交往平台

南宋士大夫、士绅对游士有主动接受、被迫接受以及不接受三种态度。游士们对好贤不好贤的官员爱憎分明,他们称颂那些"好贤名重满江湖"①的官员,而用"下榻本非天上事,后人空自愧前人"②诗句讽刺那些不好贤不养士的官员。

一些官员士绅对游士不屑、鄙视乃至批评,会促使游士向另一些愿意接纳他们的官员士绅处集合。因此京师以及"阃台郡县"愿意接纳并留养游士的官员衙署府邸,成了游士集聚的"沙龙"。

游士们之所以非常关注官员特别是那些愿意接纳留养游士的官员官职的任免与升黜③,是因为那些官员的任免升黜直接关系到游士的生存与去向。不少游士会追随喜欢养士官员的脚步游走各地,而各地好贤养士的官员,除了给他们欣赏的游士提供买山钱、刊刻诗集外④,还会给他们提供社交唱和的平台。

游士诗人活跃于各种社会身份人物建立的文艺"沙龙"里,他们除了与官员唱和外,互相之间也会交游唱和,只是目前资料中几乎找不到他们在"沙龙"里群体唱和的样本,但我们可以通过文献考察曾经存在的游士交游唱和空间。

(1)临安宗戚贵臣提供的多种交游唱和机会

京师临安宗戚贵臣众多,因而有不少招贤纳士或养士之所,其中

---

① 高翥《寄方岩》,《菊涧集》,《文渊阁四库全书》本。
② 高翥《孺子祠堂》,《菊涧集》,《文渊阁四库全书》本。
③ 游士送官员升黜诗极多。如高翥《送方秋崖》,"时人谓与刘改之送王侍御诗匹敌",见高翥《菊涧集》,《文渊阁四库全书》本。
④ 如高翥《喜杜仲高移居清湖》自注:"稼轩为仲高开山田,仲高有辛田记。"戴复古《淮东制帅赵南仲侍郎相待厚甚,特送买山钱,又欲刊石屏诗,置于扬州郡斋话别叙谢》。高翥《菊涧集》、戴复古《石屏诗集》,《四部丛刊续编》本。

世家子弟张镃、张鉴、张枢、张炎一门在临安的第宅园囿养客结社①颇为著名,这里不一一考察。尽管在这类高端社交会所的诗酒高会中,出现频率较多的可能还是达官贵人,但事实上也有一些游士诗人出入其间。"什佰成群"的游士能够在临安生存发展,当得益于众多宗戚贵臣的这类养士之所。

除了养士之外,一些宗戚贵臣常常会在其第宅园囿举办雅集活动,接收游士参与。高翥《毋自欺斋夜宴》描述了临安一位高官宅邸的夜宴:"毋自欺斋清更严,斋中人物斗之南。七朝宰相得瞻仰,四海诗人交笑谈。古调喜听琴再弄,深杯休惜酒重添。玉堂今夜无宣唤,且与江湖作小参。"②这位毋自欺斋主是位曾为相而现任翰林学士的朝廷高官,却肯屈尊为"江湖"士人作"小参",在他清严的私人斋舍中为"四海诗人"举办燕集活动。来自"四海"的"诗人"中,自然有不少像高翥一样的"江湖"游士。"四海诗人"因此有了相识交流的机会。

除了养士以及临时雅集之外,因为京师临安政治相对自由而且文化气氛浓厚,布衣诗人还可以参加政治意味十分明显的官民集会唱和,如"淳祐六年(1246)丙午……正月书(《丙丁龟鉴》)成,上进,忤时相意。秋七月,诏下府狱,逮诘几不免。时大尹尚书节斋赵公,素知公忠直,上疏言柴望(1220—1280)忠诚恳切,所述根据史传,未可重以为愆。得旨放归田里。京师之人谓公谠论不容,无不嗟惜。在时名公,设祖道涌金门外。时与公为文字交者,三山郑震、绍(邵)武吴陵,建安叶元素、松溪朱继芳、钱塘翁孟寅、田井、陈麟、黄溱,南康冯去辨,西江赵崇嶓、曾原一,盱江黄载,汶阳周弼咸在焉。晚色涵岫,商飚振林,各赋诗为别"。至少有十三位官民诗人在涌金门外送别因忤时相而被削职为民的柴望。其中多数是来自各地游士诗人。游士诗人的政治勇气和力量都不可低估。这种具有浓厚政治色彩的群体唱和饯行行为,在当时还有多次。因为官员受到职官制度以及政治力量束

---

① 《西秦张氏的结社行实》,见张剑、吕肖奂、周扬波《宋代家族与文学研究》,中国社会科学出版社,2009年,第240—249页。
② 当时多人以毋自欺名斋,高翥这里所写的毋自欺斋主,可能是真德秀。

缚,游士诗人常常是这类唱和的主要参与者。

临安是游士主要聚集地,游士们有多种方式的集聚,群体唱和发生的几率比较大。

(2)地方官署养士传统——以吴中为例

宋代门客对养主的依附性没有以前那么强,因而游士们并不长期依附于某一地某一个权贵官员,而是经常游食多地多门。靠近临安的江浙各地是游士首选。譬如吴中,也称吴门、吴江、吴会,即平江府(苏州)一带,因为接近临安,又比较富饶,是游士们经常来往的集聚地。"吴郡自阖闾以霸更千数百年,号称虽数易,常为东南大都会。当中兴,其地视汉扶冯,人物魁伟、井赋蕃溢,谈者至与杭等,盖益盛矣。"①当地路监司、知州、通判,乃至知县、主簿有好贤纳士的传统。范成大于孝宗淳熙十一年(1184)致仕到光宗绍熙四年(1193)近十年间,撰写《吴郡志》,还在其石湖别业养客如姜夔、李嘉言等②,是开启吴门养士风气的重要人物。③

宁宗庆元年间(1195—1200),"吴号多士……赵静斋子野、卢蒲江申之柄此能事"④,赵子野、卢祖皋当时官职不高⑤,却诗名远播,且乐于结交江湖诗人,释居简送游士诗人高翥(1170—1241)前往加盟,希望高翥的诗歌创作才能在那里得以认可并发挥。高翥在吴中的诗歌没有留存。倒是戴复古有《赵端行、杜子野游虎丘有诗。仆因思旧,与赵子野同宿唱和留题》提到与赵子野游虎丘,可能是在高翥加盟的时期,则当时的游士还有赵端行、杜耒、戴复古等人。赵汝鐩《野谷诗稿》卷四有《秋日同王显父、赵子野、何庄叟泛湖,赵紫芝继至,分韵得秋字》描写了一次四人分韵唱和,也提到赵子野,很有可能作

---

① 范成大《吴郡志》,卷首有赵汝谈序,《文渊阁四库全书》本。
② 赵汝谈绍定二年十一月朔序《吴郡志》:"绍定初元冬,广德李侯寿朋以尚书郎出守。其先度支公言,石湖客也。"
③ 苏州在唐代即有唱和传统,参高柯立《宋代地方官与士人的唱和往来——以苏州为中心》,《国学学刊》2017年第4期。
④ 释居简《北涧集》卷五《送高九万菊涧游吴门序》,《文渊阁四库全书》本。
⑤ 庆元六年(1200)卢祖皋为吴江主簿,其《贺新郎》序"彭传师于吴江三高堂之前作钓雪亭,盖擅渔人之窟宅以供诗境也,赵子野约余赋之",也提及赵子野。

于赵汝鐩嘉泰二年(1202)中进士前。赵诗题中还特意提及赵师秀。赵师秀在嘉定十二年(1219)去世,戴复古《哭赵紫芝》有"忆在藏春圃,花边细话时",自注云:"尝在平江孟侍郎藏春园,终日论诗。"两人在平江论诗,也可能在这一时期。只是藏春园涉及一个养士的贵戚。

戴复古多次到苏州,其《吴门访旧》题下注再次提及"孟良夫侍郎有藏春园",并云:"去此十三秋,重来雪满头。镜颜加老丑,诗骨带穷愁。鸟语新晴树,人寻旧倚楼。藏春门下客,一半落山丘。"可知当时藏春园的门客不少,盛况空前,而在十三年后一半已经故去,故去的有赵师秀。

孟良夫即孟猷,其祖父忠厚,是隆祐太后之兄①,封信安郡王,判平江府。孟氏自此居住平江府。"猷居郡之间丘坊,严已恕物,不立厓岸,立朝无党与,未尝示人以同异之迹。历婺州通判,又知婺州,四持使节,所至皆安其政令,官朝议大夫,太府卿兼刑部侍郎,卒年六十七②。子继华,奉直大夫;继显,进士。弟导,导字达甫,与猷俱学于叶适。"③

孟猷不仅有显赫家世,据刘宰《漫塘集》卷二四《跋孟侍郎猷诗》以及居简《北涧集》卷七《跋清真亮老所得勾猷可、孟藏春诗》,可知孟猷能诗。又据朱熹《晦庵集》卷六〇《答孟良夫猷》以及叶适《周南仲文集后序》所云"自余吴楚淮南十余年,而周南仲、孟良夫兄弟、滕、孔诸人,相与上下追逐",可知其交游广泛。这是孟猷喜欢养士、结交游士诗人的原因。

---
① 《宋史》卷四六五,中华书局,1977年,第13585页。
② 刘宰《漫塘集》卷二四《跋孟侍郎猷诗》:"岁辛未(1211,嘉定四年)八月四日,孟二卿守婺赋,前诗有'豆笾学舍又秋丁'之句。丁丑(1217,嘉定十年)仲秋,其从弟能父袖此诗过余于漫塘。时丁祭,甫再宿,计其日,实贰卿赋诗之日也,相距整七年,而贰卿既葬矣。古诗云'生存华屋处,零落归山丘'。览之浩叹。孟侯贵戚之卿,方和此诗时,盖年逾耳顺矣,犹拳拳师友之诲。则少且贱者,宜如何? 能父知宝此诗,必知佩此意,孟侯不亡矣。"可知孟猷生卒年(1150—1217)。刘宰《漫塘集》,《文渊阁四库全书》本。
③ 王鏊《姑苏志》卷五一,《文渊阁四库全书》本。

《石屏诗集》卷四尚有《静寄孟运管招客,皆藏春侍郎故人,因与花翁孙季蕃话旧有感》作于故地重访:"来访藏春宅,因登静寄堂。异香薰宝鼎,清乐送瑶觞。穿竹过花所,寻梅见海棠。白头思往事,无语立斜阳。"据《姑苏志》卷三一:"信安郡王府在阊丘坊,孟忠厚所居,有静寄堂、清心亭、万卷堂等扁,皆孝宗御题。"则"静寄孟运管",当即孟猷之子继华或继显,或者是其弟导。显然孟家有招士、养士的传统。戴复古、孙惟信等人在嘉定十年(1217)孟猷去世后再次到孟家府邸。对昔日养主充满感激怀念之情。外戚孟氏在苏州宅第养士,给游士们提供了不少雅集唱和机会。

戴复古、高翥、孙惟信等人都不止一次到过吴门,而且每次拜谒的官员都不相同。嘉熙元年(1237)可能是戴复古最后一次到吴门,当时方子万为知州,翁际可(逢龙)为通判①,新老游士们集聚于此。戴复古此次还应邀参观方知州园林一般的宅邸,其《访方子万使君宅,有园林之胜》云:"使君居处好,在郭却如村。屋带园林胜,门无市井喧。蛰龙将变化,雏凤亦腾骞。客里苦无暇,相从听雅言。"方知州款待戴复古的方式可谓热情周到。而通判翁逢龙尤喜结交游士。戴复古《诸诗人会于吴门翁际可通判席上,高菊涧有诗,仍有"客星聚吴会,诗派落松江"之句,方子万使君喜之,遂足成篇》:"客星聚吴会,诗派落松江。老眼洞千古,旷怀开八窗。风流谈夺席,歌笑酒盈缸。杨陆不再作,何人可受降。""诸诗人"中,年高名尊的戴复古是当仁不让的盟主。这当是一次规模不小的唱和雅集。

从庆元到嘉熙的三四十年间,吴中都是游士们集中活动的另一

---

① 当时还有游士黄简。"简,一名居简,字符易,号东浦。建安人,寓吴。工诗。嘉熙中卒,通判翁逢龙葬之虎丘,有《东浦集》《云墅谈隽》。"《吴都文粹续集》卷八王遂《通判西厅记》:"君名逢龙,字际可,甬东人,号龟翁,登嘉定丁丑(十年)第,诗思清越,出大历、贞元畦径之表,而长于吏才……余之为此者,非但喜兹屋之成,又以幸斯文之得所托也。嘉熙改元七月(1237)丙辰,朝奉大夫焕章阁待制、知平江军府事、兼管内劝农使节制许浦水军赐紫金鱼袋王遂记。"杜范《清献集》卷九《荐通判尹焕、翁逢龙札》嘉熙四年被召入见第一札。翁逢龙存诗如《闰月见九华菊》《天津桥》《曹娥江》等。戴复古很早就认识翁逢龙,有《京口别石龟翁际可》。钱谷《吴都文粹续集》、杜范《清献集》,《文渊阁四库全书》本。

个中心,高翥、戴复古、孙惟信等游士都曾多次到这里聚合。

(3) 追随好士官员的足迹

有些地方比较偏远,不像京师或吴中那样具有养士传统,但某些官员的好士会带动地方风气一时变化,吸引游士聚集。譬如姚镛于嘉定十年(1217)进士及第,释褐后好贤纳士。理宗绍定六年(1233)姚镛知赣州,不久因言事而谪居衡阳四年,戴复古由闽越岭到衡阳以表示精神支持。乐雷发虽然没有到衡阳,但《雪矶丛稿》卷二有《寄雪篷姚使君》《寄戴石屏》等遥寄诗歌参与其唱和。游士的足迹追随着好士官员的任职地而转移变化。

方信孺(1177—1223)做官时即以好养客而闻名,刘克庄《宝谟寺丞诗境方公行状》云:"至临江以诗酒自娱,江湖士友慕公盛名,多裹粮从之游。"嘉定十二年(1219)方被罢职后奉祠官回兴化军莆田家居,江湖士友随之而来,如高翥(余姚)、孙惟信(婺州)、胡仲弓、胡仲参兄弟(泉州清源)、林景祥(福州)、翁定(建瓯)等人,本乡如柯梦得、赵庚夫、方左钺(方信孺子)等处士,这些布衣和同样奉祠乡居的陈宓、刘克庄等人形成一个地方性唱和圈。① 虽然不全是布衣,但布衣占其中多数。

戴复古《见淮东制帅赵南仲侍郎,相待厚甚,特送买山钱,又欲刊石屏诗置于扬州,郡斋话别叙谢》所云的淮东安抚制置使兼知扬州赵葵(1186—1266),虽以军功起家,但能够欣赏戴复古以及其他诗人。嘉熙元年(1237)戴复古到扬州,与赵葵的下属制干朱涣、抚干方岳等人唱和,当是赵葵提供的便利。这是"阃台"养士一例。南宋中后期养士官员尚有卒于相位的杜范(1182—1245),他曾养客如孙惟信、翁元龙,与二人唱和颇多(《宋才子传笺证·南宋后期》卷三九三)这些好士官员,给游士提供了交流平台。

(4) 地方士绅的诗歌会所

达官贵人之外,一些地方士绅也喜欢接纳布衣诗人,举办各种形

---

① 侯体健《南宋祠禄官制与地域诗人群体:以福建为中心的考察》,收入肖瑞峰、刘跃进主编《跨界交流与学科对话》,浙江大学出版社,2015年,第6—8页。

式的诗歌创作唱和,譬如薛师石不第而隐居永嘉后,在会昌湖上营造瓜庐作为居所,并招邀各地士人往来唱和,其中官民皆有,但以布衣居多。还有天台人谢耘,如同薛师石一样喜欢结交诗人,张端义撰《贵耳集》卷上记载:"谢耕道耘,天台人,自号曰谢一犁,有犁春图。诸公喜于纳交,善滑稽,三十年间,天下诗人未有不至其室,诗轴不知几牛腰。"那么多的"诗轴"没有留存,让后人无法得知"天下诗人"的唱酬情况。江浙一带的士绅如薛、谢者应当不在少数。

游士有如此众多的集聚机会与空间,但却没有群体唱和诗歌保留。这主要因为游士诗歌遗失的情况在宋元之际就已经十分严重。吴澄《吴文正集》卷十五《出门一笑集序》:"唐人诗可传者不翅十数百家,而近世能诗者何寡也?场屋举子多不暇为,江湖遊士为之,又多不传。其传者,必其卓然者也。"游士除了个别人如戴复古有不太完全的别集流传,大多数诗人只留下《江湖小集》《后集》《续集》中的选本,而这些选本提供的信息极不全面。游士之间是否曾经有过唱和集,也还有待考察。

但通过本文的考察,我们相信,游士之间曾经存在过大小不等规模的群体唱和,唱和曾是他们作为特殊群体交流生活的一部分,见证过游士阶层的创作兴盛。

四、游士之间唱和的阶层定位与身份认同

就现存文献考察游士们交游唱和方式基本属于一对一式的个体联系,但是他们在游走各地中不断交游唱和,个体唱和圈又彼此交叉错综,联结成一个游士唱和网络。在遭到士大夫乃至整个社会比较普遍的歧视之时,交游唱和就成为游士之间社会身份相互认同的有效手段,他们在唱和中认同彼此的"湖海气"与游谒生活方式,寻求到集体归属感,并为自身所属的阶层定位,甚至有意识建立与士大夫不同的"山家"礼仪文化。

士大夫欣赏处士的生活态度以及方式,处士也常高自标榜远离功名而显得超尘脱俗,因此,处士与士大夫和谐相处,基本上没有太多冲突。而南宋中后期崛起的游士阶层,却是与处士诸多观念颇不相同的另类布衣,游士离开故土到处游走干谒的生活方式,游士直接积极追求功名利禄的人生观、价值观,都冲击着士大夫阶层对整个布衣阶层的固有传统思维与观念。尤其是游士的议政参政,甚至对士大夫声名地位造成很大干扰乃至威胁。游士的出现无疑激起了布衣与士大夫的阶层冲突。

在很长时间里,不少士大夫无法接受游士们的游谒与干政,因而对游士的歧视与批评也就在所难免。在遭到士大夫乃至整个社会比较普遍的歧视之时,游士之间的交游唱和就显得特别重要。交游唱和成为游士之间社会身份相互认同的有效手段,游士们在交游唱和中寻求的就是集体归属感。

尽管游士群体唱和有可能在故乡与他乡的里中诗社以及朝野养士沙龙中进行,但就现存文献看,游士之间的唱和主要以一对一的个体之间往来,加上多数赠答唱和诗已经遗失,有赠无答、有唱无和或有答无赠、有和无唱现象颇为严重,本文只能通过现有诗题与诗歌以及相关文献来做一些不够全面的考察。

(一)游走中的交游唱和方式、对象及网络

诗歌创作是游士诗人行走江湖的重要甚至是唯一资本,是游士结交更多士人、进入士人社会的最基本有效的媒介或手段。尽管游士行走江湖一般是为了投赠干谒士大夫以求名利,他们很大程度上是期望受到士大夫的关注、认可乃至帮助,譬如戴复古"拜托为自作进行甄选和编定的对象无一例外都是士大夫"①,但实际上不少不甘于生老病死都局限于一隅的游士诗人,选择以诗游江湖,更是想在名利之外寻求更多志同道合的师友,也就是寻求同道同人的切磋诗艺以及"酬唱审订"。

---

① 内山精也《南宋后期的诗人编者及书肆》,《新宋学》第五辑,复旦大学出版社,2016年。

胡仲弓《送怀玉之越谒秋房使君》云："纷纷人海中,有客面如铁。前日方游吴,今日又走越。一身天地间,行役劳岁月。问子去何为,岂是事干谒。往访蓬莱翁,欲换诗仙骨。"不少游士像"怀玉"一样去拜谒一些有诗歌素养的士大夫或士人,并非纯粹为了买山钱或者功名利禄,而是为了求教于高人指点以便提升自身诗歌创作水平。

更多游士像武衍一样希求得到诗坛"宗工名胜"们的"印证",正如《适安藏拙余稿自序》所云"衍学诗三十年,投质于宗工名胜者甚多"。武衍《谢曹东畎跋吟卷》就是得到宗工名胜印证后的感谢之作:"十年湖海仰师儒,八斗衣传子建余。袖里有诗须印证,句中无眼定趑趄。吹香玉唾清如许,刮膜金箆病已除。媪扇何曾求贵重,等闲中得会稽书。"

诗坛的"宗工名胜"不限社会身份,可以是士大夫也可以是布衣。戴复古游走江湖时,以诗歌为结交师友的基本工具,"所酬唱审订,或道义之师,或文词之宗,或勋庸之杰,或表著郡邑之英,或山林井巷之秀,或耕钓酒侠之遗。凡以诗为师友者,何啻数十人"。① 数十个士大夫与非士大夫,都是戴复古以诗歌进行"酬唱审订"的"师友"。尤其是当民间出版业兴盛之后②,"酬唱审订"的对象就不一定非士大夫不可,他们直接可以与书商接洽,如许棐《梅屋集》第四稿卷尾识语云"右甲辰(1244)一春诗,诗共四五十篇,录求芸居吟友印可"。

但一般而言,毕竟让游士求教、求印可印证、求审订的"宗工名胜",还是以士大夫居多,而与之"酬唱"的对象则主要是布衣。

诗歌是游士们见面最重要话题,胡仲弓《苇航漫游稿》卷三《寄林可山》:"数年不通问,一见便言诗。"相邀一起切磋诗艺,是他们的乐趣,如许棐《梅屋集·招高菊涧,时在县斋》:"自改旧诗殊未稳,独斟新酒不成欢。髯仙只在渊明宅,泥泞相邀寸步难。"即邀请漫游他乡、

---

① 吴子良《石屏诗集序》,戴复古《石屏诗集》,《四部丛刊续编》本。
② 内山精也《南宋后期的诗人编者及书肆》云:"民间作者和民间出版者不需要通过士大夫作为中介,而是以几乎平等的关系直接联系在一起的现象是因陈起才首次出现的。"《新宋学》第五辑,复旦大学出版社,2016年。

借住县斋的高翥到他家里饮酒帮忙修改自己的诗歌。陈起《适安夜访，读静佳诗卷》云："情同义合亦前缘，得此兰交慰晚年。旋爇古香延夜月，试他新茗瀹秋泉。君停逸驾谈何爽，客寄吟编句极圆。可惜病翁初止酒，不能共醉桂花前。"描述他与武衍一起阅读赏析静佳朱继芳的诗。谈诗、改诗、读诗已经成为布衣们相见的重要内容。对诗歌的共同爱好，让他们走到一起。

游士之间会结伴游览唱和，如戴复古《同曾景建金陵登览》："百景饶君咏，三杯许我同。登临无限意，多在夕阳中。"游士之间甚至会如兄弟一样共被同眠，如高翥《同周晋仙睡》云："更有诗人穷似我，夜深来共纸衾眠。"

游士之间经常互访，宋伯仁《西塍集》①有多首寻访游士友人而不见的诗歌，如《访高菊涧》："可惜吴中不见君，短篷空载一溪云。知君已到孤山下，日日梅花酒半醺。"《寻孙花翁》："东风吹雨湿西湖，未许苏堤酒赎酤。试把花翁问花讯，不知花似去年无。"《访林可山》："可山无日不吟诗，我欲论诗未有期。几度孤山明月下，手援梅蕊立多时。"即便因其行踪不定而无法相见，也不会怨怼，反而觉得是一种雪夜访戴兴尽而归式的风雅。

游士之间的会面，甚至充满江湖侠士色彩，戴复古《杜仲高、高九万相会》云："杜癖诗无敌，高髯画绝伦。笑谈能不朽，富贵或成尘。今古多奇事，乾坤几怪民。相逢不容易，一醉楚江滨。"戴复古称两位游士为"怪民"，称两位相见为"奇事"，可知游士会面切磋诗画、笑谈醉饮的行为在当时就超乎士大夫以及普通民众常规。

游士在别后无法相见时会寄赠表达思念之情，如戴复古有《寄玉溪林逢吉六首》其一曰："经年不见玉溪翁，百里江山万里同。无计相从话心曲，时挥一纸寄西风。"表示相别之后，时空并不会消磨他们之间的感情。

在游走他乡时，游士也会保持与游走其他地方的诗人唱和。如戴

---

① 《江湖小集》卷七二，《文渊阁四库全书》本。

复古《史贤良入蜀,有锦江诗卷,陈谊甚高》云:"学道世情薄,论交谊气深。谩怀三献玉,肯受四知金。万里铜梁道,千篇锦水吟。一芹供匕箸,聊寓野人心。"收到戴诗的史某,立即和答五首诗歌,戴复古《贤良一和五篇,不可及》云:"世路从他险,输君酒盏深。立谈双白璧,一诺百黄金。志大不少屈,诗工非苦吟。相随万里去,老鹤岂无心。"入蜀的史贤良所和的五篇诗歌虽已经不存,但从戴复古寄赠并次韵的唱和中,可以了解到两位游士唱和的情状与内容。史贤良的入蜀诗与戴复古的次韵和答,拉近了南宋东西部的距离。

即便未曾谋面,游士们也会慕名赠诗求交,如高翥《赠番阳程克已》:"见说番阳有老程,与人怀抱亦分明。一千里外未识面,二十年间长慕名。因听酒边谈旧事,便从客里定交情。他时我老君犹健,海内重逢即弟兄。"语气中有一种游侠般的豪气。友人去世后,游士诗人也会写感情真挚的挽诗纪念,如高翥《挽章朋举》:"相逢便拜十年兄,自此交游得尽情。草纸抄书传遁甲,竹筒沽酒命添丁。他时结屋期来往,今日登门隔死生。从此苕溪明月夜,小舟不复为君停。"从中可以看出两人情谊深厚。

此外,正如上文所言,游走他乡时游士会"携刺入诗社",与他乡里中诗社社员唱和,如戴复古《石屏诗集》卷五《三山林唐杰、潘庭坚、张衣师会于丁岩仲新楼》:"又携诗卷到南州,尘满征衫雪满头。桃李春风故园梦,江山落日异乡愁。樽前一笑真奇事,坐上诸君尽胜流。政倚清谈洗胸臆,莫教王粲赋登楼。"描述的就是几位布衣相聚,他还有《赵克勤、曾棐卿、景寿同登黄南恩南楼》等诗,都描述布衣同游;在闽台郡县游谒逗留时,游士互相之间也会交游唱和。

有人认为:"这群'江湖之士以诗驰誉者'并世而居,但互不相交或交往不密,依靠陈起有组织的刻印诗集而汇聚成一个特殊的集合体。"①但孙培《江湖诗派酬唱诗研究》②通过对江浙闽赣各地游士交往的分别考察,指出江湖诗人之间交往唱和其实十分密切频繁,且不

---

① 王水照、熊海英《南宋文学史》,人民出版社,2009年,第6页。
② 孙培《江湖诗派酬唱诗研究》,四川大学2012年博士学位论文。

限于一地,他们之间的主要联络员也不只有陈起一人。只是现存文献中,游士之间的酬唱规模没有后人料想的那么大。

游士不像士大夫那样公务缠身,也不像处士那样被缚于某地,因此他们在游走中结交唱和,有许多超越时空限制的自由交游。通过相同或不同于士大夫、处士的交游唱和方式,江湖诗派内外的游士之间实际上建立了错综复杂的关系,形成了他们自己互动对话沟通的交游唱和网络。

(二)唱和中彼此认同的游士精神与游谒生活方式

游士是一群具备"湖海气"的布衣。"湖海气"是指像汉末陈登那样的"湖海之士"①所具备的济世平天下远大抱负而不拘礼数小节的精神。游士区别于处士以及士大夫之处,就是这一点。因此湖海气往往是对游士的褒扬。赵汝镲《送奇仲过雪川》云:"少年湖海气,近又负诗名。今忽担簦去,谁非倒屣迎。"②所送的奇仲正是一位有"湖海气"的游士。胡仲参即将离闽而再游临安时《留别社友》云:"漫浪归来六换秋,又携书剑入皇州。得些湖海元龙气,作个山川司马游。"更认为在故乡养就陈登那样的"湖海气",才能够游走四方有所作为。赵汝镲《冬日友人见过》中还谈到"江湖气":"艰危惊鬓雪,勋业叹心灰。子负江湖气,谁怜当世才。""江湖气"尽管在后世不被人们认可③,但在赵汝镲诗中,"江湖气"差不多等同于"湖海气",是值得称颂的游士精神。游士之间十分欣赏彼此的湖海气或江湖气。

湖海气或者江湖气,使得游士们选择漫游四方干谒达官贵人的生活方式。尽管离乡游谒的生活充满艰辛,但为了个人理想又都十分

---

① 《三国志·魏书·陈登传》,中华书局,2011年,第229页。陈起《江湖小集》卷一四胡仲参《竹庄小稿·试后书怀》云"文章与时背,言语对人惭。湖海气何馁,山林分未甘",称其湖海气受到打击,只能退隐山林。胡仲弓诗中多次自称有"湖海气"。《文渊阁四库全书》本。

② 赵汝镲《野谷诗稿》卷四,《文渊阁四库全书》本,下一首同。

③ 如王柏《鲁斋集》卷二《题屏岩诗卷》"波澜虽未阔,骨骼已先张。尽扫江湖气,且无蔬笋香",鄙视江湖气。王柏《鲁斋集》,《丛书集成初编》本。

值得,因而他们对这种生活方式十分认可,并互相鼓励。胡仲弓《送处逊渡淮谒秋壑》云:"江湖波浪恶,底事欲西征?去作扬州客,来寻贾垒盟。金山迷远望,玉树候吟声。"他们希望游谒可以成功,可以实现个人抱负。胡仲弓《送怀玉之越谒秋房使君》云:"此行遇故知,茂林有清樾。元龙百尺楼,千钧引一发。妙年负壮志,三军不可夺。不见韩致光,虎须手曾捋。不见烛之武,虽老更奇崛。一杯壮行色,肯作儿女别。"就对游谒生活充满信心,因此不会沉溺于离别的忧伤。

胡仲弓《雪中襟兴》云"不被功名缚,江湖得散行",与受到功名束缚的士大夫相比,他们潇洒自由,因而他们欣赏彼此闲云野鹤般的生活。他们将彼此的游移不定生活描绘得如神仙一般潇洒出尘。如高翥《访铦朴翁不遇二首》云:

> 乱花飞絮趁长髯,来访西湖竹里庵。行尽白云三十里,诗人又在白云南。
>
> 乘兴寻僧入翠微,山中无限野蔷薇。主人不见从谁赏,折得繁枝自插归。

当时的葛天民尚未还俗,本应常驻的西湖僧庵却常空,因为他仗锡远游,高翥乘兴拜访,行走于白云深处,不遇主人也不觉得扫兴,而是折花自插,尽兴而归。他们有足够的时间和雅兴自由自在往来,因为彼此都喜欢游走不定的生活,所以相互理解并赏识。

高翥漫游到江西南昌,《其清明日约宋正甫、黄行之兄弟为东湖之集》云:"自在嬉游遍四方,不曾孤负独春光。醉眠芳草衣裳冷,笑嚼名花齿颊香。既是烟霞令久住,岂应风月断来章。故人尚有闲情不,相伴湖边举一觞。"即便在异乡过清明,也要眠草嚼花,与友人诗酒唱和,不负春光。这种"自在嬉游遍四方"的逍遥风雅生活,正是游士追求的生活境界。这种境界在一些士大夫看来是矫情高蹈,但在游士看来却是即便在贫穷中也努力营造的不可或缺的雅致美好境界。

高翥《冬日书怀用正甫韵》云:"惯将双手托虚空,岁事虽穷道不穷。身健不知行路远,心安还与在家同。客携酒至一樽绿,兄寄书来三印红。看罢兄书斟客酒,闲愁无事置胸中。"①在与宋自适的次韵唱和中,高翥向这位知己谈到一个真正游士的人生态度,尤其是颔联所云的那种不同于处士安土重迁传统的生活理念和精神姿态,大有超越时代之感。游士们认同这种生活理念,推崇游走四方的生活,因此他们乐意远离家乡而乐此不疲。这种生活方式的赏识使得他们成为与众不同的群体。

实际上,游士并非因为在故乡生活穷困才出游。不少游士居家时,生活比较富足悠闲,但他们不满足于那种稳定平常甚至单调乏味生活,而主动选择游走四方的生活方式。譬如孙惟信,刘克庄《孙花翁墓志铭》云:"季蕃少受祖泽,调监当不乐,弃去。始昏于婺,后去婺,游四方,而留苏杭最久。其言以家为系缧,以货为赘疣。一身之外无他人,一榻之外无长物。居下竺廨院,躬爨而食。书无《乞米》之帖,集无《逐贫》之赋,终其身如此。自号花翁,名重江浙。公卿闻孙花翁至,争倒屣。所谈非山水风月一不挂口。长身缊袍,意度疏旷,见者疑为侠客异人。"②孙惟信弃官、弃家、弃物,而选择如同行脚僧或者说像"侠客异人"一样的生活,实在是超乎常人三观。

与孙惟信相似的是高翥,高翥本来在故乡过着清贫但风雅自足的乡村教师生活:"世居越之余姚。少颖拔不羁,抗志厉节,好读奇书,厌科举学。退然信有天命。隐居教授,师道尊严,弟子造其门者,随其材器教之,皆有成就。家虽贫,非其义一介不取,扁所居曰'信天巢'而乐乎道。采菊英,酌涧水,萧然游憩,操弦咏歌。"但中年后,高翥却舍弃这样安逸的生活而选择漫游各地:"既而游钱塘、越金陵、浮洞庭彭蠡,吊古今名山大川,蓄诸心胸,发于声诗,以鸣当世,载诸群选。"③长期浮游于外时,他也会思念故乡的安稳时光,甚至打算重归,

---

① 高翥《自题信天巢并序》:"正甫老于文学,为予记,故并刻诸巢中。"高翥与宋自适字正甫多次唱和。《菊涧集》,《文渊阁四库全书》本。
② 刘克庄《后村集》卷三九,《文渊阁四库全书》本。
③ 姚燧《菊涧集序》,高翥《菊涧集》卷首,《文渊阁四库全书》本。

如其《自赋》所云"小涧草荒元种菊,故山尘满旧钞书。几时归去重经理,啸月眠云得自如"。但他到最终也没有回到故乡,而是"耄年耽西湖之形胜,周君文璞诗酒相与。遂卒于寓舍"。宁"卒于寓舍"也不回家乡,才是游士的生活。孙惟信也是至死无家。

戴复古《田园吟》自云"狂夫本是农家子,抛却一犁游四方",抛犁而以诗游江湖,是戴复古的主动选择。他在漫游中也会思念家乡,但归乡家居不久,却会渴望四方游荡,其《家居,复有江湖之兴》云:"寒儒家舍只寻常,破纸窗边折竹床。接物罕逢人可语,寻春多被雨相妨。庭垂竹叶因思酒,室有兰花不炷香。到底闭门非我事,白鸥心性五湖傍。"尽管"庭垂竹叶"、"室有兰花",但他还是觉得贫寒寻常,既没有水平相当可以直接对话的朋友,又不能过诗酒寻春的悠游的生活,具有"白鸥心性"的他还是无法忍受这种拘禁一隅的生活,而要再次漫游五湖四海。其《衡阳度岁》[①]云:"诗酒放怀真是癖,江湖久客若无家。"

孙惟信、高翥、戴复古等游士,差不多都拥有这种"白鸥心性"以及"诗酒放怀"癖好,这种心性与癖好,在当时掀起一股漫游浪潮,鼓动不少处士离开故土而游历四方。当然,并非所有游士阶层的人都拥有这种心性癖好,但至少其中多数人认同、欣赏这种诗酒漫游的新型生活方式。

基于彼此认同的生活理念与方式,游士之间互相欣赏。被方回点名批评的"往往雌黄士大夫,口吻可畏"[②]的典型游士如高翥、孙惟信、林洪、宋自逊诸人,在游士诗人笔下完全是另一种形象。他们在当时交游广泛,唱和频繁,深受同道爱戴,被游士们视为典范,如戴复古《孙季蕃死,诸朝士葬之于西湖之上》称赞孙惟信云:"卜宅西湖上,花翁死亦荣。诙谐老方朔,旷达醉渊明。风月生前梦,歌诗身后名。风流不可见,肠断玉箫声。"在戴复古看来,孙惟信诙谐旷达,生活中只有风月歌诗,完全是一个超越世俗烟火气的存在。

---

① 戴复古《石屏诗集》卷五,《四部丛刊续编》本。
② 方回著、李庆甲集评校点《瀛奎律髓汇评》,上海古籍出版社,1986年,第840页。

而林洪在游士笔下更是超然世外,宋伯仁《西塍集·读林可山〈西湖衣钵〉》云:"梅花花下月黄昏,独自行歌掩竹门。只为梅花全属我,不知和靖有仍孙。"叶茵《顺适堂吟稿·林可山至》:"梅花山底伴云闲,谩逐闲云出故山。君慰我思君莫去,一诗先遣白云还。"①胡仲弓《苇航漫游稿》卷三《寄林可山》云:"可人期不至,日日望山孤。不是招吟侣,多应觅酒徒。虚名付蕉鹿,清兴动莼鲈。见说同川好,能通一苇无。"林洪生活中除了诗酒与梅花,别无他物,可谓一尘不染。士大夫与游士对孙惟信等人的评价之所以存在如此大的反差,有不少原因,但关键是因为社会阶层差异与社会身份差别,影响了各自观念上的是否认同。

有相同或近似的精神追求与价值观,有彼此认同的生活方式,游士之间唱和因此而平等自在、随意率性。

(三)游士自身的身份意识、阶层定位与"山家"礼仪文化

以诗游江湖的游士,与以星命相卜技艺游走江湖的游士,其技艺的技术含量自然不可同日而语,但在当时却差不多属于同一阶层。胡仲弓《谈星林汉留求诗》云:"君贫卖术我卖文,君贫似我贫一分。君挟天盘走湖海,我携破砚登青云。两穷相值君莫笑,卖文有时饥可疗。天边一点少微星,会与太阳来合照。"就说明两人所擅技艺虽不同,却同属于卖艺维生的游士阶层。这种身份认同,是游士诗人的自嘲无奈,也是他们对自身身份的自觉定位。高翥《赠相士钱子章》也说他自己与相士身份平等,因而对各自生活有理解之同情。

有些文化技艺类游士也可以写诗,如胡仲弓《汤惠院以五言定交,用韵以谢》云:"阿邑才识面,转盼便回春。药笼还君富,诗囊笑我贫。学遵东鲁训,句逼晚唐人。五字论交意,吟边忆李频。"诗中的汤某不仅医术高明,能在转盼之间妙手回春,而且还会作"晚唐人"诗,可以用诗歌与诗人"定交",这自然令诗人欣喜不已。实际上有些游

---

① 陈起编《江湖小集》卷三八,《文渊阁四库全书》本。

士诗人为日常生计而兼具星命相卜技艺,从这个层面上看,文化技艺类游士与游士诗人之间已经融为一体,没什么界限,因而很难区分二者阶层属性。

南宋中晚期,士大夫为擅长星命相卜之类的文化技艺型游士写诗不少,但他们未免居高临下。而游士诗人自认为属于这个阶层,会站在这个阶层的立场,与同类之间零距离唱和。

不少游士为了生存,在家乡或他乡做过长期或短期的蒙师、塾师,因而也是彼此难分的社会身份。吴惟信《赠毛时可》云:"久向长安住,多于陋巷中。固穷全事节,传道与童蒙。自喜精诗律,家曾立战功。所言皆合理,心共古人同。"①寓居临安的毛时可以蒙师为业,同时也是诗人。

从戴复古《自漳州回泉南主仆俱病》看,他漫游时并非孤身一人,而有仆人跟随。其他游士虽不一定像戴复古如此富足,但多数也不至于衣食无着。但游士诗人在唱和中总把贫寒穷困当作亲密关系的基础,如王谌《简刘吉父》②"长安为客者,皆是利名人。只有君同我,惟添病与贫",高翥《同周晋仙夜宿》"更有诗人穷似我,夜深来共纸衾眠",让人感受到游士之间的同病相怜、同气相求。

越来越多的游士诗人意识到自身与"缙绅"、"公卿"阶层的巨大差距,也逐渐认识到,物质上的贫富尚可以精神上的富有而"齐物",但是社会地位上的鸿沟却无法通过人力而有所改变,高翥《自赋》云"贫与公卿分合疏",就是一种不甘又无奈地认命。游士们理性意识到,在等级社会里,他们无法也无力拉近与公卿士大夫的距离,与他们社会地位相同或接近的仍旧是庶民阶层。游士经济收入不稳定,社会地位不高,使得他们自觉向底层社会认同。

认清身份后,尽管游士们也会抱怨布衣的清贫生活,但更多时间他们对自己的生存方式、生活状态则十分自傲,如高翥《自题信天巢》云"破铛安稳齐钟鼎,短褐参差比缙绅",就认为只要精神富有,物质

---

① 《全宋诗》第59册,第37068页。
② 陈起编《江湖后集》卷一三,《文渊阁四库全书》本。

生活的差距会被消弭于无形，布衣与缙绅可以相提并论；戴复古《饮中》云"布衣不换锦宫袍，刺骨清寒气自豪"，也傲然表达出安贫乐道、坚守布衣气节与操守的精神。

因此，他们有了较为明确的自身的阶层定位与阶层意识，并试图建立属于自身阶层的理想生活与文化。胡仲弓《寄芸居》云："京尘方衮衮，君独此安居。竹简编科斗，芸香辟蠹鱼。眼空湖海士，儿读圣贤书。一样吟樽乐，公卿未必如。"称赞陈起，虽是布衣、商人，却过着士大夫般的藏书、读书、编书生活，而且还有着比士大夫更加自由洒脱的快乐，自足以令"公卿"自愧不如。这无疑是最为理想的布衣生活。

游士们不再为自身的社会身份地位而挣扎，而努力建立一种属于自己阶层的生活准则，林洪在《山家清供》中描述"山家"朴素清淡、精致优雅的生活，证明南宋游士诗人已经形成了他们自己的生活态度以及理想。不仅如此，他们甚至还建立了属于他们阶层的交往法则乃至礼仪细节，林洪《山林交盟》云："山林交与市朝异。礼贵简，言贵直，所尚贵清。善必相荐，过必相规，疾病必相救药，书启必直言事。初见用刺，不拘服色。主人肃，入序至称呼以兄及表，不以官。讲问必实言所知所闻事。有父母，必备刺拜，报谒同，自后传入，一揖坐。诗文随所言，毋及外事、时政异端；饮馔随所具，会次坐序齿，不以贵贱僧道易；饮随量，诗随意。坐起自如，不许逃席。乏使令，则供执役。请必如期，无速客例。有干实告，及归不必谢。凡涉忠孝友爱事，当尽心，毋慢嫉。前辈须接引后学，以追古风。贵介公子有志于古道，必不骄人以自满。苟非其人，不在兹约，凡我同盟，愿如金石。"在山林交往盟约中，林洪吸收了处士文化的有益成分，有意强调布衣交往礼仪与从《仪礼·士相见礼》开始的传统士大夫礼仪的差异，强调山林交往必须忽略高低贵贱尊卑身份，用极其明确的阶层自觉意识建构了布衣交往法则与礼仪。

游士之间的交游唱和正贯彻了这种"山家"礼仪精神，在简朴随意中，不失儒释道所崇尚的礼仪法度和气度精神。

南宋中后期不少布衣士人不满于安土重迁的处士生活，而游走于江湖并参政议政,在追求个人名利同时试图建功立业,在处士的隐逸文化之外创造了游士阶层的"山家"文化即"江湖文化",而这个"江湖文化"是明清"清客文化"滥觞。布衣阶层的这两种文化,有两种极其不同的价值规范与话语系统。游士的群体势力和影响力在南宋中后期明显超过了处士,使得此前以处士为主的隐逸文化让位于以游士为主体的江湖文化。

五、从"江湖吟社"看南宋后期江西诗坛

理宗绍定间的"江湖吟社"虽不可详考,却提供了"赣寇"、"汀寇"之乱下江西赣吉抚盱以及闽西北的各地诗人纷纷出逃、隆兴府成为逃难诗人聚集地之一这些线索。沿着这些线索,可以索求出尘封于江西诗派衰败之后江西诗坛的一片"江湖"。这片被忽略的江湖虽在江西,却因游士戴复古的行迹而与江浙闽的江湖诗人网络联结起来,构成整个南宋东部江湖诗人的活动天地。由此可知江湖诗人远比江湖诗派中的游士(布衣)诗人数量巨大,曾经遍布江湖,往来唱和,其诗歌创作势力足以抗衡庙堂。

"曾原一,字子实。……绍定庚寅(三年,1229)避乱钟陵,与戴石屏诸贤结江湖吟社。"①这个明清方志记录的"江湖吟社",被后人广泛征引,成为研究戴复古以及江湖诗派的常见资料与证据。

这段后代相沿的记载,虽然清晰报道了中心人物、时间、地点以及结社原因,但实际上既没有吟社其他"诸贤"名录与吟社活动的详细资料,也没有更多有力佐证:曾原一别集不存,所余有限的诗文没有

---

① 嘉靖《赣州府志》卷一〇、《江西通志》卷九四《人物·宁都先贤传》有同样记载。此文受到孙培博士论文《江湖诗派酬唱研究》启发。孙文云:"钟陵属江南西路隆兴府,隆兴府聚集着宋自逊、赵善扛、黄敏求、裘万顷等四位江湖派诗人,而宋自逊与戴复古、曾原一有唱酬(见《赠戴石屏》《和曾子实题画笔韵》),极有可能也属江湖吟社成员。江湖吟社社友还经常组织集体活动,曾原一有题为《同戴石屏十人重游分韵得凿字即席赋》一诗,说明吟社不止组织一次出游活动,并分韵赋诗,切磋诗歌。"嘉靖《赣州府志》,《天一阁藏明代方志选刊》本。《江西通志》,《文渊阁四库全书》本。

太多"江湖吟社"印记;戴复古《石屏诗集》中写江西各处的诗歌很多,但有关"江湖吟社"的内容基本没有。外部记述更是微乎其微。这使得查证或探究变成几乎不可能完成的任务。

"江湖吟社"在当时诗坛似乎并没有引起更多人的注意、在后世也似乎没有起到太大作用,以至于当时没有更多记载,后世也几乎无查证的必要。本文之所以探究,只是想了解这个简短"旧闻"产生的当时语境以及诗坛原生态,以期洞察到更丰富深远的"诗歌江湖"。

"旧闻"中的关键词如曾原一、戴复古、避乱、钟陵、诸贤、江湖吟社是本文因好奇而探究的入口,其所关联或牵涉的信息成为还原当时语境与原生态的契机。

(一)"赣寇"之乱中布衣士人的逃亡选择

诗人建立"吟社",一般会在相对稳定的社会环境中,而"江湖吟社"却是因为"避乱",而且所避之"乱"是"寇盗"内乱而非外敌入侵。这让"江湖吟社"存在有了一般吟社所缺少的历史社会学意义。

能够证实曾原一绍定"寇乱"时期行迹与心迹的最原始、最有力的证据是利登《骸稿》的五、六首长篇叙事古诗。

利登本是"盱江人,家于仙塘,依山结屋,门临清溪,悠然隐者之居"①,盱江即建昌军,在江西中东部。而"赣寇"首发之时,利登却在江西东南部赣州之梅川即宁都,曾原一的家乡,"赣寇"首发之地。据利登《梅川莫令君拉苍山诸诗友,用予"松风"首句为韵,招予游金精。至而盗作,不果游,走佛岩有感》诗题以及诗中所云"此行为山来,至此事已非"来看,这是一场突如其来的"寇乱"。梅川县令以及本地与受邀远道而来的诗人们尚在悠游分韵赋诗之际,"盗贼"大作,一群诗人们张皇失措之后仓皇而逃。而曾原一与利登就在这群诗人之中。

---

① 曹庭栋编《宋百家诗存》卷三一利登《骸稿·小传》。盱江,即建昌军,县四,南城、南丰、新城、广昌。利登是南城人,《全宋诗》作"金川人",误。《宋百家诗存》,《文渊阁四库全书》本。

利登《梅川行》云"我来苍山未一日,平固(自注:属石城)弄兵剽宁邑",描述了从平固到宁邑(即宁都)再到佛岩(均在赣州境内)的"盗乱",尤其是他们躲避于佛岩山寨时,生动的诗句加上自注,再现了"寇乱"现场。这场"寇乱",被载入《江西通志》卷三〇所引的《赣州兵寇志》中:"理宗绍定二年(己丑,1228)秋九月,石城张遇龙文胜(即张魔王)反于平固,连破石城、宁、瑞、兴、雩五县。"[①]利登诗歌在个人叙事在细节真实与个体感受上,比历史宏大叙事更让人身临其境。

利登《走佛岩道中》谈及偶遇的六兄弟选择逃亡路线之难,因为"远逝宿无春,近逃寇能至",而布衣诗人面对的也是同样的选择困境。

与官员相比,布衣诗人没有镇压或抵抗寇乱的职责,可以完全站在受害民众的立场批评甚至讽刺各级官员:"州忘县邑县忘乡,我实自弱非贼强。捐金买静恐不受,尸祝鼠辈拖朱黄。"(利登《梅川行》)布衣诗人在惧怕盗贼的同时,也能理解一点儿盗贼横行原因:"何人此日不为盗。"除了"已矣独叹吾生忙,乾坤回首空斜阳"(利登《梅川行》)外,布衣诗人此时束手无策。利登《北溪苍山谋避寇,念青阳苍山[②],徘徊不忍,作古调开之》讲到曾原一在逃亡之际还念及另一布衣曾少裕,所以迟疑不决。可以看出乱世中的布衣士人与普通百姓一样六神无主,除了出逃也别无他策。

曾原一徘徊犹豫之后,随着利登一起逃到赣县附近的崆峒山[③]:"十月崆峒路,霜风吹罽单"。在崆峒山逗留一段时间后,利登与曾原一分别。利登有诗题《予与子实避盗,同走崆峒。予以其年十一月归

---

① 祝穆《方舆胜览》卷二〇《赣州》:"县十,赣县、宁都、雩都、兴国、信丰、会昌、瑞金、石城、安远、龙泉。"《文渊阁四库全书》本。
② 曹庭栋编《宋百家诗存》卷三一,利登《青阳洞天呈青阳主人曾少裕》,见《宋百家诗存》,《文渊阁四库全书》本。
③ 祝穆《方舆胜览》卷二〇《赣州》:"崆山,在州南二十里。《南康记》:'山出空青,因以名之,或呼为崆峒山。多林木果实,州之地脉之母也。'苏轼《过虔馆作》诗云:'水作玉虹流,日丽崆峒晓。'"《文渊阁四库全书》本。

侍金川①,逾月,而子实走豫章。阅三载,子实携琬妹②归梅川,道经盱,予自金川侍亲归,会之。酒酣,作是诗以饯别。壬辰(绍定五年)十一月二十七日》③,这个诗题叙述了两人避难后期的整个过程,也为"江湖吟社"的曾经存在提供了最有效的依据。曾原一"避盗"远走"豫章"共三年,即绍定三、四、五年(1229年12月—1232年11月)④。

事实证明,曾原一的选择的逃亡目的地是正确的。因为利登躲避金川不久,"寇盗"即攻陷金川,利登有《盗犯金川境,扶侍母妹复走兴安有怀》一诗描述他们在盗贼进逼下的再次逃亡。而"豫章"显然是安定的,没有再受到"寇盗"侵扰。

既然曾原一绍定三、四、五年都在"豫章",那么明清方志所云的"避乱钟陵"说法是否有问题呢?嘉靖《赣州府志》以及《江西通志》所云的"钟陵",在南宋是隆兴府管辖的进贤县⑤旧称,既属隆兴府,也可以代指隆兴府。而隆兴府府治所在南昌县古名豫章县,因而豫章也可以代指隆兴府。所以两者所云应该没有冲突。加上曾原一以及另一位人物戴复古现存资料中几乎没有提到钟陵或进贤,而多次提到南昌或豫章,也可以证实他们是在豫章。另外,曾原一等人在豫章三年,也可能到隆兴府各地包括钟陵游走借住。

---

① 金川属宋临江军新淦县,即今江西吉安市新干县金川镇。
② 曹庭栋编《宋百家诗存》卷三一利登《次琬妹月夕思亲之什》(追录):"缓作行程早作归,倚门亲语苦相思。白头亲老今多病,不似当初别汝时。"利登之琬妹可能是曾原一妻子。《文渊阁四库全书》本。
③ 曹庭栋编《宋百家诗存》卷三一利登《予与子寔避盗同走崆峒予以其年十一月归侍金》,诗云:"闻君归梅水,经我凤凰山。走马来相会,匆匆具杯盘。君行今已反,我归梦尚寒。回首旧游处,白骨犹荒烟。昔年崆峒别,心已死生看。今日寒林霜,收悲暂欣欢。善还已不期,恶别似不难。世事未可极,临分更盘桓。"《文渊阁四库全书》本。
④ 《江西通志》云"绍定二年",似有误。《文渊阁四库全书》本。
⑤ 详参《江西通志》卷二:"本汉南昌县东境,晋立钟陵县,废。唐复析置钟陵县,寻改为进贤县。""崇宁三年分南昌四乡、新建二乡,合本镇,改为县,仍曰进贤。"进贤县多山。祝穆《方舆胜览》卷一九《隆兴府》云:"县八,南昌、新建、奉新、分宁、武宁、丰城、进贤、靖安。"《江西通志》,《文渊阁四库全书》本。《方舆胜览》,《文渊阁四库全书》本。

（二）曾原一与"寇乱"前后的赣、抚、吉、盱诗人

曾原一现存作品少，很少被人提及，但他在当时诗坛尤其是江西各地诗坛却声名显赫。刘埙《隐居通议》卷六《苍山序唐绝句》云："苍山曾子实原一，宁都人也，有诗名于江湖。"曾原一一生游处于江湖，是未入江湖诗派却"有诗名于江湖"的诗人。虞集《故临川隐士娄君太和墓志铭》云："（墓主之先辈娄建）与章贡曾原一、浚仪赵崇嶓、同郡林实夫（号止庵）、段信友（浚），六人者，皆一时之名士。"①"一时之名士"中，赣州宁都人曾原一代表了整个赣州。

江西布衣诗人、名士，从北宋中后期江西诗派始就日益增多，有深厚的创作基础，到南宋中后期更是遍布每个州府军监乃至县乡，其兴盛程度几乎可以与闽浙地区相提并论。吴澄《苍山曾氏诗评序》云："宋末江右之能诗者，若章贡、若庐陵、若临川、若盱江、若清江，皆有人焉。"这些州府军监产生了不少著名诗人，而"所入所造虽殊，而各有可取，其学识，则章贡曾子实为诸诗人之冠"②。曾原一以其"诗名"与"学识"享誉江西，其足迹与交游也遍布江西。

曾原一在"寇乱"之前就与"章贡、庐陵③、临川、盱江、清江"诗人多有交游唱和，尤其是与临川、盱江诗人。据刘埙《隐居通议》卷九："希声，名文雷，自号看云……同时乡里以诗名者，碧涧利履道登、白云赵汉宗崇嶓（1198—1255）俱为社友，然品格俱不及公。赣之宁都有苍山曾子实原一，抚之临川有东林赵成叔崇嶓，亦同时诗盟者也。"黄文雷、利登都是南城人，赵崇嶓是南丰人，都属于建昌军即盱江，三人组成诗社可以称作盱江诗社，曾原一与赵崇嶓被称作"同时诗盟

---

① 虞集《道园学古录》卷四三，《四部丛刊初编》本。
② 吴澄《吴文正集》卷二一，《文渊阁四库全书》本。所云诗评，可能是刘埙《隐居通议》卷六所云的《苍山序唐绝句》："编唐绝句，为序曰：'作绝句，当如顾恺之啖蔗法，又当如饮建溪龙焙。款识鼎彝其上也；雄马驰九阪、佳人共笑言其次矣；燕姬赵娃舞歌春风又其次矣……'"《丛书集成初编》本。
③ 曾原一"尝与从弟原郯同师庐陵杨伯子"。《江西通志》卷九四，《文渊阁四库全书》本。

者",分别代表赣州和抚州,是"盱江诗社"的外地诗人。这个由三州诗人组成的诗社,诗人之间往来酬唱频繁,是江西诗坛一个缩影。

吴澄所云的江右之"章贡、庐陵、临川、盱江、清江",除"清江"(临江军)外,即韦居安《梅涧诗话》所云"绍定间,江右寇作,抚、盱、吉、赣诸邑,多被焚荡"之"赣、吉、抚、盱",此四州是江西诗歌创作的繁盛地,而恰好也是绍定"赣寇"扫荡之地,因此,"赣寇"对江西诗坛的影响不可估量。

有赣、抚诗人加盟的盱江诗社,在"赣寇"之乱中,除利登到金川外,黄文雷在"淳祐庚戌乃以《诗经》擢进士科"之前也是"下第则游缙绅间"①的游士,其《南丰道中》四首描述了寇乱之后南丰的残破荒凉,可知寇乱后他曾回到故乡,寇乱之中到哪里不可考,但有到豫章的可能性。赵崇嶓嘉定十六年(1222)进士及第,不久任石城令,而石城正是绍定寇盗始发之地,尽管方志云赵在平乱中有功,但石城最早被张魔王攻破,从其后赵改知严州淳安县②看,其军功也不算太大。他自然没有参与"江湖吟社"。赵崇嶓是盱江诗社中最早进士及第且在平定寇乱中转官的诗人。赵崇峄五七言歌行《金精歌》与曾原一同题诗③属于次韵唱和,可知二人交往密切,但赵在绍定年间行迹不可考。

此外,严粲可能是盱江诗社的成员④,他与赵崇嶓同年及第,绍定

---

① 刘埙《水云村稿》卷三《诗说》下注:"看云讳文雷,字希声,淳祐庚戌(1250)登科,居建昌城内,仕至浙西提干,舟覆于严州城下,遂溺死。"利登,淳祐元年(1241)进士。《文渊阁四库全书》本。
② 参看嘉靖《赣州府志》以及《宋才子传笺证·赵崇嶓传》。刘埙《水云村稿》卷一三《诗说》自注:"白云讳崇嶓字汉宗,居南丰之东门。嘉定壬午(1222)登科,仕至大宗正丞,卒于朝。有子云舍,仕至抚州太守。"嘉靖《赣州府志》,《天一阁藏明代方志选刊》本。《宋才子传笺证·南宋后期卷》之《赵崇嶓传》,辽海出版社,2011年,第587页。《水云村稿》,《文渊阁四库全书》本。
③ 赵诗见《江西通志》卷一五〇,《文渊阁四库全书》本。曾诗见《全宋诗》,第38826页。诗歌描述的金精山,为曾原一家乡宁都之地标。
④ 严粲祖籍邵武但寓居建昌军南城之麻姑山下,其《秋风》"门与姑山对,溪边有故庐"可证。戴复古在江西时,曾于某夏日拜访过严粲,其《访严坦叔》云:"麻姑山下泊,城郭带烟霞。携刺投诗社,移船(一作赁钱)傍酒家。"从"携刺投诗社"看,这是戴复古初次到建昌南城所作,作为外乡人,戴复古拿着名片投谒当地的里中诗社。参见《宋才子传笺证·南宋后期卷》之《严粲传》,辽海出版社,2011年,第503页。据戴此诗而言严粲参加过"江湖吟社",似不妥。

初作为守选待阙者在袁甫的徽州幕中任职,袁甫云"同僚三年,坦叔之助不可缕数"①,三年之后,严粲"一日别余去,求书'悦心'二字,语余曰:'吾未为参选计,归而绎故书,求吾心之真悦。请大书,将揭诸所居之室。'余曰:'是得之矣。'"②据此,则绍定三、四年,严粲打算回乡读书研理,但"赣寇"已经占据其家乡建昌军,严粲有可能在南昌逗留避难,直到兵火结束后还家。"严坦叔《兵火后还家》诗云:'万屋烟消余塔身,还家何处访情亲。旧时巷陌今难认,却问新移来住人。'③此等景象,经乱离者方知之。"严粲有可能在豫章参加过"江湖吟社"。"赣寇"在赣、吉、抚、盱横行多年,期间有多少布衣诗人奔逃他乡,有多少诗人到豫章避乱,很难一一考证。但"寇乱"改变了不少诗人的生活轨迹,也改变了一些布衣诗人的命运。

吴澄《苍山曾氏诗评序》云:"子实讳原一,居宁都仓山之下。三贡于乡。又以平寇功免文解,四试礼部不偶,朝臣列荐,授官,官至承奉郎知南昌县。诗文有集,没六十八年矣。"④曾原一因"平寇功"而被免解,被朝臣列荐,最终走向仕途。其"平寇功"可能是《江西通志》所云的"及归,偕其叔父益之倾资产筑城以御寇"。而建昌军南丰诗人黄载(字伯厚号玉泉),则因在绍定中以参与陈韡幕平乱而授武阶⑤,证明布衣确实可以在幕府中建立军功而取得官职。

---

① 袁甫《蒙斋集》卷一一《赠严坦叔(名粲)序》。戴复古淳祐三年(1243)《送吴伯成(汝弌字)归建昌二首》(自注:此是包宏斋倅台时作,癸卯夏)其二云"吾友严华谷,实为君里人。多年入诗社,锦囊贮清新。昨者袁蒙斋,招为入幕宾",对严粲入袁甫幕府事晚年仍然记忆犹新,而"江湖吟社"与此事相隔不远。《蒙斋集》,《丛书集成初编》本。
② 袁甫《蒙斋集》卷一一《赠严坦叔(名粲)序》,《丛书集成初编》本。
③ 韦居安《梅涧诗话》,见《说郛》。陈起《江湖小集》卷一一《华谷集》、《两宋百家诗存》卷三二九《华谷集》的首句稍不同。陶宗仪《说郛》,《文渊阁四库全书》本。
④ 吴澄《吴文正集》卷二一,《文渊阁四库全书》本。刘埙《水云村稿》卷一三《诗说》自注也云:"苍山讳原一字子实,居宁都金精山前,仕宋,为南昌县丞。"《江西通志》卷九四云曾原一"及归,偕其叔父益之倾资产筑城以御寇。隐苍山,构万松亭。有诗号《苍山集》,人多宗之",似无据。《水云村稿》,《文渊阁四库全书》本。《江西通志》,《文渊阁四库全书》本。
⑤ 参《全宋诗》,第38800页,"南丰人,世习儒,明左氏春秋,贯穿百家。晚年用平寇功补官,郑丞相清之力引之,知封州,以廉谨称"。戴复古有《董叔宏黄伯厚载酒黄塘送别》。

"赣、吉、抚、盱"诗坛在承平时期创作十分繁荣,"士之冗余者"尤多,布衣诗人众多且联系紧密,突发性"寇乱"改变了诗人原有的生活,他们四处奔逃并谋求生路,创作与命运也因此而发生转机。

(三)曾原一与豫章东湖以及宋氏兄弟

曾原一选择"豫章"作为避乱之地,是因为豫章即隆兴府①是江南西路安抚使所在地,嘉定年间袁燮就称"洪都今为大府"、"此邦为今都会"②,相对于"赣寇"活动的"抚、盱、吉、赣",豫章要相对安全安定。

曾原一祖父曾兴宗师事朱熹,曾原一也被朱熹称之为"友"③,他能够在豫章寓居三年,可能与创立于嘉定年间的豫章东湖书院有关。东湖书院主要为讲习理学而设,所谓"儒者相与讲习,有志于斯,以养其心,立其身,而宏大其器业。斯馆之作,固有望于斯也,岂非急务哉"④,且其堂弟曾原郕曾为东湖书院山长。

曾原一现存不多的诗歌中,与豫章有关的诗歌是一首古体歌行《作歌咏苏云卿》,"东湖湖面波渺渺,东湖岸上春土肥"⑤,讲述的是

---

① 祝穆《方舆胜览》卷一九云:"南唐迁都南昌。国朝复为洪州,以为江南西路兵马钤辖,升马步军都总管,升安抚使。以孝宗皇帝潜藩,赐府额。"《文渊阁四库全书》本。
② 分别见袁燮《絜斋集》卷一〇《洪都府社仓记》《东湖书院记》,《文渊阁四库全书》本。
③ 《江西通志》卷九四《宁都先贤传》:"曾兴宗字光祖,宁都人,乾道七年举漕试,特奏名,授肇庆推官。庆元初,禁伪学,兴宗以尝师事朱熹罢归,筑室筼筜谷,号唯庵。自信益坚,未尝少挫。敦行古礼,四方从学者日众。朱子没,心丧三年,所为诗文多温厚典则。"《江西通志》卷四二《名胜志》:"'在筼筜谷,去宁都县西北七里,宋儒曾兴宗筑。修竹数十亩,翠筱蒙密,中有飞来、狮子二峰,翠岩、钓台、瓢泉诸胜。朱子诗有《寄题梅川草堂》(朱熹《晦庵集》卷二《寄题梅川溪堂》)即指此谷。'"可知曾家从曾兴宗开始就是宁都家道殷实颇有社会地位的文化阶层。又朱熹《晦庵集》卷八七《祭张敬夫殿撰文》:"时友曾子实同我忧,挥涕请行谊,不忍留,曾行未几,公讣果至。"《晦庵集》,《文渊阁四库全书》本。
④ 袁燮《絜斋集》卷一〇《东湖书院记》,《文渊阁四库全书》本。
⑤ 《全宋诗》,第38827页,"苏云卿与张魏公浚友,魏公既相,云卿隐豫章东湖,鬻蔬自给。公托漕帅聘之,微península乃得见。诘朝再至,则闭关矣。启之,惟书与金在,不启封。曾苍山作歌云:'……'"《宋史·隐逸传》有苏云卿传。吴子良《荆溪林下偶谈》卷四云"其圃今属郡人宋自适正父,赵章泉名其室曰灌园庵。云卿今入国史遗逸传"。《文渊阁四库全书》本。

隐居豫章东湖的苏云卿故事。据《游宦纪闻》卷三云:"此隆兴士宋自适字正父纪苏翁本末如此。宋后得翁遗址,面揖湖山,平地数十亩,仍筑小庵,以寄仰高之思。章泉先生为名之曰'灌园庵'。"苏云卿与张浚的故事由宋自适整理后传播,被记载在《宋史·隐逸传》中,而宋自适是宋氏五兄弟之长兄。

宋氏五兄弟是寓居豫章东湖的名士,其父宋牲(1153—1196)从游于湖湘学派的张栻以及金华学派的吕祖谦①,为理学中人。五子自适(正甫)、自道(原甫或愿父)、自逢(吉甫,后改名恭,中进士)、自达(德甫)、自逊(谦甫)②深受因其父影响,与理学关系密切。尤其是宋自适,其诗歌受到真德秀好评:"清隐之诗,南城包显道评之当矣。予尤爱其《赠陆伯微》曰'老去放令心胆健,后来留得姓名香';《寄御史》曰'阴阳消长风闻际,堂陛尊严山立时';《送愿父弟》曰'江湖多少盟鸥地,莫近平津阁畔行';此皆有益之言。《又送谦父弟》曰'日用功夫在细微,行逢碍处便须疑。高言怕被虚空笑,阔步先防堕落时';《和人》云'三圣传心惟主一,六经载道不言真';是又近理之言,非尝从事于学者不能道也。至若'三甲未全,一丁不识'等句,新奇工致,则人所共喜,不待予评云。"③这些类似道学体的诗歌,可见宋自适的儒学价值观以及审美取向。而"陆伯微"即陆九渊之子陆持之,是东湖书院首任山长④。可知宋自适与东湖书院之关系。宋父庆元间早逝,宋自适肩负教诲幼弟们责任,连写诗都对其幼弟谆谆教诲。真德

---

① 真德秀《西山文集》卷三六《跋西园宋茂叔遗稿》云:"西园君蚤从南轩、东莱二先生游,故其文章议论,大抵根本理道,凿凿乎皆适用之言,非世之雕镂词章者比。而其诗趣味幽远,尤有南轩之风。使天假之年,俾极其所诣,则嗣先哲开来学,不在他人矣。三复此编,为之太息。"《西山文集》,《文渊阁四库全书》本。
② 详参真德秀《西山文集》卷四二《宋文林郎墓志铭》。括号中的字号则根据多种文献考据。另刘克庄《后村集》卷三一《题宋自达诗》:"金华宋氏父子六人,侨居豫昌,余少皆识之。谦甫尤知名,八龙之绝小,五虎之最怒者。及来江东,又识德甫,则其弟也。"《后村集》,《文渊阁四库全书》本。
③ 真德秀《西山文集》卷三六《跋宋正甫诗集》,《文渊阁四库全书》本。
④ 袁燮《絜斋集》卷一〇《东湖书院记》;《宋史》卷二四二《陆持之传》,中华书局,1977年,第12647页。

秀云"余观正父与愿、谦二弟诗,皆睟焉有前修风味,所谓亦允蹈之者邪?"①

宋氏五兄弟中最著名的是幼子宋自逊。因为父兄都是道学中人,人们对宋自逊的期望也很高,如曹彦约《跋壶山诗集》云:"宋谦甫讲书生远业,发诗人巧思,放达于古体,而韫藉于唐律。是区区词章者,岂将以取重于世哉?昔东莱先生作《丽泽编》,诗中含深意,为儒道立正理,为国是立公论,为贤士大夫立壮志,为山林立逸气,非胸中有是四者,不足与议此。谦甫乃西园贤嗣,西园入丽泽阃奥,源流知所自来,其必有造乎此矣。"②宋自逊也向"儒道"方向努力,其四时佳致楼,就从程颢《环翠亭》的尾句得名:"暂得登临已忘去,四时佳致属贤公。"③可见宋自逊也受到理学熏染。据刘克庄《后村集》卷一六《题宋谦父四时佳致楼》序云:"吟者多矣,率为环翠卒章下注脚,惟张公元德④兼取别诗'佳兴与人同'之句,以互相发明。余不识张公,端平初同召审,张辞不至,余所愧也。故拙诗本张遗意。"⑤则当时题咏宋自逊"四时佳致楼"的诗人不在少数。但宋自逊此楼是其拜谒贾似道而得到巨额馈赠后所买,此事被当作游士干谒权贵的典型事例而引起方回多次抨击,如《瀛奎律髓》卷一三云:"壶山宋自逊,字谦父,本婺女人,父子兄弟皆能诗,而谦父名颇著。贾似道赂以二十万楮,结屋

---

① 真德秀《西山文集》卷三六《跋南轩先生送定叟弟赴广西任诗十三章》,《文渊阁四库全书》本。
② 曹彦约《昌谷集》卷一七,结尾云"嘉定壬午(十五年,1222)冬十月癸未,东汇泽曹某书于湖庄所性堂",可知嘉定时期宋自逊比较专注于诗歌而不只是道学。《文渊阁四库全书》本。
③ 程颢、程颐《二程文集》卷一,《文渊阁四库全书》本。
④ 戴复古曾拜访过刘克庄所云的张元德,即张洽,朱熹弟子,江西人,《晦庵集》卷六二与之有多封书简。《石屏诗集》卷《访张元德》(自注:号主一,道学中人):"今宵何幸宿书林,议论纵横感慨深。黄卷具传千古意,青灯照破几人心。狂夫嗜饮攴偷酒,污吏容私昼攫金。尧舜君民旧风俗,凡经几变到于今。"朱熹《晦庵集》,《文渊阁四库全书》本。戴复古《石屏诗集》,《四部丛刊续编》本。
⑤ 据"端平初"一语,则"四时佳致楼"当为宋谒贾似道之后所筑。刘克庄对宋自逊诗歌称颂有加,《后村集》卷一六《题宋谦父诗卷》云:"佳山祠畔结茅茨,犹记吹埙更和篪。苏氏旧称小坡赋,秦家晚重少章诗。交游一老今华发,畴昔诸昆尽白眉。子不可来吾欲去,壁间尘榻拂何时。"《后村集》,《文渊阁四库全书》本。

南昌。"①方回进而批评其诗歌云:"诗篇篇一体,无变态,此诗三四好,五六涉烂套也。他如'酒熟浑家醉诗成',逐字评亦佳,但近俗耳。"这种布衣干谒权贵以获利的做法,不太符合理学标准。

宋自逊有《和曾子实题画笺韵》云:"鹭引归船犬吠篱,片时风景万千诗。向来柳下曾沽酒,不似如今看画时。"②虽不能确定是否"江湖吟社"时期所作,但可知曾原一与宋氏兄弟颇有交往唱和之实。曾原一在豫章期间,与当地诗人往来唱和频繁。

邹登龙《梅屋吟稿》有《寄苍山曾子实》云:"东湖从此别,嘉会邈无期。"③写的正是他与曾原一曾在"东湖"作别以及作别之后的思念。豫章东湖正是"江湖吟社"活动的重要地域。邹登龙隐居于临江军之西郊④,很有可能在绍定间到豫章。他写有《滕阁怀古》,他的《岁晚怀愚斋赵叔愚⑤、壶山宋谦父》以及《戴式之来访,惠石屏小集》所云的宋自逊以及戴复古都是与东湖有关的诗人。邹登龙很有可能是"江湖吟社"一员。

吴澄在谈到"宋末江右之能诗者"时,没有提到隆兴府,似乎隆兴府创作不那么兴盛,但实际上豫章仍是江西诗坛的一个创作中心。可能寓居与外来诗人较多,以至于本地特色不太明显。绍定"江湖吟社"时期,江西以及江西以外诗人聚集,应该是豫章诗坛的鼎盛时期。

---

① 《瀛奎律髓汇评》卷二〇:"副以诗篇,动获数千缗以至万缗,如壶山宋谦父自逊一谒贾似道,获楮币二十万缗,以造华居是也。"方回著、李庆甲集评校点《瀛奎律髓汇评》,上海古籍出版社,1986年,第840页。
② 《全宋诗》,第38831页。
③ 陈起《江湖小集》卷六九,《文渊阁四库全书》本。邹登龙《梅屋吟稿》评戴复古:"诗翁香价满江湖,肯访西郊隐者居。瘦似杜陵常戴笠,狂如贾岛少骑驴。但存一路征行稿,安用诸公介绍书。篇易百金宁不售,全编遗我定交初。"《文渊阁四库全书》本。
④ 《宋百家诗存》卷二二邹登龙《梅屋吟稿·小传》,《文渊阁四库全书》本。
⑤ 据刘克庄《后村集》卷三四《祭赵保昌叔愚文》及卷一〇《送赵叔愚赴浔州理掾》,赵叔愚名保昌。《江湖小集》卷八乐雷发《雪矶丛稿》有《戊戌(1178)冬,仆客桂林,雪中赵叔愚司理书张司业逢贾岛绝句为寄,今冬对雪,感而有作》、卷八八乐雷发《雪矶丛稿》有《呈赵叔愚司理》。《后村集》《江湖小集》,《文渊阁四库全书》本。

(四) 戴复古与豫章诗坛

戴复古绍定二年(1228)在闽地,曾到古田、莆田,访刘克庄、刘克逊兄弟。三年(1229)到江西,与曾原一等人结社。绍定五年(1231)复入闽,为邵武府学教授。① 戴复古本是浙江台州人,为何由闽入赣而又复归闽? 或许与"汀寇"有关。从其行踪看,戴复古可能要从闽东到闽西北漫游或谋事,但"汀寇"忽作,他便避寇北上到豫章,等"汀寇"活动结束后才按原计划回到邵武。

赣、汀相连,曾原一就听闻"汀寇"之事,利登有《次苍山晚出闻汀寇之什》云:"山斋无一事,步到白苹洲。……回首东南路,干戈半白头。"而严羽的《庚寅纪乱》描摹的正是绍定三年的"汀寇"之乱:"承平盗贼起,丧乱降自天。荼毒恣两道,兵戈浩相缠。此邦祸最酷,贱子忍具言。"严羽嘉定六年到十六年(1213—1223)曾在江西湖南各地漫游,嘉定十六年严羽返回家乡邵武②,不久即遇到"汀寇"起事,而邵武正是"汀寇"活动的中心区域之一,所谓"此邦祸最酷",严羽因此而逃难入赣。严羽《将至浔阳,途中寄诸从昆弟》谈及其避难路线,是由赣北入赣,因为赣南、闽北交界处的平时通道已经被"赣寇"、"汀寇"占据。其《避乱途中》云:"回首兵戈地,遗黎见几人。他乡空白发,故国又青春。多难堪长客,偷生愧此身。本无匡济略,叹息谩伤神。"作为布衣,在战乱之中,严羽像利登等人一样慨叹自己没有匡扶济世的才能,这是布衣诗人的沉痛身份语。严羽《沧浪集》卷二有多首与豫章有关的诗歌,如《将往豫章,留别张少尹父子》以及《豫章城》《登豫章城》《孺子台吟》《登滕王阁》以及《豫章留别诸公》《忆南昌旧游》等诗歌,或作于南昌或忆及南昌,但诗中均未谈及避乱事,且诗作的景致、

---

① 详参《宋才子传笺证·南宋后期卷》之《戴复古传》及《严羽传》,辽海出版社,2011年,第160—177、493页。此文判断戴复古在江西时间,也是根据《江西通志》,而无其他材料。

② 《宋才子传笺证·南宋后期卷》之《严羽传》,辽海出版社,2011年,第493页。戴复古嘉定也有江西各地漫游经历。

情绪更符合嘉定漫游情境,因此很难断定是避乱时所作。①

没有证据可以证明戴复古与严羽走同一路线逃避"汀寇"之乱,但二人在江西漫游时期就过从甚密,有不少共识的人事,所以在豫章避乱时相遇也有可能性。

"汀寇"之乱中,汀州、邵武、延平首当其冲,后来甚至发展到泉州、兴化军,不少诗人也因此出逃,但闽地诗人避乱豫章的可能为数不多。戴复古、严羽是其代表。戴、严等人寇乱之前到江西漫游可能是寻求科第出仕机会,寇乱之中到江西可能是想在某个幕府中建功立业。江湖吟社并非其漫游目的,只是精神寄托。

戴复古足迹、交游、诗歌创作及唱和遍布江西各地,写到豫章的尤多,但其与豫章相关的诗歌中,却从来没有提及曾原一和江湖吟社。他反复思念、追忆的主要是宋氏兄弟、黄氏兄弟。如戴复古离开南昌三年后有《因风再寄南昌故人兼简王帅子文》"寄声黄与宋,书去望书还"、"江湖归亦好,朋友恨相疏。倏作三年别,才通一纸书"②之语,其词《鹊桥仙·周子俊过南昌,问讯宋吉甫、黄存之昆仲》还托人问候宋黄两家,"宋家兄弟,黄家兄弟,一一烦君传语"③。

戴复古《伏龙山民宋正甫湖山清隐,乃唐诗人陈陶故画,曾景建作记,俾仆赋诗》为宋自适豫章东湖边上的"湖山清隐"而作。此诗当作于宝庆三年江湖诗祸之前,据刘克庄《后村集》卷三一《跋宋自达梅谷序》云:"按宝庆丁亥(1227),景建以诗祸谪舂陵,不以其身南行万里为戚,方且惓惓然忧宋君营栖之无力,尤可悲也。"曾极对寓居豫章的宋氏兄弟十分眷顾,而闽人刘克庄对宋氏兄弟也青眼有加:"余厚宋之诸昆,亦厚景建,感今念昔,览卷慨然。"宋自适是江湖诗祸前就

---

① 《宋才子传笺证·南宋后期卷》之《严羽传》第493页云其为避乱作,似无据。又根据《庚辰纪乱》云其绍定三年末回到邵武,似也不尽然,因为当时"汀寇"之乱尚未全平。
② 戴复古《寄镇江王子文总卿》:"一代文章手,官如水样清。"与王子文即王埜关系密切长久。
③ 严羽《遇周子陵自行在还,言石屏消息》:"不见石屏老,相思问客舡。长沙闻近别,行在定虚传。兵革未书断,江湖望眼穿。他时同话此,把臂喜应颠。"所云周子陵可能与周子俊是同一个人或兄弟。

与江湖诗人交游颇多的重要诗人。高翥《菊涧集》有《清明日约宋正甫、黄行之兄弟为东湖之集》①，可知高翥也曾到过豫章东湖且与宋氏、黄氏兄弟有交游唱和。曾极宝庆三年谪道州，卒于道州，绍定间不会到豫章。高翥是余姚人，晚年寓居西湖，虽在淳祐元年过世，但不知绍定间是否再到过豫章。可以证明，绍定之前的豫章东湖就是各地游士聚集地。

　　戴复古有《东湖看花呈宋原父》②，宋原父即宋自道。而宋氏、黄氏兄弟中与戴复古关系最密切的是宋自逊与黄存之，戴复古《豫章东湖宋谦甫、黄存之酌别》《寄南昌故人黄存之、宋谦甫二首》③都提到二人。宋自逊《赠戴石屏》云"又是六年别，浑无一字书。性宽难得老，交久只如初"，也证实两人虽不常见面却情谊深厚。

　　戴复古追忆的黄存之，也是当时交游颇广的布衣诗人，裘万顷《竹斋诗集》卷三有《次黄存之韵》以及《松斋秋咏次黄存之韵七首》，黄文雷有《次黄存之东皋韵》四首五律，赵汝绩有《题黄存之春庄雨急图》④。黄氏兄弟及其家族也是豫章交游的中心人物。戴复古《到南昌呈宋原父伯仲、黄子鲁诸丈》⑤提到"黄子鲁"，可能与裘万顷⑥《竹斋诗集》卷二《用黄子益韵二首》所说的"黄子益"属于同辈，是戴复古前辈。

---

① 黄行之可能与黄存之为兄弟。后文戴复古所云的黄子鲁、裘万顷所云的黄子益可能为黄氏兄弟的长辈。
② 戴复古《石屏诗集》，《四部丛刊续编》本。宋自逊亦有《东湖看荷花呈愿父》，见《全宋诗》，第38833页，同作"团团堤路行无极，一株一步杨柳碧。佳人反覆看荷花，自恨鬓边簪不得"。愿父或原父是宋自道的字，从诗意看，此诗当是戴复古所作。因为作为弟弟，宋自逊不太会称其兄为"佳人"。
③ 《寄南昌故人黄存之、宋谦甫二首》："谦甫多才思，存之重谊襟。一书愁话别，千里梦相寻。南浦扁舟上，东湖万柳阴。旧时行乐处，何事不关心。"
④ 赵汝绩字庶可，浚仪人，有《山台吟稿》。据其《题黄存之春庄雨急图》"我家镜湖烟水湄"以及《离越》"东关寒水深，游子别家心"看，他寓居绍兴一带。
⑤ 诗云："一秋无便寄平安，新雁声声报早寒。昨夜检衣开故箧，去年家信把来看。""扁舟几度到南昌，东望家山道路长。醉里不知身是客，故人多处亦吾乡。"
⑥ 戴复古《石屏诗集》卷五《裘司直见访留款》诗后自注云："仆时寓隆兴东湖，裘居西山下。"裘万顷也是豫章本地诗人，与戴复古唱和。《四部丛刊续编》本。

戴复古最后一次重访江西大约在端平、嘉熙（1236—1237）年间①，到豫章后寓居东湖，有《隆兴度夏借东湖驿安下》。其《豫章东湖避暑》"十年如昨日，万象又秋容"所云的"十年"，与其《访苍山曾子实》云"十年重会面"，很可能是同一个"十年"。《豫章东湖感旧》云"忆见堤边种柳初，重来高树满东湖。交游大半入鬼录，歌醉一时逢酒徒"，提及此次重游故地，当年的"交游"也可能有"江湖吟社"的社员，大半过世，而戴复古当时已经年届古稀。宋自逊《沁园春·送戴石屏》"既有诗千首，如斯者少，行年七十，从古来稀"可以证实。

戴复古《豫章东湖宋谦甫、黄存之酹别》是戴复古此次离开南昌时所作："湖边长访昔年游，生怕清波照白头。杨柳萧疏多困雨，芰荷憔悴早惊秋。无功及物谈何益，有酒开怀醉即休。江上买舟犹未定，明朝尚可为君留。"这次对"昔年游"的"长访"，从暑热到秋凉，因为有后会无期的预感，告别时才会依依不舍。《既别诸故旧，独黄希声（文雷）往曲江禀议未回，不及语离》"别尽诸君不见君，客愁多似海南云。一声何处离群雁，那向江村静处闻"、"老年怀抱晚秋天，欲去思君重黯然。闻道归来有消息，江头错认几人船"，可能也写于此次辞别江西。

宋氏兄弟、黄氏兄弟很可能是"江湖吟社"的本地成员。尤其是宋氏兄弟，他们由金华移居豫章不久，不仅需要与外来诗人保持联系，还要与尽快融入当地文化，所以可能成为江湖吟社联结闽浙诗人的一个中心。隆兴府不仅是江西各地诗人的集聚地，也是不少闽浙游士诗人集聚地。尤其是宝庆诗祸后不久，绍定时期的区域性寇乱又使一些江湖诗人聚集一起。这是"江湖诗社"存在的又一意义。

北宋时期江西诗歌创作就十分兴盛，名家辈出，尤其是士大夫诗人，北宋中后期江西布衣更是在南昌、南康、临川各地结社唱和（详参

---

① 戴复古嘉熙元年（1237）正月一日，在赣州遇到张端义，有《张端义应诏上书，谪曲江，正月一日赣州相遇》云："忧世心何切，谋身计甚疏。樽前话不尽，天下事何如。汉武求言诏，贾生流涕书。龙颜那可犯，谪向曲江居。""正朝送迁客，好去看梅花。此岭几人过，念君双鬓华。直言知为国，远地莫思家。韶石叫虞舜，伤哉古道赊。"

伍晓蔓《江西宗派研究》),活动频繁。到了南宋前期,江西不少地方是南渡士人寓居地,而江西诗派余烈犹在,南宋中后期,杨万里周必大过世,布衣诗人尤其是游士大量出现,占据江西诗坛。这里通过江湖吟社而详查探究,还原出理宗绍定"寇乱"前后江西诗坛尤其是布衣诗人活动创作原生态。在整个探究过程中,了解到江湖诗派以外的江湖诗人,了解到浙闽以外江西"江湖",感受到这个江西诗派的重镇在南宋后期"一统江湖"时代的变化。

第三章

宗教话语：方外之士酬唱

宋代僧众的诗歌创作比道流的诗歌创作兴盛，僧众之间的酬唱也比道流之间的酬唱兴盛。僧众之间唱和频率提高，规模也逐渐扩大，到南宋后期基本形成了他们自己唱和话语方式与系统，这个系统附着或结合着自成体系的佛禅思想，足以与士大夫以儒家思想为主导的话语系统抗衡。道流之间的唱和相对薄弱，尤其是从现存文献看，道流之间唱和没有形成较大规模，但道流的仙真化以及世俗化唱和，呈现出最大化的内部交流信息，让更多的人了解到道流的想象世界与世俗生活。

与布衣诗人相比，方外之士在社会地位特别是在精神世界与士大夫更为平等，他们的作品留存也较多，他们的诗歌唱和为宋代诗歌酬唱增添的不仅仅是宗教思维方式，还有儒学系诗歌以外的诗学规范与话语系统。

第一节　足以抗衡的教禅力量：
　　　　僧众之间唱和

与俗众相比，方外之士是士人社会中最为特殊的圈层。在宋代宗教政策下，方外也像方内一样具有管理等级系统，参与唱和的僧众既有僧官也有普通僧人,僧众的诗歌唱和多数是俗众的翻版,但随着僧众创作实力及自信心增强,僧众的内部唱和越来越有个性,最后形成了教禅唱和自己的规模和形态。本章对规模宏大的《无象照公梦游天台石桥颂轴》解读分析,就是要展现僧众内部唱和的真正实力。

一、僧众内部唱和的话语系统及方式规模

宋代僧众内部唱和基本采用教禅话语系统,与僧、俗二众之间唱和大多采用士人话语系统颇不相同,这种内外有别的话语系统使得僧人唱和具有两种全然不同的文学形态和审美标准。颂古唱和是僧众内部唱和最具原创性的方式,为以士大夫为主流的诗歌唱和增添了新的样态。僧众之间的应请应求、寄赠答谢诗更让俗众窥探到僧众的生活情状与情感。《东林和尚云门庵主颂古》以及《无象照公梦游天台石桥颂轴》《一帆风》等唱和集的留存,展现出僧众内部唱和的方式与规模。

《四库全书总目》卷一七八《僛寮集》提要云:"旧本题古杭月堂宗贤撰。……据其题名,似乎衲子。故所与唱和者,亦衲子为多。"①该结论的判断前提是:僧人之间的唱和,往往多于僧、俗之间的唱和。而仔细查看僧人诗集,发现此结论有一定道理,却不完全准确。

事实上,《四库全书总目》卷一五二《祖英集》提要曾云:"重显戒行清洁,彼教称为古德,故其诗多语涉禅宗。与道潜、惠洪诸人专事吟咏者,蹊径稍别。"就将僧人诗歌分两种,一种如重显,其戒行与诗歌都保持宗教成分较多;一种如道潜、惠洪,其戒行与诗歌的世俗成分较多,更接近士人。因为前一种"语涉禅宗"者常用诗偈作为表达方式,所以可以将其称作诗偈僧;而后一种"专事吟咏者"多用诗歌作为表达方式,所以可以称作诗僧。当然,诗偈僧与诗僧的区分并非截然分

---

① 《四库全书总目》卷一七八《僛寮集》提要,中华书局,1965年,第1313页。

明,诗偈僧也常能写诗歌,诗僧也都会写诗偈,只是多数僧人的确有个人的偏重喜好而已。

一般来说,被视作诗僧的僧人,与俗众的唱和较多,如道潜《参寥子诗集》,与俗众唱和的诗歌超过与僧众的数量;又如惠洪《石门文字禅》中唱和对象多达五百余人,其中俗众多于僧众;再如居简《北磵集》十卷主要是以赠答酬和俗众之作为主,而其《北磵和尚外集》二卷则以应答僧众之作为主①,卷数悬殊;其他像契嵩《镡津集》、如璧《倚松老人集》、道璨《柳塘外集》等僧人别集也都如此。诗僧一般能够熟练掌握两套话语系统,与俗众唱和时就使用士大夫话语系统,而与僧众唱和时就使用教禅话语系统。僧人文字常常分为内、外二集,"释氏以佛典为内学,以儒书为外学也","盖释氏以佛经为内学,故以诗文为外,犹宋释道璨《柳塘外集》例也"。② 可知僧人一般都具有区分两种话语系统的明确意识。

被视作诗偈僧的,往往在文学界不被人熟知,其数量多于诗僧,其中有些是宗教界的名僧古德如重显、宗杲、克勤等人,这些人的诗歌很少被收录在四库全书的宋人别集中,重显《祖英集》二卷是个例外,此二卷基本是赠送禅者上人之作,可能因为其能将诗歌与诗偈结合得比较融洽,所以被视为别集。而诗偈僧的作品大多属于教禅话语系统,散见于各种教禅文献,近年来被辑录在《全宋诗》《全宋诗订补》《宋代禅僧诗辑考》《珍本宋集五种》③等总集或丛书中。诗偈僧即便与俗众唱和,也有意无意保持教禅话语特色。若将诗僧和诗偈僧两类僧人的唱和对象综合起来考察,就会发现僧众之间的唱和频率其实远远高于僧、俗之间的唱和。

---

① 释居简《北磵集》十卷见《文渊阁四库全书》,《北磵和尚外集》见许红霞辑著《珍本宋集五种》,北京大学出版社,2013 年。《全宋诗》将二者合并为十二卷,第 53 册,第 33032—33304 页。
② 《四库全书总目》卷一六五《柳塘外集》提要、卷一六九《全室外集》提要,中华书局,1965 年,第 1411、1479 页。
③ 《全宋诗》,北京大学出版社,1998 年。陈新等补正《全宋诗订补》,大象出版社,2005 年。朱刚、陈珏《宋代禅僧诗辑考》,复旦大学出版社,2012 年。

僧、俗之间的交游唱和互动，因为牵涉到教禅与文学的关系，常常成为研究者关注的焦点；而僧众内部的唱和，却因为属于教禅内部的非主流事务，很少被文学研究者注意，也常被教禅研究者忽略。实际上，僧众内部的唱和是既具教禅特色又兼世俗色彩的创作交流活动现象。

（一）颇具原创性的僧人颂古唱和

僧众之间的唱和方式，多数因袭俗众唱和方式，而颂古唱和，则可以说是僧人的原创。

由宋初临济宗善昭创作《颂古百则》而兴起并大盛于宋代的"颂古"，可以说是唐代已经流行的以绝句式为主的诗偈（也即偈颂）的一个特殊分支。偈颂的题目不限古今，而颂古则必须以"古"公案为题，颂古就是后世僧人对前代某一公案发表见解或看法的诗偈。南宋后期有人统计出一千七百则公案①，不少公案之下都有不同僧人不同时间所作的"颂古"，后作的颂古，很像是对前作的追和，就一则公案而言，其下的所有颂古就是多人就此一特定题目的不断追和。一代代禅僧前仆后继地对前人的公案进行参悟，用诗偈表达自己独自的理解阐释，或正言颂赞或反言显正，或追随致敬或者翻案悟道，形成了《禅宗颂古联珠通集》四十卷②，这种追和式的酬唱，成为禅僧酬唱的一个特色。这种追和与苏轼和陶诗相似，属于异时追和或异代追和。

宋代僧人不仅仅满足于用颂古追和前人，他们还以颂古作同一时空的唱和。如杨岐方会的上首弟子守端与仁勇就曾选取公案一百一十则，同时各作颂古一百一十首③。绍兴三年，宗杲与士珪（即序中

---

① 详参周裕锴《百僧一案》前言，上海古籍出版社，2007年，第1页。
② 宋法应编、元普会续编《禅宗颂古联珠通集》，《卍续藏经》第115册，新文丰出版社，1993年。
③ 见《大慧普觉禅师年谱》记载。守端的颂古基本保存，而仁勇的颂古留存较少，分别见朱刚、陈珏《宋代禅僧诗辑考》第344—346、350页。此作当在熙宁五年守端去世前。祖咏等编《大慧普觉禅师年谱》，《北京图书馆藏珍本年谱丛刊》本。

所云东林珏禅师)在泉州云门庵坐夏①,二人效仿守端与仁勇,亦选取一百一十则公案,同时各作一百一十首颂古。这次按序同题颂古竞唱,完整保存在《古尊宿语录》中,被称为《东林和尚云门庵主颂古》②。二位禅师以颂古为"酬酢"方式,阐发各自对古德公案的理解,所谓"更互酬酢,发明蕴奥"③。试举其中一例:

> 举赵州问投子:"大死底人却活时如何?"投子云:"不须夜行,投明须到。"
>
> 东林颂:大死底人还却活,不须夜行投明到。陈州人出许州门,翁翁八十重年少。
>
> 云门颂:禾黍不阳艳,竟载桃李春。翻令力耕者,牛作卖花人。

首句所举是赵州与投子问答的公案,也就是宗杲与士珪选的一个题目或议题,下列二人的偈颂。士珪颂古的前二句是对公案的复述,后二句表明个人的见解;宗杲则绕路说禅,不犯正位,更有禅意与诗意。同题竞唱可以看出两人对公案的理解阐释以及表达水平。

这种酬唱,应该在一段相对较长时间中对面晤谈切磋后才可以完成。僧人坐夏一般三个月,大致从四月十五到七月十五,约九十天左右。因此可以有充足时间一首一首地选题,或每天选一二题,选好之后,再一首一首竞唱,最终竞唱完一百一十首。

这种循序渐进式的选题竞唱,类似一般士人的同题竞唱,但又有所不同。譬如南宋诗人的"梅花百咏"唱和,唱和的每组诗有百首绝句:"李伯玉缜汉老,参政之子,号万如居士,有《梅花百咏》。后莆田林子真同、子常合赋梅十绝句,刘潜夫端明喜其有志,为和韵至十迭。

---

① 详见《大慧普觉禅师年谱》,《北京图书馆藏珍本年谱丛刊》本。
② 赜藏主编集《古尊宿语录》卷四七,中华书局,1994年,第929—969页。朱刚、陈珏《宋代禅僧诗辑考》(复旦大学出版社,2012年)第454、402页有二人小传并收录二人作品。
③ 《大慧普觉禅师年谱》,《北京图书馆藏珍本年谱丛刊》本。

或以伯玉诗呈刘公,公拟异日当效李体别课百首,不果作,二林遂成百梅卷。刘公题其后,有云:'和篇亹亹逼衰陈,肯犯齐梁一点尘。'一时骚人名士,相踵用韵。……梅绝句以十计,维扬公济蟠通守钱塘赋此,东坡和之再,剑南诗亦两赋。十十而百,李氏之后,莆田唱酬为盛。"①由此可知梅花唱和北宋已经产生,先是杨蟠一组十绝,苏轼等人和两组二十绝,这样一组一组累积,到南宋时出现了"十十而百"的情况。但可以看出,这种唱和方式是唱者"十十而百"全部写完之后,寄示其他诗人,有兴趣的和者在异时或异地一首首次韵追和,并非宗杲与士珪那种同时同地一一唱和。

异时异地追和与同时同地分题竞唱不仅仅是方式不同,其效果也不尽相同。陆九渊《与彭子寿》云:"千里附书,往复动经岁时。岂如会面,随问随答,一日之间,更互酬酢,无不可以剖析。"②对于研究儒释道的哲学家或思想家而言,远隔时空的书面语言往往言不尽意,深奥细微的道理需要对面交谈辩论才会被发明清晰,而僧人的颂古唱和就是对面交谈,就是即时讨论的有效记录和表达。由此产生的系统性的大规模的哲理唱和诗,不仅士大夫、游士、处士等俗众的诗歌唱和中难得一见,就是连理学家、道流也没有如此集中且放胆的唱和。僧人之间的颂古唱和,除此处所说的四人两回外,可能还有多人多回,值得深入探讨。

(二) 僧人唱和规模、方式以及大型唱和诗集留存

除了颂古唱和之外,僧人之间唱和在方式上基本沿袭或效仿士人,如宋代士大夫之间最流行的次韵唱和,因为过于讲求形式颇受诟病,却也被不当过分讲求诗歌形式的僧人仿效借鉴。如临济宗杨岐派的师远《十牛图颂》与大琏《和廓庵师远十牛图颂》③,就是各十首的七绝次韵诗偈唱和,二人在题画组诗中用宗门语结合诗语表达

---

① 叶寘《爱日斋丛抄》卷二,中华书局,2012年,第57—58页。
② 陆九渊《象山集》卷七,《四部丛刊初编》本。
③ 分别见朱刚、陈珏《宋代禅僧诗辑考》,第410、428—429页。

禅宗思想。

真净克文有《和开福长老送强禅者七偈》①,七首七绝都押春、神、人三韵,可知其"和",指的是次韵。还有一组循环次韵诗,即自闲作《卉布裘诗》,晦机元熙作《和卉布裘诗》,自闲《再用韵谢净慈晦机禾上见和》②,后二诗均用"和"字,实际上却都是次韵。净端《和神智讲师止观三境》五首,祖心《和明长老游灌溪》《和酬宣首座山居感怀》③等"和"诗,因原诗不存,而无法确定其用韵情况,但由以上几首用"和"的惯例,可知其很有可能是次韵。

现存僧人内部次韵唱和诗不少,如物初大观的《物初剩语》中就有大量的次韵诗,但多数是如上所举例中两人或少数人之间的次韵,颇让人们得出僧人之间唱和规模不大的印象,而保留在日本的《无象照公梦游天台石桥颂轴》④,却为宋代僧人次韵唱和之规模提供了一个例证,令人疑虑顿消,印象改变。这是晚宋时期(度宗咸淳元年,1265)宋日僧人之间的大型次韵唱和之作,一位日僧首唱,四十位宋僧和酬,就天台山石桥奠茶出现的古今异象发表个人见解,八十二首七绝式诗偈显示出宋末僧人唱和的实力与规模⑤。

另外,宋僧集体送别日僧南浦绍明归国的唱和集《一帆风》也有幸保存,再次让我们见证了宋末僧人唱和的方式与规模。至少有四十四位僧人参与了此次送别唱和⑥,除东嘉从逸、天台禧会、天台可权三

---

① 赜藏主编集,萧萐父、吕有祥点校《古尊宿语录》,中华书局,1994年,第877页。
② 自闲二诗见《古尊宿语录》第530页,元熙诗见《古尊宿语录》第537页。与元熙次韵唱和的还有行端《次晦机和尚送悟上人归径山》。另外行端还有《次韵答林首座二首》。南宋晚期僧人尤喜次韵七绝。行端诗见杨镰主编《全元诗》,中华书局,2013年。
③ 净端、祖心诗分别见朱刚、陈珏《宋代禅僧诗辑考》,第223、252页。
④ 朱刚、陈珏《宋代禅僧诗辑考》,第727—735页。许红霞《珍本宋集五种:日藏宋僧诗文集整理研究》称作《无象照公梦游天台》,北京大学出版社,2013年,第211—254页。
⑤ 详见下文。
⑥ 见陈捷《日本入宋僧南浦绍明与宋僧诗集〈一帆风〉》附录《一帆风》六十九首诗歌,但第四十五至第六十九首诗歌内容与送别南浦绍明无关,当非此次送别唱和。侯体健尝为文辩之。陈文《中国典籍与文化论丛》第九辑,北京大学出版社,2007年,第85—99页。侯体健《南宋禅僧诗集〈一帆风〉版本关系蠡测——兼向陈捷女史请教》,《中国典籍与文化》2009年第4期。

首为七言歌行长篇外,其余诗偈均为七绝,没有次韵和韵,只是和意。现存的僧人送别唱和,多数是个人或少数人送别,如此大规模的僧人送别唱和很少见到。

《一帆风》的唱和时间当是从"明知客自发明后欲告归日本"①到咸淳三年(1267)绍明归国期间。四十四位僧人从所署地名寺名上看,多属教禅大盛的两浙东西路,也有江南东西路的僧人。不同的时空标志,说明此次送别,并非集会宴饮性唱和送别。这次唱和,可能是绍明游走各个寺院时请求诸位师长或同道所写,因为云游四方、遍参知识是僧人的必修功课,但绍明已经参悟且在临行前是否有充足的时间游方,十分值得怀疑;而更有可能是绍明利用他自己的"知客"身份,请游方驻锡到径山寺的僧人所写,因为径山寺从宁宗时就是禅宗五山之首,前往游参拜谒的僧人最多,而"知客"专门负责接待宾客,宾客们通过这种同地不同时的个体留墨式题赠,最终形成了集体唱和集。

四方云游式邀赠或就地墨宝式留赠,应该是宋代僧人唱和的两种常见方式。

分题分韵唱和在宋代十分流行,"分题客"一词甚至来自宋初九僧之一希昼的《书惠崇师房》:"诗名在四方,独此寄闲房。……几为分题客,殷勤扫石床。"但现存僧俗之间分题分韵诗不少,而僧人之间的分题分韵诗歌却不多。物初大观有个人分韵组诗《春日杂书以"红入桃花嫩,青归柳叶新"为韵十首》,可知僧人非常熟悉这类创作形式,但僧人之间却缺少多人分韵大型组诗。这可能因为分题分韵一般是士大夫的集会性酬唱行为,而僧人可以经常举行禅会,却不会专门为唱和而举行诗会,这当是因为宗教身份有所限定造成的。总之,僧人较少像俗众那样进行大规模集会宴饮式酬唱。

---

① 《径山虚堂愚和尚送南浦明公还本国并序》,《中国典籍与文化论丛》第九辑,第95页。有人因"明明说与虚堂叟"一句之称呼怀疑此偈非智愚所作,而是绍明杜撰。其实是理解有误。"虚堂叟"是智愚自谦的自称。

（三）面对僧俗二众的应命应请应求之作

僧人有一种特别的应答之作，是由其宗教身份决定的，即应俗众之命、之请、之求而作偈颂赞铭之类文字。因为这些涉及直接的人际交流，所以也属于唱和一类。俗世各个阶层信奉教禅的人，常会请求僧人特别是高僧名僧写作偈颂赞铭，僧人应其请求而作，类似于为俗众做法事，是分内之事，不可推脱。因而僧人即便不能写诗，也必须能写诗偈。在宋代禅宗日益士大夫化的进程中，不少禅僧的文化水平与创作水平都的确能够与时俱进。

能诗偈的僧人都有这类应命之作，声名远播的僧人所作尤多，如宗本有《吕六主簿求因缘以颂示之》《吕太师宅各求法名以颂示之》《文朝奉出雪峰会祖图呈求赞》《郭氏装观音像求师为赞》①等，都是应各级官员等俗众之求而作的颂赞；克勤有《高宗在藩邸三次请升座说偈》这样应皇帝之命而作的诗偈；居简有《姚别驾（渥）命作四箴》所作的箴言；行端有《赵李倪三居士建凌霄会求赠》为居士而作的偈颂。所有与教禅有关的事务，僧人都可能会被要求作诗偈类文字，因为俗众需要来自宗教人士所作的名理名言作为护佑。

并不只是俗众才会有这种命令或请求，僧众之间也常常有这样的行为，如宗本有《因禅人写师真求赞》《小师守慈求弥陀佛乞赞》，义青有《浮山和尚出十六题令师颂》、居简有《蒋山冲痴绝寄初祖达摩并马大师画像索赞》《贤者国师赞（高丽指堂请作）》等。或是僧人的长辈，或是同辈、小辈，所求所令之作也都是与佛事相关的赞颂。这些应答内部之命求的赞颂，虽说与俗众所请求的相差无几，但应答的话语必须针对僧、俗对象的不同而有所调整变化，面对僧众，这种应答就不仅仅只是法事，而有更多即事言法的意味，或要接受长辈的检验考验，或要与同辈论辩，或要启发小辈，因而更注重教禅之理的精深表达。

---

① 该段以及下段引用的诗题、诗作除物初大观诗歌出自《物初剩语》外，其他多数出于朱刚、陈珏《宋代禅僧诗辑考》，因太多，不一一标出页码。《物初剩语》见许红霞《珍本宋集五种：日藏宋僧诗文集整理研究》。

僧人的应命应请应求之作,与士大夫的应制应教应令之作近似,均需要"应酬",但是因为二者产生的语境有宗教、世俗之别,所以"应酬"的内容、效果也截然不同。俗人之间应答要讲人情,而僧人之间应答则更讲教禅"道理"。

(四)僧人寄赠答谢之间的宗教身份及生活信息

僧众之间的唱酬,多数是寄赠答谢之作。一般来说,禅僧称寄赠对象为禅师、禅人、禅客、禅者,如归正《赠珪禅师》、倚遇《寄黄龙南禅师》、守端《送璹禅人》《答开禅客》、宗本《送清立禅者》等。这些称呼比较概括,没有太多的等级区分。

但多数僧人都很关注寄赠答谢对象的僧官僧职身份,不少诗题中都有寄赠对象的身份标识。即以云门宗的倚遇为例,在他现存不多的诗歌中,就有《寄新僧判》《赠杉山庵主》《送廉书记游越》《送信化主》《送平知客》等①标明对象身份的诗歌;此外,宗本有《送谦首座》《送肇维那》等赠送不同僧职的诗偈;另外如守端《答勇藏主》、悟新《和衡典座无一庵》、大观《送敬侍者归黄龙兼呈堂头祥东湖》等,其他僧人这类作品也比比皆是。诗题中涉及僧人的庵主、书记、知客、维那等这些宗教官职身份,让人们了解到方外世界也与方内一样职责清晰、等级分明。道潜《参寥子诗集》卷七《都僧正既阙,子中待制欲余补其位,辄辞以小诗,遂获免》云:"佩德怀恩岂易陈,自嗟麋鹿性难驯。流年日月无多子,乞取山林放旷身。"虽然这位诗僧敢于潇洒地以诗辞去高级僧官职位,在当时众僧名利竞争激烈的宗教界比较难得,但我们从中得到的消息是佛教管理制度的世俗化,僧人无论是否愿意被管理,都得面对这种强制性的等级管理制度。

诗题既然已经标示出身份,僧人在唱和时自然要顾及这些身份,以免失礼或不够得体。这与士大夫唱和要留意唱和主体的社会身份一样,透漏出宋代教禅世俗化许多信息。

---

① 朱刚、陈珏《宋代禅僧诗辑考》,第63—69页。

许多赠别诗题会点明被赠送者离别的原因或目的,如宗本曾应诏住持东京慧林禅院,是当时僧人艳羡的敕差主持①,其地位崇高,有较多机会与有僧官僧职的僧人交游往来,所以他有《送一长老住秀州本觉》《送圆长老住无锡寿圣》《送周长老住临安功臣》《送齐长老住余杭安乐山》等诗题,都是饯别"长老"住持各个寺院的诗偈。

更多寄赠答谢诗歌涉及僧人各个方面的生活,如净端《徒弟常度游方》《师孙道月参方》,悟新《送禅人作丐》《送禅人持钵》、大观《送莹玉涧再游庐山》等,都涉及僧人的持钵游方的方外生活。

僧人之间也会如俗众一样馈赠物品,而接受馈赠者会用诗偈答谢,如如琰有《谢无用和尚惠鞋》《谢如庵瓦香炉》《谢佛照法衣》②等,让俗众窥见了僧众的交往生活。

大观《净严庵莲生双花茂庵主携主人张氏纪瑞诗索和》、彦充《送僧访简初居士尤侍郎求典牛和尚语录序》、道璨《送西苑径上人见深居冯常簿求寺记》等,涉及僧俗之间的文字之交,这在僧众唱和诗中不太常见。

与悟道独吟诗歌相比,僧人之间唱和诗歌有更多参禅悟道以外的日常生活和人际交往内容,可以让俗众更为全面深入地了解僧人世界。

(五)教禅伦理儒学化中的僧人情感表达

谈到僧人的俗世感情,人们一般狭隘地理解为男女之情,因而只关注其创作中有无绮情艳语。实际上,整个宋诗尤其是诗歌唱和很少涉及男女之情,连俗众都少用诗歌谈及男女之事,何况僧众?多数僧人在诗歌唱和中都会顾及教禅清规戒律而不敢冒天下之大不韪。即便像惠洪一样的诗僧有一些"在欲行禅"的想法或行为,在诗歌里也只是偶然放肆一下。僧尼之间可能为了避嫌,赠答酬唱诗极少,惠洪

---

① 参看刘长东《宋代佛教政策论稿》,巴蜀书社,2005年。
② 朱刚、陈珏《宋代禅僧诗辑考》,第477、479、481页。

《赠尼昧上人》是极少的例外："不著包头绢，能披坏衲衣。愧无灌溪辨，敢对末山机。未肯题红叶，终期老翠微。余今倦行役，投杖梦烟扉。"①后二联颇有些轻侮轻佻，可谓惠洪诗僧狂禅本色。但这个现象在僧众诗歌中极为少见。

其实，僧人的俗世感情除了比较忌讳男女之情外，其他四伦都基本顺从俗世规则，尤其是在佛教儒化、世俗化的宋代。僧人唱和中有多首涉及僧人父母亲的作品，如一举《子元住白云庵侍母》云"梁国踟蹰望白云，何如共处寂寥滨。巡檐指点闲花草，说老婆禅向老亲"，就是为侍奉母亲的僧人子元而作。禅僧兼倡导净土的宗赜主持真州长芦时，"于方丈侧别为小室，安其母于中，劝母剪发，持念阿弥陀佛号"。② 可知当时僧人住庵养母，是戒律允许的孝亲行为。一举在赠诗中，想象子元也会如宗赜一样对母谈禅，且谈的是一语双关的"老婆禅"，可见禅人的幽默。

善珍《送僧省亲》云"衲衣换得彩衣斑，佛国宣传及第还。母问子供何职事，空王殿上翰林班"，就更为世俗化，被送的僧人如同及第的士子一样要归家彩衣娱亲，他可以毫不惭愧地回答母亲，因为他目前在佛殿所供之职如同在俗世作了翰林学士一样荣耀。

其他如守端《送谭禅人宁亲》、法舟《送僧省亲》、行端《送方上人西蜀省亲》、邦慧《泰上人省母奔父丧》③等饯别诗，都谈及僧人的父母亲情，往往是在俗世亲情上加入一些教禅开释解脱语，以表达僧众与俗众且同且异的人伦情怀。

佛教的宗旨是要世人超越现实社会生活秩序而求得身心解脱，其众生平等佛教思想观念，瓦解或解构了儒家等级伦理社会关系，但

---

① 《石门文字禅》卷九。《瀛奎律髓汇评》卷四七云："然'红叶'之句又似侮之，末句有欲炙之色。"宋代尼姑创作较唐代少，尼姑以及僧尼之间唱和更少。惠洪《石门文字禅》，《四部丛刊初编》本。方回著、李庆甲集评校点《瀛奎律髓汇评》，上海古籍出版社，1986年，第1730页。
② 宗赜诗见朱刚、陈珏《宋代禅僧诗辑考》，第137页；《全宋诗》第20册，第13456页。传见明河《补续高僧传》，上海古籍出版社，2002年。
③ 分别见朱刚、陈珏《宋代禅僧诗辑考》，第451、516、343、519、542、597页。

是经过汉唐长时间的佛教伦理向中国伦理社会观念调和妥协,到了宋代,二者之间的相互理解融合已经没有什么障碍,特别是契嵩《孝论》十二章,这部教禅关于孝道最全面系统的著作,将孝尊崇到绝对极端地步以迎合中国人的道德心态,佛教伦理已经完全儒学化①。赠送僧人孝亲省亲的诗歌表达的正是儒学化的佛教伦理情感。大观《义维那往江陵省父》云"至孝不事菽水欢,亦非温清定省间。胡为汲汲走荆楚,衲衣也学莱衣斑。胡尘自销蜀地静,四方侨寓何当还。梦泽云收天宇远,而翁一笑先开颜"②,前二句所云基本属于教禅伦理观,而后六句所云则谈到时局大变中义维那必须遵从儒家伦理的理由。

重显《送显冲禅者之雪上觐兄著作》:"选佛选官应在我,难兄难弟不唯他。汀花岸草芳菲日,远远清风争奈何。"

佛教仿照世俗宗法的继承关系,建立了一套法嗣制度和寺院财产继承法规,特别是甲乙寺,其住持是由师徒或师兄弟之间同门传承;而各个宗派的师徒关系俨如父子关系代代相传,形成世袭的传法系统。这种方式使得僧人师徒、师兄弟之间关系如同俗世,有些甚至比俗世的关系还要密切③。僧人之间有师徒唱和者,如居简与大观师徒二人就留存了一些唱和诗,大观有《次北涧老人移崔中书园梅于慧日上方西轩韵呈梅山学士》等,居简圆寂后,大观还次韵追和,如《礼月堂、先师两翁塔,用先师卜筑韵二首》等,都可以看出师徒间情同父子的密切关系。

现存不少送僧省师的诗歌,可以看出僧人对师徒关系的各种态度。如慧日《讷侍者省师》云:"二十乌藤趁出时,南阳此令合如斯。试归举似阿师看,是赏伊耶是罚伊。"讷侍者的参悟是否透彻,尚需要本师勘验印可,这是最基本的师徒关系。行端有两首送人省师诗歌,

---

① 详参方立天《中国佛教与传统文化》,上海人民出版社,1988年,第273页。
② 《物初剩语》卷二,见许红霞《珍本宋集五种:日藏宋僧诗文集整理研究》,第558页。
③ 尽管佛教各个宗派有时会为了争夺正宗地位而互相攻讦,宗派内部成员也会为获得法嗣和寺产有时互相倾轧,让俗世的名利追逐与斗争在寺院中上演,但僧人诗歌酬唱中常常无视或消解了这些丑恶面,用宗教期望的超然遮蔽了世俗的阴暗。

《送莹上人广州省师》比较超然,以"禅者流,非寻常,当机著著须超方"为依据,想见禅门师徒的相见非同寻常:"虎骤龙驰相见时,伫看平地清飙起。"颇具佛教伦理超然色彩;而《送胜上人归省方山和尚》则云"秋风满眼多尘沙,客途虽好争如家。结束衣囊快归去,此身且免空波吒。阿师心事吾所识,天台寥寥眼双碧",语气就像是在送游子还乡省亲;两首情调、风格颇不相同,道出师徒之间法与情的双重关系。邦慧《荣上人闻本师玉溪讣音》云:"荷锹归去玉溪头,风落梅花片片愁。一滴浑无干彻底,洪波白浪拍天浮。"①荣上人初闻其师之噩耗,表面上虽无点滴眼泪,而内心却无法超越生死而波浪滔天。这就是无法完全超越世俗的教禅伦理。

在同辈同道之间,僧人一般也不刻意回避世俗情感,如祖心《与祥师话别》云"闲佩毗卢下翠峦,临歧无语少盘桓。唯余天上一轮月,万水千山还共看",像俗众送别一样充满惆怅无奈;如净端《哭果超法师》"山僧何故也悲辛,为忆邻间善友人",为同道的逝去而伤悲,有些沉溺于世俗情怀。但僧人有时要表现出超越俗众的一面,如释远《中秋寄同辈》云"马祖玩时迷向背,长沙用处绝名模。衲僧直下忘标旨,吐七吞三总自如",表明僧人之间在中秋不必像俗众一样思念团聚,而是要像前辈古德一样在明月之下观景悟道。

宋代僧众之间的唱和,从方式上看并无太多创新,但是因为他们将士大夫的唱和方式移用到教禅语境中,使用的是僧众习用的诗偈颂古形式、习用的话语系统,表达的是教禅观念与思想情感,因而形成了极具特色的内部交流的形态,令习惯于士大夫主流文学的俗众耳目一新。留存的唱和诗集,证明了僧众之间唱和的规模虽无法与士大夫抗衡,但远远超过了游士、处士等非官员士人,也超过了另一宗教群体即道士或道流,因为这些群体内部并无大型唱和,他们的创作及唱和对士大夫话语系统依附性更强。

---

① 上引四诗分别见朱刚、陈珏《宋代禅僧诗辑考》,第453、545、541、597页。

二、宋日禅文化圈内的论辩式诗偈酬唱
——《无象照公梦游天台石桥颂轴》[①]解读

此处试图通过对《无象照公梦游天台石桥颂轴》的解读,来说明宋代僧众唱和对整个宋代唱和的贡献。论辩式唱和在以和谐颂扬为基调的俗众(士大夫以及处士游士)唱和中十分少见,禅僧却以禅宗思辨性思维方式用诗歌进行辩论,大量宗门语的使用也丰富了唱和诗歌语言。

自五代北宋起,无论僧众俗众到天台山石桥奠茶,都会出现种种异象效应,关于这些异象的传闻,积淀到南宋末年,已经是尽人皆知。日僧无象静照景定三年到石桥奠茶时,不仅亲见茗花显灵、罗汉现身、金殿洞开,而且这一切又奇异地在他的梦中重现。在尊者这样反复以异象的开示启悟之下,静照恍然大悟,写两首诗偈以自证其悟境。当时四十一名禅僧对其诗偈内容和经验进行勘验论辩,他们各抒己见,不拘成说,不留情面,既对历史传闻以及静照亲见又梦见的异象做了各种解说和颠覆,也对静照的悟境以及入宋之旅是否有价值进行了验证和解构。这是一次纯粹的宋日禅文化圈内的诗偈唱和,其唱和时使用的雅俗不分、禅教间杂的语言,以及禅僧们处处生疑、否定一切的思维方式,还有他们超越关系本位社会之世俗性的方外精神,都与俗世的士大夫文人们诗歌唱和截然不同。宋日禅僧无语言障碍、无文化障碍的心智沟通,使这次唱和成为异国僧人之间精神深度交流的一个范型。

日僧无象静照(1234—1306)于宋理宗景定三年(1262)"重阳前五日"即九月初四,到浙江天台山之石桥作茶供之后,写二首诗偈,引

[①] 此颂轴原本存日本,诗偈被收录在朱刚、陈珏《宋代禅僧诗辑考》,第727—735页。有些字句参考许红霞《〈石桥颂轴〉及其相关联的南宋中日佛教文化交流》加以校正。下文不再一一注出处。《〈石桥颂轴〉及其相关联的南宋中日佛教文化交流》,发表于2009年10月在浙江杭州召开的"第七届吴越佛教文化与社会暨东南佛国学术研讨会"。

起当时四十一名名衲的相继酬和,宋度宗咸淳元年(1265),静照返回日本,这期间禅僧们酬和的诗偈已经累积有八十二首之多,全部收录在《无象照公梦游天台石桥颂轴》中,静照将其作为珍贵的礼物带回日本。

诗偈又称偈颂,本是僧人们"明心见性的礼赞"①,但当禅僧们将其作为次韵酬唱(只有一人未次韵)的一种形式时,诗偈又具有了特殊的交流及交际功能。而禅僧们一贯擅长的辩驳否定的证悟交流方式,被经意不经意地移植到酬唱之中,使得这次诗偈酬唱完全不同于士大夫们的诗歌酬唱,因此而令人耳目一新。

静照的简洁诗序和二首七绝首唱,至少提供了三个可供酬和者参与讨论的"公案"或"话题",四十一位禅僧就此三个话题展开想象而即兴辩论,将静照的这次参拜,不仅变成石桥茶供异象文化的主题讨论,而且变成僧人禅悟过程与境界的勘验辨析。

(一) 亲见与传说的天台山石桥茶供异象

静照景定元年(1260)到育王山广利寺司知客之职,两年后却为何要到天台山石桥做茶供呢?供奉佛、菩萨、罗汉、祖师等神圣尊者的茶礼,称作奠茶,是宋代特别是南宋各处寺庙普遍且普通的日常礼佛活动,本来不是什么值得关注的行为,但是,静照所到的天台山石桥,那里的五百罗汉茶供,却有着几百年吸引着僧俗二众注意力的特殊现象。

五代十国时期,尊崇五百罗汉之风日益盛行,各地寺院纷纷建立五百罗汉堂,天台石桥的五百罗汉崇拜应该也从这一时期开始。吴越开国之君钱镠(852—932)曾颁圣旨在天台山之石桥设斋会,禅宗之法眼宗僧人永明延寿(904—975)为之作《武肃王有旨石桥设斋会进一诗》②,此一组六首诗歌中,涉及不少斋会的过程与内容,如"凌晨迎请倍精诚,亲散鲜花异处清","幡花宝盖满清川,祈祷迎来圣半千",

---

① 周裕锴《禅宗语言》,浙江人民出版社,1999年,第95页。
② 林表民编《天台前集别编》,《文渊阁四库全书》本。

虽未写到石桥是否有罗汉堂以及煎茶供奉之事,却描写了吴越王亲撒"鲜花"以及用布满清川的"幡花宝盖"这样的大排场迎接罗汉的过程。这很有可能是石桥最早迎请五百罗汉的大斋会,是以皇家礼仪大规模祈祷拜迎"圣半千"的仪式,在这个仪式中,罗汉现身的异象已经出现。

此后的斋会是否还曾进行不得而知,期间的变化也似乎没有太多记录。过了一百四十余年,到北宋神宗熙宁五、六年间(1072—1073),日本入宋僧成寻(1011—1081)参拜了天台山和五台山,他在《参天台五台山记》这本日记里,记载了他自己在天台山石桥以茶供养罗汉一事:"辰时参石桥,以茶供罗汉,五百十六杯,以铃杵真言供养。知事僧惊来告,茶八叶莲花纹,五百余杯有花纹。知事僧合掌礼拜,小僧实知罗汉出现受大师茶供。"这说明至少在北宋中期,僧人们已经普遍开始以茶礼敬石桥的五百罗汉了。而更重要的是,成寻的所供全部茶汤都出现"八叶莲花纹"这样的异象,的确是令人震惊的事件。北宋斗茶之风兴盛,茶汤之浮沫能否形成花纹以及花纹停留时间长短,是评判茶叶以及点茶技艺好坏的标准之一,所以茶汤呈现花纹并也不算特别奇特的事件,但是五百多杯茶汤同时呈现统一的具有佛教象征意义的"八叶莲花纹",却是极为难得的令人诧异惊奇到甚至怀疑的异象。

天台山石桥的茶供,是否从此而具有了神异魔幻色彩呢?熙宁九年进士及第的姚孳有《石桥》诗云:"万派铿鎗走电车,跨岩蚴蟉玉虹斜。灵禽飞下传消息,五百瓯中结茗花。"姚孳之同年楼光亦有《石桥》云:"溪流长卷千重玉,茗椀齐开五百花。"差不多同时的章凭《石桥》亦云:"石梁元自成,茶花随所应。"[①]可知在成寻之后,奇异的"茗花"、"茶花"异象,已经成为石桥茶供的一个标志性事件。

此后,凡到石桥参拜、游观的僧俗无不为其之倾倒迷惑,因而在此

---

① 林师蒇等编《天台续集》卷中,《文渊阁四库全书》本。

留下了许多诗篇。南宋初年,洪适(1117—1184)通判台州①时,其友人桑君就曾经编纂过"石桥诗集"三卷,可知此地景观异象之迷人,僧俗兴趣之浓厚以及文化文学积淀之深厚。洪适应邀为之作序时云:

> 世传荐茗有肖花之应。异爵振其羽,宝炬舒其光。②

可知茶供的异象不仅广为人知,而且还出现了"异爵"、"宝炬"更多异象,共同营造出石桥茶供的神异气氛。

宁宗嘉定元年到理宗淳祐十年(1208—1250),由林师蒧及其子表民等人陆续辑录并刊出的《天台前集》三卷、《前集别编》一卷、《续集》三卷、《续集别编》六卷,收录了大量先唐以及唐宋时期关于天台山及其周边地区的题咏,其中关于石桥茶供的诗歌、诗偈也不在少数,这些诗集对传播天台山石桥的异象文化自然有很多贡献。

此外,陈耆卿等人编纂的成于宁宗嘉定十六年的《赤城志》卷二一《山水门三》云:

> 凡往来人供茗,乳花效应,或宝炬、金雀、灵踪、梵响,接于见闻。

石桥茶供的神异色彩还在继续延伸,罗汉之"灵踪"、宝刹之"梵响"都出现了。

天台山本是释道二教并盛之地,到五代十国时期,已经是"仙源佛窟有天台,今古嘉名遍九垓"③。神仙传说可能影响到佛教的神异故事,到南宋末更是仙佛难分。当静照到石桥奠茶时,这些神异故事已经流传一二百年,差不多是尽人皆知,早就成为俗众的口实、僧众的公案了。静照及其酬和者无疑熟知这一公案。南宋盛行的看话禅,常

---

① 当在绍兴十三、十四年(1143—1144)。周必大《文忠集》卷六八《丞相洪文惠公神道碑》云:"才数月,忠宣公归自朔方,以忠言忤秦丞相桧,斥补乡郡,公亦出通判台州。"洪皓绍兴十三年自金回宋。《赤城志》云,洪适绍兴十五年通判台州,洪适在台州时间较长。周必大《文忠集》,《文渊阁四库全书》本。陈耆卿《赤城志》,《文渊阁四库全书》本。
② 洪适《天台山石桥诗集序》,《盘洲文集》卷三四,《文渊阁四库全书》本。
③ 林表民编《天台前集别编》,《文渊阁四库全书》本。

参的是公案之话头,石桥茶供虽非祖师公案中的"话头",而从这些传闻的累积中看,却已经是僧俗界共同流行的"话头"了。

静照到天台山的最表层目的就是其诗序所说的"作尊者供",至于供茶后能不能出现如传闻中所说的异象,他当然不敢确定,但他绝对是充满期待的,因为那些传闻似乎早已成为司空见惯的现象,谁不希望目睹一次呢?果然,"崎岖得得为煎茶,五百声闻出晚霞",五百罗汉之"灵踪"应奠茶而出,满足了静照的心理预期,静照将传闻变成了现实,将虚幻变成了亲见。静照"三拜起来开梦眼,方知法法总空花",在梦一般的虚虚实实之间领悟到"法法总空花"这一万法皆空的禅理。静照的这首诗偈加上相关的石桥传闻,给参与酬和的僧人留出了亦实亦虚、生新不断乃至胡言乱语的空间。

茶供而供出五百罗汉现身一事,对酬和者而言,既是新闻也是旧闻,而这种现身是真是假,是实是虚,真实和虚假的根由都是什么?具有不断生发疑情精神的禅僧们,就这一话头展开了想象和讨论。

毕竟传闻是禅教内部的事情,毕竟传闻被静照变成了亲见,所以不少禅僧似乎都相信静照的诚意感动了罗汉,认为罗汉现身是"圣化冥加诚意远"(字江道侏),因此他们不仅用诗偈描述出罗汉的具体形象,甚至渲染出罗汉现身时的情形与场景,譬如龙山可宣"厖眉雪顶步苍苔,山色空蒙眼未开";越山简"洗盏浓烹陆羽茶,真空妙相现朝霞";四明如寄"至诚方酌碗中茶,金锡良琅下紫霞"以及"五百高僧坐绿苔,梦间一睹碧眸开。就中有个厖眉老,昔日亲曾见佛来";金华白宜"梯山航海献瓯茶,直得厖眉出绮霞";字江道侏"谁言尊者沉空寂,隐隐金灯木未来";都细化了尊者现身的形象与情境。这些描述比静照的"声闻出晚霞"更具细节性的真实,因而也更能证明罗汉现身的非虚构性。

但是,并非所有禅僧都将罗汉的形象想象得那么美好,梓州希革对罗汉的描述就颇另类:"桥南个一对痴呆,面孔邹搜擘弗开。不待见伫先勘破,昨宵曾入梦中来。"希革所想见的桥南罗汉,并不像他人所说的"厖眉雪顶"、"真空妙相",而是一群"痴呆",其面孔"邹搜"在一起，难以拆开辨认，之所以不需要验尸的仵作来做勘验，是因为昨夜罗汉们已经事先在梦中通知过静照了。希革对"尊者"如此不尊的描写，无疑颠覆了普通僧俗众对罗汉们的印象。而三山广意"咄哉五百牛蹄迹，今日须还勘破来"，竟将五百罗汉真迹唤作"牛蹄迹"，也是与希革同样的做法。也只有继承了禅宗呵佛骂祖、解构权威精神的禅僧才敢如此大不敬。

具有这种解构精神的禅僧还不止一两个，有些禅僧根本不相信罗汉有形，更不相信罗汉可以现身。庐山惟玑"瀑泻苍崖声有异，桥横古峰水天开。从来尊者无音相，莫向岩前错认来"，竟说罗汉本无"音相"，如何能现身？因此他判定静照所见的"五百声闻"，只不过是将飞流直下的瀑布声"错认"为罗汉。四明如寄"若谓亲逢尊者面，睡眸又翳一重花"，则指出静照所谓的亲见"尊者"，不过是他自己睡眼惺忪加上眼里生翳病，造成了视觉上的模糊而已。他们竟不怕首唱者静照生气，也不怕说破了一二百年来石桥传闻的真相。这种逆向而动的否定性酬和，只能是禅宗中人才有的方式。

江左永讷最有意思，他的诗偈讨论的是罗汉缘何现身："堂堂官路贩私茶，作者相逢面若霞。五百声闻少惭愧，无端沾着脑门花。"永讷认为静照到石桥供茶是向罗汉们行贿，而罗汉则是因受贿而私自现身与静照相见，他还劝罗汉们不要太过惭愧，毕竟只是一时迷惑或一念之差。这种"打诨"，可谓戏言近庄，反言显正。静照的供茶，很难说没有什么目的和私心。不立佛殿，唯树法堂，原是禅宗区别于教门的特点，静照却不远万里到石桥茶供，这本身就是谄神佞佛的行为。罗汉们享用了茶供而现身，正如庐山惟玑所云"兜娄烟暖沦香茶，应供依空出绛霞"，也确实像吃了人的嘴短，因此即便现身，也都没有俗人眼中的佛界那样庄严神圣。

东蜀道信云："不展炊巾不供茶，寒烧木佛忆丹霞。可怜尊者不知此，贪看飞流作雪花。"丹霞天然（739—824）在慧林寺烧木佛而御寒，表现出早期禅僧呵佛骂祖的精神，而静照的奠茶，显然违反或背叛了这种精神。但尊者却将静照与丹霞天然相反的行为当作了一回事，加上尊者本身又贪恋石桥瀑布美景色相,所以不断现身。礼佛与呵佛,本是两种极端不同的行为,但尊者似乎无可无不可。这是对静照茶供与尊者现身的另一种阐释。

作为天台山本地僧人,天台智月无疑最熟悉石桥茶供"茗花"之事,所以他的诗偈云:"三拜殷勤酽薄茶,庞眉雪顶出红霞。玻璃五百皆春色,一盏中呈一样花。"完全是各种文献记载的石桥传闻之诗化,前二句补充了静照所述的罗汉形象,后二句则增添了静照诗偈缺失的"茗花"一事。静照"法法总空花"的比喻,可能是受茶汤所呈现的"茗花"提示,但这种联想比拟的写法比较虚化,而智月的后二句却将其落到实处,像是对日僧成寻熙宁茶供记叙的再现,令人恍若穿越时空回到当时场景。

智月对茗花的具体化描写,引起静照茶供的另一个异象讨论。事实上,"茗花"就是静照石桥诗偈不言而喻的潜在话头。因为石桥茗花的传闻已经远近皆知,即便没有天台智月的展开铺叙,其他地域的禅僧们也能从静照的"空花"联想到那些文献的记载的茗花而将其再现出来。如绝浦了义云"五百瓯倾尊者茶,优昙朵朵漈流霞";灵舟普度"汲来崖瀑煮新茶,紫玉瓯中现瑞霞";赤城无二"扶桑来献雨前茶,紫气氛氲贯白霞";万年截流妙弘"莫辞迢递供杯茶,香喷云腴映彩霞";东嘉大休正念"浓浇一盏雨前茶,满室虚明现晓霞";无论是具体的茗花形象,还是各种霞光,都证明石桥所供之茶会出现十分特异的现象。

而蜀东普应云"渡水穿云为荐茶,玻璃影里现飞霞。光明灼烁无多子,犹胜瞿昙拈底花",竟然认为石桥茶供中的"茗花"开示作用,甚至胜过了世尊在灵山拈花公案的意义。这无疑是将石桥茶供几百年茗花传闻的禅宗"本质"拈示了出来。

但是即便对待如此确定的公案,也会有僧人对此表示异议。例如同是天台僧人的德琏,在描述茶供时却云:"汲水浓煎上品茶,满空和气结成霞。不知眼里重添屑,一盏中开五叶花。"德琏似乎是有意翻转石桥茶供的公案。诸僧所云的霞光中栩栩如生的"五百声闻",在德琏看来,不过是由极浓的"上品茶"产生的"满空和气"而形成的彩霞,根本与五百罗汉无关;德琏甚至指出茶盏中的"五叶花",就像四明如寄否定静照见罗汉一样,是因静照眼睛进了太多尘屑,以至于看不清楚才生出的模糊相。同在一山的僧人,怎么会对相同的现象与传闻有不同的解释?德琏为什么会对石桥茶供生疑且有意反说?这自然是禅宗怀疑与否定精神体现。

茗花与罗汉现身作为石桥茶供的异象,早就在历代层积的传闻中变成了一而二、二而一的现象。赤城无二是离石桥不远的僧人,他指出茗花就是罗汉"灵踪"的变形显现:"圣者灵踪藏不得,一瓯各现一瓯花";距石桥颇远的梓州希革也云"灵通将谓有多少,一一杯中灿一花";字江道侏也同意诸位的意旨,云"应身尊特神通现,满盏茶浮白玉花";时翁普济也云"各逞神通现瑞茶,非云非雪亦非霞";他们都将本是两个的异象合二为一。

既然可以合二为一,那么尊者又何必一分为二呢?一些禅僧由此生疑。譬如台峤半云德昂指出"相逢尊者浑如梦,何必重开盏底花";蜀祖宜也说"尊者从头都见了,何须重现钵罗花"。"尊者"既已亲自现身,又何必变作茗花再次显现?叠床架屋式的一再显现,对参学者而言是否有必要?就连这个问题,禅僧们都生疑发问,真可谓无处不疑。

静照茶供的两个神异见闻就这样被众僧调侃、重构或解构,而石桥几百年的神异传闻也因而遭遇禅僧们的讨论、追问至于崩塌。本该是顺应、迎合的世俗酬唱,变成了禅僧们的质疑与反驳、调侃,的确是匪夷所思。

(二) 梦游与传说中的石桥灵洞

静照的天台之旅,与他人不同的是,他在茶供之后,还"假榻桥边,梦游灵洞"。这个"灵洞"是真是幻?"梦游"自然是幻,但静照又说他梦中"所历与觉时无异",却似乎是说他梦游的灵洞也与亲见一样真实,以至于他游的"灵洞"亦真亦幻,难以辨别。

尽管天台山有不少实际存在的"灵洞",如玉京洞、刘阮洞、丹霞小洞①等,但这些洞基本都是道教的洞天,与禅、教无关。静照所游自然并非这些灵洞。

宋代曾在石桥边建先照庵。《赤城志》卷二八《寺观门》二记载,天台县有"禅院一十有五"、"教院一十有二"、"律院二"、"甲乙院四十有三"。先照庵属于四十三个甲乙院之一:"先照庵,在县北五十里,建中靖国元年建,后毁于兵。绍熙四年(1193);复新之②。中有妙音、昙华二亭,应真阁。旧有先照亭③,今废。"先照庵因为就在石桥附近,又被称作石桥寺④,静照应当是在绍熙重建的先照庵(或石桥寺)之应真阁里做的五百罗汉茶供,他"假榻"之处当亦在此。

而清代方志所说的"上、下方广寺",在宋代还只是个传说。南宋人对方广寺传闻,有颇多的记载。如南渡时人林季仲《竹轩杂著》卷五《答宝林长老书》云:

> 顷过石桥,留二绝句。其一云:"……"其二云:"今人议论只从多,黄土那能障大河。我有室庐亦方广,归途不向石桥过。"今人游石桥,谓真有方广寺者,何限说。便饶舌,纸尽且休。

可见当时方广寺的传闻之盛。洪适《天台山石桥诗集序》也描述了当时的传说:

> 或遥望楼观,夜出林杪,隐然犹飞锡来往,而闻钟磬声者,浮

---

① 陈耆卿《赤城志》卷二一,《文渊阁四库全书》本。
② 原注云"详见石桥",但笔者查石桥一节却未见其谈到先照庵。
③ 《天台续集》卷中收录李复圭、叶清臣两首先照亭诗,均写到石桥。林师蒧等编《天台续集》,《文渊阁四库全书》本。
④ 清代纂修的《浙江通志》云:"《台州府志》云,'石桥寺,在县北五十里,相传五百应真之境,宋建中靖国元年建,后毁。绍兴四年(1134。《赤城志》云绍熙四年1193)重建,有观音、应真阁。'今有上、下方广寺。"所云石桥寺,与先照庵史实重叠。见《浙江通志》卷二三二《寺观之台州府天台县》七下引《台州府志》(五卷今不存)。另,清张联元辑《天台山全志》卷六"上方广寺、下方广寺"条记载:"景定中,贾似道命僧妙弘(即参与唱和的万年截流妙弘)建县花亭,既成,供五百圣僧茶,茶瓯中现一异花,中有'大士应供'四字。"李卫等修、傅王露等撰《浙江通志》,《文渊阁四库全书》本。张联元辑《天台山全志》,上海古籍出版社,2016年,第188页。

图氏目之曰方广寺。流俗伴诩,以是为兹山之灵。……其幽奥神秀,异乎人间世者,非开士道场而何?至于奇怪有亡,盖不足为石桥重轻也。

洪适对此传闻不置可否。韩元吉绍兴二十七年(1157)赴天台省母兄,写《自国清寺至石桥》①一诗云:

> 出郭天驱气,阴车日亭午。漫漫山中云,犹作衣上雨。仙山八百里,胜概随步武。稽首金地尊,栖心玉京侣。浮空方广寺,楼殿若可睹。石梁泻悬流,下有老蛟怒。我来净焚香,千花发茶乳。拟访林下仙,飞来但金羽。

国清寺本是隋唐时就兴盛的天台宗的祖庭,到宋代,却已经是天台县十五禅院之一②,可知南宋时禅宗的兴盛扩张程度。国清寺到石桥一路"胜概"不断,而方广寺却还是"浮空"的若隐若现的传说。韩元吉后来写《建安白云山崇梵禅寺罗汉堂记》时追忆此次游历云:

> 予尝游天台,至石桥,爱其山林之幽深、泉石之峻洁。以求望见所谓方广寺者,而神光、钟磬之异,好事者往往能道之。则五百大士之神,其庇荫于世,有不可诬。

更明确地说方广寺是"好事者"的传说,但他宁信其有。

这些诗文都说明方广寺在高宗绍兴时期还都是传闻。作为地方志,陈耆卿《赤城志》卷二一《山水门三》对此描述,可知宁宗、理宗时石桥及传说中的方广寺情况:

> 石桥在县北五十里,即五百应真之境,相传为方广寺。有石梁,架两崖间,龙形龟背,广不盈咫,其上双涧合流,泄为瀑布。西流出刹中。梁既峭危,且多莓苔,甚滑,下临绝涧,过者目眩心悸。昔僧昙猷欲度梁访方广,忽有石如屏梗之,旧号蒸饼峰。孙绰赋

---

① 韩西山《韩南涧年谱》,安徽教育出版社,2005年,第62页;诗文分别见《南涧甲乙稿》卷一、一五,《丛书集成初编》本。
② 陈耆卿《赤城志》卷二八,《文渊阁四库全书》本。

所谓"践莓苔之滑石,搏壁立之翠屏"是也。

可知方广寺在南宋中后期还一直都是一个传说中的"灵洞",就像茗花和罗汉灵踪一样。

　　静照梦游之"灵洞",亦即他第二首诗偈所云"瀑飞双涧雷声急,云敛千峰金殿开"之"金殿",可能就是这些文献记载的传说中的方广寺,至少可以说,是传说中的方广寺给了他梦游的提示。

　　这种将虚坐实的判定,虽亦不免刻舟求剑的嫌疑,但在当时酬和的诗偈中,的确有将梦游之"灵洞"称作方广寺的说法,如钱塘净覃"方广堂前煮石茶"、晋陵道纯的"逢人有问梦中事,向道亲从方广来",所说的方广堂、方广,可能还是指先照庵的应真阁,因为应真阁就是为罗汉现身传说而造,而方广则是传说中五百罗汉所居;而绝浦了义"瘦藤孤策上天台,方广云深拨不开"、蜀德全"抬眸虽未见方广"、三山广意"蹈断石梁心未灰,梦回方广眼初开"所云的方广,则无疑是指传说中的方广寺。自然是无人不晓的传说,使禅僧们看到静照所说的"灵洞"与"金殿",立刻就联想起方广寺。

　　因而还有不少人将其联想扩展成上界的庙宇。台峤半云德昂"白云影里现楼台,桥畔昙花朵朵开";商山宗皓"桥横绝壑著三台,风肃秋光玉字开";天台德琏"危列翠边金磬响,跨飞梁畔户门开";都将静照梦中的"金殿"更加写实化了,使得梦境变成实境。假作真来真亦假,细节的真实将梦境也实化、真化了。而他们所补足的这些部分,自然是一些来自传闻,一些来自想象。

　　静照梦游的"灵洞",其实是传闻、想象糅合而成的空间。而在禅僧们即色即空的观念中,所有能见的现象世界都终归是虚幻,何况是梦游所见呢?因此对静照的梦游,不少僧人说他是梦中说梦,如三山师心"唤醒尊者梦中梦",万年截流妙弘云"雨雨梦中休说梦",时翁普济云"梦中说梦非见见",金华白宜云"梦眼豁空非见见"。人生本是一场大梦,痴人何必还要做梦、说梦呢?静照岂非过于认假作真、执着于实相或假相一类的名相?任何以理性知识形式为载体的佛法,都是障蔽人自性的东西,容易使人堕入理窟;同样,即便是佛法之感性载体的形象、异象或其他色相,也同样会遮蔽人的自性。如果执迷于这些色相,也是一种拘执,让人不能证悟自性。

东蜀道信云"五百个僧无住地,玉门金殿自何开。若将梦境为真事,高晞不从东海来",就质疑静照所说的"金殿"的真实性:五百罗汉本无固定住处,怎会有"玉门金殿"浮现?这实际也是质疑盛传众口的方广寺。他还指出,梦境再真实也是虚幻,静照若以梦为真的话,那才是远未开悟,既然不远万里而来求明心见性,那么如此所得不偿劳,何必要枉费心力呢。

大休正念云"桥横飞瀑跨层崖,尊者相逢笑脸开。机境一时俱裂破,又随烟雨下山来",他认为无论是静照亲见还是梦见罗汉,都是短暂的"机境",最后终归破裂,真幻皆空,随烟雨而出山时的静照是一无所得还是有所得,是开悟还是没有开悟呢?

金华白宜云"水云踪迹至南台,玉殿琼楼应念开。游戏神通祇这是,莫辞蹈破草鞋来",实际上,无论是应念而开的金殿或玉殿琼楼,还是应供而生的茗花、罗汉,在俗众看来十分奇特神异,而在禅僧看来,都不过是尊者的"游戏神通"而已,都是尊者在用形象、符号体现佛理,开示世人,并无多少神圣奇异,如果世人不能因此而开悟,这些异象就没有任何意义。

既然神奇的异象只是尊者开示的符号,静照为什么既要亲见茗花罗汉还要梦见灵洞金殿?异象的反复出现,岂非叠床架屋,又有什么特别意义呢?蜀德全云"鲸波抹过上天梯,烟雾漫漫尽撒开。脚力穷时俱看破,何须梦里又重来",就奇怪静照既已亲见尊者,而尊者又何须重现梦中?育王物初云:"今日慈云重睹对,丝毫不隔最谲诡。"也奇怪静照怎么会有两次零距离见到罗汉的机会呢,这种重复无疑是最为谲诡怪异的事情。这是在责问尊者还是在责问静照呢?好像二者都有。

静照说他是先供茶后做梦,而许多僧人都将静照之梦写在茶供之前,如庐山惟玑"兜娄烟暖沧香茶,应供依空出绛霞。不是梦中相见了,一瓯争得十分花"。对于禅僧而言,先真后梦,先梦后真,有什么要紧?因果果因循环颠倒,何必较真?真如即梦幻,梦幻即真如,万法皆空,琐细的事实有什么意义?

静照供茶,先将此前的传闻变成眼前的真实,再梦到一回,使传闻、亲见又增加了一重梦幻意味。静照第一首诗偈主要揭示传闻与实见的关系:传闻被实见,则传闻非空,实见亦非空。第二首诗偈则主要揭示传闻、实见与梦见三者的关系:传闻被实见,实见又被梦见,则三者均空。传闻即言、亲见即象、梦见即梦,言、象、梦的表意功能均指向开示,而参学者若执著于三者的真幻虚实之辨,不能领悟其承载的佛理,即是沉溺于名相因果,永远无法开悟。

(三)有无价值、是否彻悟的入宋行禅之旅

静照于理宗淳祐十二年(1252,日本建长四年)入宋,曾登禅宗五山之首的径山兴圣万寿寺,参石溪心月(?—1256)禅师,得到印可,这说明静照在宝祐四年(1256)前已经初悟禅理。那么他景定三年到天台石桥的目的是什么,是仅仅供茶礼拜以表虔诚?石桥供茶礼佛是唐宋僧俗二众屡见不鲜的行为,而且有悖于禅宗的呵佛骂祖精神。那么他是想将石桥的传说已久的神异变成亲见?这是僧俗二众的因好奇心而产生的普通愿望,如果仅有此意,他就还停留在世俗的层面,连初悟都没有达到。

静照应该是意识到此前的初悟境界还不够高远,还停留在转凡入圣阶段,而没有达到转圣入凡、凡圣无别的境界,所以是想通过茶供而再求更高的悟境。石桥诗偈作于其初悟之后,是静照再次行禅、心性感悟出现进境后的悟道之作;而诸僧的酬和,既是对静照悟境的勘辨,又是个人参悟的一次实践。

静照的第一首诗偈,写他煎茶后看到茗花、罗汉现身而开悟,悟到的是万法皆空,这一悟境尚属禅僧开悟的初级境界;第二首诗偈主要写他梦游灵洞,所梦见的金殿罗汉与所亲见的一模一样,他因而受到启示,大彻大悟,达到更高的境界。

静照第二首诗偈结末的两句是:"尊者家风只如是,何须赚我海

东来。"他首先对"尊者家风"表示轻蔑。在分灯禅时代,各宗各派都有接引参学者的宗风家风或法门,各不相同,而作为上界"尊者"的罗汉,所用的方法竟是反复现身开示,与人世间的禅宗各派立象尽意、用直观姿势姿态示道启悟没什么不同,如是与传闻无别,如是重复,如是简单,有什么值得礼敬?当静照领悟到供茶礼佛的无意义,意识到尊者现身金殿洞开等异象的无意义,而不像世俗人那样对异象感到新奇、感到荣幸欣喜、感到神圣时,才是破除了俗谛所有的执着迷惑,才是以法眼观万象万物,领悟了禅教之真谛。

静照进而怀疑自己入宋求法的价值:尊者家风不过如此,而且道不远人,一切佛即心,佛国净土也即西方的极乐世界本在个人的一念净心、平常心之中,存在即此在,那么在哪里都可以明心见性,都可以领悟到本自具足的现量,我又何必远道而来石桥作茶供,又何必"道在迩而求诸远",越洋渡海自日入宋求禅悟呢?静照使用一个"赚"字,很确切表达了尊者勾引施骗而他自己上当受骗的感觉。从这两点上看,静照的悟境,的确是百尺竿头更进一步了。

静照最后一联是对"尊者家风"的否定,也是对这次石桥之旅的否定,更是对他自己入宋求法的否定。这就是禅宗呵佛骂祖以解构神圣、否定一切以明心见性的精神。静照对他自己此次行禅进行了自嘲与自我解构:解构了传闻、实见、梦见的现象世界,解构了自身万里而来的参禅行为、行禅目的。

而静照对石桥之旅乃至入宋之旅之意义与价值的否定、解构态度,其实是静照是否达到了彻悟的境界问题。因此引起了酬和者们的热烈讨论,这是此次唱和的最大议题,禅僧们对这一问题做了勘辨。

针对静照的无意义和无价值之说,多数僧人都强调"亲到"、"亲见"的重要性,以肯定静照入宋行禅的必要性和价值意义。

> 时翁普济云:蹋断石桥成两段,才知亲过一回来。
> 商山宗皓云:只这一回亲到了,须知元不是空来。
> 台峤半云德昂云:端的一回亲见了,休言赚我入山来。
> 绝浦了义云:金壁楼台都现了,他年应记过桥来。

金华白宜云:"游戏神通祇这是,莫辞蹈破草鞋来。"

霞城德咏云:"一蹈石桥成两截,还它亲到那边来。"

越山简更指出"亲见"胜于"亲到":"当机觌面无回互,亲到何如亲见来。"亲过、亲到、亲见在禅僧开悟上的意义十分重要。沩仰宗祖师之一沩山曾说:"觌面相呈,犹是钝汉,岂况形于纸笔?""觌面相呈"与口耳授受从禅宗兴起时就是其主要的传教方式,一切禅理都要通过师徒间面对面的语言形式或非语言形式的交谈而得以传承。静照只有远涉重洋"亲到"石桥,才会"亲见"罗汉尊者,在与罗汉"当机觌面"时,才能感受到尊者无所回互、无所隐藏的开示,才能彻悟,因此静照入山、入宋都是十分值得的。静照不能过河拆桥,数典忘祖。

还有禅僧从另一角度来讨论静照的这个话题。顺度广焕云:"明明大地一天台,铁壁银山面面开。未动脚头孰至顶,不辜辽海驾航来。"他也认为静照没有白来宋朝石桥,只是他用"未动脚头孰至顶"作为论据,是说行禅开悟需要循序渐进的过程,不经过一番亲自辛苦的寻觅,便无法亲证。

金川惟一的和诗云:"度马度驴横略彴,一条活路目前开。慈容不隔毫端计,何用从他校记来。"此诗用到赵州从谂接引参学者的典故:

问:"久向赵州石桥,到来只见略彴。"师曰:"汝只见略彴,且不见石桥。"云:"如何是石桥?"师曰:"度驴度马。"[1]

惟一将天台石桥比作赵州石桥,稍带点戏谑嘲讽的口吻,指出静照否定自远而来的价值,是在和尊者计较得失,而没有意识到罗汉慈容"觌面相呈"的意义,不算是真正开悟。

育王物初的和诗,是唯一没有次静照原韵的,其意也比其他诗偈难以理解一些,但他的态度比他人都似乎更严厉:

---

[1] 普济《五灯会元》,中华书局,1984年,第204页。

日毂升边不计程，转头已是隔重溟。更遭尊者相勾引，瀑捣飞梁梦未醒。
　　诸方门户总经过，恼乱春风有几多。今日慈云重睹对，丝毫不隔最谲讹。

第一首首二句说时间流逝迅疾，也隐喻着静照由日入宋已日久天长，后二句说静照的悟性并非上上等，此前未悟，而上石桥又迷惑于罗汉现身的圈套，连瀑布撞击石桥的宏大声音都不能使之清醒开悟。第二首说静照尽管多方参禅，而所得皆如春风恼人，未曾开悟，直到今日，罗汉两次现身与之丝毫不隔地见面，这种诡谲得近于滑讹的事情，其实是为了惊醒静照，使之彻悟，但静照还在计较远道而来是否有价值，其计较本身就是执迷就是未悟。这样钝根的人需要多少开示才能够大彻大悟呢？虽然道不远人，但是对于钝根的人而言，需要远道而寻，才能见道。因此物初的言说表面温和迂曲，用了遮诠手法绕路说禅，实质却是堪破分明。

灵舟普度云"更问昙猷在何许，分明犹隔海门来"，万年截流妙弘云"欲问昙猷旧遗迹，千山排闼送青来"，二诗都提到"昙猷"。昙猷是东晋僧人，更是天台山佛教的奠基人，他的遗迹在天台山处处可见，尤其是他也曾想度过石桥访问方广寺①，而普度与妙弘为何要说"犹隔海门"、"千山排闼"这样不着边际的话呢？他们的寓意其实是说静照尚不能达到昙猷的境界，如果要像昙猷那样出神入化，还需越过千山万水、苦苦寻觅才有可能。因此静照原来的越洋渡海不仅是值得，而且还需继续努力。

多数禅僧从各个方面证实静照禅悟的境界还需要不断努力提高，也都肯定他入宋行禅之旅十分有价值。

周裕锴《禅宗语言》云："在《禅宗颂古联珠通集》中，我们可以看到不少这样的情况，即同一公案，同一话题，禅僧居士各抒新见，由肯定到否定，由否定到肯定，再到否定之否定，大家翻来覆去。正题反

---

① 陈耆卿《赤城志》卷三五，《文渊阁四库全书》本。

做,旧话翻新,成为禅僧居士的颂古表现个性、不拘成说的特有方式之一。"①禅僧的诗偈唱和,虽然不是颂古联珠,但是从首唱者提供世俗"公案"以及"话题"、酬和者就"话题"而"各抒新见"这一点看,与颂古联珠并无差别。

静照在茶供梦游后顿悟自性而写出的偈颂,诸僧则是"或托事以伸机,或逆事以矫俗"②,就像一群禅僧集体上法堂参请论辩一样,七嘴八舌,各抒己见。八十多首酬唱诗,从不同角度用不同方式,解构了石桥传闻的神圣奇特的种种异象,既勘验了静照的悟境,也显示出个人的开悟程度。

如果静照的诗偈不提到"海东",人们可能想不到他是日本人,因为他的诗偈用娴熟的汉语禅语表达了他的见闻与感悟,显示出其熟稔汉语语言文学文化以及禅文化的程度,而南宋江浙闽蜀各地僧人的酬和,无疑是在理解了静照诗偈的内容以及精神境界之后才作出的各种回应,其回应看不到语言、禅理、精神、文化上的差异或障碍,对答如流,博辨无碍,显然,在禅文化圈中,这些禅僧们已经消除了各种差异障碍,超越了时空限制,达到了心智自由沟通、精神深度交流的境界。

参与此次酬唱的大休正念(1215—1289),不久远赴日本,咸淳十年(日本文永甲戌,1274),他见到已经归国的静照,在为此次唱和颂轴作序时,他深有感触地云:

> 公昔之寓唐土,亦犹予今之寓日域。行云谷神,动静不以心,去来不以象。情隔则鲸波万里,心同则彼我一如。所以道:无边刹境,自它不隔于毫端;十世古今,终始不离于当念。苟者一念予捞得破,那一步子踏得着,不妨朝离西天,暮归东土;天台游山,南岳普请;高抱峨眉,平步五台;手攀南辰,身藏北斗;大唐国里打鼓,日本国里作舞。田地稳密,神通游戏,揔不出这个时节,亦吾

---

① 周裕锴《禅宗语言》,浙江人民出版社,1999年,第357页。
② 同上书,第103页。

家本分事耳。

这其实是禅宗空间意识经过个人亲身实践体会后的再现。

禅宗的时空远比世俗的时空"无界",所以,颂轴中虽有"扶桑"、"海东"等词的出现,但静照的诗偈与南宋诸僧的诗偈并没有宋日间的世俗距离,他们在禅意沟通、心智交流上没有任何隔阂障碍;南宋诸僧虽然名号前标有江浙闽蜀各地的地名,但在酬和诗偈中也不见地域色彩,也没有各自地域的刻意强调表现。这应该是在禅文化世界里,世俗的空间距离并没有那么重要,而心灵的体悟交流是跨越任何疆界的。

禅僧们努力追求的是"去差别心",就是要消除各种差别。他们的唱和不仅仅消除了空间距离,而且还有意无意消灭了古今、物我、地位尊卑、关系远近等各种世俗社会中自然的人为的距离和差别,使得他们的酬唱与士大夫文人圈酬唱十分不同。

士大夫文人通常将酬唱当作关系本位社会中的一种交流交际手段,其酬唱常常为了某个具体甚或功利的目的,因此在酬唱中十分注意社会地位尊卑差别与人际间的亲疏关系,过度注重唱者、和者的情面等世俗化常情常理,往往为了关系的和谐而趋向于几近同一的情感主题及客套路径,不免充斥阿谀奉承语汇,具有浓厚的社会性、世俗性、应酬性。

而没有任何士大夫或其他俗众的加入、纯粹由禅僧进行的酬唱,属于禅宗文化圈内的心智碰撞、精神交流,禅僧们站在方外的立场上,以法眼看世界,以平等观观物我,将酬唱视作参禅悟道或论禅辩道的过程,在对各种既定成说、常说、权威定论的不断生疑中,表达个人见识,完成个性化体悟。酬和的禅僧们不在乎是否会因言辞过激、态度相反而得罪首唱者,他们就是要表达与众不同的自己,他们就是要以新见而标新立异,哪怕忤逆他人也在所不辞,完全是方外的精神交流形态,这种形态为酬唱诗学增添了新的力量与元素。

第二节 相对微弱的声音:道流内部诗歌酬唱

两宋道流将道教文化与民间口诀歌谣结合产生的歌诀作为师徒传道、后辈释道、同辈论道的酬唱载体,丰富了酬唱的话语和形态;道流是极具想象力和灵异能力的群体,他们创撰的故事性众仙真唱和,其过程仪式与方式既是对现实世界唱和的模仿,又是富有创造性趣味性的虚拟唱和,点缀了两宋日益理性化的唱和世界;道流之间的赠答联句,在保留传统"仙真化"的同时,更展示出道流生活与形象日渐俗世化、现实化的一面,在交际对话间再现了两宋道流较为真实的生存与生活状态,而且显现出他们的方外个性、才能与精神境界。

楼钥《望春山蓬莱观记》[①]云:"老与佛之学,行于世尚矣,未知孰为轻重。然以吾乡一境计之,僧籍至八千人,而道流不能以百;其居才十数,而佛庐至不可数。何耶?盖尝闻之欧阳公矣,大略以为佛能钳人情而鼓以祸福,人之趋者众而炽;老氏独好言清净灵仙之术,其事冥深不可质究。故凡佛氏之动摇兴作为力甚易,而道家非遭人主之好尚,不能独兴。"实际上,不只是楼钥所在的四明一乡情况如此,整个宋代即便有真宗、徽宗崇道,道教也一直不如佛教兴盛,道士女冠的数量远少于僧尼[②],因而道士女冠的诗歌创作数量也远不如僧尼。《宋诗纪事》"道流"[③]只有一卷,而"释子"有三卷;《全宋诗》中僧尼有诗歌

[①] 楼钥《攻媿集》卷五七,《四部丛刊初编》本。
[②] 参见任继愈主编《中国道教史》,中国社会科学出版社,2001年;朱瑞熙等《辽宋西夏金社会生活史》,中国社会科学出版社,1998年。
[③] "道流"包括入了道籍道观的道士女冠和未入道籍道观的道教中人即类道士。类道士如丹士、方士、术士、相士、日者、医者等,多是有道教思想或有道行、法术、技艺的游士或隐士。类道士易与游士、隐士相混,所以一般将其归入游士或隐士。本节所云"道流",以道士为主,偶然涉及类道士。

留存的人数在一千名以上,而道士女冠不过一二百名。在如此相对弱势的创作语境中,道流内部酬唱的几率及规模自然也不及教禅,然其详细情况如何以及其酬唱有什么样的特色,却值得我们全面细致探讨。

道士的创作也像僧人一样可分为两种,一种可称作教内诗,一种可称作教外诗①。僧人教内诗主要是诗偈,道士的教内诗主要是歌诀。宋代道士创作的传道歌诀颇为丰富,仅据宋末元初俞琰《席上腐谈》卷下所云:

> 宋有陈希夷《指玄篇》八十一诗,刘海蟾《还金篇》亦十四诗,陈朝元《玉芝诗》,杨虚《纯粹论》,刘希鹤《朗然子诗》《宁玄子诗》,张鸿蒙《还元篇》《玉鼎悟解篇》,张平叔《悟真篇》,薛道《复命篇》,刘高尚《法语》,刘虚谷《还丹篇》,陈默《崇正篇》,李长元《混元篇》。诸书惟《悟真》《复命》有注。

其中不少歌诀已经成为新道教派别的经典。这当然并非宋代歌诀的全部,但足以知其兴盛程度。因为主流诗坛很少将道教歌诀视为诗歌,所以即便如此繁荣也被古今忽视或无视。

道士的教外诗,即离道教歌诀稍远而更接近士人俗众主流的诗歌,或是将歌诀与士人诗歌糅合较好的诗歌,这类诗歌现存较少,是造成道流诗歌不够繁荣假象的主因。实际上,宋代不少道士都曾有教外别集,如石仲元有《桂华集》、张无梦有《琼台集》、杨介如有《隐居集》、赵元清有《松花集》②、陈应常有诗集二十卷③、陆维之有《石室小

---

① 详参上文。
② 详参厉鹗《宋诗纪事》卷九〇,四种均为编者从各种文献中勾稽出,其中张无梦《琼台集》、《台州府志》作《琼台诗集》。《宋诗纪事》,上海古籍出版社,1983年。
③ 《浙江通志》卷二〇一:"陈应祥,《弘治衢州府志》:字知明。政和间,试修文辅教科,授凝神殿校籍。尝诏为高丽国教师,尚书毛友以诗送之。应祥能诗,手抄为二十卷。于太虚观侧卓庵,程公俱名以'常清静',且铭之。"《宋诗纪事》卷九〇也作陈应祥。然程俱《北山集》卷七有《神霄宫知宫陈应常,邀乡人集道堂,余不果往,毛彦时有诗,诸公皆和见率同作,次韵一首》一诗,卷一六《常清静庵铭》云"三衢道士陈应常,结庵山居,北山老人名之曰'常清静庵',而为之铭"。徐兢《宣和奉使高丽图经》卷二四亦云"碧虚郎、凝神殿校籍陈应常"。因而当作陈应常。《浙江通志》《北山集》《宣和奉使高丽图经》,《文渊阁四库全书》本。

隐集》三十卷①等，都是见诸文献记载的。又如黎道华，"临川人，入道，学诗于谢无逸，与曾季狸裘父、文慧大师惠严同时，以诗鸣，号'临川三逸'，有《颐庵集》"②。此外，神宗朝"为右街副道箓、赐号真人"的陈景元"所著《文集》二十卷"，作为教外别集，其中当有诗歌，朱熹《跋道士陈景元诗》云"今观此卷，见其诗句、字画皆清婉可喜"③。这些曾经存在的别集，也足以让人们想见宋代道士的诗文词创作盛况。道流们的别集当远不止这里所勾稽罗列的，但是留存至今的却很少。目前我们能看到的宋代道士别集，除了南宗五祖白玉蟾（葛长庚）的尚残存外，④几乎没有更多诗集可以参照。⑤因此我们很难全面审视两宋三百多年道流酬唱的整体状况，仅能以《道藏》《藏外道书》《中华道藏》中的歌诀、仙真故事以及《宋诗纪事》《全宋诗》、白玉蟾现存诗

---

① 见《咸淳临安志》卷六九，《文渊阁四库全书》本。
② 《宋诗纪事》卷九〇作"黎师俣"，并云"师俣字道华"。而周必大《文忠集》卷四八《跋抚州邹虑诗》云："道士则黎道华师候，同时以诗名。"《江西通志》卷八〇云："黎道华字师侯，临川人，受《春秋》于邓名世，学诗于谢逸，与曾季狸俱以诗名，号'临川三隐'……有《颐庵诗集》。"可知黎道华字师候，"临川三逸"又可称之为"临川三隐"。《宋史》卷二〇九有"姜之茂《临川三隐诗集》三卷"。《宋诗纪事》，上海古籍出版社，1983年，第2138页。《文忠集》《江西通志》，《文渊阁四库全书》本。《宋史》，中华书局，1977年，第5404页。
③ 前句见《宣和书谱》卷六。朱熹文见《晦庵集》卷八三。佚名撰、顾逸点校《宣和书谱》，上海书画出版社，1984年，第51页。《晦庵集》，《文渊阁四库全书》本。
④ 俞琰《席上腐谈》卷下："白玉蟾有《武夷集》《上清集》《玉隆集》《海琼集》《金关玉钥集》，又有《留子问道集》《彭鹤林问道篇》，皆门弟子所编。"这些诗集今已保存不全，而后人多有辑录整理，如朱逸辉《白玉蟾全集》校注本，海南出版社，2004年。本节所用版本是盖建民的《白玉蟾诗集新编》，社会科学文献出版社，2013年。下引白玉蟾诗歌皆出于此集，不一一详列其页码。《席上腐谈》，《文渊阁四库全书》本。
⑤ 宋道士存诗稍多一些的，尚有《四库全书总目》卷一七四所云："《支离子集》一卷，一曰《竹堂集》，宋道士黄希旦撰。希旦，邵武人，一名晞，字姬仲，自号支离子。熙宁中，尝召至京师，典太乙宫事，后病卒，其徒传为仙去，无可证验也。此集为淳祐己酉九龙观道士危必升所编，后附小传云'希旦为九天弥罗真人，掌上帝章奏'，语甚怪妄。其诗亦凡近无深致，不类出世有道者之言。且希旦没于熙宁甲寅，不云有诗，越一百七十五年，是集忽出于羽流，则非惟仙去之说事涉荒诞，并其诗殆亦依托矣。"《支离子集》即便不是黄希旦所作，也是危必升所集或所作，虽现存只有三十余首，也算是补充。宋亡后入道的董嗣杲《庐山集》五卷、《英溪集》一卷、《西湖百咏》，因为多是入道前所作，不便算作道士诗歌。

集①作为主要考察对象,而旁及其他文献记载的道士酬唱之作,以便管窥这个宗教群体内部的诗歌交往交际大体情形。

(一) 道门特有的歌诀酬唱

道教自形成伊始,就以歌诀为其传道的最重要手段之一,早期的一些道教经典就包含不少口诀、歌谣,如《太平经》卷三八《师策文》、卷一〇三《道毕成诫》都是七言歌诀;一些经典以四言、五言歌诀为主,如魏伯阳《周易参同契》;而稍后出现的《黄庭内景经》《黄庭外景经》则均为句句押韵的七言韵语。到了两宋,歌诀经过长时期积淀已经蔚为大观,成为道教最为常见的传道方式。

宋代道流继承了歌诀传统并将其规模化、系统化,尤其是南宗初祖张伯端所作的《悟真篇》,"内七言四韵一十六首,以表二八之数;绝句六十四首,按周易诸卦;五言一首,以象太一之奇;续添《西江月》一十二首,以周岁律。其如鼎器尊卑、药物斤两、火候进退、主客后先、存亡有无、吉凶悔吝、悉备其中矣。及乎编集既成之后……乃形于歌颂诗曲杂言三十二首,今附之卷末"②,就是多首七律、七绝、五言与《西江月》词的结合,命意安排结构完全按照道教象数教理,其创作从熙宁二年到八年历时六年,是十分周密严谨的歌诀创作。

张伯端《悟真篇》自序谈到他创作的原因,首先是他自己"遂感真人授金丹药物、火候之诀",然后是他想启悟更多人:"仆既遇真诠,安敢隐默?罄所得,成律诗九九八十一首,号曰《悟真篇》。"其目的是

---

① 白玉蟾无疑是道士中最有文采的诗人文人,以至于有些人认为许多道教经典出于他的代笔。如俞琰《席上腐谈》卷下云:"《群仙珠玉集》载张紫阳《金丹四百字》、石杏林《还源篇》,其文辞格调,与玉蟾所作无异,盖玉蟾托张、石之名为之耳。陈泥丸《翠虚篇》亦是玉蟾所作,其首篇数首诗皆元阳子诗,其后《紫庭经》《罗浮吟》《归一论》,与《武夷》等集如出一手……玉蟾《谢陈泥丸书》《谢张紫阳书》,无非张皇其说,然所谓'青山暮云,碧潭夜月,芭蕉春风之机,梧桐秋雨之秘'以论升降浮沈,极尽形容之妙。彼所以宛转为之假托者,盖欲深取信于当时学者故尔。"《席上腐谈》,《文渊阁四库全书》本。

② 《悟真篇》自序,张伯端撰、仇兆鳌集注《悟真篇集注》,上海古籍出版社,1989年。

"所期同志览之,则见末而悟本,舍妄以从真"。这种有明确原因和目的的创作,颇能代表道教中人普遍的歌诀传道意识。许多道士的歌诀创作,都有这样强烈的面向后学传道的预设理念,其传授对象或具有群体指向性如张伯端所云之"同志",或有明确的个体指向性,其被传授的个体,往往是苦苦求道而有机缘的道士或道流。这种有明确传授指向性的创作,与僧人的诗偈多数是个人明心见性之作、一般没有预设传授对象颇不相同。从这个意义上讲,有明确传授指向性的歌诀,可以算作是寄赠酬唱的一种方式。

被传授者想要得到歌诀,往往要历尽千辛万苦,常如张伯端所言"仆以至人未遇,口诀难逢,遂至寝食不安,精神疲顇。虽询求遍于海岳,请益尽于贤愚,皆莫能通晓真宗,开照心脏"。被赠者的求赠过程常常成为笔记小说描述或渲染的故事,如《玉照新志》卷六所载李彦高就曾多次裹粮入山请教邢仙老,最后才得到"内丹真诀",如愿以偿。其求赠与酬答的过程,极具道教求法精神试炼般的仪式感,比俗世诗人更在意赠答的过程和礼仪。

得到"真诀"的"同志",为了进一步传承发扬真诀,常常采用歌诀形式阐释,如白玉蟾有次韵吕洞宾《指玄篇》三十二首[①],就是七言歌诀追和并发明吕洞宾的思想;又如俞琰《席上腐谈》卷下所云:"玉蟾传彭鹤林,彭传萧了真,萧有《金丹大成集》发明玉蟾之说……又有廖蟾辉作《三乘内篇》、沈白蟾作《金丹篇》,皆玉蟾之徒也。"也是道徒通过歌诀解读传承先师道法道术的实例。道教徒子徒孙以歌诀"发明"先辈之说,类似僧人的颂古,均为一种阐释性追和。

道流还以歌诀唱和论道,如《宋史》卷四六二《甄栖真传》云:"栖真自号神光子,与隐人海蟾子者以诗往还,论养生秘术,目曰《还金篇》,凡两卷。"尽管有些人对甄栖真与刘海蟾的真实存在及经历还颇有怀疑,但也不妨他人信以为真:"一帚扫清三界尘,戏蟾犹自不离

---

① 白玉蟾撰、盖建民《白玉蟾诗集新编》,社会科学文献出版社,2013年,第344—351页。

身。《还金篇》与伊谁论,仿佛其人道姓甄。"①由此看来,歌诀也曾作为道流唱和讨论"道"理的一种方式。

欧阳修《赠李士宁》云其"平生不把笔,对酒时高咏",司马光《涑水纪闻》卷一六也云李士宁"目不识书而能口占作诗,颇有才思而词理迂诞,有类谶语,专以妖妄惑人"。道士中类似李士宁这种目不识丁而能出口成章的"自然"诗人为数不少,尽管他们"口占"的诗歌留存下来不多,但据其留存,可知其多数是谶语式的道教歌诀。道士与僧人一样多是下第或文化程度不高的士人,虽然其中有些人具备天然的文学创作才华,但却很难达到当时士大夫主流文学所标示的文艺美学高度。而他们独创的诗歌形式却自成体系,其宗教以及民间特色明显,特别是道教,其歌诀比佛教的诗偈产生更早且更本土化,道教中人吸收民间歌谣而创作的道教歌诀,是民间口诀、歌谣与道教文化结合的产物,有着土生土长、自成一体的诗歌话语系统,保留了更多传统民间诗歌创作的原生态。道流将这种歌诀作为师徒传道、后辈释道、同辈论道的酬唱载体,丰富了唱和的话语形态。

(二) 亦真亦幻的众仙真唱和

道教一些经典中,不仅有神仙单独传授凡人的歌诀,而且有神仙之间各抒己见的唱和歌诀,如梁陶弘景《真诰》二十卷,"所记皆神仙授受真诀之事。凡降现月日、文字语言,一一详载"②,其中就有大量歌诀,特别是卷三,有英王夫人、紫微夫人、桐柏山真人、清灵真人、中候夫人等各路神仙关于"有待"与"无待"的论述性唱和诗歌,以五律为主,像是魏晋玄言诗与游仙诗的结合。

经典中的大型仙真主题唱和,对后世仙真类文献书写影响巨大,乃至一些笔记小说中,写到众仙众真故事时,常会出现诗歌唱和场面,譬如《太平广记》首列《神仙》五十五卷,次列《女仙》十五卷,在多达

---

① 乾隆《御制诗五集》卷二四《咏吴之璠竹刻海蟾笔筒》,《文渊阁四库全书》本。
② 《四库全书简明目录》卷一四,上海古籍出版社,1985年,第572页。

七十卷的神仙与女仙故事中,诗歌以及诗歌唱和常常成为故事叙述发展的重要组成部分,特别是卷五十《嵩岳嫁女》故事,就有众神仙在嵩岳为上清神女嫁玉京仙郎而聚会进行的唱和,唱和分两部分,众仙先为洛阳被毁而感伤哀叹,后为嫁女而写催妆诗歌,虽说前后气氛格调颇不一致,但很符合道教凡间苦难神仙永生行乐的教义,唱和的礼仪过程也描述十分详细;同书卷六八《杨敬真》故事,写民妇杨敬真与马信真、徐湛真、郭修真、夏守真等五人同时登仙,在天庭赋诗唱和以欢庆志喜,五人唱和诗均为五绝。

两宋时期这类仙真诗歌唱和仍在继续,而且深受士人追捧,如苏轼、黄庭坚、蔡肇、李公麟等人就对这类神鬼类虚幻诗歌充满浓厚兴趣,"东坡云:元祐三年二月二十一日,与鲁直、天启会于伯时斋舍,录鬼仙所作或梦中所作"[1];南宋不少笔记诗话小说也常分类收录此类作品,如《诗话总龟》卷四四到卷四八的隐逸门、神仙门、艺术门、奇怪门、鬼神门收录了各代神仙鬼怪故事,几乎每个故事中都有诗歌出现,可以见出这类虚构诗歌兴盛程度。

《诗话总龟》收录的玉源夫人、灵源夫人、桃源夫人唱和,颇有宋代仙真唱和的特色:

> 陈纯,字符朴,莆田人,因游桃源,中秋夜遇玉源、灵源、桃源三夫人。玉源令纯举中秋月诗,纯言一联云:"莫辞终夕看,动是来年期。"桃源曰:"意虽佳,但不见中秋月,作七月十五夜月亦可。"玉源因作诗曰:"金风时拂袂,气象更分明。不是月华别,都缘秋气清。一轮方极满,群籁正无声。晓魄沉烟外,人间万事惊。"灵源诗曰:"高秋浑似水,万里正圆明。玉兔步虚碧,冰轮辗太清。广寒宫有路,桂子落无声。吾馆无弦弹,栖乌莫要惊。"桃源诗曰:"金吹扫天幕,无云方莹然。九秋今夕半,万里一轮圆。皓彩盈虚碧,清光射玉川。瑶樽休惜醉,幽意正绵绵。"玉源谓纯曰:"子能继桃源之什乎?"纯作诗曰:"仙源尝误到,羁思正萧然。

---

[1] 赵令畤《侯鲭录》卷二,中华书局,2004年,第72页。

秋静夜方静,月圆人更圆。清尊歌越调,仙棹泛晴川。幽意知多少,重重类楚绵。"①

《真诰》中神仙是为传授道人真诀讲道理而唱和,《嵩岳嫁女》是因神仙内部嫁娶聚会而作,而这则故事却是因神仙不满凡人诗歌创作而作,其人间化、世俗化、理性化越来越明显;且对诗歌创作唱和的艺术性要求也更为关注,仙真不仅批评凡人咏物诗歌表述不够明确周延,而且她们自己唱和还更注意形式:前此的神仙还只是和意不和韵,三源夫人不仅自己次韵,还要请凡人次韵和诗。宋仙唱和也像宋人唱和一样周密精细化了。

除了游仙登真唱和外,仙真之间也不乏夫妻或相恋男女的赠答。因为道教不像佛教那样禁欲,所以即便是"我本籍上清,谪居游五岳"的仙真,也会劝诱凡人云:"葛洪还有妇,王母亦从夫。神仙尽灵匹,君意合何如。"②基于此,仙家会有夫妻应答唱和,如江少虞《事实类苑》卷四五《仙释僧道》之"许旌阳家田夫"云:

> 洪州西山有异人,常见夫妇出入山中,相传许旌阳家田夫也,旌阳使取米,及归,拔宅升仙矣,遂止为地仙。夫寄妻诗曰:"自从明府升仙后,出入尘寰直至今。不是藏名浑时俗,卖柴沽酒贵安心。"妻寄于夫诗曰:"昨日因行过翠微,醮坛风冷杏花稀。碧桃为我传消息,何事人间去不归。"至今有见之者。③

---

① 阮阅《诗话总龟》卷四五。曾慥《类说》卷四六记录得更为详细,曾慥好道,有《道枢》等书,此故事似是他作。《诗话总龟》,《四部丛刊初编》本。《类说》,《文渊阁四库全书》本。
② 张君房《云笈七签》卷一一二《神仙感遇传》之《任生》。朱胜非《绀珠集》卷一〇、曾慥《类说》卷二七、阮阅《诗话总龟》卷四五均有收录。张君房《云笈七签》,齐鲁书社,1988年,第610页。《绀珠集》《类说》,《文渊阁四库全书》本。《诗话总龟》,《四部丛刊初编》本。
③ 洪迈《万首唐人绝句》卷七一收录前一首诗,作许大《西山吟》,字句稍不同:"自从明府归仙后,出入尘寰直至今。不是藏名混时俗,卖柴沽酒要安心。"《全唐诗》八六二卷据此收录,均无后一首。江少虞《事实类苑》未云出自何处,据末句所云,似是江自作或其他宋人杜撰。《全唐诗》,中华书局,1999年,第9810页。《万首唐人绝句》《事实类苑》,《文渊阁四库全书》本。

从诗意上看,这两首诗应该是妻诗在前发问为何久在人间而不升天,夫诗在后回答隐居人间与天上无异。这是一对未成天仙而作了地仙的夫妻唱和,唱和的内容并非夫妻情深,而是人间隐逸逍遥的生活一如天上。

儿女情长的仙真故事,如嘉祐中一位自称"我非人亦非鬼,盖金华神也"的女子,她不仅主动接近吴生,还冷静理性地谈论到吴生为辨识她是否妖孽而用的道教重要法器剑与镜,离别时,"因索笔题诗一章曰:'罗袜香消九九秋,泪痕空对月明流。尘埃不见金华路,满目西风总是愁。'"①赠别诗充满了世俗男女作别时的哀伤,显见出神仙的人间情感。

最奇特的是《诗话总龟》卷四七记载的故事:"太子中允王纶,祥符中登进士第。有女子,年十八岁,一日昼寝中忽魇声,其父与家人巫往问之,已起,谓父曰:'与汝有洞天之缘,降人间四百年矣,今夕会此。'自是谓父曰'清非生',自称曰'燕华君'。初不识字,忽善三十六体天篆,皆世所未识。每与'清非生'唱和,及百余篇。"这个"燕华君"附身的女子,与"清非生"的"百余篇"唱和只留下了一首半,《赠清非生》末句云:"自有燕华无限景,清非何事恋东宫。"还有另一首《赠清非生》似是全篇:"君为秋桐,我为春风,春风会使秋桐变,秋桐不识春风面。"②赠诗尽是对前世为洞天神仙伴侣而今却为凡间父女的怅怨。这种恋父式情感表达,的确是传统唱和诗歌中极为少见的现象。

在仙真唱和中没有俗世中至关重要的男尊女卑、男女有别,仙界男女可以平等谈论俗世,可以次韵竞唱,也可以充满情感赠答。这无疑是一个古人创造的理想虚幻世界。

仙真诗歌唱和,其作者当然颇为可疑,即便是相信神仙鬼怪的人都常常怀疑其真实性,俞琰《席上腐谈》卷下云:"陶隐居《真诰》所述,

---

① 张邦基《墨庄漫录》卷一〇。张云:"崔伯易尝有《金华神记》,旧编入《圣宋文选》后集中。今亡此集。近读《曲辕集》,复见之,因载之以广所闻。"则张是转载。张邦基撰、孔凡礼点校《墨庄漫录》,中华书局,2002 年,第 259 页。
② 刘攽《中山诗话》、朱胜非《绀珠集》卷五、曾慥《类说》卷五六也有记载,但均十分简略。《中山诗话》《绀珠集》,《文渊阁四库全书》本。

多有仙女下降之诗,识者之所不取,盖隐居自为之辞耳。"陈振孙《直斋书录解题》云:"《真诰》十卷,梁华阳隐居陶弘景撰,述杨羲、许迈、许玉斧遇仙真传受经文等事。"后人因而也认为那些唱和诗歌是出于东晋杨羲、许谧、许翙等人之手①。又如《嵩岳嫁女》故事及唱和诗歌,被认为是唐末宋初道士施肩吾所作。宋人叙述记录的故事,其作者的真实性也很难考订,但可以肯定其故事与唱和,一定是道教中人或信奉道教的人的杜撰。

道流所创撰的故事性众仙真唱和,是道教特有的虚拟唱和,其过程仪式与方式都是对现实世界唱和的模仿。道流无疑是最具想象力和灵异能力的群体,他们创造的众仙真唱和,丰富了两宋日益世俗化理性化的唱和世界。

(三) 现实版的道流赠答与联句

就现存诗歌看,两宋道士之间唱和无论规模还是频率,远远没有金元道士唱和兴盛。全真教创立者王重阳与其大弟子马钰仅在大定年间就有诗歌唱和集《重阳教化集》三卷,另外《重阳分梨十化集》上下二卷均为王重阳赠予暗示度化门徒马钰孙不二夫妇诗歌,而且王重阳弟子北七真的创作唱和也十分兴盛。但两宋的道士却没有这样的唱和集与唱和规模。

南宋道流曾有一些唱和小群体,如俞琰《席上腐谈》卷下云:"大德庚子,夏壶隐示以《金丹又玄篇》,云是梁九阳所作。观其自序云'得之王山宾'。天台山宾王可道,号真常子,与夏云峰、陈了空、郁芦庵相倡和。山宾有《众妙义集》,至元辛巳,文如心太傅携此书示余,系是写本。"②同书还补充了其间唱和者的一些材料,如"泸川郁芦庵,刊《修真四书》于羊角洞天,其一韩逍遥《内旨通玄诀》,其二陈了空《复一篇》,其三王呆彻《举一篇》,其四蒋丹房《得一篇》。咸淳庚午,

---

① 詹石窗《道教文学史》,上海文艺出版社,1992年。
② 《众妙义集》不存,《宋史》卷二〇五《艺文志》有"《真常子服食还丹证验法》一卷",中华书局,1977年,第5195页。

蜀人何逢吉序"。另外,夏云峰的《阴符经讲义》四卷今存,该书前后序均作于宝庆年间①,因而可知王可道与夏云峰、陈了空、郁芦庵等均为道流,在理宗乃至度宗时期经常唱和。

白玉蟾描绘道流相聚的场面,可以为俞琰所说的做一点实证或补充,如《夜宴清胜轩醉吟呈倪梅窗、吴道士隐南》云:

> 山前浩歌觉声干,长啸直入碧云关。梅窗主人携百壶,一夕谈话秋雨寒。
>
> 灯红吐出玉虫巧,道人大啸拍床吼。连榻隐南吴庚契,要看纸上生蛇走。
>
> 停杯撑肠发诗颠,横捉二笔半欲眠。笑把昆仑醮沧海,写出新词数万编。

白玉蟾用李白加上卢仝般的诗笔,将两个道士与一个处士在清胜轩宴饮夜话写得生龙活虎,他们豪饮长啸,笔走龙蛇,挥洒诗句,既比僧人狂放也比俗人无所顾忌,南宋道流竟有这样方外生活,仿佛回到唐代。其《荷风荐凉,屶于御风台者六,因赋古意,示诸同我》云:"鹤林如甘菊,端可寿而臧。满泛九霞觞,与客秋兴长。紫清如芰荷,堪制仙人裳。愿言六人者,驾月宾帝旁。"②所叙写的也是一次充满羽化登仙想象的道流欢聚。这样的道流聚饮唱和应该为数不少,惜其无作品保留,无法考察。

---

① 《四库全书总目》卷一四六《阴符经讲义》云:"《阴符经讲义》四卷,宋夏元鼎撰。元鼎字宗禹,自号云峰散人,永嘉人,是编以丹法释《阴符》之旨……是书前有宝庆二年楼昉序,称元鼎少从永嘉诸老游,好观《阴符》,未尽解,后遇至人于祝融峰顶,若有所授者,后取《阴符》读之,章断句析,援笔立成,若有神物阴来相助云云。盖方术家务神其说,往往如是。末又有宝庆丙戌留元刚《云峰入药镜笺序》一篇,及元鼎自记、自序二篇,宝庆丁亥王九万后序一篇。俞琰《席上腐谈》称元鼎注《阴符》《药镜》《悟真》三书,真西山为之序,与诸序所言甚合。今未见其《入药镜》《悟真篇》二注,而此本已无德秀序,殆传写佚之,然德秀《西山文集》亦不载其文,则莫喻何故矣。"《四库全书总目》,中华书局,1965年,第1242页。
② 《白玉蟾诗集新编》第26页作《荷风荐凉屶,于御风台者六……》,标点有误。屶,即古文会字,见《汉语大字典》第320页。白玉蟾撰,盖建民《白玉蟾诗集新编》,社会科学文献出版社,2013年。汉语大字典编辑委员会编纂《汉语大字典》,四川辞书出版社、湖北辞书出版社,1990年。

目前可以考知两宋道士之间最常见的诗歌唱和方式是寄赠酬答,而现存的作品常常有赠无答、有唱无和,只能就其存留者略作探讨。两宋内丹派均出自晚唐五代的钟离权吕洞宾一系,相传吕洞宾诗集四卷①,其中有多首赠道士的诗歌,如《赠罗浮道士》云:

> 罗浮道士谁同流,草衣木食轻王侯。世间甲子管不得,壶里乾坤只自由。
>
> 数着残棋江月晓,一声长啸海山秋。饮余回首话归路,遥指白云天际头。

诗中的罗浮道士是个理想的典型的地仙,像是吕洞宾自己又像是超越凡俗的任何一个高道或高人,这是道士赠答诗歌的一个模式。

还有一种赠答诗歌,有明显的度化劝道色彩,如《玉照新志》卷六记载,熙宁年间有个好道之士李彦高多次入山向邢仙老问道,最后得到邢仙老传授的真诀并诗歌:

> 因赠李十二诗,临行又书一绝,皆天篆古文,李初莫能识。其后竟不住复,莫知所之也。李得诗,凡与同志或吾徒中善隶篆者讨寻十八年,方尽十三篇,遂以传世。

就所赠的十二首七律与一首七绝看,基本是通过仙老自述隐居洞天修炼内丹的生活,如"壁上风云三尺剑,林前龙虎一炉砂。行乘海屿千年鹤,坐折壶中四季花"、"常篆丹符驱木魅,每呼山鬼汲溪泉。养成玉座千年石,炼过河车九转铅"等,达到劝说晚学李彦高尽快脱俗入道的目的,所谓"世事功名不足论,好乘年少入真门"。这是附加在"内丹真诀"之外的劝道诗歌,志在推行真诀的实施,是又一种模式。诗歌用"天篆古文"书写,极具道教符箓般文字的神秘感,突出了道流诗歌的道教特色。

这两种赠答模式中的道士生活、形象已经"仙真化",而宋代不少道士的赠答诗中,道士们的生活以及形象则具有浓厚的俗世性或现

---

① 见《全唐诗》卷八五六—八五九,中华书局,1999年。

实色彩,如黄希旦《寄李尊师》云:"底事悠悠信莫闻,还疑深入武陵源。几年江上秋风夜,故国闽中暮雨村。尘世功名宁自笑,蓬壶旨趣有谁论。路岐无尽人空老,白发慈亲奈倚门。"所述的个人生活与情感都与凡人无异,其《谢人惠星冠》云"学道多年尚屈蟠,岂胜仙伯赠峨冠。晓簪乍觉星攒顶,夜戴偏宜月满坛。对鉴宁烦朋友正,避时羞为利名弹。豫思他日云林下,轻罩纱巾鹤发寒";其《和贾鸿举移竹》云"琳房珠馆何虚寂,宝砌无尘苔藓碧。仙翁倚槛静吟哦,却忆筼筜拂岩石";除了一些道教常用套语或专门用语外,并无太多仙真生活的飘逸意味。难怪四库馆臣云"其诗亦凡近,无深致,不类出世有道者之言"。

与黄希旦"外不立异"①的个性相比,白玉蟾是颇有些狂怪异行的道士②,他的诗风也极具狂放豪纵个性,而其赠答诗歌在保留一些"仙真化"的同时,却展示了更多道流生活、形象的俗世化、现实化的一面。白玉蟾与不少具有道官、道职的道士有交游唱和,如《易道录招饮》《美周都监祈雨验》《赠别徐监观》《奉酬陈宫教》《谒仙行赠万书记》《赠玉隆王直岁游武当山》《留别铁柱宫叶法师》《赠危法师》,仅从题目看,就可以了解到现实生活中道士们的等级身份以及他们教内教外的生活。如其《赠危法师》云"曾见先生在九华,朝飡玉乳看琼花。鹿冠夜戴青城月,鹤氅晨披紫府霞。偶携剑在人间世,未把琴归仙子家。一笑相逢松竹里,炷香新语啜杯茶",所写就是道士的实际生活,危法师的饮食衣着以及随身道具法器都历历在目。

对具有文艺才能或道术法术的道士,白玉蟾则不吝铺叙赞美其才能法术,如《酬蒋知观所惠诗》就称道蒋知观的赠诗:"新雁飞来一朵云,读之毛骨耸寒鳞。展开大句几钩墨,存想先生满面春。"其夸赞

---

① 《宋元诗会》卷五七《黄希旦》小传,《文渊阁四库全书》本。
② 陈振孙《直斋书录解题》卷一二《神仙类》云:"《群仙珠玉集》一卷,其序曰'西华真人以金丹刀圭之诀,传张平叔,作《悟真篇》以传石得之、薛道光、陈泥丸,至白玉蟾'。玉蟾者,葛其姓,福之闽清人,尝得罪,亡命,盖好安流也。余宰南城,有寓公称其人,云'近尝过此,识之否',余言'不识也,此辈何可使及吾门?'李士宁、张怀素之徒,皆殷监也。是以君子恶异端。"上海古籍出版社,1987年,第353页。

粗犷淋漓。又《听赵琴士鸣弦》云"练师两鬓东风黑,绀空不流月光白。檐牙咬雨昨已晴,松屋张空夜琴瑟。兴浓抱石玄以轻,得意七弦横玉绳",也有意凸显擅长鸣琴的道士形象;《赠相士岳鬼眼》描述相士本人的奇异长相"眉峰肩井额陂陀,此相曾经鬼眼过"。

白玉蟾还有一些赠女冠的诗歌,如《赠蕊珠侍经潘常吉》云"当时同降瑶台路,只是于今彭鹤林",似说潘常吉为彭耜仙妻;《赠紫华侍经周希清》云周是"蝼首蛾眉天上人,不知何事到红尘",祝愿她将来仍然能够"上太旻";这两首诗比较平等淡然,而《吊刘心月》一诗感情十分充沛,叙写了一位"少年虽落风尘中,末后猛醒自摆脱。其心虽美其名腥,一旦死于武夷溪之滨"的女冠,在道教中落水而亡可以称之为水解,仍是尸解仙的一种,不当如俗世凡人死亡那样令人哀伤,但白玉蟾却悲痛不已:"天空水寒千山暗,酌水一酹心含悲。"这些寄赠诗歌描绘出的道流形象真实可感,不再是不食人间烟火的"仙真"。

白玉蟾嘉定十年(1217)接纳彭耜、留元长为弟子,在寄赠弟子的多首诗歌中,他或称颂弟子如《赠鹤林》云"骨气秋江月,文章春苑花。片心穷万法,半语辩千邪";或劝弟子及时行乐如《行路难寄紫元》云"赠君以丹棘忘忧之草,青棠合欢之花,马瑙游仙之梦枕,龙综辟寒之宝砂。天河未翻月未落,夜长如年引春酌。古人安在空城郭?今夕不饮何时乐";他还在《寄鹤林友》中充满哀伤地慨叹学道难成:"自怜孤影青灯下,曾作神霄故吏来。若待此生尘债足,凤凰阁下已青苔。"不拘泥于道士身份以及道士赠答诗歌传统,而将赠答对象当作道友知音,倾心相诉。根据赠答对象身份创作的诗歌情绪意境可以气象万千。

刘克庄曾以俗众立场谈到白玉蟾及其道友黄天谷,《后村诗话》卷二云:"黄天谷名春伯,白玉蟾姓葛名长庚,皆自言得道,后死,乃无它异。二人颇涉文墨,所至墙壁淋漓挥扫,能耸动人。谷有诗云'半篙春水一蓑烟,抱月怀中枕斗眠。说与时人休问我,英雄回首即神仙。'尝访蟾,值其出,题壁云:'怪访怪,怪不在,茅君山,来相待。'"对当时的诗坛盟主刘克庄而言,黄、白只是"颇涉文墨"而已,算不上大诗人,但从道教系统中看二人确实是极为少见的大诗人。从黄天谷这首民谣式的题壁诗看,黄对他自己和白玉蟾的定位均是"怪",可知在当时这二位互相欣赏的道士特立独行,与平常俗众极不相同①。

  黄天谷无诗集留存,他与白玉蟾的九首诗歌联句,保存在白玉蟾诗集中,可以作为他们频繁相聚酬唱的见证。其中《盱江舟中联句》有白玉蟾的序云:"嘉定癸未仲秋之朔,偕黄天谷道盱而渝,舟中联句。"可知这是二人嘉定十六年(1223)八月远游途中所作,一人一联而联成五言排律,黄云"眼光摩日月,足迹遍山河"、"道缘宁择地,世事总随波"等句注重摹写道人云游的缘由意义;白云"夜后调焦尾,风前舞太阿"、"万象由弹压,千篇在切磋"则注重叙写他们琴剑诗酒走天涯的生活,二人可谓志同道合、性情相投。《南台舟中联句》《疏山舟中联句》等诗也都潇洒明快地写出道流狂放洒脱且有梦幻色彩的生活。二人戏联的仄字体、平字体、叠韵体、回文体诗歌,可以看出两位道人游于艺的乐趣。

  宋代道流赠答联句在唱和形式上并无多少创建,现存的规模也很小,不过是主流诗坛的附庸,但是其去仙真化的自我身份书写,抹去了道教过多的诡谲迷幻色彩,从而再现了更为真实的道流生活。

余论

  上编四章主要论述宋代士大夫、布衣、方外三个阶层中五个圈层即士大夫、处士、游士、僧人、道流的内部酬唱,试图从社会身份层面窥测其内部酬唱的特点与意义,并因此展示宋代唱和诗歌全面而多层次的风貌。全景式概括与小景式细读解析结合,是想突破惯常视角思路限制,以期有新的发现与识见。

  跨阶层或跨圈层的唱和,也是宋代诗歌唱和的常见现象,士大夫

---

① 刘克庄《黄天谷赠诗次韵二首》云:"浪迹遍齐州,曾从剑侠游。尚嫌秦政臭,肯要郅支头。客礼朝三殿,儿嬉弄五侯。吾犹看不破,何况道家流。""世无仙则已,有必属斯人。丹熟将分友,云游每念亲。小窗时读易,静室夜修真。符篆皆余事,题诗亦出尘。"描绘出黄天谷桀骜不驯而又不离俗世的形象。见《后村先生大全集》,《四部丛刊初编》本。

与布衣与方外,从来就不是壁垒森严、互不接触的孤立存在,诗歌唱和是他们精神世界无障碍沟通的重要媒介,至今留存下来的跨圈层唱和诗篇比比皆是,因此需要我们花费更多时间精力去探讨和研究。

每个圈层中诗人的个性以及处理人际关系的能力不同,只研究圈层的共性未免遮蔽了圈层中每个诗人的个性,尽管在下编也探讨了个别士大夫诗人如欧阳修和陆游的酬唱个性,但这显然远远不够。这是本书研究的极大缺憾,尚需更多时日继续探索。

下编　酬唱诗歌的三重维度审视

◎ 第一章　酬唱者的聚焦点及差异性书写下的文化累积
◎ 第二章　日益精致的诗人社交生活与酬唱方式
◎ 第三章　酬唱集的互文性书写与往日重现
◎ 第四章　个体酬唱及人际关系诗歌中的个性显现

从三重维度来审视唱和主体及其唱和作品，是酬唱诗学的重心乃至中心。两宋丰富的唱和资源使得酬唱诗学有辽阔无垠的开发探索空间，本编试图以小型唱和、唱和方式规则、较大型唱和集、个人唱和之个体对象以及个人唱和圈为研究焦点，不仅多维度而且多焦点地展现宋代唱和诗歌多姿多彩的风貌以及丰厚的社会历史文化内涵。

　　无计其数的小型唱和令人目不暇接，唱和者们关注到自然、人生、社会、历史等方面的每个细节场景，饶有兴味地为一场场风花雪月、一次次聚会、一回回离别、一件件事情事物，抒写各自的见识态度、心情心境，因此每个细节场景都在唱和者们反反复复、不厌其烦的书写中不断增加广度深度，层进层深地累积成具有丰富情感以及深广内涵的文化意蕴矿藏，期待研究者披沙拣金式地梳理挖掘，第一章的三节就是这种尝试。

　　宋代诗人日益丰富精致的诗歌社交生活，促使唱和方式规则多样化精细化，分题分韵是其代表，本编第二章试图通过这一形式的精细化过程和程度，来展现诗歌唱和规则的技术含量。分题分韵是有唱无和的群体竞唱。

　　《同文馆唱和诗》是多人、多次、较长时段、封闭空间形成的唱和诗集，第三章分四节来探讨这个唱和诗集，从中了解士大夫的唱和形态，了解更多的政治生活信息，了解士大夫的工作与业余生活。

　　每个诗人都拥有以个人为中心的唱和对象以及唱和圈，聚焦这些节点，能够了解诗人的个性及其为人处世的态度，了解诗人的人际关系与社交生活、社会生活。第四章选取欧阳修的个体唱和与陆游的人际关系诗歌，就试图达到这个目的。

第一章

酬唱者的聚焦点及差异性书写下的文化累积

经久不衰且丰富多彩的诗歌唱和形成了丰厚的唱和文化,对唱和文化本身探究,将随着探索的深入而呈现在后续的研究中。本章所要展现的则是几次小型的、断续的诗歌唱和所书写的几个具体文化领域。

唱和题材的选择显现出的是士人的聚焦点与视野,唱和者们对某一题材的频繁关注以及各自近似而差异性表达,往往会拓展并深化此题材及与其相关问题的文化内涵,而这正是唱和诗歌的魅力所在。诗歌唱和不仅会将已有的题材文化浓缩在唱和之中,而且还会通过唱和者的互相激发多重书写,发掘并加强与之相关的文化深广度。

多数人认为诗歌唱和是一种无聊的应酬,但即便从一些非关宏旨或并无深意的唱和中,也会触摸到比同类的独吟诗歌更广阔的文化知识与信息,会发现更深厚的文化意蕴。

宋代诗歌唱和者们的焦点主要集中在宴饮、送别、咏物等话题上,本章选择的是几个咏物类小型唱和作为示范进行解读分析,从中阐发出与其相关的文化厚度。当唱和者们的学问及才识以及在诗歌竞技时的创变追求,一起聚焦于自然人文事物时,每个诗人都会以各自的性情笔墨书写,其多重且差异性的书写层层深入、细细演绎,将读者导入相关现场以及文化情境,进而感受到丰厚文化的魅力。

第一节　诗歌唱和与祥瑞文化及海外文化

自然万物是宋代唱和诗人关注的一个焦点,穷探物理的好奇心与探寻文化意义的爱好,让诗人们在吟咏万物时出入于自然人文世界,从而赋予万物以人文色彩,多人唱和更累积了物品的相关文化意义。本节以滁州白兔与注辇国白鹦鹉唱和为例,感受唱和诗人由此生发的多重书写下的祥瑞文化与海外文化。

一、两次白兔唱和的创变诗思与祥瑞文化

嘉祐元年(1056)秋与二年(1057)春,欧阳修与当时京师名流新秀梅尧臣、苏洵、王安石、刘敞、刘攽、韩维、裴煜、王珪等人,为一只白兔举行了前后两次唱和活动。现存的十五首白兔诗,不仅涉及白兔在历史上的珍稀程度,以及在传统上具体的文化意义如长寿、祥瑞、象征性等,而且表达了唱和者们的性情与当时的心境。欧阳修在两次唱和中所表现出的超越常规思维、超越文化传统束缚的愿望与努力,体现了宋调初创时期诗人的新变理想。梅尧臣等人竭尽全力的诗思创变更是拓展并深化了祥瑞文化。

嘉祐元年,滁州人在醉翁亭和丰乐亭所在的丰山抓住了一只白兔,不远千里送给时已在汴京任职的翰林学士、原滁州知州欧阳修:"网罗百计偶得之,千里持为翰林宝。"①欧阳修如获至宝,异常爱惜,他邀集了当时京师的不少诗坛或文坛政坛名流新秀如梅尧臣、苏洵、王安石、刘敞、刘攽、韩维、裴煜、王珪等人,为此兔竟举行了前后两次声势比较浩大的唱和活动。一只在今天看来十分普通的白兔,何以引

---

① 欧阳修《居士外集》卷四《白兔》,《欧阳修全集》,中国书店,1986年,第371—372页。

起欧阳修等人如此巨大的兴趣？这巨大的兴趣承载了当时怎样的文化语境？现存为白兔唱和的诗歌传达了白兔乃至诗人的哪些信息？参与唱和的诗人如何用诗歌歌咏一只白兔？他们如何接受有关白兔的古老文化传统，并试图突破传统文化对诗人思维的束缚而在诗歌构思或想像上有所创新？下面就这些问题作一些探讨。

（一）参与唱和的人物及其心境

关于这只白兔的首次唱和，是在嘉祐元年欧阳修得到白兔不久①。从梅尧臣首次唱和诗三首之二《戏作常娥责》②所云"我昨既赋白兔诗，笑他常娥诚自痴。正值十月十五夜，月开冰团上东篱。毕星在傍如张罗，固谓走失应无疑"看，首次唱和的具体时间当在十月十四日或十五日前不久。而另一参与者裴煜十月下旬赴任吴江县令③，也可以补证这一点。

欧阳修（1007—1072）常以"座上客常满，尊中酒不空"作为他日常生活的理想境界，到京师后他更是经常以各种名义邀请宾客聚会唱和，白兔是他此次邀集各路宾客的一个理由。欧阳修对这只白兔的宠爱简直达到无以复加的程度，他在《白兔》诗中想像它是嫦娥身边的那个仙物，是从月宫中悄然出走而降落滁山的，因此对它极尽宠贵之能事："翰林酬酢委白璧，珠箔花笼玉为食。朝随孔翠伴，暮缀鸾凤翼。主人邀客醉笼下，京洛风埃不沾席。"他赞扬被邀的客人们所赋的诗歌是"群诗名貌极豪纵"，却又指出这些客人们并不了解白兔的本意——"尔兔有意果谁识？"白兔的本意是什么？欧阳修认为是"天

---

① 刘德清《欧阳修纪年录》据《欧阳修全集》目录下注，将此次唱和系于至和二年（1055）末，不妥。据欧阳修嘉祐四年（1059）《答圣俞白鹦鹉杂言》"忆昨滁山之人赠我玉兔子，粤明年春玉兔死"可知，欧阳修嘉祐元年得到白兔，嘉祐二年春尚在锁院唱和，出院不久兔子已死。如果是至和二年得到白兔，嘉祐元年春白兔已死，就不可能有嘉祐二年"思白兔"等诗的唱和了。《梅尧臣集编年校注》卷二六将梅此次唱和三首诗均系于嘉祐元年是正确的。《欧阳修纪年录》，上海古籍出版社，2006年。梅尧臣著、朱东润编校《梅尧臣集编年校注》，上海古籍出版社，1980年。
② 《梅尧臣集编年校注》卷二六，上海古籍出版社，1980年，第898页。
③ 刘德清《欧阳修纪年录》，上海古籍出版社，2006年，第228页。

资洁白已为累,物性拘囚尽无益"。其实这是欧阳修自至和元年(1054)入京做官后诗文中常发的慨叹,白兔在诗中就是欧阳修自己。

很难考证出欧阳修当时所邀请"醉笼下"的客人,也很难考证当时哪些客人曾为此白兔赋诗(可能已经遗失),但现存首次唱和的八人十首白兔诗,大都与此次醉赏白兔有关———些诗即便并非当时当地所作,也在此后不久。

首先是梅尧臣(1002—1060),作为欧阳修最为长久亲密的诗友,也是此次唱和最年长的诗人,他于嘉祐元年夏秋之交到汴京,不久在欧阳修等人举荐之下做了国子监直讲。已经五十四岁却沉吟下僚,他与欧阳修的身份地位差距更大了,而欧确实对他很敬重又经常帮助他,他无法不与欧过从甚密,但他又很怕人讥笑他趋炎附势①,所以他的心态很复杂。梅尧臣敏感地意识到他与欧各方面尤其是心境上的差距。在白兔唱和中他不仅写了《永叔白兔》,还在欧阳修的督促与启发下,又写了《戏作嫦娥责》《重赋白兔》等三首诗,诗中对欧阳修是当今韩愈的称美,对自己年高而不愿学少年虚无想像的辩解,都让人看到他的处境与心情。

苏洵(1009—1066)是这次酬唱中年龄仅次于梅、欧的长者,他于此年初秋携张方平荐书初谒并上书欧阳修,且献著述《洪范论》《史论》七篇,受到欧阳修的器重与垂青。应该是拜谒后不久,他就应欧阳修之邀为白兔赋诗。作为一介布衣而初与名流盛会,他的《欧阳永叔白兔》②有些拘谨,不像其他人那样收放自如。一首十韵的五古像是两首五韵五古凑成,两首五古意思重复而且似乎有些舛误:首五韵写飞鹰不忍杀老兔,所以老兔得以自保,后五韵又像是以白兔口吻写它自己不知自藏而被猎夫发现;前五韵已经写到被拘而锁入筠笼驯养,后五韵又从穴处开始再演练一次被猎夫发现的经过。如果不分作

---

① 如《梅尧臣集编年校注》卷二六《陆子履见过》有"犹喜醉翁时一见,攀炎附热莫相讥"之语。上海古籍出版社,1980年。
② 苏洵著,曾枣庄、金成礼笺注《嘉祐集笺注》卷一六,上海古籍出版社,1993年,第447页。

二首的话,此诗实在太无章法了。在章法其实是思绪混乱的背后,我们能够读到苏洵对于拜见欧阳修这一事件那种矛盾冲突十分尖锐的心态,尤其是"白兔不忍杀,叹息爱其老。独生遂长拘,野性始惊矫。贵人织筠笼,驯扰渐可抱。谁知山林宽,穴处颇自好。高飙动槁叶,群窜迹如扫。异质不自藏,照野明皛皛。猎夫指之笑,自匿苦不早。何当骑蟾蜍,灵杵手自捣"这些诗句,似乎不是写白兔,而是写他自己:虽有"异质"而年事已高,本当"自匿"、"穴处",却因"不自藏"其迹,被"飞鹰"放过却被"猎夫"发现而受到"长拘",最终在贵人的"筠笼"中渐渐丧失"野性"而趋于"驯扰",而结句是他渴望精神乃至行迹能够重获自由的一种表达。

  三位长者之外,其他唱和者都是年轻一辈的新进诗人。

  王安石(1021—1086)至和元年入京,被授群牧判官,他力辞,在欧阳修的劝说下才肯就职①,此后王安石还得到欧阳修的举荐与格外欣赏。嘉祐元年,他经常被欧阳修邀请参与名流以及欧氏门人的聚会赋诗②。但王安石从进入仕途开始,就一直希望通过个人的能力和努力而争取政治上的地位,不太愿意受到欧阳修等名流的举荐,所以他在与欧阳修的交往中力图保持距离,有一种倔强的矜持。欧阳修于嘉祐元年九月十二日已经由信都县开国伯而升为乐安郡开国侯③,但王安石还将其称之为信都公;他人的唱和题目都称欧阳修为欧阳永叔,而王安石诗题为《信都公家白兔》④。王安石在诗中铺叙了月宫中白兔的自由快活生活后,写道:"去年惊堕滁山云,出入虚莽犹无群。奇毛难藏果见获,千里今以穷归君。空衢险幽不可返,食君庭除嗟亦窘。今子得为此兔谋,丰草长林且游衍。"这个白兔也简直是王安石自己的化身。他是从水晶宫中"惊堕"人间、长着"奇毛"而独特"无群"的,不幸"见获"而归于欧阳修,在欧阳修的庭除上被喂养,但他感到

---

① 李焘《续资治通鉴长编》,中华书局,2004 年,第 4278 页。
② 白兔唱和外,《临川先生文集》尚有卷五《虎图》、卷七《送裴如晦即席分题三首》等诗,皆为同年唱和。王安石《临川先生文集》,中华书局,1959 年,第 117、139 页。
③ 欧阳修《欧阳修全集》,中国书店,1986 年,第 12 页。
④ 王安石《临川先生文集》卷一〇,中华书局,1959 年,第 157 页。

的是困窘与窘迫。他希望欧阳修能为"此兔"考虑,将其放归大自然,让他"游衍"于"丰草长林"之间。他的诗歌技法与表现力远比苏洵高明,他的思绪表达也比苏洵更为明白。

韩维(1017—1098)于至和二年(1055)八月十六日,经欧阳修等人举荐,由大理评事而为史馆检讨,嘉祐元年秋当仍在任上,他可能也参与了醉酒赏兔宴会,但是他的《南阳集》卷四《赋永叔家白兔》与其他诸人咏物抒怀颇不相同:他用五古大发议论,探讨"天理"、"至理",将兔子与豺狼比较,试图论述物之美丑大小强弱与福祸之间的关系,惭愧他自己不能像庄子那样汪洋恣肆地阐明观点。① 他对兔子的一生非常同情,深为白兔无害却一生忧患而不平:"是惟兽之细,田亩甘所宁。粮粒不饱腹,连群落烰烹。幸而获珍贵,愁苦终其生。"无论是野处生活还是被人赏爱,兔子的一生都是"愁苦"的。"人生天地间,万物同一理"②,因此人生也像兔子一生是"愁苦终其生"。他不像苏洵和王安石那样认为有了自由,人生就可以幸福。他的见解深刻,但他的诗比较枯燥,不像王安石等人那样文采斐然。

刘敞(1019—1068)于嘉祐元年初出使契丹回朝后本为知制诰,但闰三月却因避亲(王尧臣)嫌而出知扬州,其外任颇有些无奈。他与欧在此前就关系密切,到扬州后一直与欧保持诗词唱和。这次唱和他可能并未到汴京赏兔,但他博学多闻,其《题永叔白兔同贡甫作》③发挥了他的特长,在此次唱和中用典故最多,《春秋》《诗经》《汉书》中的典故都用到了,可见他比王安石还更喜欢"以才学为诗"。他的结句是对欧阳修"天资洁白已为累,物性拘囚尽无益"的翻案或劝说:"由来文采绝世必见羁,岂能随众碌碌自放原野为。"欧阳修在京任职而颇感"拘囚",多次自请外任,而刘敞恰好相反,

---

① 他对祸福之理的关注与欧阳修的开宗明义之作《居士集》卷一《颜跖》一致,但观点不同。本诗疑为其兄韩绛作,韩绛与欧阳修此段时间唱和颇多。韩绛嘉祐元年十月二十日以礼部员外郎、知制诰为龙图阁直学士出知瀛州,欧阳修率同列请留朝廷,从之。见李焘《续资治通鉴长编》,中华书局,2004年,第4450页。
② 韩维《赠在巳上人》,《南阳集》卷三,《丛书集成初编》本。
③ 刘敞《公是集》卷一七,《文渊阁四库全书》本。

他希望尽快返京①,所以他认为"文采绝世"者就该与碌碌无为者有所区别,就该被朝廷羁縻而重用。

刘攽(1023—1089)皇祐元年(1049)在颍州丁父忧时,即与时守颍州的欧阳修有唱和往来②。《宋史》卷三一九云:"攽字贡父,与敞同登科,仕州县二十年,始为国子监直讲。"刘攽嘉祐六年才被欧阳修举荐为国子监直讲,嘉祐元年秋他仍在辗转州县,也可能到汴京待选(嘉祐二年为庐州通判)。刘攽与其兄一样博学,但他更以滑稽戏谑著称,孔平仲《谈苑》卷二云:"刘攽贡甫性滑稽,喜嘲谑。"魏泰《东轩笔录》卷八亦云:"刘攽博学有俊才,然滑稽喜谑玩,屡以犯人。"他的《古诗咏欧阳永叔家白兔》③除了也用典以显示博学之外,结句活用守株待兔的典故,露出一点"滑稽谑玩"的本性:"老翁守株更有待,勿使珍物遗今晨。"他在等着欧阳修那只白兔出逃呢!

裴煜(?—1067),字如晦,与梅尧臣交往唱和颇多。嘉祐元年秋他在京师,参与白兔唱和当在他赴任吴江县令前不久。他赴任前夕,有八人分题赋诗为他饯行:欧阳修、梅尧臣、王安石、苏洵以及王安国、焦千之、姚辟、杨褒④,其中前四人也是白兔唱和的参与者⑤。裴煜白兔诗今已不存,但从梅尧臣《戏作嫦娥责》所云"裴生亦有如此作,专意见责心未夷。遂云裴生少年尔,谑弄温软在酒卮",可知他和梅尧臣一样,也不认为白兔有什么神奇之处。他与刘敞、刘攽是同年进士,梅尧臣又称其为少年,可知他当与刘敞等人年辈相仿。当时参与唱和的诗人,有些作品可能也像裴煜的作品一样失传。

第二次白兔唱和是在嘉祐二年春,当时欧阳修知贡举,梅挚(995—1059)、韩绛(1012—1088)、范镇(1008—1089)、王珪(1019—

---

① 这一点在嘉祐二年欧阳修《居士集》卷七《奉酬扬州刘舍人见寄之作》中有明确表达:"君来一何迟,我请已有素。何当两还分,尚冀一相遇。"欧阳修《居士集》,《欧阳修全集》,中国书店,1986年,第47页。
② 刘德清《欧阳修纪年录》,上海古籍出版社,2006年,第223页。
③ 刘攽《彭城集》卷八,《文渊阁四库全书》本。
④ 刘德清《欧阳修纪年录》,上海古籍出版社,2006年。
⑤ 其他四人可能也参与白兔唱和,但作品不存。

1085）四人权同知贡举，梅尧臣为小试官。六人从正月六日入礼部贡院，直到二月十六清明节前后才出院，五十天的锁院期间，六人闲暇无聊时以诗歌唱和为乐①，为白兔而唱和是其中一个节目。先是梅挚想起家养的白鹤，写"忆鹤"七律，欧阳修与梅尧臣分别和诗之后②，意犹未尽，尤其是欧阳修，他因梅挚忆白鹤而想到自家白兔，写《思白兔杂言戏答公仪忆鹤之作》③，梅尧臣、王珪唱和以推波助澜，另外三人可能也参与唱和，但其诗今不存。此次白兔唱和现存五首诗中欧、梅各二首，王珪一首，五首诗内容前后相承，均为游戏之作，戏谑气氛比首次唱和浓厚得多。

  王珪的诗歌一向被讥嘲为"至宝丹"④，但他《和永叔思白兔戏答公仪忆鹤杂言》⑤却没有多少富贵华丽之语，倒是很朴实甚至生拙地记述了当时唱和情况："两翁相顾悦有思，便索粉笺挥笔写。有客月底吟影动，猝继新章亦奇雅。大都吟苦不无牵，遂约东家看娅姹。醉翁良愤诋高怀，却挥醉墨几欲骂。我闻此语初未平，随手欲和思殊寡。""两翁"是指欧阳修与梅挚，他二人因各自思念白兔白鹤而挥毫写诗，"有客"是指梅尧臣，他是"诗老"，诗思敏捷，所写"奇雅"，而其他几位即王珪自己与韩绛、范镇，他们苦吟不出诗歌，深感痛苦，于是相约到东家看"娅姹"开心。梅尧臣《和永叔内翰思白兔答忆鹤杂言》也有"我虽老矣无物惑，欲去东家看舞姝"之语，可以证明王珪所言不假。但几位唱和人的这种做法，与欧阳修《思白兔杂言戏答公仪忆鹤之作》所言"纤腰绿鬓既非老者事"完全是唱反调，所以令欧阳修气愤不已，欧阳修在《戏答圣俞》中云"须防舞姝见客笑，白发苍颜君自照"，的确是近乎谩骂的诗句。梅尧臣在受到欧阳修这番讥嘲之后，

---

① 刘德清《欧阳修纪年录》，上海古籍出版社，2006年，第299页。
② 梅挚诗今不存。欧阳修诗见《居士集》卷一二《忆鹤呈公仪》，梅尧臣诗见《宛陵集》卷五一《和公仪龙图忆小鹤》。欧阳修《居士集》，《欧阳修全集》，中国书店，1986年，第88页。梅尧臣《宛陵集》，《文渊阁四库全书》本。
③ 见《居士集》卷六。欧阳修《欧阳修全集》，中国书店，1986年，第43页。
④ 刘攽《中山诗话》、葛立方《韵语阳秋》卷一等均有记载。《中山诗话》，《文渊阁四库全书》本。《韵语阳秋》，上海古籍出版社，1984年，第16页。
⑤ 王珪《华阳集》卷一，《四部丛刊三编》本。

写《和永叔内翰戏答》,倔强而又朴拙地为自己的行为辩解:"从他舞姝笑我老,笑终是喜不是恶。固胜兔子固胜鹤,四蹄扑握长啄啄。"梅尧臣认真表明他就是爱女色胜于爱动物,他宁可"便归膏面染髭须"以扮少年,也决不认为白兔、白鹤胜于"舞姝"。这与他首次唱和时就不认为白兔有什么过人之处的观点前后呼应。几个年高位重的人竟然因为白兔唱和而动肝火,真是太有趣了。

两次唱和相隔大约四个月,地点、人物以及写作的氛围都有所不同。欧阳修对首次白兔唱和总的评价是"群诗名貌极豪纵",从现存十首诗的构思与想像看,的确"豪纵"。以前也有人为白兔写诗文,但是数量很少,欧阳修选择这个唱和对象并让唱和者用古体歌咏,其实是有意激励诗人们开拓诗域、勇于创新,加上老一辈与年轻一辈诗人共同唱和,所以首次唱和有强烈的竞技气息。而第二次唱和除王珪外,以老一辈诗人居多,老友之间的唱和竞技性明显减弱,而游戏性增强。另外,首次唱和的诗人们在咏物时都注重咏怀,因此他们笔下的白兔形象鲜明文化意味强烈,而且有浓厚的个人情绪色彩,每个人笔下的白兔都可以说是他自己的化身。而第二次唱和则因加入白鹤、舞姝以及唱和者的行为,思路与主题都有所变化,白兔的形象性以及个人精神寄托性都有所减弱,突出的是诗人个人的审美情趣与爱好以及唱和过程的描述。从两次唱和中,我们还有下面更多的发现。

(二) 白兔唱和的文化意蕴与深层语境

文人养动物,在宋代非常兴盛,几乎可以称之为文人养宠物热,用梅尧臣的话说就是"物惑"。当时文人喜欢饲养珍稀名贵或者是优雅可爱的禽兽,如宋初李昉养鹤、鹭、白鹇、鹦鹉、孔雀,称之为"五客",并为其赋诗画图①,林逋"隐居杭州孤山,常畜两鹤,纵之则飞入

---

① 《宋朝事实类苑》卷三四:"李昉再入相,以司空致仕,为诗慕白居易之浅初,所居有园林,畜五禽,以客为名:白鹇为闲客,鹭为雪客,鹤为仙客,孔雀为南客,鹦鹉为陇客,昉各为诗一章,画五客图,传于好事者。"江少虞《宋朝事实类苑》,上海古籍出版社,1981年,第434—435页。

云霄,盘旋久之,复入笼中"①,留有梅妻鹤子之佳话,都是宋初文人豢养宠物的著名范例。到了欧阳修所处的仁宗、英宗时期,文人豢养动物已经成为常见现象,梅挚养了白鹤、白鹇,欧阳修也养了白鹤、白鹇、白鹦鹉等。②文人宠物似乎以禽类为主,欧阳修的白兔则属于兽类,这可能是欧阳修邀人为白兔唱和的一个原因。文人饲养宠物与普通人不同的是,他们在饲养赏玩之余,还常常为这些动物写诗表示赞赏,将对动物的赏玩之情上升到诗歌创作、文化欣赏的高度。

白兔是一种小巧可爱、活泼灵动的动物,其毛色晶莹洁白,所谓"莹若寒玉无磷缁"(刘敞)、"莹然月魄照霜雪"(刘攽)、"宫中老兔非日浴,天使洁白宜婵娟"(王安石)。白兔眼睛殷红灵活,所谓"红眼顾盻珠璘瑞"(刘攽)、"走弄朝日光,艳然丹两睛"(韩维)。白兔行动灵活可爱,所谓"初不惊人有时拱"(刘敞),即便在月宫,白兔也是"扬须弭足桂树间,桂花如霜乱后前。赤鸦相望窥不得,空凝两瞳射日月。东西跳梁自长久,天毕横施亦何有"(王安石)的。唱和的诗人们将白兔的这些可爱之处写得栩栩如生,尤其是王安石在这一方面的描写上最为生动。形体与行为可爱的动物易令人赏爱,这可能是大家乐于为白兔唱和的又一原因。但这些原因都未免太显而易见了。

据梅尧臣《永叔白兔》所描写的"霜毛半茸、目睛殷红"以及其他诗人的描写看,欧阳修的白兔只不过是一只普通的白色兔子,按梅尧臣所说,是一只"凡卑"的兔子,并没有什么特别,但就这么一只白兔,何以能引起欧阳修以及众多诗人如此巨大的兴致?诗人们是否过于小题大做了?白兔唱和是否还有超越我们现代人所了解的其他文化内涵或更为深层的语境?我们试图在唱和"群诗"中找到一些答案。

梅尧臣、裴煜之所以"拟玉兔为凡卑",是因为他们认为"百兽皆

---

① 沈括《梦溪笔谈》卷一〇,上海书店出版社,2009年,第93页。
② 从《居士集》卷六《和梅龙图公仪谢鹇》、卷一二《和公仪赠白鹇》、卷八《答圣俞白鹦鹉杂言》以及刘攽《彭城集》卷八《题欧公厅前两鹤》等诗可以得知。欧阳修《居士集》,《欧阳修全集》,中国书店,1986年。

有偶然白"①,由此而论,白兔之白没什么了不起。但是刘攽不这么认为,他说:"飞若白鹭众不足珍,走若白马近而易驯。古来希世绝远始为宝,白玉之白无缁磷。乃知白兔与玉比,道与之貌天与神。"物以稀为贵,白鹭、白马常见而不足珍,而白兔与白玉一样在当时是稀世珍宝,当然珍贵。刘敞与刘攽观点一致,而且他以历史记载为据来阐发这个观点:"梁王兔园三百里,不闻有与雪霜比。今公畜此安取之,莹若寒玉无磷缁。春秋书瑞不常有,历年旷世曾一偶。"可知白兔不仅仅是宋代少有,就是宋以前白兔也很少见,汉代梁孝王三百里的兔园都没有听说有白兔,其他时代也只是偶然一见。刘敞博学洽闻,所言极为可信,由此可知白兔在宋代及其以前确实因为稀有而显得弥足珍贵。

虽然我国很早就有大量的兔子,而且《诗经》就有《兔罝》篇说明兔子常见,但那时的兔子基本是褐色或者是灰色的,白兔很少见,《抱朴子》有"兔寿千岁,满五百岁则色白"②之说,"五百岁"才变白的白兔岂是一般人常见的? 这无疑是欧阳修以及诸公为白兔唱和的一个重要原因。

刘敞诗中所言"春秋书瑞不常有",还透露了一个历史文化现象:古人长久以来以白兔为祥瑞之物。《瑞应图》云"王者恩加耆老,则白兔见"③,说明王者有恩泽白兔才会出现;《梁书》卷三〇《裴子野传》云:"遭父忧,去职,居丧尽礼,每之墓所,哭泣处草为之枯,有白兔驯扰其侧。"说明极孝感天才会出现白兔。白兔是长寿之征,祥瑞之兆,只有在人类行为感动天地时,天地才会将其作为表彰人类的一种奖赏偶然一现,因此不少史书都郑重其事地记录这些祥瑞,《竹书纪年》

---

① 梅尧臣著、朱东润编校《梅尧臣集编年校注》卷二六,上海古籍出版社,1980年,第898页。
② 《艺文类聚》卷九五,今本《抱朴子》无。南宋人更关注这一点,这次唱和没涉及。叶适:"不道奇毛妬霜雪,应知雅意合松椿。龟年鹤岁犹嫌少,献与尊堂别纪春。"林希逸:"毛虫虽小著仙籍,云渠千岁皆化白。中山山中衣褐徒,生长何年换颜色。"欧阳询《艺文类聚》,上海古籍出版社,1965年,第1650页。
③ 见《艺文类聚》卷九九,《太平御览》等类书亦收录。欧阳询《艺文类聚》,上海古籍出版社,1965年,第1715页。李昉等《太平御览》,上海古籍出版社,2008年。

卷下有"元年，晋献公朝王，如成周，周阳，白兔舞于市"记载，可能就是刘敞所云的"春秋书瑞"之一。此后正史对白兔的记载不绝如缕。《宋书》卷二九就从"汉光武建武十三年九月，南越献白兔"起，历记此后白兔出现的精确时日地域，一直记载到宋孝武"大明六年六月乙丑，白兔见青冀，二州刺史刘道隆以献"。《魏书》卷一一二也有类似体例的记载。南北朝的史书如此郑重地为"白兔"记录，可见这一时期人们对白兔的重视。

欧阳修等人编写的《新唐书》《新五代史》也记录过白兔事迹，却没有如《宋书》《魏书》那样集中的记录。但《宋史》卷六六《五行志》则又集中记载："天圣九年五月宿州获白兔。六月庐州获白兔。明道二年六月唐州获白兔。皇祐三年十二月泰州获白兔。……熙宁元年九月抚州获白兔。十二月岚州获白鹿。四年九月庐州获白兔。政和五年十二月安化军获白兔。六月泰州军获白兔。七年二月达州获白兔……"

《宋史》为什么又会如此重视白兔呢？从《续资治通鉴长编》卷三七太宗至道元年（995）的记载可知一些信息："乙巳，知通利军钱昭序表献部内赤乌、白兔各一。云：'乌禀阳精，兔昭阴瑞。报火德蕃昌之兆，示金方驯服之征。念兹希世之珍，罕有同时而见，望宣付史馆。'从之。上谓侍臣曰：乌色正如渥丹，信火德之符矣。"白兔被钱昭序视为"昭阴瑞"、"示金方驯服之征"等，都源于秦汉以来传统文化的一贯认识。

白兔在月宫中居住，是阴精所集，韩维《赋永叔家白兔》有"太阴来照之，精魄孕厥灵"之说，刘敞《题永叔白兔同贡甫作》有"宁知彼非太阴魄"之句，欧阳修在《答圣俞白鹦鹉杂言》也有此说："日阳昼出月夜明，世言兔子望月生。谓此莹然而白者，譬夫水之为雪而为冰，皆得一阴凝结之纯精。"①可知这种观念，在宋人心目中早已是根深蒂固。

白兔又是如何成为"示金方驯服之征"？这虽然是钱昭序的附会，但钱昭序确实是有切实依据的。根据五行对应观念，古人认为西方对应之色是白色，西方是金对应的方位，白兔等白色祥瑞动物常被

---

① 《居士集》卷八，《欧阳修全集》，中国书店，1986年，第54页。不少类书汇聚了古代关于白兔的文字记载，此处不一一列举。

认为是金精所诞①,是西方也就是金方的象征性动物,而且兔子又是柔弱驯服的象征,所以钱昭序用以代指当时的西方的党项族(后来的西夏),所谓金方驯服的征兆。这个说法有充分的五行根据,所以宋太宗以及侍臣、史馆中大臣都接受了这个说法,此后的宋人也都对此深信不疑。因此在宋代俘获白兔,就如同俘获"驯服"的"金方"。②元人所修《宋史》是在宋人观念和记录的基础上润色的,所以才会有如此集中的记录。嘉祐元年滁州人献给欧阳修的白兔,并没有载入史册,这是因为史书中记载的白兔都是各地献给皇帝的,民间的互送不计其中。本应送给皇帝的"驯服之征"却送给了欧阳修,难怪欧阳修和不少唱者都觉得白兔弥足珍贵。唱和诗没有涉猎这一方面内容,可能是有意回避。

白兔在当时具有稀有、长寿、祥瑞、阴瑞、月精等积淀了千百年的文化内涵,又被赋予了特定的历史象喻,而这些构筑了诗人们唱和的深层语境。

宋代文人在金石古玩、文玩清供、饮食文化等生活情趣之外,更懂得对植物动物等事物的欣赏与品味,他们过着注重细节的精致生活,保持着文人士大夫的优雅情趣,把文人士大夫的生活提高到特别注重文化内涵的层次,这是华夏文化历千年之演进而能够造极于宋世的重要原因。

(三) 诗思的传统文化束缚与超越

欧阳修之所以首倡以白兔为歌咏对象,是因为这个诗题没有被唐代及其以前诗人大量写过,因此有足够发挥诗人创造力的空间。但

---

① 《晋书》卷八七《凉武昭王传》云:"是时白狼、白兔、白雀、白雉、白鸠皆栖其园囿,其群下以为白祥,金精所诞,皆应时雍而至。"中华书局,1974年,第2264页。南宋林希逸《竹溪鬳斋十一稿》卷七《戏效梅宛陵赋欧公白兔》"岂其孕育自卯宫,又是金公付精魄",《文渊阁四库全书》本。
② 厉鹗辑《南宋院画录》卷三《萧照瑞应图三卷》:"第十幅:上驻磁州,晨起出郊,骑军从行。马首忽白兔跃起,上弯弓一发中之,将士莫不骇服。然兔色之异,命中之的,二事皆契上瑞。臣谨赞曰:'维是狡兔,色应金方。因时特出,意在腾骧。圣人膺运,抚定陆梁。一矢殪之,遂灭天狼。'可以为证。"《文渊阁四库全书》本。

是关于白兔的习性、传说以及事迹在文献典籍中有大量记录,譬如白兔在月宫捣药的传说先秦就已经流行,此外,以兔子为祥瑞之物以及肃肃兔罝、狡兔三窟、守株待兔等典故成语也源远流长。又如以兔毫为笔在中国也有十分悠久的历史,尤其是韩愈《毛颖传》以游戏之笔为毛笔立传,更使中山兔毛声名远播。因此,即便是欧阳修之前没有歌咏白兔的诗歌遗产,但是也有足够的传统文化积淀可供诗人们借鉴参考。而文化传统可以成为歌咏白兔命意构思的基石,同时也可以成为对诗人创造力的一种束缚。

首次唱和的诗人们,大多由白兔联想到传说中月宫的玉兔,因此玉兔逃离月宫成为这次诗人们构思和发挥想象的起点。欧阳修《白兔》开篇即云:"天冥冥,云蒙蒙,白兔捣药嫦娥宫。玉阙金锁夜不闭,窜入滁山千万重。"捣药的白兔在冥冥蒙蒙的夜间,悄然离开了嫦娥所在的琼楼玉宇,"窜入"人间的滁山。在庆历八年砚屏诗唱和中[①]最缺少想像力、最煞风景的梅尧臣,此次首和《永叔白兔》云"可笑嫦娥不了事,却走玉兔来人间。……月中辛勤莫捣药,桂傍杵臼今应闲。我欲拔毛为白笔,研朱写诗破公颜",也是顺着月宫的传说写到了嫦娥和桂树以及捣药的杵臼,但是结句的"拔毛为白笔"却在戏言中显露真实与本性,又一次因落到实处而大煞风景。欧阳修显然对其过于落实的说法不太欣赏——"翰林主人亦不爱尔说"。因此,梅尧臣接着做了一首出人意料的诗歌《戏作嫦娥责》:

> 我昨既赋白兔诗,笑他嫦娥诚自痴。正值十月十五夜,月开冰团上东篱。毕星在傍如张罗,固谓走失应无疑。不意嫦娥早觉怒,使令乌鹊绕树枝。啴噪言语谁可辨,徘徊赴寝褰寒帷。又将清光射我腹,但觉轸粟生枯皮。乃梦女子下天来,五色云拥端容仪,雕琼刻肪肌骨秀,声音柔响扬双眉:"以理责我我为听,何拟玉兔为凡卑。""百兽皆有偶然白,神灵触冒由所推。裴生亦有如此作,专意见责心未夷。"遂云:"裴生少年尔,谑弄温软在酒卮。

---

① 参看砚屏诗一节。砚屏唱和也与月宫传说有关。

尔身屈强一片铁,安得妄许成怪奇。翰林主人亦不爱尔说,尔犹自惜知不知。"叩头再谢沈已去,起看月向西南垂。

诗中描绘嫦娥先遣乌鹊啁噪、清光射腹,然后她自己仪态万方地在五色云中翩然降临,接着与梅尧臣对话,细节周到,声气活现,整个过程栩栩如生,显示出梅尧臣非凡的想像力,让人们看到梅尧臣诗歌创作的另一面。然而梅尧臣即便在想像中也是理性的,他在与嫦娥的对话中传达的信息是:他并非没有想象力,只是他觉得他自己年事已高,性格又倔强认真,不能随便"妄许"以至于"成怪奇":一个"凡卑"的白兔怎么可能是月宫中的玉兔呢?他不愿意像其他人那样不理智地"妄许"。梅尧臣依然是老实巴交的,他追求平实的诗歌观念与欧阳修追求新奇的诗歌观念有了分歧,而且逐步明显了。然而虽有分歧,但这次欧阳修的不欣赏,对梅尧臣开发想象力起到了推动作用。

王安石《信都公家白兔》开篇一大段,基本是欧阳修、梅尧臣月宫嫦娥之说的翻版,他只是将白兔在月宫中的环境和活动写得更为生动一些而已。苏洵《欧阳永叔白兔》虽从飞鹰搏击平原开始,但结语所云"何当骑蟾蜍,灵杵手自捣",也将落脚点放在月宫传说中。

首次唱和至少有这五首白兔诗(加上裴煜的佚诗当为六首),没有离开月宫嫦娥玉兔这个古老的传说。虽然这些诗都在传说基础上展开了极为丰富的想象,已经够"豪纵"了,但是欧阳修显然不满意这样构思重复、缺少更多创意的唱和,他在给梅尧臣的一封信中谈到:"前承惠《白兔》诗,偶寻不见,欲别求一本。兼为诸君所作,皆以常娥月宫为说,颇愿吾兄以他意别作一篇,庶几高出群类。然非老笔不可。"[1]欧阳修非常明确地对"诸君"局限于"月宫嫦娥"而不能别出心裁表示不满,他希望梅尧臣这样的"诗老"能够打破成规、再出人意料一些。

梅尧臣果然跳出嫦娥月宫之说,另写一篇《重赋白兔》:

---

[1] 《欧阳修全集》,中国书店,1986年,第1290页。

> 毛氏颖出中山中,衣白兔褐求文公。文公尝为颖作传,使颖名字传无穷。遍走五岳都不逢,乃至琅琊闻醉翁。醉翁传是昌黎之后身,文章节行一以同。滁人喜其就笔绁,遂与提携来自东。见公于巨鳌之峰,正草命令辞如虹。笔秃愿脱颖以从,赤身谢德归蒿蓬。

这次"重赋"的确是一番新面貌:《毛颖传》中的白兔找到了韩愈的后身欧阳修,自愿将其白毛奉献给他为笔草诏。一个十分巧妙新颖而且圆满的联想,且在不经意中赞扬了欧阳修,果然是"老笔"!但仔细考察,却发现整首诗歌构思又落入其首赋《永叔白兔》结句"拔毛为白笔"的窠臼,而且这个窠臼显然是囿于另一类文化传统——兔毛作笔的束缚。不知欧阳修读后作何感想。

事实上,刘敞、刘攽兄弟以及韩维的三首唱和诗,倒是没有重复月宫传说以及拔毛为笔——这两个为时人熟知的传统文化典故,但是他们又被其他的士人熟知的传统文化所束缚,围绕着白兔为祥瑞、弱小之物,他们寻找了更多的传统文化知识、典故、概念来支撑自己的观点,来构思联想。与月宫传说相比,这几首诗歌更落入传统文化的圈套,更缺少个人诗性思维创造性的想像。难道就没有哪个诗人能够挣脱传统文化的束缚,而进行完全彻底的创新吗?诗歌因此就要陷落在传统文化深厚的积淀中,而无法超越吗?

欧阳修在这次唱和中,有了挣脱传统文化束缚、追求超越的比较清醒的意识。第二次唱和时,欧阳修自己显然找到了一个超越传统文化束缚的突破口,他不仅引进白鹇(后来还增加了白鹇、白鹦鹉)、舞姝、京师少年作为参照,而且还引进另一艺术门类——绘画中的白兔、白鹤作为陪衬,使得白兔诗(咏物诗)的命意、思路、想象得以拓展。尽管同类比较也还是诗歌创作的思维常规,但是欧阳修的追求超越意识却是难能可贵的。其他诗人并没有在欧阳修的倡导下有所响应,他们"大都吟苦不无牵",欧阳修试图超越的理想注定无法实现。

事实上,诗人的思维乃至想象,受传统文化影响越深,受到的束缚也就越大,越容易形成一些定式、局限,而诗人常常有超越思维定式与极限的向往。这种超越其实首先是对文化传统束缚的超越。欧阳修中晚年在诗歌创作理论和实践中,越来越清醒且努力不懈地追求对思维定式与局限的超越:庆历八年(1048)欧阳修首倡的砚屏诗唱和,是他追求这种超越的一个标志,皇祐二年(1050)欧阳修在颍州聚星堂聚会唱和赋《雪》时提出"玉月梨梅练絮白舞鹅鹤银等事,皆请勿用"①,表面上是要抛开诗歌语言中的陈词滥调,追求语言上的超越常规,实际上是在努力追求超越思维上的定式与局限,正如诗中所言"脱遗前言笑尘杂,搜索万象窥冥漠"——前句是创作时的基本要求,后句是希望达到的目的。嘉祐元年、二年的白兔诗唱和,是欧阳修超越或突破思维定式与局限的更加明确的表达。欧阳修的这种追求差不多是对"笔补造化天无功"的实践,但这种人类思维的自我超越,无论对哪个人而言无疑都是太困难了,所以欧阳修偶然会有"文章损精神,何用觑天巧"②这样无力的叹息、无奈的放弃。然而欧阳修在理论上超越思维定式、突破思维局限的期望,在创作上的身体力行,无疑是宋调初创阶段最有开创或创新意义的追求——尽管宋调并没有沿着这个方向发展。

两次白兔唱和,在诗歌史上声名昭著,以至于后人写到白兔,都会想到两次唱和的典故。叶适《水心集》卷八《和王宗卿白兔诗》云:"瑞登韩笔名尤重,喜动欧吟事转神。"就将欧阳修等人的唱和与韩愈的名作《毛颖传》联系到一起,作为典故吟咏。直到南宋晚期,江湖诗派诗人林希逸还饶有兴致地作《戏效梅宛陵赋欧公白兔》③,将两次唱和的风雅与意义延伸到了晚宋。

二、注辇国白鹦鹉唱和与海外文化

欧阳修、梅尧臣、刘敞三人有四首为注辇国的白鹦鹉唱和的诗歌,其中牵涉到北宋南方尤其是广州的对外贸易,牵涉到北宋的海外交

---

① 《欧阳修全集》,中国书店,1986年,第370页。
② 同上书,第47页。
③ 林希逸《竹溪鬳斋十一稿》卷七,《文渊阁四库全书》本。

通、海外物产,反映出宋代文人的海外观念,引起人们对宋代涉外诗歌的关注。欧、梅、刘对海外物产的观念,代表当时士大夫同中有异的眼界与世界观;对海外的描绘与想象,也将当时士人的视野扩展到海外文化。

宋代海外贸易繁荣以及海外交通频繁,诗歌中颇有反映,但诗歌所涉及的北方诸国如辽、金、夏以及东北亚诸国如高丽、日本比较常见,而对东南亚诸国的吟咏则较少出现。因此嘉祐四年(1059)欧阳修、梅尧臣、刘敞关于注辇国的白鹦鹉四首诗歌就显得有特别的意味。

欧阳修、梅尧臣、刘敞的四首诗歌,写作时间既不明确也不统一,梅尧臣《赋永叔家白鹦鹉杂言》是应欧阳修请求而写,被编录在嘉祐二年(1057),朱东润先生《校》曰:"诗见残宋本,他本皆无。"《补注》曰:"欧集卷八《答圣俞白鹦鹉杂言》,题嘉祐四年,未详。"[1]欧阳修的酬答诗《答圣俞白鹦鹉杂言》的确收录在《居士集》卷八,目录下注嘉祐四年[2]。当然,这两首同题唱和诗应在同一年,但到底是嘉祐二年还是四年?如果没有外证很难确定。刘敞《公是集》卷一九有《客有遗予注辇国鹦鹉,素服黄冠,语音甚清慧。此国在海西,距中州四十一万里,舟行半道,过西王母,三年乃达番禺也》[3],没有编年,但梅尧臣给这首诗的酬和《和刘原甫白鹦鹉》(原题下注:出注辇国。注辇在西海,去中州四十一万。舟行过西王母,三年乃达番禺也),却被明确编录在嘉祐四年[4],根据唱和诗时间一般相距不远的原则,可知刘诗也当作于此年。

梅、欧唱和与刘、梅唱和的内容都是注辇国的白鹦鹉,而前轮唱和中的欧答与后轮唱和中的梅和,都被确定在嘉祐四年,因此可以断定梅尧臣的《赋永叔家白鹦鹉杂言》当是嘉祐四年所作。嘉祐四年,欧

---

[1] 梅尧臣著、朱东润编校《梅尧臣集编年校注》,上海古籍出版社,1980年,第989页。
[2] 《欧阳修全集》,中国书店,1986年,第54页。
[3] 刘敞《公是集》,《文渊阁四库全书》本。
[4] 梅尧臣著、朱东润编校《梅尧臣集编年校注》,上海古籍出版社,1980年,第1116页。

阳修和刘敞都在朝中作官,可能差不多同时各自得到了特别的礼品——注辇国的白鹦鹉,又同时请"诗老"且也在汴京为官的梅尧臣为之赋、为之和。于是引起我们对宋代"涉外"诗歌的关注。

(一) 来市广州才八国

四首唱和诗中,欧阳修的"涉外"内容最为丰富,其中一句云:"海中洲岛穷人迹,来市广州才八国。"即涉及广州在宋代的对外贸易。

广州在唐代就是对外贸易的重要港口,五代十国时期受到一些破坏,宋太祖开宝四年(971)征服南汉后,立刻设立市舶司,恢复广州的海外贸易。《续资治通鉴长编》卷一二云:"壬申(六月八日),初置市舶司于广州,以知州潘美、尹崇珂并兼使、通判,谢玭兼判官。"市舶司就是管理海外贸易与交通的机构。

广州市舶司不仅设立最早,而且宋代从未废除,且一直保持兴盛。朱彧《萍洲可谈》卷二云:"广州市舶司旧制,帅臣漕使领提举市舶事,祖宗时谓之市舶使。福建路泉州,两浙路明州、杭州,皆傍海,亦有市舶司。崇宁初,三路各置提举市舶官。三方唯广最盛。"兴盛的广州市舶司形成了一系列海外贸易法[①],成为海外贸易中心,尤其是东南亚、印度、阿拉伯国家来华的贸易中心。由于商业往来频繁,不少外国商人来华居住,称作"住唐",广州因此还设立了外国商人居住区,所谓"广州蕃坊,海外诸国人聚居"[②]。

据研究,宋代在广州贸易的国家多达五十多个[③],十分繁荣。欧阳修之婿庞元英《文昌杂录》卷一也记载:"主客所掌诸番……南方十有五,其一曰交趾,本南越之地,唐交州总管也。其二曰渤泥,在京都之西南大海中。其三曰拂菻,一名大秦,在西海之北。其四曰注辇,在广州之南,水行约四十万里方至广州。其五曰真腊,在海中,本扶南之属国也。其六曰大食,本波斯之别种,在波斯国之西,其人目深,举体

---

① 朱彧《萍洲可谈》卷二,《文渊阁四库全书》本。
② 同上。
③ 邓端本《宋代广州市舶司》,《岭南文史》1986年第1期。

皆黑。其七曰占城,在真腊北。其八曰三佛齐,盖南蛮之别种,与占城为邻。其九曰阇婆,在大食之北。其十曰丹流眉,在真腊西。其十一曰陀罗离,南荒之国也。其十二曰大理,在海南,亦接川界。其十三曰层檀,东至海、西至胡卢没国,南至霞勿檀国,北至利吉蛮国。其十四曰勿巡,舟船顺风泛海二十昼夜至层檀。其十五曰俞卢和,地在海南。……朝廷所以待远人之礼甚厚,皆著例录,付之有司。而诸蕃入贡,盖亦无虚岁焉。"仅"南方"与宋朝有往来或朝贡宋朝的国家就有十五个,而欧阳修诗歌为什么说"才八国"呢?

庞元英所云的南方十五国,是元丰三年后主客郎中所掌管的海外朝贡或贸易国,有些国家在嘉祐四年可能还没有来华贸易,有的可能不在广州市舶司贸易,有的不是"海中洲岛",所以欧阳修所说的"来市广州才八国",尚需考证。

《宋史》卷一八六《食货志》讲到宋代的互市舶法云:"(开宝)四年,置市舶司于广州,后又于杭、明州置司。凡大食(阿拉伯半岛及其以东波斯湾一带)、古逻(今泰国南部)、阇婆(爪哇)、占城(今越南南部)、勃泥(今文莱首都斯里巴加湾市周围区域)、麻逸(又作摩逸,在今菲律宾)、三佛齐(在今苏门答腊岛)诸蕃,并通货易。"所云的七个国家,应该是在太祖年间或其后不久就与宋朝就有了贸易往来,而注辇(今印度南部)不在内,可能因为其往来较晚。

《续资治通鉴长编》卷八七云:"(真宗大中祥符九年)庚戌,知广州陈世卿言:'海外蕃国贡方物至广州者……每国使、副、判官各一人,其防援官,大食、注辇、三佛齐、阇婆等国,勿过二十人;占城、丹流眉(今马来半岛上)、勃泥、古逻、摩逸等国,勿过十人,并往来给券料。'"其中谈到了真宗时期在广州贸易并要到汴京朝贡的九个海外国家,除大食非东南亚、南亚国家外,其他八国均是。欧阳修所云的八国,可能正是此八国。

北宋时期十分重视海外贸易,《宋史》卷一八六《食货志》云:"雍熙中,遣内侍八人赍敕书金帛,分四路招致海南诸蕃。"可知当时的海外贸易并非被动等待他国前来,宋朝朝廷也很重视主动出国招致贸易。这样海外贸易日益兴盛。

明章潢《图书编》卷五一《古南海总叙》简要介绍了中国与南海诸国贸易往来的历史:"海南诸国,汉时通焉。大抵在交州南及西南,居大海中洲上,相去或三五百里、三五千里,远者二三万里,乘舶举帆,道里不可详知。外国诸书虽言里数,又非定实也。其西与蕃国接。元鼎中,遣伏波将军路博德,开百越,置日南郡,其徼外国,自武帝以来皆献见。后汉桓帝时,大秦、天竺皆由此道遣使贡献。及吴孙权遣宣化从事朱应、中郎康泰使诸国,其所经及传闻,则有百数十国,因立记传。晋代通中国者盖少。及宋齐,至者十余国。自梁武、隋炀,诸国使至,逾于前代。至唐贞观以后,声教远被,自古未通者,重译而至,又多于梁、隋焉。"宋承唐后,与南海诸国的贸易更是日益兴盛。

宋代国力不如唐代,与国外交往尤其是与西方、北方、东亚交往尤其不如唐代,但是由于宋代海运发达,宋朝与海上诸国的交往则甚至超过唐代。王栐《燕翼诒谋录》卷四云:"唐有《王会图》,皇朝亦有《四夷述职图》。大中祥符八年九月,直史馆张复上言,乞纂朝贡诸国衣冠,画其形状,录其风俗,以备史官广记,从之。是时外夷来朝者,惟有高丽、西夏、注辇、占城、三佛齐而已,不若唐之盛也。"其中注辇、占城、三佛齐都是南海国家。南海贸易的兴盛引起欧阳修等人对海外贸易的关注和好奇。

(二)其间注辇来最稀

注辇国是在广州贸易的海上八国之一。刘敞用较长的诗题、梅尧臣用注解的方式,对白鹦鹉的产地注辇国作了简要的介绍,让人们对那个"海西"国家及其物产白鹦鹉有了简单的了解。尤其是讲到注辇国距中州之远,以及要"过西王母",给人以惊异的感受。

《宋史》卷四八九《外国》对注辇国有更为详细的介绍,可以为刘敞、梅尧臣的说法作注解和补充:"注辇国,东距海五里,西至天竺千五百里,南至罗兰二千五百里,北至顿田三千里。自古不通中国,水行至广州约四十一万一千四百里。其国有城七重,高七尺,南北十二里,东西七里,每城相去百步。凡四城用砖,二城用土,最中城以木为之,皆植花果杂木。其第一至第三,皆民居,环以小河;第四城,四侍郎居之;第五城,主之四子居之;第六城,为佛寺百僧居之;第七城,即主之所居室。四百余区,所统有三十一部落。……今国主相传三世矣。……地产真珠、象牙、珊瑚、颇黎、槟榔、豆蔻、吉贝布。兽有山羊、黄牛;禽有山鸡、鹦鹉;果有余甘、藤罗、千年枣、椰子、甘罗、昆仑梅、娑罗密等……"

刘敞、梅尧臣所言的"四十一万里",与《宋史》所言的"约四十一万一千四百里"相近,但可能都有所夸大,不够精准。稍后叶梦得《石林燕语》卷二云:"注辇在广州南,水行约四千里至广州。""四千里"与"四十一万里"的区别,可谓大矣。印度南部距广州并没有"四十一万里",但海上波浪滔天,当时各国远洋航行技术还不够先进,行程不免受到影响,所以刘敞云"三年",也即《宋史》卷四八九《外国》云:"离本国凡千一百五十日,至广州焉",航船才能到达广州海港,给人的错觉是那么遥远。

刘、梅诗题中的"过西王母",与诗中的"应夸王母使","尝过西王母"虽然都涉及神话传说中的"西王母",但却不算夸张,因为《宋史》卷四八九《外国》详细记载了注辇国使节首次来华的详细路程,其中有"至三佛齐国。又行十八昼夜,度蛮山水口,历天竺山,至宾头狼山,望东,西王母冢距舟所将百里。又行二十昼夜,度羊山、九星山,至广州之琵琶洲",可知注辇国来华,途中的确要经过"西王母冢",而西王母,可能就是《穆天子传》中的西王母,只是她并非长生不老,而是已死留冢了。刘诗中还提到"更遇越裳人",越裳也是东南亚的一个古国:"交趾之南有越裳国。周公居摄六年,制礼作乐,天下和平,越裳氏以三象、重译而献白雉。"① 诗歌所提到的行程自然没有史书记载那么详细,但是诗人的关注点却是极具特征、极有诗意的,能给人留下深刻的印象。

---

① 范晔《后汉书》卷八六,中华书局,1965年,第3835页。

南宋前期周去非《岭外代答》卷二《海外诸蕃国》云:"注辇国,是西天南印度也。"据历史地理学家研究,注辇国正是一到十三世纪存在的一个印度东南部科罗曼德海岸国家。注辇国在宋代以前,与中国并无官方往来,所谓"自昔未尝朝贡"①,直到宋真宗大中祥符八年九月,注辇国王罗茶罗乍派使节到汴京朝贡,注辇才与中国有了正式的官方交往。当时宋朝正值与辽国澶渊结盟后不久,宋真宗热衷于东封西祀,并寻找瑞异征兆掩饰羞辱、粉饰太平,注辇国的朝贡显然被视为四夷臣服的祥瑞之一。注辇国的进奉使侍郎娑里三文,不仅进呈了华丽而充满赞美、仰慕之情的"国主表"②,而且转达了其国主所云"十年来海无风涛,古老传云,如此则中国有圣人"的美言,这自然令真宗喜不自禁。当时朝廷为之欢欣鼓舞,"庚申,权判鸿胪寺、刑部郎中、直史馆张复上言:'请纂集大中祥符八年已前朝贡诸国,缋画其冠服,采录其风俗,为《大宋四裔(夷)述职图》,上以表圣主之怀柔,下以备史臣之广记。'从之。及复以图来上,上曰:'二圣已来,四裔(夷)朝贡无虚岁,何但此也?'乃诏礼仪院增修焉"③。据王应麟《玉海》卷一五三云,当时所张复呈上的《四夷述职图》,其实只有注辇一国图,而真宗诏令礼仪院增修其他国家的述职图,最终并没有成功。注辇国朝贡成为宋朝绘制《四夷述职图》的直接原因,也是真宗时唯一一个画入《四夷述职图》的国家。这使得注辇国一时声名大振。

由于注辇国路途遥远,舟行三年才能到达广州,因此比其他国家贸易、朝贡次数相对较少,所以欧阳修诗云"其间注辇来最稀"。《宋朝事实》卷一二记载了南海一些国家朝贡的时间与频率,如"占城,建隆元年贡方物,二年来朝,三年贡方物。……三佛齐,建隆元年二年三年三月十一月贡方物……阇婆,淳化三年贡方物。勃泥,太平兴国二年贡方物。注辇,大中祥符八年贡方物,天禧四年贡方物,明道二年贡真珠等,熙宁十年贡方物。……丹流眉,咸平四年贡方物"。《宋

---

① 《宋史》卷四八九,中华书局,1977年,第14096页。
② 同上书,第14097页。
③ 李焘《续资治通鉴长编》,中华书局,2004年,第1951页。

史》卷四八九:"又有摩逸国,太平兴国七年载宝货至广州海岸。"这些国家朝贡、贸易相对频繁,尤其是三佛齐、占城等与宋朝关系尤为密切。

真宗天禧四年,注辇国朝贡正使娑栏得麻烈呧到达广州后,尚未赴汴京就病逝;仁宗明道二年,注辇国使节再次到汴京朝贡,"(正使)蒲押陁离自言:'数朝贡,而海风破船,不达。'"①可见航海不便,阻碍了两国之间正常往来。《宋史》等史书记载,直到神宗熙宁十年,注辇国才有再次朝贡。官方往来可谓稀少。史料虽然没有嘉祐四年注辇国曾有朝贡的记载,但可能事实上两国的民间贸易交往一直在进行,所以欧阳修、刘敞仍能得到注辇国的白鹦鹉。刘敞云"客"赠白鹦鹉,梅尧臣云"胡人望气海上来,献于公所奇公才",其"客"与"胡人"说的可能就是注辇国的商人。

就在明道二年注辇国再次朝贡时,正使蒲押陁离还有一个大胆的举动:"'愿将上等珠就龙床脚撒殿,顶戴瞻礼,以申向慕之心。'乃奉银盘升殿,跪撒珠于御榻下而退。景祐元年二月,以蒲押陁离为金紫光禄大夫、怀化将军,还本国。"②这位胆大的使节为宋朝皇宫举行了注辇国的皇宫礼仪,把注辇国的风俗传播到中国,再一次使注辇国声名远播。欧、刘、梅等人对注辇国的情况可能正是因此而有所了解。这次撒殿礼大大提高了注辇国声誉,以至于南宋诗人还都常常谈及此事,如楼钥《攻媿集》卷一一《刘寺即事》云:"飞泉何事仰空流,无数明珠散不收。注辇昔时曾撒殿,至今抛掷未曾休。"岳珂《宫词一百首》有云:"注辇衣冠听九胪,周家王会看新图。仪鸾扇筤瞻朝退,扫得金莲撒殿珠。"

注辇国虽然是印度东南部不太大的国家,朝贡次数也不多,但是其国主的贡表与使节的言行却大大提升了其知名度及国际间交流地位,使得欧、梅、刘等人对其有了不少的了解甚至向往。

---

① 《宋史》卷四八九,中华书局,1977年,第14098页。
② 同上。

(三) 此鸟何年随海舶

鹦鹉在古代中国并不算太稀奇,《山海经·西山经》即云:"黄山及数历之山,有鸟焉,其状如鸮,赤喙人舌,能言,名曰鹦䴉。"郭璞云:"鹦䴉,舌似小儿舌。有五色者,亦有纯白、纯赤者。"这种说法虽不可详考,但是中国古代出产鹦鹉却并非虚谈。

刘敞、梅尧臣诗句"那将陇禽比,萧洒绝埃尘"与"雪衣应不忌,陇客幸相饶",都提到陇禽、陇客。陇禽、陇客都是鹦鹉的别称,之所以有如此称呼,是因为古代陇州(陕甘一带)出产鹦鹉,直到宋代,陇州还曾向皇宫进贡鹦鹉,如《宋史》卷一《太祖本纪》云:"(建隆二年)己卯,陇州进黄鹦鹉。"《建炎实录》云:"郭浩以秦凤提刑狱,按边至陇口,见一红一白鹦鹉鸣于树间,问上皇安否。浩诘其因。盖陇州岁贡此鸟,徽宗置之安妃阁,教以诗文,及宣和末,使人发还本土,二鸟犹感恩不忘。"①此故事可能是后人的无稽之谈,但其中谈到陇州岁贡鹦鹉,却似乎有所根据。远古黄河地区十分炎热,连大象都能生存,何况与之相近的陇州?

除陇州外,岭南以及南海各地古代均大量生产鹦鹉,《太平御览》卷二九四《南方异物志》曰:"鹦鹉有三种,一种青,大如乌臼;一种白,大如鸱鸮;一种五色,大于青者。交州以南尽有之。……又曰:广、管、雷、罗等州,俱多鹦鹉,翠毛丹嘴,可效人言。但稍小,不及陇山者。每群飞,皆数百只。山果熟时,遇之立尽。"《南方异物志》为唐人房千里撰,他说南方鹦鹉不如陇山大,可知唐代陇山仍产鹦鹉。南宋范成大《桂海虞衡志·志禽》云:"鹦鹉,近海郡尤多,民或以鹦鹉为鲊,又以孔雀为腊,皆以其易得故也。此二事载籍所未纪,自余始志之。"周去非《岭外代答》卷九云:"此禽南州群飞如野鸟,举网掩群,脔以为鲊。"都说明宋代南方鹦鹉多如牛毛,贱如麻雀。

白鹦鹉是鹦鹉之一种,与其他鹦鹉一样在中国南方两广地区出

---

① 徐应秋《玉芝堂谈荟》卷三四,《文渊阁四库全书》本。

产,广西一带"白鹦鹉大如小鹅,亦能言。羽毛玉雪,以手抚之,有粉粘着指掌,如蛱蝶翅"①,"钦州有白鹦鹉、红鹦鹉,大如小鹅,羽毛有粉如蝴蝶翅,谓之白鹦鹉;其色正红,尾如乌鸢之尾,谓之红鹦鹉"②。可知宋代国产白鹦鹉并不少见,只是比较小而已。但欧阳修、刘敞的白鹦鹉来自遥远的注辇国,这就为诗赋常见的题材增加了一些"异国"情调。欧阳修"此鸟何年随海舶"的发问,充满诸多好奇的猜想与情绪;而刘、梅的"四十万里外,孤舟天与邻。应夸王母使,更遇越裳人"、"能言异国鸟,来与舶帆飘。尝过西王母,曾殊北海鳐",则描述出白鹦鹉不同寻常的海外经历。

梅尧臣、刘敞都将注辇国的鹦鹉与陇山鹦鹉作对比,梅尧臣云:"交翠衿,刷羽。性安驯,善言语。金笼爱,养妇女,是为陇山之鹦鹉。有白其类,毛冠角举。圆舌柔音世竞许,方尾鹘身食稻稆。"其描述最为细致,说明注辇国的白鹦鹉不仅颜色不同于陇山的五色鹦鹉,而且"毛冠角举"、"方尾鹘身",体型比较硕大,可能即是今人所见的目前只产于澳洲大陆及岛屿的葵花凤头鹦鹉③。刘敞、欧阳修的描述虽然比较简单概括,"素质宜姑射,黄冠即羽民。那将陇禽比,萧洒绝埃尘"、"黄冠黑距人语言,有鸟玉衣尤皎洁",但突出了白鹦鹉更加仙姿皎洁与潇洒出尘。

欧阳修根据传统的阴阳观念,一直认为白色属于阴精,因此白色生物应该生存在极为寒冷的北方或北极,当然,他的理论还来源于他的一次养白兔经验:"忆昨滁山之人赠我玉兔子,粤明年春玉兔死。日阳昼出月夜明,世言兔子望月生。谓此莹然而白者,譬夫水之为雪而为冰,皆得一阴凝结之纯精。常恨处非大荒穷北极寒之旷野,养违其性夭厥龄。"④这次经验让他对此理论深信不疑。所以他想不通在炎热的南方——所谓"岂知火维地荒绝,涨海连天沸天热"之地,如何

---

① 范成大撰、孔凡礼点校《范成大笔记六种》,中华书局,2002年,第103页。
② 赵汝适《诸蕃志》卷下,《丛书集成新编》本。
③ 科林·哈利森、艾伦·格林·史密斯著,丁长青译《鸟·非雀形目》,中国友谊出版公司,2003年,第171页。
④ 参白兔唱和一节。

能够生长出雪白的白鹦鹉。他的"物理"常识受到了挑战,百般思索而不得要领后,他以不解为解:"乃知物生天地中,万殊难以一理通。"传统的阴阳观念因为白鹦鹉的出现而为之动摇,欧阳修开始变通起来:天地万物很难用一个道理来概括说明,"万殊"并非只有"一理"。他因此推翻了以前的"歪理",而开始担心来自"炎瘴"之地的白鹦鹉,能不能适应中州的"霜雪"寒冷,会不会步白兔的后尘了。的确,当时人们普遍有这样的认识:"南人养鹦鹉者云:此物出炎方,稍北中冷则发瘴,噤战如人患寒热,以柑子饲之,则愈,不然,必死。"[①]欧阳修的担心也不无道理,即使在今天,动物的气候适应问题仍是异地饲养首要考虑的问题。欧阳修无疑是关注和喜好探索"物理"的诗人。

东汉末祢衡有《鹦鹉赋》,十分著名,所以梅尧臣诗有"坐无祢正平,胡为使我作赋其间哉"的自谦。稍后曹植以及建安七子中陈琳、王粲、阮瑀等人也各有《鹦鹉赋》,六朝隋唐还有不少写鹦鹉的律诗与小赋,如王维、郝名远等人还"以容日上饰,孤飞色媚为韵"分别作《白鹦鹉赋》,可见文人对鹦鹉的赏爱,也可知鹦鹉是传统诗赋的常见题材,但是像欧、梅用杂言长篇诗歌、着眼于古印度白鹦鹉的并不多。

(四)谁能遍历海上峰

从欧、梅、刘三人的诗歌中,可以看出,"嗟予不度量,每事欲穷探"的欧阳修,无疑是最好奇、最有探究心的:注辇国那么遥远,贸易与朝贡都不容易,那么白鹦鹉是"何年"开始"随海舶"而最终到达中州的呢?"海上洲岛"那么多,而"谁能遍历海上峰?万怪千奇安可极?"谁有那么大的勇气、那么多的精力可以踏遍海上洲岛?除了白鹦鹉外,千奇百怪的事物还有多少呢?对于"海上",欧阳修有许多问题想了解,他像屈原问天一样发问,但是似乎没有人能回答他的问题。

而刘敞与梅尧臣则似乎没有太多的探究兴趣,他们的三首诗歌所云,都是时人已知的消息,从他人口中或文献上得来,没有多少好奇

[①] 范成大撰、孔凡礼点校《范成大笔记六种》,中华书局,2002年,第103页。

和疑问。梅尧臣尤其如此,两首注辇国白鹦鹉诗都没有涉及太多的"异国"联想。实际上,大多数北宋文人的海外观念都如刘、梅一样,他们对"外国"要么是鄙视,要么是无视,要么只看到外国前来臣服朝贡,要么只对外国的奇珍异宝感到一点稀奇,很少有交流或探讨的兴趣。北宋末南宋初朱彧《萍洲可谈》卷二云:"余在广州,购得白鹦鹉。译者盛称其能言,试听之,能蕃语耳,嘲哳正似鸟声。可惜枉费教习,一笑而还之。"连听鸟语娱乐都要嘲笑一下"蕃语",可见文人对"蕃语"的不屑,更不用说对"蕃国"了。

"由于北宋长期处于强邻压境的特殊局势下,对外关系中,对抗的一面显得尤为突出,经济文化的交流并不正常顺畅;而在一般的士大夫心中,防敌御寇的心理亦占上风,用诗来表达渴求交流(尤其是平等交流)的极为鲜见,即使有,如苏轼的《送子由使契丹》诗,还是体现了用汉文化去归化外族的本位文化优越意识,实质上仍是一种单一的输出文化的观念。"①在与"强邻"如辽、夏以及后来的金、蒙古的交往中,宋代文人"防敌御寇的心理"以及"本位文化优越意识"最为强烈,如欧阳修、刘敞都曾出使辽国,但他们除了感受到山川辽远、旅途劳顿、胡俗怪异、饮食难以接受外,没有感受到一点出使"异国"的新奇与快乐。对相对弱小、偏远或中立的国家,北宋文人"防敌御寇的心理"会稍微减轻一些,但是"本位文化优越意识"却很少减弱,像《和钱君倚日本刀歌》所云"传闻其国居大岛,土壤沃饶风俗好。……嗟予乘桴欲往学,沧波浩荡无通津"②这样称颂外国土地与风俗,又表达向往求学之情的诗作实在是少之又少,因为宋代文人很少想到还有比宋朝土壤更肥沃、风俗更淳美的国家,而远渡重洋的勇气,只有被逼无奈去做海外贸易的商人才有,文人士大夫很少有这种观念和勇气。

与宋朝和"强邻"以及东亚高丽、日本关系有所不同,东南亚、南

---

① 王水照《日本刀歌与汉籍回流》,《半肖居笔记》,东方出版中心,1998年,第50页。
② 司马光《传家集》卷五、欧阳修《文忠集》卷四五均有此诗,王水照《日本刀歌与汉籍回流》认为为司马光作。详见《半肖居笔记》,第47—49页。

亚各国与宋朝交往相对平等,不少国家经常向宋朝朝贡,而朝贡在宋人看来是臣服的一种表现,但是即便如此,宋代文人士大夫仍矜持地保留"本位文化优越意识",认为这些"蛮夷"之地也就只能出产一点奇禽异兽而已,其风俗文化根本不值一提。观光或游览乃至学习这些国家,宋代文人可能做梦都不会做到。对于宋代文人来说,有点对外国的想象、有点一探究竟的兴致,有点"遍历海上峰"去看看"万怪千奇"的想法,已属难能可贵。传统文人本土观念太强、文化优越感太强,缺少对"外国"的好奇心。他们对本国传统文化的热爱,远远超过对"外国"风俗文化的关注。

一只白鹦鹉的诗歌唱和,传达的是诗人们的海外认识与观念,引发的是读者对海外历史文化深入探究的兴趣。

第二节　砚屏唱和对器物文化的贡献

自然物品之外,人文物品更是诗人关注点所在,尤其是文房物事,凝聚着诗人的审美情趣与创新性思维。砚屏并非南宋赵希鹄《洞天清禄·砚屏辨》所云"自东坡、山谷始作",而是欧阳修至迟在庆历八年(1048)就请人用虢州紫石(又称月石)制作而成,并有了砚屏之名。欧阳修与苏舜钦为此一紫石砚屏写了两首充满想像力的长诗,梅尧臣也参与酬唱,这几首诗歌赋予砚屏这一器物以文化意义,并因而成为砚屏长诗的基本范式,对后世书房物事诗及咏物诗影响深远。没有砚屏唱和诗,我们就无法了解砚屏的产生经过,砚屏也就不可能很快流行并成为文人案头必备的文玩清供之一,成为士大夫文化的一部分。在砚屏的产生与广泛流传过程中,我们可以感受到唱和诗人对器物文化的创造性贡献,以及他们发扬光大器物文化的主体精神与不懈努力。

南宋赵希鹄《洞天清禄·砚屏辨》云:"古无砚屏。或铭砚,多镌于砚之底与侧。自东坡、山谷始作砚屏,既勒铭于砚,又刻于屏以表而出之。"①因为赵希鹄的《洞天清禄》,被认为"其援引考证皆确凿,固赏鉴家之指南也"②。所以这段话常被文物界引用,以说明砚屏始作时间及其始作俑者,以至于"自东坡、山谷始作砚屏"的这个说法长期以来被人们广泛接受。

砚屏产生于何时?苏轼和黄庭坚真是砚屏的始作俑者?

苏轼、黄庭坚的确有关于"砚屏"的诗文,但是"砚屏"却并非自苏黄才"始作"。实际上,早在苏轼、黄庭坚登上文坛之前,欧阳修、梅尧臣、苏舜钦三人在庆历八年就有好几首诗歌与短文描述"砚屏",而"砚屏"之名,至迟也在这一年八月已经确定。最早的砚屏很可能就是欧阳修命人制作(或自作)的。

一、砚屏的产生及其制作材料、过程

庆历八年,欧阳修从"虢州刺史"张景山处得到一块"紫石",他非常赏爱这块石头,不仅为之作《紫石屏歌》(一作《月石砚屏歌寄子美》)③,而且请人为其画图,还写了《月石砚屏歌序》④。在一诗一文中,欧阳修对这一片石头的来历、石头上的花纹以及花纹如何形成等都做了描述。《月石砚屏歌序》云:"张景山在虢州时,命治石桥,小版一石……景山南谪,留以遗予。"《紫石屏歌》云:"景山(一本作虢州刺史)得之惜不得,赠我意与千金兼。"

诗文中所云的张景山即张昷之,《宋史》卷三○三有他的传记,他是庆历新政的支持者,庆历新政失败后,他因为平保州之乱时得罪了缘边都巡检杨怀敏而被贬谪到虢州⑤。关于他贬谪虢州的时间,《续资治通鉴长编》卷一五二云:"仁宗庆历四年九月……河北都转运按

---

① 赵希鹄《洞天清禄》,《文渊阁四库全书》本。
② 《四库全书总目》卷一二三《洞天清禄》提要,中华书局,1965年,第1057页。
③ 欧阳修《欧阳修全集》,中国书店,1986年,第27页。
④ 同上书,第474页。
⑤ 此事《涑水纪闻》卷四、《宋朝事实》卷一六等都有记载。司马光《涑水纪闻》,《文渊阁四库全书》本。李攸《宋朝事实》,中华书局,1955年,第248页。

察使、工部郎中、天章阁待制张昷之落职知虢州。"①在虢州时,张昷之又因王则贝州谋反事被人诬陷而夺三官南谪,《续资治通鉴长编》卷一六三云:"仁宗庆历八年二月……丁丑……工部郎中张昷之为祠部员外郎、监鄂州税。"②据此,则知张景山南谪在庆历八年二月。那么欧阳修应在此年二三月张昷之南赴鄂州时,得到其所赠的虢州紫石③。

虢州在北宋属于永兴军路管辖,《宋史》卷八七云:"虢州,雄,虢郡,军事。……贡麝香、地骨皮、砚。县四:卢氏、虢略、朱阳、栾川。"④其地大略相当于今河南卢氏、灵宝、朱阳、三门峡一带。虢州所贡的砚是"澄泥砚",澄泥砚在唐代是贡品,很受朝野欢迎,但是到了宋代却不为人重视,欧阳修《砚谱》云:"虢州澄泥,唐人品砚以为第一,而今人罕用矣。"⑤制作澄泥砚用的是"澄泥"⑥,而并非石头(紫石)。

但"紫石"在唐代元和初年被发现也可以制作砚,当时称之为稠桑砚(因虢州有稠桑驿而得名),在唐代中期一度十分流行。紫石被发现和被制作为砚的过程,在唐李匡乂的《资暇集》有详细记载:"稠桑砚,始因元和初愚之叔翁宰虢之朱阳邑,诸季父温清之际,必访山水以游。一日于涧侧见一紫石,憩息于上,佳其色,且欲(阙)。随至,遂自勒姓氏年月,遂刻成文,复无刓缺,乃曰不刓不麸,可琢为砚矣。既

---

① 李焘《续资治通鉴长编》,中华书局,2004 年,第 3696 页。
② 同上书,第 3018 页。
③ 但是欧阳修《紫石屏歌》在《欧阳修全集》的目录中下注是庆历七年,显然有误。《月石砚屏歌序》目录下注是庆历八年。按,序与歌可能同时作,后来避免重复而分开。《欧阳修全集》,中国书店,1986 年。
④ 《宋史》卷八七,中华书局,1977 年,第 2145 页。
⑤ 《欧阳修全集》,中国书店,1986 年,第 525 页。
⑥ 苏易简《文房四谱》卷三《砚谱水滴器附》云:"作澄泥砚法:以墐泥令入于水中,接之,贮于瓮器内,然后别以一瓮贮清水,以夹布囊盛其泥而摆之,俟其至细,去清水,令其干,入黄丹团和,溲如面,作二模如造茶者,以物击之,令至坚,以竹刀刻作砚之状,大小随意。微荫干,然后以刀手刻削,如法曝过,间空埒于地,厚以稻糠并黄牛粪搅之,而烧一复时,然后入墨蜡,贮米醋而蒸之五七度,含津益墨,亦足亚于石者。"欧阳修《砚谱》云:"今人乃以澄泥为古瓦,状作瓦,埋土中久,而斲以为砚。"澄泥是泥水沉淀而成,属于陶、瓦一类材料,而非石头。《文渊阁四库全书》本。

就琢一砚而过,但惜重大,无由出之。更行百步许,往往有焉。又行,乃多至有如拳者,不可胜纪,遂与僮挈数拳而出,就县第制斫。时有胥性巧,请斫之,形出甚妙,季父每与俱之涧所。胥父兄,稠桑逆旅人也,因季父请解胥籍,而归父兄之业,于是来斫,开席于大路,厥利骤肥。土客竞效,各新其意,爰臻诸器焉。季父大中壬申岁授陕。今自元和后往还京洛,每至稠桑,镌者相率,辄有所献,以报其本,迄今不息。季父别业在河南福昌邑,下至于弟侄,市其器,称福李家,则价不我贱。(原注:然则其石以为诸器,尤愈于砚。)"①可知元和初年,李匡乂之"诸季父"首先在虢州朱阳一个山涧发现紫石(今河南朱阳有紫石沟),而被当时朱阳邑的一个胥吏制作为砚并以此为商业手段,引起当地人的仿效,从而流行。这是虢石(紫石)第一次被人发现并受到重视。

李匡乂原注所云的"诸器"中,不知是否包括"月石屏(砚屏)",因为此段话虽两次提到"诸器",却都语焉不详。而北宋中后期人杨彦龄在《杨公笔录》中转述了这段话,并肯定地说"月石屏"在此时已经出现:"虢州朱阳山出石砚及月石屏,其来甚久。按唐李匡乂之叔祖元和初为朱阳宰,其诸子因访寻山水,一日于涧侧见紫石,爱之,遂自刻姓氏年月于其上,复作为砚。初惜其大不可挈,复行百余步,往往有如拳者,乃携归。有一县胥请斫之,形制甚妙。胥父兄,稠桑旅人也,遂解籍请归,作此砚及诸器用,货之,大获厚利。此事见李匡乂《资暇集》。然其砚甚腻,止可玩而不可使者。其石屏自有满月及松柏形,殆非人力可为,亦莫测其理,不知何缘感化至此。"②如果杨彦龄所言有据,那么"月石屏"至少在元和年间就出现了,但是很可惜,他并未提供足够的证据,而元和以后谈及"月石屏"的人也很少。

欧阳修诗文以及梅尧臣、苏舜钦的相关诗歌,还有后来苏轼等人有关月石屏的诗歌,都没有人提及李匡乂《资暇集》的这段记录。欧阳修《月石砚屏歌序》云"此石古所未有",因此他认为是他首先发现

---

① 李匡乂《资暇集》卷下,《丛书集成初编》本。
② 杨彦龄《杨公笔录》,《丛书集成初编》本。

了这块紫石的价值;再从欧阳修诗文的一再描写和他激动不已乃至欣喜若狂的态度看,他是第一次看到虢州的紫石,而其他人则因为他对这块石头的激赏也才"发现"了虢州的紫石。由此可以推想,可能晚唐五代以至宋初,虢州的紫石在中唐一时兴盛之后,又被岁月埋没,默默无闻,而到庆历八年,张昷之、欧阳修又重新发现了其价值。

欧阳修欣赏这块紫石,是因为这片紫色的石头上有花纹。《月石砚屏歌序》用非常朴实生动的语言对石纹做了详细描述:"小版一石,中有月形,石色紫而月白,月中有树森森然,其文墨而枝叶老劲,虽世之工画者不能为,盖奇物也。……其月满,西旁微有不满处,正如十三四时。其树横生一枝外出,皆其实如此,不敢增损,贵可信也。"如此看来,也不过是一块紫色的石头上有一个白色的月亮,月亮中有一棵树而已,欧阳修何以如此激赏?这可能主要是因为花纹的形成出于天工自然,而且激发了欧阳修的好奇心和想像力。当然也是因为张景山"自云每到月满时,石在暗室光出檐",说明这块石头上的月亮有夜光,使其显得更为神奇。

欧阳修不仅为这块石头写了诗文,他还让当时的著名画家来松将此石如实描绘出来,并将画与诗文一起寄给谪居苏州的苏舜钦。《月石砚屏歌序》云:"予念此石古所未有,欲但书事,则惧不为信,因令善画工来松(一作谟)写以为图。子美见之,当爱叹也。"欧阳修之所以将诗文画都寄给苏舜钦,是因为"吾奇苏子胸,罗列万象中包含。不惟胸宽胆亦大,屡出言语惊愚凡"①。他相信苏舜钦会"爱叹"这块石头,而且会比他自己有更加惊人的想象力。另外这块石头在当时只是一块石头,并没有做成有用的物件,它能够"镌镵"成什么东西,欧阳修还没有决定,他想听听苏舜钦的建议:"自吾得此石,未见苏子心怀惭。不经老匠先指决,有手谁敢施镌镵?"②欧阳修认为心胸阔大的苏舜钦就是能够规划设计此石的"老匠"。创造力决定于心胸的阔大与想象力的丰富。

---

① 欧阳修《欧阳修全集》,中国书店,1986年,第27页。
② 同上。

但是苏舜钦的《永叔石月屏图》(黄本陈本作《永叔月石砚屏歌》)①长歌重心是对石纹更加奇特的想像,并没有指出此石应该做成什么。倒是想象力比较缺乏却很实在的梅尧臣,在读了欧苏二人的诗歌后,写了一首《读月石屏诗》②云:"无此等物岂可灵,只以为屏安足惜。"他指出此石上无嫦娥、蟾蜍、玉兔等物,并没有什么神奇之处,可以毫不吝惜地作"屏"。

就在庆历八年,欧阳修以知制诰徙知扬州,这年中秋节前后,梅尧臣路过扬州去拜访他,欧阳修显然已经将那块紫石做成了砚屏。他向梅出示了"月石屏",并邀梅尧臣观赏赋诗。梅尧臣后来的几首诗都回忆起此事,他的《中秋月下怀永叔》云:"往年过广陵,公欣来我值。……一夜看石屏,恒吟无逸气。(原注:当时出月石屏同吟。)"③至和二年(1055)梅尧臣《寄维扬许待制》云:"当时永叔在扬州,中秋待月后池头。……主人持出紫石屏,上有胐魄桂树婆娑而枝虬。作诗夸诧疑天公,爱惜光彩向此收。"④这件中秋无月而赏看紫石上的圆月事令梅尧臣印象深刻。

梅尧臣当时所赋的诗歌是《咏欧阳永叔文石砚屏二首》,这两首短诗指出了欧阳修砚屏的形制和作用。二诗如下:

> 虢州紫石如紫泥,中有莹白象明月。黑文天画不可穷,桂树婆娑生意发。其形方广盈尺间,造化施工常不没。虢州得之自山窟,持作名卿砚傍物。

> 凿山侵古云,破石见寒树。分明秋月影,向此石上布。中又隐孤璧,紫锦藉圆素。山祇与地灵,暗巧不欲露。乃值人所获,裁

---

① 沈文倬校点《苏舜钦集》,上海古籍出版社,1981年,第50页。
② 梅尧臣《宛陵集》卷三八《读月石屏诗》后注云:自此起皇祐三年五月至京后。《文渊阁四库全书》本。梅尧臣著、朱东润编校《梅尧臣集编年校注》卷二一(上海古籍出版社,1980年,第562页)沿用此说,题作皇祐三年,此说不确,据诗意,梅诗当作于庆历八年欧苏诗作后不久,当在《咏欧阳永叔文石砚屏二首》之前。
③ 梅尧臣著、朱东润编校《梅尧臣集编年校注》,上海古籍出版社,1980年,第733页。
④ 同上书,第775页。

为文室具。独立笔砚间,莫使浮埃度。①

通过梅尧臣这两首诗,我们可以了解到,欧阳修至迟在庆历八年中秋前后已经(自作或请人)将那块石头按照自然纹理进行加工,做成了一个"砚傍物"——"砚屏",其形制在"方广盈尺间",其作用是"独立笔砚间,莫使浮埃度"即为砚台障尘。

可以说,这是中国第一块砚屏,是欧阳修用虢州紫石做成的砚屏。

二、砚屏之名与铭

同一块砚屏,在欧、苏、梅的诗文中,或被称作紫石屏、石月屏,或被称作文石砚屏、月石砚屏,而且三人写此砚屏的诗题、文题均不同,就连欧、苏各自的诗题也分别有两个②,这是否说明砚屏名称当时还无法固定或者说没有统一的名称?

称之为"紫石",着眼于石头的色彩,称之为"文石",则着眼于石头上的纹路,而称之为"石月"、"月石"则特别强调石头上的满月形状。因此这块石头就有了不同的名称。

而或称为"屏",或称为"砚屏",则是因为"屏"是各种大小不同形制屏风的总称,且"屏"的起源很早(至少在汉代就有了),而"砚屏"只是屏的一种,起源又较晚,一时还没有定称。这是欧苏梅三人写此砚屏的诗题文题不同的原因。至于欧苏各自的诗题也分别有两个,则可能是因为最初并无定称,后来有了定称才改定的。

另外,石屏和砚屏一直被后世混用,如苏轼、黄庭坚诗集中,石屏和砚屏就如此:《苏轼诗集》卷二七有《狄咏石屏》,而狄咏这个石屏在《苏轼诗集》同卷《雪林砚屏率鲁直同赋》又被称作"雪林砚屏"③,黄庭坚《子瞻题狄引进雪林石屏要同作》则称为"雪林石屏"④。所以

---

① 梅尧臣著、朱东润编校《梅尧臣集编年校注》,上海古籍出版社,1980年,第457页。
② 《紫石屏歌》一作《月石砚屏歌寄苏子美》,欧又有《月石砚屏歌序》。苏舜钦的《永叔石月屏图》又作《永叔月石砚屏歌》。梅尧臣也有《读月石屏诗》《咏欧阳永叔文石砚屏二首》。对砚屏均有不同称呼。
③ 王文浩辑注、孔凡礼点校《苏轼诗集》,中华书局,1982年,第1461页。
④ 黄庭坚著,任渊、史容、史季温注《山谷诗集注》,上海古籍出版社,2003年,第992页。

欧、苏、梅混称也不奇怪。

但是"砚屏"这个名称在庆历八年已经出现,却是无疑的。梅尧臣《咏欧阳永叔文石砚屏二首》已经有"砚屏"之名,同年梅尧臣还有一首诗名为《广陵欧阳永叔赠寒林石砚屏》[1]再称"砚屏"。这可以证实,砚屏无论是制作还是命名都不是从苏、黄[2]开始的。《洞天清禄》所云苏、黄"始作砚屏"不确切。

《洞天清禄·砚屏辨》第一条题目就是"山谷乌石砚屏",但内容却云:"山谷有乌石砚、石屏,今在婺州义乌一士夫家。南康军乌石。盖乌石坚耐,它石不可用也。"黄庭坚有乌石砚,《山谷别集》卷一九《与敦礼秘校帖》其五云:"某有大乌石研,制作甚适用,或要观,可遣四人并小扛床来取之。"但黄并未云他有"乌石砚屏"。而这段话又常被转引成"山谷有《乌石砚屏铭》",然而黄庭坚文集中并无《乌石砚屏铭》。他的集中倒是有一篇《石秉文砚屏铭》[3],然所描写的砚屏似乎也是虢州月石,而非用"南康军乌石"所作的"乌石砚屏"。《石秉文砚屏铭》倒可以证明,黄庭坚是在砚屏上镌刻铭文的开创者之一。

三、欧阳修月石砚屏的流传

欧阳修对他的首块月石砚屏特别珍爱,不仅与苏、梅一起为它写诗写文,而且常常将它出示给其他客人,请客人赋诗,如《风月堂诗话》卷上就记载:"欧公居颍上,申公吕晦叔作太守[4],聚星堂燕集赋诗分韵……徐无逸得月砚屏风。"可见徐无逸也曾为此砚屏题诗(今不存)。

这块月石砚屏,因为有了众多诗人、名人的题诗而名垂青史。直

---

[1] 梅尧臣著、朱东润编校《梅尧臣集编年校注》,上海古籍出版社,1980年,第470页。
[2] 庆历八年苏十三岁,黄三岁。关于"砚屏"的记载,杨彦龄的《杨公笔录》比《洞天清禄》要早。
[3] 《山谷别集》卷二《石秉文砚屏铭》:"东方作矣,照耀万物。太白睒睒,犹配寒月。影落石中,千岁不灭。"《丛书集成初编》本。苏轼集中今无砚屏铭。
[4] 皇祐元年至二年,欧阳修知颍州,吕公著时为通判。《风月堂诗话》误。

到南宋,叶适还见到过这块砚屏,并做了记录,《水心集》卷二九《题石月砚屏后》云:

> 欧阳文忠公石月砚屏,余见于陈文惠公①裔孙忠懿家,云公昔所赠也。欧公爱玩不自持,至谓"两曜分为三",苏子美、梅圣俞又各为说,美恶相攻,反令此石受垢,良可叹尔。物之真者,世不必贵。常贵其似,然相似之品亦多,盖其偶然,又皆人所共见,不甚异也。月中有树,世莫能见,特相传尔。石晕正圆白,中涵树文,因其可见象所莫见,虽难言之,若相传为不谬,则以石似月,有足异者矣。况经诸公辩博之论,垂二百年乎,陈君宜宝藏也。嘉定癸酉。

叶适在《习学记言》卷四七又云:

> 月石砚屏,余顷见之长溪陈氏,云其旧物,莫知是非。然何足道?喜其似而强名之,又为之穷搜异说以为博。君子之学,所宜慎也。

叶适显然对这块月石砚屏不以为然,尤其是对欧阳修等人"穷搜异说以为博"感到不满,甚至引以为戒。但我们由此可以了解到月石砚屏直到嘉定年间还被陈尧佐的后代珍藏。

四、欧阳修等人唱和诗引发月石(虢石)和砚屏盛行

欧阳修等人庆历八年围绕月石砚屏的酬唱称颂,使得虢石和砚屏受到当时人们的普遍重视,引发了一场关于石头与文房物事欣赏的审美潮流。

第一块砚屏做成后,欧阳修对虢石和砚屏有更加浓厚的兴趣,他所收藏的不止这一块虢石做成的砚屏。熙宁四年,欧阳修致仕退居颍州,是年九月,苏轼路过颍州,应欧阳修之命作《欧阳少师令赋所蓄石

---

① 《新刊名臣碑传琬琰之集》上卷一五存有欧阳修的《陈文惠公尧佐神道碑》。《四部丛刊四编》本。

屏》:"何人遗公石屏风,上有水墨希微踪。不画长林与巨植,独画峨嵋山西雪岭上、万岁不老之孤松。崖崩涧绝可望不可到,孤烟落日相溟濛。含风偃蹇得真态,刻画始信天有工。我恐毕宏、韦偃死葬虢山下,骨可朽烂心难穷。神机巧思无所发,化为烟霏沦石中。古来画师非俗士,摹写物象略与诗人同。愿公作诗慰不遇,无使二子含愤泣幽宫。"从苏轼对这块石屏的画面描写看,这个砚屏并非庆历八年的紫石屏,而是另外一块但同样产自虢州的水墨孤松石屏。欧阳修这一举动,无疑直接引导了苏轼对紫石屏的兴趣,因为苏轼后来也收藏了一些月石砚屏。

嘉祐元年(1056),欧阳修为吴充(字冲卿)学士的一块石屏写了《吴学士石屏歌》(一作《和张生鸦树屏》):"晨光入林众鸟惊,腷膊群飞鸦乱鸣。穿林四散投空去,黄口巢中饥待哺。雌者下啄雄高盘,雄雌相呼飞复还。……虢工刳山取山骨,朝镌暮斫非一日。……鬼神功成天地惜,藏在虢山深处石。……乃传张生自西来,吴家学士见且咍。"①可见这是一块有月鸦树图纹的虢石砚屏。吴冲卿拿给欧阳修看,希望欧与以前所获("曩获")的那块比较一下,梅尧臣和诗《和吴冲卿学士石屏》云:"忽得虢略一片石,其中白色圆如规。又有树与鸟,画手虽妙何能为。吴乃持问欧阳公,比公曩获尤可疑。疑不可辨赋以诗,诗辞灿灿明星垂。"②这次酬唱王安石也参与了,吴充自己也有诗作③。这次围绕鸦树砚屏的唱和,无疑更加提升了紫石砚屏的知名度。

元祐七年(1092),苏轼有一首诗歌也写到月石砚屏,诗题是《轼近以月石砚屏献子功中书公,复以涵星砚献纯父侍讲,子功有诗,纯父未也,复以月石风林屏赠之,谨和子功诗并求纯父数句》④,诗中提到

---

① 《欧阳修全集》,中国书店,1986年,第42页。
② 梅尧臣著、朱东润编校《梅尧臣集编年校注》,上海古籍出版社,1980年,第883页。
③ 王安石著、李壁笺注《王荆公诗注》卷一〇有《和吴冲卿鸦树石屏》,中有"君(吴充)诗雄盛付君手"之句。《文渊阁四库全书》本。
④ 王文诰辑注、孔凡礼点校《苏轼诗集》,中华书局,1982年,第1924页。

的两块赠两范的月石砚屏、月石风林屏皆虢州所产①。苏诗中有一句云:"久知世界一泡影,大小真伪何足评。"可知元祐年间,月石砚屏使用、流传已经十分广泛,以至于真赝难辨。苏轼在《书月石砚屏》还专门谈到了如何辨别月石砚屏的真伪:"月石屏,扪之月微凸,乃伪也。真者必平,然多不圆。圆而平,桂满而不出,此至难得,可宝。"②欧阳修等诗人对月石砚屏的创造和夸扬,推动了虢州紫石砚屏以及各种砚屏的生产与流行,诗人的好尚与创造力、想象力直接拉动了商业的繁荣。

从庆历八年到元祐七年,不过三十余年,虢石(又称紫石或月石)与砚屏的命运发生了巨大的变化。这个变化让人们感受到北宋诗人(文人)引领时代风尚、物质文化、审美潮流的魅力。诗人(文人)是那个时代引领风尚的人物,是那个时代士大夫物质和精神文化的创造者和倡导者。

此后的石谱、砚史以及关于文房物事的谱录类图书中,一般都会著录虢石和砚屏。如米芾《砚史》云:"虢州石:理细如泥,色紫可爱,发墨不渗,久之石渐损回。硬墨磨之,则有泥香。"③这个介绍可以注解梅尧臣"虢州紫石如紫泥"这句话。"紫石如紫泥",可能是后人混淆澄泥砚与稠桑砚的主要原因。南渡前后的杜绾在他的《云林石谱》卷中云:"虢石:虢州朱阳县石,产土中或在高山,其质甚软,无声。一种色深紫,中有白石如圆月,或如龟蟾吐气白雪之状,两两相对,土人就石段揭取,用药点化镌治而成。间有天生如圆月形者,极少得之。昔欧阳永叔赋云月石屏诗,特为奇异。又有一种色黄白,中有石纹如山峰罗列,远近涧壑相亦是成片。修治镌削度其巧,辄乃成物像,以手砻之,石面高低,多作砚屏置几案间,全如图画,询之土人,石因积水浸

---

① 详参苏此诗以及范祖禹(纯父)《子瞻尚书惠涵星砚月石风林屏赋十二韵以谢》、苏轼《次韵范纯父涵星砚月石风林屏诗》。《苏轼诗集》,中华书局,1982年,第1926页。
② 王文诰辑注、孔凡礼点校《苏轼文集》,中华书局,1986年,第2241页。
③ 米芾《砚史》,《丛书集成初编》本。

渍,遂多斑斓。"①由此我们对虢石有更多的了解。

南宋虢石砚屏也很流行,杨万里、张镃等人曾为之写诗,陆游还将一个月石砚屏赠送给张镃。此后,砚屏与文房四宝一样,成为文人案头常备物品。明清砚屏的制作尤为兴盛,其材质与形制都更加丰富多彩,虢石虽仍是众多材质之一,但不再享有独盛宋代的那种声誉。

五、想象力的竞技

月石砚屏在北宋中期骤然流行,可以说完全由欧、苏、梅等人几首唱和诗的大力称扬而引起。这几首诗歌可谓是想象力的竞技,它们对后代砚屏诗、文房物事诗乃至咏物诗影响巨大。

欧阳修是此次唱和的发起人,他在《紫石屏歌》中驰骋想象,对月石砚屏所用的紫石及其上的花纹作了十分夸张的描述,与《月石砚屏歌序》的朴实描述完全不同:"月从海底来,行上天东南。正当天中时,下照百丈潭。潭心无风月不动,倒影射入紫石岩。月光水洁石莹净,感此阴魄来中潜。自从月入此石中,天有两曜分为三。清光万古不磨灭,天地至宝难藏缄。天公呼雷公,夜出巨斧劚崭岩。堕此一片落千仞,皎然寒镜在玉奁。虾蟆白兔走天上,空留桂影犹杉杉。……煌煌三辰行,日月尤尊严。若令下与物为比,扰扰万类将谁瞻?不然此石竟何物,有口欲说嗟如钳。"这段话对紫石上白色月亮的来历做了充满想像力的猜测。欧阳修的想像力无疑是大胆而神奇的,尤其是他说紫石原在潭水中,而由雷公挥巨斧斫落人间,可谓思接千载之下而视通千里之外;他还把石上之月径直与日月并称而云"两曜分为三",并由此生发出疑问"若令下与物为比,扰扰万类将谁瞻",将无作有,真幻不辨,真是匪夷所思。这种神奇的想象无疑使再平凡的事物也变得不平凡。

欧阳修如此奇异地描述,并非打算"穷搜异说以为博",而是另有目的:"大哉天地间,万怪难悉谈。嗟予不度量,每事思穷探。欲将两

---

① 杜绾为庆历宰相杜衍之孙,欧阳修与杜衍过从甚密。

耳目所及,而与造化争毫纤。"可见他想用诗人的想像力以及诗笔"而与造化争毫纤",他由此触摸到诗歌除了言志抒情之外的另一种功能或本质。而他"与造化争毫纤"的创作努力,也使得传统咏物诗在即物抒情和以物象征隐喻之外,又增强了以物激发、考验诗人想象力的功能①。

欧阳修将《紫石屏歌》以及月石图首先寄给苏舜钦,一反平常唱和首先寄给梅尧臣的惯例:"呼工画石持寄此,幸子留意其无谦。"而"胸宽胆亦大"的苏舜钦,果然不负欧阳修的厚望,在《永叔石月屏图》中表现出超乎常人的想像力:"日月行天上,下照万物根,向之生荣背则死,故为万物生死门。东西两交征,昼夜不暂停。胡为虢山石,留此皎月痕长存?桂树散疏阴,有若图画成。永叔得之不能晓,作歌使我穷其原。或疑月入此石中,分此二曜三处明;或云蟾蜍玉兔好溪山,出月不可关。浮波穴石恣所乐,嫦娥孤坐初不觉。玉杵夜无声,无物来捣药。嫦娥惊推轮,下天自寻捉,逃遁绕地掀江踏山岳,二物惊奔不复见。留此玉轮之迹在,青壁风雨不可剥。此说亦诡异,予知未精确。物有无情自相感,不间幽微与高邈。老蚌吸月月降胎,水犀望星星入角。彤霞烁石变灵砂,白虹贯岩生美璞。此乃西山石,久为月照著,岁久光不灭,遂有团团月。寒辉笼笼出轻雾,坐对不复觉残缺。虾蟆纵汝恶觜吻,可能食此青光没。玉川子若在,见必喜不彻。此虽隐石中,时有灵光发,土怪山鬼不敢近,照之僵卜肝脑裂。有如君上明,下烛万类无遁形,光艳百世无亏盈。"②苏舜钦增加了嫦娥到下界捉走蟾蜍玉兔一节,使欧阳修"虾蟆白兔走天上,空留桂影犹杉杉"的说法更加"坐实"可信,他绘声绘色的描述,平添"此说"不少意趣。他又用"老蚌吸月"、"水犀望星"等典故证实物物相感之理,然后再推论出"彤霞烁石"、"白虹贯岩"而产生了紫石,把想象与逻辑推理结合起来,为幻

---

① 欧阳修是庆历年间好奇崇异思潮的推动者之一。参拙作《欧阳修对奇险风格的矛盾态度》,《西南民族大学学报》2005年第11期。有人指出他庆历六年的《菱溪大石》模仿韩愈《赤藤杖歌》,《紫石屏歌》也可能受到此诗启发,但也可能与杜甫《石砚诗》、李贺《青花紫石砚歌》不无关系。
② 沈文倬校点《苏舜钦集》,上海古籍出版社,1981年,第50页。

想增添理趣和雅趣。

梅尧臣《读月石屏诗》显然作于欧苏诗后不久:"余观二人作诗论月石,月在天上,石在山下,安得石上有月迹。至矣欧阳公,知不可诘不竟述,欲使来者默自释。苏子苦豪迈,何用强引犀角蚌蛤巧擗析。犀蛤动活有情想,石无情想已非的。吾谓此石之迹虽似月,不能行天成纪历。曾无纤毫光,不若灯照夕,徒为顽璞一片圆,温润又不似圭璧,乃有桂树独扶疏,嫦娥玉兔了莫觅。无此等物岂可灵,只以为屏安足惜。吾嗟才薄不复咏,略评二诗庶有益。"梅尧臣是老实厚道的诗人,他显然缺少欧苏的想象力,而且他似乎也没有想象出奇的兴趣,所以很煞风景地说此石"徒为顽璞一片圆",还把欧、苏的想象揭穿撕破,消解了欧苏诗的神奇与幻想。对比之下,梅尧臣显见不属于想象力丰厚的诗人,他擅长的是平淡朴拙的描述叙事。

苏轼读过这三首诗,他虽在《轼近以月石砚屏献子功中书公……》(见前引)中云"笑彼三子欧、梅、苏,无事自作雪羽争(公自注:诗见三人诗集)",但他的几首关于月石砚屏的长诗①,却都颇有模仿欧、苏诗竞技想象的痕迹。苏轼在此诗中还称赞范百禄云:"大范忽长谣,语出月胁令人惊。"可见范百禄的答谢诗也有充满想象的惊人之语。在此诗中苏轼显然鼓动范祖禹也要写出惊人诗句:"小范当继之,说破星月如鸡鸣。……愿从少陵博一句,山木尽与洪涛倾。"可见苏轼对这种诗风的欣赏。范祖禹的《子瞻尚书惠涵星砚月石风林屏赋十二韵以谢》果然也是极力展开想象描述。

此后,诗人写到砚屏时,欧梅苏以及苏轼和两范的两次唱和就成了典故常被引用,如南宋孙应时《昆山龚立道昱有月石砚屏,斗南、君玉诸人皆有诗,余亦赋一绝》云:"看取光辉生笔砚,可无文字继欧、苏。"②元张之翰《张正甫太常送山水砚屏以长歌谢之》云:"君不见欧

---

① 指《欧阳少师令赋所蓄石屏》《轼近以月石砚屏献子功中书公,复以涵星砚献纯父侍讲,子功有诗,纯父未也,复以月石风林屏赠之,谨和子功诗并求纯父数句》《次韵范纯父涵星砚月石风林屏诗》等。
② 孙应时《烛湖集》卷二〇,《文渊阁四库全书》本。

阳有以紫石名,子美圣俞尝辩争。东坡又有月石风林横,子功纯父皆题评。感君盛德无以报,竟日阁笔诗不成。试从欧、梅、苏、范为乞灵,但觉山水尽与洪涛倾,倚天绝壁开新晴。"①诗人雅致成为后世美谈。

不仅如此,后世的砚屏长诗几乎都在模仿这几首诗歌,尤其是南宋,杨万里《诚斋集》卷四《三辰砚屏歌。文发主管叔有一砚屏,其石正紫,中有日月相并,月中有桂,其枝叶一一可数,月傍有一星。文发因为三辰屏,予因赋之》,其中有"三辰并光射窗几,影落砚屏不容洗。就中月轮景特奇,桂树可数叶与枝,炯如秋水涵荇藻,天巧此岂人能为",张镃《南湖集》卷二《陆编修送月石砚屏》中有"冰轮充满不复玷,玉斧弃置无烦修。虾蟆遁走兔老黠,历历可认浑银楼",与欧苏之作何其相似!两诗也都以想象丰富而见长。同时在北方,金代诗人赵秉文《滏水集》卷四有《仿玉川子沙麓云鸿砚屏吕唐卿藏》,虽说是模仿卢仝,但大多数字句意象构思都从欧苏梅、苏范诗中来:"恒星不见夜有光,星殒如雨石在地。……岂知沧影入石中,蟾蜍桂影俱蒙笼。……世间万事何不有,耳目之外难具论。"颇有欧苏的痕迹。

欧、梅、苏等人的砚屏诗成为吟咏器物诗的一种范式,成为开拓诗人想像力的模范篇章。没有这些唱和诗,我们就无法了解砚屏的产生经过,而且砚屏也就不太可能很快成为文人案头必备的文玩清供之一,成为士大夫文化的一部分。

砚屏的产生与流行过程,让我们感受到宋代诗人对器物文化的创造性贡献,以及他们发扬光大器物文化的主体精神与不懈努力。通过砚屏的产生与广泛流传,我们切实了解到:宋代诗人根据他们自身的文化生活需要设计与创造新的器物,又用他们擅长的诗文等形式赋予器物以精神气质,使物质文化与精神文化结合起来,为单纯的物质承载更加丰富的文化内涵作出了巨大贡献。

---

① 张之翰《西岩集》卷四,《文渊阁四库全书》本。

第三节　琵琶唱和与音乐文化
——以一次琵琶演奏的小型唱和为例

同题唱和诗不仅具有切磋交流性、游戏性、竞技性,而且具有互补性与拓展性,各种差异性书写从多方面展现出本题更深厚的文化意蕴。嘉祐二年欧阳修、梅尧臣、韩维、刘敞、司马光等人,为杨褒家琵琶女奴演奏《啄木曲》而作的五首唱和诗,就是同题唱和诗的典型范例。五首诗中传达出的宋代文人生活情状与雅趣、宋代乐奴的生存状态、宋代琵琶及器乐的演奏与流行,让我们再次领略到同题唱和诗差异性书写之魅力,了解到丰富多彩的音乐文化。

同题唱和诗不仅具有切磋交流性、游戏性、竞技性,而且具有多角度的拓展性与互补性,这些特性汇聚而成的差异性书写,传达出比独吟诗更多的文化信息量。

嘉祐二年(1057)十月,欧阳修、梅尧臣、韩维(1017—1098)、刘敞(1019—1068)、司马光(1019—1086)等人一次小型的酬唱,就是同题唱和诗的典型范例。这次唱和由欧、梅等人欣赏琵琶女奴弹奏而引起,现存虽然只有五首唱和古体诗,却传达出极为丰富的文化内涵。

一、杨褒以及宋代文人的生活情状与雅趣

几首同题唱和诗源自一次偶然的聚会。嘉祐二年十月,欧阳修、梅尧臣等人拜访刘功曹,在刘功曹家的厅堂上听到一个琵琶女奴弹奏《啄木曲》,为其吸引而写诗唱和,欧阳修首倡《于刘功曹家见杨直讲女奴弹琵琶戏作呈圣俞》[1],梅尧臣次作《依韵和永叔戏作》[2]。随

---

[1] 《欧阳修全集》,中国书店,1986年,第47页。
[2] 梅尧臣著、朱东润编校《梅尧臣集编年校注》,上海古籍出版社,1980年,第981页。

后,欧、梅将诗寄给韩维、刘敞,韩维写和诗《又和杨之美家琵琶妓》①,刘敞虽时在扬州,也写诗和答作《奉同永叔于刘功曹家听杨直讲女奴弹啄木见寄之作》②。不久,司马光与张圣民拜访杨褒,他们"率意共往初无期",却因杨褒(字之美)的热情招待而欣赏到那位琵琶妓的弹奏,听过之后,司马光又拜读了欧、梅等人的诗,欣然再和,作《同张圣民过杨之美,听琵琶女奴弹啄木曲,观诸公所赠歌,明日投此为谢》③,将唱和再次继续进行。两次偶然的聚会,本身就反映出宋代文人的情趣好尚:客人率意而往,主人出乐妓而奏乐,宾主欢饮赏听并写诗,这就是宋代文人的雅集与生活趣味。

欧、梅在刘功曹家看到的琵琶妓,是刘功曹从国子监直讲杨褒家借来的,由梅尧臣所说"功曹时借乃许出"可知。国子监直讲是国子监中的低级学官,俸禄无多,而杨褒却是一个极为执着的文艺爱好者和收藏家。欧阳修云"杨君好雅心不俗,太学官卑饭脱粟",梅尧臣说乐妓"言事关西杨广文,广文空腹贪教曲",韩维说杨褒"官卑俸薄不自给,买童教乐收图书",司马光则说杨褒"太学餐钱月几何,客来取酒同醒醉",由此可知杨褒官卑俸薄、生计艰难却好客喜酒,尤其喜欢教授童仆乐曲、收藏图书。几首诗歌共同描绘出杨褒安贫乐道(音乐与收藏)的形象。

杨褒在嘉祐年间与欧阳修、梅尧臣、韩维、司马光还有苏颂等人过从甚密,他们之间文酒诗会频繁,欧、梅、韩、司马、苏有不少和韵或次韵杨褒的诗歌,如韩维有《奉和杨直讲除夜偶书》与《答杨之美春日书怀依韵》④,苏颂有《和杨直讲寒食感怀》《又和春日对酒》⑤,可知杨褒也能诗文,只是现在诗文不存。这些唱和诗歌中也都谈到杨褒,使杨褒爱好音乐的形象更加鲜明,如苏颂《和杨直讲寒食感怀》云"知君退

---

① 韩维《南阳集》卷五,《丛书集成初编》本。
② 陈思《两宋名贤小集》卷五二,《文渊阁四库全书》本。刘敞《公是集》(《文渊阁四库全书》本)无。
③ 司马光《传家集》卷二,《文渊阁四库全书》本。
④ 韩维《南阳集》卷八,《丛书集成初编》本。
⑤ 苏颂《苏魏公文集》卷七,《文渊阁四库全书》本。

直饶欢趣,每向尊前赏奏音",《又和春日对酒》云"后院按歌声不歇,雕章得句曲方终",欧阳修《闻颍州通判国博与知郡学士唱和颇多因以奉寄知郡陆经通判杨褒》云"政成事简何为乐,终日吟哦杂管弦",韩维《答杨之美春日书怀依韵》云"檀槽度曲长",都指出乐、诗、酒构成了杨褒的日常生活最普通的内容。

此外,诸诗还都提到了杨褒喜欢收藏,欧阳修说杨褒"奇书古画不论价,盛以锦囊装玉轴",梅尧臣云"翰林先生多所知,又笑画图收满屋",韩维对其收藏写得尤为细致:"有时陈书出众画,罗列卷轴长短俱,破缣坏纸抹漆黑,笔墨仅辨丝毫余。补装断绽搜尺寸,分别品目穷锱铢。……苟非绝艺与奇迹,杨君视之皆蔑如,杨君好古天下无。"杨褒以收藏书画为主,不惜财力与精力,专注于古书画的搜集与鉴别。杨褒经常请欧梅等人观赏他收藏的书画古玩,而诸人欣赏之余,常常写诗描述品评,如梅尧臣《观杨之美画》①介绍杨褒收藏的不少名家画作,"此画传是阎令为。设色鲜润笔法奇,绢理腻滑鸡子皮。吴生龙王多裂隳,八轴展玩忘晨炊。李成山水晓景移,黄筌花竹雀拥枝。韩干马本摸搭时,神骏多失存毫厘"。欧梅集中还有不少诗歌谈到杨褒的书画收藏。而刘攽《彭城集》卷七《杨之美弹棋局歌》赞扬杨褒收藏汉魏的"弹棋局",是兴废继绝——"君能兴此亦先觉,辟雍老儒悲绝学"。这些文人都在观赏杨褒收藏中得到了不少乐趣。而杨褒的确是一位沉溺收藏之中而不知疲倦的人物,展示他的收藏是他最为热情的待客之道,梅尧臣曾因一次无意邂逅而被他的热心展示搞得"日高腹枵眼眩眵",以至于告饶推脱:"厚谢主翁意不衰,他日饱目看无遗。"欧阳修也是位大收藏家,他对收藏的热衷不亚于杨褒,《集古录》就是他收藏的结晶,在《集古录》中欧阳修经常提到一些藏本出自杨褒,他们在收藏方面可谓志同道合。尽管欧阳修云:"昨日见杨褒家所藏薛稷书,君谟以为不类,信矣。凡世人于事,不可一概,有知而好者,有好而不知者,有不好而不知者,有不好而能知者,褒于书画,好而

---

① 梅尧臣著、朱东润编校《梅尧臣集编年校注》,上海古籍出版社,1980年,第616页。

不知者也。"①但是我们通过杨褒之"好",能够感受到宋代士大夫收藏之"热"。

稍晚于欧梅诸人的王辟之《渑水燕谈录》卷九云:"华阳杨褒,好古博物,家虽贫,尤好书画奇玩,充实橐中;家姬数人,布裙粝食而歌舞绝妙,故欧阳公赠之诗云:'三脚木床坐调曲。'盖言褒之贫也。"其实杨褒的这种形象,在欧梅等人的诗歌中早已定型了。杨褒可以说是宋代文人的一种典型。

欧梅等人十分欣赏杨褒这种生活态度,欧阳修云:"人生自足乃为娱,此儿此曲翁家无。"司马光云:"人间何物号富贵?纡紫怀金尽虚器。如君自处真得策,身外百愁都掷置。太学餐钱月几何,客来取酒同醒醉。"韩维还将杨褒的生活与富贵而情趣低俗的人生作了对比:"岂无高门华屋贮妖丽,中挂瑶圃昆仑图。青红采错乱人目,珠玉磊落荧其躯。"因而认同杨褒"以兹为玩不知老,自适其适诚吾徒"。安贫而乐"艺"乐"藏",自得其乐,超然于功名富贵之外,正是杨褒的生活雅趣,也是宋代文人津津乐道而努力追求的理想生活。

宋代文人的生活形态、生活氛围以及生活态度,是宋代诗歌以及其他文学样式诞生的土壤,而这几首同题唱和诗,让我们能够体验到宋代文人具体的生活,感受到宋代诗歌人文旨趣所产生的具体环境。

二、杨褒家的琵琶妓与宋代文人家的乐妓

宋代文人士大夫有蓄养歌妓舞妓以及器乐乐妓的爱好,富贵文人蓄养乐妓,如欧阳修嘉祐年间作内相时就蓄养八九个乐妓,梅尧臣《次韵和酬永叔》云"公家八九姝,鬒发如盘鸦"可以证明。就连贫寒文人也会尽力蓄养,杨褒就是如此,琵琶妓就是杨褒蓄养的乐妓之一。

文人士大夫家蓄养的乐妓,年龄往往很小,像欧阳修家的"八九姝",都是"朱唇白玉肤,参年始破瓜",也就是十二三岁的女孩子,杨褒家的琵琶妓只有十岁,即欧阳修所云"十岁娇儿弹啄木"。这些女

---

① 欧阳修《唐薛稷书》,《欧阳修全集》,中国书店,1986年,第1155页。

孩子被诗人们称作"女奴"(欧阳修、刘敞、司马光)或"女奚"(梅尧臣)或"妓"(韩维)。如此幼小的乐妓令现代人触目惊心,但在宋代人那里却习以为常。

当然,宋代其他人家家妓也都如此幼小,只是文人家的家妓不同于其他家妓,在于她们的生活受到文人生活趣味的指导或制约与影响。家妓的生活取决于主人家的生活状况与趣味。杨褒爱好音乐与收藏书画却收入不高,因此他家的琵琶妓弹奏技艺高超而服饰装扮寒酸,欧阳修笔下的琵琶妓是"娇儿两幅青布裙,三脚木床坐调曲。……客来呼儿旋梳洗,满额花钿贴黄菊。虽然可爱眉目秀,无奈长饥头颈缩",梅尧臣笔下是"女奚年小殊流俗,十月单衣体生粟。言事关西杨广文,广文空腹贪教曲。……不肯那钱买珠翠,任从堆插阶前菊"——单衣布裙,满头菊花,在京师寒冷的十月中坐在"三脚木床"上,"体生粟"而"头颈缩",却能为宾主尽欢而弹奏琵琶。乐妓寒酸背后是主人的困窘,乐妓的高超技艺背后是主人的爱乐雅好与调教。欧梅的戏谑中带有一丝残忍的讥嘲,令人感受到诗人的不够厚道。韩维笔下"客来呼童理弦索,满面狼藉施铅朱。樽前一听啄木奏,能使四坐改观为欢娱",要稍微厚道一些,幼小的琵琶妓仓促之间不能从容熟练装扮,而涂抹得满面狼藉,但她很快就以乐声扭转了客人的注意力。刘敞"翠鬟小女自绝殊,能承主欢供客娱。转关挥拨意澹如,坐人虽多旁若无",因为并未亲见而出于想像,所以写的是理想化的乐妓。司马光"檀槽锦带小青娥,妙质何须夸绮罗。按弦运拨惊四座,当今老手谁能过",则十分厚道,"小青娥"自具"妙质",不必用"绮罗"装扮夸饰,根本不提琵琶妓衣饰的寒酸。在对琵琶妓的描述中,我们不仅看到琵琶妓的形象,而且能够感受到诗人们的不同性情与人生观念。

与寒酸的装扮形成极大反差的,是幼小琵琶妓的高超技艺,诗人对此有直接赞美,如欧云"娇儿身小指拨硬";有通过对乐声的描写而赞美,这一点除了韩维之外都有;有用烘托的手法表达,如刘敞"醉翁引觞不汝余,诗老弹铗归来乎。两君韵高尚如此,何况枥上之马渊中乐教教育,也常以此为音乐的审美理想,因为古琴最能体现这种境界,所谓"古声淡无味,不称今人情"①,所以他们在器乐中最喜欢古琴,将古琴视为士大夫的乐器,以至于不少士人如欧阳修等亲自弹奏古琴,以古琴修身养性。而琵琶虽然起源也很早,在唐代极为盛行,甚至超过古琴而成为十分流行的乐器,白居易的《琵琶行》以及其他文人有关琵琶的诗文,更使琵琶成为具有特殊文化品位的乐器,但是琵琶始终被认为是"乐人"的乐器,而没有成为士大夫亲自操弄和享有古琴般崇高地位的乐器,这固然可能因为琵琶早期出自西域,属于胡乐,不能与华夏正统器乐相提并论,也可能因为琵琶一般繁声促节,不够清雅高雅。但是文人士大夫仍能欣赏琵琶,尤其是在相聚欢会的场合,琵琶比古琴更适合调动众人的情绪。欧阳修、司马光等人虽然有浓厚的儒家文化意识,但仍然为琵琶《啄木曲》的"繁声急节"倾倒,可见审美理想并不排斥多样性的审美需要,不同的场合有不同的审美需求。

《啄木曲》应该是嘉祐年间开始流行的琵琶曲,梅尧臣诗云:"坐中宾欢呼酒饮,门外客疑将欲行。主人语客客莫去,弹到古树裂丁丁。内宾外客曾未听,乍闻此曲无不惊。"当时门内门外的宾客闻之而"无不惊",就是因为这种新声大家都是首次听到。这个曲子从何而来或由何人所作,唱和的文人似乎并不关心,据梅尧臣所言杨褒教女奴的琵琶曲是"曲奇谱新偷法部",这个曲子可能正是从"法部"得来,曲谱新奇是其最大的特点。唐玄宗时设法部,专门演奏法曲,与胡部并称,后来"法部"成为宫廷音乐的代称,宋代的"法部"即"教坊",是指宫廷或官方音乐机构,其乐曲创作与演奏都领导宋代音乐潮流,因此,梅尧臣说《啄木曲》新奇曲谱可能来源于此,但这很难考证。

这支新奇的琵琶曲之所以受到宋代文人赏爱,梅尧臣说是"妙在取音时转轴","转轴"即调音变调;刘敞则云"琵琶八十有四调,此曲独得传幺妙"。琵琶八十四调之说来自《隋书》卷一四:"先是,周武帝时有龟兹人曰苏祇婆,从突厥皇后入国,善胡琵琶,听其所奏,一均之

---

① 白居易《白氏长庆集》卷一,《文渊阁四库全书》本。

鱼"。可以想见琵琶妓的弹奏水平。色艺俱佳是宋代文人对乐妓的基本要求。

宋代官妓、家妓、私妓众多,其中擅长歌、舞、乐的不乏其人,这几首同题唱和诗中描述的只是其中比较特殊的一个家妓而已。众多乐妓促进音乐普及,文人对乐妓和对音乐一样赏爱,不仅促进宋词的产生,而且使得宋诗也沉浸其中。大量的器乐诗在这种环境中产生,因其具体细致的描写,常常比宋词更能让人领略到宋代音乐的细微之处,有更多的史料文化价值。

三、宋代流行的一支琵琶独奏曲——啄木曲

几首唱和诗都注重描写了琵琶妓弹奏的曲子——《啄木曲》,欧阳修描写得最为细致:"大弦声迟小弦促,十岁娇儿弹啄木。啄木不啄新生枝,惟啄槎牙枯树腹。花繁蔽日锁空园,树老参天杏深谷。不见啄木鸟,但闻啄木声。春风和暖百鸟语,山路硗确行人行。啄木飞从何处来,花间叶底时丁丁。林空山静啄愈响,行人举头飞鸟惊。"他用诗人的音乐领悟与联想和优美流畅的语言,描绘了《啄木曲》所表达的内容和情感。梅尧臣的描绘是:"琵琶转拨声繁促,学作饥禽啄寒木。木蠹生虫细穴深,长啄歆铿未充腹。摆弦叠响入众耳,发自深林答空谷。上弦急逼下弦清,正如螳螂捕蝉声。"刘敞的描绘是"空林多风霜霰零,啄木朝饥悲长鸣。口虽能呼心不平,谁弹琵琶象其声。雌雄切直相丁宁,欲飞未飞皆有情"。司马光的联想是:"弹为幽鸟啄寒木,园林飒飒风雨和。喙长爪短跃更上,丁丁取蠹何其多。曲终拂羽忽飞去,不觉酒尽朱颜酡。"由此可知,《啄木曲》就是用琵琶模拟春天啄木鸟在园林里啄木治蠹的声音,是人类用乐器仿生的乐曲,而诗人们用诗歌的语言传达出音乐的语言,令人千载之后仍能身临其境。

诗人们都指出《啄木曲》的最主要特点是节奏紧凑而情调欢快,所谓"繁声急节倾四坐"(欧)、"琵琶转拨声繁促"(梅),这种节奏急促的琵琶乐,使得四坐欢娱且欢饮,为之倾倒不已。

儒家常以疏越舒缓、平和宁静为音乐的最高境界,文人受到传统

中,间有七声,因而问之,答云:'父在西域,称为知音,代相传习,调有七种。以其七调勘校七声,冥若符合,一曰娑陁力,华言平声,即宫声也;二曰鸡识,华言长声,即南吕声也;三曰沙识,华言质直声,即角声也;四曰沙侯加滥,华言应声,即变徵声也;五曰沙腊,华言应和声,即徵声也;六曰般赡,华言五声,即羽声也;七曰俟利篷,华言斛牛声,即变宫声也。'(郑)译因习而弹之,始得七声之正,然其就此七调,又有五旦之名,且作七调,以华言译之,旦者则谓均也,其声亦应黄钟、太簇、林钟、南吕、姑洗五均,已外七律更无调声,译遂因其所捻琵琶弦柱相引为均,推演其声,更立七均,合成十二,以应十二律,律有七音,音立一调,故成七调十二律,合八十四调,旋转相交,尽皆和合,仍以其声考校太乐所奏。"郑译根据龟兹人苏祇婆的胡琵琶所推演的八十四调,成为隋唐及其后音乐的理论宫调,刘敞认为《啄木曲》最能得琵琶所有宫调之精深微妙,所以令人赏爱。唐代盛行的琵琶曲如《赤白桃李花》《霓裳羽衣曲》,在宋代不再像唐代那样流传,代之而起的是《啄木曲》这样新兴的琵琶曲。梅尧臣《花娘歌》谈到乐妓花娘也会弹奏《啄木曲》:"正抱琵琶稳系膝,辊作轻雷拢作雨。自解弹成《啄木》声,岂唯能写人心语。"梅尧臣尤其喜欢《啄木曲》,遇到欢会就想到这只曲子,如《次韵和永叔饮余家咏枯菊》云:"但能置酒与公酌,独欠琵琶弹啄木。"甚至看到啄木鸟就会想到《啄木曲》,如《啄木》"食蠹非嫌蠹,声来古木高。谁将琵琶弄,写入相思槽",《十五日雪三首》云"乳禽饥啄木,谁误拨琵琶",① 由此可知《啄木曲》在宋代的流行程度。

经过欧、梅、韩、刘、司马等人唱和之后,《啄木曲》更加流行,黄庭坚《山谷外集》卷一二《药名诗奉送杨十三子问省亲清江》:"春阴满地肤生粟,琵琶催醉喧啄木。"张耒《柯山集》卷四古乐府歌词有《啄木词》云:"红锦长绦当背垂,紫檀槽稳横朱丝。美人亭亭面如雪,纤手当弦金杆拨。弹成丁丁啄木声,春林蔽日春画晴。徘徊深枝穿翠叶,

---

① 梅尧臣著、朱东润编校《梅尧臣集编年校注》,上海古籍出版社,1980年,上引四诗分别见第 236、1126、114、659 页。

玉喙劳时还暂歇。深园断岭人不知,中有槎枒风雨枝。蠹多虫老饱可乐,山静花深终日啄。雄雌相求飞且鸣,高枝砺嘴枝有声。无功忍使饥肠饱,有意却教枯树青。疾弹如歌细如语,曲欲终时情更驻。一声穿树忽惊飞,叶动枝摇不知处。"似乎是为琵琶《啄木曲》填辞,或者是借古乐府之名而咏赞当时琵琶《啄木曲》。郭祥正《青山集》卷一二《送吴龙图帅真定》也有"醍醐一饮三百盏,琵琶《啄木》唤舞姝"之句,可知此曲还可以伴舞。南宋也常有人提到这支曲子,如王千秋《审斋词》之《好事近》云:"十岁女儿娇小,倚琵琶翻曲。绝怜啄木欲飞时,弦响颤鸣玉。"

可能就在琵琶《啄木曲》流行不久,古筝中也出现了《啄木曲》,张耒《柯山集》卷一四有一首诗名为《十二月二十六日旦,闻东堂啄木声,忽记作福昌尉时,在山间,环舍多老木,腊后春初,此鸟尤多,声态不一。今琵琶、筝中所效,既不类,又百不得一二云》,从中可知琵琶、筝已均有《啄木曲》,北宋末南宋初的洪朋《洪龟父集》卷下《戏赠弹筝小妓》"小鬟弹《啄木》,写出林间曲。空闻剥啄声,虚堂耿华烛",可以证明筝中的《啄木曲》也是仿效林间啄木鸟叫声。比较有意思的是,张耒《啄木词》称赞《啄木曲》不遗余力,而此诗题却指出琵琶、筝仿效啄木声,不仅不像,而且连啄木鸟声的百分之一二都得不到,这实在太矛盾了。

《啄木曲》模仿啄木鸟叫,是一种音乐仿声,这在器乐曲中比较常见。用器乐模仿自然声音,模仿得再真实,也是模仿,当然不可能与原声绝对相同或特别相像,因此,张耒所言的"不类",是可能的;而他的《啄木词》以及欧、梅、韩、刘、司马等人,赞美《啄木曲》不仅能得啄木之声,而且能传达出曲子与弹奏人的情感,引人联想,更是可能的。模仿是因为人类感受且倾倒于自然的美,而模仿所使用的媒介则传达出模仿者的感受与情感,其好坏的关键固然在于像不像或像百分之多少,但更在于能否传达出自然的情境与作曲人奏曲人的心境。从诸人的描述中,《啄木曲》的流行,正是因为其能传达这一切。张耒的两首诗歌的矛盾,可能是因为个人心境变化太大,而影响了评判的标准,并非《啄木曲》本身有变化。

琵琶是物质文化遗产,而弹奏琵琶以及琵琶曲,却是非物质文化遗产。五首同题唱和琵琶的诗歌从多方面描述了文人生活情状与雅趣、宋代乐奴的生存状态、琵琶及器乐的演奏与流行,让后世了解到宋代文人的音乐生活与文化。

第二章

日益精致的诗人社交生活与酬唱方式

唱和诗歌从不同韵的赠答,到和韵,再到次韵、分题、分韵,这些看似形式、规则或技术的变化,反映出诗歌唱和活动发展的精细化,更是诗人社交生活的日益精致化。分题分韵到北宋中后期发展成一个更为严格、更有意味的唱和方式,正是宋代诗人社交生活日益精致化的具体体现。

第一节 更有意味和意义的唱和活动形式

分题分韵自齐梁产生后,逐渐成为诗人们集体活动时一种颇有趣味的竞技性、娱乐性游戏,经过隋唐诗人们频繁集会创作探索,到了宋代,更随着唱和风气的普遍深入,其游戏规则被发展得更有意味和意义。分题之"题",反映的是各个时代集会者们的生活情趣与群体时尚变化;分韵之"韵",从齐梁的随意无序走向宋代的有意有序;以题为韵,是唐宋诗人们寻找出的内容与形式契合点;以韵点题,即以分韵所用之韵句点明集会之主题,无疑是宋代诗人们发掘出的最有意味、有意义的题韵结合形式,这一形式既有文化意蕴又有点睛之用,可以说是将分题分韵的游戏规则提升到了最高级别。

分题分韵赋诗活动在南北朝时期(一般认为在齐梁)产生①,经过隋唐发展,唐末五代时期已经屡见不鲜,到了宋代,更是成为个人创作尤其是文人集会上不可或缺的常态行为。

分题分韵可以是个人行为:一个诗人可以自己分题、分韵,譬如欧阳修《文忠集》有《游龙门分题十五首》即是个人将龙门的十五个名胜古迹分成十五个题目,一一吟咏。许多别集中的此类组诗都可以称之为个人分题诗,譬如陈文蔚《克斋集》卷一四有诗题《以"花枝好处安详折,酒盏满时搁就持"为韵,赠徐子融》,就是他自己将邵雍《首尾吟》诗的此联分作十四个韵脚,分别创作十四首诗歌,然后赠给朋友欣赏。宋人别集中这类诗也不少。

分题分韵更多是集体行为:两个以上的诗人相聚,先确定题目和韵脚,定好之后,通过抓阄拈阄的方式,随机选取题目或韵脚,然后按照得到的题目或韵脚同时赋诗,这种行为也可以称作探题探韵。

个人分题分韵赋诗,属于独吟型创作;而群聚分题分韵赋诗,属于酬唱型创作。两者在形式上互有借鉴,在起源上难分先后,但在创作形态上却大为不同。独吟型的分题分韵是自发的个人挑战个人创作能力的行为,无时间限制,可以细心推敲;而酬唱型的分题分韵,则是带有强制性的集体竞赛式的创作行为,有严格的时间限制,考验的是诗人即时应变创作能力。本节主要关注的是作为集体行为的分题分韵诗歌创作。

群聚分题分韵,不像赠答、和意、和韵、用韵、次韵唱和那样有唱有和、前呼后应,那种属于历时性、对话式的交流;而是具有组织性、主题性、互竞性,属于共时性、平行对等式的创作交流,是一种竞唱无酬式的酬唱型创作活动。分题分韵既然是个人就可以单独完成的创作活动,又何需群聚多人去分别完成?实际上,这个将一项任务交给多人完成的过程,就是合而分之的艺术游戏。当个人行为变成集体行为时,原本比较纯粹的艺术创作,无疑被人为地赋予了组织合作、娱乐游

---

① 详参吴承学《中国古代文体学研究》,人民出版社,2011年,第74页。

戏的成分。我们从文人群聚时有意无意、有序无序的分题之"题"与分韵之"韵"上,能够感受到古人分分合合、游心于艺的美感。

宋人继承了前人群聚分题分韵的传统活动形式,并将其发展得更有艺术意味和文化意义。

一、分题之"题":不同时代文人酬唱活动集体情趣的传承与变化

分题之"题",即诗歌的题目,而诗歌的题目标注的就是诗歌的题材或主题。集会所分之"题",表面上看,不过是游戏、娱乐的一种活动内容,其实反映的却是集会者的共同关注点、兴趣点,是文人的群体时尚,所谓集体情趣乃至集体意识、精神。

分题诗在产生之初,即是以咏物分题为主的活动,如南齐谢朓与诸人"同咏乐器",谢朓得琴、王融咏琵琶、沈约咏箎;又"同咏坐上玩器",谢朓得乌皮隐几、沈约咏竹槟榔盘;又"同咏坐上所见一物",谢朓得席、柳恽同咏席、王融咏幔、虞炎咏帘、沈约咏竹火笼。[①] 所分咏之题,皆是诗人日常所见、所用、所玩赏之物,这表明当时文人集会时就已经开始集体关注乐器、玩器、生活日用器。这种文人的集体情趣,其实一直影响着后代文人。

宋代文人集会分题,就继承着这一分题咏物的传统,如韩维《南阳集》卷二有《西轩同诸君探题得"食盒"》,并自注"探西轩物为题",因"诸君"诗已经散佚,无法得知所探何题,却可以推知应该大多属于轩中所见之饮食类器物;卷八有《北园坐上探题得"新杏"》,可知所探当是园中所见的各种果木;刘昌诗《芦浦笔记》卷一〇记载胡藏之"尝侍燕席,以柈中果子分题赋诗",可知这回主题系列是各种食物。这类咏物分题在宋人诗集中很常见,从中可见虽然经过几百年的时间流逝,世事早已是沧海桑田,而文人的集体情趣却仍然沿袭前代,自然物品与人工器物仍然是他们关注的对象,只是所咏之物更加日常化、

---

① 谢朓诗与他人分题诗均见《谢宣城集》卷五。曹融南校注集说《谢宣城集校注》,上海古籍出版社,1991年,第391—399页。

多样化、新奇化一些。

宋人在沿袭咏物分题传统的过程中,也有一些创新意识。譬如魏了翁《鹤山集》卷三《重九后三日,后圃黄华盛开,坐客有论近世菊品日繁,未经前人赋咏,惟明道尝赋"桃花菊",外此无闻焉。因相与第其品之稍显者,各赋一品,某探题得"桃花菊"》,宋人其实一直在寻找"未经前人赋咏"的题目,但这对已有千年传统的诗坛而言,的确很难开拓出一片新天地。他们大多数做法,只是在丰厚的传统上进行递创。沈遘《西溪集》卷一有《以席间所望见为题得"偃松院"》《以后圃诸亭观为题得"巽亭"》《是日观画以画为题得"胡瓌马"》等几首诗,可以说是以分题的形式,记录了宋代文人宴饮游观时的各种活动,他们扩大到以亭院为题、以画为题,眼界稍微比前人开阔一些,集体情趣有些细微变化。

宋代群聚分题赋诗有相当一部分题目是赏玩字画文玩、古董古迹,如欧阳修《文忠集》卷五四有《堂中画像探题得"杜子美"》,王安石在欧阳修坐上分赋《虎图》①,姜夔《白石道人诗集》卷下有《与和甫、时甫分题画卷,夔得"剡溪图"》,均是以画为题,可见宋人集会时对各种图画的爱好与鉴赏。

宋代文人喜好收藏古董,集会鉴宝成为当时时尚,所以不少分题活动以文玩古董为题,如李廌《济南集》卷四有《分题得古香炉》,其他人应当也会分得别样古物。程俱《北山集》卷三《同江、赵、潘集,以钟监、博山炉、黟砚、石屏为题。予得"钟监",分韵得"金"字。钟监,盖响板也,形制如钟,背作云雷纹,面可监。我曹创为之铭曰:"癸巳作钟监,子子孙孙,永保用张。"有篆,甚奇古》,详细记载了当时文人集会鉴赏古董文玩且分题赋诗的情状。从中可以看出宋代文人的集体复古情结与复古行为。

贺铸《庆湖遗老诗集》卷一《彭城三咏。元丰甲子,予与彭城张仲

---

① 《诗人玉屑》卷一七引《漫叟诗话》:"荆公尝在欧公坐上赋《虎图》,众客未落笔,而荆公章已就。欧公亟取读之,为之击节称叹,坐客阁笔不敢作。"魏庆之《诗人玉屑》,上海古籍出版社,1978年,第379页。

连谋父、东莱寇昌朝元弼、彭城陈师中传道、临城王适子立、宋城王狃文举,采徐方陈迹分咏之。予得戏马台、斩蛇泽、歌风台三题,即赋焉。戏马台在郡城之南,斩蛇泽在丰县西二十里,歌风台在沛县郭中》,六人分题吟咏彭城各处名胜古迹,贺铸一人得三题,还饶有兴致介绍其地理位置,像是给地方名胜古迹做宣传广告,反映出当时文人对自身所在地域文化的关注。

宋代文人甚至以经书分题,程俱《北山集》卷五有《仲嘉分题得"诗"、分韵得"经"字。是日仲嘉以事先归,代作一首》《再分题得"易"、分韵得"醉"字一首》,这种集会分题反映出宋代诗人对儒学、理学的热衷程度。

有些集会分题形式曾经十分流行,如唐代盛行的一种分题咏物以送别的活动,李白就有《送祝八之江东赋得浣纱石》《赋得白鹭鸶送宋少府入三峡》①等诗,皎然《杼山集》中此类诗歌颇多。五代宋初这一分题形式大盛,徐铉《骑省集》卷三《送钟员外诗序》详细记录了他和诸君的一次分题赋物送别,让我们对这种形式有更为细节化的了解:

> 岁辛亥冬十月,天子命吾友德林为东府亚尹、太弟谕德。萧君洵诸客饯于石头城。云日苍茫,园林摇落,樽酒将竭,征帆欲飞。处者眷眷而不能回,行者迟迟而不忍去。烟生景夕,风静江平。君子曰:"公足以灭私,子当促棹;诗所以言志,我当分题。"故以"风、月、松、竹、山、石",寄情于赠别云尔。

六人六首诗歌都保留在徐铉别集中,每人都以所分之"物"为吟咏对象,而主题却是送别。宋初还有王禹偁《赋得纸送朱严(自注即席探题)》,杨亿《即席赋得笔送宗人大著通判广州(自注毫字)》,都可以说明这一形式当时的流行状况。但宋代中期以后,这种形式就逐渐减少甚至消失。

---

① 一部分"赋得"是分题分韵的早期名称之一。详参吴承学《中国古代文体学研究》,人民出版社,2011年。

以前人名句分题,是后代诗人集体向前代经典致敬的行为,唐代比较多,如张九龄《赋得"自君之出矣"》、王维《赋得"清如玉壶冰"》《赋得"秋日悬清光"》、孟浩然《赋得"盈盈楼上女"》、钱起《赋得"寒云轻重色"送子恂入京》,①从中可以看出唐人对汉魏六朝诗歌的热爱与接受取向。宋代也有不少个人沿袭这种做法,常常拟成系列组诗②,这个做法与唐宋的省题诗多以前人诗句为题的科举考试习惯有一定关系③,但宋人似不大喜欢以此分题,偶有一些如徐铉《赋得"风光草际浮"》、刘敞《分题"鸟鸣山更幽"》、苏辙《"落叶满长安"分题》④等,却不常见。这既可以说明文人集体兴趣与个人兴趣不大相同,也可以说明宋人的集体兴趣有所转移。

　　分题是文人以诗歌创作为娱乐活动内容的智力游戏,分题之"题",呈现的是文人集会时的共同关注点,反映的是文人集体休闲娱乐生活。仅从所分之"题"考察,可以看出宋代诗人对齐梁隋唐酬唱题材的继承与变化,看出两三百年间文人集会生活的一脉相承与不断发展。

二、分韵之"韵":游戏规则的从随意无序到刻意有序

　　早期分韵诗的"韵"字之间,并无多少逻辑严密的次序,当时诗人集会时,常常规定一人"赋韵",如《南史》卷五五云"帝于华光殿宴饮连句,令左仆射沈约赋韵"。"赋韵者"安排好韵字之后,参与者采取披钩或抓阄方式分取,所谓"先书韵为钩,坐客均探,各据所得,循序赋之"。⑤

　　当时每位参与分韵赋诗者,所得的多个韵字多属于同一个韵部或相邻韵部,如《陈后主文集》十卷,载王师献捷,贺乐文思,预席群

---

① 以上分题所用之诗句分别出自:徐幹《室思》(宋齐人多有同题仿拟)、鲍照《白头吟》、江淹《望荆山诗》、《古诗十九首》、陈后主《幸玄圃饯吴兴太守任惠》。
② 如林希逸《竹溪鬳斋十一稿续集》卷一七、一八《省题诗》,《文渊阁四库全书》本。
③ 《文苑英华》卷一八○——八九收录《省题诗》,诗题中有一半是前人诗句。李昉等《文苑英华》,第2册,中华书局,1966年,第888—928页。
④ 分别见谢朓《和徐勉出新林渚诗》、王籍《入若邪溪》、贾岛《忆江上吴处士》。
⑤ 见《考古编》卷七。程大昌撰、刘尚荣校点《程氏考古编·程氏续考古编》,辽宁教育出版社,2000年,第47页。

僚各赋一字,仍成韵。上得盛、病、柄、令、横、映、夐、并、镜、庆十字;宴宣猷堂,得迓、格、白、赫、易、夕、掷、斥、垪、哑十字;幸舍人省,得日、谧、一、瑟、毕、讫、橘、质、帙、实十字,如此者,凡数十篇,今人无此格也"。① 这些韵字之间没有紧密联系,但赋诗时必一一押到,类似于后世的次韵诗。参与集会的每个人所得之韵也有严格规定,但人与人之间所得的韵部韵字却没有任何有机联系。这就是"古人分韵之法"②。不太在意参与者之间的韵部韵字关系,比较随意,有纯粹的设韵为诗的游戏色彩。

以剧韵强韵(又称作险韵僻韵)分韵,也是分韵诗的一大特点,不仅南北朝如此③,唐代直到唐末宋初都还很流行,叶梦得《石林燕语》卷八云:"太宗当天下无事,留意艺文,而琴棋亦皆造极品,时从臣应制赋诗,皆用险韵,往往不能成篇……王元之尝有诗云:'分题宣险韵,翻势得仙棋。'"不仅皇帝喜欢以险韵挑战群臣的创作能力,当时的僧人之间也以僻韵或僻题有意"相互为难",所谓"诗因试客分题僻"④。"赋韵者"只在韵部中挑拣剧韵强韵,各韵之间自然不会有太大关联。之所以如此,就是因为当时分韵的主要目的在于以难押之韵字、韵部考验诗人的创作能力,而尚未顾及押韵以外的意义。

齐梁以后的文人集会,逐渐注重参与者所分韵字或韵部之间的关联。"赋韵者"安排韵字时,试图创造一些规则,不纯粹以毫无关联的险韵、僻韵难人。譬如唐人就开了以参与者姓名为韵的先例,如权德舆《送李处士归弋阳山居》,诗题下自注云"限姓名中用韵"。宋代一些诗人集会,继承了这个传统,如李廌有《史次仲、钱子武与余,在报恩寺纳凉分题,各以姓为韵》,谢逸《与诸友访黄宗鲁,宗鲁置酒于

---

① 洪迈《容斋随笔》续笔卷五,上海古籍出版社,1978年,第280页。
② 俞樾《茶香室丛钞》四钞卷一三"古人分韵法",中华书局,1995年。
③ 详参吴承学《中国古代文体学研究》,人民出版社,2011年,第76页。
④ 此诗句之作者,各处所载不同,有闽僧或南方僧朋多、可朋、有朋、有明等不同说法。刘攽《中山诗话》似最早记载,原文作"闽僧有朋多,诗如……",因此"朋多"似最确。当时人的分题不一定指分"题",也指分"韵",见下文论述。刘攽《中山诗话》,《文渊阁四库全书》本。

思猷亭,席上分韵赋思猷亭诗,各以姓为韵,予得谢字》,就是以诗人各自姓氏为韵的范例。谢逸另两首诗《吴迪吉载酒永安寺,会者十一,分韵赋诗,以字为韵,予用逸字》《游文美清旷亭,各以字为韵》,则是将唐人以"名"为韵做法,拓展到"以字为韵"。贺铸有两首分韵诗题,写到聚会诗人互相择取参与者的姓、名、字为韵:《三月二十日,游南台,与陈传道、张谋父、王文举、乙丑同赋,互取姓为韵,予得陈字》《游雍丘燕溪分韵作。丁卯二月,领大匠属治事至雍丘,与故人吴择仁智夫、赵子漪澄之同游,因分韵赋诗,予得漪字》。这种分选韵字的方法,不以险韵僻韵难人为目的,而将参与者姓名字加入,加强了分韵规则的有序性①,增强了参与者与分韵唱和活动的联系,而且增进了参与者之间的关系。

当然,以姓名字为韵,其偶然成分、游戏色彩仍然十分明显,宋代诗人还一直有意无意地寻求更有序、更有意味的分韵形式,以便提高分韵赋诗活动的意义。以已有的诗句、经典句或成语为韵,无疑是分韵诗中最有艺术意味的游戏形式。精心选择出来的"韵句",将本来没有必要联系的韵字变得关系密切,比以姓名字为韵还要有逻辑关系,有意义。这一点将在第四小节详细分析。

三、以题为韵:从有序到有意味

一般认为,分题主要是指分选诗歌的题目(题材、主题、标题),基本属于诗歌内容方面的问题;分韵则指分选韵字(韵脚、韵部),属于诗歌形式方面的问题,两者各有所职,并无太大关联。如严羽《沧浪诗话》之《诗体》部分云:"有分题,有分韵。"但"分题"的语义并非如严羽所说"古人分题,或各赋一物,如云'送某人分题得某物也'。或曰探题"那样明晰,也非我们的定义那样明确。

---

① 此种分韵法还对考证佚名诗人的姓名字颇有用。如《四库全书总目》卷一五八邓深《邓绅伯集》提要:"惟集中有'游罗正仲磬沼分韵诗'题曰'深得一字'","诸人集贫乐轩赏花分韵诗题曰'深得把字'"。则其名当为邓深。中华书局,1965年,第1361页。

从宋代诗人的实际用语上看,"分题"一语所指经常十分模糊,譬如杨亿《上元夜会慎大詹西斋,分题得"歌"字》,所得之"歌"是韵还是题? 或者既是题又是韵? 苏颂《游保宁院练光亭,同丘、程、凌、林四君分题,用"业"字韵》,"业"自然是韵,但分的题却并非"业",则分题似乎就是指分韵。王安石有《送裴如晦即席分题三首》,注云:"以'黯然消魂,惟别而已'为韵,拟'而、惟'字韵作。"显然诗题中的"分题"之"题",指的就是注解中所说的"韵"。并非宋人的"分题"概念不清,而是在当时集会活动中,分题与分韵总是有意无意地结合在一起,不可分离,因此造成了分题一词的多义性。

分题与分韵既可以分别单独举行,也可以合在一起同时举行。既分题又分韵的活动,显然增加了创作难度。唐代就有既分题又分韵的活动,但当时大多数"题"与"韵"之间没有太大关系,如皎然有《五言赋得"夜雨滴空阶"送陆羽归龙山(同字)》《五言赋得灯心送李侍御萼(光字)》。《五言赋得竹如意送详师赴讲(青字)》等,所得的韵字,与所得的题目没有直接关系。一般来说,题与韵之间不需要太多联系,但是频繁的不间断的集会活动促使诗人不断地在题与韵的关系上花样翻新。

宋人计敏夫《唐诗纪事》卷三九云:"乐天分司东洛,朝贤悉会兴化亭送别,酒酣,各请一字至七字诗,以题为韵。"此序之下,收录了王起、李绅、令狐楚、元微之、魏扶、韦式、张籍、范尧佐以及白居易等九人所赋的八个题目:花、月、山、茶、竹、书、诗、愁,这八个作为题目的字所在的韵部,也就是每首诗歌的所有韵脚必须出自其中的韵部,这就是"以题为韵"。

"以题为韵"的说法是否出自白居易的这次聚会之诗序,尚需考察①,但唐代的确已经有"以题为韵"的做法,如元稹就有《赋得"鱼登龙门"用"登"字》,只是这种做法在唐代还比较少。

---

① 《白香山诗集》卷四〇《一字至七字诗》下引《唐诗纪事》为注,而其他白居易诗集或未收录此诗或从《唐诗纪事》辑录。则诗或即唐人做,序却似乎是宋人后加。汪立名编《白香山诗集》,《文渊阁四库全书》本。

"以题为韵"的做法可能受到唐代科考时"试赋用韵"的启发。《文苑英华》卷四九收录唐代五人所做《花萼楼赋》五首,其题下注云:"以花萼楼赋一首并序为韵。"所作之赋就是依照"花萼楼"三个字的顺序为韵。从《花萼楼赋序》可知此次的"试赋用韵",是在"开元中岁,天子筑宫于长安东郭"不久,则这种做法至少从盛唐就开始了。《容斋随笔》续笔卷一三云:"唐以赋取士,而韵数多寡、平侧次叙,元无定格,故有三韵者,《花萼楼赋》以题为韵,是也。"

　　北宋中后期,"以题为韵"的做法比较普遍,譬如惠洪《石门文字禅》卷七有《和杜司录"岳麓祈雪",分韵得"岳"字》,王安礼《王魏公集》卷一有《游集禧中元东轩,分题得"东"字》;谢逸《溪堂集》有《与诸友分韵咏古碑,探得"罗池庙记",以"池"字为韵》《游宝应寺分咏古迹,探得"颜鲁公戒坛碑",以"坛"字为韵》。因为这种做法增多,"以题为韵"的说法也就在这个时期出现,如彭汝砺《鄱阳集》卷一〇有《冬寒围炉,以题为韵,得"寒"字》,綦崇礼《北海集》卷一有《德升尚书赋"溪风亭"二首,以题为韵,顾"风"字某已先作,别赋"溪"字一首》,谢逸有《吴子珍家分韵,咏席上果,探得橘子,以"橘"字为韵》。

　　所吟咏诗题中的字,就是诗韵必须使用的字,而这首诗的其他韵脚也必须出自这个字所在韵部。题即韵,韵即题,题与韵密切连接在一起。之所以"以题为韵",一个原因可能是分韵者想要方便省事,另一个原因则可能是诗人们有意或试图从中找出内容与形式的连接点,以便提升酬唱游戏的趣味性与艺术性。

四、以韵点题:从有意味到有意义

　　题韵关系起始时比较随意,一题一韵或是同题不同韵,是分题又分韵活动常见的形式,到了分题又分韵的活动日益成熟后,人们不太满足于纯粹技巧性的题韵设置,越来越在意题韵之间的关系,希望寻找到二者之间最有意义的契合点。上节所云之以题为韵,不过是找到了题韵之间最为表面化的联系,而此节所云之以韵点题,才真正使题韵之间有了相互依赖的关系。

宋人集会时，一般会推举一个"主约"者，"主约"者可以自己安排题韵，也可以寻找一个"擅场者"赋题赋韵。安排题韵的"擅场者"必须具备深厚的文学修养或擅长创作，而且一定十分了解此次聚会的目的、参与的人数等此刻现状，因为他要根据聚会的目的和人数，安排相应的题韵。所安排的各"题"一定是大家都感兴趣、合乎人数并自成系列的，各"韵"则不仅要与人数对等，而且要有文献出处或是一句成语，更重要的是必须符合此次聚会的目的或点明其主题。譬如程俱《北山集》卷二有诗题《与江仲嘉褒、赵叔问子昼、潘呆卿呆分题赋诗，以"颜鲁公、裴晋公、贺监、陈希夷画像"为题，以"我思古人"为韵。余得"裴晋公"、"我"字韵一首》，可知此次聚会四人，所分之题为四幅唐宋名人画像，而韵句"我思古人"，出自《诗经·邶风·绿衣》："我思古人，俾无訧兮"，"我思古人，实获我心"。韵句与人数相等，且符合发思古之幽情的酬唱目的，连省略的《诗经》后句都在暗示主题。这就是以韵点题。卷五还有《同叔问诸人以"橘栗柿蔗"为题，以"东南之美"为韵，余得"橘"、"美"字韵一首》，可知四人以当地四种特产为题，韵句出自《尔雅》"东南之美者，有会稽之竹箭焉"，称颂所咏四物是如"竹箭"一样的"东南之美"，这就是本次聚会咏物的主题基调。

多数聚会酬唱不必分立多个标题，而只有一个共同的题目，这个题目就是聚会的目的或主题，这就需要擅场者精心选择韵句来点明，如惠洪《石门文字禅》卷二四《四绝堂分题诗序》云：

> 余曰："东坡尝曰'故山去千里，佳处辄迟留'①，此语殆为公今日之游说也。"于是分其字以为韵，赋诗纪事。

惠洪之所以选择苏轼的词句为"韵句"，是因为此次聚会的目的是为送别张廓然而作："宣和三年秋七月，青社张廓然罢长沙之教官。十五日渡湘，将北归，馆于道林寺，携家遍游湘山胜处，如人经故乡，恋恋不忍去。"苏轼的"故山归去千里，佳处辄迟留"正好概括了张廓然对

---

① 苏轼《水调歌头》："故山归去千里，佳处辄迟留。"因参与集会者十人，所以有意去掉"归"字。可知"擅场者"会根据聚会现状稍微更改原句。

"湘山胜处"的恋恋不舍,可以说是点题之作。

这种用前人诗句、词句或其他经典语句作为分韵之"韵句",且兼作或点明聚会之主题的做法,在酬唱之风与以才学为诗之风并盛的北宋中期兴起且立即风靡,成为最有意义的酬唱活动样式,也成为此后文人聚会时分题分韵的一个最为常见的活动规则。譬如送别聚会,这是唐以来传统分韵诗歌之大宗沿袭,其"韵句"一定与送别的主题气氛有关,邹浩《送裴仲孺为太和尉》注云"时与崔遐绍、苏世美、乐文仲、王仲弓,以'故人从此去'为韵,分得'去'字",其韵句出自杜甫的《送何侍御归朝》"故人从此去,寥落寸心违"。李流谦《以"春草碧色"分韵,送朱师古知雒县,得"色"字》,韵句出自江淹《别赋》:"春草碧色,春水绿波,送君南浦,伤如之何。"这些韵句都点明他们送别的主题在于依依惜别的情感。

而有的送别聚会关注的则是被送者本身。如苏轼等人《送范中济经略侍郎分韵赋诗》,与会者八人,用《诗经》中"元戎十乘,以先启行"八个字分韵,韵句与范中济身份与远行目的十分契合①。此外如李流谦《雍资州送行诗序》"大丞相诚之至以侯心熏忧患,果于自去,上乃听,以资中付之。于是蜀之仕于中都者,勇侯之退,而荣其归也,合饮以饯之,以'屡荐不入官,一麾乃出守'分韵赋诗";度正《性善堂稿》卷一《送王中父制干东归探韵得限字》自注云"分韵用'离别不堪无限意,艰危深仗济时才'";楼钥《攻媿集》卷一〇七《通判姚君墓志铭》:"馆阁皆一时名胜,惜君之去,相与饯饮道山,用'风流半刺史,清绝校书郎'分韵赋诗以送之。"从其所用的韵句看,这几组饯别诗的主题,显然更注重被送者的气节、人品与个性。

集会而怀念共同的友人,其分韵的韵句一定足以概括友人的道德品质与性情气质,或者足以表达怀念之情,江西诗派中人谢逸诗集中这类诗题颇多,如《怀李智伯,以洪龟父赠智伯诗"气盖关中季子心"为韵,探得盖字》,其中的韵句就令人想见李智伯的豪迈之气;《集

---

① 苏轼有可能是"以韵点题"规则的创始人。尚待进一步考证。

西塔寺,怀亡友汪信民,以"言念君子,温其如玉"为韵,探得念字》,则刻画出与李智伯气质截然不同的汪信民形象;而其《游西塔寺分韵赋诗,怀汪信民,以渊明停云诗"岂无他人,念子实多"为韵,探得念字》,表达的则是对汪信民的思念之情。以韵句点题,令人一眼可知聚会分韵的主题或者中心,由此也了解分韵诗的大体主题指向。

谢逸还有几首诗题如《游西塔寺,分韵咏双莲,以"太华峰头玉井莲"为韵,探得华字》《与诸人集陈公美书堂,观雪,以"朔雪洗尽烟岚昏"为韵,探得烟字》《游逍遥寺,咏庭前柏树,以老杜病柏诗"偃蹙龙虎姿,主当风云会"为韵,得蹙字》,记录了诸人集会咏物,就所咏之物,而选择与之相关的著名恰当的诗句作为分题之韵句,选择的过程可以看出诗人们对沈传师、韩愈、杜甫等人诗歌熟悉的程度,以及以韵点题的良苦用心。

游览分韵之韵句,一定与游览的时节、地点、内容、情绪有关,南宋时期此风更烈,连理学家朱熹与其诗友登山临水也往往用此方式,如《十月上休日,游卧龙玉泉三峡,用山谷"惊鹿要须野草,盟鸥本愿秋江"分韵得"鸥"字》《游百丈山,以"徙倚弄云泉"分韵赋诗得"云"字》《同丘子服游芦峰以"岭上多白云"分韵赋诗得白字》《九日登天湖以"菊花须插满头归"分韵赋诗得"归"字》《游武夷以"相期拾瑶草"分韵赋诗得"瑶"字》等,这位理学家似乎要炫耀其虽然严肃理性却不失风雅,诗集中颇多这样充满诗意的分韵韵句。其他诗人也多有此种行为,如冯时行《游东郊以"园林无俗情"为韵得情字二首》。

节令分题分韵活动,如李流谦《中秋玩月,以东坡诗"不择茅檐与市楼,况我官居似蓬岛"为韵得"似"字》《峡中重九,以"菊有黄华"分韵得"菊"字》、谢逸《冬至日,陈倅席上分赋"一阳来复",探得"复"字》、朱熹《岁晚燕集,以"梅花已判来年开"分韵赋诗得"已"字》,都在从前人诗句成语中寻找韵句,以说明主题。

张孝祥还将这种活动扩展到庆贺宴席上,有《吴伯承生孙,交游共为之喜。凡七人,分韵"我亦从来识英物,试教啼看定何如",某得"啼"、"定"字》,正是其诗所谓"得孙当赞喜,唤客便分题"。

与佛禅有关的分韵诗,其韵句一定也要与佛教禅理相关,譬如苏轼有《参寥上人初得智果院,会者十六人,分韵赋诗,轼得心字》,所分的韵句来自《圆觉经》之"以大圆觉,为我伽蓝,身心安居,平等性智",因为在佛教寺院聚会,与会者有僧人,而苏轼等俗众又都与佛禅有缘,所以选择佛经中的成句作为韵句以说明聚会主题。邹浩《宽夫率同诸公谒大悲寺,观所画圣像,以"回向心地初"分韵赋诗,得初字》,韵句出自杜甫《谒文公上方》"王侯与蝼蚁,同尽随丘墟。愿闻第一义,回向心地初";谢逸《游泉庵寺怀璧上人,以"徐飞锡杖出风尘"为韵,探得徐字》,韵句出自杜甫《留别公安太易沙门》"先踏炉峰置兰若,徐飞锡杖出风尘",也都点明方外聚会的目的。

诗人们通过取韵句于经典的方式,不仅是向古人和经典致意,而且让其为此情此境的现状服务,让经典穿越时空,发挥出其最大的意义。

以韵点题,应该是分题分韵活动中最有意味最有内涵的形式,这种分韵法,不仅讲究韵句出处,更注意照顾到集会的人数、主题。其韵有宽有窄,有平有险,不像早期分韵那样全以险僻难人,也不像以前分韵那样无序或无味,而是找到了题韵之间最大程度的关联,使得纯粹技术性的游戏变得更有艺术趣味,将分题分韵的性质从游戏提升为艺术,因此受到有宋一代文人喜好,成为分韵诗的主导形式。

宋人在大量酬唱活动中继承了前人艺术游戏的方式与精神,更以丰厚的才学将分题分韵规则发展得更加有序、有意味、有意义,为酬唱形式艺术做出了贡献。明清人的酬唱规模常常超越前代,但其规则方式却很难超越。

杨万里《答建康府大军库监门徐达书》云:"或属意一花、或分题一山,指某物课一咏、立某题征一篇,是已非天矣。"指出分题一类的诗歌创作,在创作发生学上属于人为的、具有强制色彩的催生,与传统一贯尊崇的自然流露创作形态相比,略逊一筹。但诗歌创作本来就是人的精神活动,就是人类想要以人工夺天巧的行为,所以"天"与"非天"之说并不足以区分创作形态的细微区别,也无法判定其作品优劣。何况分题分韵经过多少代人的不懈努力,已经发展出巧夺天工的精致形式,仅是这种形式就足以令人欣赏玩味了。

第二节 分题分韵唱和活动形态与审美标准

宋代的分题分韵活动,一部分作为宴饮游戏活动的次要环节出现,娱乐性较强;一部分在具有诗会性质的期集或偶集上出现,也伴随棋酒游宴,但诗歌创作与竞技性占主导地位。不同的创作语境中诗人的创作心态自然有别,然而对大多数现场与非现场的品评者而言,速吟而精准的产品,无疑是具有普遍性的标准。宋代士人的阶层意识与风雅追求,推动了兼具竞技性与娱乐性的分题分韵活动的发展与普及,并使之固化为一种知识层习俗而被长久传承发展。

宋代诗人不仅将分题分韵活动传承并发展成有意味有意义的形式,还将其发展成为各种集会唱和时不可或缺的常态行为,并根据集会性质,制定了相关活动细则。同时随着这种活动在各个圈层的普及,还形成了一些竞唱的评价标准。

一、酒席上的分题分韵:作为游戏组成部分的诗歌创作

窦华《酒谱》之《酒令》云:"今之世酒令,其类尤多:有捕醉仙者,为偶人转之以指席者,有流杯者,有拶数者,有密书一字使诵持勾以抵之者,不可殚名。昔五代王章、史肇之燕,有手势令,此皆富贵逸居之所宜。若幽人贤士,既无丝竹金石之玩,惟啸咏文史可以助欢,故曰'闲征雅令穷经史,醉听新吟胜管弦'。"① 自视与"幽人贤士"同道的

---

① 见陶宗仪《说郛》卷九四《酒谱》。作者窦华,又有窦苹、窦平、窦革之说。《四库全书总目》卷一一五《酒谱》提要,考证《酒谱》作者为窦苹,认为作窦革者误。但四库本窦苹《酒谱》只有一卷数条而已,说郛本《酒谱》分十二节,条目多于四库本数倍。据说郛本结尾"汣公窦子野题",窦华正是四库所云仁宗时期之窦苹字子野。"闲征雅令"一联出自白居易《与梦得沽酒闲饮且约后期》。陶宗仪《说郛》、《文渊阁四库全书》本。永瑢等《四库全书总目》,中华书局,1965年,第990页。

文人,到宋代已经有了明确的有别于其他社会阶层的集体自觉意识,这个意识促使他们有意在各个方面与众不同,即便是宴席上的常见的酒令,也要努力求雅求新,分题分韵就是在这种阶层自觉中不断发展的"雅令"与"新吟"。

分题分韵诗歌从诞生之日起,就与酒、酒令有密不可分的联系,这与赠答、寄题、和韵、次韵等酬唱活动产生的语境和方式不大相同,而具有十分突出的游戏娱乐性质。晚唐五代时前蜀诗人张蠙《送薛郎中赴江州》云"听事棋忘着,探题酒乱巡",就描述了事务、创作与棋酒休闲游戏之间的冲突。"探题"与行酒常常在宴席上同时进行,诗人探题后即需命篇构思、遣词造句,不免会影响到行酒的次序与速度,而带有赏罚性质的行酒自然也会影响诗歌的正常创作,这使得酒席上的创作常常会顾此失彼。

仅仅行酒还不够,分题分韵还有颇为严格的时间规定,而且认为创作时间越短越好。《南史》卷五九:"竟陵王子良尝夜集学士,刻烛为诗,四韵者则刻一寸,以此为率。文琰曰:'顿烧一寸烛,而成四韵诗,何难之有?'乃与令楷、江洪等共打铜钵立韵,响灭则诗成,皆可观览。"从此,刻烛成诗、击钵成诗,成为诗才敏捷的象征,在分题分韵活动中一直盛行不衰。华镇《云溪居士集》云"刻烛分题喉每噤,挥杯多酹指如丛",陆游《剑南诗稿》云"下尽牙筹闲纵博,刻残画烛戏分题",陈师道《后山集》云"坐想明年吴与越,行酒赋诗听击钵",王之道《相山集》云"可惯探题仍击钵,敢辞偿令独浮舼",可知两宋时期这种行酒时以"刻烛"、"击钵"记时催诗罚酒的游戏一直在延续。如果说这些诗句还带有用典意味,并非纯粹写实的话,那么李弥逊《岁后三日,与罗叔共、二邵、似表弟,席上分"梅花年后多"[①]韵,得"多"字,刻烛成》,就是刻烛分韵赋诗的纪实。

又饮酒又记时,短时间且受着干扰创作,无疑增加了创作难度,但当时文人却乐此不疲。郑兴裔《郑忠肃奏议》遗集卷下云:"政成之

---

① 此"韵句"出自杜甫《江梅》:"梅蕊腊前破,梅花年后多。"

暇,延四方之名俊,摘邵伯之荷叶,传花饮酒,分韵赋诗,徜徉乎其中,不醉无归,载月而返,亦风流逸事也。"从中可知,"分韵赋诗"在宋代已经与"传花饮酒"一样,是文人集会时不可或缺的雅致游戏。诗歌创作能够成为游戏,自然建立在整个时代诗人创作普遍相当熟练快捷的基础上,而宋代正是经过了诗国高潮之后,诗歌创作进入更为普及化、熟练化的时代。

宋代酒令花样繁多,多是有趣的文字游戏[①],而诗人们则喜用分题分韵赋诗这种更具创造力的方式以代替酒令,如贺铸《渔歌。甲子十二月,张谋父、陈传道、王子立会于彭城东禅佛祠,分"渔、樵、农、牧"四题,以代酒令。予赋渔歌》,就是以分题赋诗的方式代替了一般酒令。诗歌在这里,无疑是高一层次的文字游戏。

宋代文人还发明了不少新的游戏规则,譬如陈襄《潘家山同章衡诸生饮次行令,探得"隐君子",为章衡搜出,故赋诗云》,是一首酒席分题诗,诗题与诗歌并无什么特别,但诗后之自注,却记录了一次颇为复杂有趣的探题赋诗行令的游戏新规则:

> 每用纸帖子,其一书"司举",其二书"秘阁",其三书"隐君子",其余书"士"。令在座默探之。得"司举"则司贡举,得"秘阁"则助"司举"搜寻"隐君子",进于朝矣。搜不得,则"司举"并"秘阁"自受罚酒。
>
> 后复增置新格:"聘使"、"馆主"各一员,若搜出"隐君子",则要此二人伴饮。二人直候"隐君子"出,即时自陈,不待寻问;"隐君子"未出之前,即不得先言。违此二条,各倍罚酒。(自注:聘使,盖赏其能聘贤之义;馆主,兼取其馆伴之义。唐有昭文馆学士,人号为馆主。)
>
> 一、"秘阁"虽同搜访"隐君子",或"司举"不用其言,亦不得争权,或偶失之,即不得以"司举"不用己言而辞同罚也。然则倍罚。

---

① 详参窦华《酒谱》之《酒令》十二,见陶宗仪《说郛》卷九四,《文渊阁四库全书》本。

一、司举、秘阁既探得,即各明言之,不待人发问,如违,先罚一觞。

一、司举、秘阁止得三搜。客满二十人,则五搜。

一、余人探得帖子,并默然。若妄宣传,罚巨觞,别行令。①

这是将朝廷贡举及馆阁搜访隐逸之举挪移到诗酒游戏之中的做法,反映出宋代官僚士大夫的生活习惯与趣味。游戏的难度与趣味性增加,而分题赋诗只是这场游戏中一个极小的环节,是与酒相对等的"罚资"。分题分韵的游戏化、娱乐性在这个游戏规则中表达得十分突出。

可以看出,这个游戏规则并非陈襄或个别人偶然性的行为,而是一群人经常实行不断完善而成的。他们不满足于前人已有的游戏规则,于是试图增加游戏的难度以提高游戏的知识性与娱乐性。而分题分韵在难度更高的复杂游戏中显得更加无足轻重。

二、诗会性质的分题分韵:唱和游戏的严肃化

以诗歌创作为主题的集会,在宋代并不少见。在这种集会上,分题分韵常常成为整个活动的主要内容,而游宴只是诗歌创作的具体语境,或只为创作提供素材与话题。

一些集会的组织者与参与者认为,分题分韵赋诗活动比较安静优雅,可以代替热闹喧哗的饮酒,如杨亿《武夷新集》之《冬夕与诸公宴集贤梅学士西斋,分得"今夕何夕",探得"云"字并序》云:

星汉倾颓,因念夫饮酒者,未尝不始于治而卒于乱,盍各吟咏,以止喧哗?于是迭出巨题,互探难韵;构思如涌,弄翰若飞;至于断章,曾未移晷;藻绣纷错,金石铿锵。足以知周南变风,诚二雅之可继;郑卿言志,岂七子之足多。

认识到饮酒喧哗的弊端,同时就是认识到分题分韵创作的优长,这是

---

① 参见《全宋诗》,第 5075—5076 页。

时人难得的清醒。创作不只是可以代替酒令,此处还可以取代饮酒本身。耽于"巨题、难韵"的吟咏,使得诗人的集会因此而变得清静文雅。韦骧《钱塘集》有"击钵题诗助清旷,藏阄传令止喧哗"之语,是对这种"清旷"文雅集会的赞美。集会而追求"清旷",也可算作宋人渐趋平和内敛的一个表现。

有些定期举行的聚会,会将分题分韵赋诗的游戏规则严肃化、严格化。朱熹曾因在一次分题分韵赋诗中"擅场",而被推举为同人集会之盟主,也就是话语权威,在此后的集会上,他为了整肃纪律,严格行使赏罚主权,使得分题分韵活动变得严谨规范。朱熹的一首诗题很详细记载了这个过程:《巢居之集,以"中有学仙侣,吹箫弄明月"为韵,探策赋之,而熹得"中"字,遂误为诸君所推高,俾专主约。既而,赋诗者颇失期,于是令最后者具主礼以当罚。乃稍集,独敦夫、圭甫违令后至。众白,罚如约。饮罢,以"苍茫云海路,岁晚将无获"①分韵,熹得"将"字。而子衡兄得"苍"字,实代熹出令》。理学家的主盟果然使诗歌唱和活动产生法令谨严的效果。

从朱熹诗题可知,至少在南宋中期,就有这样严格的诗会制度:与会人根据某一次分题分韵活动,推举其中诗歌水平最高的人,也就是"擅场者"作为此后同人集会的"主约"人,这种推举证明,当时分题分韵活动中或者设有专职或兼职的诗歌评审者,或者是集体参与评审,然后进行公推。"主约"人成为此后集会的组织者或主持者,定期或不定期组织集会,进行有组织性的创作活动。"主约"人会从前人诗歌或文献里选好符合本次集会主题的"韵句",然后随机分韵给"赋诗者","赋诗者"当在规定时间写好诗、按时上交,违约者受处罚。这是一个程序十分严格的期集赋诗会,其组织甚至符合今人观念上严格的诗会标准。这种诗会当然绝非只此一家。

朱熹对此种集会十分热衷,他的诗集里有很多首诗题记载了他们的诗会活动,如《闰月十一日月中,坐彭蠡门,唤船与诸人共载,泛

---

① 前一次韵句出自丘丹《奉酬韦应物》:"中有学仙侣,吹箫弄山月。"此一韵句出自韩愈《杂诗》四首之二"苍苍云海路,岁晚将无获",稍有变化。

湖至堤首,回棹入西湾。还,分韵赋诗,约来晚复集,诗不至者,浮以大白》①,可知这次是同人共游之后分韵赋诗,赋诗时间为别后一日夜,比刻烛、击钵、酒席上的时间要充裕得多,给诗人充足的创作时空,这显然要更符合创作规律一些。写不出诗歌的人要被罚酒。又如《正月五日欲用斜川故事,结客载酒过伯休新居,风雨,不果。二月五日,始克践约。坐间以陶公卒章二十字分韵,熹得"中"字,赋呈诸同游者》②,这是一次延期的"诗会","二十字分韵"意味着有二十人参与这次集会,规模可谓宏大,"韵句"的出处与语意,点明了此次集会的主题是要仿效陶渊明《游斜川》。这种分题分韵活动无疑要比酒席上的游戏严肃规范得多。

  这种诗会性质的分题分韵赋诗活动,在宋代似乎比游戏性质的同类活动更为盛行。诗人们在这类活动中,创作态度十分严肃认真,如冯时行等十五人曾于绍兴三十年(1160)十二月在成都一个梅林集会,事后冯时行所写的《梅林分韵诗序》云:"酒行,以'旧时爱酒陶彭泽,今作梅花树下僧'为韵,分题赋诗。客既占韵,立者倚树,行者环绕,仰者承芗,俯者拾英,吟态不一,皆可图画。"形象描述了分韵赋诗时诗人们的各种创作情态,即便是伴随着行酒,"赋诗者"们也一丝不苟。这应该是诗人在分题分韵活动中比较常见的"吟态"。

  释文莹《湘山野录》卷中云:"寇莱公一日延诗僧惠崇于池亭,探阃分题,丞相得'池上柳'、'青'字韵,崇得'池上鹭'、'明'字韵。崇默绕池径,驰心于杳冥以搜之,自午及晡,忽以二指点空,微笑曰:'已得之,已得之。此篇功在明字,凡五押之,俱不到,方今得之。'丞相

---

① 此诗自注云:签判"渺",教授"空",知县"望",吴学录"柱",掌仪"明",大彭兄"兰",判官"击",南公"一",小彭兄"溯",彦忠"人",直卿"余",公度"浆",敬直"怀",卫父"流",晦翁"光",泰儿"美","棹","方"。可见参与"赋诗者"人数不少,当用苏轼《赤壁赋》"桂棹兮兰桨,击空明兮溯流光"、"渺渺兮余怀,望美人兮天一方"而不全。

② 陶渊明《游斜川》序云"辛丑正月五日,天气澄和,风物闲美,与二三邻曲同游斜川。……"后二十字:"中觞纵遥情,忘彼千载忧。且极今朝乐,明日非所求。"

曰：'试请口占。'崇曰：'照水千寻迥，栖烟一点明。'公笑曰：'吾之柳，功在青字，已四押之，终未惬，不若且罢。'"虽是仅有二人的既分题又分韵的赋诗活动，但这个创作的过程记录，让我们感受到分题分韵诗歌创作的不易。

随机选取的"题"与"韵"，实质就是限定了本次创作的内容与形式，诗人要寻找出内容与形式的契合点，具有相当的难度。"韵"字常常强制引导诗人思考的方向，如惠崇与寇准要分别努力找出"鹭"与"明"、"柳"与"青"之间的关系，其关系不仅要恰当，而且要新颖，这的确是让诗人绞尽脑汁的创作方式。在这里，一首诗要耗费很多时间，"刻烛"、"击钵"无疑是过求速成的苛求，"自午及晡"的苦吟，才是符合分题分韵创作的一般情状。林逋《林和靖集》云"山落分题月，花摇刻句风"，将"分题"、"刻句"的苦思冥想费时绵长写得诗意盎然，可能因为他从那种苦吟中体验到了创造的乐趣。

分题分韵赋诗本来是文人聚会游宴时的休闲娱乐活动，却因为诗歌创作并非简单地轻松游戏，而是创造性的劳动，这种劳动绝不轻松，而是在有限时间中对诗人诗才诗思进行着巨大考验。诗会性质的分题分韵，其游戏性、娱乐性有所减少，在创作形态上无疑更符合普通诗人的创作要求，接近普通诗人的常规化写作，照顾到诗思不够敏捷的诗人，因此受到大多数诗人欢迎。

三、速吟而精准：分题分韵诗歌的集体评价标准

一般而言，当诗歌创作的娱乐性、游戏性成为其首要功能，其思想性、艺术性则不免退居其次。因此，人们通常认为酒席上产生的分题分韵诗歌，显然不如诗会上的质量高。应该说，大多数情况如此，但也不尽然。因为作品的思想性、艺术性优劣高下取决于诗人的综合创作素质和潜在能力，不完全受制于具体的创作时间与环境。

现存的分题分韵诗歌未见有大型总集，由一次活动而结成的"全集"留存的也不太多，通常附录于组织者或参与者的别集中，或其他

总集类文献中①,大多数分题分韵活动留存的诗歌只有一两首,散见于诗人的别集中,这样因为散佚作品比较多,很难全面考察。实际上,每次聚会作品都会有优劣高下之分,很难一概而论。这里先考察一下宋人是如何考核评价分题分韵诗的。

魏了翁对有意设置高难度形式要求的创作持有强烈的否定态度,其《古郫徐君诗史字韵序》云:"迨其后,复有次韵、有用韵、有赋韵、有探韵,则又以迟速较工拙,以险易定能否,以抉摘前志为该洽,以破碎文体为新奇,转失诗人之旨。"②他批评的四种不符合他所认定的"诗人之旨"现象,其实就是当时人评论分题分韵及其他类唱和诗歌的角度与标准。

尤其是在"迟速"与"工拙"、"险易"与"能否"之间,"速"而"工"、"险"而"能",无疑是时人最推崇的。速吟且精准,被看作诗才横溢、诗思敏捷的标志,在集会创作活动中,远比苦吟而精工更受人们看重。贺铸有诗题《约十客同集金山,米芾元章约而不至,坐中分题,以"元章未至"分韵作诗,拈阄韵,应口便作,滞思即罚巨觥,予得"章"字》,"应口便作"式的"速吟"是不少分题分韵活动的要求和追求,而"滞思"无疑是这类活动的大忌。

诗人速吟而精准的事迹总被当时人们津津乐道:

《诗话总龟》卷一:徐锴字楚金,年十余岁,群从宴集,分题赋诗,令为"秋"词,援笔立成。其略曰:"井梧分堕砌,塞雁远横空。雨久莓苔紫,霜浓薜荔红。"

周密《浩然斋雅谈》卷中:李仁甫(焘)十八岁为眉州解魁。时第二人史尧弼,字唐英,方十四岁,人疑其文未工也。赴鹿鸣

---

① 目前笔者搜见的有徐铉《骑省集》卷三《送钟员外诗序》及六人六首分题诗,宋祁《景文集》卷五《春集东园诗并序》及七人七首分韵诗,岳珂《宝真斋法书赞》卷一七收录苏轼等八人分韵送别范中济的《元祐八诗帖》,扈仲荣等《成都文类》卷一一以及曹学佺《蜀中广记》卷六三、周复俊《全蜀艺文志》卷一九皆收录的冯时行等十五人《梅林分韵诗》,厉鹗《宋诗纪事》卷八四收录王清惠等十四人的《送水云归吴》分韵诗等五种。将另撰文讨论。以上均《文渊阁四库全书》本。
② 魏了翁《鹤山集》卷五二,《文渊阁四库全书》本。

燕,犹着粉红袴,太守命坐客分韵赋诗,唐英得"建"字,即席援笔立成,有云:"四岁尚少房玄龄,七步未饶曹子建。"后为张魏公客,不幸早世。

像徐锴、史尧弼这样年少而诗才机敏的人,在分题分韵活动中,最易脱颖而出,为人关注。

既要有速度又要有质量,这种约定俗成的共同评论标准,无疑挑战诗人的临机应变的才能,促使诗人向这个方向努力。

速吟而精准的诗人自然成为分题分韵活动中最为活跃的"擅场者"。如苏轼,不仅在次韵诗自由腾挪,在分韵诗上也颇有创意,他有一诗题云《泛舟城南,会者五人,分韵赋诗,得"人皆苦炎"字四首》,他才高学博,因而一次分得四韵、创作四首诗歌对他而言毫无困难,但对其他与会者就未必那么轻松。因此他时不时要代其他分韵者创作,如《人日猎城南,会者十人,以"身轻一鸟过,枪急万人呼"为韵,得鸟字》,苏轼写完"鸟"字韵,又因将官雷胜得"过"字韵而做不出,为之代作(《将官雷胜得"过"字代作》);又如《游桓山,会者十人,以"春水满四泽,夏云多奇峰"为韵,得"泽"字》,苏轼写完泽字韵诗,又因戴日祥道士做不出"四"字韵诗而为之代作(《戴道士得四字代作》)。像苏轼这样的诗歌天才,当然会对分题分韵这类活动乐此不疲。

分题分韵活动在宋代兴盛,正是因为有不少类似于苏轼的诗才,譬如彭汝砺,他最大的特点是写完个人所分之题或韵后,又有兴致能力去写他人所分之题或韵,如他写过《围炉分题得书屏》,又和了另二人所得之题《和润之砚冰》《和庭佐酒船》;写过《雪夜饮分题得雪字》后,又和另二人之韵《和深之饮字》《和亶甫夜字》;这种做法自然是为了显示个人才思敏捷,行有余力。李纲《梁溪集》也有这种情况,如《是夜复乘泛碧斋,至北溪口,观新桥,与兴宗、志宏分题。予得"泛"字》,李纲写过"泛"韵诗,又有力量写《志宏得"碧"字,以诗来,次其韵》《兴宗得"斋"字,以诗来,次其韵》。正是这样游刃有余的诗人,推动了分题分韵活动的兴盛不衰。

惠洪也是才大思精的诗人,他在分题分韵中常常得胜,显然得到了很大的满足,他的《夜坐分题得廊字》云:"夜凉静话欣同榻,春晚分题喜共窗。解笑疏狂才莫敌,诗禅美誉旧传双。""诗禅美誉"对他人和对他自己而言,都是孜孜以求的声名。他在《陪张廓然教授游山,分题得"山"字,又得"先"字》云:"分题得难韵,下笔风雷旋。诗成愕众口,不复较后先。闲中有此乐,安用食万钱。"对于富有诗才的诗人而言,更高的竞技性带来的是更大的娱乐性,他们从竞技中得到了创作享受、精神愉悦。唐庚《受代有日,呈谭勉翁、谢与权》云:"文字能令酒盏宽,江山未放诗才窘。分题踊跃谁避席,得句欢呼同彼隼。"反映的正是这种创造性的精神活动带来的快乐。

辛文房《唐才子传》卷二云:"凡唐人燕集祖送,必探题分韵赋诗,于众中推一人擅场者。"不仅是唐代如此。宋代的分题分韵活动,虽不一定每场都要推举"擅场者",但确实有不少称赏最"擅场"的诗句、诗歌或诗人的事例,如:

> 梁修撰周翰,一岁后苑燕,凡从臣各探韵赋诗,梁得"春"字曰:"百花将尽牡丹拆,十雨初晴太液春。"上特称之。
>
> 尝以夏日偕五同舍集葆真宫池上避暑,取"绿阴生昼静"分韵赋诗,陈得"静"字。……诗成出示,坐上皆诧为擅场。朱新仲时亲见之,云:"京师无人不传写也。"
>
> 顷在东都,一日陈去非、吕居仁诸公同予避暑资圣阁,以"二仪清浊还高下,三伏炎蒸定有无"分韵赋诗,会者适十四人,从周诗颇佳,为诸公印可。①

皇帝、馆阁同僚以及诗坛名流,作为活动的主持者或参与者,要在这类公开的赋诗竞技现场,发现奖掖优秀的诗歌及诗人,并接受众人的复核,因此,他们必须持有当时普遍接受的公允的评价标准。

后人对分题分韵诗歌的评价,似乎会有意无意忽略当时娱乐性

---

① 三段分别出自释文莹《玉壶野史》卷五、洪迈《容斋随笔》四笔卷一四《陈简斋葆真诗》、张元干《芦川归来集》卷九《跋苏诏君楚语后》。《玉壶野史》,《文渊阁四库全书》本。洪迈《容斋随笔》,上海古籍出版社,1978年,第782—783页。张元干《芦川归来集》,上海古籍出版社,1978年,第178页。

兼竞技性的现场,而以评价一般诗歌的标准来评价分题分韵诗歌。譬如吕希哲《吕氏杂记》卷下云:"欧阳公居颍日,与正献公及刘敞原甫、魏广晋道、焦千之伯强、王回深甫、徐无逸从道七人会于聚星堂,分题赋诗,得'瘿木壶',其诗曰:'天地产众材,任材谓之智。……'识者于是知公有辅相之器。""识者"称赏的是吕公著在分题咏物诗中所表现出的非凡器度。这个评价似乎与分题现场无关,但实际上,因为在短时间的强制"速吟"中,个人的涵养与本性会不加修饰、毫无保留地呈现,所以其间创作的诗歌,往往会成为他人观察作者眼界或性情器识的焦点。

方回从诗歌艺术技巧风格上评价朱熹《九日登天湖,以"菊花须插满头归"分韵赋诗,得"归"字》云:"予尝谓文公诗深得后山三昧,而世人不识,且如'故山此日还佳节,黄菊清樽对晚晖',上八字各自为对,一瘦对一肥,愈更觉好。盖法度如此,虚实互换,非信口信手之比也。山谷、简斋皆有此格。此诗后四句,尤意气阔达。"①方回竟然从朱熹的分韵诗中看到了江西诗派的影响与特点,他在评价时似乎并没有顾及现场因素。

龚颐正《芥隐笔记》评论王安石的分韵诗云:"荆公在欧公坐,分韵送裴如晦知吴江,以'黯然消魂,唯别而已'分韵。时客与公八人,荆公、子美、圣俞、平甫、老苏、姚子张、焦伯强也。时老苏得'而'字,押'谈诗究乎而'。荆公乃又作'而'字二诗。""采鲸抗波涛,风作鳞之而",盖用《周礼考工记梓人》"深其爪,出其目,作其鳞之而"。又云:"'春风垂虹亭,一杯湖上持。傲兀何宾客,两忘我与而',最为工。"在这里,王安石押险韵而妥帖工稳,字词有出处,一时速吟出两首险韵诗,令人叹为观止,但即便是排除其现场因素,王安石的诗歌也是好诗。

忽略"现场"的评价,自然是更为客观公正评论,这说明评论家们没有因为"现场"因素而降低诗歌评论标准,而分题分韵诗歌的质量

---

① 方回著、李庆甲集评校点《瀛奎律髓汇评》,上海古籍出版社,1986年,第638页。

确实能经得起统一的检验标准。但若在这些评论里加入现场因素,更会加强对诗人敏捷诗才诗思的尊敬。

尽管宋代也有不少人如魏了翁《古郫徐君诗史字韵序》所云:"诗以吟咏情性为主,不以声韵为工。以声韵为工,此晋宋以来之陋也。"①但是宋人的分题分韵活动从未停止,而且品评分题分韵诗歌优劣一直是宋人诗话中的常见话题。

四、知识层的集体风雅:分题分韵的普及程度与规模

宋代分题分韵活动的主体是官僚士大夫文人,集会而能诗,已经成为各行各级官员必备的技能。当时的官场同时也是诗坛或文化圈,社会身份与文化身份集于一身的士人,会将官场集会变成文化集会,将彼此的官员关系变成文人关系,因而显得超越世俗而温文尔雅。因此,不少分题分韵实质上是官场活动的风雅化。南宋时期,分题分韵甚至还成为权臣笼络朝士的手段。张仲文《白獭髓》云:"开禧初,权臣将用事之,日以所赐南园新城会诸朝士。席间分题,各赋春景,以都城外土物为题。"②韩侂胄深知官僚文人的审美情趣与风雅爱好,所以才会以集会分题赋诗的方式笼络"朝士"。士大夫文人是当时知识层的主力军,无疑也是宋代分题分韵活动的主力军。

僧人和隐士也是分题分韵活动风气的积极推动者。九僧之一的希昼《书惠崇师房》云"几为分题客,殷勤扫石床",可知当时僧人中有专门的"分题客",客人专为"分题"而来,而主人事先知晓,具礼以待,主客之间在石床上以分题赋诗为交流方式。刘攽《中山诗话》记载僧朋多诗句有"诗因试客分题僻,棋为饶人下着低",证明了这一点。契嵩《镡津集》卷二一附录杨蟠《有约冲晦宿东山禅寺精舍先寄》云"先凭报信春枝破,预想分题雪屋寒",说明隐士或有隐逸情趣的士人会到清静的寺庙里与僧人一起分题分韵,在那里,他们的活动比起士大夫集会更多几分清静与从容。

---

① 魏了翁《鹤山集》卷五二,《文渊阁四库全书》本。
② 陶宗仪《说郛》卷三八上,《文渊阁四库全书》本。

分题分韵活动在宋代还进入了家庭聚会,这意味着这种活动参与了低幼知识层的家庭教育培养,如《龙学文集》卷一四记载:"翰林李学士宗谔,休澣,与子弟家燕,有太常丞刘仲宣,是日与会,酒酣,因探题联句。"年幼的学子,在家庭活动中就被训练出这种技能,以便在走上社会时能应对自如。家庭集会时,女性也会参与其中。张邦基《墨庄漫录》卷一记载:"浮休居士张芸叟,久经迁责,既还,怏怏不平。尝内集,分题赋诗,其女得'蜡烛'。有云:'莫讶泪频滴,都缘心未灰。'浮休有惭色,自是无复躁进意。"女性也加入分题分韵的创作活动中,而且还能以诗进谏,可见这种活动的普及流行程度。

宋代分题分韵赋诗的聚会规模,从二三人到二三十人不等。人数一般可以通过分韵的"韵句"字数看出,因为"赋韵者"或"主约人"会根据人数来选择相等字数的"韵句"。

一般认为南宋大型的聚会赋诗较少,但杨万里描述的一次分韵赋诗却可以见出当时的阵势。《诚斋集》卷一九《二月二十四日,寺丞田文清叔及学中旧同舍诸友,拉予同屈祭酒、颜丈几圣学官、褚丈集于卤湖。雨中泛舟,坐上二十人,用"迟日江山丽"四句分韵赋诗,余得融字呈同社。》因为有二十人,需要一首五绝来做"韵句"。《诚斋集》卷二〇《钱赵子直制置阁学侍郎出帅益州,分"未到五更犹是春"二十八字为韵,得犹字》,以贾岛的七绝①为韵,人得一韵,可知这次聚会有二十八人。

元纳延《金台集》卷二《读汪水云诗集》云,汪元量自大都南归时,当时南宋故国君臣"与宫人王昭仪清惠以下廿有九人分韵赋诗,以饯其行"②。二十九人的分韵赋诗,应该是宋末元初较大型的分题分韵活动。

宋末元初,分题分韵赋诗的规模日益扩大,俞德邻《佩韦斋集》卷一一《龙兴祥符戒坛院分韵诗序》记载"至元辛卯六月","明庆宗师虎

---

① 贾岛《三月晦日》:"三月正当三十日,风光别我苦吟身。共君今夜不须睡,未到五更犹是春。"
② 汪元量《水云集》附录此文,《文渊阁四库全书》本。

岩良公"举办的大型聚会,人数之多,可以通过所分之韵看出:"则又析少陵《巳上人茅斋》①诗,探韵以赋,客多诗字少,或再韵,或三韵,虽迟余不至,亦虚'下'字界之。"四十个韵字尚不够,还要再三重复,可见人数之多。到了明代中后期,"王孙承埰,齐庶人后,于万历三十二年中秋日,大集四方名士百二十人,于金陵分题赋诗,承埰名由此大著"②。这种特大规模的分题赋诗活动,具有明显作秀性质。而宋代的分题分韵聚会,现存记载中尚无这样上百人的规模。

后代的分题赋诗在"题"之细化上愈演愈烈,例如清朝徐世沐有《周易惜阴诗集》三卷,"是书取经传字义分题赋咏,或为四言赞、或为五言七言诗,多至一千余首"。个人分题行为竟发展到以经书字句为题,实在是太过夸张。而宋代的分题分韵,也还没有泛滥到这个程度。

即便如此,这种分题分韵活动在当时已经风靡知识层,不少人费尽心力编纂这类创作活动需要参考的类书、韵书,理学家们对此尤为不满,认为这是士风不振的重要原因。魏了翁竟在给古郫徐君所作的《韵学》一书作序时,毫不客气地批评其书是趋时顺风,白费功夫:"重以纂类之书充厨满几,而为士者,乏体习持养之功,滋欲速好径之病,流风靡靡,未之能改也。今古郫徐君,乃取杜少陵诗史,分章摘句为《韵学》四十卷,其于唱酬,似不为无助矣。然余犹愿徐君之玩心于六经,如其所以笃意于诗史,则沉潜乎义理,奋发乎文章,盖不但如目今所见而已也。"③在理学家看来,士人不应该如此花费心力在具有高难度挑战性的诗歌创作上,这是当时知识层的另一种声音。

---

① 杜甫《巳上人茅斋》:"巳公茅屋下,可以赋新诗。枕簟入林僻,茶瓜留客迟。江莲摇白羽,天棘蔓青丝。空忝许询辈,难酬支遁词。"
② 姚之骃《元明事类钞》卷三引《明史稿》,《文渊阁四库全书》本。
③ 魏了翁《鹤山集》卷五二,《文渊阁四库全书》本。

第三章

酬唱集的互文性书写与往日重现

宋代自编或他编的大、中、小型唱和集颇多①，留存下来的亦复不少。本章选择《同文馆唱和诗》进行全方位考察，尽力挖掘出这个大中型唱和集的文学、社会学、文化学内涵及其存在价值。这是一个典型的士大夫唱和集，对其详细地解读和阐释，可以补充上编第一章士大夫唱和过于简略概括的不足。

第一节　元祐更化初《同文馆唱和诗》考论

《同文馆唱和诗》是以诗体分类、每体依韵编排的唱和诗集，比较几个通行版本后，发现附录在《柯山集》与以其为底本的《张耒集》中之四卷本，要比《张右史文集》与以其为底本的四库单行本之五卷本、十卷本更为合理。同文馆锁院起止时间大体可以确定在元祐二年中伏日即六月二十到九月二十，三个月的锁院比较罕见。同文馆在汴京城西阊阖门外西城隍庙附近，在熙宁元丰时期因朝廷厚待高丽使节而利用率极高，元祐二年被用作试院透露出朝廷对待高丽政策的变化。进入此次锁院的试官十九人，除参与唱和的十三人外，还有赵睿、

---

① 详参巩本栋《唱和诗词研究》第二章"唐宋唱和诗词总集叙录"，中华书局，2013年，第40—52页。另按，宋人序跋等文献中谈及的唱和集更多。

孙朴、刘安世三人可考。此次考试并非吏部铨选文武选人,而是开封府的发解试。不少试官都感受到这次解试承载着元祐更化的科场更化信息。

《同文馆唱和诗》虽然有《四库全书总目》《四库提要辨证》以及《宋人总集叙录》等重要的"提要"与"叙录",但其诗集之编纂体例与其锁院的时间、地点、人物、性质、意义都还有尚待探讨、值得考论之处,下文就这些问题一一探析。

一、《同文馆唱和诗》的编集

附录在张耒诗文集中的《同文馆唱和诗》有两个版本,一在《文渊阁四库全书》本《柯山集》卷二七至三〇,凡四卷;一在《四部丛刊》本《张右史文集》卷三七至四一,凡五卷。

《柯山集》之四卷本,前两卷为古体,五古在前,一组(以韵分组)四首;七古与柏梁体在后,两组分别十九、十三首;后两卷为近体,五律在前,五组一百零六首;七律随后,四组五十五首;最后是七绝,七组二十二首。中华书局1999年点校本《张耒集》采用的是这个版本,只是放在该书的卷六二到卷六五,作为别集收尾。

《张右史文集》之五卷本,前三卷为近体,后二卷为古体,与《柯山集》恰好相反。有两首五律混到卷三九的七绝中,有四首五古不在卷四〇的七古前,却在卷四一的柏梁体前。署名邓忠臣等撰、收录在《四库全书》总集类的单行本《同文馆唱和诗》,虽分为十卷,但排列顺序却与《张右史文集》没有区别,正如《四库提要辨证》曰:"此书之有单行本,必是雍、乾间好事之徒从《张右史集》内抄出,而分一卷为两卷,貌为旧本以绐藏书家耳。《提要》不加深考,以为宋时果有此书,遂以舛讹漏讥《宋·志》,岂其然乎?"①

首先从分体编集的顺序看,宋诗别集很少将近体放在古体之前,

---

① 余嘉锡《四库提要辨证》,中华书局,1980年,第1561页。

因此四卷本的《柯山集》与《张耒集》更符合宋人体例;其次从各体内唱和诗排列顺序看,《柯山集》与《张右史文集》大同小异,但后者却有两处如前所说的不当,所以四卷本系统也更合理;再从卷次上看,单行本根据《张右史文集》而"分一卷为两卷"时,将同一组诗歌分割到不同卷次,也不符合古人编集习惯,甚至不如《张右史文集》。因此本文选择《柯山集》与《张耒集》的四卷本系统作为论述主要依据,个别字句会参校《张右史文集》与四库单行本。

《四库全书总目》所云"时忠臣等同考校,即其地为试院,因录同舍唱和之作,汇为一编",固然如《四库提要辨证》所说是误以为后世抄书为宋人编集,但这里有个问题是:宋代《同文馆唱和诗》有无单行本? 余氏云:"然吾尝考之尤袤、晁公武、赵希弁、陈振孙诸家书目,及《通志艺文略》《通考经籍考》,亦皆无其书。且不闻有元、明刻本,直至厉鹗作《宋诗纪事》始选其诗,《四库》据鲍士恭家藏本,始著于录。"的确,前人目录学著作中没有著录《同文馆唱和诗》单行总集,但并非其他文献没有著录。

张表臣绍兴十三年闰四月十八日所写的《张右史文集序》,云其从汪藻、王铁、何若、秦熺四公处得到张耒诗文"凡百余卷"后,"亟加考订,去其重复,正其讹谬,补其缺漏,定取七十卷,号《张右史集》"①,他分体罗列了诗文分体篇目数量,结末列"同文馆唱和六卷"。这"六卷"当时是否有单行本? 因张表臣语焉不详,他所编的《张右史集》原貌也不可考,所以很难得知。只是从其单独列出"同文馆唱和六卷"看,似乎这"六卷"就是当时的一个单行本。张表臣将其附录在《张右史集》中,从此就变成了别集附录本,而不再是单行之总集。"尤袤、晁公武、赵希弁、陈振孙诸家"可能就因此而没再关注此事。

当时"六卷"若非单行本,那《张右史集》中所录,则可能就是张表臣所编,若是他编集,也定有个底本。他的底本从"四公"得来,而"四

---

① 李逸安、孙通海、傅信点校《张耒集》,附录《东湖丛记》卷一,中华书局,1999年,第1021页。以下所引《同文馆唱和诗》的诗句,均以此集为底本,并参校其他版本,不一一写出诗题。

公"又从何而得,这无从考证。定是参与唱和的某个人或某几个人编集而成,或是张耒,或是邓忠臣,或是其他人。唱和集按体分卷、按韵分组排列,并未突出某个个人。但无论如何,张表臣之前或从张表臣开始,已有"同文馆唱和六卷"存在。

无论是别集附录本,还是总集单行本,《同文馆唱和诗》都没有得到后世太多的关注。有关同文馆这次锁院的其他文献记载也十分罕见,连具体到年月日的《续资治通鉴长编》对此次考试锁院也只字未提,这使得此次锁院显得十分隐秘,影响到我们对整个锁院唱和的认知度。

二、同文馆锁院的起止时间

《四库全书总目》卷一八六《同文馆唱和诗》之提要已经考证出此次锁院在元祐二年,《四库提要辨证》更进一步考证其在此年秋天。具体的起止日期是否能够考察?

几乎没有什么集外资料可以说明同文馆锁院的起止日期,而《同文馆唱和诗》的大量诗歌却具有极为突出的自证性和互证性,可以提供今人所需的信息量。

从邓忠臣《重九考罢试卷书呈同院诸公》所云"了无一事犹深锁,辜负东篱菊品浓"看,九月九日试官们已经较艺完毕,但尚未开院。耿南仲的和诗云"贡珍已选茂良充,犹被拘縻类缚钟",也是说较艺工作已经完成,而试官犹被"拘縻"在同文馆。晁补之觉得天已寒而开院之日似乎仍遥遥无期,甚至向家人索要御寒之衣:"更促寄衣真似旅,晓堂初怯露寒浓。"邓忠臣悲观到要通过打卦问卜以求确切日期:"归期专欲问龟从。"余幹则比较乐观地说"开门预计无多日"。而张耒,则比其他人更早得到开院确切时间:"十日飞腾过眼疾,万签甲乙定谁从。"且注云:"时去开院十日。"我们据此可知,开院当在九月十九日。而蔡肇在和邓忠臣《与文潜无咎对榻夜话达旦》时云:"穷秋天气少晴明,雨叶风窗夜夜声。应为幽人听未足,不教骕马出重城。"且注"时已奏号,而御史不至,遂留一夕",这样看来,预定九月十九日的开院,可能推迟到二十日。

蔡肇《漫兴成章屡蒙子方宠和更辱赠句辄用奉酬》云"礼闱联事几三月，词客悲秋共一音"，此诗写于重九之后、开院之前不久。由"几三月"上推，则锁院当在六月十九日或其后，亦即在六月中下旬之间。邓忠臣"忆昨三年田舍中，六月正服农家苦"，之所以谈到前三年的"六月"，自是从眼前之"六月"生发出感想来的。

六月中下旬锁院之说，从诸公有关"初伏大雨"的唱和中，可以得到证实并能够推论得更为精确。由张耒首唱的《初伏大雨戏呈无咎》，应该是《同文馆唱和诗》中最早的一组诗歌。张之首唱与晁补之、曹辅、邓忠臣、蔡肇四人之和诗，共八首，当均作于入试院前后。从晁补之"蓬山西邻九轨路，三月街晴叶吹土。直庐凿牖面宫垣，青壁崭崭看垂雨"，说明这场大雨来时，他还在秘书省①值班。这首和诗在他的《鸡肋集》中题为《次韵文潜馆中作》②，更能说明大雨时尚未入锁院。

初伏第一天是夏至后的第三个庚日，元祐二年五月十三甲子是夏至，经过庚午（五月十九）、庚辰（五月二十九），六月辛巳朔（六月初一），第三个庚日是庚寅即六月初十，亦即初伏第一天。初伏第十天，便是第四个庚日即庚子（六月二十），这天又是中伏的开始，即中伏日。晁补之诗结尾云"但忧伏日细君须，割肉无缘俟归俎"，则说明到中伏日时，诸人已经得到锁院通知，业已入试院，无法回家过节了。由此可以确定锁院在大雨之后、六月二十之前③。

张耒"快洗晚空作晴碧，三更月华清万户"，说明初伏的那场大雨在傍晚时即下即停，是典型的夏日阵雨。而诸公的入院时间和情状是：

邓忠臣：东门骢马止行行，被诏秋闱阅俊英。三岛隔云天北极，万灯明路国西城。

---

① 元丰五年将崇文院与秘阁合并称秘书省，在左升龙门里，其变化迁移情况，详参陈元锋《北宋翰苑馆阁与诗坛研究》，中华书局，2005年，第14—15页。
② 晁诗以及当时唱和者称秘书省为"馆中"，同文馆为"试院"。
③ 据张培瑜《三千五百年历日天象》，大象出版社，1997年。又《续资治通鉴长编》卷四〇二云：元祐二年六月"甲午（十四日）诏以大热，权停在京工役三日"，又补充云："《御集》六月十三日。"可知在十三四日前后尚大热无雨。那么，大雨当在十五日到二十日之间。中华书局，2004年，第9783页。

张耒：天街落日走鸣珂，咫尺衡门不许过。催去据鞍犹鹤望，争观夹道已云罗。

晁补之：天街初月映天河，拜敕东华走马过。

蔡肇：午门钥入断人行，禁漏稀微出迓英。齐拜敕书期老仗，并驱骆御出西城。喧哗灯火看如梦，关锁官曹只寄声。

孔武仲：云龙九阙晨书诏，灯火千门夜出城。潇洒庭除当月色，稠重幕帘断人声。

五人的描述，都说明他们是在日落天黑、华灯初上时进入锁院的，他们均未提到雨后，则说明他们入锁院不是在下雨后的那个傍晚，而是在另一个傍晚。结合晁补之诗歌那个无法回家吃伏日肉的尾联，可以推断是十九日傍晚下雨，二十日一早，他们上朝接到诏书，傍晚入锁院。

蔡肇所云"昨朝东门同拜敕，玉齿犹残道中语"，即说明他与张、晁、邓等人关于"初伏大雨"的唱和尚未结束，就接到锁院之诏书，因此他们在道路上还在谈论着唱和诗歌。

关于"初伏大雨"的唱和，从蔡肇的"次韵文潜丈"始及其以下的十一首同韵诗，才明显是锁院后所写，蔡肇所云"闭门十日无一事，坐对空庭秋叶舞"，则可见他们进入锁院之后最初十天都无事可做，才继续步韵和诗再续前缘。将"初伏大雨"一组唱和收录其中，其实也证明大雨在入院前一天傍晚，而有关大雨的唱和诗歌在第二天入院后还在继续。这样说来，《四库提要辨证》的"秋天"说，不够准确。锁院是盛夏中伏日就开始了。

元祐二年七月庚戌，是朔日又是立秋日，中伏日后的第十天便是秋后末伏的开始，所以张耒[①]有"忽惊秋近梧桐落"之语，曹辅《呈邓张晁蔡》云"九人同日锁重闱，一夜涛声卷秋雨"，都谈到"秋"，与中伏日

---

① 此诗作者，《同文馆唱和诗》单行本与《坡门酬唱集》卷二二均作"张耒"，而《柯山集》与《张耒集》作"曹辅"。当作张耒，因为曹辅锁院前不在秘书省。邓忠臣《同文馆唱和诗》，《文渊阁四库全书》本。邵浩编《坡门酬唱集》，《文渊阁四库全书》本。张耒《柯山集》，《文渊阁四库全书》本。李逸安、孙通海、傅信点校《张耒集》，中华书局，1999年。

前下雨而中伏时间较短有关。

柳子文"重闱几日锁清秋,酬唱新篇乱如雨",以《秋日同文馆》为题为首句的多首诗歌,似乎都强调此次锁院在秋天,但实际上,是在立秋前十天。

张耒"来时汗流今雨霜,重门事严御史章",可知此次锁院的时间漫长。科考锁院一般是五六十天,而此次锁院"几三月"近九十天,在科举史上怕是少见。或许是因为元祐更化初期,旧党内部对科场"更化"的意见还不统一造成的。当时司马光、吕公著等人主张沿袭熙宁元丰以来的经义考试,只是不再使用《三经新义》《字说》,而苏轼、孔文仲、刘挚等人建议加上熙宁元丰废除的诗赋,一时争议纷起①,尚无定论,锁院正在等待朝廷的决策,引试日期也推迟②。余幹写在蔡肇《次韵文潜丈》之后的次韵诗云"后朝便足阅英才,为指骈辚设千俎",说明入院十三四天后才引试。

三、同文馆承载的对外政策"更化"消息

同文馆在汴京城西,本是招待高丽使节的场所,元祐二年临时用作试院。王应麟《玉海》卷一七二熙宁同文馆云:"在延秋坊,熙宁中置,以待高丽使。七年正月,以内臣掌之。""以待高丽使"后有注"舍宇一百七十八间",可知其规模之大,而如此多的房间也足够一场大型考试使用。

邓忠臣"馆闻阊外西城隍,书橐迫遽不及装",描述了同文馆所在具体的位置以及他们匆忙赴馆的情状。同文馆在阊阖门外西城隍庙附近,比只说延秋坊还精确细致。柳子文在试院期间,写道"庭木何年植,窗尘异域题",并自注云:"高丽人馆此,书字尚在。"呈现了同文

---

① 详参祝尚书《宋代科举与文学》,中华书局,2008年,第54页。
② 参看彭百川《太平治迹统类》卷二七:"(元祐三年)十一月庚申,三省奏检会元祐元年闰二月二十二日指挥将来科场且依旧法施行;四月十二日指挥仍罢律义;六月十二日指挥将来科场程序不得用《字说》,并用古今诸儒之说或已见,即不许引用申、韩、释氏之书,考试官不得于老、列、庄子内出题。"可以看出科场规则内容一直在变化之中。《文渊阁四库全书》本。

馆当时的环境与曾经的历史。邓忠臣"人闲聊假诗书乐,地远还闻市井声"以及商倚"图书堆枕畔,歌吹隔墙喧",都说在馆内仍能听见"市井""歌吹"之声,可见同文馆并未远离"人境",是个热闹的所在,只是锁院中的人不能享受那份热闹而已。

《四库提要辨证》认为"高丽使不常至,其地空闲,故借以为试院"①。而事实上,"高丽使"并非不常至,同文馆也并非一直"空闲"。同文馆此次被用作试院,其实透露出元祐更化时期朝廷对待高丽政策的变化。蔡肇诗"万里夷王子,曾听若木鸡。泛舟沧海外,授馆国门西。琛币来重译,车书想旧题。苍梧弓剑冷,云雨泣芝泥",涉及的便是朝廷与高丽关系今昔变化。

宋神宗变法时期,十分注重对外特别是对高丽的政策,所以熙宁中专修同文馆以厚待高丽使节。朱彧《萍洲可谈》卷二云:"京师置都亭驿待辽人,都亭西驿待夏人,同文馆待高丽,怀远驿待南蛮。元丰待高丽最厚,沿路亭传,皆名高丽亭。高丽人泛海而至明州,则由二浙溯汴至都下,谓之南路;或至密州,则由京东陆行至京师,谓之东路。二路亭传一新,常由南路,未有由东路者。高丽人便于舟楫,多赍辎重故尔。"络绎不绝的高丽使节时常到达京师,同文馆在元丰间门庭若市的情状可以想见。

元祐更化初期,旧党不少人都认为神宗时期待高丽人过厚而引起不少弊端,因此提议改变对高丽的政策,苏轼、苏辙是这一观点的代表,他们多次上奏朝廷,如《栾城集》卷四六《再乞禁止高丽下节出入札子》云"臣近奏乞裁损同文馆待高丽条例"即是其中之一。所以元祐时期,朝廷不再厚待高丽使节,同文馆也因此风光不再,才被用作试院。蔡肇在元丰期间积极追随王安石,支持变法,所以他在诗歌尾联通过高丽人对神宗的哀悼,表达了他自己对神宗的思念,也传达出他对王安石以及变法的深厚感情。其他考官几乎不提及同文馆这段相距并不太遥远的历史,或许是在有意回避,或许是并无感情,因为张

---

① 参见余嘉锡《四库提要辨证》,中华书局,1980年,第1560页。

耒、晁补之都才做了苏门学士不久。

同文馆后来似乎像是巧合地成为旧党的一个符号,"最后起同文馆狱,将悉诛元祐旧臣"①,就将这个地方与元祐党人更紧密地联系到了一起。

四、参与与未参与锁院唱和的试官

据柳子文"毛遂未至空连房"句注:"同舍十九人,余独后入。"则知相继入锁院的试官有十九人。参与唱和的十三人,十三人中,邓忠臣(? —1106 或 1107?②)、蔡肇(? —1119)、晁补之(1053—1110)、张耒(1054——1114)四人唱和最多,在二十首以上;余幹(生卒不详)、曹辅(生卒不详)、李公麟(1049? —1106)、柳子文(? —1099?)、商倚(生卒不详)、耿南仲(? —1129)六人居中,在十首以上;孔武仲(1041—1097)、温益(1038—1103)、向(生卒不详)三人唱和不多,孔二首,益、向均一首③。

十三人外,还有三名未参与唱和的试官姓名可考。据邓忠臣"喜陪群彦集,通籍在金闺"自注云:"属彦常、彦思、元忠、器之、文潜、无咎。"其中彦常即孔武仲,文潜、无咎即张耒、晁补之,而彦思、元忠、器之当为十九人之三。彦思当是赵睿④,熙宁六年进士。元忠当是孙朴,为孙固之子,郑州管城人⑤。器之当为刘安世,亦是六年进士⑥。

---

① 李焘《续资治通鉴长编》卷四九五哲宗元符元年,中华书局,2004 年,第 11774 页。
② 陈振孙《直斋书录解题》卷一七云其"崇观间卒"。陈振孙《直斋书录解题》,上海古籍出版社,1987 年,第 517 页。
③ 对十三人的详细考证,详见下文。
④ 周必大《文忠集》卷五〇《跋鱼计亭赋》云:"又明年二月,(字文黄中)为荥阳赵公睿作《鱼计亭赋》,引物连类,开阖古今,深得东坡、颍滨之笔势。适有天幸,出入侍从、身名俱荣者,倶好文之主也。赵公字彦思,熙宁六年进士,当元祐初,英俊聚朝,以奉议郎、礼部编修贡籍首,与孙逢吉彦同作《职官分纪序》。"周必大《文忠集》,《文渊阁四库全书》本。
⑤ 李焘《续资治通鉴长编》卷三八〇哲宗元祐元年六月注云:"孙朴,固子。"中华书局,2004 年,第 9223 页。孙固字和父,《宋史》卷三四一有传,中华书局,1977 年,第 10874—10877 页。孙朴相关资料参见孔凡礼《苏轼年谱》,中华书局,1998 年,第 749 页。
⑥ 据《宋史》卷三四五、王称《东都事略》卷九四以及晁公武《郡斋读书志》卷五下可知:刘安世,字器之,大名人,少师事司马光,熙宁六年登进士第。哲宗立,司马光举安世充馆阁之选,除秘书省正字。脱脱等《宋史》,中华书局,1977 年。《东都事略》《郡斋读书志》,《文渊阁四库全书》本。

据《续资治通鉴长编》卷三九三:"(元祐元年十二月)庚寅(初七),朝奉郎毕仲游、赵挺之并为集贤校理,承议郎行军器监丞孙朴、承议郎行太学博士梅灏、奉议郎张舜民、奉议郎礼部编修贡籍赵睿,并为秘阁校理;宣德郎详定役法所管勾文字李籲、承议郎盛次仲并为校书郎;试太学录张耒、试太学正晁补之,河南府左军巡判官礼部编修贡籍刘安世、和州防御推官知常州晋陵县丞李昭玘、宣德郎陈察并为正字,仍今后除校理已上职,并出告。仲游等十三人,并以学士院召,诏充选也。"赵睿、孙朴、刘安世与张耒、晁补之同时被召试充馆职。此次所授馆职为此次秋闱锁院试官的主力军,所以商倚才有这样的诗句"宝玉荆山尽,文星禁掖稀",并自注云"馆阁诸公多集于此"。

由此段话可知,入锁院时,赵睿、孙朴为秘阁校理,张耒、晁补之与刘安世均为秘书省正字。

五、此次锁院性质:吏部选人还是发解试?

余嘉锡《四库提要辨证》认为此次"同文馆所试乃吏部文武选人"①,根据有二:一是晁补之《鸡肋集》卷一五《试院次韵呈兵部叶员外端礼并呈祠部陈员外元舆太学博士黄冕仲》"文武中铨集,丹铅百卷堆。豚鱼聊可辨,皮弁不应恢"之自注"左选试经义,右选试兵策",且云:"此诗之后,才隔九首,即《次韵邓正字慎思秋日同文馆诗》,明系作于同时。"②既然"才隔九首",为何不收录唱和集中?不收入唱和集中,如何敢判定其"明系作于同时"?若"才隔九首"便为同时作,那么其间的八首当亦是同时作?显然不是。"才隔九首"而不在唱和集中的诗歌,当然没有唱和集中的诗歌更靠得住。而且此诗诗题所言之叶端礼、陈元舆(轩)、黄冕仲(裳),均不在同文馆唱和的十三人之列,也无其他材料说明他们参与了这次锁院,所以很难确定此诗说的是

---

① 余嘉锡《四库提要辨证》卷二四,中华书局,1980年,第1560页。祝尚书《宋代科举与文学》,中华书局,2008年,第58页同意此说。
② 余嘉锡《四库提要辨证》卷二四,中华书局,1980年,第1560页。

此次考试①。二是"若所试者为进士,纵贡院未成,亦当就太学为试院,不当借同文馆也"②。事实上,进士科(诸科常与进士科同时考)的省试一般不会借用同文馆,但若是国子监或是开封府的进士科之发解试则很可能会借用同文馆。因为"各地发解试的考试,都集中在州府治地举行,但在宋代,州府却长期没有专用的考试场所,多是临时借学宫或佛寺为之。州郡贡院(又称试院),到北宋末方才建立"③。既然是借用,国子监或开封府的发解试当然也可以借用"学宫或佛寺"以外的同文馆。

其实关于此次锁院所试之性质,《同文馆唱和诗》中有相当多的诗句可以证明其并非是"吏部"铨选"文武选人",而是"秋闱"。邓忠臣"被诏秋闱阅俊英"、"秋闱深锁觉愁多",张耒"秋闱何幸相握手"以及柳子文"秋闱得暂依",都明确说他们这次锁院是发解试,因为"秋闱"是全国性科考三级试之发解试的专用术语。据柳子文"万户争看榜,三年此一开。异时千载遇,此日四方来"看,此试为英宗治平二年所定三年一开科的科举常例考试④。

耿南仲"由来京邑贡,正合冠多方",是说京畿之地解试所贡的举子,其水平历来是全国各地解试之冠,正说明此次考试就是开封府的发解试。⑤

李公麟有几首诗云:"雍畿兹吁俊,元祐看新魁"、"门通三级峻,桂露一年香。庆及飞龙旦,同歌庶事康"、"吁俊天畿合辟雍……龟列春庭先壤奠,龙飞天路得云从",反复明确地强调,这次秋闱是哲宗登

---

① 似是元祐三年春闱锁院,叶端礼不可考,陈轩与黄裳都在其中,当时也有武举。
② 余嘉锡《四库提要辨证》卷二四,中华书局,1980年,第1560页。
③ 祝尚书《宋代科举与文学》,中华书局,2008年,第133页。
④ 马端临《文献通考》卷三一:"英宗治平三年……其令礼部三岁一贡举。"《文渊阁四库全书》本。
⑤ 柳子文"槐花举子促书囊,成均贡士贤登乡"所云"成均",是国子监别称。据龚延明《宋代官制辞典》,中华书局,1997年,第344页:"元丰新制后,国子监执掌国子、太学、律学、武学、算学五学之政令与训导事,以及刻印书籍等。"并不单独进行"五学"的发解试,这里可能指国子监执掌的"五学"士子也参与了开封府的发解试或别头试。

基后的第一次科考,即龙飞榜的初级考试,也即元祐三年省试(春闱)、殿试之前的解试。

与此次秋闱相关的是同时锁院而开院更早的别头试,黄庭坚参与了这场于武成宫举行的别头试的考校工作①。邓忠臣《重九考罢试卷书呈同院诸公》诗注云"是日别试榜出,亲友亦有预荐者",可知别头试九月九日已经开院,而发解试之试官尚在锁院中。作为同文馆试官的蔡肇与晁补之,其弟均在此次避亲嫌的别头试中及第,二人闻知后有诗,蔡肇有《家弟别试预荐,特蒙慎思学士赠诗致庆,感荷不已,次韵酬谢》,其弟即蔡载,字天任;晁补之有《八弟预荐,慎思兄以诗为庆,复次韵并寄八弟》,其八弟即晁将之,字无斁,第二年即元祐三年进士及第②,邓忠臣也写了《九日考试罢,闻无咎、天启二弟荐名,因用前韵,以纾同庆之怀》,这些诗题与诗歌都可以从侧面证明同文馆锁院是进士及诸科的发解试性质。

六、此次发解试之更化意义及试官们的态度

作为哲宗登基后的首次开封府发解试,具有科场更化尝试意义,参与唱和的试官们对此有比较明确的认识,如柳子文《初入试院》即云"上国擢材初改辙",他很直白地指出这次"上国"即首善之区的解试,承载着科场更弦改辙的意义,要更改的是神宗时期的考试内容以及方向。旧党从元丰末元祐初就已经开始全面改变"新法",而且势头猛烈,科场涉及人才选拔与培养,当然是其更化的首选重点,因此尽管旧党内部改革的意见尚未统一,士子的学习内容方法尚未改变,但"更化"已经迫不及待地需要推行了。柳子文作为苏轼、苏辙的堂侄女婿,已经从他们那里得到了不少相关的信息,而张耒、晁补之也早在入馆阁前就熟知了二苏的主张。孔武仲更是科场改革的急

---

① 见《山谷年谱》卷二二《次韵徐文将至国门见寄》注云:"诗中有'槐催举子着花黄'之句,盖是岁秋试。……已上皆武成宫试闱所作。"《文渊阁四库全书》本。
② 晁补之有《送八弟无斁宰宝应》等与八弟相关的诗歌。详参张剑《晁说之研究》,学苑出版社,2005年,第38页。

先锋。

商倚云"盛世文章由此变,坐看风俗反醇浓",更指出这次解试的深层意义:不仅仅只是科场的更化,而且还是文坛风气、社会风俗的更化。晁补之"搜才赖公等,要助俗成康",也将这次为国"搜才",看成是促使民风民俗焕然一新的行为。

既有如此的认识,多数试官都充满信心,决心为"更化"贡献个人的力量,如柳子文"上国擢材初改辙,众心督战亦乘城",就愿意为其尽心尽力,他还说"浩歌激烈元非狂,正逢圣主开明堂",表现出激情狂烈的精神。邓忠臣"逢辰强思报,矫首咏明康",也表达了明时感恩图报之情。孔武仲最为坚定,他说"欲把尘埃补山岳,宁辞羽翩寄置罗",为了这场科场革新,他自愿牺牲个人自由。

诸人之中,蔡肇的态度较为特别。尽管他也认为这次考试是"奎壁重开照,琳琅尽得归"、"诸彦联翩入,斯文迤逦回",但他另一诗云:"明时勤选擢,间设誉髦场。该学添《三传》,微能及《九章》。静无桃叶唱,清有菊花香。解我幽忧病,惟应赖杜康。"既然一切都顺理成章、完美无缺,他何以"幽忧"呢?作为王安石新政的支持者、元丰年间的进士,蔡肇实际上对这次科考改革抱着忧虑且审慎的态度。

事实上,参与唱和的十三名试官,除了孔武仲是嘉祐八年进士,曹辅未中进士,温益、向及第年限状况不可考外,其余九人也都是熙宁、元丰间的进士,他们虽然能够认识此次解试的意义,但若全盘否定熙宁元丰,就等于说全盘否定他们自己的教育,所以他们也都不像孔武仲那样激进,而较为保守审慎。

蔡肇云"该学添《三传》,微能及《九章》"与"即今文学科卜商,赤刀大训在西房",透露出一点考试信息,熙宁元丰间废弃的《春秋三传》以及《九章》所代指的诗赋以及"文学"都可能在这场考试中加入了。作为王安石的弟子,蔡肇对此种变化比其他人敏感。仅据《续资治通鉴长编》卷三六四—四〇五所载,元祐元年元月到二年九月,正是旧党积极废除新法、旧党内部洛蜀朔党争渐起且激烈之时,而来自不同阵营的邓、蔡、张、晁等十三人,封闭于锁院,能悠游唱和,实在是难得的和谐。

处于元祐更化时期的开封府发解试,被赋予了科场更化的尝试性质,为元祐三年苏轼知贡举之春闱改革奠定了基础。

有关同文馆锁院唱和的文献很少,但唱和诗具有超过独吟诗很多的自证性与互证性功能:一题多首唱和诗歌提供的信息量显然大于一题一首,多题多首唱和诗之间提供的信息互相参照,这一优势有利于学者深入研究唱和诗,而我们却常常忽略了唱和诗这个显而易见的优势。

第二节 《同文馆唱和诗》诗人事迹考补

参与元祐二年同文馆唱和的十三人中,除"向"一人不可考知外,温益、孔武仲、曹辅三人年岁稍长,邓忠臣与李公麟、柳子文与张耒、蔡肇与晁补之、耿南仲与余幹以及商倚分别为同年,且均为熙宁元丰中进士。他们在锁院之前有不同的经历、不同身份、不同政治倾向,因此在三个月的唱和中呈现出不同的个性,而这些具有自证性与互证性的唱和诗,又是补正他们个人事迹的第一手材料。更多的考补,目的是试图还原十二人唱和时的鲜活的形象与情态。

虽然温益、孔武仲、耿南仲、晁补之、张耒、蔡肇、李公麟等七人在《宋史》有传[1],邓忠臣、商倚,在陆心源《元祐党人传》和《宋史翼》中有传[2],但因为九人在此次锁院之前官职都不太高、名声也不显

---

[1] 温在卷三四三,孔在卷三四四,耿在卷三五二,张、晁、蔡、李均在卷四四四,《宋史》,中华书局,1977年。
[2] 《续修四库全书》,上海古籍出版社,2002年。

赫,所以此前的事迹记载得不够详细;余幹、曹辅、柳子文与失姓而名向者①,四人更因为名不见经传,而各方面都比较模糊不清;这无疑影响到后人对《同文馆唱和诗》的理解解读。尽管前人对这些诗人作了不少考证②,但尚需要更多的资料补充才会使其形象事迹更为清晰。

从唱和篇目数量上看,参与唱和的十三人中,邓忠臣、蔡肇、晁补之、张耒四人诗歌最多,在二十首以上;曹辅、余幹、李公麟、柳子文、商倚、耿南仲六人居中,在十首以上;孔武仲、温益、向三人唱和最少,孔二首,益、向均一首。

从后世的文学知名度看,孔武仲、张耒、晁补之较为人熟知,《宋才子传笺注》有其传笺,而其他人都比较陌生,考补将适当采取避熟就生的策略。

从诗人出身看,除了曹辅未中进士、向情况不详外,其他十一人均进士出身。《宋史》云温益"第进士",但不详何年。其余十人,除孔武仲是仁宗嘉祐八年进士外,九人均为熙宁、元丰中进士,且多同年关系:邓忠臣与李公麟为熙宁三年进士,柳子文与张耒为熙宁六年进士,蔡肇与晁补之为元丰二年进士,耿南仲与余幹、商倚同为元丰五年进士。这种同年关系以及其他各种关系,基本是从他们联谊式的唱和诗题与诗歌以及其他文献资料中发

---

① 余嘉锡《四库提要辨证》考证"向"为"蔡向"。陈耆卿《赤城志》卷三四:"蔡向,东平人,字瞻明,枢密挺之孙。绍兴初,提举本路常平,因寓临海,自号净空居士,有《涪水集》藏于家。"《文渊阁四库全书》本。《四库全书总目》卷一五五云:"又其集(刘跂《学易集》)原本二十卷,陈振孙《书录解题》谓最初李相之得于跂甥蔡瞻明,绍兴间,洪迈传于长乐官舍。"中华书局,1965 年,第 1337 页。与蔡向交游唱和者如曹勋、苏籀、洪适多在南宋初年,似不可能在元祐初任馆职。另外,钱建状、杨唐衍《考官的雅集》认为可能是"陈向",《教育与考试》2009 年第 4 期。但据《续资治通鉴长编》卷三九八哲宗元祐二年夏四月"监察御史韩川言,江南西路转运副使陈向,因缘缪举,移知楚州,请重谴以戒诸路,诏陈向与小郡知州",则陈向四月已经贬官,不久即卒,因此也不太可能是。有郑向、王向,但都在元祐前卒,亦不可能。因为向在唱和集中只有一首诗,个人痕迹不明显,不能确定。中华书局,2004 年,第 9708 页。
② 如《四库全书总目》,中华书局,1965 年;余嘉锡《四库提要辨证》,中华书局,1980 年;祝尚书《宋人总集叙录》,中华书局,2004 年;钱建状、杨唐衍《考官的雅集》,《教育与考试》2009 年第 4 期,都有不少考证。

现的。

以下大体依照他们及第先后,参照年龄、作品数量、现存材料多寡等因素,主要钩稽十二位唱和者在锁院前后的个人事迹经历及其政治立场或倾向。

(一)后来被视为新党人物的**温益**(1038—1103),因"阿附二蔡,物议不容"①。史书记载的都是其绍圣中虐待元祐党人的恶行,《宋史》云其"益仕宦从微至著,无片善可纪",而对其早年的事均不甚了了。绍圣前的事只有《宋史》卷三四三云:"温益字禹弼,泉州人,第进士,历大宗正丞、利州路湖南转运判官、工部员外郎。"《续资治通鉴长编》卷四六一云:"(哲宗元祐六年秋七月)左朝奉郎温益为工部员外郎。"可知其为"大宗正丞、利州路湖南转运判官"均在元祐六年(1091)前,或许他元祐二年(1087)进入锁院前即"大宗正丞"。他"第进士"的年月虽不可考,但从他比孔武仲年长三岁,而孔为嘉祐末进士看,他当也是仁宗朝进士,或许与孔武仲同年。他入锁院已五十岁,但官位不高,可知在王安石变法期间他并未受重用,他唯一的和邓忠臣的诗有"升沉都莫问,荣辱已能齐"之语,似乎他已经历经升沉坎坷而达到了能齐荣辱的境了,但联系到他绍圣后的作为,此语只是牢骚语与反思语。他在元祐时期还没有明显的趋新党返旧党倾向。

(二)**孔武仲**(1041—1097)元丰八年十二月为秘书省正字,元祐元年五月,已经由正字升为校书郎②,与稍后入秘书省的邓忠臣、晁补之、张耒等人为同事,但职位较高一级。他写《元祐召试馆职记》记录了晁、张等人入馆时他的喜悦心情:"余方校书省中,睹同舍之盛,以为法度因革之初,可以传于久者,不可以无志也。乃录其姓氏名字及其论荐所出于左,凡十六人云。"③元祐元年恢复馆职召试制度,苏轼

---

① 《宋史》卷三四三,中华书局,1977年,第10923页。
② 详见李焘《续资治通鉴长编》卷三七七及注,中华书局,2004年,第9148页。
③ 孔文仲、孔武仲、孔平仲撰,王遽编《清江三孔集》卷一四,《文渊阁四库全书》本。元祐元年十一月二十九日,苏轼在学士院试馆职,命题问仁宗、神宗之治。十二月初七,除授十三人馆职,见《宋会要》。但孔武仲记云十六人,其余三人不详。

出馆职试策题,晁、张等人均在入选之列。入选的十六人,大多是旧党门生或旧党推荐的人才,但苏轼的策题引起洛、朔党攻击,旧党内部才上台便起了诸多纷争。孔氏三兄弟被视为蜀党中坚,孔文仲弹劾程颐,洛朔党认为是受苏轼指使,此事影响到孔武仲。苏轼元祐元年写《复改科赋》,积极倡导科举改革,孔武仲也是力持改科的成员之一。他在元祐间"尝论科举之弊,诋王氏学,请复诗赋取士,又欲罢大义,而益以诸经策,御试仍用三题"①,是蜀党改革科场之风的急先锋。他是仁宗嘉祐时期进士,比其他熙宁、元丰间才中进士的诸人资格老,更有理由反对新法时期的科举政策,他有"欲把尘埃补山岳,宁辞羽翮置罝罗"的决心,在当时颇享有诗名,但他却似乎有意三缄其口,只有两首唱和,比较特别。很有可能是当时处于科场更化的初期,形势比较复杂,他不愿引起锁院内部纷争吧。他的唱和诗云"衡门咫尺限关河,此地平时匹马过",可知他当时居住在城西,离同文馆不太远。

（三）**曹辅**(1041？—？)的弟子王庭珪《跋曹子方墓志铭》云:"曹子方起孤生,一经苏、黄品题,遂以能文章名于世,一时豪士诗人咸慕而称之。"曹辅并非以进士起家②,而是通过苏轼、黄庭坚等人的揄扬而立身文坛,这与其他试官颇不同。曹辅《次韵无咎戏赠兼呈同舍诸公》自述其早年经历云:"少年落魄走四方,看山听水兴难忘。深林谁复知孤芳,十载江湖称漫郎。紫溪风月幽思长,绿水如镜烟苍苍。追随豪俊多清狂,春风烂醉胥山堂。下瞰群峰耸如枪,吴侬棹歌笛弄羌。攀萝扪薛疲获臧,经旬选胜行赍粮。客儿经台倚高冈,共卧明月吟胡床。"据他所云之景致与地点以及晁补之所云"吴娃席上呼作郎"可知,他主要在吴越地区漫游。此后曹辅不走寻常科举之路,而希望从

---

① 《宋史》卷三四四,中华书局,1977年,第10933页。
② 《宋诗纪事》卷二三曹辅云:"辅字子方,华州人,登嘉祐八年乙科。官提点广南西路刑狱、福建转运使、朝奉郎、守司勋郎中,号静常先生。"所云"华州人,登嘉祐八年乙科"之类,均不知何据。《文渊阁四库全书》本。

军立功进身,"元丰间为鄜延路经略司勾当公事"①,但最终却因献计未被采纳以致兵败而未能如愿以偿,其诗句"曲突徙薪语莫偿,幕中病客非智囊,扁舟夷犹忆吴乡",以及晁补之、蔡肇等人和诗可以说明。他从鄜延路回到京师,入锁院前,任太仆寺丞,蔡肇《敬用无咎学士年兄长韵上呈子方太仆乡丈》、张耒《无咎兄赠子方寺丞》可以证明。与馆阁、太学等文教机构不同,太仆寺是管理车马的机构,所以苏轼《谢曹子方惠新茶》云"陈植文华斗石高,景公诗句复称豪。数奇不得封龙额,禄仕何妨有马曹",黄庭坚《和曹子方杂言》云"曹侯束书丞太仆,试说相马犹可人",都叹惜曹辅文采出众而不幸为俗吏。曹辅能以非进士出身的身份进入锁院任试官,可能正是出于苏轼的举荐。

直到元祐三年(1088)九月,曹辅才转任福建路转运判官②,苏轼、张耒、晁补之等人都有送曹辅赴闽漕诗③,可知出院后,曹与苏门关系仍然密切。曹辅在福建任上,与韦骧(皇祐五年进士)多有唱和,韦骧《答曹子方少年弄篇翰一首》有"君年才知命,耳顺予阙二"。此诗当作于元祐三年九月之后的二三年间,由此可上推曹辅元祐二年在同文馆时,已经四十七八岁,是试官中的年长者之一。曹辅此后一直与苏轼以及苏门有交往,绍圣之后还厚待元祐党人,可算是非常坚定的

---

① 见《施注苏诗》卷二七苏轼《送曹辅赴闽漕》"曹子本儒侠,笔势翻涛澜。往来戎马间,边风裂儒冠。诗成横槊里,楮墨何曾干",注:"曹辅字子方,海陵人,元丰间为鄜延路经略司可勾当公事。"海陵即泰州。据唱和诗,蔡肇与曹辅是同乡,其诗题《卜呈子方丈乡丈》即可说明,蔡肇与余幹也是同乡,有诗题《次韵上呈楞年主簿乡兄》;而蔡肇之丹阳属润州与余幹之晋陵属常州,属于两浙路,与曹辅之海陵则非同路。三州虽相隔不远,在江淮之间,但似乎不太可能因此而称为同乡?或许,海陵是晋陵或润州延陵之误?秦观《曹虢州诗序》称"谯国曹子方",可能因为谯国是曹氏郡望。施元之《施注苏诗》,《文渊阁四库全书》本。
② 史容《山谷外集诗注》卷八《送曹子方福建路运判兼简运使张仲谋》注云:"按《实录》,元祐三年九月,太仆寺丞曹辅权发遣福建路转运判官。"《四部丛刊续编》本。
③ 苏轼《送曹辅赴闽漕》、张耒《送曹子方赴福建运判》、晁补之《鸡肋集》卷一六《送曹子方福建转运判官二首》。据秦观《淮海集》卷三九《曹虢州诗序》云"谯国曹子方,比自尚书郎出守兹郡",则曹辅曾任虢州知州。徐培均笺注《淮海集笺注》,上海古籍出版社,1994年,第1255页。晁补之《鸡肋集》,《四部丛刊初编》本。

苏门中人①。他还将诗法传给王庭珪,而杨万里又从王处得诗法②,直接将苏门诗法传至南宋发扬光大。

(四) **邓忠臣**(？—1106或1107？③)在元丰间是比张耒、晁补之等人在政坛上更为活跃的人物。他在元祐二年五月被任命为秘书省正字④,其敕词由苏辙撰写,《栾城集》卷二九《邓忠臣秘书正字敕》云:"具官某。尔昔以赋颂之工,登图书之府;终丧来见⑤,旧学未忘;往祗厥官,以卒前业。可。"敕词中"赋颂"一句,当即《直斋书录解题》卷一七所云"又尝献《郊祀庆成赋》及《原庙诗》百韵,裕陵喜之,擢为馆职",邓忠臣在元丰五年就曾为秘书省正字。从他的献赋颂行为看,他在元丰中无疑是支持或倾向新法的。更化之初他之所以还能再入馆阁,主要是因为这本来就是他丁母忧之后的官复原职。另外也可能与苏轼有关,苏轼在元丰六、七年曾为其母写过挽词。元丰间邓忠臣既献赋又与贬谪中的苏轼联系,可知他比较急于个人声名,并没有

---

① 董斯张《(崇祯)吴兴备志》卷二八:"坡谪惠州,《与子方书》云'专人至,教赐累幅,慰抚周尽',又云'专人辱书,仰服眷厚'。子方真不以寒暑易交情者。"《文渊阁四库全书》本。
② 王庭珪《卢溪文集》卷五〇《跋曹子方墓志铭》:"余崇宁初,与公之幼子唐老同舍于东京太学,暇日至其家,尽阅苏、黄诸老先生诗文尺牍,皆极力推挽,以故名益贵。唐老后亦登科,《墓志》叙公之行事独至此,而文辞不少概见,何哉? 然事迹迷见于时贤文集中者,后世亦可考也。"杨万里《卢溪文集序》:"王氏讳庭珪,字民瞻,登政和八年第,调茶陵丞,与上官不合,弃官去,隐居卢溪者五十年,自号卢溪真逸。少尝见曹子方,得诗法。……万里尝侍先生之杖屦,闻先生之诲言者,欲辞敢哉? 淳熙戊申九月晦日,门人朝奉大夫、新知筠州军州事杨万里序。"王庭珪《卢溪文集》,《文渊阁四库全书》本。
③ 《直斋书录解题》卷一七"崇观间卒",上海古籍出版社,1987年,第517页。
④ 李焘《续资治通鉴长编》卷四〇〇:"丙辰,宣义郎邓忠臣为正字。"中华书局,2004年,第9747页。
⑤ 邓忠臣之母周氏过世受封赠,曾巩为其写制,参见曾巩《元丰类稿》卷二一《邓忠臣母周氏封县太君制》,《丛书集成初编》本;苏轼为其写挽词,参见《东坡全集》卷一三《邓忠臣母周挽词》,《文渊阁四库全书》本。元丰六年,邓忠臣扶母柩周氏过黄,有可能见过苏轼。邓忠臣曾为其母求封。秦观《淮海集》卷二六《代王承事乞回授一官表》:"邓忠臣以宣德一官为母求封,奏卷既上,得邑寿昌。"徐培均笺注《淮海集笺注》,上海古籍出版社,1994年,第874页。另外,《宋史》卷六三《五行志》:"元祐元年七月,武安军言,前秘书省正字邓忠臣母坟前生芝草一本,紫茎黄盖。"中华书局,1977年,第1394页。邓氏因而以孝著名。邓忠臣"五年坎壈哀南方"诗句注云:"忠臣癸亥(元丰六年)六月以家艰去国,丁卯(元祐二年)四月还省。"

太强烈顽固的政治立场。他在同文馆中与张耒、晁补之唱和往来密切,也可证明这一点。但在此次唱和结束不久的元祐三年正月,邓忠臣受到左司谏韩川弹劾,称其"不堪馆职之选",就被排斥出京师了。①作为王珪的"门客"②,邓忠臣将相隔三十年的那次礼部唱和与这次唱和联系在一起了。

（五）**李公麟**（1049？—1106）与邓忠臣同为熙宁三年（1070）进士,又在元丰二年（1079）共事,邓有《己未年春,与伯时较试南宫。同年被命者六人,今兹西馆,唯同伯时一人而已,因书奉呈》,诗中云:"十载京师五校文,并游多已据通津。再来更锁城西馆,检点同年只一人。"李公麟答和云:"忆锁南宫会友文,天梯相摄看云津。白头笑我成今日,青眼逢君尚昔人。"又云"故人情不浅,无乃困悭才",两人因此而交情深厚。赵令畤《侯鲭录》记载:"东坡云,元祐三年二月二十一日与鲁直、蔡天启会于伯时舍,录鬼仙诗文,有议论,作诗付过。"孔凡礼《苏轼年谱》认为此事在元祐二年（767 页）。若在二年,则锁院前李公麟已经与蔡肇、苏轼、黄庭坚等人颇为熟悉。

（六）**柳子文**（1054 前—1099？）是苏轼的堂妹婿,与苏轼、苏辙以

---

① 李焘《续资治通鉴长编》卷四〇八:"（哲宗元祐三年）春正月庚戌,校书郎王伯虎权知饶州、正字邓忠臣权通判瀛州。谏官韩川言二人不堪馆职之故也（此据刘安世弹欧阳棐第七章）。"中华书局,2004 年,第 9919 页。该书卷四一三元祐三年八月刘安世云:"去岁左司谏韩川尝言,王伯虎、邓忠臣以为不堪阁之选。二人者,特以人才不高,或曾经罪废,虽已叙雪,尚皆落职授外任差遣。……缙绅皆曰伯虎、忠臣孤寒之士,无人主张,故韩川一言而遂令罢免。"第 10034 页。邓忠臣在同文馆唱和时,曾有诗注提到为参与唱和的刘安世。而刘安世所弹劾之欧阳棐（欧阳修子）,则为苏轼举荐入馆阁。由此可知邓忠臣在后来洛、朔、蜀党争时的立场与遭际。又,邓忠臣"孤寒"之说,不免过实。邓忠臣为胡宗炎之婿,《宋史》卷三一八载"其后宗炎壻邓忠臣迓客"。中华书局,1977 年,第 10369 页。而胡宗炎为名臣胡宿之子,与其从弟胡宗愈在当时均为名臣。就在同文馆锁院时,《续资治通鉴长编》卷四〇四记载:元祐二年八月,"御史中丞胡宗愈亦言,先帝聚士以学,教人以经,三舍科条固已精密,宜一切仍旧,因深斥（程）颐短,谓不宜使在朝廷"。第 9831 页。可知胡宗愈在科考改革中支持新党新法。

② 李焘《续资治通鉴长编》卷四六四元祐六年八月,（刘）挚又云:"忠臣,长沙人,王珪门客。"中华书局,2004 年,第 11079 页。彭百川《太平治迹统类》卷二七:"神宗熙宁三年,知贡举王珪上合格进士陆佃等。"《文渊阁四库全书》本。按,邓忠臣为此年进士。

及苏门关系密切,亦是旧党中人。柳子文与张耒是同年,张耒中进士时在同年中年纪最小,则柳子文当生于张耒(1054)前。柳子文有《次韵呈文潜学士同年》诗云:"才堪斗量君独金,年少登瀛脱尘土。重闱几日锁清秋,酬唱新篇乱如雨。读书相逢十载前,君家酥酪和腐乳。分题吟思入风云,得意还忘呕心苦。晚将衰飒奉英游,漫记雪窗邀夜语。平生意气杯酒间,我醉狂歌君起舞。即今头白老青衫,但期教子应门户。燕颔从君骨相殊,看君鼎食罗五俎。"张、柳二人十年前就一起读书,且柳子文是张耒家常客,两人当时就曾分题吟诗、醉狂起舞,志趣相投。《张右史文集》卷二七云:"余向集贤殿试罢,寓居京师,尝游西冈钱昌武郎中之第,时同会者河东柳子文。"《山谷集》卷二八云:"元丰八年夏五月戊申,赵正夫出此书于平原官舍,会观者三人,江南石庭简、嘉兴柳子文、豫章黄庭坚。"张耒所云的河东是柳氏地望,黄庭坚所云嘉兴,才是柳之出生地。柳子文在入院之前,就"卜居南徐,有招隐、鹤林之胜"①,南徐即润州延陵镇②。柳子文在"毛遂未至空连房"句注云:"同舍十九人,余独后入。"可知他入院时间最晚,他年龄大些,熙宁中举后仕途不得志,入锁院当由苏轼举荐,但他已经心灰意冷,自云"懒散江湖客,秋深念涤场。端宜返田里,安敢论文章"。

(七)张耒(1054—1114)、晁补之(1053—1110)分别在熙宁四、五年已经见过苏轼,他二人订交在熙宁六年(1073)。张耒《依韵奉酬慎思兄夜听诵诗见咏之作》谈及"昔遇晁公淮水东,士衡已听语如钟。五车讲学知无敌,十载论文喜再逢"。晁补之《再次韵文潜病起》云:"淮浦见之子,春风初策名。颇讶谪仙人,有籍白玉京。"作为苏轼欣赏的学生,两人在淮东相识,当时张耒进士及第春风得意,而晁补之此次却落榜,张耒钦佩晁补之学富五车,而晁补之惊以张耒为天人。晁补之《与文潜诵诗达旦慎思有作呈二公》:"神交千古圣贤中,尚想铜

---

① 柳子文同文馆唱和诗之"懒散江湖客"一诗自注。
② 《太平寰宇记》卷八九江南东道一润州:"宋永初二年加淮南徐州曰南徐州,而改北徐州曰徐州。隋平陈,因废南徐州,以为延陵镇,移居京口,为延陵县。"乐史《太平寰宇记》,《文渊阁四库全书》本。

山应洛钟。倾盖十年唯子旧,知音一世更谁逢。天如蚁磨骎骎旦,谈似缫车矗矗从。"入锁院之前,两人已是十年的知音,所以在锁院中最为亲密。元祐元年二人相继回京,六月参加学士院馆职召试,同时入秘书省为正字。入锁院前二人经常参与苏门聚会,西园雅集就在元祐二年六月。他们将苏门的唱和风气直接带入锁院。

(八) **蔡肇**(? —1119)之父蔡渊一生追随王安石①,蔡肇元丰二年中进士不久亦遵父命从师于王安石②,深受王安石器重,亦深受其影响,是锁院中新党色彩最浓的试官,但他在锁院前后及期间,与苏轼及黄庭坚、张耒、晁补之等苏门士人过从甚密③,又被认为背叛新党投靠旧党。在新旧党争不断升级的北宋中后期,社会上盛行的是非新即旧、非白即黑的站队斗争心态,蔡肇元丰学王、元祐亲苏的事实,让他的生活倍受纷扰,也让他的道德人格不断受到拷问。《续资治通鉴长编》卷四八九哲宗绍圣四年六月:"中书舍人蹇序辰言,按肇本从王安石学,及元祐间群奸用事,凡安石所论著建立,悉遭诋毁,肇于此时不能守节顾义,遂附会轼、辙,忘其旧学,轼、辙喜其背师附已,遂擢置黄本书局,由是为清议所弃。"④锁院之时,正是他在王门苏门、新党旧党之间徘徊彷徨之际,他在期间的唱和诗也因而最有新旧党思想交融

---

① 佚名《京口耆旧传》卷四:"蔡渊字子雍,丹阳人……遂从王安石学于金陵,时门人皆专经,惟渊听讲不倦,得兼通诸经。擢熙宁六年进士第。……其教授专以王氏之学,政事亦惟守元丰法度,终始不变。"《丛书集成初编》本。
② 蔡肇《故宋礼部员外郎米海岳先生墓志铭》:"余元丰初,谒荆国王文公于金陵。"佚名《京口耆旧传》卷四:"肇,元丰二年进士第。父子皆冠乙科。初受州,户曹迓者及门,父渊语之曰:'以汝之才,宜力于学,而早沦没于州县,吾甚惜之。'肇即却迓吏,从王安石读书于钟山。"《丛书集成初编》本。
③ 按赵令畤《侯鲭录》云:"东坡云,元祐三年二月二十一日与鲁直、蔡天启会于伯时舍,录鬼仙诗文,有议论,作诗付过。"中华书局,2004年,第72页。孔凡礼《苏轼年谱》认为此事在元祐二年,中华书局,1998年,第767页。若在二年,则蔡肇锁院前已经与苏轼、黄庭坚、李公麟交往且颇熟悉。关于蔡肇,参刘成国《荆公新学研究》,上海古籍出版社,2006年,第75—76页。
④ 在新党章惇与蔡京、蔡卞的斗争中,蔡肇被章惇视为元丰人而被蔡京赵廷之等视为元祐人,其命运也因此而载沉载浮。《续资治通鉴长编》卷四九五:"(章)惇以引蔡肇、安师文,为京等所指目。惇用昱诚不当,以至引蔡肇、陈师锡,皆卞所指以为元祐人,此数人者,诚不足引。赵挺之云:'蔡肇瞀朂浩于苏辙,遂被逐;师锡亦是轼、辙门下儇薄多言之士。'"中华书局,2004年,第11765页。

矛盾的情绪与情感,成为一个中间形态人的标本。张耒《赠天启友弟》云:"惟我与子旧同乡,友生固自腾雁行。更欲扬鞭向骃骊,岂但传经如卜商。"蔡肇是丹阳人,而张耒是楚州淮阴人,不知何时曾同乡。

(九)从蔡肇《次韵上呈樗年主簿乡兄》诗题及诗句"君家晋陵我朱方"可知,**余幹**(1053?—?)家晋陵(又称毗陵)属常州,而朱方(即丹阳)属润州,常州与润州相邻,均属两浙路,可称之为同乡。也可知余幹当时可能是开封府下属某县的主簿,一时被调遣为试官。余幹与晁补之曾是同学,在毗陵同学于王安国,晁补之赠余幹诗句"不愧戴崇升后堂"下自注云:"时王平父方教授毗陵,樗年所最厚也。"可知余幹是王安国的高足,深受王安国器重;张耒《晁无咎墓志铭》云晁补之"年十三,从王安国于常州学官",则余幹与晁补之于英宗治平二年(1065)就已经相识。晁补之对余幹早年颇为了解,赠余幹诗云:"异哉余子久弥芳,吴人犹记称周郎。河豚入网荻芽长,宜兴罨画烟水苍。风雩春服真少狂,不愧戴崇升后堂。横戈笔阵倒千枪,叔鸾独步禹出羌。"描绘出余幹年轻时的潇洒狂放与文采出众。最后一句自注"樗年奏艺开封第一,故云",则可知余幹曾是开封府发解试中的解元,但余幹中进士晚于晁补之。

余幹《次韵赠无咎学士》写到二人早年的相识:"毗陵城如金斗方,往事历历那能忘。相逢童子佩兰芳,秀发人指谁家郎。未几重见突而长。即今不觉秋蓬苍,嬉笑岂复为儿狂。"描绘出晁补之从"秀发"童子到"突长"青年,再到而今中年的成长变化过程。从"相逢童子"句看,二人年龄相仿。

余幹与邹浩是同乡,又同是元丰五年进士,邹浩《道乡集》中有四五首与余幹唱和的诗歌,其中卷四《次韵答交代余樗年教授见简之什》云:"吾乡蔼多士,夫子惟英才。妙年双眸清,不为纷华开。飞声动寰宇,著录争徘徊。"

(十)**耿南仲**(?—1129)字希道,开封人,撰有《周易新讲义》六卷。他后来因钦宗时力主割地求和而臭名昭著,但此时资质尚浅。《历代名臣奏议》卷八三云:"窃闻耿南仲特能作章句儒,贯综坟典,为

'书痴经醉'而已。至于临机应变,则智不足与有明,识不足与有断,其道德虽可尊,而谋猷不足采,必不能度长虑远以立大功,其于谋王体断国论,决非所长。臣闻其妒贤嫉能,惧人之轧己,则已非社稷之臣者也。"" '书痴经醉'以及其他评述活画出耿南仲基本形象。

（十一）邓忠臣答和**商倚**（生卒不详）之诗《再呈慎思诸公兼以言怀》云："南宫曾看挥华藻,西馆还来共笑歌。六稔飞光如过隙,人生谁奈老催何。"自注："君平宣义登科六年矣。"①可知商倚字君平,时为宣义郎（元丰新寄禄官二十二级）,也是元丰五年（1082）进士。邓忠臣曾为此年省试试官,与商倚有座主门生之谊。而余幹、耿南仲与商倚同年,也与邓忠臣有此关系。②

第三节　同文馆中的品鉴联谊式唱和

与僧人们论辩禅理式的唱和不同,《同文馆唱和诗》充满了世俗的气味。描绘品鉴唱和对象,谈谈彼此之间的各种关系,褒扬他人而自谦,是试官们次韵唱和的重心。三个月的锁院几乎是强制性地拉近了唱和者彼此的距离,锁院唱和可以说是"关系本位"社会形态的浓缩体现。这次品鉴联谊式唱和,是汉末品鉴人物之风在元祐更化时期的全面回潮,有着浓厚的时代气息。

嘉祐二年欧阳修、梅挚等六人的《礼部唱和诗》③,现存诗歌九十余首,其关注点在季节变化、锁院内的工作流程与个人兴趣爱好（节物、宠物）,虽也谈及六人之间关系且互相称赞,但数量相对较少。而

---

① 张耒《柯山集》卷三〇有注,而其他本没有。《文渊阁四库全书》本。
② 李焘《续资治通鉴长编》卷四九〇云："（哲宗绍圣四年八月）乙未,奉议郎（元丰新寄禄官十九级）、校书郎商倚权通判怀州,从其请也。"中华书局,2004年,第 11627 页。建中靖国元年九月商倚上《上徽宗乞戒朋党之弊》,时为殿中侍御史。后被列入元祐党人碑之余官第一百七十七人。
③ 欧阳修有《礼部唱和诗序》,唱和诗集已佚。

同文馆唱和者们在元祐二年三个月锁院期间,关注的不是自夏末到深秋的季节变化,即便是中秋、重阳这些颇为重要的节日也都似不经意,他们最有兴味的话题是唱和对象的形象气质、行为品格以及他们之间的错综复杂的各种关系。

一、互相品鉴式唱和与试官们形象

《同文馆唱和诗》[①]中最为突出的特点之一是,试官之间的相互品鉴。他们乐于在一首诗歌中描绘品评几位唱和对象,譬如曹辅云:

> 邓侯相逢十载后,清骨巉岩诗思苦。张晁自是天下才,黄卷聊同圣贤语。蔡子弯弓欲射胡,拔剑酒酣时起舞。何当联袂上霄垠,速致时康开外户。病夫行矣老江湖,容我徜徉载樽俎。

就描写了邓忠臣的清瘦苦吟、张耒和晁补之的才大学博、蔡肇的剑气酒魂以及他自己的欲归隐江湖的"病夫"形象。

这种一诗评鉴多人的写法很像是汉末品评人物的歌谣,参与唱和者差不多诸人皆有;此外还有一种一组多首、其中一诗评点一人的方式;再者就是在唱和诗中随处可见的几句品评。这种品鉴式诗歌,虽不像史料那么客观精确,却因其主观情感与各种诗歌修辞手法,更能凸显史料所缺失的人物细节,塑造出更具个性的鲜明形象。在诸人的互相品鉴中,涉及最多、形象也最鲜明的是邓忠臣、蔡肇、曹辅、张耒、晁补之。

邓忠臣十分崇拜杜甫诗歌,不仅"尝和杜诗全帙",而且"顷尝注杜诗"[②],他勤苦用功,致使身体羸瘦,曹辅称其"邓侯清骨如冰瘦,少

---

① 《同文馆唱和诗》,见李逸安、孙通海、傅信点校《张耒集》卷六二一六五,中华书局,1999年,第904—964页。以下所引《同文馆唱和诗》的诗句,均以此集为底本,并参校其他版本,不一一写出诗题。
② 详参《直斋书录解题》卷一七。李焘《续资治通鉴长编》卷四六四刘挚称:"忠臣有学问,能文,长于杂记。顷尝注杜诗。久留心《晋史》,故使注之。"《中州集》卷三:"吴彦高《东山集》有《赠李东美诗引》云:'元祐间,秘阁校对黄本邓忠臣字慎思,余柳氏姨之夫。今世所注杜工部诗,乃慎思平生究竭心力而为之者。'"陈振孙《直斋书录解题》,上海古籍出版社,1987年,第517页。李焘《续资治通鉴长编》,中华书局,2004年,第11079页。元好问《中州集》,《文渊阁四库全书》本。

日文章苦用心",邓忠臣自己也自述云"笑我形容太瘦生,我亦悔前用心苦",他差不多像他的偶像杜甫一样"太瘦生"。张耒有一首诗专门描述邓忠臣的嗜书如命、刻苦攻读:"邓侯读书室,编简自相依。胝手焚膏写,疮肩满橐归。业文从古有,忍志似公稀。欲挈空虚箧,从君乞贝玑。"将邓忠臣"业文"之勤苦、志向之坚定的形象具体而生动地呈现出来。

邓忠臣吟诗成癖,张耒说他是"邓子诗成癖,全分李杜光。楚风还屈宋,宫体变齐梁",晁补之则云:"平生邓夫子,文墨晚相依。台阁佳声在,湖湘爽气归。诗夸束笋密,发叹莳苗稀。勤苦千秋事,川明水孕玑。""诗夸"一联对邓氏诗歌与头发的比喻加上疏密对比,给人留下很深的印象。

张耒还有一诗谈到邓忠臣:"邓侯楚山深闺房,名走上国交侯王。朝随日景夜灯光,包揽今古穷炎黄,吐词分葩有国香。近君如雪六月凉,又似心醉醍醐觞。"将邓比作白雪和醍醐,令他气爽心醉;晁补之也在另一首诗中云:"邓侯韫椟价不偿,有方未试聊贮囊。起家牛斗玉笥乡,鸿骞早入鹓鹭行。和銮采齐要骈骧,一铎便足谐宫商。知君云壑有松房,南阳耒耜心霸王。玉池复说夜有光,仙人藏丹金鼎黄。愿分神瀵浴骨香,非我其人惭德凉。"他羡慕邓忠臣早年就能比肩鹓鹭,更向往邓入院前在潭州家乡的神仙居处。在曹辅、张耒、晁补之的诗歌中,邓忠臣的容貌、兴趣、行迹、志向与精神都历历在目。

邓忠臣有《曹子方用"釜俎"字韵赋诗见遗予泊张文潜、晁无咎、蔡天启,因以奉酬,并示四友》,从他个人的角度刻画出"四友"及他个人的形象:

> 长爱陈思咏其釜,几年不见徂南土。邂来相逢翰墨场,夜窗共听空阶雨。
> 跃马蔡卿能啮肥,好书张侯期饮乳。晁令知从博士迁,智囊不厌传经苦。
> 于兹邂逅如凤契,睇我劬劳勤晤语。诗成乍变龙虎文,笔落更惊鸾凤舞。

> 我将隐遁山林姿,公等整顿乾坤户。分同斥鷃抢榆枋,难伴牺牛登鼎俎。

他将曹辅比作陈思王曹植,称蔡肇能"跃马"、张耒"好书",又说晁补之犹如"智囊",但入秘书省前却为博士而在太学勤苦"传经";而他自己则如斥鷃,不足以与诸人相提并论。这种自谦自贬,是为了突出四友的形象,也是当时大家相互品鉴时的将求"唱酬之礼"之礼仪特征。邓忠臣还随意提到蔡肇、张耒两人的饮食习惯,这个细节十分有趣。

作为苏门中人,张耒和晁补之当时刚刚进入四学士行列,他们很早就互为知音,因此在相互品评时不惜笔墨。张耒云:"晁侯再作班与扬,正始故在何曾亡。江湖十年愿饱偿,夜成《七发》光出囊。苏公后出长卿乡,为君吴都无一行①。世有伯乐生骐骥,肯使弭耳随盐商。"在张耒看来,晁补之的文采让文坛领袖苏轼都折服,何况他自己还有其他人呢?因此既已有"伯乐","骐骥"肯定不会久居人后。晁补之不仅在次韵这首诗中云:"张侯老笔森矛枪,文词楚些遗骞羌。胸中水镜谁否臧,学三百困羞裹粮。思如决渎万仞岗,大编小轴山压床。城南买屋君舍旁,疲驽日附骥尾骧。我惭昧道由四隙,人如燕宋初束装。听君雄辩神扬扬,却思得一愁十亡。"还在另一首诗又云:"雄深张子句,山水发天光。黄鹄愁严道,玄龟困吕梁。爱君豪颖脱,嗟我病伧囊。骥尾何当附,西风万里长。"他对张耒的诗才以及雄辩都佩服之至,甚至买舍为邻,一再强调他像"疲驽"一样追附着"骐骥"一样的张耒。可见二人互相钦佩的程度。

与诸公相互品鉴中塑造的邓忠臣、张耒、晁补之文士形象相比,曹辅与蔡肇被塑造成文武兼擅的"儒侠"形象②。

曹辅《次韵无咎戏赠兼呈同舍诸公》自述其元丰从军之前经历云:"少年落魄走四方,看山听水兴难忘。深林谁复知孤芳,十载江湖称漫郎。紫溪风月幽思长,绿水如镜烟苍苍。追随豪俊多清狂,春风

---

① 自注云:"苏翰林欲作《杭州赋》,见无咎杭州《七述》乃止。"
② 苏轼《送曹辅赴闽漕》:"曹子本儒侠。"

烂醉胥山堂。下瞰群峰耸如枪,吴侬棹歌笛弄羌。攀萝扪薜疲荻臧,经句选胜行赍粮。客儿经台倚高冈,共卧明月吟胡床。"虽说是"落魄",但漫游山水十载之久,诗酒放浪,可谓"清狂"。晁补之很早就认识曹辅,对其早年颇有些了解:"二十年来曹子方,新诗曾见未能忘。多才善谑称物芳,吴娃席上呼作郎。"可见曹辅早年不仅洒脱不羁,还"多才善谑",深得吴中美女们的仰慕。张耒在快出锁院时写给曹辅的诗云"赖君谐捷解色装,还家有日未用忙",是对晁补之所云"多才善谑"的补充,可见曹辅的诙谐捷敏,到了同文馆中还依旧未变。

诸公更感兴趣的是曹辅的从军经历。张耒云:"曹侯骥骨双瞳方,流沙万里不能忘。读书故山兰蕙芳,咳唾不顾尚书郎。参军朔方试所长,奋髯决策服老苍。愿得一索缚狡狂,凯歌捴馘献明堂。"刻画的是不随流俗、一心从军以建功立业的曹辅形象。晁补之云:"曹子金门等陆沉,壮年裘马四方心。檄传白羽从沙井,诗写红巾遍武林","兵甲胸中无敌国,丝桐世外有知音"。① 赞赏其文能诗、武有谋,不同于当时一般士人。蔡肇云"曹公长剑一杯酒,邓子孤云万里心",一人一语的品鉴,将曹辅与邓忠臣一武一文的形象对比而出。

蔡肇在元丰间追随王安石时,就喜欢谈兵论佛,王安石《示蔡天启三首》其一云:"蔡子勇成癖,能骑生马驹。铦锋莹鸊鹈,价重百砗磲。脱身事幽讨,禅龛只晏如。划然变轩昂,慎勿学哥舒。"②就称赞蔡肇勇猛时可"跃马",安静时能禅定,是个既能猛又能静的奇特人物。

同文馆唱和诗人笔下的蔡肇,更是一个有见解有个性,多才多艺、文武双全的形象。特别是张耒,他特别欣赏蔡肇,用两首七古长诗描述蔡肇的从军经历以及"逼人爽气百步寒"的气质。史书并无蔡肇曾经从军的记载,但张耒《答天启》却云:"三年河东走胡马,绝口鱼虾便

---

① 《苕溪渔隐丛话》前集卷五一引《王直方诗话》云:"曹辅字子方,尝为省郎,交游间多以为有智数者,故晁无咎赠诗有'兵甲胸中无敌国'之语。"人民文学出版社,1962年,第347页。
② 王安石《临川先生文集》,中华书局,1959年,第394页。这是一首集句诗。

酪乳。归来万卷付一读,不觉儿曹用心苦。周瑜、陆逊久寂寞,千年北客嘲吴语。莫徒彩笔云锦张,要是宝剑蛟龙舞。天兵万百老西北,快马如飞不出户。看公大纛出麒麟,走取单于置刀俎。"诗中所写,似乎是因蔡肇说过他曾有三年从军河东的经历。因为蔡肇是润州丹阳人,张耒希望他像三国吴将周瑜、陆逊一样,驰骋疆场而威震四方。蔡肇在《再答》一诗中详细描述了一场战争:"羌兵昔出皋兰路,欲铲新城无聚土。烟烽照夜气如霞,铁马连群歕成雨。东西两关同日破,股掌婴儿绝哺乳。鼓声十日拔帐归,至今犹说防城苦。当时诸将无奇策,不敢弯弓向胡语。橐驼西来金帛去,孽狐小鼠犹跳舞。"也像是他经历或亲见过这场征战兰州却得而复失的战争。①

蔡肇的经历加上他经常在试院"论兵说佛",令诸人折服,如张耒把他描述得神采飞扬:"东南蔡子名飞翔,同随天书拜未央。瑰琦宏杰万夫望,颊牙凛凛有风霜,文如神鼎烂龙章。钟山长斋读老庄,论兵说佛两俱忙。不夸得砚文字祥,但愿破敌如颓墙。"晁补之也对他称扬不已:"蔡侯饱学困千釜,濯足青江起南土。放谈颇似燕客雄,快夺范雎如坠雨。东城擒羽未足论,柏直何为口方乳。② 蒋侯山中伴香火,三年不厌长斋苦。平生豪伟有谁同,要得张侯三日语。昼闲那自运甓忙,时清不用闻鸡舞。桓荣欢喜见车马,书册辛勤立门户。要当食肉似班超,猛虎何尝窥案俎。"

诸人对张耒、晁补之形象塑造得不那么细致具体,但张耒、晁补之二人却将诸人品鉴描绘得栩栩如生,可见张、晁在这一方面的诗歌水平确实在他人之上。应该说,是张耒与晁补之把苏门在元祐初年兴起的唱和习俗直接带入这次锁院,因为他们在进入试院之前就已经参与了西园雅集等以苏轼为主角的一些文人雅集③,在那里深受那种集

---

① 蔡肇所似乎是听闻,与他写曹辅的兰州之战很近似;又似乎是亲历,因为是回答张耒"三年河东走胡马"的,所以不太能确定,暂存疑。
② 《汉书》卷一上:"汉王问'魏大将谁也',对曰'柏直'。王曰:'是口尚乳臭,不能当韩信。'"中华书局,1962 年,第 38—39 页。
③ 参看孔凡礼《苏轼年谱》,中华书局,1998 年。崔铭《张耒年谱及作品编年》,同济大学出版社,2019 年。

会氛围影响。

一般的史料不太关注诗人的容貌兴趣、情绪观点;只有自述诗歌以及互相品鉴的唱和诗,其关注点与史料不同,其表达方式也透露出更多的个人精神层面的信息,所以弥补了不少史料缺憾,使得诸人形象面目更为清晰起来。

相互品鉴式的唱和,是元祐更化初的新风气,有些类似汉末的月旦评,从中可以感受到品评人物的风气在元祐时期的回归。这种回潮伴随着从熙宁、元丰时期兴起的君子小人之辨,是当时政坛朋党渐起之势在诗歌唱和中的直接表现。

二、试官们的唱和联谊与关系网络

锁院让十多个官员有了朝夕相处的机会,原来虽有点关系但散居各处不常往来的官员,因特殊工作关系,被"锁"在一处,正好可以叙叙交情、联络感情。晁补之云"平生数子天一方,今夕何夕情难忘",邓忠臣也说"梁宋吴楚各异方,交情一契不相忘",如围城般的锁院,几乎是"强制性"地促进了试官们彼此之间的关系,但也幸亏有了这些关系,三个月的锁院才会热闹有趣。张耒"赖逢数子美如英",柳子文"跫然虽复喜斯行,开豁拘怀赖俊英",耿南仲"满前皆俊彦,何但有三康",都庆幸有诸位"俊英"的存在,大家才能敞开心怀。

这些试官们的身份基本可以用柳子文的话概括:"共是当年廷试客,锁闱今日合如何。"十三人中,除了曹辅未中进士、某向情况不详外,其他十一人均进士出身。《宋史》云温益"第进士",但不详何年。其余十人,除孔武仲是仁宗嘉祐八年进士外,九人均为熙宁、元丰中进士,且多同年关系:邓忠臣与李公麟为熙宁三年进士,柳子文与张耒为熙宁六年进士,蔡肇与晁补之为元丰二年进士,耿南仲与余幹、商倚同为元丰五年进士。这种同年关系以及其他各种关系,基本是从他们联谊式的唱和诗题与诗中发现的。

孔武仲称邓忠臣为年家兄弟:"年家兄弟今同舍,曾见河南起贾生。"并注云:"慎思被荐广西,先人为转运判官,有诗钱行。"孔武仲之父孔延之字长源,嘉祐间任广南西路转运使,可知邓忠臣被荐举当在此时。这种关系使得二人有自然的亲近。

邓忠臣答和商倚之诗《再呈慎思诸公兼以言怀》云:"南宫曾看挥华藻,西馆还来共笑歌。六稔飞光如过隙,人生谁奈老催何。"自注"君平宣义登科六年矣"①,可知商倚字君平,时任宣义郎,是元丰五年(1082)进士。邓忠臣曾为此年省试试官,与商倚有类似座主门生之谊。而余幹、耿南仲也当与邓忠臣有此关系。

邓忠臣与李公麟同为熙宁三年(1070)进士,又在元丰二年(1079)共事,邓有《己未年春,与伯时较试南宫。同年被命者六人,今兹西馆,唯同伯时一人而已,因书奉呈》,诗中云:"十载京师五校文,并游多已据通津。再来更锁城西馆,检点同年只一人。"李公麟答和云:"忆锁南宫会友文,天梯相摄看云津。白头笑我成今日,青眼逢君尚昔人。"又云"故人情不浅,无乃困悭才",两人因此而交情深厚。作为元丰二年的试官,则二人与蔡肇、晁补之也有师生关系。师生而同为试官,相较之下,蔡肇、晁补之、商倚、余幹、耿南仲等人自然是年轻有为,而邓忠臣、李公麟不免有仕途沉滞不顺之感。从邓忠臣"十年经五试,抚事意多违"、"屡见高文试泽宫,长年参校愧龙钟",可知邓忠臣曾先后五次充任试官,这自然让他经验丰富,也让他与元丰中的进士都有不少关联。这可能正是邓忠臣在锁院唱和十分活跃的动因。

曹辅"邓侯相逢十载后",可知曹辅与邓忠臣早就相识,是故交。

柳子文有《次韵呈文潜学士同年》诗云:"才堪斗量君独金,年少登瀛脱尘土。重闱几日锁清秋,酬唱新篇乱如雨。读书相逢十载前,君家酥酪和腐乳。分题吟思入风云,得意还忘呕心苦。晚将衰飒奉英游,漫记雪窗邀夜语。平生意气杯酒间,我醉狂歌君起舞。即今头白老青衫,但期教子应门户。燕颔从君骨相殊,看君鼎食罗五俎。"张、柳二人十年前就一起读书,且柳子文是张耒家常客,两人当时就曾分题吟诗、醉狂起舞,志趣相投。

---

① 《柯山集》卷三〇有注,而其他本没有。《文渊阁四库全书》本。

晁补之十三岁时曾与余幹在毗陵(常州)同学于王安国,对余幹早年颇为了解,赠余幹诗云:"异哉余子久弥芳,吴人犹记称周郎。河豚入网荻芽长,宜兴罨画烟水苍。风雩春服真少狂,不愧戴崇升后堂。横戈笔阵倒千枪,叔鸾独步禹出羌。"描绘出余幹年轻时的潇洒狂放与文采出众。余幹《次韵赠无咎学士》写到二人早年的相识:"毗陵城如金斗方,往事历历那能忘。相逢童子佩兰芳,秀发人指谁家郎。未几重见突而长。即今不觉秋蓬苍,嬉笑岂复为儿狂。"晁补之从秀发童子到突长青年、再到而今中年的成长变化过程,如在眼前。早年同学的关系,使得二人经历形象在回忆中变得清晰。

蔡肇与余幹除了同乡关系外,两人还均有谈禅的兴致,在锁院中结为谈禅之友。蔡肇云:"矧复约子西城隍,瓦炉梵夹随行装。形骸土木神远扬,少狂豪气今则亡。剧谈软语志颇偿,模写物象挥锦囊,樽前坐我烟霭乡。怜君驳跿未着行,侧身六合悲骍骦。"可知余幹到锁院时,已经消解了年少轻狂的气象,而深受禅宗影响,变得平淡超然了。余幹《次韵天启戏为禅句之作》"秋闱何幸相握手,未厌夜深来叩户",二人深夜谈禅论道,可见志趣相投的程度。蔡肇还称赞余幹写诗"独君一扫可得章,滔滔笔力抵卞庄",这一点从孔武仲称余幹"拟写秋容须笔力,新诗句句似阴何"中可以得到证明,两人因为诗禅而走得更近一些。

蔡肇不仅与余幹是同乡,与曹辅也是同乡,其诗题《上呈子方乡丈》即可说明,张耒《赠天启友弟》云"惟我与子旧同乡"[1],又说他原来曾与蔡肇同乡,这种乡谊使得四人关系更为亲近。

从晁补之《复用方字韵,奉赠同舍慎思、文潜,同年天启》、蔡肇《敬用无咎学士年兄长韵……》可知,晁不仅与邓、张是同事,与蔡肇还有同年之谊。

---

[1] 《施注苏诗》卷二七《送曹辅赴闽漕》施宿注云曹辅为海陵人(不知何据),海陵即泰州,属淮南东路;而蔡肇之丹阳属润州与余幹之晋陵属常州,属于两浙路,与曹辅之海陵则非同路。三州虽相隔不远,在江淮之间,但似乎不太可能因此而称为同乡。或许海陵是晋陵或润州延陵之误。张耒出生于楚州,属于淮南东路,何时与蔡肇曾同乡,尚待考。施元之《施注苏诗》,《文渊阁四库全书》本。

蔡肇与曹辅的同好是"谈兵"。两人都有在西部边塞从军的经历,又都忧虑宋夏边事,虽年龄差距较大,但仍有共同话题。蔡肇《敬用无咎学士年兄长韵上呈子方太仆乡丈》用想象描述了曹辅元丰年间参与的一场战争,当时"曹侯献计取东关,帐下选锋同此语",但最后因主帅未听其策而尽失元丰四年李宪用熙河兵攻克的兰州古城。曹辅《次韵答天启》亦云"临机一失挫铦锋,谁愿忠言如药苦",对主帅不听己言而导致失败的战争充满遗憾。曹辅欣赏蔡肇并对其充满期望:"吾乡蔡子喜谈兵,早岁曾过阿戎语。逸才自擅鹦鹉赋,高韵仍为鹧鸪舞。方略应须敌万夫,徒击韩嫣笑当户。政宜弱冠请长缨,系取单于置高俎。"

曹辅比晁补之年长,但却称晁是"晁侯平日丈人行"。晁补之云"得官犹领万骈骊,王城对巷如参商。……闻君况有梦虺祥,生女不恶嫁邻墙。"可知两家相距不远,在试院中已相约将来为儿女亲家。

锁院之前,晁补之曾约张耒去拜访曹辅而未遇。张耒诗云:"眉间黄色是何祥,晁侯约我走门墙。"晁、张之访曹,是听了黄庭坚的建议:"黄君诗力回魁冈,十客未得一登床。携君秀句展我旁,草书纸上蛟龙骧。谓我君舍城东隅,年来长啸弃军装。载酒欲访执戟扬,休日出门如阙亡,坐令耿耿愿莫偿。"黄庭坚欣赏曹辅诗歌,且了解曹辅当时已经弃武从文、落魄汴京城东,可知曹辅与苏门文人早已交情深厚。

同文馆唱和者们从学缘看,有同学、同年者;从地缘上看,有同乡者;从工作上看,有入院前即为同事者;从社会关系上看,有年家兄弟、世交、朋友;从兴趣爱好上看,除了共同为诗友外,还有谈兵、谈禅之友;从政治立场上看,既有倾向新党者也有倾向旧党者,其观点有冲突也有融合,但在锁院唱和中,大家尽量回避冲突而趋于一致。各种人际关系成为温暖枯燥寂寞生活的纽带,而诗歌次韵唱和正好是他们选择的联谊工具。嘉祐到元祐三十年间,试官们唱和主题的变化,反映的其实是官僚士大夫阶层社会关注焦点与群体生活兴趣的变化,也是政治形势的变化。

三、锁院生活促使诸种关系密切化

锁院生活如耿南仲所言"寝处还相向,过从不患稀",寝食起居一致、亲密无间的生活,促使诸人关系更加密切。邓忠臣、蔡肇、晁补之、张耒《欲知归期近》四首唱和,写出四人的相互了解与依依惜别的深厚情意。张耒说四人在"把酒论交里,连房校艺来",邓忠臣"兰室依新润"注云"与文潜、无咎、天启连次",是对"连房较艺"的注解。邓忠臣先有"相期放朝后,连日醉如泥"注云"与文潜、无咎、天启有约",到了重九日,他又再次重申"到家莫负如泥约,光禄供醪味渐浓",可见四人的交情经过三个月之后,已经密切到需要经常相约一起烂醉如泥的程度。邓、张、晁三人甚至在开院前一夜,通宵达旦闲话,以免出院后遗憾,邓忠臣有《与文潜、无咎对榻夜话达旦》云三人"对榻不眠谈往事"叙说此事。

邓忠臣与张、晁三人锁院前本是秘书省同事,邓忠臣云:"张侯作诗召清风,渴读如饮雪山乳。笑我形容太瘦生,我亦悔前用心苦。晁子迭唱亦起予,两人终日同堂语。奈何拘学技艺穷,跛鳖欲趁骅骝舞。"三人在秘书省时,就互相唱和对谈甚至嘲戏。

蔡肇次韵张耒《初伏大雨戏呈无咎》云:"省中无事骑马归,雨声一洗茅檐苦。急呼南巷同舍郎,听我临风有凉语。"可知蔡肇入院前亦在秘书省任职。蔡肇还有"城南邀我倒余尊"之语,可见"城南"、"南巷"均非虚指。晁补之入院前"城南买屋君舍旁,疲骖日附骥尾骧",选择与张耒为邻居,以便讨从。而蔡肇与张耒、晁补之同住城南,这是他们入院后特别亲近的一个重要缘由。

张耒与晁补之在入苏门之前就已经订交,张耒《依韵奉酬慎思兄夜听诵诗见咏之作》云:"昔遇晁公淮水东,士衡已听语如钟。五车讲学知无敌(自注:三句皆属晁子),十载论文喜再逢。"晁补之《再次韵文潜病起》:"淮浦见之子,春风初策名。颇讶谪仙人,有籍白玉京。"两人熙宁六年就在淮东相识,当时张耒进士及第春风得意,张耒钦佩晁补之学富五车,而晁补之惊张耒为天人。晁补之《与文潜诵诗达旦慎思有作呈二公》："神交千古圣贤中，尚想铜山应洛钟。倾盖十年唯子旧，知音一世更谁逢。天如蚁磨骎骎旦，谈似缫车亹亹从。"十年间两人互为知音，钦服如旧。

张耒、晁补之在锁院中，天天坚持朗诵诗书，令邓忠臣、蔡肇以及其他同事钦佩赞叹。商倚"夜案尚闻涂卷笔，晓堂方听读书声"自注云"每早尝闻无咎诸公读书"，邓忠臣《夜听无咎、文潜对榻诵诗，响应达旦，钦服雄俊，辄用九日诗韵奉贻》更写出张、晁二人诵读之神韵："连床交语响春容，激楚评骚彻晓钟。绕宅金丝神共听，满潭雷雨剑初逢。信知自有江山助，便欲长操几杖从。"蔡肇《次韵慎思贻二公诵诗》云："卧听高斋落叶风，清诗交咏想晨钟。故人厚意论千载，正始遗音仅一逢。胶漆初期在俄顷，云龙莫恨不相从。"也以第三者之眼写出张、晁之间志同道合的亲密关系。邓、蔡二人都深受其精神感染。

邓忠臣"俱是年家情不浅，依兰应许丐香浓"注云"先子与张丈职方、晁丈都官同年。忠臣与应之同年，两家俱有事契"，邓忠臣父亲与张耒父亲、晁应之父亲都是庆历二年进士，晁应之则与邓忠臣均熙宁三年进士①。而晁应之是晁补之的兄弟行。这种"年家"关系在锁院联谊后更加亲密，晁补之云"邻榻邓侯那不共，拥衾百首兴方浓"，可知邓也因邻榻而卧而加入张、晁的对谈吟诵活动。张耒有《嘲无咎夜起明灯听慎思诵诗》，可见邓忠臣受晁、张影响开始主动诵诗，邓忠臣答诗解嘲云"参横月转与天高，归士飞心忆大刀。故作楚吟排滞思，吟成风叶更萧骚"。

蔡肇并不避讳曾是王安石弟子，而张耒、晁补之也深知他受王安石赏识，张有诗云："钟山净名老，为子不惜口。颇闻国士荐，固自君所有。唯应功名地，他日容老丑。"对其被王安石目为"国士"之事，十分赞赏。晁补之将苏轼赏识张耒与王安石赏识蔡肇相提并论："眉山见张侯，心许出一手。临川得蔡子，千载慰邂逅。"无论政治观点上有怎样的分歧，王安石、苏轼作为国士，他们对后生晚辈的奖掖，都具有

---

① 张剑《晁说之研究》，学苑出版社，2005年，第41页。

同样巨大的作用。新旧党争虽然十分激烈,但各自的才华却足以令彼此欣赏。

蔡肇云:"张公晚定交,千仞仰森秀。华堂耿青灯,夜半狮子吼。真龙服内闲,爽气凛群厩。新诗陈五鼎,斟酌皆可口。"他与张耒虽然相识不久,却互相钦服,有相见恨晚之意,没有任何芥蒂。张耒:"欲知归期近,屈指不满手。岂无儿女心,惜此良邂逅。蔡郎吾未见,心已想雄秀。那知风雨夜,听此龙剑吼。"虽开院有日,归心似箭,但朝夕相处之情却更值得珍惜。蔡肇也回答说"出门岂无时,官事少邂逅",出院之后,各自公事繁忙,不会再有如此紧密的空间了。

将近三个月的锁院生活,让诸位唱和者在原有关系上而更加密切。他们计划着锁院之后的相互往来,蔡肇云"此地身拘窘,他时心往来",温益云"从容约归日,访子省闱西",曹辅云"归及黄花在,能忘彩笔题?醉游须烂漫,莫惜锦障泥"。

无论是客套还是真心,各种人际关系在锁院汇聚之后,这个临时而特殊的时空又促进了相互关系的亲密程度,这在"关系本位"的社会中,平常而又不平凡。

同是次韵唱和,但与僧人们论辩式唱和不同,同文馆唱和充满了世俗的气味。人物与关系、互赞与礼仪,是试官们唱和的重心,而禅僧们宁愿在唱和诗里论辩事理。这就是官员与僧人、方内与方外唱和的区别。

第四节 试官们的生活与视界

《同文馆唱和诗》,是试官们在长时间、狭窄封闭空间中特殊的工作生活与精神活动的重现与提升。试官们不仅用次韵唱和将单调重复的较艺衡文劳动诗意化,而且把唱和当作是与清谈、朗诵一样的娱乐消遣方式。每个诗人对锁院生活现状的喜忧态度不同,每个诗人的精神都会超越锁院而延伸到过去和未来,曹辅的从军经历以及邓忠臣的旧隐生活,引起诗人们的共同兴致,锁院因此而连接起塞外风云与湖湘山水;蔡肇的谈禅又勾画出别样的亦真亦幻的佛禅世界。

除了人物品鉴、相互联谊之外,《同文馆唱和诗》话题最多的,还是试官们在长达三个月封闭空间中的生活与思考。在锁院有限的时空中,试官们的生活无疑是简单重复的,但是他们的唱和诗歌展现出来的,却是无限的时空与并不单调乏味的生活。

一、府试试官们的本职工作

作为开封府试的试官,同文馆唱和者们的工作,与欧阳修、梅挚等六位《礼部唱和诗》作者们相比,似乎没有那么复杂。一是作为初级试,解试可能不像二级试的省试那样事务繁杂,二是参与这次唱和的十三人中,特别是唱和较多的十人,均非这场考试的主者,因此不必像欧、梅等人①那样忙于或关注锁院中的管理性事务。府试试官们三个月的具体工作主要就是监考与阅卷,所以他们的唱和诗中没有像《礼部唱和诗》那样描写十分具体的工作流程,有的只是在较艺衡文过程中的个人见闻、见解以及感受。或许是他们对具体的工作没有抒写的兴致,或许是有所忌讳,总之不是我们想象的那么详细,但是我们仍能从中读到一些相关信息。

与嘉祐二年礼部唱和六人均为中老年、官职较高相比,同文馆十三人大多数为中青年,锁院前多为职位较低的馆阁官,收入不高,生活清贫。晁补之说他们几位秘书省正字是"辍直雠书馆,联裾校艺场"。蔡肇描述他们的生活是:"青衫学士家故贫,斗米束薪炊湿雨。纵横图史照屋壁,咕嗫诗骚从稚乳。省中无事骑马归,雨声一洗茅檐苦。……且贪青简事文章,未有黄金买歌舞。"张耒也说他在遇到初伏大雨时是"且欲当风展簟眠,敢辞避漏移床苦"。曹辅当时连馆阁官都不是,只是管车马的太仆寺丞,更是觉得自己怀才不遇:"都城薄

---

① 除梅尧臣外,欧阳修、梅挚、王珪、范镇、韩绛五人均为知举与同知举官,是此次贡举负责人。

禄才三金,白发朱衫污黄土。"柳子文云"官辍蓬莱直,身从帝所回。文章孔庭奥,事业傅岩隈",也写诸人所居清要,但仍是文高而位低。邓忠臣云"作者六七人,峥嵘耸神秀。藏蛰龙虎姿,风云即腾吼",诸人当时还均是"藏蛰"的"龙虎",尚在等待有"腾吼"机会的"风云"。

试官一般需要进士出身,所以十三人中,除曹辅非进士、某向情况不详外,其他十一人均为进士。进士出身的考官因为亲历三级考试,对考场、考试程序均有亲身体验,在较艺衡文时感受会比较不同。《宋史》云温益"第进士",但不详何年。其余十人,除孔武仲是仁宗嘉祐八年进士外,邓忠臣与李公麟为熙宁三年进士,柳子文与张耒为熙宁六年进士,蔡肇与晁补之为元丰二年进士,耿南仲与余幹、商倚同为元丰五年进士。连元丰五年的三位进士都参与考校,可见府试对考官的资历要求没有省试那么高。诸人多为熙宁元丰变法期间的进士,虽然明白这场考试是元祐科场更化的先声,但他们即便对神宗时期的科场有所不满,也不会有过于激烈的正面批判,只是发表一些感受而已。

试官们对考生与考试以及较艺,都有自己的看法。耿南仲《初入试院》和诗云"梁国有珠光照乘,赵人怀璧价连城。道山邃处分群彦,文律持来考正声。秋晚定知谁入彀,叔通还进鲁诸生",他认为考生们人人怀珠抱璧,期待被有识之士发现;考官们则为馆阁之臣、文章精英,个个秉持文律,因此晚秋时节定能为朝廷进献出有用之才。柳子文云"多士朝廷念,诸公殿阁来。英雄须入彀,应有济川才",也自信来自"殿阁"的诸公,一定会为朝廷抡选出有用的人才。晁补之"千章输明堂,勿问草泽有。群公自凛凛,水镜照妍丑",对诸公较艺衡文的水平有同样足够的自信。但商倚却云"人人皆抱璞,谁是济川才",对人才选拔充满忧虑。

邓忠臣"藻鉴由来定,翘材未觉稀",觉得品藻鉴别人才并非难事,因为高才之人并不稀缺;而蔡肇则云"慎须精藻鉴,宠辱异云泥",他从考生一时之得失影响一生的荣辱这个角度得出结论,认为试官们的"藻鉴"行为应当慎之又慎,所以他以"盛事兼三物,浮辞斥百题"

作为自己的衡文标准。二人对待"藻鉴"的难易与精率态度颇不相同。

柳子文云"徒劳争墨榜，须信有朱衣。万事前期定，升沉不尔违"，还自注道"朱衣吏事，见《登科前定录》"，作为考官竟信"万事前期定"，一切听从命运安排，实在是匪夷所思，抱着这样的态度，他在"藻鉴"之时，可能不会像蔡肇那样谨慎小心。试官们不同的人生理念，在此真是异彩纷呈。

张耒"声鸣皆出谷，觜距各争场。铁网收明月，霜芒倒豫章。湛恩终锡宴，优礼合焚香。最苦雠书客，消愁赖杜康"，与蔡肇"匼合青云幕，纵横白羽场。谁矜率尔对，吾念斐然章。名淡隃糜榜，衣飘月窟香。春风马蹄疾，鞭帽散平康"，二首次韵唱和都叙写考生们的考试情状与考罢不久的将来，但张耒联想到的是中举士子的鹿鸣宴与作为试官接下来工作的辛苦无聊，蔡肇则想到的是春闱之后进士们的探花风流，二人的性情也在此不同的联想中显示出差别。

商倚"笔列千锋阵，庭焚一炷香"，与张耒、蔡肇二诗的前四句一样，写的是引试时考场的状况，只是更加概括。考场如战场，商倚另一首诗所云"分场自敌三千客，决胜谁降七十城"将这一点具体化。考生们的笔阵如枪阵，他们严阵以待与细弱的一炷香之间形成鲜明对比，这炷香不仅与"优礼合焚香"同意，也与欧阳修的"焚香礼进士"相同，可见发解试也同样需要这样重视进士科的士子考试。虽说这些描述似乎程式化，但考场的情状得以再现。

引试之后是大量的试卷需要考较衡量，柳子文"银袍较艺观勍敌，玉帐收功听凯歌"，试官穿着统一服装较艺，期待胜利完成任务。邓忠臣云"纷纷五千胠，谁定冠伦魁"，写出此次考生们的数量以及试官们的工作量。张耒形容他们的工作是"风鬃雾鬣简骓骊"，就是要像伯乐一样在众多的马匹中识别拣选出骏马。这种工作辛苦而艰难，邓忠臣"题遍朱签栋宇充，灯窗长听景阳钟。昏眸直要金篦刮，黎瘦都如饭颗逢"，虽然"昏眸""黎瘦"二语显得有些夸张，但突出了试官们的勤苦认真的敬业精神。

耿南仲"大轴累千箱,凫中见鹤长。静临窗几读,爽入肺肝凉。夸咤争求胜,疲劳忽自忘",是说他在读到鹤立鸡群般的试卷时,会精神振奋,为之欣喜而忘倦。晁补之与他一样,"经眼乍愁千纸积,解颐聊喜一言逢",更简洁地表达出阅卷时的烦恼与喜悦,写出试官衡文时细腻的心理变化。

这些诗歌呈现的是试官们的思考与观察、工作与体验。将单调重复的劳动诗意化,需要的是超越世俗的兴致或审美情趣,以及表达这种俗世生活的诗化能力。

二、试官们的消遣与态度

本职工作之余,在狭小封闭的锁院中,往来清谈与诗歌唱和成为试官们主要的消遣方式。

邓忠臣有好几句诗歌都写到锁院之中试官们过从甚密的必要性。"俊游常恨邈山河,邂逅文闱喜屡过",是说平日大家相隔甚远,锁院给诸人提供了难得的交往机会;"试场未动文书静,官舍相联步履过",写在初入试院引试之前,考官们无事可做,步履相随是悠悠自在的;"秋闱深锁觉愁多,赖有英游玉趾过",则写的是在天长日久的锁院中,俊游英游们的往来过从是最为重要的消愁排遣的方式。此外,耿南仲"重门键钥阻山河,赖有良朋不厌过",也是对限定时空中人际交往的积极性认识。在有限的空间里,口头与书面语言交往成为试官们排解孤独、有益于身心的消遣方式。

锁院生活如耿南仲所言"寝处还相向,过从不患稀",集体过着寝食起居一致、亲密无间的生活。张耒云"相过近如蜂隔房",零距离的居住条件为频繁往来提供便利。他们晤面的多数时间用来清谈,邓忠臣云"群居有英彦,晤语兴何长",商倚云"清谈欣屡接,纷若落琼玖",柳子文"磊落群英集,峥嵘逸气齐。捷机闻堕灶,妙论及交梨",都谈及群居时英彦们的清谈之乐。清谈的主题可以是如曹辅与蔡肇那样论兵,也可以是如余干与蔡肇那样谈禅,更多是毫无主题的漫谈。

另外,张耒、晁补之在锁院中,天天坚持朗诵诗书,令邓忠臣、蔡肇以及其他同事钦佩赞叹。商倚"夜案尚闻涂卷笔,晓堂方听读书声"自注云"每早尝闻无咎诸公读书";邓忠臣《夜听无咎、文潜对榻诵诗,响应达旦,钦服雄俊,辄用九日诗韵奉贻》更写出张、晁二人诵读之神韵:"连床交语响春容,激楚评骚彻晓钟。绕宅金丝神共听,满潭雷雨剑初逢。信知自有江山助,便欲长操几杖从。"蔡肇《次韵慎思贻二公诵诗》云:"卧听高斋落叶风,清诗交咏想晨钟。故人厚意论千载,正始遗音仅一逢。胶漆初期在俄顷,云龙莫恨不相从。"也从第三者之眼写出张、晁之间志同道合的亲密关系。苏门文人持之以恒的勤奋读书,让邓、蔡及邻近的人都深受其精神感染。

他们在夜晚也会如耿南仲所云"棋枰苦战挑灯坐",商倚所云"挑灯认药囊",但多数时间,他们在唱和。诗歌唱和无疑是这些文学精英们与众不同的排遣苦闷的方式。余幹《试院即事呈诸公》:"雅谈幸有青云士,佳句宁无白雪歌。此兴非凭吟笑遣,未应能奈客愁何。"吟诗与雅谈一样是排遣"客愁"的最好工具。邓忠臣云"微吟还自喜,共和有清才",说他在此场合能遇到如此众多的诗人,就像棋逢对手一样的快乐。李公麟云"群贤主堂奥,一榻占廊限。步屦朝追逐,诗筒夜往来",这种与群贤朝夕追逐往来的生活令他愉悦,他喜欢这种"已张英縠收三俊,更赋离骚续九歌"的日子,他们才力有余,能够做到考校、唱和两不误。

试官们会像商倚那样"卧月搜诗句",也会如耿南仲那样"薛壁闲题捧砚从",将平日无人问津的墙壁题满诗篇。他们还在唱和中品评诗作、探讨诗艺。如蔡肇云"邓子词锋鲁孟劳,剌钟剚玉尽铅刀。风流陶谢枝梧困,击节期君仆命骚",而邓忠臣答云"拚老工诗恨不高,苦心错玉与砻刀。正如天禄秋风夜,剔尽寒灯著广骚",他人的表扬与诗人的自谦相伴相生,品评与诗艺相互促进,共同增长。

诗歌唱和让他们愉悦,但也让他们苦恼,蔡肇云"聊付能诗破羁旅,诗成冉冉又还生",对他而言,创作诗歌本为破闷解忧,但写罢诗歌却又增忧添闷,可知根深蒂固的人生之愁并非诗歌就可以彻底驱除,这是一种苦恼;商倚"新诗劳见寄,难继谪仙才"、"惟羞狂斐句,瓦砾报珍玑",蔡肇"倡酬真有味,顾我独非才",柳子文"自惭初学步,鱼目混珠玑",也是一种苦恼,是唱和者们创作时普遍遇到一时才力短竭的苦恼。尽管如此,他们还是不停地唱和,唱和出诗集中的所有诗篇。

在三个月没有女性出现的世界里,严肃的试官们似乎不经意地谈到男女之事。晁补之"老去周颙虽有妇,黄经对几夜骚骚",嘲戏邓忠臣即便归家时有妇人内侍,却因忙于读"黄经"而不能顾及;张耒跟着晁补之起哄,但他说"烟飞小玉吴王国,柳暗朱楼铁瓮城。见说周颙经案外,亦闻荀粲并床声",他想象邓氏不会如周颙那么好学无趣,而会像荀粲那样惜香怜玉;邓忠臣《再谢周颙之句》云"眼看秋雁歌汾水,心到阳关唱渭城。却被维摩居士笑,海潮音作断肠声",则以禅语回答张、晁之嘲戏,说张、晁误读了他的诗意,将他的念友之情当作思家之声。晁补之还趁机嘲戏张耒年少时曾经是"秋日照歌淮上舫,春花引醉福昌城",十分风流潇洒。这种雅谑,不过是偶一为之,却反映出试官们并不刻板的生活。

三个月封闭式的锁院生活无疑是漫长而单调的,但试官们对待这种生活的态度有所不同。晁补之云"解榻暂如龟遇木,闭帘还似雉婴罗。倦依书册工催睡,闷倚诗篇足当歌。可待纷纷厌朱墨,昼闲唯有饮无何",用形象的比喻描述出其间生活的苦闷无聊;耿南仲"高馆清无梦,寒灯坐赋题。还同宿山驿,风雨闭重闺",更将锁院比作山间僻静的驿站,显得十分凄凉悲惨;张耒嗜睡,所以他说"最苦清秋辜美睡,通宵三问夜如何",虽然"滞留聊饮酒,谈笑亦分题"的日子也还算不错,但他仍然觉得即便是穷巷中的居家生活也更令人愉快:"须信家居乐,休嫌穷巷泥。"

对待同样的生活,邓忠臣则十分享受:"秋日同文馆,晨兴不待鸡。耽书迷甲子,行乐任东西。静对庭柯晒,闲常柿叶题。"可谓乐于闲静、消遣有方。李公麟"锁寂身如隐,幽清物向齐。忘忧经露菊,苏肺到霜梨。白发知谈笑,朱签历品题",他觉得这种隐居式的生活平淡有趣。蔡肇"阒寂同文馆,秋英绽欲齐。禅袍分白乳,仙果破青梨。

琴理将忘曲,诗探未赋题。清欢在文史,谁复梦重闱",更是在享受禅袍仙果这些物质之外,沉浸在诗琴文史中,清欢无限,兴致不浅。

三、锁不断的时空

李公麟描写他们在同文馆的生活是"鞅掌栖迟一亩宫,惯听更柝及晨钟",锁院的空间是有限的,保密而封闭的环境几乎切断了与外界的一切联系,但是正如邓忠臣所云"双钥重关非不密,只应无奈梦魂何",人的思维、精神如同"梦魂"一样,无法被封存或控制在密闭的时空中,试官们的"梦魂"不时自由出入于院内与院外、过去与未来,他们的诗歌也就不像他们的生活那样仅限于当下与锁院之中。

孔武仲自云"十载江湖万里行,偶来西馆阅豪英",就由目前同文馆的生活,联想到因熙丰变法而流落江湖十年的仕途奔波,时间延伸到"十年",空间延伸到"江湖万里";张耒由眼前考场上的"文章杂蛟蚓,丹墨有炎凉",想到当年他自己在考场的"酸寒"滋味:"平昔曾充贡,酸寒未易忘。书生成底事,饱死笑东方。"而今虽然身份由考生变成考官,但眼前的场景以及"酸寒"的滋味却没什么改变,所以他无奈而悲悯地认为,即便目前这些考生能考中也不一定有什么改变人生的意义,考生的考场连接着他自己的过去与现在。

余幹云"江南尝应檄书行,多向西风拂露英。薄暮解装融祖寺,侵晨挥策楚王城",回忆中还不忘细节,所以在诗下自注"融祖寺"云"去年八月检潦,尝宿牛头山祖堂寺,法融禅师坐禅处也",自注"楚王城"云"在宣州东,先前年歙州考试时曾过",由当下的八月,想到去年乃至先前年八月的经历,一切历历在目,那些遥远的古迹和往事让他难以忘怀,此时此在总是成为他穿越时空而回到彼时彼在的契机。

商倚"昔年此日故园东,烂醉牛山到暮钟。已往光阴那再得,如今羁旅又重逢",考场"重逢"重阳节,却让他回到了昔年今日登高烂醉于之故园东之"牛山",自注"牛山在菑州城东二十余里",说明那个地方在他心目中的位置,故园景致与故事浮现眼前,仿佛在召唤他归去。

记忆将过去的时空叠加在当下的时空,增加了怀旧者的视野宽度与精神厚度。当然,无论是张耒、孔武仲,还是余幹、商倚,他们回忆的还都属于个人的时空,亲历的时地人事都还只是有限的具体的存在,而蔡肇、曹辅与邓忠臣的话题却将唱和者的思绪集体引向塞北与湘南。

　　蔡肇喜欢谈军事,他常和其他试官"西城九月天陨霜,夜谈关塞评文章",使得锁院之中在文章之外还弥漫起关塞风云。神宗熙宁五年王韶击败羌族木征等,朝廷置熙河路,六年又收复河、洮、岷、宕、亹等州;元丰四年,西北五路兵会攻西夏灵州,初期攻克兰州、米脂,但随后各路以粮运不继以及种种原因而溃败,元丰六、七年宋夏西北战事不断,直到元祐元年、二年时,边事仍然不宁。司马光等旧党人士从一开始就反对西北战事,元祐更化初期,甚至有放弃熙河路之议,边塞事务以及朝廷的边疆政策在发生巨大变化。就在元祐二年秋七月诸人锁院期间,"枢密院以边事未息,合要康定、庆历以来河东、陕西用兵典故,请借《仁宗朝实录》,候边事息日送还,秘书省从之。范纯仁、范纯粹赴边"。① 试官们虽身在锁院,但对边事十分关心,特别是蔡肇,他是熙丰战事的支持者,最担心的是元祐政策变化,《再答》云:"王师八月尽防秋,惴惴军兴恐编户。腐儒不用辄忧边,庙堂有人制尊俎。"后二句的语气,透漏出不满当前军务的牢骚和担忧。张耒因而在《答天启》中云:"天兵百万老西北,快马如飞不出户。看公大纛出麒麟,走取单于置刀俎。"希望蔡肇能够从军西北以建立军功,如愿以偿。

　　蔡肇在锁院中,常常谈论边事而兴壮志未酬之感慨,邓忠臣在《天启有"少年真喜事"之句,用其韵和》云:"慷慨论边事,飘萧动礼闱。贵须金印绾,老要玉关归。食酪便榆塞,鸣铙惯铁衣。悬知雄辩在,志愿未应违。"蔡肇听此鼓励与宽慰后,答诗云:"百万防秋去,军

---

① 见《续资治通鉴长编》卷四〇三哲宗元祐二年秋七月。当时锁院虽然封闭,但有关边塞的一些消息还是会透漏其中,譬如孔武仲有"闻王师破洮河城获鬼章"一诗,题下自注云"时在同文考试,不与入贺",所云即是"戊戌,知巩州种谊复洮州,擒果庄"一事。孔武仲当时虽"不与入贺",但耳有所闻。李焘《续资治通鉴长编》,中华书局,2004年,第9821页。

容凛将闻。请排云鸟出,尽猎犬羊归。老息阴符读,慵便直裰衣。邓侯多衮兴,时命不予违。"

曹辅在"元丰间为鄜延路经略司勾当公事"①,这一从军经历,引起了晁补之、张耒、蔡肇等人的浓厚兴趣。晁补之《考校同文馆戏赠子方兼呈文潜》首先谈起曹辅从军之事云:"向曾骑马身挟枪,诏随上将西击羌。董蒲跗注谓我臧,夜行马顿饥无粮。鼓鼙惊谷骑卷冈,吏呼马微醉在床。前锋奄至灵武傍,中坚反后无敢骧。城开三日收蔽隍,百驼载笴千橐装。旌旗立垒乌鸟扬,还军不省一矢亡。坐师无获劳不偿,铙歌入奏虚锦囊。秋风鲈鱼思故乡,锐头宜董鹅鹳行。"晁补之肯定多次听到曹辅讲述个人的那些经历,所以他用铺叙的语言,还原了那场声势浩大却以失败而告终的战争,将视线展延到多年前遥远的西北战场。张耒《无咎兄赠子方寺丞,见约出院奉谒,复用元韵,上呈子方兼答无咎见及语》云"参军朔方试所长,奋髯决策服老苍。愿得一索缚狡狂,凯歌搩馘献明堂。黄河东岸万旗枪,义渠竟失先零羌。坐师失律无否臧,但恨不取东关粮",描述了曹辅从军的志向与战争的残酷,曹辅就在这次一无所获的战争后失意而返回吴中家乡。

对于时刻向往战功的蔡肇而言,曹辅的经历无疑激发他的壮志和想象,他《敬用无咎学士年兄长韵上呈子方太仆乡丈》云:"两河郡县沦西方,西人思汉今未忘。果园芜没白草芳②,旄裘戏马谁家郎。车箱峡口涧谷长,旄头倒挂回穿苍。王师西出讨猖狂,六花簇垒来堂堂。前锋锐头臂两枪,伏奸谨索收生羌。天声隐辚摇姑臧,奇兵缭背断馈粮。决河有声如坏冈,城头击钟声殷床,万甲几欲漂无旁。虽有伉健谁腾骧,一夫不敢陵彼隍。马首欲东促归装,缄胸有策须眉扬,归来恍恍若有亡。"蔡肇有着类似民族理想主义者的战争观念,所以他想象中的战场充满宏大的气势与雄奇的阵仗,他描绘的是宋军试图

---

① 见施元之《施注苏诗》卷二七《送曹辅赴闽漕》注:"曹辅字子方,海陵人,元丰间为鄜延路经略司勾当公事。"《文渊阁四库全书》本。
② 蔡肇自注:"灵州,乃赫连勃勃果园。"李逸安、孙通海、傅信点校《张耒集》,中华书局,1999年,第915页。

收复灵州而被西夏决堤以水淹致使溃退的战争,与晁补之首唱中描述的不同,是另一场时空。次韵而和之后,蔡肇还不尽兴,又主动写了一首《上呈子方乡丈》云:

  西方残敌鱼游釜,往岁天兵收境土。军行旱海口生烟,沙井无泉天不雨。

  将军意气吞八荒,欲入凉州倾马乳。坚城不下河未冰,幕中稍觉从军苦。

  曹侯献计取东关,帐下选锋同此语。归来塞色侵鬓毛,联翩始阅交衢舞。

  不学行间妄校尉,尽斩孙歆封万户。人生富贵有危机,龁肩不愿加雕俎。

这次他描绘的是曹辅献计夺取东关堡而未被将军采纳,导致兰州得而复失的那场战争。少了一些奇特的想象,而用比较平实的语言写到从军西北之艰苦。①

曹辅在《次韵无咎戏赠兼呈同舍诸公》云:"投身忽落昆仑傍,征西万马随腾骧。官军夜半填贼隍,食尽师老催归装。将军数奇谩鹰扬,斩捕不能酬失亡。曲突徙薪语莫偿,幕中病客非智囊,扁舟夷犹忆吴乡。"那场战争已经是他不可触碰的痛,所以不便细描,作为幕僚,他曾经献计献策,却未被采纳,此刻又不便抱怨,只能比较含蓄地说是因为"食尽师老"以及"鹰扬"的将军命运不济。而当他《次韵答天启》时,则说得比较直白:"天兵连营十万釜,烈烈威声震西土。昆仑月窟扫欲空,岂止斯民被时雨。贺兰狡兔遁三穴,黄口娇雏未离乳。临机一失挫铦锋,谁愿忠言如药苦。"将军不肯听他的逆耳忠言,错失战机,导致失败。

---

① 这首诗与蔡肇在《再答(张耒)》诗中所写战争颇为相似:"羌兵昔出皋兰路,欲铲新城无聚土。烟烽照夜气如霞,铁马连群歕成雨。东西两关同日破,股掌婴儿绝哺乳。鼓声十日拔帐归,至今犹说防城苦。当时诸将无奇策,不敢弯弓向胡语。橐驼西来金帛去,孽狐小鼠犹跳舞。"李逸安、孙通海、傅信点校《张耒集》,中华书局,1999年,第909页。

塞北的战事，引发每个人的是不同的时空与感受、想象，而这确实让宁静狭小的锁院掀起了壮阔的波澜。

邓忠臣在长沙的旧隐生活，又将锁院连接到空阔的楚天。邓忠臣《感兴复用钟字韵戏呈同舍》云"五年湘水听霜枫"，又云"五年坎壈哀南方，江湖魏阙两相忘。洞萝岩桂搴孤芳，月潭风渚俦渔郎。单阏孟夏草木长，望都楼观郁苍苍"，且自注云"癸亥六月以家难去国，丁卯四月还省"，五年的丁忧生活，相当于隐居，刚回到京城的他自然对此念念不忘。他常常对同事们"说家山之胜"，因此引起同事的好奇心，所以他首唱《同舍问及故山景物，用钟字韵诗以答》，蔡肇、晁补之、曹辅、余幹、商倚、耿南仲等人纷纷酬和。听闻加上想象，细致而优美地呈现出长沙白鹤山下、豪塘边的邓家别墅，那里既有历史人文景观又有自然景观，陶淡炼丹成神仙的故事更使那里仙气氤氲。

蔡肇《慎思说家山之胜，用其语得诗》："江清石磊磊，野旷竹修修。此地有茅屋，我行寻白鸥。分留须物色，来往更风流。相对黄尘梦，诗成拥鼻讴。"邓忠臣自己描述的旧居是："野桥随岸架，茅屋依林修。木落吟霜狖，云晴舞雪鸥。山屏当户列，瀑布入溪流。只合樵歌唱，何因得蔡讴。"两人描述与想见的还只是如山水田园画般的空间。而张耒、晁补之则更神往那里的神仙旧迹。张耒《慎思兄别墅在长沙白鹤山，晋陶淡旧居。淡事见本传。今其居有大杉，可十数围，蕃茂特异，世传淡藏丹其中，用前韵谨赋》，仅标题就写出邓氏别墅的奇异独特。晁补之《闻慎思话旧隐用回字韵》云："闻在豪塘隐，松林日百回。当年鹿何往，异世鹤归来。未许茅斋并，终朝蜡屐陪。丹留杉不死，夜气看星魁。"还自注云："慎思家临湘豪塘，晋陶淡隐此山，尝养一白鹿，盖乘鹤仙去；藏丹于杉，今大十余抱矣。"多首诗文互补，再现了那个遥不可及的楚地风情。

蔡肇与余幹谈禅时，又描绘了天花乱坠的真幻变化的世界。蔡肇《用狙字韵呈樗年》云：

> 堕灶一言能破釜，魔界扫空成佛土。钟山道场天所开，万壑千岩散华雨。

> 白衣居士演真谛,江汉滔滔流法乳。自从玉髻飞上天,妙缘谁救诸有苦。
>
> 我昔南行入定林,水鸟松风能妙语。六时天乐彩云飞,百丈寒江翠绡舞。
>
> 此地知君曾着力,雷作弹指开蛰户。空山蕙帐盍思归,秋末晚菘行可咀。

这是亦真亦幻的佛禅诗意空间。蔡肇还在另一首诗中自述其学禅的神奇见闻:

> 我游东南岁月长,江流汹涌山郁苍。烛龙东来尾鬣狂,鸟爪真人坐高堂。
>
> 山中幡刹森戈枪,道场法嗣通衡羌。大道甚夷车御臧,独不进步谁资粮。
>
> 脱身簿领行涧冈,青崖结茅云绕床。飘飘西堕梁宋旁,至今梦想犹高骧。[①]

白衣居士、鸟爪真人,水鸟松风、六时天乐,一个奇幻美妙的别样时空,引人入胜。蔡肇的世界是奇幻无界的,他是一个浪漫主义诗人。

而余幹《次韵天启戏为禅句之作》虽然用了不少禅家术语,却不像蔡肇那样超越时空而进入灵异的境界:"一片木柴投向釜,不是知音色如土。道途谩用运三车,根性终然资一雨。相逢倘获个中人,涓滴何辞北驴乳。善才童子天质奇,抛官远遁修行苦。果向北山曾遇人,便解捐书寻一语。而今脱却七斤衫,相见山山惟作舞。"这是余幹的心胸与眼界。

每个试官的时空都是不同的,但都不会被有限的锁院完全限制,他们在唱和中的回忆与想象,让我们的视野也变得辽远无极。

[①] 佚名《京口耆旧传》卷四《蔡肇传》:"居数日,稍与之语,知其通敏过人,颇异之。因问:'曾阅内典否?'曰:'未也。'安石曰:'内典惟《华严经》最有理,但帙浩大,非经年不能究也。'肇即借寓寺中,甫半月,尽得其旨。一日,安石论及《华严》疑义数处,肇应答如响,安石骇叹。其《土山唱和诗》有云:'从容与之语,烂漫无小涉。载车必百万,独以方寸摄。'盖叹其记问之博也。"《丛书集成初编》本。

同文馆唱和,是试官们在长时间、狭窄封闭空间中的特殊的工作生活与精神活动的重现与提升,丰富多彩,雅致开阔,并非今人唱和偏见中的应酬无聊、空洞无物,完全可以作为那个时期文人群居状态下文学创作的标本,以供文学以及社会心理学、精神学等学科研究。

余论

　　不少唱和诗散遗,即便散落在别集或其他文献中的唱和诗,也没有太多的辑录;现存的唱和诗集,也因为缺少整理、考证、点校、笺注等基础性前期工作,而无法进行正确解读、阐释以及更为深入地研究,这是本章之所以分四节考论《同文馆唱和诗》的原因。几乎无人问津的唱和诗、唱和诗集,深挖深钻之后,不仅可以重现往日唱和的场景,更令人穿越到那个时代,感受那个时代的社会生活与文化氛围。

第四章

个体酬唱及人际关系诗歌中的个性显现

对某一诗人唱和对象以及唱和圈的研究,不仅可以了解诗人的社会交往态度和沟通能力,而且能够了解诗人的胸襟、视野和个性,了解诗人在交往语境的创作水平。欧阳修与致仕官员杜衍短时期的唱和,表现出欧阳修积极主动的社交态度和极强的社交能力,这种态度和能力,是欧阳修能够成为高层官员以及诗坛盟主的重要因素;陆游的唱和圈及其人际关系诗歌,则表明陆游与欧阳修完全不同的社交态度与鲜明个性。这的确是社交达人和社交困难症患者的典型示例,也是北宋南宋两位著名诗人个性极为有趣的对比。人际关系诗歌的确是展现诗人个性的绝佳文本。

第一节 欧阳修社交型性格在唱和诗歌中的凸显
——以欧阳修与杜衍的南都唱和为例

欧阳修现存诗歌中,人际关系诗歌至少占三分之二,充分展现了其社交型人格。庆历新政后的七八年间,欧阳修连续四任州府长官,但到了后二任时,才因与当地官员士人频繁唱和而流风远播。尤其是在南都时期,他以知己、同道、门生、故吏、知府、诗友的多重身份,与致仕官员杜衍往复唱和并手自结集,创撰出两代官员之间唱和范例。欧阳修主动积极的拜谒唱和态度,表现出极为圆熟高明的社交素质。欧、杜南都唱和以及欧阳修对五老会唱和活动的支持与宣传,也成为宋代南都(应天府)文学崛起的标志性事件,为地方文化建设做出了贡献。

杜衍于庆历七年(1047)正月十三日,以太子少师致仕,退居南京,直到嘉祐二年(1057)二月去世。皇祐二年(1050)七月一日欧阳修改知应天府兼南京留守司事,当月二十四日到任,皇祐四年(1052)三月十七日,其母郑氏卒于官舍,欧阳修归颍守制。在应天府不到两年时间,欧阳修常常拜谒杜衍,并与杜衍屡有诗歌唱和。杜衍去世后,欧阳修编辑二人"南都时唱和诗为一卷"①,以示纪念。

欧、杜南都"唱和诗一卷"的具体情况如何,已经不得而知。目前可见的是《居士集》卷一二《纪德陈情上致政太傅杜相公二首》下注:"一云《与丞相太傅杜公唱和一十二首》,自此而下。"②这十二首律诗可能并非欧阳修唱和诗全部,至少《居士外集》还有一首是欧阳修在南都所作③;杜衍因为诗集没有保存,所存更少,除了五老会一首首唱以及评议聚星堂咏雪诗两首外,其他唱诗与和诗都不可见④,仅能据欧阳修存诗的题目和内容去推想,因而本文的探析以欧阳修为主。

一、欧阳修作为州府一级最高长官的唱和历程

庆历五年新政失败后到皇祐四年的七八年间(1045—1052),欧

---

① 《居士外集》卷二三《跋杜祁公书》,《欧阳修全集》,中国书店,1986年,第537页。下引欧集较多,恕不一一标出页码。
② 《居士集》卷一二南都唱和十二首诗,见《欧阳修全集》,中国书店,1986年,第83—85页。
③ 《居士外集》卷六《太傅相公入陪大祀,以疾不行,圣恩优贤,诏书俞允,发于感遇,纪以嘉篇,小子不揆,辄亦课成拙恶诗一首》,《欧阳修全集》,中国书店,1986年,第393页。
④ 杜衍诗,见《全宋诗》,第1596—1602页。

阳修连续外任,从滁州到扬州到颍州,再到南都,是欧阳修人生、仕途再次受到重大打击后的疗伤时期,也是他历任地方长官、作为一方大员的历练成熟期。在此之前,欧阳修也曾到洛阳、汴京、夷陵、河北路任职,但均非州府军监级最高长官,因此多地外任对欧阳修而言,不仅是他个人仕途政治的一种新体验,而且也是他与地方官员士人协调沟通、支持建设促进地方文教文学发展的一个好时机。

庆历五年八月二十一日,欧阳修罢都转运按察使,以知制诰出知滁州,十月二十二日至郡。初到任上,欧阳修心有余悸,曾戒苏舜钦作诗①,但他在滁州三年却创作不断,且与旧友如苏舜钦、梅尧臣、富弼、曾巩等人唱和不绝,其《醉翁亭记》《丰乐亭记》诸文更令滁州声名大振。欧阳修与当地士民也常常游宴,但其游宴内容基本是如《醉翁亭记》所云"射者中,弈者胜,觥筹交错,起坐而喧哗者,众宾欢也",并无诗歌唱和。这大概是因为滁州荒远偏僻,人才稀缺,能与欧阳修唱和的士人太少,正像《醉翁亭记》所谓"人知从太守游而乐,不知太守之乐其乐也。醉能同其乐,醒能述以文者,太守也"。欧阳修因而只能独吟或与外地旧游酬唱以排遣内心郁闷。他与滁州官员士人的唱和鲜有所闻,唯有《谢判官幽谷种花》谈到梅尧臣的内弟、谢绛的堂侄谢缜。谢缜是欧阳修的下属,加上梅尧臣、谢绛的关系,应该与欧阳修有很多唱和,但现存者却寥寥无几。② 欧阳修在滁州任上似乎没有遇到强劲的"诗友"或"诗敌"。

庆历八年(1048)二月欧阳修离开滁州,__十__日到扬州任上。虽然仍是知州,但扬州的经济历史文化水平、地位远高于滁州,因而移知扬州算是一种升迁。欧阳修到扬州后写信给杜衍、韩琦,决心效法他们,做一个勤政爱民的知州,《与杜正献公》其一写得尤其情真意

---

① 苏舜钦《和永叔琅琊山庶子泉阳冰石篆诗》自注,沈文倬校点《苏舜钦集》,上海古籍出版社,1981年,第40页。欧阳修的外任经历,详参刘德清《欧阳修纪年录》,上海古籍出版社,2006年。
② 欧阳修到扬州后有《答谢判官独游幽谷见寄》,可知谢缜有赠诗,但谢缜诗无存。

切:"扬古名都,尝多巨公临治。忆为进士时,从故胥公自南还,舟次郡下,游里市中,但见郡人称颂太守之政,爱之如父母,某时尚未登公之门,然始闻公之盛德矣,因窃叹慕不已,以为君子为政,使人爱之如此,足矣。然不知公以何道而能使人如此,又不知使它他日为之,亦能使人如此否?是时天圣六年冬也,去今几二十年,而幸得继公为政于此,以偿夙昔叹慕之心,而其材薄力劣,复何能为?徒有志尔。相公道德材业著于天下,一郡之政不足多述,因小生之幸,遂以及之。"欧阳修少年时期,杜衍就已经是他的榜样了。然而他在扬州不满一年,却因"目疾"自请颍州①,深究其背后原因,大概是《与韩忠献王》其七所云"疏简之性,久习安闲,当此孔道,动须勉强。……龊龊之才,已难开展,又值罢绝回易,诸事裁损,日忧不济,此尤苦尔"。书信中自然有自谦成分,但剧郡不易治理却也是实情。

然而尽管有多种困难,欧阳修在平山堂暑饮却传为佳话"故事",令后来者向往不已:"欧阳文忠公在扬州作平山堂,壮丽为淮南第一,堂据蜀冈,下临江南数百里,真、润、金陵三州隐隐若可见。公每暑时,辄凌晨携客往游,遣人走邵伯取荷花千余朵,以画盆分插,百许盆与客相间,遇酒行,即遣妓取一花传客,以次摘其叶,尽处则饮酒,往往侵夜载月而归。……迩来几四十年,念之犹在目。今余小池,植莲虽不多,来岁花开,当与山中一二客修此故事。"②只是这种雅饮也像在滁州游乐一样,没有留下什么唱和诗。倒是庆历八年中秋前后,梅尧臣归乡时途经扬州,欧阳修为之举办赏月会,邀请江淮两浙荆湖发运使许元作陪,才算是与同时同地任职的官员有些酬唱,据梅尧臣《依韵和发运许主客咏影》《寄酬发运许主客》等诗题看,许元能诗多诗,但在欧阳修看来,以许元的创作水平,就是与欧自己联合起来,也得事先做好充分准备才能抵挡梅尧臣,所谓"仍约多为诗准备,共防梅老敌难当"(《招许主客》)。梅尧臣《依韵和欧阳永叔中秋邀许发运》则客气地回答"曾非恶少休防准,众寡而

---

① 详参欧阳修《与韩忠献王》其八,《与章伯镇》其四。
② 叶梦得《避暑录话》卷上,《丛书集成初编》本。

今不易当"。欧阳修与许元的唱和没有太多留存,欧在扬州的唱和也仅此而已。

皇祐元年(1049)正月十三日欧阳修移知颍州。欧阳修《思颍诗后序》云:"皇祐元年春,予自广陵得请来颍,爱其民淳讼简而物产美,土厚水甘而风气和,于时慨然已有终焉之意也。"除了颍州的民风水土,"颍虽陋邦文士众"(欧阳修《雪》)也应是欧阳修留恋颍州的重要原因。欧阳修知颍州期间,不仅下属吕公著通判、张器判官能与他唱和①,在颍州丁父忧的刘敞、刘攽兄弟也成为他的讲学唱和友,加上欧之弟子魏广、徐无党,还有几位处士如焦千之、常秩、王回,让欧阳修看到当地士子的风貌,欧阳修在颍州才感受到了身为地方长官的最大乐趣:仅仅游乐畅饮是不够的,宴饮中能够诗歌唱和,才更优雅有品位。他们多次宴集于聚星堂分韵分题赋诗,用文学上的交流与沟通代替单纯的吃喝玩乐:

> 欧公居颍上,申公吕诲叔作太守(应为通判)。聚星堂燕集,赋诗分韵,公得松字,申公得雪字,刘原父得风字,魏广得春字,焦千之得石字,王回得酒字,徐无逸得寒字;又赋室中物,公得鹦鹉螺杯,申公得瘿壶,刘原父得张越琴,魏广得澄心堂纸,焦千之得金星研,王回得方竹杖,徐无逸得月砚屏风;又赋席间果,公得橄榄,申公得红蕉子,刘原父得温柑,魏广得凤栖,焦千之得金橘,王回得荔枝,徐无逸得杨梅;又赋壁间画像,公得杜甫,申公得李文饶,刘原父得韩退之,魏广得谢安石,焦千之得诸葛孔明,王回得李白,徐无逸得魏郑公。诗编成一集,流行于世。当时四方能文之士及馆阁诸公,皆以不与此会为恨。②

七人经常分题分韵作诗,竟结成诗集流行,可谓诗坛雅事,引领地方唱和风骚。

除了分题分韵外,欧阳修还制订出"禁体物语"这一新颖的咏物

---

① 欧阳修有《答吕公著见赠》《答吕太博赏莲》《酬张器判官泛溪》等诗。
② 朱弁《风月堂诗话》卷上,《丛书集成初编》本。

唱和标准,其《雪》诗下注云"时在颍州作。玉月梨梅练絮白舞鹅鹤银等事,皆请勿用",简短说明了当时咏雪的禁令规则。诗中所云"颍虽陋邦文士众,巨笔人人把矛槊。自非我为发其端,冻口何由开一噱",可见欧阳修对颍州"文士"的了解程度以及他自己自觉的"发端"创新意识。

尽管欧阳修知颍州只有一年半左右,但颍州唱和为欧阳修赢得了更大的郡守文采风流声名,这位"文章太守"终于在颍州找到了类似当年西京"七老"交游唱和的乐趣。而正当他乐此不疲与下属、处士、弟子唱和时,欧阳修接到了知应天府的任命。

欧阳修在南京任上政务俗务人事十分繁忙,如《先公事迹》所云:"南京素号要会,宾客往来无虚日,一失迎候,则议论锋起。先公在南京,虽贵臣权要,过者待之如一。由是造为语言,达于朝廷。时陈丞相升之安抚京东,因令审察是非,陈公阴访之民间,得俚语谓公为'照天蜡烛',还而奏之。"①然而他并没有放弃颍州时期高涨的唱和雅兴,何况他将遇到的是杜衍以及其他致仕闲居官员,一群年龄身份均与颍州唱和圈截然不同的唱和对象。

杜衍对欧阳修诸人的颍州唱和早有耳闻,他多次向欧阳修索读聚星堂诗②,并对其咏雪"白战体"给予很高评价:

> 聚星堂咏雪,约云"'玉月梨花练絮白舞鹅鹤'等事,皆请勿用"。杜祁公览之嗟赏,作诗赠欧公云:"尝闻作者善评议,咏雪言白匪精思。及窥古人今人诗,未能一一去其类。不将柳絮比轻扬,即把梅花作形似。或夸琼树斗玲珑,或取瑶台造嘉致。散盐舞鹤实有徒,吮墨含毫不能既。深悼无人可践言,一旦见君何卓异。"又云:"万状驱从物外来,终篇不涉题中意。宜乎众目诗之

---

① 《欧阳修全集》附录卷五,中国书店,1986年,第1369页。
② 据欧阳修《太傅杜相公索聚星堂诗谨成》下注"一本云:'太傅相公宠答佳篇,仍索拙诗副本,谨吟成四韵以叙鄙怀'",可知杜衍评价过聚星堂诗后,还索要其诗副本。南都唱和十二首诗题下均有"一本云",所云当为唱和时最初题目,入集时改拟成简短诗题。《欧阳修全集》,中国书店,1986年,第83页。

豪,便合登坛推作帅。回头且报郐中人,从此阳春不为贵。"祁公耆德硕望,欧公为文章宗师,祁公礼所宜厚,然前辈此风,类多有之。所可叹息者,后来无继耳。①

杜衍因此而将颍州唱和与南都唱和连接在一起。杜衍的诗歌应该是对欧阳修"禁体物语"创作的最早评价。

欧阳修对杜衍如此高度的评价十分感激乃至惶恐,因为在此之前这位年长欧阳修三十岁的师长与上司,重视的是欧阳修的政事吏治才能,而很少关注欧阳修的诗歌创作。欧阳修南都唱和十二首诗中,有两首可能就是酬答此二诗的②:《太傅杜相公索聚星堂诗谨成》云"楚肆固知难炫玉,孔门安敢辄论诗。藏之什袭真无用,报以双金岂所宜。已恨语言多猥冗,况因杯杓正淋漓。愿投几格资咍嗽,欲展须于欲睡时";《和太傅杜相公宠示之作》又云:"平生孤拙荷公知,敢向公前自炫诗。忧患飘流诚已甚,文辞衰落固其宜。非高仅比巴音下,少味还同鲁酒漓。两辱嘉篇永为宝,岂惟荣耀诧当时。"在欧阳修的谦卑中,是对知音杜衍的无比崇敬。长辈的赏识与晚辈的谦逊是欧、杜南都唱和互动的基础。

地方唱和需要很多条件,譬如地方长官是否热爱交游与文学创作、具备多高的创作素质,其副贰僚属是否同样具备文学素质、能否与之相处融洽,而更重要的是本地文化教育水平、有无能酬唱无碍的地方"名胜"、士子的向学程度以及是否热衷于创作等。欧阳修自景祐起就已经是政坛文坛耀眼的明星,经历了庆历新政,他的政治文学声誉如日中天,他的外任几乎意味着将文坛中心由汴京向地方的转移,而滁州、扬州、颍州、南都不同的地域文化尤其是当地当时的人物,给他提供了最为直接又有些偶然的对话沟通语境。离开颍州年轻一辈构成的融洽又充满朝气的唱和圈,欧阳修面对长辈旧交以新的角色在南都开始了新的唱和。

---

① 朱弁《风月堂诗话》卷上,《丛书集成初编》本。
② 《全宋诗》第1600页将此书所引二诗合为一首,题作《聚星堂咏雪赠欧公》。

二、多重身份下各种情感凝聚而成的唱和诗

面对旧知杜衍,欧阳修有多重身份。欧阳修《纪德陈情上致政太傅杜相公二首》其二云"昔日青衫遇知己,今来白首再升堂",他后来的《跋杜祁公书》一段话可以说是对此诗句意的详细注解:"公当景祐中为御史中丞,时余以镇南军掌书记为馆阁校勘,始登公门,遂见知奖。后十五年,余以尚书礼部郎中、龙图阁直学士留守南都,公已罢相致仕于家者数年矣。"很难详知杜衍景祐中如何"知奖"欧阳修,而欧阳修从此以后就将杜衍当作平生第一知己。贬谪滁州时,欧阳修《与杜正献公》就有"不惟上孤陶钧,实亦惭愧知已"之语;移知颍州,欧阳修表达了"蕞尔小子,蒙德有年,瞻望门墙,何日而已"这样的感恩向往之情;留守南都,给欧阳修提供了瞻望知己门墙的机会,所以他不断登门拜谒求教唱和。杜衍嘉祐二年初去世后,欧阳修的这种感情更加强烈,他主动且谨慎地斟酌杜衍的墓志铭,并多次与杜衍次子杜䜣谈论他的想法,《与杜䜣论祁公墓志书》其一云:"平生知已,先相公最深,别无报答,只有文字是本职,固不辞,虽足下不见命,亦自当作。然须慎重,要传久远,不斗速也。"其二云:"修愚鄙,辱正献公知遇,不比他人。公之知人推奖,未有若修之勤者;修遇知已,未有若公知之深也。其论报之分,他事皆云非公所欲,惟纪述盛德,可以尽门生故吏之分。然以衰病,文字不工,不能次序万分之一,此尤为愧恨也。"这种历久弥新的知己之感,使得欧阳修那些看似平淡的诗句充满了感激之情与知恩图报之意。

欧阳修《答太傅相公见赠长韵》"凋零莺谷友"一句下注:"修与尹师鲁、苏子美同出门下。"因此他一直自称门生,对杜衍敬仰有加。葛立方《韵语阳秋》卷一八云:"欧公与尹师鲁、苏子美俱出杜祁公之门。欧公虽贵,犹不替门生之礼。和祁公诗云:'麈柄屡挥容请益,龙门虽峻许先登。立朝行已师资久,宁止篇章此伏膺。'又云:'公斋每偷暇,师席屡攻坚。善诲常无倦,余谈亦可编。'又云:'昔日青衫遇知己,今来白首再升堂。'盖未尝一日忘祁公也。"就对欧阳修终身不改门生之

礼十分看重。

作为门生，欧阳修将杜衍视为处理政事的导师，他徙知扬州时就表达过效仿杜衍之意，在南都期间更是经常登门求教，所谓"铃斋幸得亲师席，东向时容问治民"。他还详细描述了登门请益的情状，在"善诲常无倦，余谈亦可编"下自注云："每接公论议，皆立朝行己之节，至于谈笑之节，亦多记朝廷故事，皆可纪录，以贻后生。"向杜衍虚心求教使得"仰高虽莫及，希骥岂非贤"这样的话语看起来并非虚语。欧阳修还将杜衍视为人生导师，尊重其为人行事："俭节清名世绝伦，坐令风俗可还淳"，"凛凛节奇霜涧柏，昭昭心莹玉壶冰。正身尚可清风俗，当暑何须厌郁蒸"。这些看似陈词滥调的溢美之词，其实有很多事实支撑，欧阳修的《太子太师致仕杜祁公墓志铭》云："公自布衣至为相，衣服饮食无所加，虽妻子亦有常节。家故饶财，诸父分产，公以所得悉与昆弟之贫者，俸禄所入，分给宗族，赒人急难，至其归老，无屋以居，寓于南京驿舍者久之。……凡公所以行之终身者，有能履其一，君子以为人之所难，而公自谓不足以名后世，遗戒子孙，无得纪述。"杜衍《新居感咏》云："始营菟裘地，来向滩水湄。城隅最穷僻，匠者宁求奇。卜筑悉由已，轩牖亦随宜。外以蔽风雨，内以安妻儿。燕雀莫群噪，鸰鹡才一枝。因念古圣贤，名为千古垂。何尝广居室，俭为后人师。"可以视作欧阳修诗文的补充。

欧阳修与杜衍还是庆历新政的"朋党"。庆历五年正月二十八日，范仲淹、富弼罢职外任，二十九日，杜衍罢知兖州，欧阳修三月上《论杜衍范仲淹等罢政事状》①，辨杜衍、范仲淹、韩琦、富弼"朋党"之诬而无果，却被视为四人的"朋党"。杜衍不久就从兖州任上致仕，也是无奈之举。庆历新政中，杜衍的所作所为，参与其中的谏官欧阳修知之甚深，感之尤切②，失败之后两人都有被贬谪外任的经历，因而更

---

① 题目下注：一作《上皇帝辨杜韩范富书》，庆历五年。《欧阳修全集》，中国书店，1986年，第846页。
② 详参欧阳修《太子太师致仕杜祁公墓志铭》，《欧阳修全集》，中国书店，1986年，第217页。

有同道同情之理解,所以欧阳修在诗歌中称杜衍是"貌先年老因忧国,事与心违始乞身","事国一心勤以瘁,……风波已出凭忠信,松柏难凋耐雪霜"。杜衍对这些诗句十分欣赏,据《石林诗话》记载:"杜正献公自少清羸,若不胜衣,年过四十须发即尽白。虽立朝孤峻,凛然不可屈,而不为奇节危行,雍容持守。不以有所不为为贤,而以得其所为为幸。欧阳文忠公素出其门,公谢事居宋,文忠适来为守,相与欢甚。公不甚饮酒,唯赋诗唱酬,是时年已八十,然忧国之意,犹慷慨不已,每见于色。欧公尝和公诗,有云'貌先年老因忧国,事与心违始乞身',公得之大喜,常自讽诵。当时以谓不惟曲尽公志,虽其形貌,亦在模写中也。"

苏舜钦是杜衍的长女婿,与欧阳修同出杜衍门下,又是欧阳修的同道诗友,更是庆历新政的支持者。庆历四年十一月七日,进奏院事发,欧感叹不能相救;庆历八年(1048)苏舜钦去世,欧阳修深切悼念;皇祐元年(1049)欧阳修《与杜正献公》云:"顷自去冬子美之逝,贤人不幸,天下所哀,伏计台慈倍深痛悼。"唱和诗中更有"凋零莺谷友,憔悴雁池边"的叹息。皇祐三年(1051),欧阳修于杜衍处得苏舜钦遗稿,编成文集十卷且作序①。这层关系无疑也加深了欧杜感情。

作为知府大尹,欧阳修对杜衍这位身份特殊的"治下之民",不仅"岁时率僚属候问起居"(《跋杜祁公书》),而且举办"庆老公宴"(详见下文)以示尊崇。欧阳修拜谒杜衍时,常常会在仪仗簇拥下浩浩荡荡光临杜府,这种炫耀式的排场过于高调,却是为了显示对杜衍的极度尊敬,也是为了以门生的成就增加导师的荣光,所谓"里门每入从千骑,宾主俱荣道路光"。欧阳修有着普通官僚对荣宠的世俗看法,譬如杜衍退居南都期间,仁宗祀明堂,多次诏请他入京陪祭,欧阳修认为这是莫大的荣誉,但杜衍却因疾病而辞行,欧阳修诗云:"驿骑频来急诏随,都人相与窃嗟咨。自非峻节终无改,安得清衷久益思。前席盖将求谠议,在庭非为乏陪祠。尊贤优老朝家美,他日安车召

---

① 欧阳修《苏氏文集序》:"予友苏子美之亡后四年,始得其平生文章遗稿于太子太傅杜公之家,而集录之,以为十五卷。子美,杜氏婿也,遂以其集归之。而告于公曰……"《欧阳修全集》,中国书店,1986年,第287页。

未迟。"①他在《太子太师致仕杜祁公墓志铭》的序与铭中两次提到此事:"天子祀明堂,遣使者召公陪祠,将有所问,以疾不至,而岁时存问,劳赐不绝。……奕奕明堂,万邦从祀。岂无臣工,为予执法。何以召之,惟公旧德。公不能来,予其往锡。"这是他"千骑拥高牙"拜谒杜衍的心理依据。

杜衍作为欧阳修的"治下之民",曾作"喜雨"诗(今不存)盛赞欧阳修的为政有方,欧阳修《依韵和杜相公喜雨之什》云"岁时丰俭若循环,天幸非由拙政然。一雨虽知为美泽,三登犹未补凶年",且自注"京东累岁不熟",表现出一个知府谦逊且忧民的情怀。

欧阳修还将杜衍视作最为强劲的"诗敌",其《依韵答相公宠示之作》有"平生未省降诗敌"之语,下注云"近数和难韵,甚觉牵强",表示对杜衍唱诗的降服。南都唱和中的欧阳修十分谦卑,不仅在《太傅杜相公索聚星堂诗谨成》《和太傅杜相公宠示之作》二诗中自谦,而且在《答杜相公惠诗》称赞杜衍的唱诗:"言无俗韵精而劲,笔有神锋老更奇。"虽说此语不免虚美,但这无疑鼓励杜衍创作的热情。欧阳修还称赞杜衍兼擅"事业"与"篇章":"元刘事业时无取,姚宋篇章世不知。二美惟公所兼有,后生何者欲攀追。"颍州时期知州主导型唱和变作南都时期上下级逆动型唱和。

欧阳修在南都唱和中,兼具知己、同道、门生、故吏、知府、诗友多重身份,每种身份都增加一份情感:理解、尊敬、钦佩、谦逊、感恩、荣耀等叠加累积,凝结成十多首唱和诗厚重的内涵。今人看来不过是泛泛应酬的唱和,如果挖掘出唱和双方的交往相处历史,还原当事人唱和的语境,其实很难说完全是虚与委蛇的无聊应酬。

三、南都文学崛起的标志性事件之一

作为宋四京之一的南京,历史上或称宋州或称睢阳,至道中

---

① 《居士外集》卷六《太傅相公入陪大祀,以疾不行,圣恩优贤,诏书俞允,发于感遇,纪以嘉篇,小子不揆,辄亦课成拙恶诗一首》,《欧阳修全集》,中国书店,1986年,第393页。

(995—997)属于京东路,景德三年(1006)升为应天府,大中祥符七年(1014)才升为南京。四京之中,南京的政治经济文化文学的水平与地位,远不及东都汴京、西都洛阳,只是比庆历二年(1042)才升格为北京的大名府略强一些。刘攽《送欧阳永叔留守南都》以渊博的学识与古雅的语词描述了欧阳修赴南都时的排场以及南都的政治文化历史状况:

> 白水帝旧里,大火天明堂。王都异丰镐,原庙崇高光。毕命继三后,商邑正四方。保厘自古贵,佥曰朝论昌。前旌鸟隼旟,左佩麒麟章。陌途乱铙吹,先路交壶浆。风物盛山东,令人忆游梁。缅然严邹徒,赋笔尝慨慷。废池扫清冷,旧苑开荒凉。终留相如坐,一伴兔雁翔。①

然而西汉梁孝王时期的梁园风流后世难继,直到欧阳修、杜衍唱和之前,南都的文学文化发展乏善可陈。

王仲勇《南都赋》铺叙了南都在宋初创建的原因与过程:"夫大宋之开基也,肇自商丘,大启土宇。创洪图而遗亿代,一帝统而超邃古。万国被德泽,四裔畅皇武。西荡巴蜀,东澹海漘,北指幽蓟,南曜朱垠。天乙七十里而兴王,姬周三十世而卜宅,曾何足云?至于祥符之际,累盛而重熙。增太山之高,禅梁父之基。神祇安妥,日星光辉。宝符瑞应,萃乎斯时。于是巡方寓,幸亳社,动天辂,备法驾。海夷献珍,黄云覆野。就见百年,存问鳏寡。明壹法度,赦宥天下。当是时也,翠华回驭,龙旆载扬,乃睠兹土,如归故乡。观紫气于芒山,辨白水于南阳,洒翔鸾之神翰,掞鸿藻之天章。于是建南京,陪上国,首诸夏,作民极。对列乎浚郊,相辉乎洛宅。"②帝王诏命下创建一个陪都不需要太多时间,但是一个都市的文化文学发展却尚需更多的时间和人物。

杜衍于庆历七年退居南京时已是古稀之年。作为官员、政治家,杜衍致仕之前致力于政事政务,并无多少诗歌创作与唱和,而退居南

---

① 刘攽《彭城集》卷三,《文渊阁四库全书》本。
② 见吕祖谦《宋文鉴》卷一○,中华书局,1992年,第122页。

都之后,他曾与苏颂谈到"吾常见世之学文者为吏而或不事事,言吏政者又有脱略细故而不为文"①,认为二者应该兼擅;他还深感此生最大的遗憾是"独无风雅可流传",所以开始留意"风雅"之事,积极创作唱和。欧阳修安慰他说"南都已见成新集"②,他还将编写的诗集寄给文彦博,文彦博称赞他"一轴诗三十,词高气格雄"③。他现存诗歌不多,基本上是退居南都十年所作。

  杜衍退居南都十年,不仅创作意识觉醒,而且还产生了自觉建设地方文化的意识。应天府升作南都后,成了一些致仕官员选择的安度晚年之地,这为五老会的形成提供了条件。杜衍"与宾客太原王公(涣)、故卫尉河东毕卿(世长)、兵部沛国朱公(贯)、驾部始平冯公(平),咸以耆年挂冠,优游乡梓,暇日宴集,为五老会,赋诗酬唱,怡然相得。宋人形于绘事,以纪其盛"。④ 在五老会中,杜衍虽然年纪最小,却因在庆历中曾居相位而被视为怡老会的中心人物,钱明逸《睢阳五老图诗并序》将杜衍放在五老之首:"今致政宫师相国杜公,雅度敏识,圭璋岩庙,清德令望,龟准当世。功成自引,得谢君门,视所难得者则安享之,谓所难行者则恬居之,燕申睢阳。"王辟之《渑水燕谈录》卷五亦云:"祁公以故相耆德,尤为天下倾慕。"杜衍退居较其他四人晚,但他可能是五老会的组织者;杜衍题五老会画像诗中有"若也睢阳为故事,何妨列向画图看"之语,透露出他试图将五老会发展成南都文化标志的愿景。

  五老会之前,南京并无太多声名远播的文学活动,五老会的成员颇有效仿洛阳白居易九老会,希望南都也像西京一样文采风流的意图,朱贯诗云"九老且无元老贵,莫将西洛一般看",指出五老中因为

---

① 苏颂《谢太傅杜相公》,《苏魏公文集》卷六八,《文渊阁四库全书》本。
② 欧阳修《太傅杜相公有答兖州待制之句,其卒章云"独无风雅可流传",因辄成》,《欧阳修全集》,中国书店,1986年,第84页。
③ 文彦博《潞公文集》卷四《谢太傅杜相公以近诗三十首寄示》:"一轴诗三十,词高气格雄。文通推杂体,吉甫让清风。平日丹青笔,当年造化工。安车有余力,移向二南中。"《文渊阁四库全书》本。
④ 祝穆《古今事文类聚》前集卷四五钱明逸《睢阳五老图诗并序》,《文渊阁四库全书》本。

有杜衍这样的"元老",其规格自然比洛阳九老更高,以证明南都五老会后来居上。

欧阳修著述创作意识以及发展地方文化的意识比杜衍更早且更强,所以他皇祐二年七月到南都任职不久,就为五老举办"庆老公宴"。时为南京留守推官的苏颂记载:"某顷为南都从事,值故相杜公与王宾客焕、毕大卿世长、朱兵部贯、冯郎中平同时退居府中,作'五老会'。一日大尹庐陵欧阳公作庆老公宴,而王、毕二公以病不赴,中座亦只四人,某时与诸僚同与席末。"①欧阳修作为地方最高长官,敬老尊老,对五老会活动十分支持,这种府宴有促进五老会发展的作用。

欧阳修借阅了五老会唱和诗并写《借观五老诗次韵为谢》:

> 脱遗轩冕就安闲,笑傲丘园纵倒冠。白发忧民虽种种,丹心许国尚桓桓。冥鸿得路高难慕,松老无风韵自寒。闻说优游多倡和,新篇何惜尽传看。

由此可知欧阳修是五老会唱和诗的最早阅读者和宣传者,五老会活动及唱和诗因为有了他的支持追和与盛赞而流播四方。

欧、杜及五老会在南都唱和活动的见证人与直接受益者是后学苏颂(1020—1101)。苏颂作为后生晚辈,对欧阳修、杜衍的仰慕感激溢于言表,他在南都与欧、杜也有唱和②,他后来谈到欧阳修,就会回忆起"早向春闱遇品题,继从留幕被恩知"③的两段经历;谈到杜衍,就会想到"几杖初来宅次睢,孤生从此被深知。翘材馆盛亲师益,绿野堂闲奉燕私"④的情状。南都"庆老公宴"后五十年,苏颂已经年届八十,在一次宴会上,他"言念往昔,正类今辰",仍对当日情形以及人物

---

① 苏颂《苏魏公文集》卷一二《润守修撰见招,与左丞王公、大夫俞公东园集会,宾主四人,更无他客。……言念往昔,正类今辰。然自皇祐庚寅(1050)迄今元符己卯(1099),整五十年矣。抚事感怀,辄成七言四韵》,《文渊阁四库全书》本。
② 如《府尹欧阳公以临书智信篇为贶,谨以长句酬谢》《谢太傅杜相公惠吴柑》《太傅相公以梅圣俞寄和茶诗垂示,俾次前韵》等,均见苏颂《苏魏公文集》卷六,《文渊阁四库全书》本。
③ 《欧阳文忠公二首》其二,苏颂《苏魏公文集》卷一四,《文渊阁四库全书》本。
④ 《司徒侍中杜正献公五首》其五,苏颂《苏魏公文集》卷一四,《文渊阁四库全书》本。

念念不忘:"曾览祁公五老诗,仍陪三寿燕留司。今逢北固开尊日,正似南都命席时。喜奉笑言挥麈柄,却惭衰朽倚琼枝。定知此会人间少,五十年才一再期。"①这种难得的"故事",已经深入到后生晚辈的记忆中,延伸到北宋后期。

皇祐四年(1052)去世的范仲淹、至和二年(1055)去世的晏殊,均有次韵赓和五老会诗,范诗有云"道似皋陶垂德惠,政如傅说起圭桓",晏诗有云"百日秉枢登相府,千年青史表旌桓"②,二人都曾与杜衍共事,对杜衍都有深入的了解。他们应该是从杜衍处了解到五老会诗。晏诗结句云"逍遥唱和多高致,仪像霜风俾后看",也指出杜衍的行为故事将会流传久远。

后任南都知府的钱明逸于至和三年即嘉祐元年(1056)中秋,从杜衍处得观南都人为五老的画像以及唱和诗而作的《睢阳五老图诗并序》,是对前此的唱和活动的总结:"昔唐白乐天居洛阳,为九老会,于今图识相传,以为胜事。距兹数百载,无能绍者。以今况昔,则休烈巨美过之。明逸游公之门久矣,以乡间世契,倍厚常品,今假手留钥,日登翘馆,因得图像,占述序引,以代乡校咏谣之万一。"也将五老会视作南都文化兴盛的标志性事件。

此后,五老会诗的次韵和者与追和者尚有:张商英、富弼、韩琦、胡瑗、苏颂、邵雍、文彦博、司马光、张载、程颢、程颐、苏轼、黄庭坚、苏辙、范纯仁等十五人,几乎涵盖北宋中后期的儒林文苑政坛名流。而南宋绍兴以后为五老会画像诗歌题跋者有蒋璨、杜绾、钱端礼、胡安国、朱熹、吕祖谦、王铚、季南寿、谢谔、洪迈、张贵谟、游彦明、范成大、欧阳希逊、谢如晦、俞端礼、何异、朱子荣(他从毕氏家族换得绘画及题诗)等十八人,其中既有五老、钱明逸之后代子孙如杜绾、钱端礼、

---

① 苏颂《苏魏公文集》卷一二,《文渊阁四库全书》本。
② 范仲淹、晏殊和诗证明现存五老会诗是皇祐四年前作品,并非至和三年钱明逸作序时才唱和,五人创作时的岁数也并非钱序所标注的年龄。现存五老会五首诗可能是欧阳修在南都任职时期五老所作。赵琦美《赵氏铁网珊瑚》卷一三,《文渊阁四库全书》本。该书收录了大量的睢阳五老图题画诗,后来的画谱类书都沿袭收录并累代增加。下文所列唱和追和题跋名单也见于此书。

朱子荣,又有硕儒名臣名士。元明清的题跋也源源不断。画像以及大量的唱和、追和、题跋,将睢阳五老故事流传久远,变成睢阳的文化与文学典故,久盛不衰。

第二节　交往困难症患者陆游的人际关系诗歌

　　从陆游现存诗歌考察,可以肯定陆游是个交往困难症患者。陆游人际关系诗歌不到其现存诗歌一半。陆游不善于与人交往,多数人际关系诗歌在情绪表达上因为缺少分寸感而显得不那么"得体":与官场中官员交往唱和诗歌散发着自傲自负又自卑气息;与同类朋侪交往唱和不像士人那样彬彬有礼,而如同江湖游士一样亢奋使气;退居乡下后陆游基本断绝与士人阶层往来,像个反智主义者一样向无法进行更深精神层面对话的乡邻宣示个人的精神世界。然而正是这一切礼仪上的"不得体",让陆游的社交唱和诗歌脱离了一般人际关系诗歌的虚与委蛇,而显得个性十足且真诚有味。

　　从社会学角度看,广义的唱和诗歌实质上就是人际关系诗歌。每个诗人都是一个社会人,每个社会人都有处理人际关系的方式,但只有诗人能够用诗歌来处理人际关系并能够用诗歌来表达个人对人际关系的看法。而考察一个诗人的人际关系诗歌,比考察他的其他诗歌更能了解诗人的交游观、价值观、世界观以及其他个人所有的精神领域。

　　从出身和所受家庭教育来看,陆游应该是一个善于处理人际关系也善于用诗歌表达人际关系的诗人,但实际上却并不如此。

一、蔑视礼法的官场社交唱和

　　诗人一般具有浓厚的自我意识,热衷于追求自我价值,向往身心自由,往往是个性化极强的个体;而官方管理机构则有严格的社会规范体系,管理机构需要个人牺牲个体以服从社会要求,要求官员理性面对人类社会问题,需要社会化程度很高的人。因而如何解决个性化与社会化的冲突,是每个官员诗人都面临的问题。

宋代官员诗人大量增加,有些诗人个性谨慎,如陈与义"清慎靖一,与人语,唯恐伤之;遇有可否,必微示端倪,终不正言极议"①,这种个性应该算是官场上需要的标准个性。而多数诗人个性并不符合这个标准,这就需要他们一生在实践中理性探讨和解决这一冲突。为了更好地生存发展,多数诗人都牺牲个性而适应官场,而陆游,却是个例外。

陆游在《初春书喜》一诗中云:"游宦三十年,所向无一谐。"②人们或者认为这是诗人夸大其词的牢骚不满,或者认为是陆游政治理想、爱国情怀没法实现而造成的政治失落感,或者认为是仕途不顺造成的负面感受等。很少人注意到一个更重要的因素,就是陆游很早就患上官场社交困难症,这使得他非常不适应官场社交,以至于回首游宦生涯,竟感到无一事一人顺心合意值得称道。

陆游在官场社交上存在的问题,是在他入仕不久就被官方发现的。陆游绍兴二十八年(1158)初入仕途,一任地方官(宁德令)后,便到京师中枢机构任职(枢密院编修官兼编类圣政所检讨官),仕途算是比较顺利,这无疑让陆游对前途充满信心和期待。但不久的隆兴元年(1163),陆游却被外任为镇江府通判,接着乾道元年(1165)陆游被任命到更偏远的隆兴作通判,陆游才意识到一点得罪权贵的严重后果。直到乾道二年(1166)二月,陆游因"交结台谏,鼓唱是非,力说张浚用兵"③罪名而落职归乡,他才感受到了真正的打击。

这三句罪名中,人们大多关注的是最后一句,即陆游支持张浚的"用兵"的主张,而忽略了其前两句,也就是陆游的官场交往与言论方式存在问题。陆游至此才入仕途八年,而他此前的交往对象却是"台

---

① 张嵲《陈公资政墓志铭》,见《紫微集》,《丛书集成续编》本。
② 据于北山《陆游年谱》,陆游 34 岁为官之前主要家居,为官期间有两次共八年的失官归乡,66 岁致仕到 85 岁去世,其间只有短暂出仕,一生大体乡居 60 余年,为官约 25 年。上海古籍出版社,1985 年。
③ 《宋史》卷三九五,中华书局,1977 年,第 12058 页。

谏",与官员们交谈的方式则是"鼓唱",内容是"是非"。由此可以想见,陆游完全是以一个年轻气盛、不顾后果、没有任何政治经验的诗人形象而进入官场的。

陆游晚年所写的《感旧》云"当年书剑揖三公,谈舌如云气吐虹",《病中绝句》云"少时谈舌挟风雷",可以证实他年轻时的确是个极具口才与辩才的演说家,仗剑远游,有着类似游侠少年的张扬个性,积极主动干谒三公、平交王侯,向高层官员鼓吹过他的见解观点,很像后来的游士,可谓游士的先驱。以这种游士形象进入官场,自然无论如何也不像个稳重干练的官员。

官场交往不当以及言论方式不当,对于一个官员的仕途前程而言,比他的政治主张不当更为致命。落职四年乡居,陆游自然会一再反省,但他坚信自己的政治军事主张十分正确,只是因为结交鼓唱的对象失势而受到牵连打击,并非结交鼓唱这种方式本身有什么问题,他不过是为了正义而得罪小人而已,所以即便受打击也理直气壮、九死未悔。这种威武不能屈的正义感,阻碍了陆游对官场社交方式方法问题的思考,反而激发出陆游对官场规范的抗拒乃至反叛意识。

乾道六年(1170)陆游再以通判之职进入更加偏远的西部夔州时,他写《比得朋旧书,多索近诗,戏作长句》云:"寒龟但欲事缩藏,病骥敢望重腾骧?"这句表面忧惧自嘲的诗句,其实带着更多的不满牢骚与傲慢。陆游在梁益八九年都是以这样的心态在官场交往与生活。范成大入蜀刺激了陆游。范成大小陆游一岁,出身也没有陆游高贵,仕宦初期还曾与陆游同官,陆游因得罪权贵出判镇江时范成大赠诗壮行,当时两人还是平等的同僚关系,但到了淳熙年间,范成大因使金有功升任四川制置使,而陆游却只是他幕府中的普通参议官,几年间两人官位差距之大,无疑刺激了陆游最为敏感的神经[①]。已经深受仕途打击的陆游,索性变本加厉地玩世不恭、狂放不羁,他使酒任气,像

[①] 据陆游《忆昔》:"忆昔绍兴中,束带陪众彦,沐浴雨露私,草木尽葱蒨。一朝穷达异,相遇忘庆唁。远官楚蜀间,寂寞返乡县。于时同舍郎,贵者至鼎铉。数奇益自屏,短褐失贫贱。""贵者"显然有所指。

竹林七贤那样佯狂放诞,以表明对官位、官场礼仪的无视不满乃至蔑视。当他的行为被视为"不拘礼法,恃酒颓放"之后,已过知命之年的陆游更是自号"放翁"以故意标榜、有意叛逆。他索性毫无顾忌,完全以更加"诗人"或者说更加"游士"的作风面对官场。

陆游在梁益八年的社交表明,他的确无法以普通官员应有的言行进行官场交往,他似乎患上了社交狂躁症。此后,不断有人指出陆游在个性与为人处世上的问题,如淳熙八年(1181),赵汝愚弹劾陆游"不自检饬,所为多越于规矩,屡遭物议"①,陆游因此再次被罢职还乡四年。许多人认为这是赵汝愚对陆游的恶意中伤,但实际上,陆游的师友吕祖谦写信给周必大,为陆游辩解说情时,也承认其有"疏放"、"阔略"之瑕疵,只是希望朝廷用人能够"弃瑕使过"②,这也正说明陆游在官场时的个人行为确实比较任性放纵,不合官场"规矩"。

淳熙八年到十三年罢职乡居期间,陆游在《次韵范成大书怀十首》中不断重复自己对"谗谤"的无奈与畏惧,如"养气颓然似木鸡,谗谗宁复问端倪","百年过隙古所叹,众口铄金胡不归。已是平生行逆境,更堪末路践危机。夜香一炷无他祝,稽首虚空忏昨非","平生爱睡如甘酒,晚岁忧谗剧履冰"。陆游并没有意识到这些"谗谤"的内容其实是实有其事,至少是有所依据,他的社交狂躁症已经明显转为社交恐惧症了。

社交恐惧症激化了陆游的狂放个性,使得陆游在人际交往以及酬唱诗歌中个性十足,而与大多数官场应酬诗歌的温文尔雅不同。陆游毫不掩饰他自己在交往唱和中的个性与情绪,任性得像个完全没有社会化、不懂一点人情世故的情绪主义者。即便是官场中的客套应酬,他也极为"动情",常常"表情"过分,缺少分寸感。

官场社交是为了促进群体协作关系而进行的社会活动,展示的是一种彬彬有礼、融洽和谐气氛,而陆游却从这种表面和谐中感受到了虚伪。在一次欢送陆游"东征"的宴会之后,陆游写了《次韵杨嘉父

---

① 详参徐松辑、刘琳等校点《宋会要辑稿》转引,上海古籍出版社,2014年。
② 吕祖谦《东莱别集》卷九《尺牍三·与周丞相》,《文渊阁四库全书》本。

先辈赠行》:"贞元旧朝士,太学老诸生。半世不偶谐,残年正飘零。危坐但愁悲,一笑黄河清。佳客如晨星,俗子如春萍。奇哉今日事,诸贤送东征。吸酒杯当空,缀诗笔勿停。明发复百忧,君听马蹄声。"饯行宴会要展现的是送者对行者的挽留惜别友善的态度,在宋代官场十分常见,但陆游用"奇哉"这个词来描述,以表明他对举办这场宴会的不满与不屑。他觉得他的"东征"是一场与世不谐的"飘零",并非什么可喜可贺之事,"诸贤"何必大张旗鼓欢送?何况"诸贤"之中,"俗子"多于"佳客",更让他无法忍受。陆游大概对送行的"诸贤"积怨已深,觉得他们平时不友善,此次送行适见其虚伪。官场社交中的陆游真是太有个性了,他简直不能容忍人际关系中的一点点虚与委蛇,竟敢如此直截了当地在诗歌中表达。

官场送往迎来最为频繁,而作为官员,陆游最不喜"领客",其《晡后领客仅见烛而罢,戏作短歌》云:"忍睡出坐衙,扶病起觞客。本来世味薄,况复酒户迮。谵谆时强语,岿昂已颓帻。烧烛不盈寸,归卧弄书册。"牺牲个人休息养病时间去奉陪不熟悉的客人,喝酒还要没话找话,简直是无聊透顶,不如自己在家看书。陆游的价值观很诗人化,其《不如茅屋底》:"列鼎宾筵盛,笼坊从骑都。不如茅屋底,醉倒唤儿扶。"完全不像个官员。官场的送往迎来都需要冠带整齐以示礼貌,陆游坦言"造请非所长,一带每懒束;揖客虽小殊,亦未胜仆仆"(《读何斯举黄州秋居杂咏次其韵》其一)。造访或接待他人虽不全然相同,但繁文缛节对陆游豪放不羁个性来说简直是痛苦的折磨,所以他不乐意去做。

官场的社交礼仪最注重上下尊卑有序,而陆游却有意不按官场的礼仪法度行事,而"不拘礼法"的后果是陆游在仕途上无法顺利升迁,不能升迁又使得敏感自尊的陆游凝结出浓厚的自卑情结。这个情结导致陆游与官位较高的官员交往时,常常自觉不自觉地在诗歌语气显得傲慢无礼,如《次韵王给事见寄》云:"大手方司一世文,臞儒何敢望余尘。谁知天上黄扉贵,肯记江边白发新?"本来是要感谢王给事主动寄诗问候,却话中有话,掺杂了身份地位差距带来的似乎自卑自贬却更傲视贬低他人的复杂情绪,让主动寄赠并要收到酬和的王给事感受到尴尬难堪。

关键是陆游不只对王给事一人如此。陆游在交往唱和中特别在意乃至执着于双方身份差距,这种执着让他有意无意地居卑傲上。这自然会影响到交往唱和是否具有可持续性。

陆游与范成大的唱和诗歌最能表现出陆游的复杂心态。范成大越是对陆游宽厚或垂怜,陆游越是在他面前任性失序。在蜀期间,陆游《和范待制月夜有感》云"榆枋正复异鹏飞,等是垂头受辔鞿。坐客笑谈嘲远志,故人书札寄当归。醉思蓴菜黏篙滑,馋忆鲈鱼坠钓肥,谁遣贵人同此感,夜来风月梦苔矶",不仅认为二人像燕雀、鲲鹏那样无法相提并论,还奇怪范成大这位"贵人",竟能与他这样卑贱的人有同样的乡愁,这种生分与距离感表达得明白无误;《和范舍人永康青城道中作》云"风驱雨压无浮埃,骎骎千骑东方来。胜游公自辈王谢,净社我亦追宗雷",也有意将"公"与"我"拉开距离,颇有自卑而自傲意味;《和范舍人病后二诗末章兼呈张正字》云"香云不动熏笼暖,蜡泪成堆斗帐明。关陇宿兵胡未灭,祝公垂意在尊生",对范养尊处优富贵安逸的艳羡不满代替了对其养病的同情,在祝福中还不无挖苦地提醒范关注前线战士。范成大似乎不以为忤,他宽宏大量,常常主动与陆游联系,将诗歌寄给陆游,陆游六十余岁所写的《次韵范成大书怀十首》,更是牢骚抱怨,自负自傲,无所不至。范成大不久去世,陆游《范参政挽词》云"屡出专戎阃,遄归上政途。勋劳光竹帛,风采震羌胡。签帙新藏富,园林胜事殊。知公仙去日,遗恨一毫无",对其一生富贵圆满的艳羡胜过哀悼之情。当然,在下一首挽词中,陆游还是表达出对这个能够包容他的高官去世的痛惜:"孤拙知心少,平生仅数公。凋零遂无几,迟暮与谁同!"同样是官员诗人,范成大理解陆游的任性,欣赏陆游的才华,所以才能包容陆游。但并非所有官员都能容忍这种任性,陆游自然就"孤拙知心少"了。

直到晚年陆游才逐渐平静下来,他偶然思量往日的言行,有些悔悟,如《怀昔》云:"偶住人间日月长,细思方觉少年狂。众中论事归多悔,醉后题诗醒已忘。"可以想见,昔日那个狂放不羁的少年,完全不懂"人间"的社交礼仪,常在稠人广众中放言醉题,而在退场清醒之后追悔莫及。

有人说"陆游在宦赣诗作中充斥着政治失落的'病态意识'",①实际上不只是"宦赣",除了初仕两任激情高昂外,陆游在此后多年的各地仕宦期间,诗歌基本上都有一种充满各种负面情绪的"病态意识"。即便罢职失官以及主动退居乡下时,提到官场生活,他的"病态意识"依旧会出现。

陆游个性外露,具有典型的诗人特质,尤其是早年,他的诗人气质中甚至带着很多"游士"成分,这种个性与官场规范严重冲突。而个性化的陆游,并没有像其他官员诗人那样理性克制,甚至是到了中晚年,他的诗人个性还得到了更为夸大的张扬。当这种冲突没有得到很好解决,受到了官方机构制裁打击后,陆游显得忧惧过激而张皇失措,不像其他官员诗人那样理性克制,他因此而更不懂得如何得当处理人际关系,从而产生了进退失据的官场社交恐惧症。越是恐惧,越无法控制他自己在社交场合的言行,无法做到人际关系中的应对得体,这种不能自控的恐惧感、无力感,直接导致陆游在官场上越来越放诞无礼的行为,直到成为官场社交困难患者,最后退出官场,隐居乡间,最终成为差不多拒绝任何社交的孤独患者。

二、与"奇士才杰"过度亢奋的江湖义气式交游

陆游一直秉持着以真诚直谅为基础的传统儒家交友观,如其《读吕舍人诗追次其韵》所云:"有过当相规,有善当相告。岂惟定新交,亦以笃旧好。势利古所羞,置之勿复道。霜霁万木凋,孰秉岁寒操?"这种交友观自然纯正无瑕,但这只是个人交友观,而非官场社交观。

官场社交与个人交友不同,官场社交要求的是各种人际关系的协调,即便是个性有天渊之别也需要求同存异,即便是有天大的私人

---

① 陈小芒、李建明《陆游宦赣诗文论略》,《南昌大学学报》2004 年第 6 期。

恩怨也需要为公事合作而泯灭,儒家的仁学礼学所要求的宽恕之道主要是针对官场社交而设。而陆游却不了解二者的区别,常常以个人交友观而衡量官场社交,对交往对象的要求十分严苛,缺少宽恕之道,以至于他经常感到没有合乎自己要求的交往对象,如《被命再领冲佑有感》云"眼中人尽非,欲话谁与共",就认定眼前没有一个可能交流对话的知音;《得故人书偶题》云"故人谁非白头新,况复眼中无故人",更是对"故人"这个定义都要重新界定,因为在他看来白头如新的"故人"只能算作熟人,而称不上"故人"。

官员特别是高层官员不可能成为"故人",而是属于陆游一生特别憎恶"俗子"、"凡子"。陆游《别后寄季长》云"俗子俗到骨,一揖已溷人,不知此曹面,何处得许尘",《别杨秀才》云"俗人愦愦宁知子,心事悠悠欲语谁"。陆游还在《表侄江坰种竹名筠坡来求诗》一诗中叮嘱:"一事却须常自勉,勿容凡子得同游。"与"俗子"、"凡子"相对的是陆游称之为"奇士"、"豪杰"或"才杰"的一些"非常人"。

陆游只喜欢与他眼中的奇士、才杰交往。才杰譬如《怀绍兴间往还诸公》所云"早岁从诸杰,森然尽国华。辞工出月胁,笔健拔鲸牙"以及《出游归卧得杂诗》所云"晚交数子多才杰",这些才杰至少具备辞工笔健的创作才华。"奇士"则如《独孤生策字景略,河中人,工文善射,喜击剑,一世奇士也。有自峡中来者,言其死于忠涪间,感涕赋诗》所云的独孤策,是一个文武双全而一生无用武之地者。

像独孤策这样的"一世奇士",陆游在梁益所遇最多。陆游离开梁益之后,最常追忆的一群朋友即《出蜀十九年故交零落》所云的"西游邂逅得诸君,落笔千言酒百分"。这些"故交"是《北窗》"当年交友倾一时,谁料蓬门今寂寂!陈山李石千载士,早死当为天下惜"以及《感旧》"君不见资中名士有李石,八月秋涛供笔力"、"君不见蜀师浑甫字伯浑,半生高卧蟆颐村"等诗歌所怀念的李石、师浑甫等人。还有《湖上遇道翁,乃峡中旧所识也》所云:"大骂长歌尽放颠,时时一语却超然。扫空百局无棋敌,倒尽千钟是酒仙。"这种"放颠"的棋敌酒仙。这些人个个纵酒狂放,才华横溢,士气昂扬,而最终都是怀才不遇、壮志难酬。

陆游到老都认为"鲲鹏自有天池著,谁谓太狂须束缚"(《次韵和杨伯子主簿见赠》),"狂"自有狂的用处,所以绝对不需要削足适履地为适应社会要求而束缚"狂"的个性。而他所说的奇士才杰都具有"太狂"的气质。陆游《寄别李德远》云:"中原乱后儒风替,党禁兴来士气屡。复古主盟须老手,勉追庆历数公间。"特别崇尚庆历时期具有政治社会责任感的"士气",而在陆游的时代,只有个别奇士才杰才具有这种昂扬的"士气",而这些奇士才杰却不为官方重视和重用。

陆游在这些狂放不羁而怀才不遇的奇士才杰身上,找到了自己的影像,或者说是陆游将他的自我形象投射到了这些奇士身上。陆游《野外剧饮示坐中》云"悲歌流涕遣谁听?酒隐人间已半生","酒隐人间"的陆游从奇士才杰身上找到了同类,找到了认同感、归属感,他的醉酒般的天才癫狂才有了安顿处。因此在与这些"奇士"交往时,陆游像是找到了自我,感受到了平等自由,精神上得到了释放。

陆游与这样的奇士才杰个人交往,可以一见倾心即推心置腹,然后同卧并游、谈话联诗,如《行路难》云"平生结交无十人,与君契合怀抱真,春游有时马忘秣,夜话不觉鸡报晨",如《重九怀独孤景略》云"昔逢重九日,初识独孤君。并辔洮河马,联诗剑阁云"。甚至可以亲密无间到这种程度:"对床得晤语,倾倒夜达晨。亟起忘缚裤,小醉或堕巾。"(《别后寄张季长》)亲密度超过一般亲人。这种交往像游侠一样,而与士大夫以及一般文士的交往方式不同。

奇士才杰们的群体聚会,就是陆游《对酒怀丹阳》所云:"放翁少日无凡客,飞觞纵乐皆豪杰;清歌一曲梁尘起,腰鼓百面春雷发。"陆游详细描述奇士才杰们聚会的情景,如《初冬夜宴》云"丝管纷纷烛满堂,枭卢掷罢夜飞觞。帷犀风定歌云暖,香兽烟浓漏箭长",又如《合江夜宴归马上作》"零露中宵湿绿苔,江郊纵饮亦荒哉!引杯快似黄河泻,落笔声如白雨来。纤指醉听筝柱促,长檠时看烛花摧"。陆游最欣赏这种歌舞喧哗、畅饮豪赌、痛快淋漓的游士式唐人式的聚会,在这种宴会中他才会神采飞扬。陆游《怀南郑旧游》云:"南山南畔昔从戎,宾主相期意气中。"南郑戎马生涯中的"意气"之交最值得怀念,而《次韵杨嘉父先辈赠行》所说的官场送别宴会则让陆游深恶痛绝。

昂扬而狂放的奇士才杰在当时是非主流、弱势群体,数量不多而且分散,西部梁益以外很少有这样的人物。那些位高权重却没有"士气"、也不"太狂"的官员,在陆游看来都是"俗子"。

梁益奇士才杰们的豪情万丈的聚会,在东部地区也很少出现。陆游家乡及京师,盛行的是北宋以来日渐兴盛的山水悠游、书画品赏、品茶题诗的文人雅集①。陆游虽然也喜欢琴棋书画等文人雅事,但他认为这些雅事需要独处时平心静气去做,没有必要群聚竞作。群聚最好是梁益那种热闹喧哗的。因而陆游对宋型文人雅集也没有特别浓厚的兴趣。

张镃在宽广雅致的园林中邀请当时名流优雅赋诗,陆游虽然也受邀参加②,但陆游很少在诗歌里称颂这种雅集,《和张功父见寄》只一句"回思旧社惊年往",可以想见,这个"旧社"的活动绝不会像梁益宴会那样放纵狂欢。张镃虽然也因仕途不够理想而选择退居,但他与梁益奇士才杰不同。在由武将门第转型成士人时,张镃像其他张氏家族成员一样刻意高雅以便被士人社会接受,他刻意遵从礼法,而且极力效法宫廷以及上层士大夫才有的繁文缛节,他的桂隐园中上演的是更为严格的上下尊卑礼仪,这自然让陆游感受到官场社交中一再出现的自卑焦虑而不适应。陆游不像张镃以及大多数宋代士大夫文人那样热衷于诗文雅集。

作为京畿近郊居民,陆游却对为官京城兴味索然,他在京城也与人交往,却没诗兴没有唱和的情绪,如《次林伯玉侍郎韵赋西湖春游》云:"旅食京华诗思尽,羡公落笔思如泉。"因而陆游在京城的交游,直到晚年也感觉白头如新、难成故交,如《次韵郑盱眙见寄并简其甥刘

---

① 详参衣若芬《一桩历史的公案——"西园雅集"》,《赤壁漫游与西园雅集》,线装书局,2001年,第49—95页。
② 戴表元《牡丹宴席诗序》,《剡源戴先生文集》卷一〇,《四部丛刊初编》本。

君》云:"衣上空嗟京洛尘,故交半作白头新。"对陆游而言,京城比其他任何地方都等级森严,尊卑差距分明,更容易强化陆游的自卑感,所以陆游对京城的交游没有好印象也没有更深的感情。他对张镃等人尽量显示出足够的礼貌客气,但实际上他感觉不到与奇士才杰们交往产生的快感。

陆游原本就是个情绪主义者,他在诗歌中表情达意的基本方式是直抒胸臆,不太善于在诗歌中管理节制自己的情绪,他的诗歌情绪常常是一泄无余也一览无余的。这种表情方式适合独吟而不太适合人际关系诗歌,人际关系诗歌,需要诗人在社会关系中特别是社交场合中控制管理个人情绪,掌握言说策略,节制或有效表达个人的情感观点,要将人际关系诗歌写得符合人际之间礼仪意义上的"得体"标准。

梁益奇士才杰们的武人狂聚让陆游精神处于亢奋失控状态,而官场那种冠盖云集的官员应酬社交以及张镃园林中的士大夫式文人雅集,则会让陆游感受到自卑局促、进退无据乃至手足无措,三种情境都让陆游丧失自我,逐渐产生了社交困难症。这种困难症让陆游在社会交往特别是公众场合失去判断力、思考力,不能保持清醒的自我本心,不能淡然处理人际关系,不善于理性克制,不够从容进退表达,缺少理性,不能处于良好的创作状态,无法很好掌握应有的心态与言说策略,在社交场合以及人际交往诗歌中往往过度用情而显得非卑即亢,无法得体。

三、"村翁"式乡邻交往的失落孤独

非卑即亢的人际关系诗歌,表明陆游已经无法适应官场以及士人圈的社会交往。陆游也有自知之明,《卜居》云:"自信前缘与人薄,每求宽地寄吾狂。"既然与人无缘,那么就退出官场乃至所有士人的社交,到陆游想象中的能够包容狂放的奇士才杰的宽广乡下生活,那里可以远离上下尊卑有别的官场与人间是非,那里只有根本谈不上社会地位的朴实淳厚的村民。

陆游很乐意做一个乡居的祠禄官,《拜敕口号》云"人生奉祠贵,喜色动山林",《白首》云"白首称祠吏,清时作幸民"。他十分受用这种有官无职、有薪无责的身份,在乡下的普通百姓中,这种身份最为尊贵,他的自尊不再受到官场身份地位不平等的冲击,他的自卑情结得到缓解,感到了官场上缺少的那份安全与放松,官场自卑感也转变成乡居优越感。

尽管所居三山离绍兴城不远,但陆游不再入城,《不入城半年矣作短歌遣兴》云:"我居城西南,渺渺水云乡。舟车皆十里,来住道岂长。"当京城官场的熟人询问陆游为何失去联络时,陆游依旧自卑而傲然回答:"惯向江湖铩羽翰,云霄那敢接鹓鸾。"(《得京书,或怪久不通问》)他还自豪地向乡邻宣称"七年收朝迹,名不到权门"(《村饮示邻曲》),表示坚决隐居"江湖",与官场彻底断交。

不仅如此,陆游甚至"扫除狂习气,谢绝醉朋侪"(《感旧》),决心改邪归正,连一起纵酒放诞的同类朋侪都要一概谢绝,似乎告别了昔日的一切人士往来。

离开梁益之后,陆游也会怀念昔日的奇士才杰,但即便与最好的朋友,陆游都不是主动唱赠而总是被动酬答:"平时懒书疏,有答未始倡。"(《登山西望有怀季长》)像张季长、谭德称那样的梁益旧友,之所以能够与陆游有较长时间的交往酬唱关系,是因为他们常常主动唱赠问询:"开书字字论畴昔,遣使年年有故常。"(《次季长韵回寄》)"知心赖有谭夫子,时遣书来问放翁。"(《官居书事》)而陆游在人际交往中,一直都是等待他人主动联络的被动者。这样一个被动交往者,并不是没有交往需求和感情,而是没有主动联络的意识和勇气。患有交往困难症的人在交往中总是被动胆怯。

这些梁益旧友在陆游晚年相继离世后,陆游在乡村也寻找这样的奇士才杰,最后似乎终于找到一位,即《城南上原陈翁以卖花为业,得钱悉供酒资,又不能独饮,逢人辄强与共醉。辛亥九月十二日,偶过其门,访之,败屋一间,妻子饥寒,而此翁已大醉矣,殆隐者也,为赋一诗》所云的卖花翁,可知这类"酒隐"在乡间也不多见,且无法交流,陆游很难找到当年意气相投的同侪。

　　陆游主动断绝士人圈的往来。诗人寄诗求证或求教者,陆游有时会寄诗酬答,却不愿意直接会面。如《故人赵昌甫久不相闻,寄三诗皆杰作也,辄以长句奉酬》云:"海内文章有阿昌,数能著句寄龟堂。就令觌面成三倒,未若冥心付两忘。道义极知当负荷,风波那得易禁当。相思命驾应无日,且约陶然寓醉乡。"更是明确说见面不如思念。对其他"才杰",他也持有相同的态度,如《出游归卧得杂诗》:"晚交数子多才杰,谁肯频来寂寞乡?但寄好诗三四幅,绝胜共笑亿千场。"遥寄诗歌,绝胜群居笑谈喧哗。有人登门拜访请益,陆游则云:"客来但与饮,谈天有何好?亦莫雕肺肝,吟哦学郊岛。"(《晨起》)表示只愿意与客人饮酒,连"谈天"都显见无聊,更不愿讨论作诗的问题。诗人陆游到晚年不再见诗人也不再愿意与人谈诗。

　　向陆游求诗者不少,但陆游一般只满足僧道乡邻的愿望,如《法云孚上座求诗》:"老人痴钝避嫌猜,终日柴门闭不开。堪笑山僧能好事,乞碑才去觅诗来。"陆游晚年也被诗坛视作盟主,但陆游并不像杨万里那样有盟主意识,他在酬答杨万里之子杨长孺的诗《次韵和杨伯子主簿见赠》云:"君复作意寻齐盟,岂知衰懦畏后生。大篇一读我起立,喜君得法从家庭。"不愿与后辈诗人会面论诗的陆游,拒绝与士人圈往来的陆游,的确不适合作需要热心社交活动的诗坛盟主。无意作诗坛盟主的陆游,晚年并无太多门生,"晚交"的"数子"与他极少酬答。

　　与官场、士人圈相比,乡土社区是一个相对封闭、内部互相熟悉,有着透明、清晰、恒定的人际互动空间①。陆游感觉他自己更熟悉乡村的生活与交往法则,更享受"乡土社区"没有太复杂人际交往的安静闲散生活。仕宦生涯让陆游变得"反智"②,他怀疑士大夫而更相信

---

① 详参李恭忠《"江湖":中国文化的另一个视窗:兼论"差序格局"的社会结构内涵》,《学术月刊》2011年第11期。
② 余英时《反智论与中国政治传统》,《余英时文集》第二卷,广西师范大学出版社,2004年,第276—313页。

没有太多文化知识的乡民,认为乡民更加善良淳朴。陆游晚年主动往来的是家乡的野老僧道,从《泛舟过金家埂赠卖薪王翁》《泛舟至近村茅徐两舍劳以尊酒》《饭罢忽邻父来过戏作》《饭罢戏示邻曲》《访村老》《访山家》《访野老》《访野人》《访医》《访隐者》《访昭觉老》《访僧支提寺》《春晚至山中因访陈道人》《感旧赠超师》等大量这类诗题里,可以看出陆游与他们过往频繁。

陆游在与乡邻的往来中享受乡村人际关系的质朴淳厚,如《北窗》云"东皋客输米,粲粲珠出硙;南山僧饷茶,细细雪落硙",又如《病起山居日有幽事戏作》所云"客出异苗咨药品,僧携奇篆乞书评",与这些无名客人僧人平等交往,陆游感到舒心。陆游在乡下不再狂放不羁,而变得平易近人,所到之处颇受欢迎,如《出游所至,皆欣然相迎,口占示之》所云:"寓馆兼山泽,行装半雨晴。随宜分药物,投老惜人情。邂逅成新识,殷勤讲旧盟。农家尤可念,迎劳辍春耕。"又如《陈让堰市中遇吴氏老,自言七十六岁,与语久之,及归,送予过市,犹恋恋不忍去》:"就店煮茶古堰边,偶逢父老便忘年。"作为乡村名人,陆游《出游暮归戏作》:"逢山自有闲游侣,入寺宁无淡话僧?"《出游至僧舍,及逆旅,戏赠绝句》:"山僧邂逅即情亲,野叟留连语更真。淡淡论交端有味,一弹指顷百年身。"陆游享受这种被尊重而受欢迎的乡村交往。

陆游与村民相约只谈论乡村事务,如《出门与邻人笑谈久之,戏作四首》所云"且令闲说乡村事,莫问渠言是与非"、"屋角时闻黄犊鸣,相逢但可说春耕。一言误及城中事,议罚应须便酌觥",刻意远离令人烦恼的城市消息。

陆游经常与乡邻聚饮,有《村老留饮》《村邻会饮》等诗为证,刚回乡村不久,陆游在村饮中还像一个地方精英那样鼓动乡邻,如《村饮示邻曲》云:"七年收朝迹,名不到权门;耿耿一寸心,思与穷友论。忆昔西戍日,屠房气可吞。偶失万户侯,遂老三家村。朱颜舍我去,白发日夜繁。夕阳坐溪边,看儿牧鸡豚。雕胡幸可炊,亦有社酒浑。耳热我欲歌,四座且勿喧。即今黄河上,事殊曹与袁。扶义孰可遣?一战洗乾坤。西酹吴玠墓,南招宗泽魂。焚庭涉其血,岂独清中原!吾侪虽益老,忠义传子孙,征辽诏傥下,从我属櫜鞬。"诗人陆游耐心向"三家村"的"穷友"宣讲他的军事收复中原的理念。而八十以后,陆游《岁暮与邻曲饮酒,用前辈独酌韵》云:"出会稽南门,九里有聚落,虽非衣冠区,农圃可共酌。……穷达则不同,亦践真率约。予年过八十,故物但城郭。作诗记清欢,未愧华表鹤。"不再像与奇士豪杰那样豪赌纵饮,也不再向乡民宣讲,只与乡邻在"真率约"中感受一点"清欢"。

远离城市、远离官场以及士人的陆游,像一个"村翁"一样只与村民密切往来,这样的生活真的让陆游感到满足?陆游独处时常常自我反思,试图辨认自己的身份:"自闭庵门不点灯,惰耕村叟罢参僧。"(《庵中独居感怀》)觉得他自己越来越像村叟和僧人了,这样的身份岂是陆游一生所求?从"竟为农父死,白首负功名"(《初冬感怀》)以及"放翁真个是村翁"(《村翁》)的这些诗句中,可以感受到陆游对完全变成或等同于"农父"、"村翁"的不甘。

陆游《次韵和杨伯子主簿见赠》云:"不愿峨冠赤墀下,且可短剑红尘中。终年无人问良苦,眼望青天惟自许。""无人问良苦"的陆游,深切体会到远离官场那个"人间"后依然驱之不去的乡土"人间"的另一种孤独。即便到了八十三岁,陆游宣称"自爱安闲忘寂寞"时,还不免反问"枯桐已爨宁求识"(《八十三吟》),让人感受到他是在知音难觅后无奈地屈服孤独,并没有像他所说那样完全摆脱了"寂寞"。《庵中杂书》云:"茅茨一室有余乐,辙环四海谁知心?"才是他看似自足快乐而实在寂寞孤独的精神生活真实写照。

即便远离城市士人圈而只与乡邻往来也无法驱除孤独寂寞的陆游,开始不断质疑自己的选择是否正确,他经常终日闭户思考,思考选择离群索居的意义。总是感到官场失败但又不甘心失败的陆游,内心充满着人生挫败感,《庵中独居感怀》云"一生已是胶黏日,投老安能夏造冰",选择乡间独居似乎是一种承认失败或屈服命运,这种认命让陆游更加自卑不安;他试图从与众不同的自我中找到一点优越感,

《庵中杂书》云"万物并作吾观复,众人皆醉我独醒。走遍世间无著处,闭门锄菜伴园丁",而优越感是为了增强自我选择孤独封闭生活方式的自信。他有多首以《闭户》为题的诗,既从历史事实中证实"人间"的"忧怖",如"秦王开图见匕首,汉相徇市载厨车。人间忧怖古如此,莫怪荒畦常荷锄";又从功名利禄角度阐述,如"声利能令智者愚,放翁闭户养迂疏",为他的闭门谢客以及孤独隐居找更多理论精神依据。

从《久无客至戏作》《亲旧或见嘲终岁杜门,戏作解嘲》这些诗题里,从《闲居无客,所与度日,笔砚纸墨而已,戏作长句》:"水复山重客到稀,文房四士独相依。"这些诗句展示的是陆游乡居孤独的常态。"老境真无事,深居每畏人"(《晨起》),"老人摧颓绝造请,门设常关草生径"(《病起游近村》),"老人痴钝避嫌猜,终日柴门闭不开"(《法云孚上座求诗》),"老人闭户动经月"(《闭户》),这类诗句让人感觉到陆游已经由社交困难症变成了老年自闭症,成了一个自我封闭、与世隔绝的孤独患者。《出门与邻人笑谈久之,戏作四首》云"少时已叹少欢娱,衰病经旬一笑无。今日出门逢父老,欣然随众强卢胡",一个"强"字,表明一切欢喜都出于勉强。那些与乡邻来往的美好感觉,可能多数是陆游一厢情愿式的心理幻象。

陆游在离群索居的环境中,写了大量以自怜、自伤、自叹、自嘲、自责、自励、自警、自闵、自遣、自适、自规、自述、自讼、自喜、自笑、自贻、自诒、自咏、自箴为题的诗歌,这些独语式的自我思考自我对话,呈现的是陆游外向个性下孤独的灵魂,以及外向的孤独患者陆游的自我意识与自我中心。陆游在八十四岁所作《读唐人愁诗戏作》云:"忘尽世间愁故在,和身忘却始应休。"这个"愁",囊括了孤独及其产生的所有人生负面情绪。对一个社会性较弱的人而言,这种孤独感尤其强烈,且至死不休。

无论是在城市还是在乡下,无论是在官场还是在农场,孤独是永恒的存在,是人的本质。对于敏感感性、外向张扬的诗人而言,孤独尤其是挥之不去的噩梦。社会交往固然是驱除孤独的一种重要方式,但对于社交困难症患者而言,社交带来的是更大的伤害与孤独感。官场社交因为尊卑差距而感到伤害,乡居交往则因为思想思维差距而无法真正交流。孤独如影随形,这使得陆游的乡居诗歌并不只是平淡闲雅,而是充满了无边的孤独带来的恐惧忧伤、焦虑无奈。

仁学即中国古代的人际关系学,仁是处理人际关系的根本原则或总纲,礼为规定人际关系的具体条例或细则①。人际关系教育是古代家庭特别是像陆游一样出生的官宦世家教育的重要内容。陆游《书戒》云:"我幼事父师,熟闻忠厚言,治身接物间,要使如春温。……出仕推此心,所乐在平反。"应该说陆游出仕以前在家庭就受到言行举止、待人接物相关礼仪的训练,有足够的能力应付各种社交场面。但是从陆游的人际交往诗歌表现来看,却完全出乎人们意料之外,他在人际关系上几乎完全不符合儒家的礼仪标准,而像一个出身底层的"游士"或者"村翁"一样进退失据。这说明仁学礼仪教育并不能完全塑造或掌控一个人的性情、个性。

陆游个人性极强而社会性较弱。陆游在优裕的环境中生长,受到了良好的个人教育,在家庭中很早就完成了"个人性"才能教育,但在个人的社会化进程中受到了一系列挫折。进入仕途之前,陆游已经遭受到屡次科考失利、个人婚姻失败,这使他尚未完全走向社会之时就产生了很多挫败感。当已过而立之年的陆游终于历尽艰辛走上仕途时,他豪情万丈,想干一番大事业以证实自己的能力并重拾自信,但很快又被证明无法适应官场的规范生活。从小敏感而又才华横溢、胸怀大志的陆游,在社会化进程中屡遭打击,倔强自尊的个性在这些打击下变得自卑失序,没有被仁学教化提升,反而被彻底激化。他像游士一样结交奇士才杰,像村翁一样结交乡邻,但始终都不能像一个儒士一样融入士人圈的社会交往系统。他最终没有完成个人的社会化,始终是一个被当时社会孤立的、保持了个人中心主义以及个人化生活方式的诗人。

---

① 详参罗志烈《仁学是人际关系学》,《四川大学学报》1990年第3期。

余论

从社会身份的分层角度考察各层级唱和状况,便于掌握宋代唱和诗歌的全面立体形态;多维度审视唱和诗歌多种具象的表现样态,能够凸显唱和诗歌所承载的社会历史文化广度和深度,当然还有唱和诗歌本身的文学价值和意义。

即便如此,这里的探讨也还只是唱和诗学的初级阶段成果。此后的探讨会以酬唱主体为着眼点,探讨酬唱主体的人际关系与酬唱网络建成、士人社会交往礼仪方式与酬唱心理、诗歌沟通与互动方式、主体视野与主要视点;还有唱和诗歌的审美标准、诗歌唱和的地域空间以及北宋南宋时代转型等,都有待时日深入探讨。

附录一

宋代诗人酬唱圈研究

宋代诗人酬唱圈可以从个人、集群、全体三个角度考察。宋代每个诗人都有一个以个人为中心、他人为客体的个人酬唱圈,在个人酬唱圈中,主体会将酬唱的对象按着亲疏远近尊卑长幼关系分为几个圈层,遵循着人际关系中的"差序格局",选择不同的话语腔调进行酬唱。聚会、诗社既是集群酬唱圈形成的主要渠道,也是集群酬唱圈成员交流酬唱的重要方式,诗人们在其中实现身份、情感、文学的认同需求,进行各方面的交流,有些形成流派,更多的只是交际联络;全体酬唱圈并非"士人社会"全部,却代表了士人社会的主流审美意识,是士人社会乃至整个社会习俗风雅化的倡导者与引领者。

人际关系是指人与人之间的各种关系,包括人伦关系、政治经济等社会关系、文化文学关系等。酬唱关系只是文学关系中的一支。只有诗人才可能产生酬唱关系,而诗人只是文化人亦即士人中的一小部分,更是整个宋代全社会人数的几万分之一,所以有酬唱关系的人从数量来说并不多。酬唱圈研究,其实就是诗人的酬唱关系及其特性、意义研究。

我们试图从三个层级来考察宋代的酬唱圈:一是以个人为中心、他人为客体而构成的个人酬唱圈,二是由聚会、结社为主要表现形式的集群酬唱圈,三是由所有诗人酬唱网络构成的全体酬唱圈。三个层级其实只是为我们探讨宋代酬唱圈提供了三个视角,而从这三个视角着眼,的确可以发现和认识到不少问题。

一、个人酬唱圈:酬唱关系与情理表达的"差序格局"法则

费孝通指出,中国社会人际关系的特点是"差序格局",他认为中国人常常以自己为中心,把他人按亲疏远近分为几个同心圆圈:与自己亲近的人,处于与中心越贴近的小圆圈内,圆圈由小近及远大,关系也就由亲到疏,然后以不同的交往法则对待属于不同圈层里的人。[①]虽然费孝通的结论,是在调查了二十世纪三十年代乡土社会的人际关系时产生的,但实际上,这种近现代人际关系的"格局",却是由中国几千年的历史文化积淀而成的。至少在宋代,人人都有这么一个具有"差序格局"的人际关系圈。

在关系本位的社会中,每个人都有自己的人际关系,都有自己的社会交往范围,也就是人际关系圈,或称作交游圈。大体上讲,古代"人际交往方式"比较"简单",不外乎"年(业)、社、乡、宗"四种最基本关系,也即通过科举(从业)、会社、乡里、宗族结成的关系。[②] 个人交游圈中的人际关系也不外乎这几个方面。若从人际交往之机缘上看,个人交游圈有以血缘而产生的家庭、家族、亲戚成员,有以学缘、道缘、业缘而结识的同学、同道、同行以及师友、上下级等,有以社缘而结识的同社、社友,有以地缘而结识的同乡、外乡人,等等。每个人都会将这些关系按照亲疏远近、尊卑长幼等法则暗自排列,再用不同态度与方式来处理这些关系。

诗人作为社会人,自然也都有个人交游圈。但诗人又是特殊的社会人,即具备诗歌创作素养的社会人,他的交游圈与普通人的交游圈因而有了一些不同:其中能够与他一样具备诗歌创作或阅读素养的(可能只是阅读者),尤其是可以与他用诗歌往来酬唱的文化人即士人,就构成了他的酬唱圈。酬唱圈在规模上不及交游圈,在亲疏远近

[①] 详参费孝通《乡土中国》,上海人民出版社,2006年。
[②] 详参周扬波《宋代士绅结社研究》之《引言》,中华书局,2008年,第2页。

的圈层上也不完全与交游圈同构。一个诗人的人际关系圈是其酬唱圈形成的基础,但并非全部。一个诗人的酬唱圈,反映了他的一部分人际关系以及全部的诗歌酬唱关系。

个人交游圈的形成与发展,除了如出生之家庭、地位及所在地域等先天因素外,在基本相同的社会文化氛围中,一般取决于个人因素如个人性格、素质、社会身份、社会经历等,尤其取决于个人的人际交往观念与交往能力。个人酬唱圈的形成与发展,同样如此。当然,酬唱圈作为特殊的人际关系圈,还特别受制于个人的创作才能以及交往对象的文学素质。

宋真宗时,有人将其一生最重要时段与他人的酬唱诗歌编辑成册,并请杨亿为其作序。杨亿在《武夷新集》卷七《广平公唱和集序》中,首先介绍了其人"广平公"①的社会身份、经历及其综合素质与能力:"有若翰林主人、大宗伯广平公,以才识兼茂,治行第一,登金门,上玉堂,发挥帝谟,润色大业,自太平兴国迄于咸平,凡岁星再周于天矣。而望实益峻,体貌弥笃。入奏武帐,天子冠而后见;退食温室,家人问而不言。挺山甫之将明,推安世之慎密。作文章盟主,实朝廷宗工。天其或者殆以公为儒林之木铎也?"然后介绍了他在任京朝官期间建立个人酬唱圈的情况:"而视草之暇,含毫靡倦,形于风什,传于僚友,同声相应,发言成章。乃至文昌正卿、宥密元老、蓬丘之长、兰台之英,争奇逞妍,更赋迭咏,铺锦列绣,刻羽引商,烂然成编,观者皆耸。"

这无疑是一个极具典型意义的高层官僚文人建立个人酬唱圈的范例。个人的"才识"、"治行"等因素决定个人的社会身份与地位,而其社会身份与地位,在某种程度上又决定或限定了他的酬唱对象范围:一个官员的酬唱圈,基本是由与他有工作或职权关系的僚友和上下级组成。尽管个人酬唱圈的形成,会因个人一生经历以及交往态度

---

① 宋代称"广平公"者颇多,据《宋史》卷四三九《宋白传》看,此处可能指宋白。《直斋书录解题》卷一七云:"《广平公集》一百卷。翰林学士、文安公、大名宋白太素撰。"上海古籍出版社,1987年,第489页。《广平公集》今不存,此处尚待细考。

不同而异,但同一阶层诗人的酬唱圈之形成也会有不少共性,譬如入仕阶层,其个人酬唱圈的形成过程及规模有大致相似的规律,自然与未入仕阶层有所区别。

当然,杨亿所说的只是一个官员一生中一个阶段酬唱圈的部分状况,并非一个人全时段、全部酬唱状况。一个诗人的一生都是一个不断变动的过程,其酬唱圈也随着他的社会身份以及人际关系的变动而不断变化,譬如官员,因为宋代官制有官员三年一磨勘及注授差遣制度,所以士大夫文人中几乎没有一生居住京师或某一地方的情况,其酬唱据点以及酬唱圈也随之变动,著名诗人的酬唱圈更具有名人效应。在个人酬唱圈中,诗人本身的交往观念也往往是开放的、不稳定的,个人酬唱圈因此也是开放的、变化的、动态的,只是其开放、变化程度,因个人因素而有差异。一个官员诗人如此,一个未入仕的诗人如隐士、寒士、僧人、道人、游士、遗民也是如此。

宋代几乎没有完全孤立而独吟的诗人,现存宋人的诗集中,多多少少都有酬唱诗歌,甚至一些诗人留存的残篇断句中,也都有酬唱的痕迹或因素。因此可以说,每个宋代诗人都有一个或大或小的酬唱圈。

个人酬唱圈的大小及其酬唱频率高低、酬唱关系的稳固程度,决定一个诗人属于相对的偏独吟型诗人(宋代没有绝对的独吟型诗人)还是酬唱型诗人。即以苏轼、陆游为例,二人分别作为北宋南宋大家,但在酬唱圈上,颇不相同,苏轼有一个巨大的、稳固的、各种层级的酬唱圈,从亲朋好友到名公巨卿,酬唱无处不在,他的酬唱诗至少是其独吟诗的两三倍,从这个数量上看,他属于酬唱型诗人;陆游也有酬唱圈,只是其间长期稳固的酬唱关系不太多,他与大多数人交往都是偶然的几首酬唱,他的酬唱圈中倒是也有特别知名的诗人如韩元吉、杨万里、范成大等,但都酬唱数量有限,不像苏轼那样一个因大量酬唱而形成声势浩大的苏门,陆游的独吟诗数量超过酬唱诗,"书愤"、"书事"、"述怀",是陆游诗歌的常见题目。由此可知苏轼是一个乐于与人进行文字交往的人,他的酬唱圈中,与他亲近的内里圈层成员十分密集,与他比较疏远的圈层,也随着他的交游、声名、足迹变化而不断扩大,他代表北宋诗人的酬唱习惯;陆游的酬唱圈,在圈层数量上以及内里圈层的成员密集度上都不及苏轼,外面圈层人数较多而酬唱密度不高,可知他在人际关系上不是特别积极主动,他习惯于以独吟坦露心声书写自我,他的独吟都很外向、很情绪化,但他似乎不太喜欢与其他诗人有过多或过深交往,尤其是晚年,他的酬唱诗数量更少。陆游代表着南宋诗人的某些习惯。南宋诗人也酬唱,却没有像北宋那样形成著名的盟主式的个人酬唱圈,尤其是官僚诗人阶层。

在个人酬唱圈中,交往一方在诗歌创作上的优劣水平,有时比双方社会关系的亲疏远近程度更加重要,因为对于一些诗人而言,社会知音外更需要旗鼓相当或文学素养超过自身的文学知音。宋人称有酬唱关系的人为"诗友"、"唱和之友"、"文字交"等①,与其他人际关系区别对待。因此诗人酬唱圈内的诗歌关系,与其交游圈内的人际关系在亲疏远近上并不完全同构。

虽然一个诗人的酬唱圈与其人际关系圈,在规模与构造上不尽相同,但其交往法则却大体一致,基本遵循着"差序格局"。也就是说,酬唱圈中有根据文学关系并夹杂其他人际关系而暗自确定的各种圈层,每个圈层也有不同的情感表达法则。圈层的远近,影响酬唱诗歌情感的表达。根据差序格局,越近的圈层,情感表达越亲密无间,越远的圈层,就越客气礼貌。另外,酬唱者地位尊卑差别越大,情感表达也就越注意礼数,越平等就越随意。这说明,酬唱诗歌的情感表达,完全遵循人际关系交往法则,不可一概而论。因此,在评价酬唱诗歌时,不能以独吟诗歌那种自由随性的、独抒情志的表达模式,而要求评价酬唱诗。

---

① 如欧阳修《归田录》卷二"圣俞自天圣中与余为诗友,余尝赠以蟠桃诗,有韩孟之戏"。欧阳修撰、韩谷点校《归田录(外五种)》,上海古籍出版社,2012年,第26—27页。如苏辙《栾城集》卷一〇《再和十首》"张公诗社见公名"下注:"公昔与张伯达为唱和之友。"上海古籍出版社,2009年,第244页。《宋史》卷三九五《陆游传》:"范成大帅蜀,游为参议官,以文字交,不拘礼法。"中华书局,1977年,第12058页。"诗友"、"文字交"比唱和之友常见。

酬唱诗歌对诗人的社会生存能力、交往能力的要求,甚至重于对其文学才能的要求。因此,对于个人酬唱圈的圈主而言,具备文学修养只是参与酬唱的一个基本技能,谙练人情世故,才是其酬唱能否得体的关键。诗人们对人情的概念、关系的建立、具体礼仪行为、社会关系网络及关系的作用、关系与宏观社会结构的关联等社会关系学问题,都要有足够的知识和修养,才能很好地处理人际关系,才能在酬唱时根据不同的人际关系把握表达的分寸。

二、集群酬唱圈:集会、结社与诗歌酬唱之共性及流派

集群酬唱圈的形成大体有三种原因,因而也产生各自不同的特点:

一是偏于社会身份角色交往的集群酬唱,如君臣酬唱、同僚宴会酬唱等。这种酬唱出于诗人对个人社会身份的认同需求,也即出于社会人对社会交往关系的需要。这种集会型酬唱方式具有暂时性、偶然性、即合即散性特点,其酬唱的诗歌表达出的应制性、应酬性、社会需求性、礼仪强制性等共性较强较多。对于个人酬唱圈而言,这种君臣僚友们一般处于外圈层,成员的游离程度较高。这种集群性酬唱,不一定能形成长期稳定的个人酬唱圈,但却能够形成一种办公机构中僚友式或工作式的集群酬唱传统,如翰苑馆阁酬唱、郡斋县斋酬唱等传统,其酬唱的场合以及人员之间的关系即社会文化情境变化较小,而其中具体的酬唱人员却在不断更换变化。

二是偏于个人情感型的交往,一般是父兄子弟、家族成员、亲友或师友间的集会酬唱,出于诗人的情感认同需要,出于对人伦关系的维持。这类交往依赖于人际情感而存在,长期稳定,其成员往往属于个人酬唱圈的中心圈层,对其酬唱诗歌的评判标准,当是人伦情感的表达深浅程度与方式。

三是偏于文学关系型的集会交往,在这一层交往中,诗人意识到自身的文学身份,出于诗人才艺认同的需求,多是诗人主动求知音赏识的酬唱,一般称作"文字饮"。表达出的是诗人在文学才艺上的同

声相应、同气相求、互相欣赏等审美性因素。这类交往是比较纯粹的文学交往，其酬唱的诗歌体现出文学的互补性、竞技性等，是一些诗歌流派产生的重要元素。

但实际上，因为诗人的社会、情感与文学三者的认同交往需求，常常混合在一起，很难截然分开，所以我们很少能将其完全割裂开来，作为三个独立的对象而单独研究。

个人酬唱圈是通过一个人一生的交往酬唱才完成的，集群酬唱圈则不同，多数是多人、一生中比较短暂的经历，如《西昆酬唱集》，就是十多人二三年间酬唱的诗歌结集，《礼部唱和诗》是欧阳修等四五人在锁院五十多天的唱和集，《同文馆唱和诗》是张耒等十多人在锁院期间唱和集，过了集中酬唱的这个时间段后，有些人还保持酬唱，有些人就没有什么交集了。也有较长时间的、多人高频率的不同方式酬唱，如苏轼等人的酬唱，被后人编辑成《坡门酬唱集》，这个集群酬唱圈的存在时间就比较长，但比起个人酬唱圈还是显得短暂。集群酬唱圈的诗歌结集当时应该不少，但现存的不多，若要全面探讨两宋的集群酬唱圈，就要考察个人酬唱圈的圈际交叉状况，其中重复、重叠率较高的几个圈层成员，集中在一起，就可以算作是集群酬唱圈。

集会与结社，无疑是集群酬唱圈形成的基础，也是其最常见的活动与表现方式。

宋代各种日常生活或宗教性的集会最为常见，会饮以及醵会（醵饮）是宋代从官方到民间都十分盛行的风气，不同的人群可以因为不同原因而随时随地集会。而士人们的集会，常常与其他民众的集会有所不同，其中诗歌酬唱，就是其区别于其他民众的标志。多个比较固定人员的多次集会酬唱，就会形成一个组织形态不完全稳定的集群酬唱圈，这是集群酬唱圈的常见活动。

结社在宋以前还比较少见，但在宋代及其后却日益发达。宋代官方虽然不提倡民众结党、结社，但是民间却依然有因各种原因和目的结党特别是结社。宋代的会社虽不如后来明代会社那么组织严密、规模宏大、社规严格,但是也有一定的组织,有一些社规。周扬波《宋代士绅结社研究》一书,就谈到宋代士绅有因乡村生活、经济合作、民间救济、民间武装、颐养天年以及文艺切磋交流等不同原因与目的而结成的各种会社①。诗社或吟社,不过是其文艺会社中的一种,只占其中一小部分。

苏轼《次韵曹九章见赠》云"鸡豚异日为同社,应有千篇唱和诗"②,可知士绅无论结成什么性质的会社,诗歌唱和都是其会社中十分重要的一项活动。诗社或吟社自然以诗歌酬唱为主,是集群酬唱圈的最高组织方式。而并非以诗歌酬唱为主要目的的一些士绅组成的会社,如耆老会、学术会社、莲社以及其他文艺会社像棋社、镜社、茶社、菊集等,也常常会有诗歌酬唱的内容,可以说是诗社的不同表现形式,几乎可看作是主题性诗社或诗社的变种。诗社在唐代以前为数不多,但在宋代已经成为比较普遍的现象,《宋代士绅结社研究》统计出两宋诗社共98家,这可能还不是绝对完全的数据,加上34个耆老会,还有若干统计不完全的其他会社③,可以看出两宋集群酬唱圈的繁荣普遍程度。

集群酬唱圈多数以入仕或致仕的各级官员为主要成员,而以方外之士以及未入仕的布衣或隐逸之士为辅助成员,这从《宋代士绅结社研究》诗社与各种会社的列表中即可以看出。再从现存的集群酬唱圈所酬唱的诗歌看,官员往往是集群酬唱圈的主力军,而后者则尚未完全独立于官员之外,即便北宋初期的晚唐体、南宋后期的江湖诗派,成员以未入仕者为主,也有官员加入并与其中的未入仕者酬唱,对其大力宣传,才使之名播诗坛。

集群酬唱圈促成诗人的群体意识自觉,促成诗人创作的一些趋同性。经常性的集会以及活动时间较长的诗社,其成员往往会形成一些共性甚或一个诗派。圈内成员们的人生态度、行为偏好、价值观、个

---

① 详参周扬波《宋代士绅结社研究》,中华书局,2008年。
② 王文浩辑注、孔凡礼点校《苏轼诗集》,中华书局,1982年,第1187页。
③ 详参周扬波《宋代士绅结社研究》,中华书局,2008年,第129、95页。

人建构(即形成以及思考问题的方式等)特别是审美取向上的相似性与互补性,决定集群酬唱圈的诗歌发展趋向。集群酬唱圈的酬唱者如果相似性较多,加上相互酬唱时间长,容易形成诗歌观念的一致性,诗歌风格的相似性,这无疑是流派形成的关键,如江西诗派就是如此;酬唱者如果相反性较多,成员可以在异质之中互相欣赏、互相汲取,造成一些互补性、协同性,但因其个性而产生的诗歌风格往往差异较大,如苏轼、黄庭坚、秦观在许多方面就颇不相同,所以尽管长期酬唱,却并不能形成一个流派,只是因为经常酬唱,在某些方面产生一些共性。

另外,集群酬唱圈中多数诗人的交游酬唱,并非是纯粹以文学为目的的交往,即便是诗社,也不完全以文学交流为唯一目的,而是正常的社会交往或多种目的的人际交往,即如《宋代士绅结社研究》所云"更多的诗社则并不以探讨文学技巧为宗旨,而只是藉以追求类似'乐游须结社,倒著接离归'的适意,而对于结社对象的选择心态则是'肯违莲社友,来从竹林贤',诗社因而成为士绅交游的一种常见方式,是形成士绅群体网络的重要纽带"。对于许多诗人而言,诗歌本身并没有什么意义,只有不断与其他诗人对话交流,才会让诗歌创作变得更有意义。许多诗人只是通过集群酬唱圈,将孤立的个体与诗坛、与社会紧密连接在一起。成员们在集群酬唱圈内均处于互动形态,通过诗歌进行多方面的有效沟通,却并不以构成流派为最终目的。这正是宋代集会、结社多而流派少的主要原因。

宋代集群酬唱圈从规模上看,有小型、中型与大型;从时间上看,有短暂型与长久型;从组织形态上看,有封闭型与开放型、变动型与固定型、动态型与静态型;从空间上看,有京师型与地方型,更多的则是跨区域型的;从成员的社会身份上看,有官僚型、隐士型、方外型、综合型;从成员关系上看,有主从型(主盟者的社会身份或文坛地位较高),也有平等型(同僚之间),多是复合型。对集群酬唱圈的总体以及具体研究,将会对整个宋代诗坛有更全面更深入的认识和发现。

三、全体酬唱圈：士人社会以及整个社会之风雅习俗引领者

个人、集群酬唱圈之间的圈际重叠以及纵横交叉，形成一个时空多维延展的酬唱网络，也就是这里所说的全体酬唱圈。而全体酬唱圈的所有成员，无疑是宋代士人社会乃至整个社会之文化风尚的引领者。

诗歌酬唱只能在当时具有较高文化与文学修养的士人阶层中产生，因此考察全体酬唱圈，其实就是考察士人社会中文化及文学发展的整体水平。

从现存酬唱诗歌的作者身份分类看，宋代参与酬唱的人，首先是各级文武（宋代不少武将也能创作酬唱）官僚士大夫，他们是酬唱的主体；其次是皇帝及宫廷、宗室这个地位极为特殊的群体，再次是未入仕的乡绅、寒儒、隐士、巫医星卜等成分颇为复杂的大体被称作"隐逸"者的人群，另外就是一些僧人、道士等宗教界人士，这些人基本是男性，而一些受过教育的女性也偶然参与其中。他们是士人社会的主要构成部分。

我们试图用"士人社会"这个大概念，来涵盖地位、身份、性别、文化程度均有巨大差异的多个层级的文化阶层，以便论述。

宋代的社会结构比起以前朝代显得较为松动，社会阶层处于稍易变动的状态①，士人社会中的"士"，其实不少是由"农、工、商"特别是"农"发展而来的。"农、工、商"三民要想变成"士"，其关键的衡量标准就是是否具备文化与文学修养。范仲淹《四民诗》之《士》云"前士谄多士，咸以德为先。道从仁义广，名由忠孝全"，将道德作为"士"之所以称为"士"的首要条件，但实际上，当时及后世的更多人将"学"视为"士"本职与标志，二程即认为："士之于学也，犹农夫之耕，农夫不耕，则无所食，无所食则不得生，士之于学也，其可一日舍哉。"②而宋代士人"学"的就是文化与文学，范仲淹所说的"德"，只是所学文化

---

① 详参王曾瑜《宋朝阶级结构》（增订版），中国人民大学出版社，2010 年。
② 朱熹编《二程遗书》卷一八，《文渊阁四库全书》本。

的一个重要部分。

文化是士人必备的最基本修养,而文学创作特别是诗歌创作则是衡量士人文化修养以及文化水平高低的最重要标准。而在唐代这一"诗国高潮"之后,古体律体杂体等传统诗歌的创作(非民歌民谣)之普及化,到宋代已经达到了令今人瞠目结舌的程度。如果一个士人不会作诗,不会用诗歌酬唱,可能就会被排斥于士人社会上层之外,至少不会被士人社会上层接纳。诗歌创作在当时已经不是个人文艺才华的一种表现,而是士人们应该具备的文化修养与技能,因此想进入士人社会的受教育者,从小就需要练习这种创作技能。平仄、对仗、押韵等诗歌创作的基础知识,贯穿在士人各级、各个年龄段教育中,即便文化落后的"村学"也都不会轻易放弃这些内容。这无疑为大量的酬唱诗歌涌现,提供了最广泛扎实的基础条件。

宋初西昆酬唱盟主杨亿认为,诗歌酬唱是在社会经济文化各方面均臻盛世的语境下盛行的:"皇宋二叶,车书混同,端拱穆清,详延俊义。皋夔稷卨,日奉吁俞;枚马严徐,并在左右。礼乐追于三代,文物迈于两汉。"①正是国家统一,四海清平,"礼乐"、"文物"都发达到登峰造极,润色鸿业的酬唱才得以繁荣昌盛。在这种语境中日渐盛行的诗歌酬唱,就不仅仅是士人间的一种文字交往行为,而且还是整个国家礼乐文化兴盛的标志或表现方式,也即杨亿所谓"藻绣纷错,珠璧炫耀。观咸洛之市,天下之货毕陈;入宋鲁之邦,先王之礼尽在;亦以见一时文物之盛,岂独为鄙夫道路之光"②。

在杨亿看来,士人间的诗歌酬唱,已经成为士人社会的一种特有习俗,就像民歌民谣是普通民众习俗一样,都是整个社会"风化"的风向标,从不同侧面反映着当时的社会风气:"当使仲尼删诗,取周南而居首;班固著论,称西京之得人。盖风化之所系焉,岂徒缘情绮靡而已?"③

---

① 杨亿《武夷新集》卷七《广平公唱和集序》,《文渊阁四库全书》本。
② 杨亿《武夷新集》卷七《群公赠行集序》,《文渊阁四库全书》本。
③ 同上。

对诗歌酬唱之意义有这样的认识,并非杨亿一人,而几乎成为宋代士人的共识。熙宁、元丰变法期间,馆阁酬唱之风曾因政治干预而一度消失,被后来的不少士人认为是士大夫风雅习俗的消歇,痛心不已。苏轼《见子由与孔常父唱和诗,辄次其韵。余昔在馆中,同舍出入,辄相聚饮酒赋诗,近岁不复讲,故终篇及之,庶几诸公稍复其旧,亦太平盛事也》云:"吾犹及前辈,诗酒盛册府。愿君唱此风,扬觯斯杜举。"①此后"相聚饮酒赋诗"的酬唱风气盛行不衰,被士人视为这一阶层风雅习俗的标志。

基于这种通识,诗歌酬唱就出现在士人社会文化生活的各个场景中,如君臣赏花钓鱼、公私节日庆典、婚丧嫁娶等人生礼仪、送往迎来等交往宴席……几乎无处不在,诗歌的礼仪性功能日益增长,诗歌酬唱已经成为士人社会文化生活中不可或缺的一部分,且引导整个社会共同风雅化。

宋代有识之士意识到"士人"是一个特殊的群体或阶层,因此应该有属于士人这一社会阶层的道德、行为准则以及生活习俗。范仲淹、欧阳修在景祐时期就意识到振励士风的重要性,他们以身作则、以诗文号召,倡导并建设新的士风。范仲淹《四民诗》谈到他自己对士、农、工、商四民的理解,他认为四民自古就有各自理想的道德标准与行为准则以及习俗,但是到了宋初,四民习俗都败坏至极,尤其是"士"人,"学者忽其本,仕者浮于职。节义为空言,功名思苟得",根本达不到"道从仁义广,名由忠孝全"这一标准,所以他痛心疾首,祈求皇天仁慈,希望整个国家能够达到"上有尧舜主,下有周召臣。琴瑟愿更张,使我歌良辰"②这样的理想境地。欧阳修认为"士"这一阶层的理想人格就是"古之君子",并一再强调"古之君子"与"常人"、"众人"不同:"古之君子所以异于常人者,能安常人之所不能安也。"③士人的言行举止都应该成为民之表率:

---

① 王文诰辑注、孔凡礼点校《苏轼诗集》,中华书局,1982年,第1480—1482页。
② 分别见范仲淹《范文正集》卷一《四民诗》之《士》《商》,《文渊阁四库全书》本。
③ 欧阳修《与丁学士》,《欧阳修全集》,中国书店,1986年,第1302页。

> 古之君子所以异乎众人者,言出而为民信,事行而为世法,其动作容貌,皆可以表于民也。故纮綖冕弁以为首容,佩玉玦环以为行容,衣裳黼黻以为身容。手有手容,足有足容,揖让登降、献酬俯仰,莫不有容。又见其宽柔、温厚、刚严、果毅之色,以为仁义之容;服其服,载其车,立乎朝廷而正君臣,出入宗庙而临大事俨然,人皆望而畏之,曰,此吾民之所尊也。非民之知尊君子,而君子者能自修而尊者也。然而行不充于内,德不备于人,虽盛其服,文其容,民不尊也。①

"古之君子"作为士人社会的理想人格,是宋代士人的楷模和努力方向。南宋张镃就在此基础上,编撰《仕学规范》以"规范"士人的道德行为。

范仲淹、欧阳修在构建士人社会之精神上具有相当的号召力,但他们在建设士风时只强调士人的道德行为建设,而似乎有意忽略对士人在文化、文学上的要求。这恐怕是他们有意矫枉过正,是有鉴于前三朝士大夫之耽溺于文学创作而"论卑气弱"而已。

事实上,范仲淹、欧阳修在建设新士风之时,虽然对前三朝的士风多有批评,但并未触及前三朝盛行于士大夫阶层的酬唱之风,相反的,他们都是酬唱之风的推波助澜者。欧阳修反对士大夫文人不以国计民生为重,而沉溺于文学创作或纯粹以"文"为职业,他在《答吴充秀才书》中云:"盖文之为言,难工而可喜,易悦而自足,世之学者往往溺之。一有工焉,则曰'吾学足矣'。甚者至弃百事不关于心,曰'吾文士也,职于文而已',此其所以至之鲜也。"然而他并不反对士人在职事之余或行有余力的情况下创作诗文,他继承了前三朝诗歌酬唱的风气,将酬唱之风推陈出新并发扬光大,其《礼部唱和诗序》云:"乃于其闲时,相与作为古律长短歌诗杂言,庶几所谓群居燕处言谈之文,亦所以宣其底滞而忘其倦怠也。……则是诗也,足以追惟平昔握手以为笑乐,至于慨然掩卷而流涕嘘欷者,亦将有之。虽然,岂徒如此而止

---

① 欧阳修《章望之字序》,《欧阳修全集》,中国书店,1986年,第283页。

也?览者其必有取焉。"不仅谈到了酬唱的小范围的集群意义,还指出了其具有"览者"应察觉出的更多的社会意义。欧阳修对"杨刘风采,耸动天下"的倾慕,他建立的苏梅等新变派酬唱圈以及《礼部唱和诗》都对后世有示范作用。

景祐、庆历的士风建设以及日益兴盛的道学,使后来探讨或研究宋代士风的人,都只注意到了宋代士人在道德人格上的追求,而忽略了他们在诗词酬唱上的风雅追求。从宋代各朝的士人酬唱圈看,士人"相聚饮酒赋诗"的酬唱之风有普遍化且愈演愈烈之势。可见,宋代士人在追求道德完善的严肃士风时,并未放弃对诗酒相伴风流潇洒的追求。只是宋人的风流潇洒不同于唐代的狂放不羁,因增加较多的道德内涵而更显得温文尔雅罢了。

士风引导着士人习俗,士人习俗是介于宫廷习俗与农工商民俗之间的承上启下的连接层。传统的社会理想,如礼义仁智信、气节、情操以及博学、文雅等概念,都是由士人首先号召并努力普及,而后成为全社会的追求目标。

士人通过文化传播引领整个社会的习俗,而诗歌酬唱到宋代无疑已经成为士人传播社会习俗的一种快捷方式。诗歌酬唱从魏晋六朝隋唐时期就日益发展并兴盛,到宋代,已经越来越多的人认为是士人习俗的重要组成部分,甚至成为士人社会文化身份认同的一个标志性符号,进而又引领整个社会的风气。

附录二

各章节分别对应的发表文章

《酬唱诗学的三重维度建构(代序)》,吕肖奂、张剑,《北京大学学报》2012年第2期。

上编

第一章
《宋代官员诗人酬唱论略》,《江西师范大学学报(哲学社会科学版)》2014年第1期。

第二章
《宋代的处士内涵与处士文化》,《西南民族大学学报(人文社会科学版)》2014年第12期。

《北宋处士诗人及其诗歌风尚三变》,《中原文化研究》2014年第6期。

《北宋处士诗人创作及其唱和网络实况考察》,韩国外国语大学国际地域研究所中国研究所主办《中国研究》第62卷(2014年11月)。

《论南宋中后期游士阶层的崛起》,《中山大学学报》2014年第6期。

《介乎士大夫与平民之间的文学》,《阅江学刊》2014年第2期。

第三章

《宋代僧人之间诗歌唱和探析》,《四川大学学报(哲学社会科学版)》2014 年第 5 期。

《宋日禅文化圈内的论辩式诗偈酬唱》,《西北师大学报(社会科学版)》2013 年第 2 期。

《两宋道流内部诗歌酬唱探析》,《甘肃社会科学》2015 年第 2 期。

下编

第一章

《宋代唱和诗的深层语境与创变诗思——以北宋两次白兔唱和诗为例》,《四川大学学报(哲学社会科学版)》2008 年第 2 期。

《注辇国的白鹦鹉——北宋诗歌中的"海外"》,《广州大学学报(社会科学版)》2008 年第 4 期。

《创新与引领:宋代诗人对器物文化的贡献——以砚屏的产生及风行为例》,《四川大学学报(哲学社会科学版)》2009 年第 3 期。

《宋代同题唱和诗的文化意蕴——以一次有关琵琶演奏的小型唱和为例》,《焦作大学学报》2008 年第 3 期。

第二章

《论宋代分题分韵——更有意味和意义的酬唱活动形式》,《社会科学战线》2014 年第 3 期。

《宋代诗歌分题分韵创作的活动形态考察》,《徐州工程学院学报(社会科学版)》2013 年第 4 期。

第三章

《元祐更化初〈同文馆唱和诗〉考论》,《四川大学学报(哲学社会科学版)》2013 年第 3 期。

《〈同文馆唱和诗〉诗人事迹考补》,《新国学》第 10 卷

《元祐更化初同文馆中品鉴联谊式唱和》,《阅江学刊》2013 第

3 期。

《试官们的生活与视界》,《广州大学学报(社会科学版)》2013 年第 11 期。

第四章

《欧阳修与杜衍的南都唱和析论》,《吉林师范大学学报(人文社会科学版)》2014 年第 6 期。

《"不得体"的社交表达:陆游的人际关系诗歌论析》,《四川大学学报(哲学社会科学版)》2016 年第 1 期。

附录

《宋代诗人酬唱圈研究》,《国学学刊》2012 年第 3 期;《中国古代近代文学研究》2013 年第 1 期转载

主要参考文献

一、古籍文献（按四部分类排序）

《十三经注疏》,中华书局,1980年。
班固撰、颜师古注《汉书》,中华书局,1962年。
范晔《后汉书》,中华书局,1974年。
陈寿撰、裴松之注《三国志》,中华书局,2011年。
房玄龄等《晋书》,中华书局,1974年。
脱脱等《宋史》,中华书局,1977年。
李焘《续资治通鉴长编》,中华书局,2004年。
王称《东都事略》,《文渊阁四库全书》本。
彭百川《太平治迹统类》,《文渊阁四库全书》本。
杜大珪《新刊名臣碑传琬琰之集》,《四部丛刊四编》本。
佚名《京口耆旧传》,《丛书集成初编》本。
黄䇮《山谷年谱》,《文渊阁四库全书》本。
于北山《陆游年谱》,上海古籍出版社,1985年。
乐史《太平寰宇记》,《文渊阁四库全书》本。
祝穆《方舆胜览》,《文渊阁四库全书》本。
范成大《吴郡志》,《文渊阁四库全书》本。
陈耆卿《赤城志》,《文渊阁四库全书》本。
梅应发、刘锡同撰《(开庆)四明续志》,《文渊阁四库全书》本。
潜说友《咸淳临安志》,《文渊阁四库全书》本。

王鏊《姑苏志》,《文渊阁四库全书》本。
崇祯《吴兴备志》,《文渊阁四库全书》本。
雍正《江西通志》,《文渊阁四库全书》本。
雍正《浙江通志》,《文渊阁四库全书》本。
嘉靖《赣州府志》,《天一阁藏明代方志选刊》本。
范成大撰、孔凡礼点校《范成大笔记六种》,中华书局,2002年。
张联元辑《天台山全志》,上海古籍出版社,2016年。
曹学佺《蜀中广记》,《文渊阁四库全书》本。
徐兢《宣和奉使高丽图经》,《文渊阁四库全书》本。
赵汝适《诸蕃志》,《丛书集成新编》本。
李攸《宋朝事实》,中华书局,1955年。
马端临《文献通考》,中华书局,1986年。
徐松辑,刘琳、刁忠民、舒大刚等校点《宋会要辑稿》,上海古籍出版社,2014年。
晁公武《郡斋读书志》,《文渊阁四库全书》本。
陈振孙《直斋书录解题》,上海古籍出版社,1987年。
永瑢等《四库全书总目》,中华书局,1965年。
永瑢等《四库全书简明目录》,上海古籍出版社,1985年。
程颐、程颢著,朱熹编《二程遗书》,《文渊阁四库全书》本。
岳珂《宝真斋法书赞》,《文渊阁四库全书》本。
佚名撰、顾逸点校《宣和书谱》,上海书画出版社,1984年。
赵琦美《赵氏铁网珊瑚》,《文渊阁四库全书》本
厉鹗撰《南宋院画录》,《文渊阁四库全书》本。
苏易简《文房四谱》,《文渊阁四库全书》本。
米芾《砚史》,《丛书集成初编》本。
李匡乂《资暇集》,《丛书集成初编》本。
洪迈《容斋随笔》,上海古籍出版社,1978年。
程大昌撰、刘尚荣校点《程氏考古编·程氏续考古编》,辽宁教育出版社,2000年。

叶寘《爱日斋丛抄》,中华书局,2010年。
沈括《梦溪笔谈》,上海书店出版社,2009年。
苏轼《东坡志林》,《文渊阁四库全书》本。
叶梦得《避暑录话》,《丛书集成初编》本。
杨彦龄《杨公笔录》,《丛书集成初编》本。
张邦基撰、孔凡礼点校《墨庄漫录》,中华书局,2002年。
刘埙《隐居通议》,《丛书集成初编》本。
赵希鹄《洞天清禄》,《文渊阁四库全书》本。
朱胜非《绀珠集》,《文渊阁四库全书》本。
曾慥《类说》,《文渊阁四库全书》本。
江少虞《宋朝事实类苑》,上海古籍出版社,1981年。
陶宗仪《说郛》,《文渊阁四库全书》本。
徐应秋《玉芝堂谈荟》,《文渊阁四库全书》本。
姚之骃《元明事类钞》,《文渊阁四库全书》本。
欧阳询《艺文类聚》,上海古籍出版社,1965年。
李昉等《太平御览》,上海古籍出版社,2008年。
祝穆《古今事文类聚》,《文渊阁四库全书》本。
俞樾《茶香室丛钞》,中华书局,1995年。
司马光《涑水纪闻》,《文渊阁四库全书》本。
欧阳修撰、韩谷点校《归田录(外五种)》,上海古籍出版社,2012年。
文莹撰,郑世刚、杨立扬点校《湘山野录》,中华书局,1984年。
释文莹《玉壶野史》,《文渊阁四库全书》本。
赵令畤《侯鲭录》,中华书局,2004年。
朱彧《萍洲可谈》,《文渊阁四库全书》本。
王明清《挥麈录》,《四部丛刊续编》本。
陈鹄《耆旧续闻》卷三,《丛书集成初编》本。
蒋正子《山房随笔》,《丛书集成初编》本。
洪迈《夷坚志》,《文渊阁四库全书》本。

明河《补续高僧传》,新文丰出版社,1993年。

祖咏等著《大慧普觉禅师年谱》,《北京图书馆藏珍本年谱丛刊》本。

赜藏主编集,萧萐父、吕有祥点校《古尊宿语录》,中华书局,1994年。

法应编、普会续编《禅宗颂古联珠通集》,新文丰出版社,1993年。

普济《五灯会元》,中华书局,1984年。

张君房《云笈七签》,齐鲁书社,1988年。

俞琰《席上腐谈》,《文渊阁四库全书》本。

张伯端撰、仇兆鳌集注《悟真篇集注》,上海古籍出版社,1989年。

谢朓撰、曹融南校注集说《谢宣城集校注》,上海古籍出版社,1991年。

白居易《白氏长庆集》,《文渊阁四库全书》本。

汪立名编《白香山诗集》,《文渊阁四库全书》本。

徐铉《骑省集》,《文渊阁四库全书》本。

杨亿《武夷新集》,《文渊阁四库全书》本。

宋祁《景文集》,《文渊阁四库全书》本。

范仲淹《范文正集》,《文渊阁四库全书》本。

苏舜钦撰、沈文倬校点《苏舜钦集》,上海古籍出版社,1981年。

邵雍《伊川击壤集》,《四部丛刊初编》本。

苏颂《苏魏公文集》,《文渊阁四库全书》本。

王珪《华阳集》,《四部丛刊三编》本。

司马光《传家集》,《文渊阁四库全书》本。

李觏《盱江集》,《文渊阁四库全书》本。

刘敞《公是集》,《文渊阁四库全书》本。

刘攽《彭城集》,《文渊阁四库全书》本。

曾巩《元丰类稿》,《丛书集成初编》本。

梅尧臣《宛陵集》,《文渊阁四库全书》本。

梅尧臣著、朱东润编校《梅尧臣集编年校注》,上海古籍出版社,

1980年。

山右历史文化研究院编《潞公文集(外二种)》,上海古籍出版社,2016年。

韩维《南阳集》,《丛书集成初编》本。

欧阳修《文忠集》,《文渊阁四库全书》本。

欧阳修《欧阳修全集》,中国书店,1986年。

苏洵著,曾枣庄、金成礼笺注《嘉祐集笺注》,上海古籍出版社,1993年。

李壁《王荆公诗注》,《文渊阁四库全书》本。

王安石《临川先生文集》,中华书局,1959年。

施元之《施注苏诗》,《文渊阁四库全书》本。

苏轼《东坡全集》,《文渊阁四库全书》本。

苏轼撰,王文诰辑注、孔凡礼点校《苏轼诗集》,中华书局,1982年。

苏辙《栾城集》,上海古籍出版社,2009年。

苏辙撰,陈宏天、高秀芳点校《苏辙集》,中华书局,1990年。

黄庭坚《山谷集》,《文渊阁四库全书》本。

黄庭坚《山谷别集》,《丛书集成初编本》。

黄庭坚著,任渊、史容、史季温注《山谷诗集注》,上海古籍出版社,2003年。

史容《山谷外集诗注》,《四部丛刊续编》本。

黄庭坚撰,刘琳、李勇先、王蓉贵点校《黄庭坚全集》,四川大学出版社,2001年。

张耒《柯山集》,《文渊阁四库全书》本。

张耒撰,李逸安、孙通海、傅信点校《张耒集》,中华书局,1999年。

秦观《淮海集》,《文渊阁四库全书》本。

秦观撰、徐培均笺注《淮海集笺注》,上海古籍出版社,1994年。

释惠洪《石门文字禅》,《四部丛刊初编》本。

晁补之《鸡肋集》,《四部丛刊初编》本。

杨时《龟山集》,《文渊阁四库全书》本。
程俱《北山集》,《文渊阁四库全书》本。
刘才邵《檆溪居士集》,《文渊阁四库全书》本。
张嵲《紫微集》,《丛书集成续编》本。
王庭珪《卢溪文集》,《文渊阁四库全书》本。
孙觌《鸿庆居士集》,《文渊阁四库全书》本。
张元干《芦川归来集》,上海古籍出版社,1978年。
吴儆《竹洲集》,《文渊阁四库全书》本。
朱熹《晦庵集》,《文渊阁四库全书》本。
周必大《文忠集》,《文渊阁四库全书》本。
白玉蟾撰、盖建民新编《白玉蟾诗集新编》,社会科学文献出版社,2013年。
吕祖谦《东莱别集》,《文渊阁四库全书》本。
楼钥《攻媿集》,《四部丛刊初编》本。
赵蕃《淳熙稿》,《丛书集成初编》本。
赵蕃《章泉稿》,《丛书集成初编》本。
陆九渊《象山集》,《四部丛刊初编》本。
袁燮《絜斋集》,《文渊阁四库全书》本。
洪适《盘洲文集》,《文渊阁四库全书》本。
杨万里《诚斋集》,《四部丛刊初编》本。
韩元吉《南涧甲乙稿》,《丛书集成初编》本。
戴复古《石屏诗集》,《四部丛刊续编》本。
孙应时《烛湖集》,《文渊阁四库全书》本。
曹彦约《昌谷集》,《文渊阁四库全书》本。
高翥《菊涧集》,《文渊阁四库全书》本。
刘宰《漫塘集》,《文渊阁四库全书》本。
魏了翁《鹤山集》,《文渊阁四库全书》本。
刘过《龙洲集》,《丛书集成新编》本。
真德秀《西山文集》,《文渊阁四库全书》本。

赵汝鐩《野谷诗稿》,《文渊阁四库全书》本。
袁甫《蒙斋集》,《丛书集成初编》本。
杜范《清献集》,《文渊阁四库全书》本。
李曾伯《可斋杂稿》,《文渊阁四库全书》本。
刘克庄《后村集》,《文渊阁四库全书》本。
刘克庄《后村先生大全集》,《四部丛刊初编》本。
释居简《北涧集》,《文渊阁四库全书》本。
欧阳守道《巽斋文集》,《文渊阁四库全书》本。
林希逸《竹溪鬳斋十一稿续集》,《文渊阁四库全书》本。
王柏《鲁斋集》,《文渊阁四库全书》本。
汪元量《水云集》,《文渊阁四库全书》本。
戴表元《剡源戴先生文集》,《四部丛刊初编》本。
刘埙《水云村稿》,《文渊阁四库全书》本。
吴澄《吴文正集》,《文渊阁四库全书》本。
虞集《道园学古录》,《四部丛刊初编》本。
张之翰《西岩集》,《文渊阁四库全书》本。
中华书局编辑部点校《全唐诗》,中华书局,1999年。
北京大学古文献研究所编《全宋诗》,北京大学出版社,1998年。
陈新等补正《全宋诗订补》,大象出版社,2005年。
曾枣庄、刘琳主编《全宋文》,上海辞书出版社、安徽教育出版社,2006年。
李昉等《文苑英华》,中华书局,1966年。
邓忠臣等《同文馆唱和诗》,《文渊阁四库全书》本。
孔文仲、孔武仲、孔平仲撰,王䢖编《清江三孔集》,《文渊阁四库全书》本。
程颢、程颐《二程文集》,《文渊阁四库全书》本。
邵浩编《坡门酬唱集》,《文渊阁四库全书》本。
洪迈《万首唐人绝句》,《文渊阁四库全书》本。

扈仲荣等《成都文类》,《文渊阁四库全书》本。
李庚编《天台前集》,《文渊阁四库全书》本。
林师葴等编《天台续集》,《文渊阁四库全书》本。
陈起编《南宋群贤小集》,《文渊阁四库全书》本。
陈起编《江湖小集》,《文渊阁四库全书》本。
陈思《两宋名贤小集》,《文渊阁四库全书》本。
元好问《中州集》,《文渊阁四库全书》本。
方回著、李庆甲集评校点《瀛奎律髓汇评》,上海古籍出版社,1986年。
杨镰主编《全元诗》,中华书局,2013年。
周复俊《全蜀艺文志》,《文渊阁四库全书》本。
钱谷《吴都文粹续集》,《文渊阁四库全书》本。
陈焯《宋元诗会》,《文渊阁四库全书》本。
曹庭栋编《宋百家诗存》,《文渊阁四库全书》本。
许红霞《珍本宋集五种：日藏宋僧诗文集整理研究》,北京大学出版社,2013年。
阮阅《诗话总龟》,《四部丛刊初编》本。
刘攽《中山诗话》,《文渊阁四库全书》本。
朱弁《风月堂诗话》,《丛书集成初编》本。
葛立方《韵语阳秋》,上海古籍出版社,1984年。
胡仔《苕溪渔隐丛话》,人民文学出版社,1962年。
魏庆之《诗人玉屑》,上海古籍出版社,1978年。
刘克庄撰、王秀梅点校《后村诗话》,中华书局,1983年。
吴子良《荆溪林下偶谈》,《文渊阁四库全书》本。
周密撰、孔凡礼点校《浩然斋雅谈》,中华书局,2010年。
胡应麟《诗薮》,上海古籍出版社,1979年。
厉鹗《宋诗纪事》,上海古籍出版社,1983年。
丁福保辑《历代诗话续编》,中华书局,1983年。
唐圭璋编《全宋词》,中华书局,1999年。

《续修四库全书》编委会编《续修四库全书》,上海古籍出版社,2002年。

二、近人今人著作(按出版时间排序)

余嘉锡《四库提要辨证》,中华书局,1980年。
方立天《中国佛教与传统文化》,上海人民出版社,1988年。
詹石窗《道教文学史》,上海文艺出版社,1992年。
张宏生《江湖诗派研究》,中华书局,1995年。
龚延明《宋代官制辞典》,中华书局,1997年。
张培瑜《三千五百年历日天象》,大象出版社,1997年。
孔凡礼《苏轼年谱》,中华书局,1998年
王水照《半肖居笔记》,东方出版中心,1998年。
朱瑞熙等著《辽宋西夏金社会生活史》,中国社会科学出版社,1998年。
王水照《苏轼研究》,河北教育出版社,1999年。
周裕锴《禅宗语言》,浙江人民出版社,1999年。
钱钟书《宋诗选注》,生活·读书·新知三联书店,2001年。
任继愈主编《中国道教史》,中国社会科学出版社,2001年。
衣若芬《赤壁漫游与西园雅集》,线装书局,2001年。
[英]科林·哈利森、[英]艾伦·格林·史密斯著,丁长青译《鸟》,中国友谊出版公司,2003年。
余英时《余英时文集》,广西师范大学出版社,2004年。
祝尚书《宋人总集叙录》,中华书局,2004年。
[日]浅见洋二著,金程宇、冈田千穗译《距离与想象》,上海古籍出版社,2005年。
陈元锋《北宋翰苑馆阁与诗坛研究》,中华书局,2005年。
韩西山《韩南涧年谱》,安徽教育出版社,2005年。
刘长东《宋代佛教政策论稿》,巴蜀书社,2005年。
伍晓蔓《江西宗派研究》,巴蜀书社,2005年。

张剑《晁说之研究》,学苑出版社,2005年。
祝尚书《宋代巴蜀文学通论》,巴蜀书社,2005年。
费孝通《乡土中国》,上海人民出版社,2006年。
刘成国《荆公新学研究》,上海古籍出版社,2006年。
刘德清《欧阳修纪年录》,上海古籍出版社,2006年。
《汉语大词典》,上海辞书出版社,2007年。
周裕锴《百僧一案》,上海古籍出版社,2007年。
[日]山崎正和著、周保雄译《社交的人》,上海译文出版社,2008年。
周扬波《宋代士绅结社研究》,中华书局,2008年。
祝尚书《宋代科举与文学》,中华书局,2008年。
王水照、熊海英《南宋文学史》,人民出版社,2009年。
张剑、吕肖奂、周扬波《宋代家族与文学研究》,中国社会科学出版社,2009年。
王曾瑜《宋朝阶级结构》(增订版),中国人民大学出版社,2010年。
傅璇琮主编《宋才子传笺证》,辽海出版社,2011年。
梁漱溟《中国文化要义》,上海人民出版社,2011年。
吴承学《中国古代文体学研究》,人民出版社,2011年
朱刚、陈珏《宋代禅僧诗辑考》,复旦大学出版社,2012年。
巩本栋《唱和诗词研究》,中华书局,2013年。
朱刚《唐宋"古文运动"与士大夫文学》,复旦大学出版社,2013年。
[法]皮埃尔·布尔迪厄著、刘晖译《区分:判断力的社会批判》,商务印书馆,2015年。
[日]内山精也著,朱刚、张淘、刘静等译,慈波校译,《庙堂与江湖——宋代诗学的空间》,复旦大学出版社,2017年。
崔铭《张耒年谱及作品编年》,同济大学出版社,2019年。

三、单篇学术论文（按发表时间排序）

邓端本《宋代广州市舶司》，《岭南文史》1986 年第 1 期。

罗世烈《仁学是人际关系学》，《四川大学学报（哲学社会科学版）》1990 年第 3 期。

周裕锴《诗可以群：略谈元祐体诗歌的交际性》，《社会科学研究》2001 年第 5 期。

陈小芒、李建明《陆游宦赣诗文论略》，《南昌大学学报（人文社会科学版）》2004 年第 6 期。

费君清《南宋江湖诗人的谋生方式》，《文学遗产》2005 年第 6 期。

马东瑶《苏门酬唱与宋调的发展》，《文学遗产》2005 年第 1 期。

巩本栋《关于唱和诗词研究的几个问题》，《江海学刊》2006 年第 3 期。

陈捷《日本入宋僧人南浦绍明与宋僧诗集〈一帆风〉》，《中国典籍与文化论丛》第九辑，北京大学出版社，2007 年。

侯体健《南宋禅僧诗集〈一帆风〉版本关系蠡测——兼向陈捷女史请教》，《中国典籍与文化》2009 年第 4 期。

钱建状、杨唐衍《考官的雅集》，《教育与考试》2009 年第 4 期。

许红霞《〈石桥颂轴〉及其相关联的南宋中日佛教文化交流》，第七届吴越佛教文化与社会暨东南佛国学术研讨会，2009 年 10 月。

杨万里《林石与温州"太学九先生"之显》，《清华大学学报（哲学社会科学版）》2010 年第 2 期。

[日]内山精也著、朱刚译《宋诗能否表现近世？》，周裕锴编《第六届宋代文学国际研讨会论文集》，巴蜀书社，2011 年。

伍晓蔓《从居富到处穷：北宋尚富诗学浅论》，周裕锴编《第六届宋代文学国际研讨会论文集》，巴蜀书社，2011 年。

李恭忠《"江湖"：中国文化的另一个视窗：兼论"差序格局"的社会结构内涵》，《学术月刊》2011 年第 11 期。

沈松勤《宋元之际士阶层分化与文学转型》，《文学评论》2014 年第 4 期。

侯体健《南宋祠禄官制与地域诗人群体：以福建为中心的考察》，肖瑞峰、刘跃进主编《跨界交流与学科对话》，浙江大学出版社，2015年。

［日］内山精也《南宋后期的诗人编者及书肆》，《新宋学》第五辑，复旦大学出版社，2016年。

高柯立《宋代地方官与士人的唱和往来——以苏州为中心》，《国学学刊》2017年第4期。

后　　记

　　《酬唱诗学的三重维度建构(代序)》一文,是在笔者多次申报国家社科基金的论证报告基础上反复修改而成的,不无夸张地显示出当时笔者的野心。但经过多年的努力钻研,最终发现个人的才能与精力都不足以实现这个野心。这篇论文最初题目是《"关系本位"中的酬唱诗歌》,2011年9月在第七届宋代文学会议发表,后来经过张剑先生对题目的修正,成为整个项目的纲领,也成为这部论稿的序言。在此对张剑先生深表谢意。

　　唱和诗歌研究能否成为一个项目、成为一个可深究的领域,在2003年与研究生一起研读欧阳修诗歌时,我开始思考这个问题,直到得到业师王水照先生肯定后,我才坚定了信心并坚持至今。

　　从2006年开始申报国家社科基金,直到2011年得到审批,在一次次论证"宋代唱和诗歌文化研究"这个项目值得多方面研究的过程中,笔者不断改变角度审视着数量巨大的唱和诗歌,也尝试着对　系列小型或大中型的诗歌酬唱进行实验性地探讨,希望从中获得上升到整体考察、系统理论的能量。但这种实践与思考,一直持续到2013年底必须填写项目延期变更报告时,还没有结果。

　　2014年初,笔者不断修订原来的目录大纲,论证思路才逐渐明晰起来。然而此年8月赴韩,直到2016年初回国,因工作性质变动等诸多原因而没有实施新的大纲计划。眼看延续两年的期限马上就到,笔者不免心急如焚。思考再三,决定点检已经发表的论文先行结集。因为后续工作量实在太过巨大,即便再延期三年,也无法完成。

上编的三章只是新大纲第一章社会身份圈层唱和的分圈层的部分,其中跨圈层唱和部分尚未开始,下编在新大纲中应该是概括性、理论性更强、更有力的章节,而目前呈现的只是已有思考的回望与总结,很惭愧。

一直忙着前行,很少回顾以往。最近在结题过程中整理2008到2015年发表的二十余篇与唱和相关的论文时,才算梳理了多年来埋头钻研的理路。小型唱和、唱和方式规则、唱和集、个人中心唱和等与诗歌唱和相关的文献及活动,对我而言简直是充满了魅惑,诱我沉溺其中而无法自拔,下编的四章是这种情形下产生的。对具体唱和文本的阐释、解读、辨析,既是我探讨唱和诗歌的初衷,也将是我余生的坚持。而这种研读往往显得琐碎冗杂,常常只见树木不见森林,在获得立项之后,我试图登高望远,让自己变得更高屋建瓴一些,代序以及上编的三章就是这样的尝试。因为分圈层探讨士人社会唱和状况,所以聚焦到士大夫、布衣诗人以及僧众道流各自的内部唱和情形和各自的共性,这一探索让我眼界大开、获益匪浅,但更加深入的研究却还尚需时日。

尽管十年来对唱和诗歌的探讨收效甚微,我却因乐此不疲而坚持不懈。唱和诗歌研究是个方兴未艾的研究领域,此项目的结题只是这个领域研究的一个初级入门,而登堂入室的研究当在可以预期但相当长期的未来。

2016年5月14日于川大

获得2017年国家社科基金项目优秀结题后,我花了两年时间致力于对结题书稿的修改与补充,然而依旧收效甚微。因为在修改补充过程中,我越来越不满意这个结题的书稿,一直想要推倒重来,但最终发现要彻底改头换面,实在是太困难。而在2018年立项的"东亚汉文化圈唱和诗歌研究",却到2019年底尚未开工,更使我坐立难安。

祝尚书老师主编这套"四川大学古典文学研究丛书",很早就邀我参加,但我因为种种自我纠缠拖延而迟迟未能交稿,非常内疚,至今都不敢主动跟祝老师联系。现在下决心将其交出,是想对此前的辛苦工作做个了断,也给祝老师一个交待,以期今后能安心从容一点,做更多的努力与探索。

因为引文太多而又不能细细点检核查,引注格式也不够规范统一,多亏曹茂、黄月、郭飞雁三位同学为此花费了很多心血,才有所改变;王汝娟师妹适时调整与督促,让我深感温暖,在此一并衷心感谢。

2020 年 9 月 6 日于长沙寓所
2020 年 11 月 2 日修改补充

图书在版编目(CIP)数据

宋代酬唱诗歌论稿/吕肖奂著. —上海：复旦大学出版社,2021.2
(四川大学古典文学研究丛书/祝尚书主编)
ISBN 978-7-309-15442-9

Ⅰ.①宋… Ⅱ.①吕… Ⅲ.①宋诗-诗歌研究 Ⅳ.①I207.22

中国版本图书馆CIP数据核字(2020)第250057号

宋代酬唱诗歌论稿
吕肖奂 著
责任编辑/王汝娟

复旦大学出版社有限公司出版发行
上海市国权路579号 邮编：200433
网址：fupnet@fudanpress.com http://www.fudanpress.com
门市零售：86-21-65102580 团体订购：86-21-65104505
外埠邮购：86-21-65642846 出版部电话：86-21-65642845
上海四维数字图文有限公司

开本 890×1240 1/32 印张 13 字数 350 千
2021年2月第1版第1次印刷

ISBN 978-7-309-15442-9/I·1260
定价：85.00元

如有印装质量问题，请向复旦大学出版社有限公司出版部调换。
版权所有 侵权必究